每道光都會投射出一道陰影……

# 馭光者

## 〔1〕黑稜鏡 The Black Prism

# The Lightbringer

**Brent Weeks**

布蘭特・威克斯——著 戚建邦——譯

# 馭光者

## 各界好評推薦

「布蘭特．威克斯的書寫自成一格、直接眞實，讓讀者忍不住持續投入他的故事。你無法移開目光。」

——羅蘋．荷布
《刺客》系列暢銷作家

「布蘭特．威克斯眞是寫得太好了，甚至讓我有點不爽了。」

——彼得．布雷特
《魔印人》系列暢銷作家

「冷硬派奇幻，刻畫出複雜精細、讓人驚艷的魔法個奇幻世界！」

——Buzzfeed 網站
「死前必讀的51部奇幻小說」

「威克斯成功地在舊瓶裡裝了新酒，逐步揭露深度背景中的祕密，從而寫出充滿眞實感、有缺陷、有人性的角色們。」

——《出版人週刊》

「威克斯筆下的史詩奇幻與其他當代作品截然不同。充滿想像力與創意，爲其他同類型作品設下了極高的標準。」

——網站 *graspingforthewind.com*

「純粹，富有娛樂性的大長篇。」

——網站 *The Onion A.V. Club*

「建構完美的奇幻，讓人難以自拔。」

——網站 *Fantasy Book Review*

「魔法系統獨特，動作場景精彩，權謀算計，顚覆情節，讓譯者一拿到續集就想立刻開始翻譯的故事！」

——戚建邦 譯者

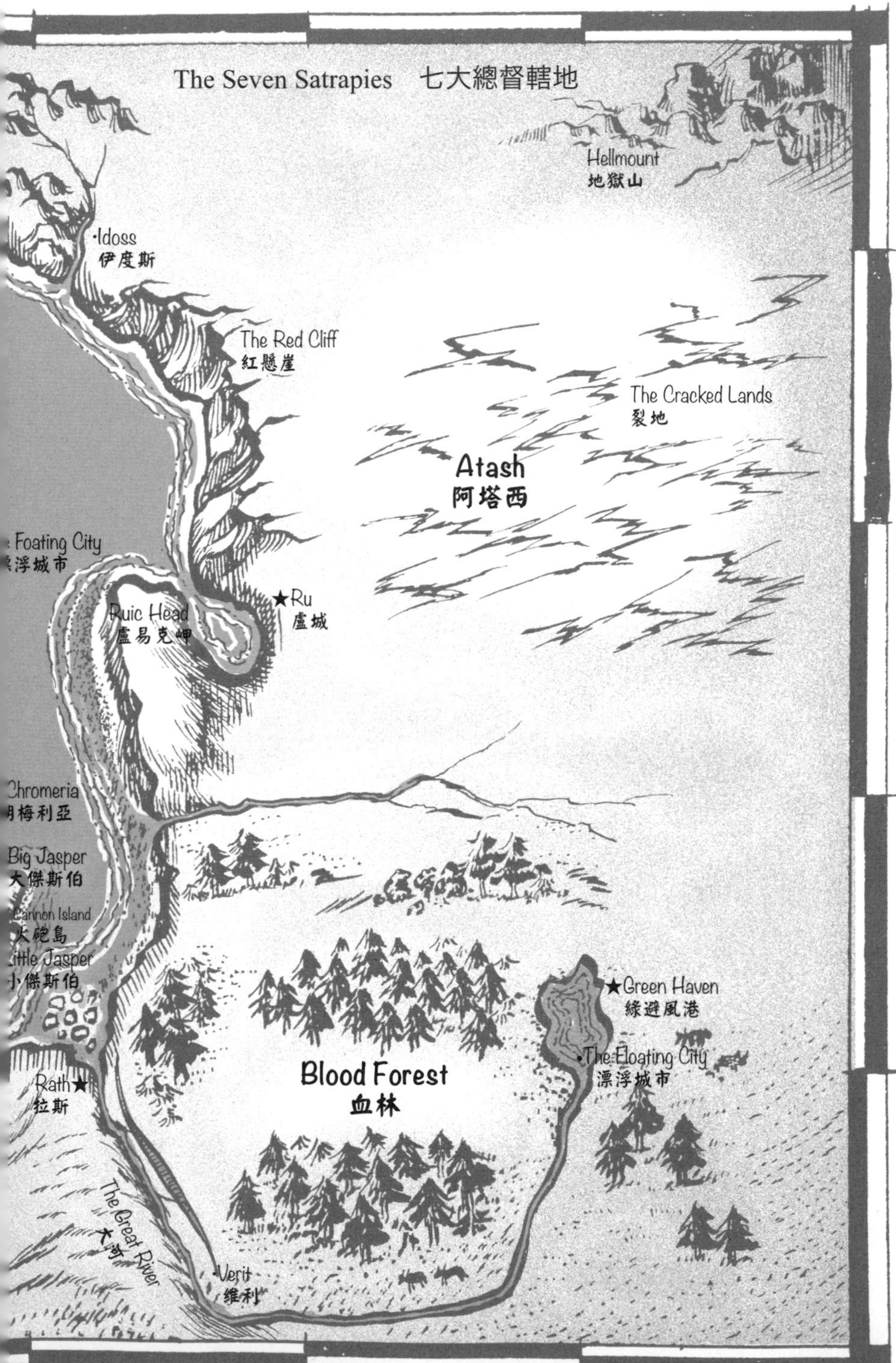
The Seven Satrapies 七大總督轄地
Hellmount
地獄山
Idoss
伊度斯
The Red Cliff
紅懸崖
The Cracked Lands
裂地
Atash
阿塔西
Foating City
浮城市
Ru
盧城
Ruic Head
盧易克岬
Chromeria
梅利亞
Big Jasper
大傑斯伯
Cannon Island
火砲島
Little Jasper
小傑斯伯
Green Haven
綠避風港
The Floating City
漂浮城市
Blood Forest
血林
Rath
拉斯
The Great River
大河
Verit
維利

Tyrea
提利亞
Crater Lake
克雷特湖
The Great Desert
大沙漠
Kelfing
凱爾芬
Umber River
昂伯河
The Badlands
提利亞荒地
Rekton
瑞克頓
Karsos Mountains
Island
Atan's Teeth
阿坦之牙
Garriston
加利斯頓
The Everdark Gates
永恆黑暗之門
The Cerulian Sea
瑟魯利恩海
Smussato
斯慕沙托
Pericol
培里寇
Ilyta
伊利塔
Wiwurgh
威爾
White
Mist
Reef
白霧礁
The Deeps
大深海
S
Cravos
Abornea
阿伯恩
Odess
奧迪斯
The Narrows
娜若斯
Azúlay
阿蘇雷
Tabes
塔貝斯
Melos
梅洛斯
Aslal
阿斯拉爾
Paria
帕里亞
Ruthgar
魯斯加
Aghbalu
阿格巴魯
The Verdant Plain
維丹平原

# The Lightbringer

# 馭光者

[1] 黑稜鏡

目次

給我妻子，克莉絲蒂，她花了將近十年證明我是對的。

# 第一章

基普摸黑爬向戰場，此時沉降的濃霧阻隔了聲響、遮蔽了星光。儘管大人避開此地，小孩也被禁止接近，但他還是經常跑到這塊遼闊土地玩耍——僅限白天。今晚，他想做的事比平時更加危險。

抵達丘頂後，基普站起身來拉拉褲管。身後的河流傳來咆哮聲，也或許是河面下已死去十六年的戰士。他抬頭挺胸，不理會那些幻覺。霧氣帶給他一種飄忽的感覺，彷彿身處在時間之外。雖然還看不出任何跡象，但天已經快亮了。他得在旭日東升前抵達戰場的另一端。比他之前探索過的區域還要遠的地方。

大家都知道裂石山鬧鬼，就連朗米爾也不會在晚上跑來這裡。但是朗不用養家活口；他母親也不會把薪水浪費在吞雲吐霧。

基普緊握腰帶上的小刀，開始前進。不只不肯安息的死者會把他拖往無盡的黑夜，還有人曾經看過一群牙尖蹄利的大野豬在夜裡於附近徘徊。如果你有火繩槍，以及鐵一般的膽量和絕佳的準頭，牠們很美味；但是自從鎮上所有壯丁統統死於稜鏡法王戰爭之後，願意為了一些培根賭上性命的人就少了。和從前相比，瑞克頓已經是個空殼，鎮長完全不想讓鎮民枉送性命。再說，基普也沒有火繩槍。

而且，野豬不是唯一在夜裡出沒的猛獸，山獅或金熊大概也很樂於來點基普油花肉吧。

戰場深處數百步外，一聲嚎叫劃破濃霧與黑暗而來。喔，這裡還有狼。他怎麼把狼給忘了？

另一頭狼出聲回應，但距離更遠。這是一種令人毛骨悚然的聲音，原野的聲音。聽到這種聲音，會讓人不由自主地僵在原地。也是種會讓人屁滾尿流的美麗。

基普舔舔嘴唇，繼續前進。他隱約有種被跟蹤的感覺。有東西跟在後面。他回頭看，什麼都沒有。當然。他媽媽總說他想像力太豐富。繼續走，基普，你有地方要去。你怕動物，牠們更怕你。再說，那些嚎叫聲只是種把戲，它們聽起來總是比實際距離更近。那些狼八成遠在天邊。

在稜鏡法王戰爭前，這裡是非常肥沃的農地；這塊地位於昂伯河旁，適合種植無花果、葡萄、洋梨、懸鉤子和蘆筍——這裡什麼都種得出來。而最後那場戰役距今已經十六年——那是基普出生前一年的事。但是這塊平原依然貧瘠乾裂，幾座焦黑的房舍與穀倉立在塵土上。地面依然布滿砲彈打出的深溝與彈坑。在濃霧盤繞的此刻，這些彈坑看起來像是小湖、隧道、陷阱。深不見底。深不可測。

在那場戰役中使用的魔法，大多已在陽光曝曬多年後消逝，但是仍舊隨處可見破損的盧克辛綠矛。腳下堅硬的黃色碎片甚至能劃破最硬的鞋皮。

拾荒者老早就清空了戰場上所有值錢的武器、護甲及盧克辛，但是隨著季節變換與降雨，每年都有更多神祕東西浮出地表。那就是基普期待找到的——而他想找的東西在第一道曙光乍現時最為顯眼。

狼群不再嚎叫。沒有什麼比聽見狼嚎聲更令人害怕，但至少狼嚎聲會透露牠們的位置。但現在……基普嚥下堵住喉嚨的口水。

當他走在兩座不自然的大山丘——是由數萬具屍體堆成的屍山焚燒過後的遺跡——陰影中的峽谷時，基普在濃霧裡看見了某樣東西。他的心臟感覺就要跳上喉嚨。那是鎖甲兜帽的輪廓，上面有兩點閃爍的目光正打量著黑暗。

接著又掩沒在濃霧中。

是鬼魂。親愛的歐霍蘭呀。有些靈魂會一直看守自己的墳。往好處想。或許狼怕鬼。

基普發現自己盯著黑暗而沒再前進。繼續，呆瓜。

他壓低身形繼續前進。他或許塊頭不小，但對自己輕盈的步伐很有自信。他將目光自山丘上移開——還是沒看見剛剛那個鬼或人或天知道什麼玩意兒。被跟蹤的感覺再度出現。他回頭，什麼也沒看到。

突然傳來「喀」一聲，就像有人丟了一塊小石頭。接著他的眼角瞥見了一點動靜。基普抬頭看向山丘。又一聲喀，一道閃光，一道打火石與鋼鐵交擊的火光。

濃霧被照亮了片刻，讓基普看得稍微清楚一些。不是鬼——是一名士兵在敲擊打火石，試圖點燃引信。引信著火，在士兵臉上映上紅光，他的雙眼彷彿閃閃發光。他將引信插入火繩槍的引信口，然後轉過身，在黑暗中尋找目標。

直盯著悶燒暗紅的火光看，八成影響了他的夜視能力，因爲他的視線直接掠過基普。

士兵再度轉身，緊張兮兮地說：「我到底是能看到什麼？交配的狼嗎？」

基普非常非常小心地掉頭離開。他必須在士兵恢復夜視能力前深入濃霧與黑暗，若是發出聲響，對方很可能會盲目開火。基普躡手躡腳地無聲前進，如芒在背，感覺自己隨時可能被鉛彈射穿。

但他成功走出了一百多步，沒有驚動任何人。黑夜中無人開槍。他走得更遠。兩百多步。左方有光，是一堆營火。木柴已燒得差不多，只剩下一些木炭。基普盡量避免直視營火，深怕影響視覺。附近沒有帳篷，沒有睡袋，只有營火。

基普嘗試使用達納維斯大師在黑暗中視物的方法。他不再定睛看東西，而是利用眼角餘光去看。或許只是有士兵違反規定。他再走近一點。

冰冷的地面上躺了兩個男人，其中一人是士兵。基普經常看到母親不省人事的樣子，因此立刻看出這個男的並非失去意識。他以不自然的姿勢癱倒在地，身上沒蓋毯子，嘴巴鬆垮垮地張開，雙眼直直瞪著夜空。士兵屍體旁躺著另一個男人，身上鎖著鎖鏈，不過還活著。他側躺在地，雙手鎖在身後，頭上罩著黑布袋，緊緊繫在脖子上。

犯人還活著，在顫抖。不，在哭泣。基普環顧四周，附近沒有其他人。

「你幹嘛不快殺了我，可惡？」犯人問。

基普僵在原地。他以爲自己無聲無息。

「懦夫。」犯人說。「只是聽命行事，是不是？對那小鎮做那種事，歐霍蘭一定會懲罰你們。」

基普不知道這傢伙在說什麼。

顯然一聲不吭也透露了某些訊息。

「你和他們不是一夥的。」犯人的語氣中浮現一絲希望。「拜託，幫幫我！」

基普上前一步。這個男的很痛苦。但接著他停下腳步，望向死去的士兵。士兵上衣胸口染滿鮮血。是這個犯人殺的嗎？怎麼殺的？

「求求你，你大可以繼續鎖著我。但是我不想死在黑暗中。」

雖然覺得這樣做有點殘酷，但基普待在原地。「你殺了他？」

「我本來要在曙光乍現時被處決。我逃走了。他追上來，死前把布袋套在我頭上。黎明將至，換班的人隨時都會趕來。」

基普還是弄不清楚他在說什麼。瑞克頓的人都不相信路過的軍人，鎮長叫鎮上的所有小孩都暫時不要接近他們——顯然新任的加拉杜總督宣告脫離克朗梅利亞的掌控。現在他是加拉杜王，但他還是要向鎮上的年輕人收取同樣的賦稅。鎮長告訴他的代表，既然他已經不是總督，就沒有權力徵稅。不管是國王還是總督，這個答案都會讓加拉杜不悅，但是瑞克頓小到不值得他費心。儘管如此，在這件事塵埃落定之前，離他的士兵遠一點應該是明智之舉。

再說，即使此刻瑞克頓和總督鬧得不愉快，也並不表示這個男人就是基普的朋友。

「所以你是罪犯？」基普問。

「就像太陽節的六道陰影一樣。」男人說。基普希望遠離他的聲音。「聽著，孩子——你是孩子，沒錯吧？你的聲音聽起來像個孩子。我今天就要死了。我逃不了。說眞的，我也不想逃。我已經逃夠了。這一次，我要奮戰到底。」

「我不懂。」

「你會懂的。脫掉我頭上的布袋。」

儘管基普心存疑慮，但還是解開了對方脖子上的繩結，拉下布袋。

起初，基普不知道犯人在說什麼。男人坐起身來，雙手依然鎖在身後。他約莫三十歲上下，和基普一樣是提利亞人，不過膚色較淡，頭髮微帶波浪，不算太鬈，四肢纖細，但肌肉結實。接著基普看見他的眼睛。

有辦法駕馭光線、製造盧克辛的男女——馭光法師——總是擁有不尋常的眼睛。他們施展魔法的顏色會殘留在眼中。隨著時光流逝，他們的虹膜會完全變紅，或藍，或是任何顏色。這名犯人是個綠法師——或說本來是。原先附著在他虹膜外圍的綠色斑暈，現在像是陶器般化爲碎片。小小的綠色碎片在他的眼白中閃閃發光。基普深吸了口氣，向後退開。

「拜託！」男人說。「拜託，我沒有發瘋。我不會傷害你。」

「你是狂法師。」

「現在你知道我為什麼要逃離克朗梅利亞了吧。」男人說。因為克朗梅利亞會像農夫處死染病的愛犬一樣處死狂法師。

基普很想拔腿就跑，但這個男人沒有做出任何具威脅的舉動。再說，四周依然一片漆黑。就算是狂法師也需要光線才能施法。不過霧已不像之前那麼濃，地平線上開始轉灰。和瘋子交談很瘋狂，但或許沒有瘋到太誇張。至少在黎明之前不算。

狂法師以奇怪的目光打量基普。「藍眼。」他笑道。

基普皺眉。他討厭自己的藍眼。像達納維斯那種外國人有藍眼睛是一回事，藍眼睛在他臉上看起來不錯，但在基普臉上就很奇怪。

「你叫什麼名字？」狂法師問。

基普嚥了嚥口水，考慮是不是該拔腿就跑。

「喔，看在歐霍蘭的份上，你以為我能對你的名字施咒嗎？這個鄉下地方究竟有多無知？色譜魔法不是這樣運作的——」

「基普。」

狂法師微笑。「基普。好了，基普，你有沒有想過為何受困在這種平淡無奇的生活中？你可曾覺得自己是個不平凡的人，基普？」

基普一言不發。沒錯，他想過。

「你知道為什麼會覺得自己註定要做大事？」

「為什麼？」基普滿懷希望地小聲問道。

「因為你是個驕傲自大的小混蛋。」狂法師笑道。

這話不該讓基普驚訝的，因爲他媽媽說過更難聽的。儘管如此，他還是過了一段時間才回過神來。有種小小的挫敗。「下地獄去焚燒吧，懦夫。」他說。「你連逃命都不會。就連穿盔甲的士兵都抓得到你。」

狂法師笑得更大聲。「喔，他們沒有抓到我。他們徵召我。」

誰會徵召瘋子？「他們不知道你是——」

「喔，他們知道。」

恐懼如同砝碼般落入基普的肚子。「你剛剛提到我們鎮。他們計畫做什麼？」

「你知道，歐霍蘭很有幽默感。我直到現在才瞭解這一點。你是孤兒，對不對？」

「不。我有媽媽。」基普說，但立刻後悔告訴狂法師這件事。

「如果我說有個預言與你有關，你會相信嗎？」

「你剛剛那樣說的時候就已經很不好笑了。」基普說。「我們鎮上會出什麼事？」天快亮了，基普不打算在這一帶逗留。不只是因爲換班守衛即將到來，也因爲他不知道狂法師得到光線後會做什麼。

「你知道嗎？」狂法師說。「你就是我來此的原因。我不是指這裡，也不是像『我爲何存在』的那種意思，更不是指提利亞。我是說你就是我被人用鎖鏈鎖起來的原因。」

「什麼？」基普問。

「瘋狂之中存有力量，基普。當然……」他思緒一轉，似乎想到什麼好笑的事。回過神來後，他說：「聽著，那個士兵的口袋裡有把鑰匙。我手上有這個，拿不到——」他搖搖鎖在背後的雙手。

「我爲什麼要幫你？」基普問。

「我會在黎明前提供幾個直截了當的答案。」瘋狂，但是狡詐。太典型了。「先說一個。」基普說。

「問吧。」

「他們打算怎麼對付瑞克頓？」

「火。」

「什麼？」基普問。

「抱歉，你說先給一個答案。」

「那又不是答案！」

「他們打算剷除你們的村子。殺一儆百，讓其他人不敢違逆加拉杜王。但其他村落當然也會違逆國王，因爲沒有人贊成他背叛克朗梅利亞。每一個在稜鏡法王戰爭中燒燬的村落，都會催生出另一個完全不想和戰爭有任何瓜葛的村落。他們特別選上你們這村。總之，我還有一點良心，於是提出異議。我和上司爭吵，打了他。那不完全是我的錯。他們很清楚我們這些綠法師不喜歡規矩和領導階級。特別是在我們粉碎斑暈之後。」狂法師聳肩。「好了，直截了當的答案。我認爲它夠格換那支鑰匙，你覺得呢？」

基普一時之間無法消化這些話——粉碎斑暈？——但這眞是直截了當的答案。基普走到死人身旁。在逐漸明亮的環境下，他的皮膚看起來十分蒼白。振作一點，基普。問你要問的問題。

基普看得出來黎明將至。詭異的輪廓脫離黑夜。裂石山上高聳的兩座山丘遮蔽了天上的星星。

我得問什麼？

他遲疑了，因爲他不想碰死人。他蹲下去。

「為什麼挑我們鎮？」他翻找死人的口袋，小心不碰到皮膚。找到了，有兩支鑰匙。

「他們認為你擁有一件屬於國王的東西。我不知道是什麼。我只偷聽到這麼多。」

「瑞克頓有什麼國王想要的東西？」基普問。

「不是瑞克頓，是你——你，你。」

基普愣了一愣，摸著自己的胸口。「我？我個人？我什麼都沒有！」

狂法師面露瘋狂的笑容，但基普認為那是裝出來的。「那就是悲劇性的錯誤了。他們的錯誤，你們的悲劇。」

「怎樣？你以為我在說謊？」基普問。「你以為如果有得選擇，我會跑來這裡撿盧克辛嗎？」

「你怎樣我不在乎。你要把鑰匙拿過來，還是要我非常有禮貌地請求你？」

基普很清楚，把鑰匙給他是個錯誤。狂法師並不穩定。他很危險。他自己都這麼承認，但他信守承諾。基普怎麼能輸給他？

基普解開男人的鐐銬，然後是鎖鏈上的大鎖。他小心翼翼地後退，彷彿面對野獸。狂法師假裝沒注意到，只是搓揉手臂，伸展四肢。他走到守衛身旁，重搜守衛的口袋。他取出了一副綠眼鏡，其中一面鏡片裂了。

「你可以跟我來。」基普說。「如果你說的是真的——」

「你以為在遇上拿火槍的人來抓我之前，能走到離你們城鎮多近的地方？再說，天亮之後……我已經準備好了。」狂法師深吸了口氣，望向地平線。「告訴我，基普，如果你一輩子都在做壞事，但最後卻為了做一件好事而死的話，你認為那可以彌補從前做的壞事嗎？」

「不能。」基普在有機會阻止自己之前，誠實說道。

「我也這麼認爲。」

「但有做好事總比沒做好。」基普說。「歐霍蘭心懷慈悲。」

「不知道在他們摧毀你們鎮之後，你還會不會這麼說。」

基普還有其他的問題想問，但是事情來得太快，他理不清思緒。

天漸漸亮了，基普看見之前隱藏在濃霧和黑暗中的景象。數百座營帳整整齊齊地排列在平原上。士兵，很多很多士兵。就連基普站立之處，也離最近的營帳不過兩百步，平原開始眨眼。盧克辛碎片閃閃發光，彷彿灑落滿地的星星，呼應著它們在天上的兄弟。

基普就是爲了這些東西而來。通常，當馭光法師釋放盧克辛時，不管是什麼顏色的盧克辛，它們都會迅速消失。但是在戰場上，由於混亂的因素太多、馭光法師太多，有些彌封的魔法會被埋藏，在能破壞魔法的陽光下受到保護。最近下的雨，沖刷出了許多當年留下的盧克辛。

但基普的目光被四名從軍營朝他們走來的士兵，和一個身穿鮮紅色斗篷、戴紅色眼鏡的男人吸引，離開了閃爍的盧克辛。

「我叫蓋斯帕，順便一提。蓋斯帕．伊羅斯。」狂法師沒有轉頭看基普。

「什麼？」

「我不是普通的馭光法師。我父親愛我。我有計畫。有個女孩。有個人生。」

「我不——」

「你會的。」狂法師戴上綠眼鏡；眼鏡完美貼合他的臉型，緊貼在臉上，鏡片處於定位，讓他無論看向何處，都能透過一層綠色濾鏡視物。「現在離開這裡。」

蓋斯帕在太陽冒出地平線時輕嘆了一聲。那感覺像是基普已不在場。就像是看著他母親深深地吸入第一口菸。閃亮的深綠色斑點在蓋斯帕的眼白中，如同綠色血滴墜落水面般，先是消散，然後染綠整個眼白。祖母綠的盧克辛溢出雙眼，越來越濃，凝聚出實質形體，然後開始擴散。擴染他的臉頰，向上直達髮線，接著順著脖子而下，最後彷彿發光的玉石般填滿他的指甲。

蓋斯帕開始狂笑。低沉、毫無理性的笑聲，冷酷無情。瘋狂。這次一點也不像裝出來的。

基普拔腿就跑。

他跑到之前遇上哨兵的屍堆山丘，小心翼翼地隱身在軍營的另一側。他得去找達納維斯大師。達納維斯大師向來知道該怎麼辦。

現在山丘上已沒有哨兵。基普回過頭去，剛好目睹了蓋斯帕變形。綠色盧克辛噴出他的雙手，竄入他的身體，如同硬殼般覆蓋他全身，彷彿巨大盔甲。基普看不見逼近蓋斯帕的士兵和紅法師，卻看見和自己的頭差不多大的火球飛向狂法師，擊中他的胸口，然後爆炸，火花朝四面八方噴濺。

蓋斯帕衝出火場，綠盔甲上黏著不少噴火的紅色盧克辛。他看起來很雄偉、恐怖、強大。他奔向士兵，發出輕蔑的吶喊，然後消失在基普的視線範圍之外。

基普逃了，赤紅的陽光點燃四周的濃霧。

# 第二章

加文・蓋爾睡眼惺忪地看著房門下塞進來的信，不知道這回卡莉絲又是爲了什麼事情懲罰自己。他的房間占了克朗梅利亞最頂層的一半空間，不過全景窗都調暗了，方便他白天賴床——如果有睡的話。信封上的封印緩緩鼓動，加文看不出裡面是什麼顏色的魔法。他在床上坐起身，仔細打量這封信，然後放大瞳孔，盡量聚集光線。

超紫色。喔，狗娘——

這間房的所有牆面上，都有從地板一路延伸到天花板的暗窗，在爬上雙島地平線的晨光灑落時，讓房內沐浴在全色譜光線中。瞳孔放大到這個程度導致魔法襲捲加文全身。他有點承受不住。

他的體內朝四面八方釋放強光，連續不斷的光波穿透他的身軀，從超紫光開始不斷變換色彩。最後一種顏色是次紅光，如同火焰波浪般竄出他的皮膚。他跳下床，渾身冒汗。不過在打開所有窗戶、夏日晨風吹入房內之後，稍微紓緩了高溫。他叫了一聲，然後又跳回床上。

卡莉絲肯定聽見了他的叫聲，知道這種叫他起床的粗暴手法已經奏效，因爲他聽見她在哈哈大笑。她不是超紫法師，所以一定是找朋友幫忙惡作劇。房間控制台上的超紫盧克辛瞬間閃爍，所有窗戶統統關閉，遮光濾鏡也調到一半強度。加文伸手打算炸開房門，接著停下來。他不想讓卡莉絲稱心如意。白法王指派她爲侍從，顯然是要讓她學習謙遜與莊重。而這個目的到目前爲止，都是徹頭徹尾的失敗，不過白法王總是高深莫測。儘管如此，加文還是忍不住笑著起身，把卡莉絲塞到他門下的信紙拿在手裡。

他走到門口。在門外小服務桌上的盤子裡找到早餐。每天早上都吃一樣的：兩塊麵包，一杯透明玻璃杯裝的白酒。麵包是用小麥、大麥、圓豆、扁豆、黍穀，以及斯佩爾特小麥製成，未發酵。是可以吃這種東西過日子的。事實上，確實有人光吃這個度日。只是加文沒辦法。沒錯，光看到這塊麵包就令他作嘔。他當然可以點其他早餐，但是從未這麼做。

他把早餐拿入房內，將信紙放在麵包旁的桌面上。其中一封信很奇怪，看起來不像是白法王的私人用紙，也不像是克朗梅利亞宮的官方用紙。他把信翻面。克朗梅利亞的信息室標示這封信來自「ST，瑞克頓」：提利亞轄地，瑞克頓鎮。聽起來很耳熟，大概是裂石山附近的小鎮？不過話說回來，那附近曾有很多小鎮。或許是某人試圖求見，不過那種信件應該會被過濾，然後分開處理。

不管怎樣，事情只能一件一件處理。他撥開兩塊麵包，確定裡面沒有藏東西。滿意後，從抽屜裡拿出一罐藍色染料，倒了一點到酒裡。他搖晃酒杯，混合染料，然後將酒杯舉在牆上一幅當作色彩參照的藍天畫作前方。

他做得非常完美，當然。他已經這麼做了將近六千個早晨。將近十六年。對於才三十三歲的男人而言，這算是很長一段時間。他將酒倒在撕開的麵包上，將它染成藍色——沒有弄壞麵包。加文每個禮拜都會做一次藍起司或藍水果，不過做那些要花更多時間。

他拿起提利亞寄來的信：

我快死了，加文。該是讓你見見你兒子基普的時候了。

——琳娜

兒子？我又沒兒——

他突然喉嚨一緊，心臟彷彿被人掐住，不管外科醫生如何保證沒人掐住他的心臟。放輕鬆就好了，他們說。你就像戰馬一樣年輕力壯，他們說。而他們沒有說：像個男人。你有很多朋友，你的敵人懼怕你，你也沒有勢均力敵的宿敵。你是稜鏡法王。你有什麼好怕的？已經很多年沒人用這種口氣和他說話了。有時候他希望他們有膽量這樣說。

歐霍蘭呀，這封信甚至沒有封。

加文走出他的玻璃陽台，下意識地如過去每天早上般檢查魔法。他凝視自己的手掌，以只有他能辦到的方法將陽光分解爲各種組成色彩，輪流讓每根手指變化爲不同顏色，從肉眼不可見的色譜換到可見色譜：次紅、紅、橘、黃、綠、藍、超紫。轉到藍色時，他有感到些微不順嗎？他再度確認一遍，看了一眼太陽。

不，分解陽光依然輕而易舉，依然順暢無礙。他釋放盧克辛，所有色彩如同煙霧般脫離他的指甲，然後消失，散發出熟悉的樹脂香氣。

他轉頭面對太陽，如同母親的撫摸般溫暖。加文睜開雙眼，吸收溫暖適意的紅光。吸入，呼出，調節不順暢的氣息，以意志力放慢呼吸節奏。接著他釋放紅光，吸入深冰藍光。這道魔光幾乎凍結了他的雙眼。一如往常，藍光帶來清晰、平靜、秩序。不過不會帶來計畫，在如此缺乏資訊的情況下不能。他釋放魔法光彩。他仍不必擔心。他的七年中至少還剩下五年。時間很足夠。五年，五個遠大目標。

好吧，或許不是五個遠大目標。

儘管如此，過去四百年來的歷任稜鏡法王裡，除了死於暗殺或其他原因，其餘的稜鏡法王都服務了整整七年、十四年，或二十一年。加文已經擔任稜鏡法王超過十四年了。所以，時間充足。沒有理由認爲自己是例外。至少沒有太多理由。

他拿起第二封信。打開白法王的封印——那個老太婆什麼都要封，雖然兩人住在同一層樓，而且所有信件都是由卡莉絲親手傳遞。但是所有事情都該以恰當的方式出現在該在的地方。她毫無疑問是出生於藍色魔力的環境。

白法王在信裡說道：「親愛的稜鏡法王閣下，除非你打算去招呼今天早上遲到的學生，不然請到屋頂來找我。」

加文望向克朗梅利亞及外面的城市，眺望位於大傑斯伯島背風處海灣裡的商船。一艘阿塔西單桅帆船正在靠岸。

招呼新學生。難以想像。並不是說他地位崇高到不屑招呼新學生——好吧，事實上，他就是不屑。他、白法王，以及法色法王，理應相互制衡。但儘管法色法王十分懼怕他，實際上那個老太婆的影響力比他和其他七個法色法王加在一起還要大。今天早上她必定又想拿他來做實驗，如果他想避開更麻煩的事，像是講課之類的，最好趕快前往塔頂。

加文施法將滿頭紅髮綁成馬尾，換上他的房內奴隸幫他擺好的服裝——象牙色的上衣及合身的黑羊毛褲、鑲有超大寶石的腰帶、鑲銀的靴子，以及滾有伊利塔符文銀邊的黑斗篷。稜鏡法王是屬於所有總督轄區的，所以加文盡可能參照所有轄地傳統——就連大部分是海盜和異教徒的地方也包括在內。

他遲疑片刻，接著拉開一個抽屜，拿出伊利塔手槍。這種手槍就和典型的伊利塔工藝一樣，是加文這輩子見過最先進的科技。擊發機構遠比齒輪式機構來得可靠——他們稱之爲燧發機構。每支手槍的槍管下都有一把長刀柄，甚至還有腰帶套，好讓使用者可以將槍牢牢地掛在身後腰帶上，而且坐下時也不會刺傷自己。伊利塔人眞是面面俱到。

還有，當然，這把手槍還會讓白法王的黑衛士緊張。加文微笑。

當他轉向房門，又見到那幅畫時，笑容消失了。

他走回放著藍麵包的桌旁。抓起畫像一處平坦的邊緣，用力一扯。畫像無聲地滑向一旁，露出狹窄的輸送道。

這條輸送道沒有任何危險。它太小了，沒有人能爬上來，就算對方能克服其他困難也一樣。它看起來像是洗衣輸送道。不過在加文眼中，它就像是一張通往地獄的血盆大口，永遠對他敞開大門。他丟了一塊麵包進去，然後耐心等待。硬麵包撞上第一道鎖時，發出碰撞聲，然後是開鎖的嘶嘶聲，接著關閉，跟著又是麵包撞上下一道鎖的聲音，片刻過後又傳來最後一下撞擊聲。每道鎖都正常運作。一切都沒有問題。安然無恙。這些年來，這條輸送道出過不少差錯，不過這次沒人必須因此送命。他沒必要過度恐慌。甩上畫像時，他差點吼出來。

# 第三章

三下撞擊。三下開鎖。他與自由之間隔著三道閘門。

輸送道將撕下的麵包吐到犯人臉上。他幾乎看也不看就接下麵包。他知道麵包是藍色的，屬於黑夜依然占據天際、空氣不敢吹拂湖面的晨間湖泊深處的那種靜止深藍。沒有摻雜其他色彩的純藍，想要製作出這種藍色，十分困難。更糟糕的是，這種藍色讓犯人感到無聊、毫無熱情、心如止水，與這種環境達至和諧。但是今天他需要仇恨之火。今天，他要逃脫。

囚禁於此地這麼多年，有時候他甚至看不見任何顏色，彷彿醒在一個灰色的世界裡。第一年情況最糟。他慣於分辨色彩、解析色譜的雙眼開始欺騙他。他開始看見不存在的色彩。他利用那些色彩製造用以逃獄的工具。但是幻覺並不足以施展魔法，施法需要光線。眞正的光線。他曾任稜鏡法王，所以任何顏色的光都可以爲他所用，從超過紫色到低於紅色的光都可以。他凝聚自己體內的體溫，讓雙眼沉浸在次紅光之中，然後將那點魔力甩到那些可憎的藍牆上。

當然，這些牆都經過強化，足以抵擋這點可悲的溫度。他曾汲色凝聚出一把藍匕首，劃破自己的手腕。鮮血滴到石板地上之後，顏色立刻被吸乾。後來他用手接下自己的血，試圖汲取紅魔法，但由於囚室內只有藍光，他沒辦法取得足夠的紅色。將血滴在麵包上也沒有用。麵包原本的棕色總是會被染上藍色，所以添加紅色進去只會混合出一種帶有深藍色調的棕色。無法用以汲色。當然。他兄弟什麼都考慮到了。話說回來，他向來如此。

犯人坐在排水管旁開始吃麵包。這座囚室狀似壓扁的球：牆壁和天花板都是完美球形，地板弧度沒有那麼大，但還是朝中央凹陷。牆壁自內部發光，所有表面都綻放出同樣顏色的光芒。囚室中唯一的影子來自犯人本身。整間囚室只有兩個洞：上方的輸送道，用來發放食物並穩定滴落清水，讓他得用舔的才能攝取足夠的水分，還有下方供他排泄的排水管。

他沒有器皿、沒有工具，只有雙手與意志，一切都仰賴他的意志。他憑藉意志用藍光凝聚出任何他想要的東西，不過這些東西都會在他的意志釋放它們之後立刻消失，只留下些許塵埃，以及礦物和樹脂的氣味。

但今天就是他展開報復的日子，重獲自由的第一天。這次嘗試絕對不會失敗——他甚至拒絕將之視爲「嘗試」——而他還有很多工作要做。這些步驟都得按部就班來。他不記得自己以前就是這個樣子，還是在吸收太多藍光之後，導致心靈出現根本的改變。

他跪在這間囚室裡唯一不是他兄弟製造出來的東西前。地板上一個很淺的凹槽，是個碗。他先徒手摩擦那個碗，盡量將指尖上具有腐蝕性的油脂磨到石碗中。受傷的組織不會產生油脂，所以他必須在磨破手指之前停止。他用兩隻手指的指甲去刮鼻子和臉之間的皺痕，另外兩隻去刮耳朵和頭中間，收集更多油脂。他從身上所有可以取得油脂的地方取得油脂，然後統統磨到石碗中。儘管看不出什麼明顯變化，不過多年以來，他的石碗已經有他兩個指節那麼深。囚禁他的人在地板下架了會吸收色彩的地獄石網。所有經過這些地獄石線條的東西都會立刻失去色彩。但地獄石十分昂貴，能埋多深呢？

如果地獄石網只有深入石板幾隻拇指的距離，那他的手指隨時都有可能貫穿它。之後自由就離他不遠了。但是如果囚禁他的人埋了一呎深的地獄石，那麼這六千個每天挖傷手指的日子就完全白費。他將會死在這裡。有一天，他兄弟會下來，看見這個小碗——他在世上僅存的痕跡——然後哈哈大笑。

當這陣笑聲在他耳中迴盪時，他感到胸口燃起一點憤怒的火花。他吹燃那點火花，利用怒火的溫度取暖。這點怒火足以幫助他移動，中和掉削弱鬥志的藍光。

一切都結束之後，他在碗裡尿尿。然後靜靜看著。

一時之間，透過黃色的尿液，四周可惡的藍光反映出部分綠色。他屏息以待。時間彷彿變慢了，而那片綠色依然保持綠色……還是綠色。歐霍蘭呀，他成功了。他挖得夠深了。他貫穿了地獄石！

接著，綠色消逝。就如之前的每天一樣，只維持兩秒鐘。他發出沮喪的叫聲，但就連沮喪都顯得有氣無力。他叫，只是爲了確保自己還能聽見聲音，而不是爲了發洩怒意。

接下來的部分依然令他瘋狂。他跪在地上的凹痕旁。他兄弟把他變成了野獸。一隻狗，玩弄自己排泄物的狗。但是這個情緒已經老掉牙，他用過太多次了，根本無法掀起任何怒火。六千個日子過去，他已經卑賤到不會再痛恨卑賤。他將雙手插入自己的尿中，他像塗抹自己的油脂一樣塗抹那些尿。即使顏色都被吸光，尿依然是尿。尿依然是酸性的，應該能加快皮膚油脂腐蝕地獄石的速度。

不過尿液也可能被油脂中和。他有可能會進一步推延自己重見天日的時刻。他無法肯定。這是眞正讓他難受的，而非將手浸在尿中。尿已經不再讓他難受了。

他從碗裡舀出尿液，然後拿一塊藍破布把它擦乾。現在他的衣服、枕頭都是尿騷味。他活在尿騷味裡太久，已經對這股味道完全沒有感覺。尿騷味不重要。重要的是明天碗必須是乾的，然後他才能再度嘗試。

又過了一天，又失敗一次。明天，他會再度嘗試次紅色的方法。已經好一陣子沒這麼做了。他已經從上次嘗試中恢復元氣，應該有足夠的力量再來一次。他兄弟沒教過他什麼，但至少讓他知道自己有多堅強。或許這就是他最痛恨加文的一點。不過這股恨意就和他的囚室一樣冰冷。

# 第四章

基普在晨間的寒意中，以十五歲男孩笨拙身軀所能擠出的最快速度，跑過鎮中廣場。他被一顆圓石絆了一跤，頭前腳後地穿過達納維斯大師的後門。

「你還好吧，孩子？」達納維斯大師從工作台的椅子上問道，矢車菊藍眼睛上方的黑眉毛揚起，虹膜中散布著代表他是馭光法師的亮紅色彩。達納維斯大師約莫四十出頭，沒留鬍子，精瘦結實，穿著厚厚的羊毛工作褲和薄上衣，在寒冷的早晨露出強壯的手臂。他的鼻子上掛著一副紅色眼鏡。

「噢，噢。」基普看著磨破的掌心。他的膝蓋也很痛。「不，我不好。」他拉拉褲子，在掌心摩擦本來是黑色的麻布時露出痛苦表情。

「很好，很好，因爲——啊，在這裡了。告訴我，這些看起來一樣嗎？」達納維斯大師伸出雙手。兩手都是亮紅色的，從手肘到手指布滿盧克辛。他刻意翻過手臂，不讓咖啡牛乳色的皮膚影響基普。達納維斯大師和基普一樣是混血——不過基普從未聽過有人用這個事實找馭光法師的麻煩，不像他。這位染布師是半個血林人，臉上有一些人稱雀斑的古怪污點，看起來還算正常的黑髮中隱約帶有一點紅色光澤。但至少他那比普通人白一點的皮膚讓基普比較容易回答他的問題。

基普指向染布師前臂到手肘間的一塊區域。「這裡的紅有點變色，而這裡有點太亮。我可以，呃，和你談談嗎，先生？」

達納維斯大師一臉厭惡地甩動雙手，寶石紅色的盧克辛撒落地面，化爲數百粒紅斑。黏膠狀的盧克辛癱陷瓦解。大部分日子，基普午後都會跑來蒐集殘餘物——紅色盧克辛即使化爲粉末都能燃燒。

「超色譜人！我女兒是這種人也就罷了，但是鎭長的丈夫也是？還有你？一個鎭裡有兩個男性超色譜人？等等，怎麼了，基普？」

「先生，有……」基普不禁遲疑。一方面因為戰場是禁地，二方面因為達納維斯大師曾經說過他認為去戰場拾荒，就和盜墓沒什麼兩樣。「你有麗芙的消息嗎，先生？」懦夫。三年前，麗芙・達納維斯與她父親一樣離鄉背井，前往克朗梅利亞接受訓練。他們只出得起錢讓她在第一年豐收假的時候回家一趟。

「過來，孩子。我看看你的手。」達納維斯大師拿起一條乾淨的布，抹掉他手上的血，然後擦掉塵土。接著他打開一個瓶子，將布放到瓶口，用沾了白蘭地的布擦拭基普的掌心。

基普輕呼。

「別像個嬰兒。」達納維斯大師說。雖然基普很久以前就開始幫染布師打些零工，但有時候還是很怕他。「膝蓋。」

基普皺起眉頭，抬起一條腿，腳撐在一張工作台上。麗芙比基普大兩歲——現在快要十七歲了。即使在鎭上男人如此短缺的情況下，她還是只把基普當成小孩看，不過她一直對他很好。一個很少擺出高高在上的模樣又對他很好的美麗女孩，基本上就是基普這輩子能遇上的最好對象。

「就當是並非所有鯊魚和海惡魔都待在海裡吧。戰爭開打以來，克朗梅利亞對提利亞人來說，就一直不是友善的地方。」

「所以你覺得她會回來嗎？」

「基普，」達納維斯大師說。「你媽又惹上麻煩了嗎？」

達納維斯大師拒絕收基普為染布學徒。他說瑞克頓沒有多少染布生意，基普幹這行沒有前途，並且堅稱自己也不是什麼厲害的染布師，只是靠汲色混口飯吃。他在稜鏡法王戰爭之前，顯然不是染布師，因為他曾在克朗梅利亞接受訓練。那些課程不便宜，大部分馭光法師都必須宣示效忠來支付學費。這表示達納維斯大師的老師肯定是在戰爭中死去，把他一個人留在世上。但是大人很少會談起那段日子。提利亞戰敗了，生活每下愈況，基普和其他小孩就只知道這些。

儘管如此，達納維斯大師還是會付錢請基普打點零工，也像鎮上半數人母一樣，會在基普路過時請他吃一頓。更好的是，他總是會讓基普吃鎮上女人因為想吸引這個帥氣單身漢注意，而送來的蛋糕。

「先生，河的對岸駐有大軍。他們是為了消滅我們而來，讓所有人知道違逆加拉杜王會有什麼下場。」

達納維斯大師張口欲言，接著發現基普是認眞的。他沉默片刻，然後整個氣勢都變了。

他接連問了基普好幾個問題：他們的確實位置？他什麼時候跑去的？怎麼會知道他們打算消滅本鎮？營帳是什麼樣子？總共有多少營帳？有沒有馭光法師？基普的回答就連他自己聽起來都覺得難以置信，但是達納維斯完全接受。

「他說加拉杜王在徵召狂法師？你確定？」

「是的，先生。」

達納維斯以大拇指和食指搓揉上唇，彷彿在梳理小鬍子，雖然他沒留鬍子。他走到一個箱子旁，打開箱蓋，拿出一只小袋子。「基普，你朋友今天早上跑去綠橋釣魚。你得去那裡警告他們。國王的手下會占領那座橋。如果不警告他們，你的朋友就會被殺，會淪為奴隸。我會去警告鎮上的人。如果情況一發不可收拾，拿那筆錢去克朗梅利亞。麗芙會幫你。」

「但、但是我媽！她在——」

「基普，我會盡我所能地救她和鎮上的人。但沒有人能去救你朋友。你想看到伊莎貝兒淪爲奴隸嗎？你知道會怎麼樣，對不對？」

基普臉色發白。伊莎還是個小女孩，但他注意到她就快要變成美女了。她並沒有一直對他很好，但是想到有人要傷害她，就讓他怒不可遏。「是，先生。」基普轉身要走，但是遲疑片刻。「先生，超色譜人是什麼？」

「我屁股上的刺。快點走吧！」

第五章

這件事不會有好結果的。那封信——「你有個兒子」的信——沒有彌封。加文肯定白法王的手下會閱讀他所有的信件。但是卡莉絲在把信交給他之後還笑得出來，這表示她沒看過。所以她不知情，暫時。但她已經要去向白法王報告了。而白法王也在等加文。

他轉動肩膀，左右伸展頸部，發出兩下令人滿意的喀啦聲，然後開始前進。他的黑衛士跟在身後，所有人都攜帶輪發式火槍，還有阿塔干劍或其他武器。他爬上樓梯，前往克朗梅利亞宮頂樓的室外陽台。一如往常，他第一個注意到的就是卡莉絲。她身材嬌小、曲線玲瓏，不過多年的嚴厲訓練讓肌肉過於結實。她留了一頭長長直髮，今天是白金色的，昨天是粉紅色的。加文喜歡她染金髮。金髮通常表示她心情好。她的髮色改變並非魔法效果，只是喜歡經常染髮。或許她認爲自己出類拔萃到根本不必費心融入人群。

就和其他保護白法王的黑衛士一樣，卡莉絲身穿上好的黑色衣褲，非常適合打鬥，除了肩膀和頸部以金線繡上的官階之外，沒有任何花紋。和其他人一樣，她攜帶著一支細長的黑色阿塔干劍——微微彎曲的長劍，只有一面開鋒；沒有佩戴盾牌，而是使用一支格擋用的鋼棍，中間鑲有一把拳刃。就和其他人一樣，她接受過以上兩樣武器的嚴格訓練，還有其他武器。不過與其他人不同的是，她的皮膚不像帕里亞人或伊利塔人般黝黑。

她顯然心情不錯，嘴角帶有一絲戲謔的笑意。加文朝她揚眉，假裝對之前叫他起床的惡作劇不太高興，然後來到白法王面前站定。

奧莉雅・普拉爾是個越來越常依賴此刻所坐輪椅的乾癟老太婆。她的黑衛士排班時，會確保每一班都至少有一名壯漢，以免須要抬她上樓下樓。但儘管身體虛弱，奧莉雅・普拉爾已超過十年都沒有必要擊敗任何覬覦白袍的挑戰者。大多數人甚至不記得她的本名；她就是白法王。

「準備好了嗎？」她問。即使已經這麼多年，她還是難以接受這對他而言一點也不困難的事實。

「我撐得過去。」

「你總是撐得過。」她說。她的雙眼澄淨，呈現灰色，只有虹膜外圍有兩圈弧形色彩，上方是藍色，下方是綠色。白法王是藍綠雙色譜法師，但是那些顏色都已經淡出她的雙眼，因爲她已經很久沒有施法。那兩道圓弧都很寬，從瞳孔一直延伸到虹膜邊緣。如果她再度施法，就會粉碎斑暈：顏色將會突破圓弧，擴散到眼白裡，然後就會死去。這就是她不戴有色眼鏡的原因。和其他退休的馭光法師不同，她不須繼續隨身攜帶用不到的眼鏡來提醒他人自己從前的身分。奧莉雅・普拉爾就是白法王，這樣就足夠了。

加文走向高台。高台上，一塊巨大的光滑水晶懸掛在弧形軌道上，可以每年、每個月或每一天進行調整。他不需要水晶幫助。從不需要，但是讓人以爲他須要協助才能應付這麼強的光芒，似乎能讓大家感覺舒服一點。他從來沒有出現過暈光的症狀，人生就是這麼不公平。「有什麼特殊要求嗎？」他問。

稜鏡法王究竟如何感應全世界魔法不均衡的狀態，至今依然是團謎。從前由於人們篤信宗教，相信稜鏡法王能夠直接接觸歐霍蘭，導致所有總督轄地在加文成爲稜鏡法王之前，都沒有人研究過這個課題。就連白法王在提出這個問題時，也都心存恐懼，而她還是加文這輩子見過最大膽無恥的女人。

倒不是說他們有取得任何進展，只是很久以前他曾經和白法王達成協議：她可以隨心所欲地研究他，而他會完全配合，條件就是她允許他在沒有黑衛士監視的情況下自由活動。基本上雙方都很滿意這種安排。有時候他會忍不住揶揄她，因爲在他擔任稜鏡法王至今十六年來，他們似乎沒有取得任何研究成果。當然，每當他做得太過分時，她就會把他叫上天台，宣稱要觀察光線穿透他皮膚的現象。於是他均衡魔法。在開放空間。在冬天。赤身裸體。

那種感覺不好。以加文的本事，他很快就學會底線在哪裡。他畢竟是七總督轄地的皇帝。

「我希望你能允許黑衛士做好他們份內的工作，稜鏡法王閣下。」

「我是說關於均衡魔法有什麼特殊要求。」

「他們鍛鍊一輩子，都是爲了服侍我們。他們用生命守護我們。而你卻每週都要鬧失蹤。我們說好你可以不帶衛士出門，但僅限緊急狀況。」

*服侍我們？事情才沒那麼簡單。*

「我的生活充滿危機。」加文說。他們經常爭論這個。毫無疑問，白法王認爲如果不當眾爭論這件事，他就會要求更多自由。毫無疑問，她想得沒錯。加文冷冷地看著白法王，白法王也冷冷地看著他。黑衛士全都非常、非常安靜。

*你會這樣應付他們嗎，兄弟？還是說你會用法術迫使他們順從？我生命中的一切統統關乎權力。*

「今天沒有特殊要求。」白法王說。加文開始。

基本上，稜鏡法王能夠做到兩件沒有其他人能做到的事。首先，加文能在沒有外物協助下，將光分割成各種組成色彩。正常紅法師只能取用一定範圍的紅色階，有些色階較廣，有些較窄。想要施展紅魔法，他們得看見紅色——紅岩石、血、日落、沙漠，隨便什麼紅的東西都行。許久以前，馭光法師就已經學會佩戴有色眼鏡，能夠過濾太陽白光，直接呈現紅光。這樣做力量較弱，但總比完全依賴周遭環境要強。

所有馭光法師都面臨同樣的限制：單色譜法師只能編織一種顏色；雙色譜法師能夠利用兩種顏色。一般而言，雙色譜法師能動用的都是相鄰的兩種色彩，像是紅色和橘色，或黃色與綠色。多色譜法師——能夠控制三種或更多顏色的人——極度稀有，但就連他們也必須利用看得見的顏色來編織魔法。唯一不用眼鏡的，只有稜鏡法王。只有加文有辦法在體內分光。

這對加文而言非常方便，但卻幫不上其他人。這種能力只讓他陷入目前的局面：站在克朗梅利亞的天台，任由光線湧入眼中，化作色譜中的所有色彩透過全身毛孔滲出，填滿他的皮膚。他能夠感應到全世界魔法失衡的狀態。

「和之前一樣，在東南方。」加文說。「深入提利亞境內，可能是凱爾芬，有人在運用次紅魔光，大量使用。」高溫與火焰通常代表戰爭魔法。大部分無法施法的軍閥或總督想要殺人的時候，都會先追求這種魔法。沒有模糊地帶。提利亞境內施展了這麼多次紅魔法，只有兩種可能，一是有人在進行不爲人知的戰爭，二是拉斯克·加拉杜總督成立了自己的魔法學校，專門訓練戰鬥馭光法師。這絕不是會讓他的鄰居高興的消息。占據提利亞前首都加里斯頓的魯斯加總督，肯定不會高興。

除了過量次紅魔法，自從加文上次均衡魔法以來，世界上施展的紅魔法多於藍魔法，綠魔法多於橘魔法。最初，魔法系統會自我調節。如果世界上的紅法師使用太多紅魔法，他們就會開始施法困難，同時導致藍魔法容易施展。彌封過的紅盧克辛會更容易分解，而彌封的藍盧克辛會封存得更好。這種情況會造成許多不便，非常煩人。

傳說在盧西唐尼爾斯帶來眞正的歐霍蘭信仰之前，魔法中心分散在世界各地：綠魔法位於如今的魯斯加、紅魔法在阿塔西，以此類推，他們全都崇拜異教神祇，受困於迷信與無知。某個軍閥幾乎將藍法師屠殺殆盡。根據傳說，短短幾個月的時間，瑟魯利恩海全被染紅，萬物不生。靠這片海域過活的漁夫無法維生。少數存活下來的藍法師，憑藉自己的力量爲世界找回平衡——施展過量的藍魔法，直到身亡爲止。於是，海水清澈了，紅法師也恢復正常。但是由於世界上的藍法師已全部死光，導致所有運用紅盧克辛的嘗試統統失敗，海水再度染紅，饑荒和疾病降臨。

這種情況就一直循環下去。幾乎每個世代都會有猛烈的自然災害，剷除數千個深信自己觸怒了善變神祇的人們。

稜鏡法王阻止了這種情況。加文能在產生任何實質徵兆前感應到魔法失衡，然後透過施展相對顏色的魔法加以均衡。當稜鏡法王失敗時——所有稜鏡法王都會在上任七年、十四年，或二十一年後失敗，克朗梅利亞就得用麻煩的方法預防災害——除了四下奔走滅火（有時候是眞的滅火），他們還會發布公文到世界各地，或許是要求藍法師除非遇上緊急狀況，不然不要汲色，然後請紅法師多施一點法術。由於所有人一輩子能夠汲取的魔法有限，這表示會加速紅法師的死亡，並讓七總督轄地的藍法師無法進行有用的工作。所以在這種情況下，克朗梅利亞就會全力找尋新任稜鏡法王。而每個世代，歐霍蘭都會賜給人間一名新的稜鏡法王，至少教義裡是如此闡述的。

只不過在加文這個世代裡，高深莫測的歐霍蘭賜下了兩個稜鏡法王——導致世界分裂。

加文緩緩轉圈，攤開雙手釋放出一團團的超紫光，藉以均衡次紅光，接著用紅光去均衡藍光，橘光均衡綠光。感覺到世界再度恢復平衡後，他停手。

他轉身向白法王微笑。她的表情一如往常，難以解讀。她的黑衛士——所有人都是馭光法師，所以也都很清楚加文剛剛處理了多少魔力——看起來也和她一樣無動於衷。或許他們只是習以爲常。畢竟，他是稜鏡法王。做到不可能的事是他的工作。如果有什麼值得一提的，大概就是他們看起來似乎鬆了口氣。他們的工作是要保護白法王。必要時不惜和他作對。

加文是稜鏡法王，也就是七總督轄地名義上的皇帝。事實上，他的職責比較屬於宗教層面。試圖取得實權的稜鏡法王往往會被迫提早退休——通常是永久退休。黑衛士願意犧牲性命保護他，但白法王才是克朗梅利亞的首腦。如果情況演變到那個地步，他們會爲她作戰，而不是他。他們很清楚如果眞的與他對立，自己可能會死，不過話說回來，他們所受的訓練都是爲了這個。就連卡莉絲也不例外。

有時候，加文不禁要想，如果眞的走到那種局面，卡莉絲會是最後一個試圖殺他的人，還是第一個？

「卡莉絲？」白法王說。「有艘前往提利亞的船在等妳。帶著這個。開船之後再看。情況允許時就用槳加速。時間緊迫。」她交給卡莉絲一張摺好的字條。字條沒有封起。若不是白法王相信卡莉絲一定會等到開船時才看，就是很清楚不管有沒有封，她都會立刻打開來看。加文自認和卡莉絲很熟，但他不知道她會怎麼做。

卡莉絲接下字條，深深鞠躬，看都不看加文一眼，接著轉身離開。加文忍不住看著她離開，她體態玲瓏、優雅、挺拔，不過他沒有多看。白法王肯定會注意到他的視線，若是看太久，她可能會說些什麼。

她在卡莉絲消失於樓梯下時揮了揮手，其餘衛士立刻退到聽不見他們交談的距離外。

「好了，加文，」她說著，雙手抱胸。「一個兒子。解釋一下。」

## 第六章

綠橋位於瑞克頓上游將近一里格的地方。基普的身體大聲叫他別再奔跑了，但是一放慢腳步，他就會想像士兵從對岸擁出的畫面。他必須搶先趕到才行。

約莫經歷十二場受奴役與死亡的惡夢之後，他趕到了目的地。伊莎貝兒、朗米爾、山桑都很悠閒地靠在橋上釣魚。伊莎貝兒抓緊衣服禦寒，看著山桑努力誘騙彩虹鱒魚上鉤，而朗則告訴他哪裡做得不對。他們全都在基普彎腰喘氣時轉頭看他。附近沒有士兵的蹤跡。

「得走了。」基普趁喘氣的空檔說。「士兵要來了。」

「喔，不，喔，不！士兵不要來！」朗故作驚慌地說。

山桑以爲朗是認眞的，立刻跳起身來。山桑有暴牙，好騙而性情溫和，總是最後一個聽懂笑話，而且通常都是玩笑的主角。

「輕鬆點，山桑。我在開玩笑。」朗米爾說著，捶了山桑的肩膀一下，那一捶稍嫌過重。剛聽說徵兵人員在募兵時，他們立刻就認定如果有人會被迫加入加拉杜王的部隊，肯定就是朗。他今年十六歲，比其他朋友年長一歲，而且也是他們之中唯一看起來有點士兵樣的人。

「我不是。」基普說，他依然彎著腰，雙手抵著膝蓋，重重喘氣。

山桑搞不清楚狀況，問道：「我媽說鎮長女士和國王的手下大吵了一架。她說鎮長叫他把那些命令塞到他的耳朵裡。」

「根據我對鎮長的認識，她說的絕對不是耳朵。」伊莎說著，露出賊兮兮的笑容。山桑和朗則是哈哈大笑。他們還是不當一回事。

基普看到伊莎望向朗——短短一眼，尋求他的認可。而當發現朗有笑時，基普察覺她變得更開心，這讓他噁心得想吐。又一次。

「怎麼了，基普？」她問。棕色的大眼、圓潤的嘴唇、玲瓏有致的身材、白皙光滑的皮膚。想要和她說話又不注意到她的美貌，根本不可能。事實上，她比麗芙還要美，更重要的是，她近在眼前。

基普努力思索措詞。有人要來殺我們了，而我還在擔心一個根本不喜歡我的女孩。

距離綠橋三、四百步的地方有座橘子果園。果園和橋之間沒有多少掩護。

「有——」基普開口，但是朗立刻插嘴。

「如果他們徵召，我會自願成爲戰鬥馭光法師。」朗說。「那很危險，我知道，但如果得要拋下深愛的一切，我就一定要有所作爲。」他看向遠方，遙想榮耀的未來。基普很想捶他那張英雄般的俊俏面孔。

「你和山桑何不趕快逃命呢？」朗問。「你知道。躲避凶狠的大軍。伊莎和我想要道別。」

「我們在就不能道別了嗎？」山桑問。

伊莎臉紅。

朗目光閃爍。「說眞的，你們兩個，少混蛋了。」他假裝說笑般地說道。

「朗，聽著。」基普說。「軍隊是要來殺一儆百的。我們得離開。現在就走。達納維斯大師說他們會占領綠橋。」事實上，綠橋本身就是上次戰爭時留下的遺跡。它完全是由綠盧克辛凝聚而成的——在彌封狀況下最耐久的盧克辛，分解的速度比其他盧克辛都來得慢。據說加文．蓋爾率領大軍路過此地，準備前去摧毀他邪惡的弟弟達山．蓋爾的部隊時，加文．蓋爾——稜鏡法王本人——親手汲色創造出這座橋。單靠他一個人。短短數秒鐘。而大軍則是毫不減速地行軍路過。不過他的糧草官卻奪走了鎮上所有的食物和牲口。鎮上所有男人都被雙方部隊強徵入伍。

這就是他們都在沒有父親的情況下成長的原因。瑞克頓的人都應該要嚴肅看待路過的軍隊。就連小孩也一樣。

「幫我個忙，胖子。我會補償你的。」朗說。

「如果你跟士兵走了，就不會留在這裡補償我。」基普說。每當朗叫他「胖子」，他就想殺了朗。

朗臉上浮現出醜陋的表情。他們以前打過架，每次都是朗贏。但是每次都贏得不輕鬆。基普很耐打，而且有時候還會抓狂。他們都很清楚這一點。朗說：「所以幫我個忙，好嗎？」

「我們得離開！」基普幾乎是用吼的。他不知道自己爲什麼會覺得驚訝。他們叫朗米爾「朗」是有原因的【註】。他只要定好目標，就會勇往直前，撞開所有擋路的東西，絕對不會改變方向。他今天的目標是要破伊莎貝兒的處女身。就是這麼簡單。大軍入侵這種小事是沒辦法阻止這頭愚蠢野獸的。

「好啦。來吧，伊莎，我們去橘子果園。」朗說。「別以爲我會就這麼算了，基普。」

朗牽起伊莎貝兒的手，拉著她前進。她隨他走，但又轉過頭來，望向身後的基普，彷彿期待他做點什麼。

但是他又能做什麼？他們走的方向沒錯。如果趕過去往朗臉上揮拳，朗就會把他痛毆一頓——而更糟糕的是，他們將會處於開闊空間。如果基普跟得太緊，朗或許會以爲他想打架，就算他不想打也一樣，而那會導致同樣的結果。

伊莎貝兒還在看他。她美得令他心碎。

基普可以留在原地。什麼都不做。躲到橋底下。

不！

基普咒罵一聲。伊莎在他跳出綠橋陰影時回過頭去。她瞪大雙眼，他以為自己看見她嘴角揚起一絲微笑。她是看到基普鼓起勇氣追上來而開心，還是只是享受有男孩為她爭風吃醋？接著她的目光移向左上方，河的對岸，露出訝色。

上方傳來一個男人的叫聲，不過在河水流動的聲響下，基普聽不出對方在說什麼。朗在爬上河堤時絆了一跤。他沒有站穩腳步，反而雙膝著地，身形搖晃，向後跌落。

直到朗軟癱的身體翻過來後，基普才看見他背上插了一支箭。

伊莎也看到了。她看向河堤上的人，瞄了基普一眼，然後朝反方向逃跑。

「殺了她。」一個男人清晰洪亮地下令，就在基普正上方的橋上。他的語氣冷酷無情。

基普感到很難受、很無助。他浪費太多時間了。他的心拒絕接受眼睛回報的景象。伊莎沿著河堤奔跑，速度飛快。她向來跑得很快，但無處可躲，基普心知即將命中目標的箭和她之間沒有任何掩護。他心跳劇烈，雙耳隆隆作響，接著突然之間，他心跳加倍，三倍。

一道陰影掠過他的眼角——箭。基普手臂抽動，彷彿自己中箭一般。一道隱約可見的微弱藍光竄出他的身體，釋入空中。

那支箭墜入河中，和伊莎相差整整十五步。發箭者咒罵一聲。基普低頭看手。雙掌微微顫抖——而且是藍色的。像天空一樣刺眼的藍。他驚訝到僵在原地。

---

譯註：朗米爾（Ramil）的暱稱朗（Ram）有公羊的意思。

他回頭看向伊莎，只見她已經跑出百步之外。另一道黑影閃過，一支箭從他眼角一端竄向另一端——直接插在伊莎背上。她一頭栽在河堤的石頭地面，不過又在基普眼前爬起身來。那支箭插在她背後腰際，而她的手和臉都在流血。當她快要站起時，下一支箭又射中她的背。她倒地跌落在淺灘上，再也沒有任何動靜。

基普呆呆地站在原地，難以相信剛剛發生的一切。他只能盯著鮮血湧出伊莎的背部，染紅清澈的河水。

他們頭上的橋面上傳來馬蹄聲。基普思緒翻騰。

「長官，部隊準備好了。」上面一名男子說道。「但是長官，這裡是我們國家的城鎮。」基普抬頭。組成綠橋的綠盧克辛是半透明的，他可以看見那些士兵的影子——這表示如果他或山桑移動的話，士兵也可能看見他們。

那就不要發出任何聲音。之前下令射殺伊莎的軍官冷冷說道：「我們要讓部下選擇什麼時候才該遵守國王的命令嗎？或許大家也該選擇性地執行我的命令？」

「不，長官。只是……」

「你說完了嗎？」

「說完了，長官。」

「那就燒掉它。統統殺光。」

# 第七章

「妳甚至不打算假裝沒偷看我的信？」加文問。

白法王大笑。「我有什麼理由侮辱你的智慧？」

「我可以想到半打理由，這表示妳八成可以想到一百個。」加文說。

「你在逃避問題。你有兒子嗎？」儘管她打定主意要得到答案——加文知道不管閃躲得多有技巧，她都不會讓自己蒙混過關——她還是盡量壓低音量。就連黑衛士也聽不到他們的談話內容。但既然她看過那封未彌封的信，那其他人當然也可能看過。

「據我所知，應該不是真的。我看不出我怎麼會有兒子。」

「因爲你一向都很小心，還是因爲你生不出來？」

「妳不可能眞的以爲我會回答這個問題。」加文說。

「我知道稜鏡法王會面對許多強大的誘惑，我也很佩服你這些年來能夠如此節制或謹慎——不管是哪一個。我從來不用應付懷孕的年輕馭光法師，或氣沖沖要求你迎娶自己女兒的父親。對此，我心存感激。這也就是我沒有和你父親一起逼你娶妻的原因，雖然那樣肯定會讓你跟我的日子好過很多。你是個聰明人，加文。我希望你聰明得知道可以向我要求新的房內奴隸，或是更多房內奴隸，或是任何你想要的東西。不然的話，我只能希望你……非常謹愼。」

加文輕咳一聲。「最謹愼不過了。」

「我不會假裝有辦法得知所有你去過的地方，但是據我所知，戰後你就不曾去過提利亞。」

「十六年了。」加文輕聲說道。十六年了？他眞的已經被關在那下面十六年了嗎？要是白法王發現我兄弟還活著，會怎麼做？要是發現了我一直把他關在這座塔下的特殊囚室裡呢？

她揚起眉毛，從他不安的神情中察覺還有其他事令他心煩。「啊，戰時認定自己可能會死的男女，往往會做出很多事。那是你的狂野年代。或許這段關係特別麻煩？」

加文心跳暫停。十六年前發生過很多事，但現在最重要的卻是他在那段期間生下了一個孩子，因爲當時加文和卡莉絲訂有婚約。

「如果你絕對肯定這件事不是眞的，」白法王說。「我就派人去取回交給卡莉絲的字條。我是在幫你忙。你也知道她的脾氣。我本來是想讓她在遠離這裡後才知道這件事，或許對你們兩個而言都是最好的做法。等她冷靜下來之後，相信她會原諒你的。但如果你敢保證不是眞的，那她就根本沒必要知道，是不是？」

一時之間，加文懷疑老太婆有什麼企圖。白法王的做法十分體貼，這點毫無疑問，但她同時又安排這件事在她面前上演——她這麼做的唯一理由，就是想要看看加文最眞實的反應。這種做法既體貼又殘酷，而且還很奸詐，絕不可能是湊巧。加文再度提醒自己千萬不要和奧莉雅・普拉爾作對。

「我不記得這個女人。完全沒印象。不過當年情況很亂。我、我不能保證。」他知道白法王會怎麼解讀。她會認爲他承認了在和卡莉絲訂婚期間出軌，但他又自認非常謹愼。只是年輕人總是會犯錯。

「我該走一趟。」他說。「我會查清楚的。這是我惹的麻煩。」

「不。」她冷冷說道。「現在是卡莉絲的麻煩了。我不會派你去提利亞，加文。你是稜鏡法王。派你去殺狂法師已經夠糟了——」

「妳沒派我去。妳只是沒有阻止我。」

那是他們第一次嚴重的意見不合。她拒絕讓稜鏡法王親身犯險，說那是瘋狂之舉。加文完全沒有和她爭論，只是拒絕被她阻止。她把他囚禁在房裡。他把門炸開出來。

最後她放棄了，而他在其他方面付出代價。

片刻過後，她輕聲問道：「多年以來，加文，在你殺了這麼多狂法師、救了這麼多人之後，有比較不痛苦嗎？」

「我聽說有人在散布異端邪說。」加文突然說道。「又有人在傳道古神信仰。我可以去調查。」

「你已經不是普羅馬可斯了，加文。」

「又不是說他們那五十個訓練不良的馭光法師有辦法阻止我——」

「你是過去五十年，甚至一百年來，最高強的稜鏡法王。而他們的小異教克朗梅利亞裡，可能會有五十一個馭光法師，甚至五百個，所以我絕不答應你這麼做。卡莉絲會趁調查加拉杜『國王』的同時，順便調查這個女人和她兒子。她會在幾個月內回來。說起狂法師，血林外出現了一個力量強大的藍狂法師，有人看到他向盧城前進。」

藍狂法師前往全世界最紅的地區。怪了。而且藍法師通常都很看重邏輯。她提出這件事只是爲了讓他分心，但是這件事很有趣，能讓他沒時間去管卡莉絲。「我先告退了，高貴的女士。」他的禮貌向來都帶有諷刺意味。他沒有等候允許，直接收回魔力，奔向高台邊緣。

「喔，你不能告退。」她說。

他停下腳步。輕嘆一聲。「又怎麼了？」

「加文！」她斥責道。「你絕不能忘記承諾過今天要上課。能見你一面是所有班級的榮耀。他們等了好幾個月才等到這一天。」

「哪一班？」他懷疑地問。

「超紫班。班上只有六個學生。」

「不就是有個女孩每次都會露出乳房的班級嗎？露娜？安娜？」女人追求加文是一回事，不過那個女孩打從十四歲開始就一直對他投懷送抱。

白法王看起來不太高興。「我們和那個女孩談過幾次了。」

「聽著，」加文說。「就要漲潮了。我要去找卡莉絲。下次我再去給那個班級上課。不會再有藉口，不會和妳爭論。」

「你向我保證？」

「我向妳保證。」

白法王笑得像是吃飽的貓。「你比表面上更喜歡上課，對不對，加文？」

「哈！」加文說。「再見！」

她還沒機會再度開口，他已經衝出塔緣，躍入空中。

# 第八章

基普看著伊莎的屍體。看到殺死朗的士兵後，她回頭看基普。是在尋找安全、尋求守護。她看著他，知道他救不了自己。

一個聲音和旁邊空蕩蕩的感覺，讓基普將目光從伊莎身上移開。山桑朝鎮上跑去。山桑並不聰明，但向來十分實際。他這輩子沒做過如此愚蠢的事。不過基普並不怪他。他們沒見過任何人被殺。但士兵絕不可能沒發現山桑，除非基普想點辦法，不然山桑也必死無疑。

基普已經受夠了袖手旁觀，眼睜睜地看著朋友死去。他沒有多想。他採取行動。他拔腿就跑——往反方向跑。

基普討厭奔跑。朗奔跑時，感覺像是看獵犬追鹿，渾身都是堅硬的肌肉，散發出行雲流水般的力量。伊莎奔跑時，感覺像是鹿在逃命，輕鬆優美但速度驚人。而基普跑步就像乳牛出門吃草一樣。儘管如此，沒人料到他的出現。

他一直跑到朗的屍體旁，提升到最快的速度，然後才聽見叫喊聲。他衝上河堤，完全沒有放慢腳步。一旦開始狂奔，他就不會輕易停下。

一棵只到小腿高度、幾乎完全淹沒在草叢裡的枯樹，在這種情況下造成了麻煩。基普的小腿撞上樹幹，整個人向前撲倒。他顏面著地，滑出一段距離，然後像魚一樣翻過身來。他痛得眼前一片黑、一片紅。一時之間，他以為自己要吐了，接著感到一陣頭昏眼花。他低下頭去，滿心以為會看到骨頭插出皮膚。沒有。儒夫。

淚水湧出雙眼。他的手掌再度流血，指甲裂開。他聽到橋上有人喊叫。他們短時間內看不見他，但是騎士即將趕到，離他不過五十步左右。雜草只長到膝蓋高，騎士隨時都會發現他，到時他就死定了，和伊莎一樣。

他掙扎跪起，小腿灼痛，淚水模糊了他的視野。他痛恨自己。居然因爲跌倒而哭。因爲他笨手笨腳。因爲他軟弱。

騎士在他站起來時大叫一聲。基普以前見過加拉杜王的騎士路過鎮上，但沒見過所有馬具統統佩上的模樣。路過瑞克頓時，他們總是收起馬具。瑞克頓沒有大到値得他們耀武揚威。兩名奔向基普的騎士都是低階騎士團的人，僅能勉強支付馬匹、武器與護甲的開銷，只有在乾季才會出征。是業餘戰士，希望能在收割季前搶點戰利品回家。他們兩個都穿著鎖甲加盔甲的外套，與領主及加拉杜王鏡人團所穿的全套盔甲相比，較輕也較便宜。這種長外套正面有六條層層交疊的狹長金屬薄板，以四比一的鎖甲防護手臂與背部。兩人頭戴托伊普盔——一種盔頂鑲有尖刺，後方插有禿鷹羽毛的圓形頭盔。鎖甲護面一路垂到肩膀上，不但保護頸部，同時也替胸口上半部提供兩倍防護。他們都沒帶長矛。他們佩戴維克瓦羅——鐮劍。這是一種握柄和斧頭差不多長，劍身呈新月形的武器，弧形內緣開鋒。兩名騎士哈哈大笑，爭道而行，比賽看誰先砍死眼前的小孩。

笑聲踏中了基普的底線。放棄求生是一回事，讓咯咯傻笑的白痴殺死又是另一回事。但是他沒有時間。騎士的馬已經急速狂奔，以即將踐踏基普的方式，踐踏嬌嫩油亮的綠草。他們終於分開，其中一名騎士將維克瓦羅轉交左手，打算同時砍倒基普。

基普奮力躍起，撲向前去，打定主意要在死前至少打消一名騎士臉上的笑容。他跳躍力不足，而且太早起跳了。但是當基普的身體即將碰上對方武器時，一團發光的綠色物體穿透他的身體。他感到一股能量竄出自己身體，一打草葉順著他的出拳貫穿拳頭，撕裂他的皮膚。在他身體綻放出的綠光作用下，草葉逐漸膨脹到和豬矛一樣粗，最後眞的變成利刃。他將草刃拋入空中，自己摔回地上。一打發光綠矛的矛柄插入他身旁的地面。

兩名騎士還沒來得及拉韁，就已經撞上矛牆。他們的維克瓦羅在馬被綠矛刺穿時脫手而出，馬足離地，壓斷前排綠矛，跟著又讓後排的綠矛刺穿。騎士飛離馬鞍，落在地面的綠矛上。較輕的騎士被插在離地五呎的空中，重的那個則壓斷綠矛，平躺在基普腳邊。

一時之間，基普呆立原地，完全搞不清楚狀況。他聽見橋上傳來叫聲：「馭光法師！綠法師！」他看著自己的手。血淋淋的手指上緩緩綻放綠光——與那些草和矛的形狀一模一樣。他的指節、手腕、指甲下有割傷，彷彿某樣東西自體內破體而出。空氣中瀰漫類似樹脂和杉木的味道。

基普頭昏眼花。附近傳來某人虛弱的咒罵聲。他轉身。

出聲的是在他身旁地面上持續失血的士兵。基普不知道他怎麼還活著。他身上插著四支綠矛，不過現在已經開始彎曲、瓦解、發光，彷彿就某種細微的層面而言，它們是被蒸發殆盡的。士兵吸了一口氣，這個動作觸動了他胸口的兩根矛。士兵哽咽咒罵，接著綠矛緩緩消失，留下淡綠色粉末混在他的血裡。儘管鎖甲護面遮住他大半張面孔，基普還是能看見他漆黑雙眼中的淚光。

基普瞬間有種天人合一的感覺。那道綠光是融合、成長、野性、完整。但隨著綠光洩出手指，綠矛如同凋謝的花朵般垂下頭，他又再度感到孤獨、感到恐懼。在鎖甲撞擊聲中，插在空中的士兵砰一下墜落地面。綠矛閃爍、分解，然後如同大塊塵土般在空中消散。

基普聽見啜泣聲。是較壯的士兵發出來的，他還在咒罵。他吸入一大口氣，突然開始咳血，濺到鎖甲護面，又落回自己臉上。他翻身朝下，托伊普盔中流出更多鮮血。

基普轉開頭，看向綠橋。國王的軍隊已經離開。基普猜想他們是認定有綠法師跑來救他。或許他們打算等到天黑再來找他，又或許營地裡也有馭光法師。不管是哪種情況，基普都必須盡快逃離現場。

他腳在抖，手指刺痛，內心悲痛，身心俱疲地朝橘園蹣跚而去。

# 第九章

加文．蓋爾疾墜而下，掠過教室與軍營，心知會有不少人跑到窗口看接下來會出什麼事。事實上，今天是汲色新生第一天上課的日子，所以他很可能爲所有老師提供了完美的教學範例。

老師會點燃蠟燭，然後要求學生描述眼前的情況。這樣通常會讓他們有很多機會挫辱那些困惑的學生，因爲他們總是會回答：「蠟燭在燃燒。」「但是你所謂的『燃燒』是什麼意思？」「呃，就是在燃燒？」這問題的重點在於所有火焰統統起於某樣實體物質，但是燒完後卻沒有留下任何實體物質。一根蠟燭燃燒時，那些油脂燒去哪兒了？成爲能量——我們體驗到的光和熱，外加一些殘餘力量——殘餘部分的多寡，端看蠟燭燃燒的狀態而定。

魔法正好相反。它起於能量——光或熱——而它總是以實體呈現。你會製造出盧克辛，能觸摸、掌握它——或是被它掌握。

墜落之間，加文利用天上的冰藍色摻雜些許綠色增添張力，製作出一片藍色風帆和一副鞍帶。它啪的一聲展開，減緩墜落速度。在離地面幾步之遙時，他向下抛出次紅光衝擊波，進一步減緩速度，讓他輕輕巧巧地降落在街道上。大藍風帆碎解成藍綠色灰塵，產生一股樹脂、白堊和杉木的氣味。他大步走向碼頭。

他沒過幾分鐘就找到她。她也才剛剛抵達碼頭，肩膀上掛著一個包包。她換下了黑衛士制服，不過依然穿著褲子。卡莉絲每年只有在盧克法王舞會上會穿一次裙子，因爲規定要穿裙子。她還把頭髮染成接近黑色，以免在提利亞太過招搖。

當然，擁有像她那樣的雙眸也很難不招搖，有如在綠寶石般的天空上飾以兩顆紅寶石般的星星。卡莉絲是綠／紅雙色譜法師——差點就是多色譜法師。她一輩子都很痛恨這個「差點」。她的紅弧圈有延伸到次紅光，足以讓她製造出火焰，但不足以製造出穩定的次紅盧克辛。她考試不過，失敗了兩次。儘管她能掌握的次紅力量超過大多數次紅法師，而且也是加文見過汲色最快的人，但仍然不是多色譜法師。

不過話說回來，多色譜法師太珍貴了，不可能加入黑衛士。

「卡莉絲！」加文邊叫邊跑過去跟上她。

她停止腳步，困惑地原地等他。「稜鏡法王閣下。」她禮貌地招呼道，表現出在公共場合應有的禮儀——顯然她還沒看過那張字條。

他與她並肩而行。「那麼，」他說。「提利亞。」

「七總督轄地的腋窩。」她說。

五年，五個遠大目標，加文。打從成為稜鏡法王以來，他就不斷給自己訂立目標，讓自己專注，也讓自己分心。每七年就訂立七個目標。而他的第一個目標——每次的第一個目標——都是要對卡莉絲坦白。他要告訴她可能會摧毀一切的實話。*我做了什麼。為何而做。十五年前我為什麼會違背婚約。*

*而你將為此在那座藍地獄裡腐爛，兄弟。*

「重要的任務。」他說。

她聳肩。「為什麼重要任務從不把我帶往魯斯加或血林？」

他輕笑。魯斯加是七總督轄地中最文明繁榮的國度，而當然，身為綠法師，卡莉絲在維丹平原上將會如魚得水。另一方面，血林是她的家鄉，而她成年後就不曾再回去那座紅木森林了。「要不要縮短旅程？我可以划船送妳過去。」

「去提利亞？它在大海的另一端！」

「我要去解決一個狂法師，剛好順路。」而且我以後可能沒有多少機會能夠和妳在一起。

她皺眉。「最近狂法師似乎太多了點。」

「我們總是覺得狂法師好像很多。記得去年夏天嗎？連續六天，一天一個，然後接下來三個月裡又完全沒有。」

「我想你說得對。哪種狂法師？」她問。就和所有馭光法師一樣，她仇視與自己同色的狂法師。

「藍色。」

「啊。所以我想你立刻就要出發了。」卡莉絲知道加文特別討厭藍狂法師。「等等，你要獵殺藍狂法師……在提利亞？」她問，轉過頭來以綴有紅斑的綠眼看他。

「嚴格說起來是在盧城附近。」他清清喉嚨道。

她笑。她今年三十二歲，臉上隱約可見一些細紋——可惜算是皺紋，而非笑紋，不過她的酒渦還是和從前一樣美麗。這樣不公平。相識多年之後，女子的美貌不該還能直接打中男人的胸口，擠出他體內的空氣。特別是在無法得到她的情況下。「提利亞離盧城有一千里格！」

「最多兩百里格。如果妳別再浪費時間和我爭論，我或許有辦法在天黑前送妳過去。」

「加文，那不可能。就算是你也辦不到。就算有可能，我也不能要求你——」

「妳沒要求我。我自願的。現在告訴我，妳真的寧願在輕型戰船上待兩週嗎？今天萬里無雲，但是妳知道會遇上風暴。我聽說妳上次搭船的時候，臉色青到可以用來汲色的地步。」

「加文……」

「重要的任務，不是嗎？」他問。

「這樣做白法王會殺了你的。你知道她用你的名字去命名一種潰瘍嗎？她真的這麼做了。」

「我是稜鏡法王。肯定有點特權。而且我喜歡划船。」

「真說不過你。」她投降道。

「我們都有一些特殊天賦。」

# 第十章

基普在橘子和煙霧的味道中醒來。覺得暖暖的，傍晚的陽光穿透樹葉，灑落在臉上。他在不支倒地前抵達一座橘園。他在整整齊齊的果樹之間尋找士兵的行跡，然後站起身來。他依然頭昏眼花，但是煙味令他無暇多想自己的身體狀況。

越接近果園外圍，煙味就越濃，空氣就越凝重。基普看見遠方有光。他步出果園，看見太陽在鎮長的大屋，也就是瑞克頓最高的建築後下沉。在他眼前，深紅色的美麗陽光轉變爲較黯淡、憤怒的色彩。接著，基普又看到了那道光——火光。濃煙突然竄向天際，彷彿收到訊號般，鎮上有十幾處地方開始冒煙。片刻間，十幾間房屋頂上的濃煙冒出猛烈的火舌。

基普聽見慘叫聲。橘園裡躺著一座殘破的老雕像。鎮上的人總是喚它「破碎之人」。雕像大部分都在倒地後數百年間風化瓦解，但是頭基本上還在。很久以前就有人在斷掉的脖子上刻上石階。雕像的頭夠高，可以冒出橘子樹頂欣賞日出。這裡是最受鎮上情侶喜愛的約會地點。基普爬上石階。

瑞克頓鎮陷入火海。數百名士兵在鎮外圍了一大圈。當火焰將幾個鎮民逼出藏身處時，基普看見加拉杜王的騎士舉起長矛。跑出來的人是戴克拉瑞夫人和她的六個兒子——採石工人。最大的兒子米凱爾將她扛在壯碩的肩膀上。他對其他人大叫，但基普聽不見他在說什麼。六兄弟朝河邊跑去，顯然希望能在那裡找到安全的地方。

他們跑不到的。

騎士壓低長矛，全速衝刺，距離逃命的一家人約莫三十步。

「現在！」米凱爾大叫。聲音大到連基普都聽得到。

五兄弟滾地撲倒。查洛動作太慢了，被兩把長矛刺穿背部，癱倒在地。另兩人在騎士調整矛頭之後被刺死在地面。追米凱爾的騎士也壓低矛頭，不過沒有刺中。他的矛插入地面，卡在那裡。騎士沒能及時放手，在自己的衝勢帶動下飛離馬鞍。

米凱爾跑到墜地騎士身旁，拔出他的維克瓦羅。他奮力砍下，儘管騎士有層層鎖甲守護，腦袋依然差點被砍斷。

但是其他騎士已經拉動韁繩，轉眼間，米凱爾、他兄弟和母親身前多了一座閃亮的鋼鐵森林，遮蔽基普的視線。

基普覺得自己快要吐了。在他沒聽見或沒看見的信號指示下，眾騎士調轉馬頭，再度衝向遠方的其他受害者。基普很慶幸距離那些人太遠，認不出是誰。

步兵由四面八方擁入瑞克頓。

媽媽！基普眼睜睜地看著小鎮焚燒，腦中著實空白了好幾分鐘。他媽媽還在裡面。他得去找她。

他要怎麼混入鎮上？就算有辦法避開士兵和大火，他媽媽還有可能活著嗎？國王的手下有看到他跑往哪個方向。他們會把之前看見的「馭光法師」視為這附近唯一的威脅。他們當然會提防，事實上，他們很可能有派人來獵殺他。

如果這樣，待在橘園最高點或許不是什麼明智之舉。

彷彿在呼應他的想法，基普聽見樹枝折斷的聲音。或許是鹿。畢竟天就要黑了。天黑之後橘園裡會有很多鹿——

不到三十步外傳來某人咒罵的聲音。

會說話的鹿？

基普心裡一涼。他難以呼吸，動彈不得。他們會殺了他，就像殺了戴克拉瑞一家人一樣。米凱爾．戴克拉瑞身材高大，壯得像老橡樹，但是依然死在他們手上。

移動，基普，快移動。他的心臟在胸口狂跳。他渾身發抖，呼吸急促，氣喘吁吁。放慢點，基普。呼吸。他深吸了一口氣，將目光自顫抖的手掌上移開。

離這裡不遠處有座山洞。基普曾經在他媽媽失蹤三天後在那裡找到她。長久以來便不斷有人謠傳這附近有些走私者的洞窟，每當他媽媽抽完海斯菸、花光錢之後，就會去找這些洞窟。約莫兩年前，她終於走運，找到一批海斯菸，然後就待在洞裡不回家。基普找到她時，她已經好多天沒吃東西，差點死了。他聽過有人說她如果當時死了，對基普比較好。

回到地面後，基普開始跑步，努力讓雕像擋在他和之前出聲的人中間。他奔跑的速度就和山桑揹著另一個山桑時差不多。基普慢慢地跑，盡量保持安靜，在整齊的果樹之間交叉前進。接著聽見令他毛骨悚然的聲音：狗叫聲。

在恐懼驅使下，基普發足狂奔。他不理會腳上的灼燒感、肺部的刺痛感，開始朝河的方向前進，山洞就在河岸旁。他聽見約莫兩百步外傳來士兵大聲咒罵的聲音，或許不足兩百步。「讓狗在前領路！你想在天還沒黑之前找出馭光法師嗎？」

天色越來越暗了。原來這就是他還活著的原因。由於黑暗會淡化所有色彩，天黑後馭光法師的力量會大幅削弱。而在濃煙和逐漸逼近的烏雲相互作用下，天色暗得比平常更快。如果他們放狗去追，早就已經追上。而在黑暗如此迅速降臨的情況下，他們隨時都有可能放狗。

突然之間，基普抵達河岸。他絆了一跤，差點摔倒，勉強以一手支撐。他停下腳步。山洞位於遠離鎮上的上游，不到兩百步距離。他撿起兩顆好握的石頭。如果有山洞護住他的兩側和背後，他就可以……怎樣？撐久一點再死？

他看著手中的石頭。石頭。對抗士兵和狗。太愚蠢，太瘋狂了。他又看了看石頭，然後將一顆丟向對岸的下游處。第二顆石頭丟得更遠。接著，他又撿起兩顆石頭，在身上磨了磨，然後使盡全力拋出去。最後一顆落在一棵柳樹的樹枝間。丟得很爛。

沒時間為自己的笨手笨腳哀悼。基普的氣味已經被引向上游——他要去的方向。他只能期待這樣有效。這做法很可悲，但他已經束手無策。他沿著河岸往上游走，試圖不理會逐漸逼近的狗叫聲。接著他踏入河中，小心不讓衣服碰到任何乾的石頭。他下水的地方是個彎道，所以很快就遠離後方的視線範圍。

「放狗！」之前那個聲音叫道。

基普來到對岸山洞入口。這座山洞的洞口有幾顆巨石擋住，從河岸上不容易發現。但只要他上岸，狗就能追蹤他的氣味，士兵也會看見他濕淋淋的腳印。他不能上岸。暫時還不能。他抬頭看向烏雲。

*別光待在那裡。給我下點雨！*

「怎麼回事？牠們怎麼了？」剛剛的士兵問道。

「牠們是戰犬，長官，不是追蹤犬。我甚至不確定牠們在追的是馭光法師。」

基普繼續朝上游前進一百步左右，來到河道轉直處，岸上有棵樹倒入河面。這棵樹無法遮掩他的氣味，但可以隱去他滴落的水滴。他上岸，然後停步。如果朝下游走，就會接近獵殺自己的人。但是士兵提到還有其他氣味的事，在基普絕望的心中燃起希望。其他氣味或許表示還有其他出路。要不是因爲那些狗，山洞原本是最安全的過夜地點。

基普吞嚥口水，壓抑狂跳的心臟，再轉往下游，朝山洞走去。他感覺皮膚被什麼冰冷的東西扎了一下。是雨嗎？他抬頭看向烏雲，但肯定是出於想像。他來到一個可以俯瞰山洞的地點。

兩名士兵幾乎就站在他的正下方，另外兩個在對岸。兩岸各有一頭戰犬，隨時都有可能看見基普。牠們身上都穿著類似馬具的皮甲，不過沒有馬鞍。基普趴到地上。

「長官，我可以提供意見嗎？」一名士兵說。在顯然獲得允許後，士兵說道：「馭光法師直接走向河岸，突然轉向上游，然後才下水？他知道我們在追殺他。我認爲他會繞道回頭，朝下游走。」

「在這麼接近我們的情況下？」指揮官問。

「他一定聽到狗叫聲了。」

這話讓基普想到另一件事：不光是地上的氣味，狗也能聞到風裡的氣味。基普喉嚨緊繃。他之前沒想到風向問題，現在颳的是西南風。他本來朝東走，河道轉向北——完美的方向。如果往下游，朝上前進，狗會立刻聞到他的氣味。如果指揮官考慮到風向問題，肯定會馬上想到這一點。

「要下雨了。大概只剩一個機會了，選一個方向追。」指揮官暫停片刻。「動作快。」他以口哨和手勢指示對岸的士兵朝下游走。他們跑步離開。

基普心臟恢復跳動。他從兩塊大圓石間滑下河岸，圓石間有條狹窄的縫隙。從外面看，似乎只有四呎深，然後就是死路一條。但是基普知道縫隙到底還會轉向。當初要不是因爲裡面傳來海斯菸刺鼻的噁心甜味，他也不會發現。天知道他媽媽是怎麼找到的。

此時此刻，即使在明知縫隙後方有路的情況下，基普還是沒勇氣擠入山洞。事情不太對勁，山洞裡不夠黑——天色已經全黑，基普又擋住唯一的入口——這表示洞裡已經有人，而且有提油燈。

基普僵在原地，直到聽見戰狗的叫聲變調。他們找到基普丟到對岸的石頭了，很快就會發現他的把戲。黑暗與壓迫感令人窒息。他必須移動，不管是往裡面，還是往外面。

他擠過轉角，進入走私者的洞窟。黯淡的燈火下坐著兩個人：山桑和基普的母親。兩人都渾身是血。

# 第十一章

基普忍不住出聲驚呼。他母親靠著洞壁而坐，本來藍色的連身裙，現在被血塊和肉塊染成了黑色和紅色。琳娜的黑髮雜亂，看起來比平常還黑，上面沾了不少血。她的右臉乾乾淨淨、完美無瑕，所有血都是從左側頭上，如同燈芯般順著頭髮而下，染紅她的衣服。山桑坐在她身旁，雙眼緊閉，腦袋後仰，衣服同樣染滿鮮血。

聽見基普驚呼，他母親眨了眨雙眼。她腦側有塊大凹痕。歐霍蘭的慈悲呀，她的頭顱碎了。她朝他的方向凝視好一陣，才終於看見他。她的雙眼看起來相當淒慘，一隻瞳孔放大，一隻又小得宛如針孔。兩眼的眼白都充血，變得一片血紅。「基普，」她說。「我從沒想過我會這麼高興見到你。」

「我也愛妳，媽。」他說，努力擠出輕鬆的語調。

「這是我的錯。」她說。她又眨了眨眼，然後閉上眼睛。

基普心裡一驚。她死了嗎？他在今天之前從未見過任何人死亡。歐霍蘭呀，這可是他媽媽！他望向山桑。儘管渾身是血，但他似乎沒有大礙。「我盡力了，基普。鎮長不相信我。我告訴她——」

「就連他自己的家人都不相信他。」基普的母親閉著眼睛說道。「即使看到士兵騎馬撞倒他媽媽、砍死他弟，亞當．馬塔還是站在原地，聲稱我們的總督不會這樣對待自己的子民。只有山桑逃走。有誰想到他是他們家最聰明的人？」

「媽！夠了！」基普聽起來像是愛抱怨的小孩。

「不過你回來了，是不是，山桑？你趕來救我，不像我自己的兒子。可惜他沒有像你試圖幫助家人那樣跑來幫我，不然我或許還有機會活下來。」

這些話觸碰到內心深處的一股怒氣。強大、難以克制的怒氣。他壓抑心中的怒火，擠回眼中的淚水。「媽。別說了。妳快死了。」

「山桑說你現在是馭光法師了。有趣。」她苦澀地說。「你這一輩子都令我失望，偏偏在今天學會汲色。對我們兩個而言都太遲了。」她奮力吸了一大口氣，然後睜開雙眼凝視基普，花了點時間才聚焦到他臉上。「殺了他，基普。殺了那個混蛋。」她從洞窟地上拿起一個和基普手臂一樣長、精雕細琢的華麗花梨木盒。基普從未見過它。

基普接下木盒，打開盒蓋。裡面放了支匕首，雙刃開鋒，材質奇特，白似象牙，中央有條黑線蜿蜒而下，除了刀刃上的七顆鑽石，沒有其他裝飾。這是基普一生見過最美的東西，但是他不在乎。他不知道這匕首值多少錢，但光是盒子，就夠讓他媽媽狂歡一整個月了。「媽，這是什麼？」

「我以爲山桑的腦筋已經轉得夠慢了。」她語氣嚴厲、輕蔑、垂死、恐懼。「把它插入他那顆腐爛的心臟裡。讓那個混蛋痛苦。讓他爲此付出代價。」

「媽，妳在說什麼？」基普無助地問。我，殺掉加拉杜王？

她大笑，這個動作讓一大灘血從她頭上流下。「你是個很蠢、很蠢的男孩，基普。但或許鈍劍能夠擊中利刃無法擊中的地方。」她搖頭晃腦，呼吸困難。接著，她腦袋垂在胸口，基普還以爲她死了，不過她再度睜開雙眼，只有一隻眼睛散發神采，冷冷凝視著基普。她的指甲抓痛了他的手臂。「你快去，去學汲色，去……」她似乎在尋找「克朗梅利亞」這個名詞，但遍尋不著。她發現自己想不起來，臉上露出憤怒與恐懼。看來她眞的快死了。「去學你必須學會的東西，但是不要忘了我。不要忘了這一切。不要聽他的，聽見了嗎？他是個騙子。不要讓我失望，基普。學會汲色，然後殺了他，聽懂了嗎？」

「懂了，媽。」她說得好像認識加拉杜王一樣。她怎麼可能認識？

「基普，如果你愛過我，那就爲我報仇。用你那一文不値的靈魂發誓，基普。發誓，不然我向歐霍蘭保證我會陰魂不散。我不會……讓……」她的聲音變得細不可聞。

基普看向山桑，山桑一言不發地看著他，滿臉驚恐。基普母親的指甲越掐越深，還看得到的那隻眼睛彷彿著火，渴求著他的專注、他的承諾。他說：「我保證會爲妳報仇，媽，以我的靈魂起誓。」

她的臉上流露出類似平靜的神情，緊繃的肌肉放鬆。接著，她滿意地輕笑，但直到停止前，都帶著點殘酷。她放開基普的手臂，留下血淋淋的抓痕。「我不會讓妳失望的，媽，我立刻就——」

她死了。

基普神情木然，目光呆滯地看著她。他闔上母親血紅駭人的雙眼。「你有受傷嗎？」基普問。

「呃？」山桑問。「我？」

基普看著他。「不，天才，我是在和死人說話。」這話很殘酷、很無情。

山桑雙眼淚如泉湧。「我很抱歉，基普。我想要帶她離開。但是太遲了。」他已經面臨崩潰邊緣。基普實在是太混蛋了。

「不，山桑。不，我才抱歉。不要那樣說。不是你的錯。聽我說。我們現在需要的是行動而不是思考。我們有危險。你有受傷嗎？」

山桑冷靜下來，揚起下巴。他直視基普。「沒。這些血都是——不，我沒事。」

「那我們得趁著天黑下雨的時候趕緊離開。他們有狗，可以追殺我們。現在是唯一的機會。」

「但是基普，我們要去哪裡？」奇怪的是，就這樣，基普成了領袖。是因爲他剛發現的力量，還是因爲山桑和誰在一起都是弱者？不，不要那樣想，基普。他相信你。這樣還不夠嗎？

萬一我不值得信賴怎麼辦？

「我要成爲馭光法師。」基普說。「我想。所以我們要前往沿海區，應該可以在加利斯頓搭船前往克朗梅利亞。」

山桑瞪大雙眼，顯然想到基普母親要他保證的事，不過他只說：「我們怎麼去加利斯頓？」

「先沿著河面漂流。」基普這時才發現達納維斯大師給他的錢包掉了。他甚至不知道是什麼時候掉的。就算他們眞的抵達加利斯頓，也沒有錢前往克朗梅利亞。

「基普，那些士兵在鎮外圍了一大圈。如果情況維持不變，得穿越他們的防線兩次。鎮上的大火還沒熄滅。他們也可能封鎖河道。」

山桑說得沒錯，這讓基普感到一股莫名的怒意。但他克制住自己，因爲這不是山桑的錯。基普眼睛熱熱的，情況實在是太令人絕望了，他迅速眨眼。「我知道這個主意很蠢，山桑。」他無法直視朋友的雙眼。「但我沒有其他辦法。你有嗎？」

山桑想了一段時間。「我在岸上看到一些可用的枯木。」他終於說道，基普知道他是在表示自己可以信賴他。

「那我們出發吧。」基普說。

「基普，你想不想……我不知道，道別？」山桑朝基普母親的方向點頭。

基普吞了吞口水，握著匕首盒的手用力到指節泛白。道什麼別？我很抱歉這麼失敗，一輩子都讓妳失望？即使妳從未愛過我，我依然深愛妳？「不用。」他說。「我們走。」

# 第十二章

兩個男孩躡手躡腳地走出山洞。基普走在前面，這顯然是成爲領袖必須付出的代價。基普有過幾十次晚上跑來河邊的經驗，不過今晚空氣中瀰漫著一股飢餓的氣息。風向改變了，空氣中混雜著綿綿細雨濺開泥土的氣味，以及樹上成熟橘子散發出來的淡淡清香。從前這股香氣總是能讓基普心情大好，但今晚它就像基普倖存下來的機會一樣脆弱渺茫。

他們抵達河岸，沒看到任何士兵。他們以前曾經在河上漂流過，四個人都抓了幾塊木板增加浮力，不過基本上只是躺在河面上隨波逐流。但他們總是等到晚秋、水位較低時才這麼做。即使在那種情況下，他們還是會被難以閃避的石塊弄得渾身擦傷和瘀青。現在時值盛夏，儘管水位比春天低，但河水還是很深，水流也很急。這表示他們將漂在秋天時會擦傷他們的石頭上方，但也會以更快的速度撞上避不開的石頭。

山桑去找之前看到的樹枝，基普緊張兮兮地等候，盯著下游注意著士兵的蹤影。小鎮上空的雲被下方的火光染成橘色。山桑帶著幾根樹枝回來，但顯然不夠他們兩人使用。兩人對看了一眼。「你用吧。」基普低聲說道。「我比你會漂。」

「萬一被發現怎麼辦？」山桑問。

這個問題差點讓基普失去勇氣。他們能怎麼辦？逃跑？游走？就算游到河岸，又能跑到哪兒去？小鎮大火連天，四周又只有田野。在狗的協助下，騎馬的士兵很快就會找到他們。

「裝死。」基普說。畢竟我們不會是河裡唯一的屍體。但事實上並非如此，在這麼上游的地方，他們應該是河裡唯一的屍體。如果有士兵想到這一點，他和山桑很快就會變成真正的屍體。

儘管遠離高山，河水還是很冷，但是沒有冷到會把人凍僵。基普坐進河水中，河流開始將他帶往小鎮的方向。山桑跟著下水。他們轉過第一個彎道，來到基普剛剛趕到河邊、察覺計畫中缺陷的地方。

要裝死，就表示他們得在最危險的河段——也就是他和山桑最想用眼睛或耳朵觀察有沒有被人發現的地方——把耳朵浸在水中，雙眼瞪著天上的雲。按照基普的計畫，等他們發現自己的行蹤曝光時，一切就已經太遲。

他們應該離開水面。但他不能這麼做。基普回過頭，山桑已經躺平，仰面漂流，四肢放鬆，耳朵浸在水裡。他被拉向河岸另一邊，由於體重較輕，河流已經讓他與基普平行。基普心跳加速。如果他現在上岸，山桑將不會知道。基普無法不發出吸引數百步內士兵注意的聲響，抓他的朋友一起上岸。

漆黑的河岸上傳來人聲。「是的，陛下。我們認為馭光法師爬上了那棵樹。狗追蹤到那裡之後就失去他的蹤跡。」

基普先看到火把。有人在往河岸上前進，距離不到五步。他的第一個想法——死命逃跑——肯定會害死自己。他擺動手臂，一下、兩下，朝下游划去，然後躺平。冰水湧入他的耳朵，阻隔了自己絕望脈搏聲以外的所有聲響。

此處的河岸比河面高約一步半，高到足以讓平躺在河面上的基普看見那個人——距離不到兩步遠，對方手中火把搖曳的橘光，照亮了他高傲跋扈的面孔。即使在溫暖火光的照耀下，臉上還是散發出一股冷酷氣息，嘴角後隱藏著一絲令人不安的笑意。國王——儘管只看見一瞬間，基普還是可以肯定這個人就是加拉杜王——還不滿三十歲，不過頭髮已經半禿，剩下的頭髮則梳在肩膀上。他鼻子很挺、鬍子整齊、眉毛濃密漆黑。國王凝視著上游方向，額頭上有條即使在火把的光芒下都清晰可見的青筋，瞪著基普渡河處的對岸。他怒氣沖沖的提問，在基普浸在水裡的耳中聽來，如同喃喃低語。

接著，國王在基普漂過他身旁時轉回頭來。然後他轉向左邊的基普。基普動也不動，但並非因爲他試著聰明點。他感覺冷水中的兩腳間傳來一股暖意。

位於國王和男孩之間的火把救了他們一命。他的目光直接掃過，但是被黑暗中的火光蒙蔽，什麼也沒看見。他轉身咒罵一聲，然後離開。

基普持續漂流，腦袋後仰，難以置信自己竟然還活著。四周的河水冰冷，星星彷彿天上歐霍蘭漆黑斗篷上的小洞。基普從來沒發現它們如此美麗。每一顆星星都有自己的顏色、自己的色調；有如閃亮的紅寶石、耀眼的藍寶石，三不五時還有隱隱發光的綠寶石。接下來約莫二十步的距離，基普就在極度寧靜與美景中度過。

然後，他撞上一塊大石。大石首先撞到他的腳，改變了身體方向，讓他朝旁邊漂動。接著，又是一塊大部分都淹沒在水裡的大石，扯破他的上衣、帶動他翻身朝下。他大口喘氣、擺動四肢，在頭冒出水面、驚覺自己發出多大的聲響之後，便不敢再亂動。

下游一小段距離外，山桑自水中抬出頭來，驚恐地看著基普。基普怎麼會發出這麼大的聲響？基普羞愧地偏過頭去。他們安安靜靜地漂了好一陣子，凝望著黑暗，等著士兵出現。他們盡力避開石塊，雙腳向前，雙手輕輕於水中繞圈，讓身體保持漂浮。沒有士兵趕來。

他們盡量接近彼此，雖然基普心知這樣絕非明智之舉。兩具屍體分開漂流沒什麼特別，但是兩具屍體靠在一起？儘管如此，他還是沒有漂開。越來越接近早上朋友遇害的綠橋時，兩人也更是安靜。那彷佛已經是很久以前的事。

接著，基普看到了靜靜躺在河岸上的她。殺害伊莎的士兵已把箭從屍體上拔了出來。不過除了把她翻過身之外，他們沒有移動屍體。她背部貼地，雙眼圓睜，頭轉向左面對基普，黑髮浸在水裡漂動。她一手舉在頭上，沒有隨著水流晃動，而是像倒地的樹幹般僵硬。手臂下半部還有她的臉，都被匯集的血染成可怕的深紫色。

基普爲了朝她移動，把雙腳放上河床濕滑的石頭。正當他要站起時，某種第六感阻止他這麼做。他遲疑片刻，保持漂浮姿勢，盡可能地左顧右盼。

看到了！橋上有個士兵在看守綠橋，從這個角度只看得到頭。這表示他們並不蠢，清楚明白不管之前遇上的馭光法師是誰，都有可能會回來埋葬自己的朋友。

河流帶著基普往下游前進。不做決定也是一種決定。

但是他又能做什麼？出面對抗那名士兵嗎？只要看到一名士兵，附近就可能有十名士兵。如果看到十名，就可能有百名。基普不是戰士，只是個孩子。他又胖又弱。光一個男人就應付不來。

基普把目光自伊莎的屍體上移開，再度躺回水中。反正他也不希望記住她現在的模樣。他的喉嚨裡出現一個硬塊，又硬又緊，幾乎要令他窒息。漂過綠橋下時，要不是因爲懼怕橋上的士兵，他早已泣不成聲。

一直漂到很遠的地方之後，他才想起綁在背上的華麗七首盒。他本來可以嘗試看看的；至少應該要上岸看看情況。他應該爲伊莎這麼做。

沒多久，他們就漂到鎮上，河道變窄變深，兩旁都是大石頭，每隔一段距離就有一座堅固的木橋。

鎮上還有些地方在燃燒，但基普不知道那是因爲那些房子的材質沒那麼易燃，還是因爲有些地方火勢蔓延較慢，導致那些房子才剛開始燃燒。沒多久，他們就遇上第一具屍體。一匹馬。依然掛在一輛裝滿晚收橘子的馬車上，受困於鎮上正在悶燒的區域。母馬被火嚇得跳入河裡。牠或許是被身後的馬車撞死，或許是被扯入水底淹死，把橘子撒得到處都是。

基普猜想那大概是山帝納家的馬和馬車。向來不太多愁善感的山桑，自馬車殘骸中抓了幾顆橘子，塞到口袋裡。

山桑或許是對的。基普整天都沒吃東西，雖然直到此刻才注意到這點，但他餓瘋了。儘管覺得很想吐，他還是伸手到半身淹在水裡的馬旁拿了幾顆橘子。

他們逐漸接近水市場，四周越來越熱。基普聽見奇怪的叫聲，前方還有房子在燃燒。水市場是個環狀小湖，藉由常態性的疏濬維持統一深度。據說，從前城鎮和這條河都比現在大上許多。當時這條河從瀑布後一直到瑟魯利恩海，都可以供船隻航行，往上還能從瑞克頓直通高山，吸引七總督轄地的眾多商人來此搶購橘子和其他柑橘類水果。但現在只有最小型的平底船能夠航向下游，途中還有樂於幫他們卸貨的盜賊出沒。這種情況讓大部分農民選擇速度較慢、護衛較多、利潤超少的車隊來運送橘子。就連最小、最硬、皮最厚的橘子，都會在抵達貴族和總督願意支付大筆金錢購買這種享受的宮廷前爛光。幾乎每年都會有年輕的農民嘗試水路運送，少數人會順利通過，一路抵達加利斯頓，然後帶著一筆財富回來——如果他們回程途中還能避開盜賊的話。

但是基本上，當初造就水市場的商業活動早已瓦解殆盡。鎮民基於尊嚴而保留水市場，作為鎮內的交易中心。所有道路都是圍繞水市場而建，所有倉庫都在附近，於是他們持續維修拖船，每天都根據外人無法理解的規則和慣例繞著市場航行。水市場中央是座小島，藉由北岸的吊橋與鎮上連接。

小島映入眼簾之後，基普終於知道尖叫聲發自何處。吊橋放下了，島上擠滿數百頭被大火包圍的動物。就連站了數十匹馬、羊、豬，以及大批老鼠的吊橋末端，也起火了。製磚師的馱馬驚恐地東張西望，彷彿隨時都會暴衝，但卻看不出能衝到哪裡。島上擠滿了動物；整座小島跟橋面都被動物擠得水洩不通。

基普被眼前的景象吸引，開始漂向碼頭跟小島之間的河道中央。

「老師，我好熱。」基普後方傳來年輕人的聲音。

基普拍水轉身。市場外圍的河岸上有個比基普大一點的年輕人。他身上只有一條紅色纏腰布，黑色鬈髮和胸口都閃著汗水的光澤。他回過頭去，似乎在看身後的男人。基普看不見對方，但他沒有遲疑。基普本來以為他們聽見了自己的拍水聲，但顯然大火已吞沒他所發出的聲響。

基普對山桑比了個手勢，隨即游向牆壁。山桑跟了上去。年輕人的老師說了句話，但是混亂間聽不清楚。基普和山桑來到牆邊，身體緊貼牆面，抬頭看去。

「看著。」他們聽見對方說道。一道火焰套索越過他們頭頂向前竄出，套索落在吊橋的一根木樁上，然後緊緊套住。套索的其他部位在閃光中消失，但木樁上的套索仍在原位，持續悶燒，噴出陣陣火絲，木樁上的碎片開始變黑、彎曲、冒煙。

基普心生恐懼但又深感著迷。在幫達納維斯大師工作的這些年，他從未見過馭光法師施展類似的法術。

「現在你來試試。」

一開始，什麼都沒發生。基普看向山桑。他們兩個貼在牆上，攤開雙手扣緊牆面，讓他們不用拍水。基普突然覺得他們遭人設計。馭光法師知道他們在水裡，他那樣和學徒說話是為了讓他們待在原地。他們就要過來了。他應該立刻游走，越快越好。

他試圖深吸口氣，吞下恐懼。山桑回應他的目光，神情憂慮，不過並不瞭解基普在想什麼。

接著，他們上方冒出一團火圈。橋上和島上的動物發出上百種不同的叫聲。火圈後撤、擴張，變成一條火鞭，有點像是老師之前拋出的套索，但是大上很多很多。這是那個學徒施展的法術？

火鞭急竄而出，不過目標不是吊橋，而是唰地一聲擊中製磚師的馱馬。老馬在痛楚與恐懼的驅使下衝向前方。基普聽見年輕人在馬直接撞上吊橋欄杆時哈哈大笑。欄杆被撞斷了，幾隻豬和沒多少毛的綿羊立刻落水。

馱馬在察覺即將落水之前奮力停步，但是馬蹄在橋面上摩擦片刻之後，就頭下腳上地跌入河中。河水飛遠，濺到基普和山桑身上。

「那算什麼？我是教你那樣施法的嗎？」老師大聲問道。

基普迅速將目光自水裡的動物轉回橋上，橋墩已起火燃燒。一旦向上燒到吊橋，動物就會發狂，和剛剛那匹馬一樣。基普不認為吊橋短時間內會燒起來，不過不能肯定。

如果他和山桑想離開水市場和燃燒的城鎮，最快的途徑是由瀑布往下游走。另一條路是繞過環狀湖，全程暴露在上方馭光法師和學徒的視線範圍內。不管走哪條路，他們會被人看見的時間都很長。

落水的動物裡只有那匹馬擅長游泳。牠正踢水游向水市場的另一邊，遠離學徒和大火。綿羊在慘叫，小腳瘋狂地打水。豬在尖嘯，撲向彼此，張嘴狂咬。

男孩頭上傳來巴掌聲和痛苦的叫聲。

「不准違抗我的命令，辛穆！聽懂了沒？」

馭光法師繼續大罵，但基普沒有在聽。他們師徒都分心了。想離開就趁現在。基普吸了幾口氣，朝山桑點頭——他看起來不知所措——然後離開牆壁，朝吊橋游去。

# 第十三章

加文施法製造出一道藍色平台，很薄，在水面上看來近乎隱形。

「你這麼做只是要讓我緊張，是不是？」卡莉絲問。

加文微微一笑，踏上小船。他朝卡莉絲伸手，輕輕鞠躬。她無視他的手，跳上小船。

他在她落下前拉起龍骨，讓小船離開她腳下。她驚呼——他用柔軟的綠盧克辛座墊接住她，然後又將它變形成一張椅子。他舉起椅子，放在小船前方，然後將兩人的行李丟在自己腳邊。

「加文，我不會坐在這裡看你——」她試圖起身，而他突然推動小船。沒有東西可扶，她摔回椅子，再度張口驚呼。加文大笑。卡莉絲是克朗梅利亞最頂尖的戰士之一，但她受驚時還是會吱吱叫。

她回頭瞪他，神情好氣又好笑。

「我以為妳喜歡被人晃倒。」他說。

「你有過機會。」她回嘴。

他的笑容如同許多消失的寶藏般蕩然無存。

卡莉絲似乎有點驚慌。「加文，我……」

「不，妳說得對。想站的話就請站著吧。」

十六年了。你以為我們倆都已經拋開過去。我們並非沒有努力嘗試。

「謝謝。」她說，不過語氣有點後悔。她起身，雙腳站開，膝蓋微屈。

這艘小船藉由兩側的幾支小槳划動前進。透過無數世代的研究，綠法師和藍法師想出利用齒輪、轉輪和鎖鏈轉動船槳的方法，每個馭光法師都會依照自己的體型製作小船，以自己喜愛的方式透過手腳划槳，並且改良小船提升速度。因爲這種船在水中的摩擦力很小，體格壯健的馭光法師可以用男人衝刺的速度航行一個小時。

那很快。非常快。但是和加文承諾的速度根本無法相比。儘管如此，他還是上身前傾，身體懸掛在一道盧克辛網中，手腳不停擺動。他將小船拉長變窄，成爲劃破水面的一把利刃。他們一離開港口，就全速前進。

加文在流汗，不過那種感覺很好、很清新。風吹拂在臉上，帶走所有他或卡莉絲本來要說的話，在沒有言語干擾的情況下，他眼中就只有卡莉絲，她的黑髮在海風中飄蕩，臉上堅毅的線條、在晨光中閃耀的肌膚，她揚起下巴、伸長脖子，和他一起享受自由。

卡莉絲面向前方，沒看見他製作出盧克辛杓放入海中。加文一直堅信能找出更快的航海方式。畢竟，視意志強弱，馭光法師甚至可能以任何速度拋擲火球——如果拋擲太大的東西或是速度太快，他或許會因爲後座力而受傷——但是小船並沒有利用意志力，它們只是以最有效率的方式運用肢體力量的完美船隻。加文想要發明更好的方法，他想要像風帆運用風力一樣運用魔法。

這種做法的結果就是折斷了幾支船桅，但他拒絕放棄。那是他任期最後七年的七大目標之一：學會以超乎所有人想像的速度移動。解決方案早在他孩提時代、用蘆桿朝兄弟噴種籽的時候就已經開始醞釀。受困於阻塞物和桿壁之間的空氣，能以遠比徒手拋擲更快的速度噴出種籽。在多次嘗試錯誤之後，他將整根推進桿放入水中，兩端開口，讓它完全在水面下移動。他以斜角接上另一根推進桿，將魔法阻塞物注入水中，然後從推進桿尾端噴出。

他放開船槳，整個划船結構瞬間落水，盧克辛全部崩解。他以雙手握持推進桿。

第一次噴射時，卡莉絲猛晃了一下。她蹲低了一點，壓低重心，雙手本能地伸向阿塔干劍——不過阿塔干劍放在行李裡。接著，小船向前衝出。由於加文還在加速、渾身肌肉緊繃，第一下噴射導致整艘船劇烈搖晃。但是沒過多久，小船恢復平衡，加文緊繃的手臂和肩膀也放鬆了一些。魔法阻塞物以穩定的速率注入水面。改良過的小船——他稱之為「飛掠艇」，幾乎沒有怎麼與海面接觸。

不過，這樣航行還是會造成一些物理效果。加文朝海中釋放許多能量，手臂和肩膀幾乎等於舉起自己和卡莉絲兩人的體重。魔法可以從全身所有部位釋放，所以這對他而言就像扛著一個用皮帶完美分散重量的大背包一樣——吃力，不過還吃得消。儘管如此，經過一年來每天都這麼做之後，他的肩膀和手臂已經鍛鍊到此生的巔峰狀態。

卡莉絲轉身，驚訝得闔不攏嘴。她打量著整艘小船，藍盧克辛製作的杓子為綠盧克辛增加張力，而可塑性超高的黏稠紅色阻塞物則確保蘆桿不會粉碎。她慢慢站直身體，順著風勢傾身背對加文，以免自己成為風阻。

他感覺到她在抖動，接著發現她是在笑，雖然他幾乎聽不見她的笑聲。強風也吹開了她頭髮上的香味，一時之間，他幻想自己能聞到。這個想法讓他心中一痛。

「看好了。」他叫道。遠方出現一座島嶼。他身體前傾，飛掠艇轉向朝著小島激射而出。沒錯，他很快就發現飛掠艇轉向的速度比他還快。眞正的限制在於他要怎麼在不被撕成兩半的情況下迅速轉向。他側向右方，然後側向左方，在寧靜的海面上畫下美麗的弧線。他將推進桿向下，飛掠艇噴出大片浪花，突然之間騰空而起。

他們在空中飛行超過一百步的距離，剛好掠過那座小島，除了風聲，四周一片寧靜。接著，他們如同打水漂的石頭般落回海面，再度破浪而去。

在這種速度下、這種風中、在卡莉絲身旁，加文終於再度感到自由。儘管天氣溫暖，強風卻很寒冷，卡莉絲沒有眞的依偎在他懷裡，不過還是渾身放鬆地靠在他身邊，感受他的體溫。他知道，如果她覺得太冷，就會施展次紅魔法，但她要保留元氣。她不知道有什麼在提利亞等著。

他知道有什麼在提利亞等著——至少知道一部分——令這一刻顯得更加甜蜜。她會閱讀白法王的信，得知他在兩人訂婚期間有了一個孩子。儘管如今她宣稱對他的感情生活毫無興趣，但在他解除婚約時還是問過這個問題：是因爲其他女人嗎？不是。我們訂婚期間有過其他女人嗎？沒有，我發誓。

這一次，卡莉絲絕不會原諒他。她花了很多年才原諒他沒有解釋原因就解除婚約。但是這件事，這是背叛。

歐霍蘭呀，他好想她。

他避開一般航道，遠離海岸。約莫正午時分，他看見遠方有烏雲凝聚。看起來不像風暴，所以他猜想那是伊利塔總督轄地，擁有許多碼頭和更多海盜的國度。中央政府早在幾十年前就已經癱瘓，現在部分轄地由實力最強大的海盜統治。七總督轄地大部分都會呈上貢禮給海盜頭子，讓他們更富有，取得更強大的實力進行掠奪。

加文不怕他們，但也不想遇上他們。儘管讓海盜多一個懼怕克朗梅利亞的理由並非什麼壞事，但他還是寧願暫時不要公開自己的新發明。再說，他只是把伊利塔當作地標——使用星盤問題很多——把計算方位的時間直接用來閒晃去找出目的地。加利斯頓位於一條大河的出海口。它是提利亞境內最繁忙的港口，但對定位沒有多大幫助。他轉而向南。

卡莉絲說了句話，但他聽不見，於是他放慢船速。

「我可以試試看嗎？」她問。

「我以為妳在保留精力。」

「不能讓你獨享所有樂趣。」由於在她身後的關係，他無法看見她的完整笑容，不過瞥見了一個酒渦，還有一條上揚的眉毛。

他擴張飛掠艇船身，讓他們能並肩而立，然後交出右舷的推進桿。卡莉絲向來習慣從右側施法。一開始，兩人不同步，造成小船劇烈搖晃，因為兩人注入魔法阻塞物的時間與速率不同而讓船身緊繃。他轉頭看她，不過在他開口前，她以左手握住他的右手，輕捏他的手，幫他保持節奏，就像兩人從前跳舞時那樣。

回憶突然來襲，彷彿飛掠艇撞上暗礁，將他甩入海中一般——戰爭開打之前，十五歲的卡莉絲，在克朗梅利亞塔頂舉辦的盧克法王年度舞會上。她淡金色的頭髮又長又直，和她的綠絲禮服一樣耀眼華麗。他們的父親正在討論蓋爾家兩兄弟誰該娶她。加文，蓋爾家的長子，很可能會成為下任稜鏡法王，當然是較佳的人選。他父親，安德洛斯．蓋爾，毫不在意卡莉絲的美貌。

「你想要美女？情婦才該是美女。」他本就不在乎兒子的喜好，且盟友應該要以最便宜的代價取得，而他長子的婚姻乃是他手中最有價值的籌碼——安德洛斯．蓋爾很清楚其他家族並非總是像他這樣工於心計。有些父親不願意把女兒嫁給他們不喜歡的男人。

安德洛斯下令次子達山去引誘卡莉絲。「樓下有間僕役房。鑰匙在這裡。等你和她離開二十分鐘後，我會藉口和她父親私下交談而下樓。我要當場撞見你和她行房。我會假裝吃驚、沮喪、大發雷霆。我很可能會動手打你。但是我又能怎麼辦呢？年輕人激情之類的東西就是這麼回事。你懂了嗎？」

兩兄弟都懂。利蘇．懷特．歐克盧克法王的脾氣出名暴躁。安德洛斯．蓋爾要搶先出手打達山，擋在兩人之間，以免懷特．歐克動手殺掉達山。但眞正的重點在於如果卡莉絲被抓到與達山做愛，她父親就沒得選擇。爲了不要讓懷特．歐克家族蒙羞，卡莉絲將會盡快嫁給達山。兩個家族將會同盟，安德洛斯．蓋爾還能保有他最有價值的籌碼。

「加文，我要你對這個女孩好，但是不要好過頭。如果你弟弟失敗了，你就必須娶她。」

「是的，先生。」

接著，舞會開始了。加文和卡莉絲跳了第一支舞，最糟糕的情況發生了。摟著她嬌小的身軀，感受她掌心傳來的節奏，凝視她美玉般的綠眼——當時她的虹膜裡只有一點小紅斑——加文爲她深深著迷。等到達山來和她跳舞時，加文已經陷入愛河。或是墜入慾海。

*早在我們相遇之前，我就已經背叛了卡莉絲。*

卡莉絲比之前更用力地捏他手心。他轉頭看她。她目光中帶有詢問的神情。卡莉絲必定察覺到他的情緒緊繃。她向來喜歡肢體接觸，隨時都會擁抱、摩挲、觸摸她所愛的人。對她而言，跳舞就和走路一樣自然。現在她不再像從前那樣常摸加文了。

他輕輕一笑，搖了搖頭。沒什麼。

卡莉絲張口欲言，不過停頓片刻。「把桿子弄大一點！」她叫道，接著露出微笑，嘴角微微上揚。硬擠出來的笑容。

她也記得那支舞，記得在他手心輕捏節奏。她當然記得。不過她沒有繼續這個話題，而他對此心存感激。他將推進桿撐大到兩人可以應付的極限，沒多久，船速就破了他單獨駕船的紀錄。他本來不打算展示接下來的這個把戲，但就是忍不住。他知道這樣做會爲她帶來眞正的喜悅。再說，如果沒人欣賞，當個天才又有什麼樂趣呢？

他放開卡莉絲的手。這非常危險。在這種速度下，故意撞上東西是很愚蠢的行為。但儘管如此……

「小心了！」他叫道。加文揮出右拳，奮力向前拋擲綠盧克辛。盧克辛落入海面，濺起水花。片刻之後，飛掠艇撞上綠盧克辛坡道。

轉眼間，他們騰空而起。在距離海面二十步的上空翺翔。

加文放開推進桿道具，開始汲色。盧克辛平台自他和卡莉絲背後升起，然後順著他的手臂竄出。他們開始下降，距海面十五步，即使以這種速度墜落表示他們會像打水漂一樣連點數下，而非直接落水，他們還是從二十步的高空墜落。盧克辛綻放出各種色彩，在強大的風勢下凝聚。

距海面十步。五步。在這種速度下，撞上海面就和撞上花崗岩一樣。

接著，盧克辛硬化成形，在加文的能力範圍內化作一雙飛鷹的翅膀。翅膀乘著風勢，將卡莉絲和加文帶上天際。

第一次嘗試這種做法時，加文一手控制著一邊翅膀。當時他就瞭解鳥為什麼骨頭是中空的、幾乎沒有重量。上升的力道差點扯斷了他的雙手。他濕淋淋、渾身瘀青、怒氣沖沖地回家，手臂和胸口大部分肌肉都拉傷了。製作一體成型的飛鷹則完全不會用到肌肉。整艘飛船都是仰賴盧克辛的韌性和張力、速度，以及風勢飛翔。

當然，它不是眞的在飛，只是在滑翔。他試過用推進桿輔助飛行，但是目前為止成效不彰。暫時而言，飛鷹的飛行距離有限。

卡莉絲沒有抱怨。她瞪大雙眼。「加文！歐霍蘭呀，加文，我們在飛！」她開心地笑道。他向來愛聽她的笑聲。她的笑聲能夠同時解放他們兩個人。她把舞會的事拋到腦後，這樣就値得了。

「到中間來。」他說。他不用大叫。他們完全處於飛鷹的體內。風吹不進來。「我還不太會轉向；基本上我就是靠向左邊或右邊。」沒錯，因爲他比較重，飛鷹已經朝那邊轉向了。他們一起靠向她那一側，直到飛鷹恢復直飛。

「白法王不知道，對不對？」卡莉絲問。

「只有妳知道。」他說。「況且……」

「其他人也施展不出這種法術。」卡莉絲幫他說完。

「加利伯與塔基恩能大概是唯二能掌握所需顏色的多色譜法師，但他們兩個汲色的速度都不夠快。如果我能改良到讓其他馭光法師也可以運用，或許就會告訴她。」

「或許？」

「我一直在思考這東西可能的應用方式，大部分都是軍事用途。七總督轄地已經在爭奪爲數不多的多色譜法師，公開這項發明會讓競爭變得激烈。」

「那是加利斯頓嗎？」她突然說道，遙望著西北方。「已經到了？」

「眞正該問的問題是妳希望墜落在地面上還是海面上。」加文說。

「墜落？」

「我也還不太會降落，而在增加了這麼多額外重量的情況下——」

「你說什麼？」卡莉絲說。

「什麼？我也沒有載海牛試飛過，我只是——」

「你不是拿我和海牛比吧？」她的表情讓冰塊看起來都是熱的。

「沒有！我只是說重量比平常……」掉進洞裡時，你該怎麼辦？喔。「嗯。」他清清喉嚨。

她突然笑容滿面，酒渦閃現。「這麼多年了，加文，我還是能騙到你。」她大笑。

他苦澀一笑，內心越來越痛。*而我還是不瞭解妳。*或許她和達山在一起會比較快樂。

# 第十四章

基普覺得自己好像游了很多年才終於游到橋墩。他停下來，在山桑趕來時回頭看向馭光法師。那個老師還在毆打學徒，學徒縮成一團，叫聲淒慘。他們肯定沒發現基普或山桑，不過，他們已經轉向這面，萬一他們抬頭看，橋墩可沒有寬到足以擋住兩人。

橋面嘎吱作響，基普抬頭一看。對面小島那側的橋墩已起火燃燒，動物爭相遠離起火處，但又不敢跑回鎮上，因爲鎮上也是一片火海。這迫使牠們擠在兩個男孩頭上的欄杆附近——還有被馬撞出的缺口——左邊幾步之外的地方。

半打老鼠被其他動物踢入水中。老鼠群各朝不同的方向游開，其中有幾隻游向他們。

基普恐懼得內臟揪成一團。被一隻老鼠而非兩名馭光法師嚇到手足無措，其實有點荒謬，但他痛恨老鼠。痛恨、痛恨、痛恨老鼠。山桑扯動他的衣袖，拉他離開。基普遠離橋墩，狼狽地濺起水花。他連忙轉身，確保沒有老鼠跑進衣服。之後他的目光瞥向馭光法師學徒辛穆，只見他雙手抱頭、承受著老師責打。接著辛穆僵住。

辛穆喊了什麼便站起身來，他的老師也停止毆打。基普首次看清楚那個男孩的長相。他最多只比基普大一歲，一頭雜亂的黑髮、黑眼睛，寬厚的嘴唇揚起勝利的笑容。就在基普眼前，辛穆和他老師的皮膚泛紅，吸入煙霧般的紅漩渦，逐漸凝聚成實體，布滿他們全身。

基普立刻轉身死命地游。瀑布前有一道金屬柵欄，用來防止小船或游泳的人越線，柵欄旁邊有碼頭和台階。山桑已經游到柵欄前，距離基普約莫十步。

用力划了幾下後，基普回頭去看。橋和擠在上面的動物遮蔽了兩名馭光法師大部分的身影，不過他回頭時還是看見那個老師快步上前，跳起身，攤開雙手，拍擊雙掌。他手掌之間冒出一顆閃亮的紅盧克辛球，而當他擊掌的同時，那顆球激射而出。馭光法師被後座力震向後方，不過仍能站穩腳步。

盧克辛球在掠過橋上的動物前起火燃燒。羊、馬、豬紛紛往四面八方爆開，血肉橫飛。慘叫聲不絕於耳，聽起來和人類的慘叫差不多。火焰彈扯斷欄杆，把橋中間炸掉一大塊，然後在一陣巨響中掠過基普頭頂，擊中碼頭上的木梯。基普不認爲馭光法師打歪了，有一瞬間他以爲對方打算困住他們。

吊橋裂開，所有動物都朝橋中央滑落。

換辛穆跑上前。他拍打紅色的手掌，但這次基普就連盧克辛球也沒看見——因爲不是在瞄準他。前一秒鐘，辛穆整個人被法術的後座力拋向後方，下一秒鐘，整座木橋炸成碎片。

現場血火橫飛，屍塊飛入空中。一大塊著火的木橋碎片衝向基普，奪走了他全部注意力。碎片落在他身旁的水面，濺起大片冒煙的水花。

視力恢復後，基普已經撞上瀑布前方的金屬柵欄，四周都是木板碎片，有些還在燃燒，一大塊木橋碎片緩緩下沉，還有數百隻老鼠，有些一團焦黑、有些受傷、有些只是身體濕了，但所有存活下來的動物都拚命想離開水面。體型較大的動物沒被炸到這麼遠，但牠們都在爭先恐後地趕來，在恐懼與痛楚的驅使下廝殺。

「基普！爬過來！我們快成功了！」山桑喊道。他已經爬到金屬柵欄的另外一側。

「不准動！」年長的馭光法師叫道。他的皮膚上已經布滿紅色的漩渦。「不准動，不然下一顆火球就會瞄準你的腦袋！」

基普抓住柵欄，但是手才剛碰到柵欄，腳上就已經被小小的爪子抓住，接著更多爬上他的背。他僵在原地。老鼠。一開始只有一、兩隻，然後變成半打。

他緊閉雙眼，感覺小爪子抓上他的頸部，然後爬上頭。由於抓住柵欄的關係，他的身體已經變成老鼠的橋梁——唯一離開水面的途徑——所有老鼠都往他身上爬。

轉眼間，他身上已不只半打老鼠。他身上爬滿了上百隻老鼠。

基普肌肉僵硬，動彈不得、無法思考、難以呼吸。他甚至不敢睜開眼睛。老鼠在他頭髮裡爬行。一隻老鼠掉入他的上衣裡，不停抓著他的胸口。老鼠在他手臂上前進。

「動啊，基普！不動就死定了！」山桑叫道。

突然之間，基普覺得自己離開了自己的身體。他溺水了、全鎮都在燃燒、他認識的人幾乎死光、兩名馭光法師想要殺他，而他竟然還在擔心老鼠，被嚇到全身僵硬。荒謬。可悲。

他感到被一隻手抓住，於是睜開雙眼。是山桑。山桑爬回柵欄上，努力撥開老鼠，幫基普爬過去。基普像狗一樣抖動身體，甩開約莫一打老鼠，但是還有很多在他身上。儘管驚恐萬分，他還是開始爬欄杆。

他一腳跨上欄杆頂端，但是爬不上去。他太重了。一隻老鼠掉進他的褲管，開始順著他的皮膚往上爬。

山桑雙手抓住基普的衣服，奮力吶喊。基普再度使勁，感覺身體上升、上升，最後終於翻過柵欄。他摔入另一邊的水裡。

水流立刻開始扯動他。浮出水面時，山桑正在大吼大叫，但基普聽不出他在叫什麼。他伸手到褲管裡，抓出還在掙扎的老鼠，丟向旁邊。

然後，他抵達瀑布。瀑布上方有幾塊與瀑布垂直的暗礁，鎮上不怕死的傢伙就會踏著這些暗礁，一路跳到對岸。基普沒時間嘗試這種做法。有些地方的水比較淺，基普奮力轉身，但腳撞上水裡的石頭。水流的力量推著他往前，他蹲在石頭上，站穩腳步，揮舞雙手穩定身體。瀑布下方的水池很深，但如果跳得不夠遠，便會在下墜途中撞上岩石。

他使盡全力向前一跳，驚訝地發現他眞的跳往自己所想的方向。他瞬間感到徹底的解放。寧靜。瀑布的聲響蓋過所有聲音、所有想法。那景象太美了。他和山桑在河裡漂了一整個晚上，現在太陽已從地平線下探出頭來，驅趕走天際的午夜漆黑，呈現一片深藍、冰藍、粉紅，還有橘色，如同光暈般照亮烏雲。

接著，基普發現自己下墜得有多快。他的身體以一定的角度急速接近水面。他曾觀察那些勇敢的年輕人，知道落水時必須腳底向下，或是雙手高舉過頭、以頭先落水，不然會受重傷。

此刻，他絕不可能頭部先落水，於是他拱起背脊，轉動雙臂。

不管他做了什麼，似乎都完全錯誤，又或者他本來就向前扭轉，因為他發現自己的身體與水面平行。他的肚子將會濺起史上最壯觀的水花。從這個高度來看，他很可能會摔死。

不僅如此，他發現自己和水一起墜落——他見過的所有跳水者，都跳到遠離水流的距離。水總是會被峭壁上的岩石濺開。

他連出聲詛咒的時間都沒有，已經一腳重重地撞上岩石。他伸出手臂——

他頭朝下地落入水中時，感覺就像有人拿木板擊打腦袋，雙手彷彿被人折斷。而且他也忘了在落水前深吸口氣。基普在水裡睜開雙眼，剛好看見某樣龐然大物在他身旁激起一堆泡泡。山桑！

山桑腳先落水，但是落水時身體轉動，所以頭下腳上。他似乎嚇呆了，一段時間沒有動靜，接著睜開雙眼，但卻不是在看基普。落水顯然令山桑方向錯亂，他開始游泳——往下游。基普抓住他的腳掌，吸引他的注意。

但山桑慌了。他奮力掙扎，一腳踢中基普鼻子。基普大叫，然後看著體內最後一口空氣竄向水面。

山桑轉身，看見基普、看見泡泡上升的方向，然後看見黯淡水中漂散的鮮血。他抓住基普，兩人一起游向水面。

基普差點窒息。他大口喘氣，喝到水和血，然後又咳出來。他再度咳嗽，然後嘔吐。山桑拉他的手臂。「基普，幫幫忙！我們得趕在急流之前上岸。」

這話讓基普清醒過來。瀑布下方的水池深度深、流速慢，但是不到五十步外又是一段急流，陡峭到幾乎可以算是一連串瀑布。而此刻水流已經開始轉急。基普腳很疼、頭很痛、鼻子還在流血，不過依然跟著山桑一起游。

他們在離急流十步左右時到達岸邊。兩個男孩爬上河岸的草地，疲憊不堪地檢視身上的傷勢。山桑沒有受傷，但看起來有點不好意思。「抱歉，基普。我是說你的鼻子，還有這一切。我向來不喜歡游泳，老是以爲水裡面有東西要抓我。」

基普捏著還在流血的鼻子，看著他的朋友。「你救了我一命。」他說。「你不是有意踢斷我的鼻子。」基普比較擔心落水前撞傷的腳。他一手解開鞋帶，脫下鞋子和襪子。他的腳很疼，表皮有點擦傷，不過捏過腳後發現沒有骨折。他開始穿回濕淋淋的襪子，這在一手捏著鼻子的情況下並不容易。

「我不敢相信我們——」山桑開口。

「逃過一劫？」基普說。他已經放棄單手綁鞋帶，正用力吸氣，試圖阻止鼻血流滿全身。不過在以雙手打好結的同時，他已經瞭解山桑話說一半的原因——他們兩個都籠罩在刺眼的紅光中。

基普抬頭，看見正上方的天空上飄著一道紅光，為其餘國王手下標示出他們的位置——那些傢伙肯定就在附近。信號彈的煙跡發自瀑布頂，兩名馭光法師就站在那裡俯瞰他們。

基普和山桑逃離兩名馭光法師的追殺。現在他們得躲過剩下的大軍。

基普跳起身，用力吸氣。他以為自己會換氣過度。接著，他在瀑布頂和珊迪納農場間的稜線上看見一名騎兵，立刻把血流如注的鼻子拋到腦後。騎兵要繞很遠的路才能趕來，但是他騎著馬。基普和山桑要沿著急流旁的小徑走，在騎兵之前趕到農場。

然後，基普看到另三名騎兵與第一名會合。接著又一個，然後再一個。

他與山桑拔腿就跑。

瀑布不分日夜都會激起大片水霧，讓溪谷比其他地方多維持幾個小時的漆黑。信號彈熄滅後，基普就無法看見騎兵和小徑。

他停下腳步，慌了。沾上濕滑霧氣的闊葉樹遮蔽了兩岸小徑，一踩上這種滑溜溜的樹葉，就會墜入崎嶇的河岸。而水流如此湍急，他肯定會被岩石撞死。

他必須看清楚落腳處。他嘗試用達納維斯大師教他的方法，以眼角視物。眼睛的焦點最適合用來看顏色，而焦點外的部分則對光線與黑暗較敏感。

「快跑！」山桑說。

基普回過頭。山桑的臉看起來好像著火了一樣。基普後退一步，在小徑邊緣絆了一跤。山桑所有暴露在外的皮膚看起來都很熱，基普甚至看見他手臂上冒出橘色漩渦般的蒸汽。

「你的眼睛怎麼了？」山桑問。「無所謂。快跑，基普！」

山桑又說對了。基普看見什麼或是怎麼看見的並不重要。他轉身開始奔跑，眼前目睹的奇觀趕跑了他的恐懼。樹木如同火把般照亮兩側，甚至淡淡地照亮中央的小徑。

基普一手抓住又濕又重的褲子，以最快的速度奔跑，毫不畏懼前方濕滑的岩石、狹窄的小徑，以及來自四面八方的死亡警示。

河面上漂著幾具屍體，都是死在急流之中。親愛的歐霍蘭呀！珊迪納農場裡也都是屍體，一具具如同泥土般冰冷，散落在農場四周。悶燒的房舍殘骸在基普眼中綻放著高溫。對他和山桑而言，最重要的是，珊迪納的碼頭上停了一艘平底船，他和山桑全速衝向小徑尾端。他們轉過轉角，在晨光中看見三十名鏡人團騎兵擺開戰鬥隊形。

「我們本來打算活捉你的。」紅法師說。他語帶怒意，皮膚呈現深紅色。「像你這麼有潛力的馭光法師並不常見。但是你殺了加拉杜王的兩名手下，所以得處死。」

# 第十五章

「你不是眞的要讓我們墜毀吧。」卡莉絲在加文駛向木叢沙漠上空時說道。

「喔，我懂了。飛的時候就是我們一起在飛，但是要墜毀的時候，就是我的責任了。」

加文駕駛飛鷹轉向右方，以免加利斯頓的人發現他們。可能會有農民或漁夫看見他們，但是誰會相信自稱看見一頭巨型人鳥在天上飛的漁夫呢？如果整座城市的人都看見他們，那又是另外一回事了。儘管加利斯頓是提利亞境內最大的港口，它依然算不上什麼大城市。港灣過度捕撈、土地又乾又熱、土壤貧瘠、魯斯加城主貪污腐敗，手下更是爛到骨子裡。

從前不是這個樣子的。在僞稜鏡法王戰爭之前，廣大的灌溉渠道系統爲這片木叢沙漠帶來豐富的農獲，一年可以收成兩、三次。船閘提供昂伯河上下游十幾座城市的貿易途徑。但運河和船閘需要馭光法師與維護。少了這兩者，整片土地都因爲死人所犯下的罪孽而乾枯凋零。

「加文，我是認眞的。我們眞的會墜毀嗎？」

「相信我。」他說。

她張嘴欲言，然後閉嘴。他猜出她沒說出口的話：相信你有爲我帶來好處嗎？

「妳的行李裡有易碎物品嗎？」他問。

「情況會有多糟？」她問，聽起來眞的很擔心。

「抱歉，我要等到接近地面。」

「等等，那是什麼？」卡莉絲問。

加文順著她的目光望向西方，但是沒看見勾起她好奇心的東西。加利斯頓周圍的土地都是乾燥的農地，唯有西面不遠處是彷佛直接由海底聳立而起的陡峭高山。昂伯河就位於那些高山的另一邊。如果它可以直接──穿越那些高山──入海，就會只有十里格長。但它與大海中間隔了如同圍欄般的高山，必須向東取道加利斯頓，從源頭到出海口長達一百五十里格。

「那裡，」卡莉絲說。「有煙。」

加文不確定那道黑色的煙絲是否出於卡莉絲──以及他自己──的想像。不論如何，它都發自高山的另一邊，所以無關緊要。當他開口告訴卡莉絲這一點時，飛鷹正好飛越一座小山丘。一股強大的上升氣流迫使他們再度升空。

加文吃了一驚。他只有在海面上試飛過飛鷹，甚至從沒思考下方地表會對滑翔用的空氣造成什麼影響。但在親身經歷過後，他覺得這樣十分合理。不然猛禽怎麼能經常在同一個位置盤旋？加文本來以為那些位置是優良的狩獵地點，現在他知道答案。上升氣流。

「我們可以往山那邊飛過去嗎？」卡莉絲問。

從現在這個高度──加文低頭看，深吸了口氣，然後再度回頭望向地平線──他很肯定剛剛看見的是煙。而在這種距離下還能看見那道煙，表示只有兩種可能。

希望是森林大火。拜託，歐霍蘭。

「可以。但是飛過去的話，妳就不能與要爲妳和加拉杜軍隊接頭的人碰面了。而我只有在海面上可以讓飛鷹升空，到時候我得沿著河流漂回下游。」

「加文，看到那麼多煙的時候，我就會想到紅狂法師。一支火炬就能燒光一整座城。你是來阻止盧城附近的狂法師的？這些人的性命跟盧城的人一樣重要。必要的時候，盧城有很多馭光法師可以聯手對付藍狂法師，但是沒有馭光法師會幫助這些人。」

加文在心裡用印象中的提利亞地圖比對下方的地形。這樣做出奇容易，因爲他此刻的位置能看見大部分地圖繪製角度。他望向高山、算不上通路的穿山途徑，以及濃煙升起的位置。一個想法以比直覺更強大的力道打醒他。他出現在此地絕非巧合，滑翔經過可以看見起火處的位置絕非巧合，他與卡莉絲一起來此也不是。那並非森林大火，也不是紅狂法師。

那場火源自瑞克頓，戰前那是座美麗的小鎭。儘管在這種距離下根本無法肯定，但加文的「兒子」就在那裡，加文十分肯定。如果歐霍蘭當眞存在，這肯定就是祂會對加文降下的懲罰。或試煉。

不管是哪一樣，都是一項選擇。

還剩下五年，還要達成五個遠大目標。而其中之一眞的不是出於自私：解放加利斯頓，那座城市是因他而陷落，至今還在受苦受難，因爲他。

如果加文前往瑞克頓，他就得面對那個瘋婆子——琳娜。他得面對她兒子——基普，然後告訴他自己不是他父親：*抱歉，你還是個沒有爸爸的孩子。我不知道你那個愛說謊的蕩婦老媽在說什麼。*這種解釋肯定會皆大歡喜。他們也會接近拉斯克·加拉杜王的部隊，而卡莉絲就會打開那封命令，然後情況急轉直下。

加文只要說「我必須遵守命令」就好，卡莉絲會瞭解的。她向來盡忠職守，甚至可說是過度盡職了。

*但你不是卡莉絲。這也不是她的試煉。*

他張嘴打算這麼說，但是這話感覺有懦夫味。他緊咬牙關，說不出口。

「我們去看看。」加文說。他駕駛飛鷹轉向，發現自己的決定差點就下遲了。要從這裡飛到高山，看來有點勉強。

卡莉絲輕捏他的手掌閃閃發光，綴以紅色鑽石的翠綠雙眼也閃閃發光。基於某種奇特的理由，她的喜悅對他內心帶來的震撼遠遠超過任何失望。那股喜悅讓他聯想到過去十六年原本可以帶給她的喜悅，被剝奪的喜悅。他轉過頭去，喉嚨緊縮。

高山迅速逼近，加文這才發現他們的速度有多快。這裡不可能降落在水面上。如果他預期中的上升氣流沒有盡快產生影響，他和卡莉絲就會在那些岩石表面上濺起大片血花。

歐霍蘭呀，萬一山前根本沒風，那麼就不會有什麼上升氣流，是不是？

他開始施法製造紅緩衝墊——他心知這樣做無濟於事，不管緩衝墊有多大，在這種速度下都太小——接著上升氣流出現了。他們急速上升，飛鷹的翅膀緊繃。

卡莉絲欣喜若狂地大叫。

這股氣流強大無比。難以估算他們上升的速度有多快，不過他縮短了飛鷹的翅膀，一方面爲了減少壓力，一方面也因爲瑞克頓沒有遠得需要升到那麼高。高度越高，他們就越容易被發現。但這種情況也引發了一些想法。高山提供的高度可以大幅增加飛鷹的飛行距離。

那個想法可以晚點再說，眼前的問題是要保持低飛，不讓所有提利亞的人都看見他們，還要減緩他們快得不得了的速度。他施法製作跳下克朗梅利亞宮時所用的藍盧克辛降落傘。傘立刻展開，震得他和卡莉絲向前撲倒，接著幾乎同時被強風扯斷。

恢復平衡之後，加文再度施法。這次改用綠盧克辛，而且尺寸小得多。他將降落傘固定在飛鷹的盧克辛上，以免自己被撕裂。這種做法有效，算是。速度變慢了一點。現在他們以還不算太荒謬的速度朝前方下降。加文再度加長翅膀。

「我能做什麼？」卡莉絲喊道。

加文咒罵了一聲。他才剛開始實驗改變翅膀長度的做法。在之前的嘗試中，他一改變重心，飛鷹就落地或落水。他吃力地嘟噥一聲，將翅膀前緣轉而向上。想上升就往上指，對吧？

結果完全錯誤。機頭突然迅速朝下轉去。當他把翅膀調回來時，飛鷹已經在筆直墜落。更糟的是，突然墜落讓他的腳完全沒有觸碰地板，無法施力調整翅膀。他向頂部拋出盧克辛，將自己往下推，然後將雙腳鎖定在地板上，但是前方已經出現高大的樹木。太遲了。

接著，他摔倒在地。飛鷹降到比樹頂還低的高度，來到一片草原上空，然後鷹頭再度上揚。他們不可能即時升空。

加文在飛鷹撞穿樹枝的時候抓住盧克辛。藍盧克辛出現裂縫，若非他及時抓住，必定撞得粉碎。一時之間，他在他們穿越樹林時什麼都看不見，接著他們又升空了。越來越高，越來越陡。

他終於看向卡莉絲。她的皮膚彷彿一場紅綠色彩的戰爭，雙掌高舉向上，盧克辛線條自掌心一路延伸到飛鷹後方。她控制了鷹尾。尾部綻放著綠光，向上彎曲。她救了他們的性命，但雙眼吃力地緊閉，肌肉為了在強風之前保持鷹尾的角度而緊繃。

「卡莉絲，拉平！」加文叫道。

「我在努力！」

「妳已經超過——」

接著，他們頭上腳下，開始往反方向前進。加文的上衣落到自己面前，當他推開上衣時，他們已經拉平鷹身——上下顛倒。

「現在不要拉平！」

「拿定主意！」她叫道。她以雙手倒立在頂部。加文固定住她，然後兩人一起反轉翅膀和鷹尾。盧克辛巨鷹在距離樹頂二十步時恢復正常方向，他們兩人摔回底板上。

加文再度正常呼吸，感覺好像過了好幾個小時。他檢查飛鷹。看起來沒有大礙。

「他們有看到我們嗎？」卡莉絲問。

「什麼？誰？」她怎麼有辦法同時兼顧這麼多東西？

「他們。」她點頭說道。

加文看向瑞克頓。此刻他們位於鎮東數里格外的空中，只見小鎮確實慘遭焚燬。整座小鎮陷入火海，這表示下手的人是個法力卓絕的紅法師，不然就是截然不同的情況。而他們面前就是截然不同的情況。有一小支部隊沿著鎮外紮營，只可能是加拉杜的手下。願歐霍蘭慈悲。

「沒有。」加文說。「他們必須近乎直視太陽才能看見我們。」

「嗯。算我們好運，我想。」卡莉絲說。

「妳說這算好運？」加文問。

「那是什麼？」她插嘴道。

鎮外，過了瀑布後的急流，昂伯河水流終於趨緩的地方，有幾間房舍。幾乎算得上是一座小村落，不過所有房舍都在悶燒。那裡有個綠法師，皮膚上溢滿魔力，面對數名加拉杜王的鏡人騎兵。

「那是個孩子！」卡莉絲說。「兩個孩子！加文，我們得去救他們。」

「我會盡量接近他們。落地時用滾的。」他們在一片岩石、樹叢和風滾草上空十步外拉平鷹身。

加文又丟出一頂降落傘，再度降低飛鷹的速度。降落傘突然展開，不過這次他們都做好準備先抓牢了。加文持續拋出降落傘，速度減緩得比預期中快。飛鷹衝向地面。

加文揮動雙掌，將飛鷹炸成碎片。落地時，他用超大的橘色盧克辛軟墊包覆卡莉絲和自己，外緣圍了一層張力較強的綠盧克辛，中央是超硬的黃盧克辛。

他們撞上地面，橘色和綠色盧克辛在因爲落地的衝擊力爆炸前減緩了他們的速度。黃盧克辛在兩人身邊分別形成堅硬的球體。加文撞倒了幾株灌木，撞撞滾滾了五、六次，最後黃盧克辛碎裂，將他重重甩落地面。他搖搖手指和腳趾。都還能動。他跳起身來。

「卡莉絲？」

他聽見一聲叫喚，聽起來不妙。他拔腿就跑。

卡莉絲在二十步外起身。她披頭散髮，不過似乎沒有明顯傷痕。他跑到她身邊站定。「怎麼了？」她問。

她低下頭去。她腳邊有條響尾蛇，和加文伸直的雙臂一樣長。牠被頭上的匕首釘死在地上。卡莉絲的匕首。

加文目瞪口呆地站在原地。卡莉絲一腳踩在蛇頭後方，拔出匕首——用她的手拔，看在歐霍蘭的份上，而不是汲色去拔。有時候加文會忘記卡莉絲有多勇猛。她拿黑衛士專門用來擦血的黑手帕擦乾匕首上的血——黑色不會顯現出難以解釋的血漬。她在收起手帕時微微顫抖一下，不過加文知道那絕非出於恐懼或緊張。人體需要一點時間自瀕死狀況所激發的腎上腺素影響中放鬆下來。

卡莉絲沒有責怪他差點害死自己。她拿起她的背包和弓匣，將阿塔干劍繫到纖腰上，確認刀身和刀鞘都沒在墜落時受損，然後將背包甩到背上。突如其來的暴力場景，似乎提醒了她自己的身分——還有他們兩人的關係。回到地面，回到現實。

「我很抱歉。」加文說。「我該走水路的。」

「走水路或許會遇上鯊魚。」她聳肩。「而且我可能會弄濕。」她笑了笑，但是笑意沒有及於雙眼。他不打算在這種情況下表示關懷。工作的時候到了，而她的工作很危險，是可能會引發戰爭的工作、可能會導致她殺人或死亡的工作。她得冷酷無情地割捨任何可能分心的糾葛。

「卡莉絲，」他說。「那字條裡……寫的不是眞的。我不期望妳會瞭解，甚至相信我，但我發誓那不是眞的。」

她目光冰冷地看著他，看不出在想什麼。她的虹膜一片翠綠，但現在紅斑點變得像是星光四射的鑽石。不管是哪種情況，不管是透過魔法或世俗的方式、透過盧克辛或淚水，加文都知道那雙眼睛很快就會變紅。「先救那些小孩。」她說。

卡莉絲開始奔跑，他緊跟而上。他們順著長滿桉樹的山坡而下，沿途揮刀開路，留下滿地樹皮。卡莉絲趕往瘦巴巴的那個孩子，讓加文去救面對紅法師的那個。

但是誰救誰都無所謂。他們兩個都不可能及時趕到。

# 第十六章

平底船距離太遠，就連山桑也跑不到。基普突然瞭解到一個冰冷的事實：他就要死了。他對自己的反應感到驚訝。沒有驚慌，沒有恐懼，只是無聲的憤怒。三十個全副武裝的菁英鏡人兵對付一個小孩。一個經驗老到的馭光法師對付昨天才首度施法的小孩。

「我說跑，你就跑。」基普對山桑說。

透過眼角，他瞥見左方數百步外的樹頂上方有東西閃過，但是轉頭去看時卻什麼也沒看到。他發現鏡人兵也在彼此相望，彷彿也看到他瞥見的東西。

「現在，山桑。跑。」基普將目光定在馭光法師身上。

山桑發足狂奔。

鏡人兵遲疑片刻，直到馭光法師以簡單軍事手勢下達指令。陣線兩端各有一名鏡人騎兵腳跟夾緊馬身，上前包抄基普。紅法師則獨自策馬前進。

截至目前爲止，基普都是憑藉本能施展法術，而現在得刻意爲之。陽光自天際灑落，四周一片翠綠。兩名鏡人騎兵都在注意他，不過目標是山桑。原野的魔力再度穿透基普，他感到指甲下的皮膚再度裂開，盧克辛湧入手掌。一把標槍在他手中成形，接著拋往離山桑較近的鏡人騎兵，但是拋得很爛。標槍飛出十五步左右，連一半的距離都無法達到。

紅法師大笑。基普沒有理會他。

基普見過另一名紅法師及他的學徒原地拋擲火球。他們都被強大的後座力震退，不過並非完全憑藉蠻力擲球。基普想像紅法師施法時魔力流動的情形。他前方的空氣開始凝聚，爆出火花、閃耀綠光──從海面泡沫到薄荷葉，一直到長青樹的綠──逐漸形成一支矛頭的形狀。

一陣能量爆發，矛頭筆直竄出。基普覺得自己像是擊發了一把過度塡充火藥的火槍。他踉蹌摔倒在地，更糟糕的是還沒打中。綠矛掠過奔馳中的騎兵身後，插入一棟廢墟中少數依然屹立的牆壁裡。那面牆壁倒下時揚起大片煙塵。

基普爬起身，再度汲色，不過在前方空氣開始綻放綠光的同時，他從眼角看見某樣紅色的東西。他轉身面對紅法師──太遲了。某樣火熱的物體在他手中爆炸，粉碎他所凝聚的綠盧克辛，燒傷了他。

紅法師下馬步行，冷靜地朝他走來，紅色漩渦再度在掌心凝聚。基普舉起雙手，就像從前朗要毆打他時一樣。這一次，一副半透明的綠盾憑空出現，守護範圍包括他全身上下，盾牌底部頂在地上。

紅法師向前彈指，噴出一點火花，畫出一條長長的紅色拖曳痕。火花擊中基普的盾牌，綻放出微弱火光，紅色拖曳痕依然連在馭光法師手中。基普驚慌失措，閃向一旁，沒有拋下盾牌的唯一理由就是盾牌黏在手上。這時紅法師拋出一顆大多了的紅火球。火球沿著拖曳痕在空中畫出弧線，迎向火花。

基普被炸得騰空而起，向後飛出十幾步。綠盾在巨響中碎裂，感覺好像碎的是他自己的骨頭。

他從地上爬起，剛好看見追趕山桑的一名鏡人騎兵舉起騎兵長劍，在衝刺中揮砍而下。基普看不見山桑，但鏡人騎兵勒住馬韁，第二名騎兵則反握長矛，狠狠刺向地面，一下、兩下。專業、冷酷。見到完成工作的兩名鏡人騎兵鬆懈下來，基普心知山桑已經死於非命。

他翻過身來。紅法師站在他身前。基普微感訝異地發現馭光法師竟然如此其貌不揚。長臉、黑眼、微亂的頭髮，笑容下露出歪牙。他會殺了基普，不過並沒有樂在其中，只是聽命行事。

在基普有機會再度凝聚魔法前，馭光法師以紅色黏稠物質困住基普的雙手。基普動彈不得。

馭光法師再度揚起戴眼鏡的目光望向太陽，魔法如同煙霧般順著他的手臂旋繞而下，凝聚施展致命一擊的法力。一團靛青色光點出現在他的耳朵上方，然後在他轉動腦袋時移動到他腦側，彷彿森林裡有人用油燈照出一道光線，然後將光線聚焦在他的——

基普突然聽見一陣轟然巨響，彷彿再度置身瀑布底下。某樣大大的黃色物體炸入紅法師體內，速度之快、威力之猛，令馭光法師彷彿就此消失。他的屍體騰空而起，被爆炸的威力撕成兩半。束縛基普的紅色黏液化為灰燼。

基普站起身，驚恐地看著馭光法師的殘軀。馭光法師的紅色衣服染上了他自己的鮮血、魔法，以及各種污垢，但整個上半身已經變成一團肉醬。基普望向樹林。

□

確保男孩暫時脫離險境後，加文衝向鏡人騎兵團中。卡莉絲奔下山丘去救跑向河邊的男孩，不過已經太遲，鏡人騎兵以驚人的紀律和速度展開攻擊。這些騎兵都沒有幫馬裝配戰甲。戰甲相當沉重、影響動作，還會讓馬迅速疲憊，而且鏡人騎兵顯然不認為他們會遭遇眞正的威脅，更別說是馭光法師。這表示這些馬就是最脆弱的目標。但加文不喜歡殺害無辜的動物。牠們的主人？那是另一回事。

他揮掌畫出一道急彎的弧線，空氣如同岩石在火中燃燒般劈啪作響。一打每顆都有他半個拳頭大小的藍色光球激射而出，鏡人盔甲的運作原理就像會反射光線的鏡子一樣，能反射部分攻向他們的盧克辛，讓魔法失去效用。當馭光法師要用盧克辛劍對付騎兵時，鏡人盔甲就會造成問題，但它終究只是保護措施，並非刀槍不入。表皮甚薄的盧克辛球擊中鏡人盔甲之後隨即碎開，灑出燃燒的紅色黏液，濺滿鏡人騎兵全身，點燃他們的胸口，滲入他們的面罩，流進股間的縫隙。

鏡人騎兵團在火焰、慘叫，以及吱吱作響的焦肉影響下，攻勢受阻。加文揮出另一隻手掌，射出另一打光球。騎兵摔下馬背，試圖靠翻滾壓熄火勢。有人抓向他們冒火的頭盔，彷彿腦袋悶在裡面煮一樣。直到第二波光球擊中他們前，還有一些騎兵持續衝鋒，半打人壓低矛頭。

不過還是有超過一打的戰馬繼續衝鋒。儘管沒有騎兵駕馭，這些馬天性能征善戰。牠們衝向加文。

加文在身邊製造如同貝殼般的綠色三角錐，然後站穩腳步。戰馬衝過他時狠狠地撞上，但他仍然站在原地。

只剩下三名鏡人騎兵毫髮無傷，都是位於衝鋒線兩端、提早停止衝鋒的人。他們調轉馬頭，準備逃命。懦夫，或許，但卻是聰明的懦夫。加文逐一向他們彈指。超紫色盧克辛又快又輕，肉眼幾乎無法察覺。如同蜘蛛般，每道超紫光點都黏上一名騎兵背部，然後爬上背甲和後頸之間的縫隙。

片刻過後，三支黃盧克辛組成的尖刺，沿著加文和蜘蛛間的蛛網激射而出。在一陣擊中肉體的聲響中，每支尖刺都貫穿鎖甲，插入脊椎。三名騎兵從飛奔的馬背上摔落。

在身邊的騎兵統統死去或奄奄一息之後，加文轉頭看向丘底，觀察卡莉絲和最後兩名鏡人騎兵的戰況。一名騎兵已經死亡，如果有什麼值得一提的，大概就是加文難以想像另一名怎麼可能還活著——不過這個事實肯定很快就會出現變化。

四百年前，黑衛士剛成立的時候，他們是伊利塔的一個軍事單位，獲選加入的成員都是與盧西唐尼爾斯擁有良好關係，而且戰技超群的人。但是伊利塔在法色法王面前失去了影響力，於是黑衛士被迫放棄依出生地挑選成員的傳統，以功能來鞏固他們的菁英地位——當馭光法師施法時，他的皮膚會布滿他要汲色的顏色。這表示在戰鬥中，膚色較淡的阿塔西或血林馭光法師比較容易預測。和伊利塔人一樣膚色較深的帕里亞人，則因此受惠。在那之後，黑衛士大多是由帕里亞人或伊利塔人出任，而帕里亞人的政治勢力擴張，則讓他們逐漸變成黑衛士的主流。

然而，由於他們的地位是奠基在強大的戰鬥能力之上，過去兩個世紀裡，黑衛士也不得不接納超過一打來自帕里亞和伊利塔以外國度的戰鬥馭光法師。

卡莉絲能夠加入他們，是因爲他們沒辦法拒絕她。她向所有黑衛士的成員挑戰，除了四名黑衛士之外，其他人統統敗在她的手下。她是加文見過速度最快的馭光法師，而在接受過黑衛士訓練之後，她也變成加文見過最危險的馭光法師。但那一切對她都毫無意義。以她督促自己的嚴苛程度來看，加文認爲她還能多活十年就已經算走運。可能比較接近五年。她就好像是在和他比賽誰先抵達死亡之門。但是她今天還不會死。

另一名騎兵拔劍對她衝去。卡莉絲站在原地，直到戰馬來到她面前時才直接展開行動。騎兵沒想到她會這麼做，驚訝到來不及轉向。卡莉絲在馬幾乎要踩到她時矮身伏低，指尖冒出紅色和綠色盧克辛，相互交纏，在戰馬越過上方時抓住繫肚帶。

戰馬急衝而過，加文一時之間還以爲她被踩扁，接著看見她翻入空中。交纏的盧克辛鬆開，將她的背部甩向奔馳的戰馬。她撞上騎兵的背，差點滑落馬鞍，但及時扶穩，繼續待在騎兵身後。

騎兵反手亂打，完全不知道是怎麼回事，也不清楚什麼東西從後面撞上他。卡莉絲一手繞過他的腦袋，一手拔出匕首。她扯開他的面罩，將匕首深深插入他的臉中。男人猛然抽搐，兩人一起落馬。

卡莉絲試圖將騎兵推到下面，讓自己落在他身上，但腳勾住馬鐙，沒有落在柔軟的屍體上，反而在屍體被地面扯開時猛然翻身，接著墜落地面，向前滾動。不過她很幸運地落在草地上。

加文看向他們殺了三十名加拉杜總督的菁英衛士之後拯救的男孩。他約莫十五歲，胖胖的，有點笨拙，因剛才的景象而瞪大雙眼。男孩轉身奔向河邊。一開始加文以為他是因為害怕而逃跑，然後發現他是去檢視朋友的傷勢，加文和卡莉絲來不及救的那個男孩。

「這是什麼意思？」一個男人叫道。

加文轉身——隨即咒罵自己。他將心思完全專注在男孩和卡莉絲，以及河邊發生的事上，沒注意大道上的情況。急流和瀑布的聲音掩蓋了馬蹄聲，但那仍不能當藉口。大叫的男人有著很不顯眼的下巴，彷彿在哀求某人給他一拳，就像十六年前——加文上次見到他時——一樣。他看著三十具理應所向無敵的鏡人騎兵屍體，氣到渾身顫抖。

但加拉杜總督的臉在看到加文時立刻變色。即使身旁圍繞著半打馭光法師和一群鏡人騎兵，他依然拉韁勒馬。「加文．蓋爾？」

# 第十七章

白法王會殺了他。

加文也眞該死。加拉杜總督的出現改變了一切，如果像加文和卡莉絲預期中的那樣，來的只是加拉杜總督的士兵，加文就可以殺光他們離開。加拉杜總督將會大發雷霆，派人獵殺犯人，但是絕對猜想不到是誰幹的。搞不好只是剛好有個法力高強的馭光法師住在……這個毫無價值的小鎭叫什麼來著？瑞克頓，沒錯。喔，眞是太諷刺了。

這時候拿出專爲這種情況準備的有色眼鏡來戴太遲了，如果戴上有色眼鏡幹出這種事，他就是個神祕的多色譜法師。沒戴有色眼鏡，他只有可能是稜鏡法王。

所以，這表示稜鏡法王本人已經開始對付加拉杜總督了，他無法否認這一點。拉斯克．加拉杜認識他。

「加文？」拉斯克．加拉杜總督複述道。他的語氣有點奇怪，有點緊張，可能是陷阱。他身上是附有鋼板的鎖甲。小型鋼板，不用鉸接式接頭。這是個貧窮的國度。

他改了他的徽記。他們家族的徽記原先是月亮和兩顆星星繡在一頭原野貂上，而他個人的徽記則是一隻在吼叫的狐狸。現在狐狸和原野貂都被拿掉了。國王的新徽記是在黑色原野上的破碎鎖鏈。加文立刻知道這個符號意義重大，拉斯克不光只是在和他向來唾棄的父親進行切割，這個全新的符號別有深意。難道他眞的如傳聞般，改信古神的異端邪教？他在幹什麼？爲什麼要在已經知道他身分的情況下詢問加文的名字？他是在給加文機會說謊，宣稱自己不是稜鏡法王嗎？

如果加文這麼做，拉斯克・加拉杜會如何反應？殺了他，然後晚點再向克朗梅利亞解釋這是個誤會；一切都不是他的錯，因爲他只是殺了一個自稱不是加文・蓋爾的攻擊者。如果拉斯克以爲光靠這幾個馭光法師和鏡人騎兵就能殺了加文，那可就錯了，但還有可能是什麼情況？或許加拉杜總督只是沒想到會看到加文，就像加文沒想到會見到他一樣，而他不知道該如何應對。

如果加文說謊，而拉斯克攻擊，加文除了殺了他之外別無他法。如果殺了拉斯克，就必須殺光他所有的手下。而其他總督會如何看待這件事？此刻總督身後陸續還有人馬趕到，加文不可能殺光他們。不管他有多強，如果有一百個人朝一百個方向逃命，總會有人逃脫的。到時候就會有「稜鏡法王在沒有挑釁行爲的情況下，親自跑到提利亞刺殺總督」的傳言出現。

就算加拉杜總督正在屠殺鎮上所有人也不是理由。這個鎮歸他所管，他可以隨意處置。從前，稜鏡法王可以隨意殺掉總督，但是那個年代早已過去。或許當年七總督轄地當眞是總督轄地。時代不同了。他的權力只是象徵性，宗教性的。稜鏡法王沒有權力干涉國家的內政——而加文的所作所爲早已超過干涉，如果他殺光這裡的所有人，然後立刻衝回克朗梅利亞，在離開短短數日內返回，克朗梅利亞就可以否認他涉案。距離太遠了，絕不可能是他幹的。

那樣，他將會殺死一個自己從來不曾喜歡過的男人；他可以擺脫麻煩，唯一無辜牽連的就是一群位於七總督轄地邊緣的士兵。好吧，那個孩子或許也得死。不然他就可以勒索加文。而卡莉絲會怎麼想？好吧，她怎麼想又有什麼重要？反正也不可能得到她了。無論如何，今天他都會失去所有追求她的希望。

從前的他絕對不會猶豫。

*你會怎麼做，兄弟？*

已經過去太久，加文已無法肯定。

「我乃稜鏡法王加文．蓋爾。」加文說著，微微鞠躬，一手放到身後，揮手要卡莉絲先走。

「那麼，稜鏡法王，」加拉杜總督大聲說。「克朗梅利亞是這樣宣戰的嗎？」

「你一下子就想到宣戰上，還眞是奇怪，總督。」

「奇怪？不，你還叫我總督才眞奇怪。你把法定總督——我父親——趕出加利斯頓，竊據整座城市、我們的首都和唯一的海港，不讓提利亞人民前往克朗梅利亞。提利亞已經不是總督轄地，打從你那場戰爭之後就不是了，稜鏡法王。我是提利亞的拉斯克．加拉杜王。你殺了我的貼身侍衛。而你認爲我們聯想到戰爭很奇怪？」拉斯克提高音量。「或許你認爲提利亞人生下來就是要讓克朗梅利亞僕人屠殺的？」

加文從鏡人團交頭接耳的情況，看出這種言論已經不是第一次出現。

「但是，克朗梅利亞派稜鏡法王出馬，當然不只是爲了殺我幾個手下。」拉斯克假裝思考，不過沒有給加文插嘴的餘地。「不，稜鏡法王一定有更重要的任務。確保克朗梅利亞能夠繼續箝制七總督轄地的任務。告訴我，稜鏡法王，你是來刺殺我的嗎？」

*沒人會派獅子來殺老鼠。*

克制一點，加文差點脫口而出。

在一陣盔甲撞擊和馬蹄聲中，鏡人騎兵和馭光法師擁到拉斯克．加拉杜身旁。加文只有聽見他們移動，因爲他在看丘底。他一直避免看往那個方向，以免把敵方的注意力吸引到卡莉絲身上。現在她應該已經決定好要留下或是離開了。

她快離開了，此刻已經搭小平底船開始順著湍急的河面而下。不過，依照加文對卡莉絲的瞭解，她會停下來看看加文的情況。畢竟，她是黑衛士，儘管首要任務是保護白法王，但保護他的重要性依然緊接在後。他在想，她之所以離開，是不是因為信任他，因為她認為他能保護自己，還是因為她有任務在身，不能被任何事干擾。

另一方面，那個胖男孩此刻幾乎完全躲在加文身後。在加文從鏡人騎兵手中救了他一命之後，他顯然認為這是自己活命的最大希望。

「你弄錯了，加拉杜王。」加文說，再度轉身，全神貫注，刻意強調對方的頭銜。「我看見這些人在屠殺你轄地中的無辜百姓，是為了拯救你的子民而出手的。我以為我是在幫忙。」

「屠殺身穿我軍制服的士兵，叫作幫我忙？」

「他們當然是叛軍，是強盜。什麼樣的瘋子會放火燒掉自己轄地中的城鎮？」

不少鏡人騎兵偏過頭去，或是低頭，或是偷看加拉杜王。顯然並非所有人都樂於屠殺自己的同胞。國王面紅耳赤。「我是國王。」他宣稱。「我不允許任何人質疑我的命令。特別是來自克朗梅利亞的人。提利亞是主權國家。我們國內的衝突與你無關。」士兵們恢復之前的冷酷面孔。

「當然無關。我只是……沒見過國王燒燬自己的城鎮、屠殺子民和孩童。你當然可以瞭解我有多困惑。我為這次誤會道歉。克朗梅利亞為七總督轄地服務，包括提利亞在內。」

這或許就是加文所能想到的最好說詞了。如果他們站在五十個精通國際溝通並尊重外交手腕的貴族面前，這樣或許足夠。拉斯克．加拉杜可能會要求經濟補償，視為沒有惡意、可以理解的錯誤來處理這件事，保留發飆的權力，而加文則成為勝利的一方，贏得乾淨俐落又優雅。

但拉斯克．加拉杜是個年輕人兼新國王。他並沒有站在貴族面前，而是站在自己手下面前。他看出自己快要輸了，但是在四面八方都是血淋淋的屍體，手下又神情懷疑地看著自己時，他沒有輸的本錢。「你大老遠跑來這裡，當然不會是爲了幫我們國家對付強盜吧？而且還沒有知會一聲。有人會以爲你是趁夜溜入我們國家，像是某種間諜。」

啊，他並不笨。眼看要輸的時候，盡快另開話題就對了。加文又看了男孩一眼，確認他的情況。不太好。他害怕得不斷發抖，雙眼一直盯著拉斯克．加拉杜。還是說他是氣得發抖？

「間諜？」加文若無其事地說。「眞是太好笑了。不、不、不。我手下有人專門處理這種事情，用不著我親自出馬。你當國王這麼久了，當然知道這一點？」

「你來這裡做什麼？」加拉杜王大聲問道。再一次，如果是在七總督轄地任何首都的宮廷裡，這就是非常無禮的舉動。加文看向男孩，心知他死定了。他可以離開——他再怎麼說也是稜鏡法王，就算殺了三十個加拉杜的鏡人騎兵，對方還是無權羈押或殺害他。特別是在眞相不明的情況下。這樣做可能會導致其他總督轄地聯手對付提利亞。殺害總督不太像話，但殺害稜鏡法王的後果不堪設想。不過拉斯克覺得自己輸了，而他會讓加文付出代價。他會盡可能傷害加文。

加文將會離開；男孩死定了。

「我看見濃煙。」加文說。「我爲七總督轄地提供的服務之一就是處理狂法師。我是來幫忙的。」

「你來我們王國做什麼？」

「我沒聽說你們封閉了邊境。事實上，我根本沒聽說你們變成『王國』了。你們沒必要抱持……敵意。特別是針對像我這種各國的公僕。」與公正理性的鄰居客氣對話的時機，也就是採取外交手段的時機，顯然已經過去，爲了轉移焦點，加文決定直接放棄外交。「你在掩飾什麼嗎，加拉杜王？」

「你是瑞克頓人，對不對，小子？」加拉杜王問。他不打算隨加文起舞。「你叫什麼名字？你父親是誰？」

「我是基普。我沒父親。小孩大多沒有父親。戰後就沒有了。」這話讓加文心中一痛。他差點容許自己遺忘。僞稜鏡法王戰爭摧毀了數十座這種小鎭。所有男人——從鬍子還沒長齊的男孩，到把長矛當拐杖用的老頭，都被雙方勢力徵召入伍。他和達山派遣他們去面對全世界最強大的馭光法師。就像把木材送去鋸木場一樣。

「那你母親呢？」加拉杜王不耐煩地問。

「她叫琳娜。她生前在兩間酒館裡幫忙。」

加文心跳停止。琳娜，送給他那張字條的瘋婆子，死了。這個男孩，這個擔驚受怕的男孩，就是所謂他的兒子？整座小鎭唯一的倖存者，竟然就是唯一能讓加文煩心的人。如果加文信仰歐霍蘭的話，他會將此視爲殘酷的惡作劇。

「琳娜，沒錯，我想那個妓女就是叫這個名字。」加拉杜說。「她人在哪兒？」

「我媽才不是妓女！你殺了她！你這個殺人兇手！」男孩一副快哭的模樣，不過加文看不出他是出於憤怒還是哀傷。

「死了？她偷走我的東西。帶我們去你家，如果找不到，你就幫我工作到償清欠債爲止。」

拉斯克．加拉杜絕不會讓他活到能償清母債。加文毫不懷疑拉斯克是在說謊，這只是帶走男孩的藉口——如果拉斯克算是國王，他就是國王的子民。最有可能的情況是拉斯克爲了挽回一點顏面，當著加文的面殺死他。這個男孩什麼也不是。對拉斯克而言，他就和一隻狗或一條好毛毯沒什麼兩樣。他會變成一個宣示。加文一方面覺得噁心，另一方面又覺得有趣。

*讓我身處沒有勝算的局面？當眞？你以爲這樣我就無計可施了嗎？走著瞧。*

「這個男孩要跟我走。」加文說。

拉斯克．加拉杜露出不懷好意的笑容。他的門牙之間有條縫隙，看起來比較像是咬牙切齒的惡犬，而非在笑的男人。「你打算為這個小賊喪命？把他交出來，稜鏡法王。」

「不然要怎樣？」加文問，刻意裝出客氣、好奇的模樣，彷彿真的想知道他打算怎麼做。虛言恫嚇往往會在被拉出來赤裸地攤上檯面時不攻自破。

「不然我的手下就會對外宣稱這是一場大誤會。我們不知道稜鏡法王在場，如果他有告知他要來訪，就不會發生這種事；如果他沒有搞不清楚狀況就攻擊我的士兵，就沒事了。我們只是在自衛。直到他不幸死亡之後，我們才發現自己的錯誤。」

加文輕笑，揚起拳頭放在嘴前掩飾笑容。「不，拉斯克。我外出不帶黑衛士是有原因的：我不需要他們。偽稜鏡法王戰爭時，你只是個乳臭未乾的小鬼，所以你或許不記得我的能力，但我看得出來你有些手下記得。就是看起來一臉緊張的那些。如果你的手下動手，我就會殺了你。白法王會對我大發雷霆一、兩個月，會造成外交問題，肯定會，但你真的以為有人在乎『提利亞國王』出了什麼事嗎？『國王』，不是總督，這表示你是叛徒。他們只會想要確保同樣的事不會發生在自己身上。我們會許下承諾、道歉，然後幫提利亞的學生支付幾年學費，接著事情就到此為止。我敢說你的繼任者絕對不會如此好戰。」

拉斯克張嘴欲言，但加文不打算給他機會。

「姑且讓我們假設你居然運氣好到把我殺了而沒有被殺。我知道你這麼做的意圖：夷平一座小鎮，好讓你建立大軍，成立你自己的克朗梅利亞。問題在於，你認為自己現在已經準備好打仗了嗎？如果我現在回去，除了我說的話之外，沒有其他證據，法色法王或許不會相信我。但如果你殺了我，那就比我能提供的任何證據都還要有力。而且你眞的以爲你的說法會是唯一流傳出去的說法嗎？你是個年輕國王，不是嗎？剛剛你還提到間諜呢。」

兩人之間一陣沉默。這或許是加文這輩子在口舌之爭，贏得最徹底的一次。

「這個男孩是我的子民，也是個小賊。他要留在這裡。」加拉杜氣得渾身發抖。他並不是認定加文在虛張聲勢，只是不肯認輸。

加文並不是在虛張聲勢。他有九成把握可以殺光這裡所有的士兵和馭光法師——端看這裡的馭光法師有多高強，他很可能只是眉毛被燒掉一點。但是想要在這種戰鬥中保護小孩，又是另一回事。讓惡徒得到應有的懲罰，與讓無辜之人活下來，究竟哪樣比較重要？

而且，並非所有總督都像他宣稱的那樣寬宏大量。

「他不是賊。」他說，試圖讓對話跳開「我贏了/你輸了」的思維。「他除了背上的衣服外，身無長物。不管他母親有沒有偷你的東西，事情都與他無關。」

「這一試便知，是不是？」拉斯克說。「搜身。」

從男孩臉上的表情判斷，基普顯然是個小賊。難以置信。他到底把偷來的東西藏在哪裡，脂肪間的縫隙嗎？

「不！那是她給我的最後一件東西！你已經搶走其他東西了。我不會交給你！我會先殺了你！」

在基普的虹膜轉爲翠綠之前，加文已經從男孩的聲音裡聽出一股熟悉的野性。男孩會攻擊加拉杜王、他的鏡人騎兵，還有他的馭光法師。非常勇敢，但是非常愚蠢。

加拉杜的馭光法師也看出這一點。

加文迅速揮起左手，在基普和加拉杜王的手下之間形成一面由紅、綠、黃、藍盧克辛交織而成的魔法牆。他右手做出一支藍棒子，朝基普的後腦打下去。男孩直接倒地。加文心想，世界上只有卡莉絲有可能出手比他更快。

一顆發自加拉杜馭光法師手中的紅盧克辛火球擊中加文的魔法牆，立刻在嘶嘶聲中消逝。所有人都僵在原地。加文撤去護盾。少數鏡人騎兵再度看向地上同伴的屍體，或許是在想加文並非僥倖殺死他們的。只有拉斯克．加拉杜看起來不為所動。他翻身下馬，走到不省人事的男孩身前，粗暴地搜身。

拉斯克．加拉杜拿出塞在基普腰帶內的花梨木長盒。他打開一條縫，對加文露出滿意的笑容，然後把木盒塞入自己的腰帶。他走回自己的馬旁，上馬。

「不但是賊，還試圖刺殺我。謝謝你阻止他的攻擊，稜鏡法王。」加拉杜王指示一名手下走向基普。「我想那棵樹撐得住絞刑套索。你要留下來欣賞行刑嗎，加文？」

所以，這就是事情的結尾。這就是我為過去的罪行必須付出的代價。

「他並沒有刺殺你，加拉杜王。我們都很清楚。這個男孩根本沒汲色。我只是用教訓克朗梅利亞學生未經允許企圖汲色的責罰教訓他。你拿回木盒了，而且也已經殺了所謂的賊，也就是他母親。你顯然處置過當了，不過這裡是你的總督轄地——呃，『王國』。他顯然不知道那是什麼東西，只知道那是媽媽留給他的。你要留下他的理由，和我要帶他走的理由根本不能相提並論。」

「他是我的子民，這表示我愛怎麼處置就怎麼處置。」

只剩下最後一張牌了。加文說：「你之前問我為什麼要來這個你稱之為國家的髒茅坑。基普就是原因。我要帶他走的理由比你充足。他是我的私生子。」

拉斯克．加拉杜目光冰冷，加文知道自己贏了。若非事實，沒有人會公開承認私生子。他同時也在對方開口前，就從他的表情看出自己得殺了加拉杜。不過不是今天。

「你的時代結束了。」拉斯克．加拉杜說。「你和克朗梅利亞都一樣。你們沒戲唱了。光是鎖不住的。給我聽清楚，稜鏡法王：我們會奪回你們偷走的一切。你們的恐怖統治即將結束。而結束的時候，我會在場。我發誓。」

第十八章

卡莉絲乘著平底船順流而下，然後轉過河彎，消失在眾人視線範圍外。她不認爲有士兵發現她離開，於是她將平底船停在對岸，然後找了座能夠看見加文的山丘。她四肢著地爬上丘頂。山丘和加拉杜的部隊之間有幾棵樹、樹叢，以及長草掩護。完美。不完美的地方在於距離。一百二十步。她是神射手，但隨身攜帶的弓只是普通的彎弓，而非長弓。那是張好弓，適合攜帶，七十步內箭無虛發。但一百二十步是不同的問題。她開始用心計算。她的誤差應該會在四呎之內，而且可以連續發箭。只要加拉杜王靜止不動，她可以在數秒內連射四箭，校正失誤。夠好了。至少比其他選項來得強。她快步奔下丘頂，拉上弓弦，檢查箭上的羽毛與精準度，然後爬回射擊位置，隱身又致命。

在加文和總督交談一段時間後，卡莉絲鬆懈了一些。除了白法王，加文有辦法把任何人都說得暈頭轉向。雖然加文站在一堆拉斯克．加拉杜手下的屍體之間，不過他們現在可能在討論總督該付多少錢慰勞加文的辛勞。

確認加文在視線範圍內、武器也在觸手可及的地方之後，卡莉絲打開背包。白法王命令她要在出海前往提利亞之後才能開封命令，所以卡莉絲將命令放在背包最底下，上面壓著一些換洗衣物、備用眼鏡、煮食用具，還有幾枚信號彈和爆破彈——感謝歐霍蘭，這些玩意兒沒有在她打鬥落馬時爆炸，不過承擔這些風險是值得的。她拿出摺起來的字條。就和所有敏感的命令一樣，這封字條是用最薄的紙張寫成，外側上布滿潦草的塗鴉，以避免有人就著火光看穿其中的字句。封蠟上施有簡單的魔法陷阱：如果直接撕裂封蠟，就會導致兩個盧克辛觸發點碰觸在一起，立即引發一場小火。這種防禦措施不算嚴密，當然，任何謹慎的馭光法師都能解除，不會汲色的普通人也可以輕易從旁邊剪下封蠟，但有時候簡單的預防措施，比精密的結構更有效。

卡莉絲看看加文。還在說話。很好。

她透過此刻身處的草地汲取一點綠，取消了封蠟上的陷阱。加文叫她不要相信字條的內容，而那字條又是白法王親筆所書。所以，誰比較像是會欺騙她的人？加文，十次中有十次都是他在說謊。這個想法令她作嘔。不，她這是在預設立場。她差點收起字條——可以晚點再看。

但命令和提利亞有關，或許甚至和加拉杜總督有關，而總督此刻就在她面前。命令可能是要殺他——或確保其他人不要殺他。她得立刻弄清楚。

她打開字條。白法王的筆跡有點潦草，不過依然優雅流暢。卡莉絲自動解讀淺顯的密碼。「紫色即將獨領風騷，我們都很慶幸能夠見識新的時尚潮流。」滲透並查明總督意圖。七總督轄地和克朗梅利亞都很想弄清楚這個新總督想幹什麼。

最後一個「S」使用花體書寫，表示上一段密碼已經結束。不過字條還有其他內容。「另外我還聽說一個叫作瑞克頓的小鎮上有個十五歲男孩。她母親宣稱他是G的兒子。有機會的話，查明這件事。我想見見他們。」加文在瑞克頓有個私生子。把母子倆帶回克朗梅利亞。

卡莉絲探過頭去，剛好看到加文製作藍棍子擊中男孩的後腦。這一幕本來可以很滑稽，也可以是種警訊，不過她覺得自己彷彿也挨了一棍。她目瞪口呆地看著加文汲色製造盧克辛牆，擋下一道攻擊，然後繼續談判——直到談完都沒有再起衝突。

她驚訝莫名，甚至沒有搭弓拉弦。這裡就是瑞克頓。那個男孩會汲色。這實在巧得太過分了。是她要求加文調轉鷹頭飛過來的。她感到毛骨悚然。他們此時此刻會出現在這裡，肯定是歐霍蘭的旨意。卡莉絲知道歐霍蘭並不在乎自己。她不夠重要。所以這算什麼？加文的試煉？十五歲。狗娘養的。那孩子是在她和加文有婚約時受孕的。

加文抱起男孩，有點吃力——男孩又高又胖——然後扛到肩上。接著，他走向河邊，彷彿不把周遭一切放在心上。那傢伙真的背對一名總督走開，在地上留下三十具總督侍衛的屍體。一如往常，加文無畏無懼、勢不可擋、沉著從容。世俗的規則不適用於他。

從不適用。

有那麼短短又危險的一瞬間，卡莉絲回到十六歲，她所認知的一切、深愛的人統統被人奪走。那天她哭了，一直哭到發現沒有人會安慰她。她汲取紅色，自其中的高溫和憤怒中獲取安慰。她汲取了大量魔法，差點害死自己。今天，她甚至不需要施法。那股怒意立刻湧上心頭。「不要相信字條的內容。」加文說。他當然會這麼說。那個騙子。狗娘養的。

這就是白法王不要她當場打開命令的原因。她提醒卡莉絲在面對加文之前要先冷靜下來。用意是不要她惹麻煩。

很高興知道她生命中最重要的兩個人都在操弄她。

加文汲色在河面上製作出一條小船，將男孩放到船上。他不慌不忙，只是順流而下，完全沒有回頭。情況必定十分危急。他當加拉杜總督就像隻會被目光接觸激怒的狗。當狗一樣，好吧，卡莉絲很清楚那種情況，不是嗎？

她站起身來，大步走回河邊。她的有色眼鏡不知何時出現在鼻子上。要不是加拉杜總督就在兩百步外，卡莉絲此刻已經對著加文的腦袋丟火球了。他轉過河彎，來到平底船旁，看見她的表情。他臉色發白。這一次，他什麼話也沒說。

卡莉絲站在河岸上，在他越漂越近時渾身發抖。

加文沒問她有沒有讀過命令，他看得出來。「上船。」他說。「有帶黑斗篷的話，遮住自己。最好別讓他們看清楚妳是誰。」

「下地獄吧。我自己走。」卡莉絲說。

他伸出手掌，釋放綠盧克辛在她的平底船上打了一個拳頭大小的洞。「上船！」他命令道。「加拉杜國王的人隨時都會追來。」

「國王？」她製作綠盧克辛去補船上的洞。這樣做很小家子氣、很蠢，她暗罵加文讓她看起來不可理喻。她恨他。她恨他恨到全世界都微不足道。乾脆現在就讓那些騎兵來找她。

「他拒絕承認克朗梅利亞、稜鏡法王、七總督轄地，還有歐霍蘭本人。他自立為王。」加文朝她的平底船揮掌。數百枚小魔法彈黏滿整個平底船，接著它們同時爆炸。木頭碎片和木屑濺在兩人身上。加文說：「想發洩的話就甩我一巴掌，但是給我上船。」

他說得對，現在不是時候，卡莉絲上船。她從背包裡翻出斗篷，披在身上，儘管很熱，還是拉起兜帽。男孩依然昏迷不醒。加文沒有等候，她一上船，他就施法製作船槳和皮帶。船槳入水，小船立刻開始前進。卡莉絲回過頭去，毫不驚訝地發現有一打騎兵從一座小山丘頂上朝他們追來。

但是，他們絕不可能追上。河流附近的地形並不平坦，而且加文的小船速度很快。加文和卡莉絲沒有交談，就連小船駛入一連串急流中時也沒有。卡莉絲用有彈性的紅盧克辛和較堅硬的綠盧克辛加寬船身、架高船頭。加文在船底添加滑滑的橘盧克辛，以便在撞上岩石時直接從上面滑過。

一個半小時後，他們肯定安全了。不過卡莉絲還是不肯說話。*妳究竟要被同一個男人傷害幾次？*她甚至沒辦法看他一眼。她對自己大發雷霆。戰後他彷彿變了個人似地。他解除婚約讓她一無所有。

她離開了一年，當她回來時，他彷彿喜出望外。他與她保持距離，從未在她爲了忘記他而和其他男人交往時說過什麼話。這點讓她更氣自己。但是最後她還是被他所散發出來的神祕感吸引回來，漸漸原諒了這個戰後似乎徹底改頭換面的男人。

有多少人能在經歷過戰爭之後變得更好？

沒有，顯然沒有。

有多少女人能在經歷過情變之後變聰明？起碼她沒有。

河道與另一條支流匯流後變寬許多，卡莉絲沒必要繼續待在船頭注意岩石。天氣清朗，她脫下斗篷，感受陽光的照耀——歐霍蘭的撫摸，她母親在她小時候這樣告訴她。是呀。

「聽說河上有強盜會攔船打劫。」加文順口說道。「或許我們可以幫妳找個人來殺。」

「我不想殺人。」卡莉絲沒有看他，低聲說道。

「喔，妳眼中有那種殺人的眼神——」

她抬起頭來，露出甜美的微笑。「我不想殺別人。我想殺你。」

# 第十九章

「啊。」加文清清喉嚨。

男孩身體抽動，接著突然坐起。或許在全鎮的人慘遭屠殺之後，聽見「我想殺你」不是什麼被人喚醒的好方法。加文對卡莉絲揚起一邊眉毛。*妳真的要現在吵這個嗎？*

她吐了口氣，在男孩揉著腦袋呻吟時偏過頭去。男孩斜眼瞄她，但她背對他。她利用解開弓弦和把弓收好來故作忙碌。男孩轉動寶藍色眼珠望向加文。這搭配上他淡棕色的皮膚和雜亂的頭髮，看起來很有趣。藍眼珠之所以為藍色，是因為它們是最深的顏色，也就是對光線最敏感、最容易聚光的顏色。這絕對不是研判魔法的唯一標準，但大部分法力最強大的馭光法師都有藍眼睛。他們可以取用更多光線，能燃燒更多魔力。

眼前這雙深藍色眼睛因為痛苦而瞇成兩條線。顯然加文那一棍讓男孩頭痛欲裂。

「你救了我。」基普說。

加文點頭。

「你是誰？」男孩問。

直指重點，呃？卡莉絲轉頭去看加文怎麼回答。她雙手交抱胸前。

加文停下搖槳。「這位是卡莉絲．懷特．歐克小姐，儘管把她的名字、膚色和頭銜連在一起唸有點可笑，但她可是名黑衛士。」卡莉絲臉上的怒容完全沒有消退的跡象。顯然這個老笑話還是一樣不好笑。「至於我……」他先介紹卡莉絲，是為了給自己爭取時間思考。但是沒有用。*還剩五年，還有五*

大目標，加文。這或許是你最後的機會。

加文是在男孩昏迷不醒時宣告他的身分的。他不知道。沒必要知道。從許多方面而言，不知道對他或許比較好。但是不要從盛怒的卡莉絲口中得知這件事或許更好。這個男孩不是加文的兒子，但若不是因爲加文與達山打仗——稜鏡法王戰爭，或僞稜鏡法王戰爭，看你是站在哪個陣營而定——瑞克頓和其他上百座小鎭的孩子，現在都不會沒有父親。加文再度考慮把一切統統告訴卡莉絲，然後面對眞相帶來的後果。但是卡莉絲不會相信部分的眞相，也無法承受所有眞相。

至少這個謊言可以讓個孤兒得到父親。它可以讓失去一切的孩子得到一樣東西。加文不該在乎這種事，但他就是在乎。

「我是稜鏡法王加文·蓋爾。我是……你是我的親生兒子。」

男孩看著他的樣子，彷彿不懂加文在說什麼。

「太好了。」卡莉絲說。「你幹嘛不乾脆一次統統告訴他？你爲什麼不用用腦袋，加文？我發誓你和達山一樣衝動。」

衝動？五十步笑百步。加文不理會卡莉絲，雙眼直視男孩。他剛剛承認多年以前出軌過，後來還騙她說沒有，接著——就在一個小時前——又騙她一次。她打算和他冷戰，而這並不適合她。暴怒比較符合她的風格。

男孩看了她一眼，不懂她在氣什麼，接著又看回來。他依然瞇著眼睛，不過加文看不出來那是因爲後腦重擊造成的頭痛、汲色後導致暈光，還是短時間內處境一變再變而產生的困惑。

「你是什麼？」基普問。

「你是我的親生兒子。」基於某種理由，「我是你父親」對他而言太過難以啓齒。

「而你現在才來？」基普問，臉上充滿痛苦與絕望。「你爲什麼昨天不趕來？那樣所有人都不會死！」

「我直到今天早上才知道有你的存在。然後就以人類所能達到的最快速度趕來。」事實上，更快。「要不是你們鎮上失火，我們根本不知道要來這裡。」

「你不知道我？你怎麼可能不知道？」基普悲傷地問。

「夠了！」加文吼道。「我趕來了！我救了你的命，代價或許是會掀起一場導致上萬名孤兒的戰爭。你還想怎樣？」

基普驚慌失措，縮成一團。

「難以想像。你這個惡霸。」卡莉絲說。「你和兒子相認的第一件事就是吼他。你眞是個勇士，加文・蓋爾。」

這句有失公允的批評讓加文捏緊拳頭。他所選擇的人生中的所有公義、不公義及瘋狂，統統湧上心頭。「妳要拿勇氣來教訓我？一個逃離貴族世家、跑來當衛士的女人？試圖在工作中死亡，或是透過過度汲色來自殺都不叫勇敢，卡莉絲；那叫懦弱。妳想要我怎麼樣？妳要我把妳死去的兄弟都帶回來嗎？」

卡莉絲甩了他一巴掌。「不要，」她說。「你永遠不准——」

「提起妳的兄弟？妳的兄弟都是毒蛇。達山殺死他們時，所有人都鬆了口氣。他這輩子做過唯一的好事，就是殺了他們，而他們這輩子做過的唯一好事，就是去死。」

卡莉絲兩眼泛紅，皮膚上立刻就布滿紅盧克辛。加文感到一絲恐懼——不是擔心自己。他可以擋下任何她的攻擊。但是每當有人大量汲取顏色時，他們就會加速自己的死亡。而且會越來越受到本身魔法色彩的支配。第一次見到卡莉絲時，她翠綠色的眼珠裡只有一點紅星。而現在，即使在休息、沒有汲色時，她眼中的紅星都比綠色還多。

但卡莉絲沒有攻擊。她說：「我學得很慢，但我終於懂了。這是你最後一次背叛我，加文。」她幾乎是唾棄他的名字。「我──」

「妳這個固執的女人！我愛妳，卡莉絲。我一直深愛著妳。」

她彷彿就像洩了氣的風帆一樣，紅盧克辛自她的指尖消失。接著，當加文開始燃起希望時，她說：「你敢說這種話？你這個難以置信的──你──加文．蓋爾，這輩子你只有爲我帶來痛苦與死亡。我們結束了！」她抓起背包，跳下小船。

加文震驚到說不出話來。他眼睜睜地看著卡莉絲游到岸邊，然後拖著背包爬離河面。她當然可以在沒有他陪同的情況下抵達加利斯頓；而她當然還是會比聯絡人預計的時間早到。但她必須擔心強盜的問題，孤身上路的女人會是絕佳的下手目標。

如果強盜因爲這個事實而粗心大意，那他們能活下來就算走運。不過是人都得要睡覺。卡莉絲的決定十分草率，但加文不管說什麼都改變不了任何事。接下來很長一段時間都是如此。這就是白法王費心安排，不讓他在她發現私生子的事時出現在她身邊的原因。他可以去追，但是那樣無濟於事。在她盛怒之下，他只會讓情況更糟。

*五大目標，而我甚至沒有說出眞相。*

基普躲在船的一側，身體能縮多小就縮多小。他抬起頭來，一時間撞上加文的目光。「你看什麼？」加文大聲問道。

# 第二十章

儘管這輩子從未汲取過一滴藍色，卡莉絲向來偏好所謂的藍色美德。她喜歡事前計畫，喜歡秩序、架構、階級體系。就連孩提時代，她都樂於學習禮儀。坐在正式的帕里亞餐廳中，知道所有小湯匙、開殼器等餐具的功用，知道在第一道和第二道餐點間洗完手後要甩幾次手，知道要把三齒烏羅姆叉放在什麼位置、好讓僕人知道你已經用完餐點等等禮儀，爲她帶來類似心靈寧靜的感覺。把酒杯放在橫向切半器上方一半的位置，表示你想要再來半杯紅酒。放在縱向切半器上方，表示你想從白酒換成紅酒。指示和暗號。盧克教士的召喚，教徒的回應。她喜歡跳舞，幾乎會跳七總督轄地中所有的舞蹈。她熱愛音樂，會吹八孔直笛，或是一邊演奏山崔亞一邊唱歌。但是她所學過的一切，在這種情況下都派不上用場。沒有架構、沒有階級體系、沒有秩序來引導她。

她此刻應該在船上。她應該要先與克朗梅利亞間諜碰面，然後再深入提利亞。他應該要帶她順流而上，跟上加拉杜王的軍隊，然後弄個能不送命地混入軍隊的身分。但是現在，她渾身濕淋淋、孤身一人，距離大軍不到一天路程，沒有引薦人，沒有地圖、沒有方針、沒有計畫。加文和他的私生子於將近五分鐘前消失在河面下游。

*我太莽撞了。紅魔法會害死我。*

卡莉絲甩開沉重的黑羊毛斗篷，開始找尋紮營的地方。山坡上有很多桉樹，空氣中瀰漫著它們的香氣，摻雜著一些較高的松樹，遮蔽歐霍蘭明眸的強光。她只花了一點時間就找到一塊幾乎被樹叢遮住的空地。她撿了些樹枝，堆成小小的三角錐。她沒有用火種生火：身爲紅法師擁有一定的優勢。她還是先仔細觀察四周一段時間，然後才從袖子裡拿出眼鏡。附近沒有其他人。她將一絲紅盧克辛投入樹枝三角錐底部。

即使只汲取了這麼一點紅，都點燃了她的怒火。她收起紅綠色眼鏡，幻想著打爛加文笑容滿面的嘴臉。*我愛妳？他怎麼敢說這種話？*

她搖搖頭，甩動手指，刻意釋放偏離中心的紅盧克辛，擺脫多餘的法力。由於製作過程有瑕疵，所有盧克辛統統迅速消失，釋放出兩種氣味：一種是所有盧克辛都有的樹脂味，另一種是紅盧克辛特有的乾樹葉和菸草的味道。

她拿出打火石和匕首，決定不要直接用次紅製造火花。她已經冷靜，於是像一般人一樣生火。

*我愛妳。那個混蛋。*

她換上放在防水袋裡的備用衣物，把濕的衣服脫下來晾乾。過去十五年間，提利亞的服飾變得非常實穿。雖然在社交場合或城市裡，女人會穿長及小腿或腳踝的連身裙，繫腰帶，夜間常常還要搭配外衣或長外套，但是在鄉間，女人通常會穿男人的亞麻褲，爲了表示莊重，她們的襯衫比男性襯衫要長，不過沒有紮進褲子裡，並用腰帶束起，看起來像是束腰外衣。根據鐵拳指揮官的說法，僞稜鏡法王戰爭過後，這裡沒有足夠的男人和男孩可以收成橘子和其他水果。幫忙收成的年輕女子，爲了上下爬梯子而把裙子剪短。顯然有人——或許不是幫忙扶梯子的小伙子——反對這麼做。

於是褲子就開始流行。

卡莉絲喜歡提利亞服飾。她在黑衛士受訓期間即已習慣穿褲子，就算這件寬鬆的亞麻褲沒像黑衛士制服那種富有彈性的盧克辛材質一樣好穿或柔軟，至少很涼爽。這套服裝也比黑衛士制服更能掩飾她的身材。沒人膽敢對身穿制服的女黑衛士吹口哨，就算她有點刻意凸顯自己姣好的身材也一樣。不過在偏僻鄉間孤身上路的女人，不應該如此挑釁命運。

趁著營火越燒越旺的時候，卡莉絲開始仔細檢查武器。等黑斗篷晾乾收好之後，她就會把阿塔干劍放回背包裡隨手可取的位置。一支碧奇瓦——毒蠍——綁在褲管內的大腿上。那是件用鐵指環套在手上的武器，上頭有四根用以揮擊的利爪，以及用於刺擊的匕首——蠍尾。這件武器不方便隨手取用，不過她向來認爲在敵人看不見的地方藏點武器，是不錯的主意。她的腰帶上插有另一把長匕首，雙色眼鏡放在背包裡。眼鏡太重，藏在寬鬆的衣袖裡太過顯眼。這表示她只能依賴眼罩。這副眼罩上有水平條紋的紅綠鏡片，直接貼在眼眶上，盡可能接近眼球。一團黏黏的紅盧克辛確保鏡片待在她臉上——如果取下眼罩時不小心，她可能會扯下半條眉毛。黏黏的紅盧克辛外包覆著一層堅硬的黃盧克辛，把眼罩貼上眼眶前要先撕下來。

儘管這些眼罩救過她好幾次，卡莉絲還是不喜歡它們。天生的長睫毛在盧克法王舞會上是很棒的配件，但是雙眼前方掛著鏡片時，就沒那麼棒了。

卡莉絲將眼罩藏在最顯眼的地方，繫在一條彩石項鍊上，不過眼罩並不會增加這條項鍊的價值。眼罩貼合在一個環節上，看起來和其他石頭沒什麼兩樣。另一副眼罩塞在她的腰帶釦環下。

*我在拖延時間*，她心想。

從此刻的位置來看，她只有兩個選擇。順流而下，到加利斯頓和聯絡人接頭，然後再繞回來，或是孤身混入加拉杜王的軍隊。順流而下會浪費時間，而且也比預定時間早到很多。還要另外擔心強盜。假設她的聯絡人有辦法在回程途中避開那些強盜，但去的時候還是得靠自己。孤身犯險表示她必須在沒人引薦的情況下加入敵軍。而現在加文與加拉杜王起過衝突，國王知道克朗梅利亞已經派遣馭光法師過來，他肯定會懷疑突然出現的人。

事實上，加文在瑞克頓要的那套把戲，或許已經讓她的任務不可能完成。提利亞肯定有人膚色和她一樣白，但她的口音不對，而且是馭光法師。在多疑猜忌的軍隊裡，與她有關的一切都透露出強烈的間諜氣息。白法王的命令從來不曾讓她陷入目前這種情況。那感覺像是自以為坐在符合各式規矩的高級帕里亞餐廳裡，結果卻發現自己身邊圍著一群伊利塔海盜在逼你吃河豚。吃河豚有一定的規矩，如果亂來，就會吃到柔軟鮮美，但卻有毒的肉，讓你痛苦十分鐘後死亡。

而卡莉絲不清楚吃河豚的規矩。

當然，加文會把那條可惡的東西吃光——然後很神奇地完全不受任何影響。世間的一切都無法影響加文。他從來不用努力爭取任何東西。他天賦異稟，又有個老謀深算的有錢父親，向來想要什麼就有什麼。就連擔任稜鏡法王的規矩都限制不了他，當不想要黑衛士陪同時，他就可以在沒有黑衛士陪同的情況下，隨心所欲地前往七總督轄地裡的任何地方。現在，他可以在幾小時內橫跨瑟魯利恩海。看在歐霍蘭的份上，他現在會飛了。

*滾出我的腦海，騙子。我和你玩完了。*

線條沒對準。小湯匙消失，烏羅姆上出現一千根尖叉，而非三根。卡莉絲不打算回家，不打算等某個男人來握她的手，帶她進入加拉杜營區。她不打算失敗。想查出加拉杜王的計畫，途徑不只有一種。

當然，她不知道還有什麼途徑，但她會找出來。此時此刻，她想起哥哥克伊歐斯在死於大火前常說的：「不知道該怎麼做時，就做正確的事，或是眼前可以做的事。但正確的事未必剛好在眼前。」

小鎮瑞克頓已經付之一炬。只有一個鎮民倖存下來。或許還有更多，而他們迫切需要幫助與保護。卡莉絲可以提供這些。

如果這麼做要用和房屋一樣大的火球去燒死某人的話，那就更好了。

# 第二十一章

他們幾乎是在河面上飛行。基普這輩子從沒體驗過這麼快的速度。稜鏡法王不發一語，沉浸在自己陰鬱的情緒裡。將近一整個下午，加文．蓋爾都在操縱小船上代替船槳的東西——有時候它會變成像是梯子的形狀，接著又變成鍛鐵爐的風箱，然後恢復成船槳，最後化作滾動的履帶。加文操縱著這樣東西，直到他累了、肌肉顫抖、汗濕衣物爲止。然後他會汲色，把船槳變成另一種形狀，讓他疲憊的肌肉得以休息，接著繼續前進。

基普終於鼓起勇氣開口問：「先生，呃，他拿走了我的盒子？」他不打算問卡莉絲．懷特．歐克的事，還有加文剛剛說的話。現在不問。永遠不問。

加文抿著嘴望向基普。基普立刻後悔開口。「不讓他拿走，你就得死。」

基普安靜片刻，接著說道：「謝謝你，先生。謝謝你救了我。」聽起來比「但那是我的東西！那是我媽留給我最後一樣東西——也是唯一的東西！」要好多了。

「不客氣。」加文說。他回頭看向上游，顯然在想其他事情。

「那個男人，他得爲我媽的死負責，對不對？」基普問。

「對。」

「我以爲你剛剛就會殺了他。但你停手了。」

加文看了他一眼，打量他。聲音聽來十分遙遠。「我不願意爲了殺死罪人而讓無辜者陪葬。」

「那些人才不無辜！他們把我認識的人統統殺了！」淚水順著基普的臉頰流下。他覺得精疲力竭、疲憊不堪、絕望無助。

「我是在說你。」

這話讓基普愣住，但依然情緒激動。加文之所以不殺加拉杜王，都是因爲他。他不知道該用什麼詞彙來形容自己的心情。他再度讓媽媽失望了。他的無能阻止了加文幫她報仇。

我會成功的，母親。我以靈魂發誓。我會殺了他。我發誓。

他們路過半打小鎮，還有數十艘小船。隨著越來越多支流匯流，河面越來越寬闊。但是加文只停下來一次，買了一隻烤雞、麵包和酒。他把食物丟給基普。「吃吧。」接著他們繼續趕路。加文沒吃東西，沒有說話，甚至沒有在路過被他們嚇到的漁夫時放慢船速。

一直到日落西山、加文再度改變船槳形狀時，基普才又上前交談。「我可以幫忙嗎……先生？」

稜鏡法王上下打量他，彷彿從沒想過得到他的幫助。但當他開口時，他說：「那眞是太好了。來，站在這裡，然後走動。」稜鏡法王剛剛都是用跑的。「要就用這些手槳。想往哪邊轉向就把槳放到哪一側的水裡。左舷就放左側，右舷就放右側，懂嗎？」

「左舷是左邊的意思？」

「對【註】。」

基普眨眼。呃……「左舷是右邊？」

「除非你面對船尾。」

基普看來必定十分惶恐，加文輕笑出聲。「無所謂。你只管駕船到累了爲止，除非遇上急流或強盜。我要休息一會兒。」加文坐在基普面前的位子上，吃起剩下的烤雞和麵包。他看著基普奮力讓小船提升到還算可以的速度。基普轉了一、兩次方向——轉向其實非常容易——然後看看加文有沒有什麼評語，但稜鏡法王已經睡著了。

夜幕低垂、月正當中，基普開始用走的。即使單靠基普行走的動力，船速還是很快。卡莉絲離開後，加文把小船變得更窄，讓小船看起來比較像是漂浮在河面上，而不是穿越水面。一開始時，基普有點緊張，抓得很緊。每次轉向都擔心會遇上強盜，而稜鏡法王沒有醒來。但他很快就適應了踏船、波浪，還有夜晚的節奏。

遠方傳來貓頭鷹的叫聲，還有小蝙蝠低飛俯衝、捕食飛在水面上的昆蟲，而鱒魚則躍出水面吃著飛太低的蟲。小船嚇到一隻蒼鷺，牠展開大藍翅飛入夜空。

漸漸地，夜晚的寧靜滲入基普心中。河面平滑到彷彿明鏡，反射著天上的星光。他看見鴨子在岸上擠成一團，把頭塞在翅膀裡。接著他又看向這個似乎是他父親的男人。

加文·蓋爾是個肌肉結實的男人，肩膀厚實，但是很瘦，就像基普很胖一樣。基普找尋任何他與自己的相似之處——他真的是自己父親的跡象。加文膚色較白，看起來混合了綠眼或棕眼、黑頭髮、橄欖色皮膚的魯斯加人，以及有著矢車菊藍眼珠、火焰般紅髮、死屍般白皮膚的血林人。加文的頭髮是亮銅色，而他的眼睛當然是稜鏡法王特有的那種眼睛。汲色時，它們會變成汲取色彩的顏色，隨時都有可能改變。沒施法時，加文的眼睛會像稜鏡般閃閃發光，一舉一動都會透過虹膜綻放出全新色彩。它們是基普見過、最令人不安的眼睛。是會讓總督如坐針氈、讓女王昏迷的眼睛。神選之人的眼睛。

基普的眼睛是全藍的，這點除了顯示出他是混血，從未給他帶來任何好處。或許有點血林人血統——提利亞人的眼睛就和世界上大多數人一樣，是黑色的。基普與提利亞人一樣是黑髮，不過卻像帕里

---

譯註：此處是用「Right」回答，同時有「對」與「右邊」的意思。

亞人或伊利塔人般鬈曲，而不是直髮或自然波浪鬈。這些特徵足以讓他成為怪胎，卻不足以讓他成為這個男人的兒子。當然，他母親看起來也不像提利亞人，而這讓事情變得更複雜。她的膚色比他們兩個更深，頭髮雜亂、眼睛呈淡褐色。基普努力想像他媽媽和這個男人的小孩可能長成什麼模樣，但想像不出來。讓很多雜種狗交配，天知道會配出什麼種？或許如果他沒這麼胖，還能看出一些端倪。或許一切都只是個殘酷的玩笑。是個謊言。

稜鏡法王。稜鏡法王本人？這種人怎麼可能是基普父親？他說自己根本不知道基普的存在。怎麼可能有這種事？

答案似乎非常明顯。事情發生在戰時。加文的軍隊與達山的軍隊在距離瑞克頓不遠的地方交鋒。當他們路過瑞克頓時，加文遇上了琳娜。他是稜鏡法王，而且很可能會戰死。她是個年輕貌美的女孩，家園剛剛遭人摧毀。她和他上床。然後他跑去殺了弟弟——或許就是事發隔天——接著在戰後的處理善後、重建工程、撲滅反叛勢力、重新建立同盟、維持和平等等瑣事之中，他八成再也不曾想起她。就算有想到，當時提利亞也不是個適合稜鏡法王造訪的友善安全之地。提利亞擁戴達山，邪惡的弟弟，所以受到殘酷對待。

又或許加文強暴了琳娜。但那說不通。強暴犯為什麼會宣稱基普是他的私生子？尤其是這會讓加文付出極高代價？

基普可以想像他母親未婚懷孕，被留在瑞克頓廢墟裡的模樣。她當然想要逃離那個地方。基普本來是她唯一的希望。她能怎麼做？獨自前往加利斯頓，戰勝者統治提利亞的地方？他可以想像那情況。他母親，去找某個官員，要求見加文．蓋爾，因為她懷了他的私生子。如果有一個官員相信這種鬼話，就已經算她走運了。於是她被攆走，所有美好生活的夢想就此付之一炬。

每當她看見基普，看到的不是自己錯誤的選擇，而是加文的「背叛」，以及她的失望。基普是一場幻滅的美夢。

基普不到半個小時就累了。他雙臂灼痛。之前加文衝刺快跑了好幾個小時。想到要這麼快就叫醒稜鏡法王，讓他覺得很丟臉。他向來很容易疲倦，但只要能撐過疲倦的感覺，他的耐力其實不差。

他不打算叫醒稜鏡法王。一點也不。讓他休息，他已為基普付出夠多了。直到加文醒來前，基普會繼續駕船。就算累死也沒關係。他發誓。

如此發誓讓基普好過一點。他無關緊要，什麼也不是，但可以讓稜鏡法王好好睡一覺。他可以做點有意義的事，可以透過微不足道的方式盡一份心力，不過還是比這輩子所做的一切更加重要。

他繼續踏船。稜鏡法王今天救了他。稜鏡法王本人！加文制止了加拉杜王。他殺了二十個加拉杜王的鏡人騎兵，或許更多——然後大搖大擺地離開現場。基普意圖攻擊國王，很可能增加了他的困擾。他到底有多蠢？有這麼多馭光法師在場，基普竟然自以為能殺了國王？愚蠢！

儘管夜裡空氣清涼，基普還是沒過多久就汗流浹背。他從快走變成舉步維艱，但船速依然和馬在慢跑差不多。

基普全神貫注在踏船上，直到十分接近時才注意到那個營地。約莫有一打人圍著營火飲酒作樂，其中一人荒腔走板地彈著魯特琴。基普繼續踏船，慢慢瞭解這是什麼營地。那些人全都身懷武器，包括看起來像在站崗的人在內——他把十字弓斜靠在肩膀上，隨時可以使用。

基普考慮低聲喚醒加文，但他們距離太近，任何足以喚醒加文的聲音都有可能穿越水面，傳入站在火光邊緣的十字弓手耳中。他身體正對河面，不過臉轉向他的同伴。

小船在水面上奔馳時，只發出一點嘶嘶聲。在強盜營火的劈啪聲下，絕對聽不見。強盜阻擋了部分河面，從兩岸向河中心堆積石塊，然後在上方鋪設木板藉以行走，只在中央留下一小條缺口。任何試圖闖關的船隻，都會進入他們長矛的射程範圍。

基普可以放下船槳去搖加文，但加文又能怎麼樣？天已經黑了。沒有多少光線可供稜鏡法王汲取顏色。或許基普早一點搖醒他的話，他還有可能殺光他們。但現在太遲了。他得直闖缺口，希望不會被人發現。

他朝向缺口前進，接著在最後一點透入水面的月光照耀下看見強盜的最後陷阱，倒抽了一口涼氣──一根斜插在河床上的尖銳木棍，只稍微浮出水面幾根手指的高度。試圖硬闖縫隙的船，都會被刺穿船身，釘在河面上。

小船的盧克辛船身輕觸木棍，隨即滑過。

基普在小船滑過強盜陷阱的利齒時，看了十字弓手一眼。對方只比基普年長幾歲。他在笑，很開心，朝另一個男人伸手，要拿裝酒的皮袋。

接著基普通過了。十字弓手轉身，搖了搖頭，隨即在看見基普時渾身僵硬。營火削弱了守衛的夜視能力，對他而言，黑暗中半透明的盧克辛必定就和完全隱形一樣。他看到一個胖男孩跑過他面前──跑在水面上。不可能。

基普微笑揮手。

守衛揚起手來，揮手回應。接著僵在原地，回頭望向火堆旁的同伴。他張開嘴巴，想要出聲喊叫，但發不出任何聲音。他轉回來面對河水，看著基普。

基普依然位於十字弓的射程範圍內。他知道這一點，卻沒有加速，儘管──在這個時間點──還有餘力這麼做。他採取任何行動都有可能刺激守衛。

守衛死命瞪著在黑暗中逐漸消失的鬼魂，什麼話都沒說。他駭然地搓揉額頭，搖了搖頭，然後轉回去面對朋友。基普開始奔跑，沒跑很久，但奔跑一分鐘已經讓小船駛離數百步外。基普恢復步行。他微笑。儘管整個過程有點愚蠢，但還是在沒有搖醒稜鏡法王的情況下過關。

他不知道自己走了多久。他試著注意河岸，但實在疲憊不堪。他經過些比較小型的營地——看不出來是強盜，還是無辜旅人的營地。但是每當看見營地時，他就會放慢船速，直到確定營地裡所有人都已熟睡爲止。他甚至再度施展以眼角視物的把戲，進而多看到幾個熟睡的人，不過再也沒見到任何守衛。

彷彿過了一千年，天色才開始轉亮。基普雙腳灼熱、肺部疼痛。他幾乎感覺不到雙臂，但依然拒絕停下。即使步履蹣跚，小船還是以比平底船快一倍的速度前進。

終於，太陽自群山之上冒出。一如往常，早在太陽爬上卡索斯山脈之前，陽光就已經宣告日出的到來。稜鏡法王還是沒醒。基普不能停下來。現在不行。他已經撐了一整晚。稜鏡法王隨時都會醒來，發現基普有多努力。他會印象深刻，對基普改觀。基普就不再只是個負擔、恥辱、默認後又置之不理的私生子。

稜鏡法王動了一動，基普感到心跳加速。但接著他又躺了回去，呼吸再度沉穩下來。基普十分失望。他看向升起的太陽。是不是要等到陽光直接照在稜鏡法王臉上？那至少還要一個小時。基普吞嚥口水。他的舌頭又腫又乾，像銼刀一樣粗糙。他已經多久沒喝水了？腳下就有一條河，而他竟然還會口渴。

他需要喝水。他迫切地需要喝水。再不喝水就要昏過去了。稜鏡法王的酒袋就在不到一步遠的地方。基普不再行進。他雙腳顫抖，腳掌麻痺，在血液流通時開始刺痛。他放開划槳的器具，然後走過去拿酒袋。

或試圖拿取酒袋。麻痺的腳掌絆在一起，他向前跌倒，差點來不及側身避開稜鏡法王。他急轉肩膀，撞上小船的船緣，突然間小船原先所有的優點都變成缺點。較淺的船身讓小船得以滑過強盜陷阱，但同時也表示穩定性不足；碗狀的船舷讓他們得以越過水裡的石頭，但也表示突然間改變重心就可能導致災難。

前一刻裡，基普還從幾個拇指的距離外看著河面。下一刻，整艘小船都翻了。基普的頭先落水。然而儘管河水湧入耳中，在他笨拙地不斷亂揮四肢，以及剩下的船身落水聲響之中，他還是肯定自己有聽見一名男子驚慌的叫聲。

河水很暖和。基普羞愧難當，決定以死謝罪，一了百了。他把稜鏡法王丟進水裡了。歐霍蘭呀！

喔，這下他對你的印象肯定非常深刻了，基普。

接著，他的肺開始灼燒，試圖透過靜靜死去來爲世界除掉一塊可恥肉塊的想法立刻失去所有吸引力。基普虛弱地拍水掙扎。他的雙腿認定現在是抽筋的好時機，所以都抽筋了。然後是他的左手。他像跛腳的鳥一樣在水中振翅，吸到一口空氣，然後又再度落水。他隱約記得自己能漂浮。他昨天才順流而下漂了好幾里格，但是此刻他被驚慌擄獲。他繼續掙扎，挑錯時機吸氣，結果吸到河水。

他的頭好痛。歐霍蘭呀，那感覺像是有人扯光了他的頭髮。

他吐口水、噴口沫。他身在空中！甜美、寶貴的空氣！有人抓住他的頭髮，把他拉出水面。他又咳了兩下，終於睜開雙眼。

稜鏡法王在對他眨眼——不，不是眨眼。稜鏡法王是在眨掉基普吐到他臉上的水。

讓我現在就死了吧。

法王把基普丟進小船——變得更寬，多了條龍骨，比之前穩多了。基普垂頭喪氣，搓揉手腳，直到能夠再度活動為止。稜鏡法王站在他身旁，靜靜等待。基普吞嚥口水，神情緊張，準備面對大人物的怒火。他膽怯地抬頭。

「我喜歡晨泳。」加文說。「心曠神怡。」他說著，眨了眨眼。

# 第二十二章

達山．蓋爾慢慢醒來，五官受到藍色地牢單調乏味的寧靜氣息轟炸。三下撞擊聲、三下開門聲，他的早餐落入地牢地板。他不理會手腳的冰冷、忽略只蓋一條薄毯子睡在藍盧克辛上疼痛僵硬的身體，他坐起身來，雙臂交叉。

死人坐在對面牆前，吹著沒有音調的口哨，跟隨不存在的節拍點頭。藍色的瘋狂是一種秩序的瘋狂。有理智的人都能分辨加文監獄所有細微的差別。但每當達山陷入瘋狂時，他深怕自己永遠無法脫離這種狀態。上次嘗試這麼做，必定已經是好幾年前了。從那之後，他又施展了很多藍魔法，選擇再度墜入藍魔法中就和選擇自我毀滅沒有什麼差別。

「達山，」死人說。「你今天早上是達山，沒錯吧？」這是死人最愛的把戲，假裝達山才是瘋子。「你不會是想要恢復理智，是不是？」

他痛恨自己兄弟這麼對自己，強迫他做出這種選擇，但沒有足夠的熱情去恨。這股恨只是個赤裸的事實，就和他的四肢一樣赤裸，沒有任何神祕可言。

夠了。在自己的意志下死亡也好過在他兄弟的意志下接受無止盡的折磨。

達山如同深呼吸般地施展藍魔法。他的指甲轉變爲那可惡的藍色，然後是手掌，還有手臂。藍色如同冰冷絕症般擴散到胸口，接著平息情緒。他的仇恨本身變成一種怪癖、謎團、某樣不理智卻又強大的東西，無法量化、無法理解，只能概略估算。藍魔法填滿他整個身體。

「爛主意。」死人說。「我不認爲這次你能恢復理智。」他開始拋接小藍盧克辛球。現在他一次可以拋接五顆。達山第一次見到他時，死人連三顆都接不住。

沒有激情阻擾研究時，他覺得這間牢房還不賴。他兄弟是個天才。關住自己之後，他是怎麼說的？我耗費一個月建立這座地牢，你有花不完的時間想辦法逃獄。就當這是個試煉吧。每當想要放棄時，他就會想起這句話。他兄弟是在承認這座地牢不盡完美，逃獄是可能的。地牢有弱點；他只要找出來就可以了。

「地獄石並非弱點。」死人說。「我沒告訴過你嗎？他太尊敬你了。地獄石不可能只有幾根手指深，起碼有兩步。」

他瞬間在自己的感知邊緣察覺了一絲人類情緒。失敗——對自己塗屎塗油這麼多年、喪失尊嚴這麼多年，卻沒有任何成果感到憤怒。他兄弟並不想奪走他的尊嚴。那不是他的處世之道。努力這麼久，毫無成果。他將那些情緒轉化為手中一顆古怪的石頭，然後丟到一旁。它們只會蒙蔽他的視線。

有東西坐在他的臉前，而他卻視而不見。肯定是某樣明顯的東西，只要從全新角度看待就可以瞭解的東西。他的兄弟非常擅長那種思維。

「或許唯一的問題在於，你打算用加文的方法解決這件事，還是達山的？」死人問。他臉上帶有那種高高在上的嘲弄微笑。每當他那樣笑的時候，達山就想打爛他的臉。

但或許他說得對。那是陷阱：試圖以加文的方式解決。如果用他兄弟的方法行事，只會越陷越深。他將充滿盧克辛的手掌放到地上，感受著整座地牢的輪廓。地牢受到魔法封印，當然，強化硬度，能抵抗簡單的魔法干涉，但就像之前一樣，南側感覺有點不同。倒不是說他肯定那個方向就是南方，只是認定感覺不同的那個區域對他來說是南方，他的磁石。那就是他兄弟來看他時所站的位置。

他已經很久沒來看他了，但那面藍盧克辛牆後方還有一個房間，專門讓加文探望他，確保他還是個囚犯，依然與世隔絕，依然承受著加文期望中的苦難。

那就是弱點。那裡的盧克辛肯定比較薄，比較簡單，方便加文操縱、進而看穿。上面會有防禦力場，當然，但加文絕不可能面面具到。他只有一個月時間。

但是達山每次想施法召喚火焰都失敗。紅盧克辛可燃，所以他以為只要割傷自己，就能夠製作紅盧克辛。他可以，只有一點。但是除非能夠讓它燃燒，不然還是沒有用處。火焰可以賦予他全色譜的光線來施法，到時候他就能夠離開了。但他沒有東西製造火花。試圖從自己體內吸收熱量差點成功——或說至少他以為快成功了，而上次差點因為吸收過多熱量把自己凍死。

他根本不可能逃出去。他會死在這裡。完全束手無策。

他製作出一把大錘，一邊吼叫一邊捶牆。大錘碎了，當然。連半點刮痕都沒留下。

達山揉揉臉。不，敵人快輸了。他得保留實力。明天再繼續塗抹地上的碗。或許明天就是逃獄成功的日子。

他知道不會是明天，但還是把希望寄託在這個謊言上。

牆邊的死人輕聲竊笑。

# 第二十三章

「我們必須談談你的未來。」加文說。「你有幾個選擇。」

基普透過營火看著稜鏡馭光法師。黑夜迅速降臨他們的小島。基普睡了幾個小時，顯然完全錯過了加利斯頓，直到小船在夜幕降臨時靠岸才醒來。

「我能活多久？」基普問。他有點暴躁、飢餓，剛開始理解過去兩天內發生的事所代表的意義。

「這個問題要問歐霍蘭。我只是他謙遜的稜鏡法王。」加文說，嘴角揚起一抹諷刺的笑容，凝望著營地外的黑暗。

「你知道我的意思。」基普的語氣比預期尖銳。所有他認識的人都死了，而他將會成爲一個綠法師。他在那個狂法師身上看見自己的未來：死亡，或在發瘋後死亡。

加文的目光轉回基普身上。他張口欲言，停頓片刻，然後說：「汲色會改變你的身體，而你的身體將這種改變視爲傷害——它會盡量自我醫療，但那向來是場節節敗退的戰役，就和老化一樣。大多數男性馭光法師都能活到四十歲。女性的平均年齡則是五十。」

「然後克朗梅利亞就會殺死我們，不然我們就會發瘋？」

加文臉色一沉。「你太情緒化了。我認爲你還沒準備好談這個。」

「沒準備好？」基普問。加文說得對，基普很清楚。他情緒激動，應該就此閉嘴，但他忍不住。

「我也沒準備好看著所有認識的人被殺。我沒準備好刺死騎兵，跳下瀑布。說那些都是空談。這算什麼？等我們失去利用價值，就必須自殺？」他爲什麼在吼叫？他爲什麼在顫抖？歐霍蘭呀，他以自己的靈魂發誓要殺死一個國王，是不是已經瘋了？

「差不多就是那樣。」

「那樣，或是變成狂法師？」基普問。

「沒錯。」

「好吧，我想我們已經談過我的未來了。」基普苦澀地道。他知道自己是在耍小孩脾氣，但沒辦法阻止自己。

「我不是指那個，你也知道。」

「你怎麼知道我知道什麼，父親？」

當時的情況就像看著一個彈簧彈起一樣。前一秒，稜鏡法王還坐在營火對面。下一秒，他就已經站在基普面前，高舉手臂。接下來，基普重摔上沙地，腦袋被加文打得嗡嗡作響，屁股在滑下木頭的時候磨破，落地時體內所有空氣都奪體而出。

「你在鬼門關走了一遭，所以我一直容忍你。你想找出界線在哪裡嗎？你已經找到了。」

基普轉身朝上，大口喘氣。他嘴角濕潤，沾了不少沙。他揉一揉，發現只是口水，不是血。「歐霍蘭的睪丸啊！」他說。「看看我找到什麼？一條界線！我是繼大航海家阿利斯之後最偉大的探險家！」

加文渾身發抖，面無表情。他轉動肩膀，搖晃頸部，啪啪作響。儘管背對營火，基普還是看見他眼中冒出絲絲紅盧克辛漩渦。

「你想怎樣？打我？」基普大聲問道。不過就是痛而已。

有時基普痛恨自己能看清對手的弱點。稜鏡法王威嚇自己，而基普的第一個反應就是他在虛言恫嚇。加文不能打他，因為加文是好人，而基普無力抵抗。

加文臉色一沉，目露凶光，接著緩和下來，變成單純的神色緊繃。然後臉上浮現饒富興味的表情。「深吸口氣。」他輕聲說道。

「什麼？」

稜鏡法王反手輕揮，彷彿在趕蒼蠅一樣。一塊紅盧克辛自他的掌心彈出，濺在基普嘴上。基普在盧克辛擴散到鼻孔前深吸了一大口氣。接著盧克辛環繞後腦，包覆頭頂，然後硬化。唯一露在外面的只有基普的雙眼，他的口鼻都被包住，完全阻隔。他無法呼吸。

加文說。「你讓我想起我兄弟。在成長過程中，我從來沒有贏過他。就算贏了，他也會說些施捨般的讚美言語，讓我以為他是故意輸給我。你能看見事物的缺陷？很好。那證明了你是蓋爾家的人。我們家的人都有這種能力，包括我在內。想一想，基普，如果把那張面罩留在你臉上，一直到你死掉為止，可以幫我省去不少麻煩。下次想拿別人的良心去對付他的時候，你最好多想一想。或許對方根本沒有良心。」

基普乖乖聽著，保持體力應付逐漸攀升的恐慌，認定加文把話說完之後就會取下盧克辛。加文不再說話，不過沒有取下面罩。基普在橫隔膜試圖吸入新鮮空氣時，感到胃部翻滾。但加文還是沒有採取任何行動。

他伸手到脖子上，試圖找出盧克辛與皮膚間的縫隙。但盧克辛緊貼皮膚，接觸面密合。他的手指伸不進去。他向上摸到後腦及雙眼。如果把指甲插入眼睛旁邊的柔軟皮膚裡，他就可以掀起面罩邊緣，然後擠一根手指進去。他的視線開始變暗。他望向加文，以眼神哀求，滿心以為加文該出手了。

加文冷冷地看著他。「如果你唯一尊重的東西就是力量，基普，那麼首先，你是個笨蛋；其次，你找對人了。」

基普慌了。他早該知道會是這種情況。基普揮動雙手，試圖尖叫，手指伸到眼旁薄薄的盧克辛邊緣——但是才剛碰到，雙手即已虛脫。他早該知道不能相信……

# 第二十四章

走了一天，夜晚降臨，卡莉絲無聲無息地步出樹林，慢慢意識到遠方那一大片隱隱發亮的地方就是瑞克頓。天已經黑很久了，樹叢間的空氣清涼。她的次紅魔力足以讓她施展暗視能力，不過並不完美，而在這種有月亮的夜晚，她必須反覆在普通視覺和黑暗視覺之間切換。位於可見色譜以下的光比較難以捉摸，缺乏容易辨識的特徵。就連人臉看起來都糊成一團，有些地方較亮、有些地方較暗，很難看清楚表情或細微動作——在一段距離外就連辨識人臉都不容易。

會發光表示瑞克頓還在燃燒。卡莉絲慢慢繞圈，爬上最後一座山丘。她遠離道路，在銀色月光下欣賞瑞克頓下方的瀑布。她一整天都沒在路上看見半個人影，這讓她覺得有點奇怪。如果沒人沿著河岸逃往瑞克頓的下游，可能就表示完全沒人逃出來。但順著河岸穿越可耕作的土地卻沒路過任何聚落也很奇怪。她看到從戰後就顯然沒人照料的果園，但果樹上還是有結果實。與卡莉絲在收成水果的畫像裡看到的場景相比，這些果樹果實稀疏、枝葉茂密、雜亂無章，但至少果園還在。從提利亞的橘子價格來看，她很難相信這種情況。提利亞橘子比阿塔西橘子小，但是甜美多汁，更不用說帕里亞橘子根本沒得比。戰爭結束之後都沒有人搬回這些果園嗎？

裂石山戰役當眞害死這麼多人？時至今日——十六年後，這塊土地依然休耕，結的果實只有給鹿和熊吃？

在她裹在黑斗篷裡，悄悄溜入燃燒的小鎭前，卡莉絲沒有看到任何屍體。她從主要幹道入鎭，石板平整，狀況良好；在卡莉絲看來，這表示這座小鎭治理得不錯。大街中央躺著一具焦屍，正面朝下，一手前伸，手指指向鎮內。只有手與手指沒被燒焦。屍體沒頭。

戰爭結束後，她就不曾見過這種焦屍了。戰爭期間，許多兩軍衝突的地方都沒辦法掩埋屍體，也沒有足夠燃料焚燒屍堆。屍體必須處理，不然可能會引發疾病，導致更多兵員折損，於是紅法師會在屍體身上灑紅色黏液。即使草率汲色，只要灑上一層黏液，屍體就能輕易燃燒。問題便算解決。不過這種處理方式算不上是火葬。個別焚燒的屍體與大量焚燒的屍堆差別在於會留下骨頭。如果馭光法師噴灑不夠完全，部分屍塊還不會徹底燒成骨頭。肋脊和頭顱上滿是爊肉——在戰時處理敵人屍體、避免引發疾病傳播時，這種做法可以接受，但是沒人會這麼處理自己的同胞。

加拉杜王沒有參加那場戰爭，但他做出了那場戰爭裡最殘忍的行動，對象還是自己的子民。

卡莉絲猜得沒錯，那根手指指引她找出更多屍體。一開始屍體相隔甚遠，接著每隔三十步就有一具，然後是二十步、十步。全都沒有頭。到後來屍體沿著大街兩旁排列，躺在悶燒的住家和店鋪廢墟前。保養良好的石板地到了這裡就因爲高溫而龜裂。石板上有些痕跡。一開始她看不出來是什麼，不過走近後就明白了，那些都是拖痕，約莫一天左右的乾掉血跡，來自被拖離廣場的無頭屍體。

她在濃煙與血塊間駐足片刻，然後走向通往鎮中廣場的轉角。她拔出短劍，不過沒有戴眼鏡。如果有陷阱，肯定就設在這裡，不過此地有足夠紅色與高溫供她在必要時汲取。就算她沒打算直接滲透進敵營，也沒必要當眾宣告她是馭光法師。時機成熟時，她自然會用火焰來宣告這一點。

卡莉絲轉過轉角。

親愛的歐霍蘭呀。

他們沒有燒掉首級。他們以藍、黃盧克辛塗料保存首級，然後堆在鎮中廣場上。他們死不瞑目，臉上傷痕累累，鮮血從人頭塔頂端流到底部，就像盧克法王舞會上的香檳塔。

看到那麼多無頭屍體，卡莉絲本來就已猜想會遇上類似畫面，但猜想與親眼看見還是有所不同。她感到噁心反胃，轉過身去，緊閉嘴巴，迅速眨眼，彷彿她的眼瞼能眨去眼中的恐懼。她打量廣場其他地方，趁機平復噁心的感覺。

如果加文看到這一幕，一定會殺了加拉杜王。如大海般無情、歐霍蘭般公正，他會把那群野獸殺得一乾二淨。不管他在戰前和戰爭期間做過什麼——不管他對她做過什麼——自從僞稜鏡法王戰爭以來，加文一直遊走七總督轄地、到處主持正義。他曾兩度摧毀伊利塔海盜艦隊，除掉藍眼惡魔海盜團的老大，在魯斯加和血林再度開戰時平息爭端，並且讓盧城屠夫接受制裁。除了提利亞人，所有人都愛戴他。他將讓做出這種事的人血債血償，即使是提利亞人。他絕不能忍受這種事。

大部分房舍都已淪爲廢墟，在黎明前的灰色天空下冒煙。三不五時會看到有一片焦黑的牆壁孤零零地聳立在地上，與鄰接的牆壁徹底分離。鎮長的官邸，如果那算官邸的話——那是她入鎮以來見到最宏偉的建築，門前的台階直通鎮中廣場——也已經全毀。士兵將它夷爲平地；沒有一塊石頭還疊在另外一塊石頭上。

但廣場本身卻很乾淨。原先燒焦的殘骸要不是被推入通往廣場的街道上，就是被直接推入通往西方的河道。加拉杜王不要任何東西阻止旅人來此見證他恐怖的戰利品。卡莉絲鼓起勇氣，回頭看向人頭尖塔。所有拖痕、所有血跡都通往此地。那些屍體——卡莉絲希望他們被拖來這裡的時候，就已經是屍體了——都是在這裡被砍頭的，好讓尖塔盡可能看來血腥一點。這是人間奇觀。加拉杜王要讓一切都令人恐懼。

人頭塔比卡莉絲還高。最頂端的首級——尖塔的皇冠，都是小孩：圓臉小男孩，以及頭髮上綁著緞帶與蝴蝶結的小女孩。

卡莉絲沒有吐。這副景象令她內心一片冰冷。從他們和她自己的年紀來看，這些小孩都足以當她的孩子。她發現自己在數人頭。塔底共有四十五顆，而人頭塔的寬度和高度一樣，顯然經過精密計算。小孩的頭比較小，而她無從得知這座塔是全用人頭疊起，還是堆在內部某個較小的尖塔物體之外。卡莉絲的手指隨著腦中的算盤撥弄算珠。

如果人頭塔全是用人頭堆的，那麼堆出這座塔約莫需要一千顆人頭。

她皮膚上傳來冰冷的刺痛感，這是嘔吐的徵兆。她偏過頭去。妳是個間諜，卡莉絲。必須查出所有重要的事。她深深吸了口氣，檢視人頭塔底部的角落，然後透過眼角打量尖塔的其中一面。塔面是由好幾層不同顏色的盧克辛所製。加拉杜王想讓這座人頭塔保存好幾年。就算拿大錘攻擊人頭塔，多半也只能打裂表面，沒辦法打破它。她不可能埋葬這些首級，或是搬移這座駭人的紀念碑。

從製造人頭塔的技術來看，加拉杜王擁有許多——或許非常多——技巧高超的馭光法師。這是壞消息。加文說他認爲加拉杜王在建立僞克朗梅利亞，以遠離克朗梅利亞的監督，訓練自己的馭光法師。眼前的證據顯示加文猜得沒錯。

「混蛋。」卡莉絲說。她不確定自己在罵加拉杜還是加文。這究竟有多蠢？她面對著一座人頭塔，而她對加文的怒氣居然與做出這種事的怪物不相上下？因爲他戰時和個妓女睡了一覺？

當年卡莉絲彷彿發瘋了一樣，即使發生了那場摧毀她的一切、害死她哥哥的大火，她依然很想跑去找達山。就算只是爲了聽聽他的說法也好。或許加文知道。

或許加文戰後立刻與她解除婚約，就是因爲出軌帶來的罪惡感。

好吧，他不忠。歡迎面對這個愛上大人物的女人都會面對的命運。據妳所知，那不過就是大決戰前夕的一時脆弱，某個美女對他投懷送抱，他沒有拒絕，就那麼一次。

沒錯，但是據我所知，他每天晚上都有可能一時脆弱。

那是很多年前的事了，卡莉絲。很多年前！戰後這十幾年來加文表現得如何？

除了解除婚約，讓我一無所有之外？

過去十五年裡，他對妳如何？

很好。可惡。除了謊言與祕密。他是怎麼說的？我不期待妳會瞭解，甚至相信我，但是那封字條的內容，我發誓不是眞的。她一直反覆思量這句話。他有什麼理由一再說謊？

風向轉變，濃煙飄過廣場。卡莉絲咳嗽，雙眼灼燒。但就在她咳完時，聽見了一聲啪啦。然後又一聲，接著，一條街外，一座煙囪坍倒在焦黑的房屋廢墟裡。曙光呈紅色——這是濃煙和色譜造成的現象，而非天空如明鏡般反射此地所有血跡。

卡莉絲開始搜索，一方面尋找倖存者，一方面評估受損程度。做正確的事，做眼前的事。這座小鎭並不易燃。儘管採用木梁支撐，但房舍都是石造建築，而鎭上的樹枝葉茂密，要嘛是人工灌溉——河道直接貫穿小鎭——不然就是樹根夠深。但是鎭中心每一棟建築統統燒光，顯示是紅法師的傑作。

他們必定走入所有建築，在每一根木梁上噴灑紅盧克辛。

卡莉絲搜索了兩個小時，爬過街上的瓦礫，有時候得繞過整塊街區。她在臉上綁了一塊濕布，但還是被煙熏得頭暈，咳個不停。除了更多屍體和幾隻悲傷的狗之外，她什麼也沒找到。所有牲口都被帶走。鎭上的教堂曾發生小規模戰鬥。一名盧克教士的無頭屍體和其他人一樣躺在教堂門外的地上。卡莉絲可以想像他譴責門外的士兵，試圖保護在教堂中尋求庇護的信徒。進入教堂後，她發現修枝剪、一把斧頭、幾支匕首、兩把切肉刀、一支斷劍，以及無頭屍體。到處都是燒乾的血塊。這裡的屋梁有焦痕，卻沒有著火。要嘛就是汲色的人技術太差，不然就是出於宗教恐懼，也可能是因爲南方阿塔西沙漠進口的鐵木屋梁實在太老太硬。

不過，長椅和屍體都燒焦了。卡莉絲感到頭昏眼花，可能是因為吸入濃煙，也可能只是受到死亡與苦難的畫面影響。在教堂後方角落的樓梯後頭，她找到了一個年輕的家庭，父親雙手緊摟著母親，而母親則抱著一個小孩。士兵沒有找到他們。他們在彼此懷中被濃煙嗆死。卡莉絲仔細檢查他們，在每個人的脖子上感受最細微的生命跡象。父親，死亡。母親、還沒脫離青春期的女孩，死亡。卡莉絲從她手裡接下襁褓中的小孩，男孩。她低聲禱告。但是歐霍蘭充耳不聞；他的小胸口上摸不出生命跡象。

卡莉絲身形搖晃。她得離開這裡。她把嬰兒屍體放在最近的桌子上，結果發現那是聖壇。她沿著教堂主道行走，路過左右兩邊尚在悶燒的長椅，眼前出現另一個時間點的恐怖畫面，另一個犧牲的嬰兒。

就在她快要走出教堂時，地板垮了。

# 第二十五章

「你得做些決定，基普。」加文說。

根據基普判斷，他應該才昏迷幾秒或幾分鐘。天還是黑的，星星在頭上閃著寒光，儘管摔倒的位置距離營火很近，衣服幸好沒被烤焦。令他窒息的盧克辛面罩消失了，不過皮膚上還留著薄薄一層砂礫般的銳利灰塵。

「我要殺了你！」基普說。他不能相信任何人。所有人都是騙子。所有人都自私自利。恐懼浮上心頭，有時候這會激發他體內的怒火，猛烈而灼熱，難以克制。他坐起身，雙眼直視稜鏡法王的臉。男人冷冷地看著他，臉上不帶絲毫歉意，只是好奇基普會怎麼做，根本沒在聽他說話。基普不知道自己有沒辦法從火焰中召喚巨型綠矛來刺穿這傢伙。

明智之舉，基普。你連身處何處都不知道，居然還想殺死你的指引者？為了什麼？只因為他無法容忍你的牢騷？

這不是背叛，基普，這是教訓。基普微微顫抖。他眞的以爲加文會殺了自己。而那就是重點，他迫使加文在別無選擇的情況下，以行動表示自己絕不會被一個小孩玩弄在股掌之間。他不光只是比基普年長，還更加聰明、強大、經驗豐富，而他要基普尊敬他。

那其實……並沒有錯。

不過這個想法並沒有讓基普不再顫抖。儘管只有短短數秒，但他眞的以爲自己死定了，而且完全束手無策。這個男人是唯一可以教他怎樣才不會再度面臨束手無策局面的人，可以教他如何爲母親和瑞克頓復仇。而基普竟然打算就這麼默不吭聲地鬧脾氣？

基普拾回僅存的尊嚴，坐回原來的木頭上。他膝蓋抖得厲害，不過還能在沒有進一步出糗的情況下就座。「對不起。」他嘟噥道，偏過頭去。他清清喉嚨，以免發出什麼不莊重的聲音。「什麼決定？」他問。

他看得出來加文有點驚訝又有點高興基普沒有反抗，不過也沒多說什麼。「你是我的親生兒子，基普。這個事實是要付出代價的。對你而言。」基普緊盯著加文的臉。他說「我的親生兒子」時沒有皺眉，就連稍微瞇起眼睛都沒有。基普在想，他是不是有排練過才能說得這麼爽快。基普親眼目睹加文為了公開自己身分而付出的代價，但他還是眉頭也不皺一下就認了自己，儘管基普的存在非常值得皺眉。他是在演戲——誰會很高興得知自己有個私生子呢——但這是為了基普演的戲。

加文是個比基普想像中更好的人。「身為我的私生子會導致一些後果。」加文繼續說。「你並不是在特權下長大，但痛恨特權的人還是會痛恨你。你沒有受過教育，但如果你知道的比他們少，有受過教育的人會瞧不起你。如果我承認你的身分，你就會吸引不好的朋友。討厭我、痛恨我的人通常沒辦法找我出氣，基普，我權勢滔天、非常危險；但他們會拿你出氣。這不公平，但現實就是如此。人們會持續檢視你，你的成功和失敗都會引發意想不到的迴響。我父親或許會選擇不承認你，有些人會想辦法證明你是冒牌貨，還有人會利用你來對付我。還有一批人會為了親近我而和你做朋友。我想讓你盡量遠離虛假的友誼。」

*那個已經太遲了。*基普想到朗：總是發號施令的朗，總是喜歡用基普的缺點來攻擊，然後宣稱那是朋友之間的玩鬧。朗，伊莎愛的人。朗，死了，背後中箭，趴在地上。「那我有什麼選擇？」基普問。「我就是我。」

加文摸摸鼻梁。「你可以暫時當我的學生。然後只要你認爲時機成熟，我就公開承認你的身分。你會有時間熟悉狀況，弄清楚誰是眞正的朋友。」

「透過欺騙？」

「有時候欺騙是和朋友相處不可或缺的手段。」加文脫口而出。他停了停。「聽著，我只是想提供一些選擇——」

「不，我很抱歉。我不是……我不是生你的氣。我媽……你記得她是怎樣的人嗎？我是說，在我出生之前？」基普問。

加文張口欲言。他抿濕嘴唇。接著搖了搖頭。「我不記得她，基普。完全沒印象。」

原來她算不上是他的愛人。基普內心更加空虛。他還是沒有家人。「你是稜鏡法王。我想有很多女人想和你在一起。」

「當時在打仗，基普。當你以爲自己將死的時候，你就不會考慮到自己的行爲會在十年後對其他人造成什麼影響。當你看到身邊的朋友一一死去的時候，做愛會給你一種活著的感覺。大家都喝了太多烈酒，沒人會去制止一個不幸當上稜鏡法王的年輕小伙子。但那並不是藉口。我很抱歉，基普。很抱歉我草率的行爲讓你付出這麼大的代價。」

所以我媽與你度過了一夜，然後把所有希望都寄託在你身上。基普毫不懷疑她耍盡心機手段才擠下一打想要爬上稜鏡法王床上的女人。而這麼做卻讓她接下來的歲月都活在痛苦之中？

基普苦苦一笑，感覺心都碎了。他經常幻想父親的身分，卻從未想過他會是稜鏡法王。然而在他的想像裡，他父親是爲了緊急狀況而離開的。因爲別無選擇，他丟下他們。但他深愛基普的母親和基普。想念他們。想要回家，也隨時都可能會回家。加文是個好人，但他根本不在乎琳娜，或基普。他會出於道義照顧基普。一個好人。但他不愛基普，不是基普的家人。基普孤零零地站在屋外，看著密封的窗口，渴望著得不到的東西。

就像是得到一份非常特別的禮物，但偏偏你只想要普通禮物。儘管如此，他究竟要忘恩負義到什麼地步？抱怨？自艾自憐——因為稜鏡法王是他父親？

「我很抱歉。」基普說。他凝視著在使用盧克辛時弄破的指甲。「這樣不對。我母親有……一些問題。我猜她打算帶我去找你，然後讓你陷入窘境。」基普沒辦法維持目光接觸。他羞愧難當。*妳怎麼會這麼蠢，媽媽？這麼卑鄙？*「我不該這樣對你。你救了我，而我卻……那樣對你。」基普眨眼，但無法阻止眼中的淚水。「你可以把我丟在任何地方——好吧，最好不要是無人荒島。」

加文笑了笑，然後神情一肅。「基普，你媽和我做過的事就是做過了。我很感激你願意讓我逃避我的行為所導致的後果，但是你沒有讓我落入任何窘境。別人愛怎麼說就怎麼說。我不在乎。懂嗎？」他吐出一口氣。「反正，我唯一在乎的傷害已經造成了。」

一時之間，基普不明白他在說什麼。傷害已經造成了？又沒人知道基普還活著。

除了卡莉絲。加文指的就是她。基普讓加文和他唯一在乎的人之間產生嫌隙。這句本來是為了要讓基普好過一點的話，卻完全打到他的痛處。從他有記憶以來，他媽媽就一直讓他為了自己的存在而有罪惡感。他的出生摧毀了她的生活。他的眾多需求摧毀了她的生活。他讓人們瞧不起她。他讓她無法去做所有她本來可以做的事。心理上，他可以試著忽略她的話。她並不是故意那樣說的。她愛基普，雖然她從來沒有說出口。但她不知道自己是在傷害他。

但加文是個好人。他不該遇上這種事。

「基普，基普。」加文等到基普抬頭看他。「我不會拋棄你。」

他看到一個上鎖的櫃子，尖叫、尖叫，但是無人回應。「有東西吃嗎？」基普問，眨眨眼。「我覺得好像一個禮拜沒吃東西了。」他戳戳胸口。肋骨都凸出來了。

加文從背包裡拉出一條香腸，切下一截——只有一截？——丟給基普。「明天，你就開始在克朗梅利亞上課。」

「明嗯煙？」基普滿嘴香腸地問。

「我要和你分享一個祕密。」加文說。「我可以用超乎任何人想像的速度旅行。」

「你可以突然消失，然後在另一個地方出現？我就知道！」基普說。

「呃，不。但是我可以製造出速度超快的船。」

「喔，那很……厲害。一艘船。」

加文看起來有點尷尬。「重點在於，我不想讓人知道我有多快。戰爭即將來臨，如果必須公開這種技術，我一定要出其不意。你懂嗎？」

「當然。」基普說。

「那我要你告訴我，你想怎麼樣。我要趁你接受入學測試時先去處理一些事。」

「入學測試？」

「就是一些決定你日後生活的測驗。不過你落後了，其他學生都已經開始了，所以我們得加快腳步。入學測試之後，你就可以留下來接受訓練。」

基普喉嚨一緊。獨自待在陌生的島上，人生地不熟，而且只有一點點時間準備將會決定他日後生活的測驗？話說回來，克朗梅利亞就是學會殺死加拉杜王所需法術的地方。「還有什麼選擇？」

「你跟我一起去。」

這話如同通道底端的光芒。基普精神一振。「你要去做什麼？」

「做我擅長的事，基普。」加文抬頭望天，他的虹膜裡浮現彩虹漩渦。他微笑，但是笑容沒有及於雙眼。開口說話時，他的聲音如同月亮般冰冷而遙遠。「我要去掀起戰爭。」

基普吞了口口水。有時候他覺得看著加文，就像透過樹木瞥見一名巨人大步穿越森林，將所有擋路的東西統統踩碎。

加文回望基普，表情轉為溫和。「大多是在開一些無聊的會議，說服一群懦夫把錢花在宴會和漂亮衣服以外的地方。」他微笑。「恐怕你看我施展過的魔法已經比我大部分手下看過的還多。」他臉色一沉。「好吧，其實未必。你看起來有點困惑。」

「倒不是和你剛剛說的事有關，但是——」基普停了一停，話說了一半他才覺得這個問題有點冒犯。「你到底是做什麼的？」

「你是說稜鏡法王？」

「對。呃，先生。我是說，我知道你是皇帝，但是感覺不像……」

「不像有任何人聽命於我？」加文大笑。「我也這麼覺得。赤裸的現實就是稜鏡法王經常換人。通常每七年換一個。稜鏡法王擁有所有平凡人的缺點，而每隔七年就進行一次大規模權力轉移可能會造成重大災難。如果某任稜鏡法王派遣他的家人去管理七總督轄地，而下一任法王又想派自己的家人去取代他們，那很快就會產生流血衝突。話說回來，法色法王——光譜議會的七名成員，一般都會出任好幾十年。而他們通常都很聰明，所以多年下來，稜鏡法王的權力日減，變成在處理宗教事務。由光譜議會與總督共同統治轄地。每個總督轄地都有一名法色法王派駐光譜議會，而每個法色法王理論上都該聽命於他或她的總督。事實上，法色法王的地位往往和總督平起平坐，只是沒有總督名分而已。

法色法王與總督的勾心鬥角、所有法色法王和白法王間的權謀手段，還有所有法色法王加上白法王與稜鏡法王的暗中較勁，基本上就維持了七總督轄地的權力平衡。只要他們不侵犯其他總督轄地，並且維持貿易路線暢通，每個總督都可以在自己的地盤裡爲所欲爲，所以大家都想要確保其他人遵守遊戲規則。當然眞正的情況沒有那麼單純，但基本上就是這樣。」

聽起來已經夠複雜了。「但是在戰時……？」

「我被任命爲普羅馬可斯。在戰爭期間擁有絕對的統治權，這個決定讓所有人都很緊張，深怕普羅馬可斯打算讓戰爭永遠持續下去。」

「但是你放棄了這個頭銜？」這是個蠢問題，基普問了才發現。

但加文微笑。「奇蹟中的奇蹟在於，我至今尙未死於暗殺。黑衛士不光只是在保護稜鏡法王，基普。他們同時也防止我們去威脅世界。」

歐霍蘭呀。加文的世界聽起來比基普剛剛離開的世界還要危險。「那你會教我汲色？」他問。這是最好的情況。他會學到所需的知識，又不用獨自被丟在一座陌生的島嶼上。還有誰比稜鏡法王更會教人汲色的？

「當然。但首先我們得處理一些事。」

基普一臉飢渴地看著加文手上的香腸串。「比方說多吃點東西？」

# 第二十六章

第二天中午，基普已經完全嚥下他對快船的嘲弄。他們以難以想像的速度飛越海面，而且加文還封閉了船身，說什麼都是那個女人的點子，所以儘管速度超快，他們還是可以交談。

「所以你已經汲取過綠色了。」加文說，彷彿對他而言，整個身體用力前傾、皮膚完全變紅、雙腳陷入船板、雙手抓著兩根半透明的藍柱子，再朝海裡發射大塊紅盧克辛阻塞物，汗流浹背、肌肉賁起，很稀鬆平常。「那是個好顏色。大家都需要綠法師。」

「我想我也能看見體溫。達納維斯大師說我是超色譜人。」

「什麼？」

「達納維斯大師是鎮上的染布師。有時候我會去幫他打點零工。他沒辦法辨識出鎮長的丈夫想要的那種紅色。」

「科凡．達納維斯？科凡．達納維斯住在瑞克頓？」

「是——是的。」

「瘦瘦的，約莫四十歲，綁珠小鬍子，有些雀斑，頭髮微帶紅色光澤？」

「沒鬍子。」基普說。「其他都對。」

加文低聲咒罵。

「你認識我們的染布師？」基普難以置信地問道。

「可以這麼說。我們在大戰期間曾經敵對。我比較好奇你能看見體溫的事，告訴我是怎麼回事。」

「達納維斯大師教我透過眼角看東西。有時候我會看到別人發光，特別是他們的皮膚、腋下，還有……你知道。」

「胯下？」

「對。」基普清清喉嚨。

「我眞是瞎了眼了。」加文說。他輕笑。

「什麼？那是什麼意思？」

「晚點就知道了。」

「晚點？晚點是多晚，一、兩年？爲什麼大人和我講話時都好像當我很蠢一樣？」

「有道理。除非你眞的是怪胎，不然很可能是個非連續雙色譜法師。」

基普眨眼。*什麼玩意兒？*「我說我不蠢；但無知是另一回事。」

「我所謂的晚點是今天晚點。」加文說。

「喔。」

「馭光法師有兩種特例——好吧，其實有很多種特例。看在歐霍蘭的份上——我從沒教過基礎入門課。你有沒有懷疑過自己是不是全世界唯一眞實存在的人，其他一切人事物都只是出於自己想像？」

基普臉紅。以前他甚至嘗試過停止想像朗，希望那個男孩就這麼不復存在。「我想是有。」

「好，那是純眞的心靈首度展現自大的跡象。沒有不敬的意思。」

「沒關係。」*反正我根本不知道你在說什麼。*

「這種想法引人入勝的地方在於它證實了自我的重要性，讓你可以去做任何你想做的事，而且不會被駁斥。教人汲色會遇上同樣的問題。我姑且假設你已經接受了其他人確實存在的看法。」

「當然，我也沒興趣向自己訓話。」基普笑著說道。

加文瞇眼望向地平線。他施法製作兩片透鏡，相隔約莫一條手臂的距離，固定在盧克辛頂罩下，協助他觀察海面。他必定看見了什麼東西，因爲他操縱飛掠艇急轉向左——左舷！急轉左舷！

回過頭來時，他顯然錯過了基普的玩笑。

「總之，我們說到哪裡了？啊。教授汲色的問題在於顏色確實存在——與我們分隔開來——所以我們只能透過親身體驗去感受。我們不知道原因，但是有些人——次色譜人，沒辦法分辨紅與綠。還有些次色譜人不能分辨藍和黃。一個明顯的問題在於，當你告訴別人他看不見一種他從未看過的顏色時，他很可能會不相信你。認爲所有告訴他紅色和綠色是兩種不同顏色的人，都可能是在開殘酷的玩笑。不然他就得接受某樣他看不見的東西確實存在。這中間有些神學上的意義，不過那個我就不多說了。簡單來說，既然世界上有看不見某種顏色的男人——順便一提，這種人幾乎都是男人——爲什麼不能有對色彩極度敏感的超色譜人呢？結果世界上眞的有這種人，但幾乎都是女人。事實上，將近半數的女人都能分辨非常細微的色彩變化。至於男人，機率大概只有數萬分之一。」

「等等，所以男人在兩方面都輸了？色盲比例高，非常擅長分辨顏色的比例又低？這樣不公平。」

「但是我們舉得起很重的東西。」

基普嘟噥道：「還能站著尿尿呢，是吧？」

「這在毒藤附近時可有用了。我有一回和卡莉絲去出任務……」

「不會吧？」基普大驚。

「你以爲她在河邊那樣就算大發雷霆了？其實那次也算是我的錯。」加文微笑。「總而言之，回歸正題，大多數人都可以看見正常色譜的顏色。嗯，這樣有點贅述了。」

「什麼？」基普問。

「我離題太遠了。你能看見一種顏色，並不表示你能汲取那個色系。但如果你看不見那種顏色，要汲取就很難了。所以男人在汲取某些顏色時不如超色譜女人精確，而女人有半數是超色譜人。意志可以糾正很多錯誤，但一開始就不會犯錯還是比較好。這在建造不會倒塌的盧克辛建築時非常重要。」

「有人建造盧克辛建築？」

加文沒理他。「我講了這麼多，就是爲了解說次紅和超紫這兩個特例。多色譜法師——非常稀有——可能可以取用綠、黃、橘三種顏色，但能取用不相鄰顏色的馭光法師極爲少見。卡莉絲就是這種人。她可以汲取綠色，但是黃色不行、橘色不行，再來就是大部分的紅，還有次紅。」

「所以她是多色譜法師？」

「接近。卡莉絲沒辦法製造固態的次紅盧克辛——也就是所謂的火水晶。火水晶在任何情況下都不能維持太久，因爲它們會對空氣產生反應。那個不是重點，重點在於，她差點就能成爲多色譜法師，但差這一點就有差了。」

「我敢說這點讓她很高興。」基普說。

「往好處想，如果她是多色譜法師，就不可能當黑衛士，多色譜法師太寶貴了，而且這會增加她生孩子的壓力。總而言之，這種情況很少見，我們稱之爲非連續雙色譜人。說非連續，是因爲兩種顏色在色譜上並不相鄰。雙色譜就是指有兩種顏色。懂了嗎？汲色的一切都符合邏輯，除了不合邏輯的部分。比方說：看見次紅就是看見熱，那麼看見超紫就應該是看見冷了，對不對？」
「對。」
「不對。」
「喔。」基普說。「好吧，這樣也有道理，我想。」但是根本沒道理。
「我現在很想弄亂你的頭髮。」加文說。
基普嘟噥一聲：「那我們接下來要怎麼做？」
「我們會去一座部署了火砲站的小島。那裡與克朗梅利亞之間有密道，這條密道重要到如果你洩露出去，克朗梅利亞會派人追捕你，然後處決。」他語氣輕快，但是基普毫不懷疑他認眞的程度。
「那你爲什麼要告訴我？」基普問。「我說不定會說溜嘴。」
「因爲我已經和你分享了一個更重要的祕密——這艘飛掠艇。如果你把那個祕密告訴我們的敵人，克朗梅利亞或許不會採取任何行動。但如果你是故意背叛我們的話，肯定也會把逃生密道的事告訴他們。所以只要你背叛我，就等於是背叛了整個克朗梅利亞。他們會追捕你，然後殺了你。」
基普毛骨悚然。這個男人外表看來溫和文雅。基普毫不懷疑加文喜歡自己，不過在加文的世界裡，你可以喜歡一個人，但還是得動手殺他。從加文不經意地對基普可能背叛所做的安排來看，他顯然曾遭人背叛，而且是意想不到的背叛。加文不是上過一次當還學不乖的那種人。
「我會在那座島上靠岸，安排你搭上前往主島的船，派遣黑衛士帶你前往打穀機。之後你再跟我一起前往我決定好的目的地，我再開始教你汲色。」
然而，基普幾乎沒聽到最後那句話。「打穀機？」

# 第二十七章

卡莉絲才墜落地板幾呎遠就撞上某樣柔軟的東西，左腳直沒入到膝蓋，但身體其他部位還是繼續往地窖裡跌落。那黏黏的玩意兒在摔落途中固定住她的腳，導致她頭下腳上地在半空中甩動，身體撞上一個看起來像是大紅蛋的東西——一層薄殼包覆著一團黏膠狀物體。她撞上薄殼，撞破一側，然後陷入紅盧克辛。接著，她被下墜的力道扯離盧克辛，直接摔在石板地上。

她依照訓練，向下揮出右掌，拍擊地板導致掌心劇痛——每次都很痛——但是這一掌紓緩了身上脆弱部位的壓力，容許她控制最後落地的情況。她滾向一旁，而不是腦袋著地。

片刻後她跳起身，拔出背包中的薄柄阿塔干劍。地窖中一片漆黑，唯一的光線來自她摔落的洞口。還有不少木塊持續從洞口落下。大紅蛋在突如其來的光線中閃閃發光，卡莉絲落地時揚起的煙塵順著光線飄上巨蛋四周。整間房約莫二十步乘三十步，瀰漫著一股濃煙和燒過的盧克辛氣味。這有點奇怪，因為紅盧克辛通常燃燒得非常完全。如此說來，地窖所有表面在微光下看起來都像是焦黑的盧克辛。

但是，卡莉絲的注意力完全集中在巨蛋上。至少七呎高，外表完全焦黑，除了被卡莉絲撞破的地方，紅盧克辛正如同焦油般緩緩流出。巨蛋上有半打管線朝四周延伸，消失在天花板上，這些管線也都是黑色的。一打加拉杜王士兵的焦黑屍體四下散落在房間裡。

「這是怎麼回事？」卡莉絲喃喃說道。她舉起阿塔干劍，打算敲開巨蛋。

蛋在被她碰到之前突然爆炸。一大塊殼從正面朝她直衝而來，在她急忙舉起的左手、胸口、腹部和腿上撞碎。而且她正舉步行走，這衝擊令她失去平衡。她跌跌撞撞，隱約察覺在蛋殼碎片中有道身影從蛋裡向後急竄而出。

卡莉絲沒有試圖站穩腳步，反而順勢跌倒。她向前翻滾，將阿塔干劍插回背包，免得割傷自己，隨即展開攻擊。她沒有絲毫遲疑。鐵拳幾年前就已經讓她學到教訓：遭受攻擊時，妳要立刻反擊。反擊的速度通常就是妳唯一的優勢。特別是當妳身材嬌小時。特別是當妳是個女人時。特別是當妳沒戴眼鏡，而敵方馭光法師有戴的時候。

攻擊卡莉絲的人一路退到牆邊。他站在原地，雙掌外圍繞著兩大團紅盧克辛。卡莉絲認得這種手法——只要你知道自己在做什麼，就可以讓多餘的盧克辛處於體外。這種開放式盧克辛，可以塑型成任何你想要的東西，可以拿在手中，或者隨便拋向任何地方。對方站立的姿勢看起來像是訓練有素的戰士：左側朝向卡莉絲，左手揚起，採取守勢，不過依然保有展開攻擊的空間；右手的位置較高，舉在後面，右膝深深彎曲，承受大部分體重。即使卡莉絲汲色的速度極快，四周的紅盧克辛也多到足以反射紅光到她眼中，她還是需要時間準備攻擊，而他已經占盡上風。她唯一的希望就是在他殺死她之前拉近兩人間的距離。

他朝下揮出左手，由右至左。紅盧克辛灑下地板，藉以拖垮她的速度。這招在她的意料之中，於是她快步跨越一塊塊黏稠盧克辛。他右掌分三次揮出。三顆如拳頭大小的盧克辛球從右至左射出。卡莉絲閃開頭兩顆，但是第三顆在她必須頓步躲開地板上的黏稠盧克辛時擊中她。它重重撞上她左側的肋骨，隨即四下濺開。她順勢翻身，轉入攻擊範圍，然後劈出阿塔干劍。

紅法師以層層紅盧克辛對抗阿塔干劍。定形盧克辛，就算是紅盧克辛，也能在馭光法師的意志下產生一定硬度，經過編織處理過的還能更硬，但紅盧克辛畢竟無法抵擋鋼鐵。就像是拿水去擋劍一樣。

但那並非一般的定形盧克辛。這一刀下去的感覺不像是砍入平靜的水面，比較像是在水壩開啓水門時站在水壩下方，雖然只是水，但流速和重量就足以把人擊倒。此刻情況也差不多，紅盧克辛讓她越砍越慢、越砍越慢，最後完全砍不下去。

如此消耗盧克辛讓紅法師臉色發白。而在持續耗損法力之下，沒多久他的脖子和胸口就恢復天生膚色，接著是厚實的肩膀。他從頭到腳的盧克辛都開始泛白。他們兩個都知道他的盧克辛即將耗盡。

卡莉絲與他同時改變攻勢。她轉向他的右方，期待遇上更多紅盧克辛，準備施展致命一擊。結果她的阿塔干劍打在某樣堅硬的物體上，但又沒看見任何武器。他不可能在她沒看見的情況下拔劍，就算在如此昏暗的環境中也不可能。

她毫不遲疑地舉起阿塔干劍，朝他的腦袋砍下。接著聽見噹地一聲，阿塔干劍被他舉成V字型的雙手擋下。

他使勁將她往後推，接著欺身而上。貫穿黑暗而來的光束，照亮他的雙手與拿在手上的東西，他叫道：「夠了！可惡，暫停一下。」

馭光法師兩手各持一支手槍，雙槍交叉，槍管夾住卡莉絲的阿塔干劍。右手槍口對準她的右眼，左邊槍口對準左眼。當然，卡莉絲身上還有匕首和碧奇瓦，但絕不可能在他開槍之前拔出來。

對準她的手槍都是伊利塔式。伊利塔人宣告放棄魔法，這表示他們製作的世俗工具通常都是最好的。然而，手槍失效的機率依然很高。馭光法師手裡的是齒輪機構的手槍，這種槍不用燃燒引信，但四次中起碼會有一次火石無法點燃黑火藥。

不幸的是，兩把都是雙管槍，而四根擊鎚都已扣起。卡莉絲試著計算機率——四槍全部不擊發的機率究竟是十六分之一，還是兩百五十六分之一？她心生絕望，不打算賭這種機率，就算是十六分之一也不想。

所以……談判。

「妳沒什麼顏色？」男人問道，聲音緊繃。

「我不知道你在說什麼——」

「妳，沒，什麼，顏色?!」他叫道。他甩開她的阿塔干劍，一把槍直接抵住她的額頭。四周太暗了，他看不見她虹膜裡的顏色，但他反正很快就會弄清楚，所以卡莉絲說：「綠色。綠色與紅色。」

「那就沒色建道樓梯爬出去。現在！」

如果是在其他情況下，卡莉絲或許不會乖乖照做，但此時她立刻戴上眼鏡，轉身走向光線。這座地窖裡的一切都布滿開放式的紅盧克辛，或焦黑的封閉式紅盧克辛。最後她終於在上面的教堂中找到一根鐵木屋梁，反射純淨的白光，讓她能取得合用的綠光。

在她身體轉爲綠色時，她看出那個馭光法師如此著急的原因。這間房充滿紅盧克辛。她早就應該想到原因。房間有兩個入口，死掉的士兵身上有燒傷，但不是被火烤死的——那些紅盧克辛依然在原地，包覆著屋內一切，並沒有像正常情況一樣起火燃燒。

紅盧克辛依然存在。這間房間裡充滿紅盧克辛，有舊的、新的。他們身在一個火藥桶裡。一張燃燒的長椅突然翻倒，燃燒的木塊朝向洞口滾來。其中一塊在洞緣滾動，要是掉下來，他們兩個就死定了。

卡莉絲奔向前去，在地上拋出一層厚到可以站上去的綠盧克辛。她迅速建出一道超窄的樓梯，台階只剛好夠她的腳站立，也只能在她全神貫注的時候撐住她的體重。但它只要維持兩秒鐘讓她衝上去就可以了——而它撐住了。她一步、一步，又一步如雌鹿般飛奔，接著一躍而起，落在教堂地板上。她感覺有一塊地板落入下方的地窖，於是她再度翻滾，衝向敞開的前門。那麼多的紅盧克辛，表示這整間教堂都有可能——

轟！

爆炸的力道震起卡莉絲腳下的地板。地板剛好在她落腳時彈起，彷彿彈簧般彈飛卡莉絲。敞開的教堂大門開得更大，她整個人離地而起，向前飛出。一時間她以爲自己會穿門而過，毫髮無傷地落在門外，但是她被炸得很高——太高了。門上方的鐵木門框迅速逼近。接著，她的上半身撞上去，然後撞穿門框。燒焦變脆的鐵木轉眼之間化爲碎片，但那一瞬間的撞擊導致她劇烈旋轉，頭下腳上，轉得快到她都不知道自己轉了幾圈。

接著，她在石板地和碎石之上滑行，無法肯定自己有沒有昏迷，以及自己是怎麼落地的。她忽視渾身上下開始湧現的劇痛，轉身看向教堂殘破不堪的前門。

一條紅色巨蛇，渾身噴火地自前門中探出頭來。不，不是蛇，是條由純盧克辛組成的管子，火勢洶洶，約莫一個男人的肩膀寬。接著巨蛇嘔吐，就在火焰燒到易燃的紅盧克辛前，馭光法師已經衝出教堂、大火，還有盧克辛。

他落在離卡莉絲不遠的地方，落地姿勢優雅多了，他先翻滾幾圈減緩衝勢，然後翻身而起。他迅速打量四周街道，沒有看見任何人，然後才終於允許自己放鬆下來。但是當他放鬆之後，卡莉絲立刻看出他已經精疲力竭。施展剛剛那麼多魔法讓他看起來跟她一樣糟糕，面如死灰，搖搖欲倒。

「來吧，」馭光法師說。「我想加拉杜王的士兵都已經走光了，如果還沒，剛剛那場爆炸很快就會把他們引來。我們必須離開。」

卡莉絲起身，東搖西晃，要不是他及時出手扶她的話肯定會摔倒。「你是誰？」

「我是科凡．達納維斯。」馭光法師說。「沒記錯的話，妳是卡莉絲．懷特．歐克，是不是？」

「達納維斯？」她問。歐霍蘭呀，全身都在痛。「你是達山的手下，你是叛軍。我可以自己走，謝謝你。」她掙脫他的扶持，以一腳承受自己的體重，然後換到另一腳，最後摔倒。他雙手抱胸，冷眼旁觀，沒有扶她。她肩膀著地，頓時天旋地轉。

卡莉絲看著科凡的靴子走近。他很可能會把她丟在這裡，留給士兵處置。她活該。愚蠢又固執的女孩。

# 第二十八章

加文在距離小傑斯伯島五里格外模仿某個阿伯恩狂法師的設計，汲色製作了一艘平底漁船，船緣很高，船底是平的，船頭是尖的，船首外板是平的。跟加文愛用的小船相比，這種船比較安全，但速度遠遠不及——這才是重點。沒有多少馭光法師敢在大海裡駕駛小船，因為膽敢駕駛小船出海就要有落海的覺悟。那表示你必須有信心能仰賴法術離開海面，而沒有多少馭光法師擁有足夠的技巧或意志能夠一邊海泳，一邊施法。

加文的技巧——或說莽撞——表示他在海上的身影非常好認。他不希望那樣，所以弄出這艘平底漁船。

基普悶悶不樂，加文拒絕多講有關打穀機的事情讓他有點緊張。

他們在兩里格內路過了兩艘大商船和一艘三桅軍艦。每次都有船員透過小望遠鏡觀察他們，在看到加文髒亂的衣服，確認他們沒掛求救旗之後，便二話不說搖槳離開。今天風不大，所以水手可以休息，讓船上的奴隸負責搖槳。每次遇上船隻，加文就會在對方拿出望遠鏡時開心地揮手，然後繼續回去搖槳。

世人口中的克朗梅利亞其實是由兩座島嶼組成：小傑斯伯——克朗梅利亞的所在地，以及大傑斯伯——大使館、商人的住所、商店、貨攤、旅舍、妓院、監獄、廉價旅店、廉價租屋、倉庫、繩匠、帆匠、槳匠、漁夫、罪奴，還有多到數不清的投機分子、謀士與夢想家的所在地。

大傑斯伯上有兩座天然港灣，一座在島東，於暗季提供天然防禦；一座位於島西，專供風自東面來襲的光季使用。由於該島的人口與重要性與日俱增，兩邊港灣都建立了防波堤，藉以延長兩座港口的使用年限。在數次沒有影響到克朗梅利亞、卻讓大傑斯伯火燒血洗的占領行動之後，人們建立了一道巨牆，包圍整座島。三十步寬，二十步高，如今主要用於讓巡城守衛發現並阻止下方街道中的犯罪。

加文的目的地是小傑斯伯，但是他沒辦法不被七總督間諜發現地駛入島上的小港口。就連提利亞也有間諜監視所有重要到可以直接駛入小傑斯伯港口的人物。所以，他在兩座島嶼之間划槳前進。小傑斯伯的U型海港中間有座火砲島，那裡無論何時都只有二十名衛士駐守，而且隨時有兩名馭光法師執勤，表面上是因為只要風浪稍微大一點，船隻就不太容易駛入港口。那是個不受歡迎的哨所，但就連黑衛士也逃不過輪值的命運。據說白法王堅持只讓高階克朗梅利亞衛士輪值這個哨所，藉以教導某個經常衝動無禮的階級謙卑的美德。

事實上，白法王和黑衛士確實將輪哨火砲島當作懲罰，但是只對值得信賴的士兵這麼做。最能使人信服的傳言就是半真半假的傳言。當其他士兵交換輪哨時——只要你這個週末幫我巡哨，你下週火砲島的班我就包了——排哨指揮官會記下所有換哨人員的姓名。這些人在上哨時會被嚴密監控，下哨後會被盯得更緊。間諜肯定已經滲透到火砲島上，畢竟這座島基於許多世俗理由而具有戰略上的優勢，但是白法王相信從來沒人察覺火砲島真正重要的祕密。

在大風大浪之中，加文將平底漁船駛入小島後方。透過他汲色製作出來的眾多船槳，這艘船的操控性遠優於普通船隻，但是要將船隻對準許久以前鋪設的滾桶，好讓港口的人把船拖離狂風大浪，依然很不容易。港口的人看見他們了，當然，兩名黑衛士——向來都是由黑衛士負責拖船——朝著他們打招呼。

兩名衛士，高大魁梧、膚色黝黑的兩兄弟，立刻認出加文。他們各舉起一手——不是打招呼——而是要讓加文看見穩定的目標。他對兩隻手掌射出超紫盧克辛，黏在定位，然後沿著穩定的線條拋出綠盧克辛。盧克辛如同繩索般固定在兩個男人的手中。加文以兩塊紅盧克辛將繩索的末端固定在船上。兩個男人老練地拉船入港。平底漁船伴隨著一陣咯咯聲響，從海浪中搖搖晃晃地駛上滾筒，接著順暢地滑上斜坡。

鐵拳指揮官，兩名衛士中的哥哥，一如往常地搶先開口：「長官。」他的目光垂向加文破爛的衣衫。他稱他爲「長官」的意思是說，*我當然認得你，但如果你是在扮裝行動，那我也知道不要說破。今天你希望我們怎麼稱呼你？*

「我需要一名黑衛士帶基普前往克朗梅利亞，指揮官。我有簡單向他提過逃生密道的事，所以要好好監視他。」

兩個男人一言不發地聽著，顯然不太高興。

「我們必須等到退潮——」震拳開口。

「立刻。」加文沒有提高音量道。「他要通過打穀機。那個不急，明天再去就可以了。將結果回報給白法王。告訴她基普是……我姪子。」

鐵拳蹙眉，震拳瞪眼。至於基普，看起來有點心靈受創。

加文看向男孩，但基普似乎突然間害羞了起來。

「我明天再去找你。」加文說。「不會有事的。畢竟，你體內流著我的血。」他笑嘻嘻地說。

基普有點困惑。「你是說你不是……在說我不是你的，呃，私生子？」這麼多否定語就連基普都有點弄混了。

「不不不。我不是要否認我們的關係！我說『姪子』的時候，大家都知道是什麼意思。這樣講只是比較文雅，而事情和白法王有關的時候，文雅一點總是好事。」

鐵拳咳了一聲。他有辦法咳得很刻意。

加文也很刻意地瞪了他一眼。鐵拳調整他的高特拉——他的帕里亞格子頭巾——彷彿沒有注意到。

「但是大家爲什麼會知道我不是你姪子？」基普問，手裡依然握著加文做給他的盧克辛槳。

「因爲他們在介紹你的時候會刻意停頓，而且不會說你的姓。『這位是基普，稜鏡法王的……姪子。』而不是：『這位是基普．蓋爾，稜鏡法王的姪子。』你懂了嗎？」

基普吞口口水。「懂了，先生。」

加文看向海浪對面的稜鏡法王塔。他不喜歡在外過夜。他的房內奴隸瑪莉希雅會把麵包染色，丟到密道裡給犯人吃，而他知道她值得信任。但那畢竟和他親自動手不同。他回頭看著害怕的男孩。

「讓我驕傲，基普。」

# 第二十九章

基普在類似驚慌的情緒中，看著稜鏡法王穿越海浪離去。加文給人一種能夠主導一切、無所畏懼的感覺，但是他走了。把基普留給兩個不太友善的巨人。

當加文終於消失在視線範圍之後，基普轉頭看向衛士。比較可怕的那個——鐵拳——正戴上一副以一大片橢圓形鏡片蓋住雙眼的藍色眼鏡。藍盧克辛覆蓋住男人全身，在基普看來，藍盧克辛在深膚色上就和隱形沒什麼兩樣。透過藍色鏡片看去，他的眼白已經是藍色的了，但是基普直到他指甲下的皮膚變成冰藍色，才終於肯定自己不是在幻想黑衛士施法。

「拿條繩索來。」鐵拳告訴他的兄弟。「浮在水上的。」震拳的身影消失，留下基普和鐵拳。

「我不知道他爲什麼要告訴你這座島的祕密。」鐵拳說。「就算你是他的……姪子也一樣。但既然你知道了，就和我們其他人一樣都是島的守護者，你懂嗎？」

「他告訴我是因爲萬一我背叛他，像你這樣的人就會幫他殺了我。」基普說。他是不是永遠不懂該什麼時候閉嘴？

鐵拳臉上浮現出一絲訝異，接著很快讓饒富興味的表情給取代。「思緒周密，我們的朋友。」他說。「以及冷靜的年輕人。眞是太合了。」

聽到這句「我們的朋友」，基普發現在這裡甚至連稜鏡法王的名字都不能提，就連現在，風勢強勁、不可能有人偷聽的情況下也不行。這件事就是如此機密。

「對外的說法是你和你的老師，一名抄寫員，搭朋友的船出海去……嗯。」

「研究附近海域的魚類？」基普問。

「可以。」鐵拳說。「他沒料到會有狂風大浪，也不擅長駕船。他試圖帶你來此躲避風浪。你們的漁船翻覆，他失蹤了。我們把你救上來。」

「喔，如果有人看到我們進來，這樣就可以解釋爲什麼他沒有和我一起在這裡。」

「沒錯。握緊。」

基普手握一把盧克辛船槳，拿在他和鐵拳中間，不過直到一切都太遲了之後才聽懂他的意思。鐵拳迅速出拳，擊穿盧克辛，到離他很近的地方才收拳，嚇得基普不禁畏縮。他幾乎沒注意到盧克辛化作塵土、自指尖滑落。他突然很想尿尿。

「我不知道你有沒有給你父親理由懷疑你。」鐵拳說。「但如果你背叛他，我會折斷你的雙手，用來打你。」

「那麼幸好我很胖。」基普回嘴。

「什麼？」語氣懷疑。

「手臂很軟。」基普笑道，以爲鐵拳是在說笑。壯漢冷硬無情、帶有殺氣的神色，讓基普的笑容如同破碎的盧克辛般瓦解。

「你的脂肪也能讓你漂在海面上。下水。」身後一個冰冷的聲音說道。

基普嚇了一跳。他甚至沒聽見震拳走近的聲音。他手裡拿著一段空木頭，上面綁了許多繩結和繩環。木頭上還刻了好幾個把手，方便人把它丟入海中。游泳的人可以自行決定要用多長的繩索。

震拳將木頭交給基普，鐵拳敲響了一口鐘。「有人落水！」鐵拳叫道。「水裡有兩個人！」

「下水。」震拳說。「你最好全身濕透。盡快。幫手很快就會趕來。」

基普抓緊空心木頭，奔下滾木間的斜坡。第一道大浪沖得他摔倒在地。他頭撞上一根大滾木，眼冒金星。接著海水將他吞沒。

一開始海水冷得要命，不過是很快就能適應的那種冷——瑟魯利恩海其實還算暖洋——可惜基普沒有那麼多時間。他在另一道海浪來襲時喝入鹹水。在他大咳特咳、如同受傷的小鳥般拍擊雙臂時，感覺到激流即將捲走自己。那塊木頭呢？他放手了。木頭不見了。

有人在叫，但在驚濤駭浪中，聽不清楚他們在叫什麼。四周的海浪只有一步高，卻足以遮蔽基普的視線。他轉了一圈。

他聽見鐘聲，一響再響。基普轉身面對它，透過海浪，他看見火砲島的黑色輪廓。小島距離他越來越遠。他開始游泳。一道海浪當頭蓋下，將他打入海裡，團團亂轉。他不停踢水，努力不要驚慌。但是失敗了。他吸不到空氣。歐霍蘭呀，他就要死了。他絕望地踢水。

他像個軟木塞般浮出水面，但隨即又沉了下去。

他不再慌張，掙扎游到巨浪邊緣，現在海水帶著他朝向火砲島前進，不過不是迎向船坡。他正漂向岩石。他奮力游往鐘聲的方向。

他跟隨波浪起伏，看見了不可思議的景象。鐵拳，胸口綁著一條繩子，正在奔跑——凌空奔跑。他戴著藍色眼鏡，雙手指向下方。他對著腳下噴射藍盧克辛，奮力衝刺，邊跑邊在腳下製造落腳的平台。

就在基普眼前，藍盧克辛平台——靠在後方火砲島上的某處——在一陣爆炸聲中破碎，朝海浪崩解。鐵拳在平台墜落時躍起，釋放盧克辛，以完美的姿勢落水。

他在基普身邊冒出水面，眼鏡和高特拉都被海浪沖走，一手抓起基普。接著，岸上的人開始以最快的速度拉繩子。不到一分鐘，基普和壯漢就已經跌跌撞撞地爬上斜坡。好吧，鐵拳步伐穩健，一手抓著基普的上衣，以免他跌倒，基普則靠著軟綿綿、光溜溜的雙腳蹣跚而行。

「我們救不了你老師，孩子。我很抱歉。」鐵拳說。一打士兵擠在火砲島後門外狹窄的門廊後，其中一人丟了塊毯子到基普肩上。「帶這個年輕人進去，好好照顧他。」鐵拳下令。「我有事要去大傑斯伯處理，我會帶他回去，通知家人。十分鐘。」

士兵帶基普進入哨所時，他聽見鐵拳低聲咒罵。「可惡，那是我最好的藍色眼鏡。」

# 第三十章

麗芙·達納維斯不理會肩膀上的緊繃感，輕快地走在名為「百合莖」的盧克辛橋上。此橋連接小傑斯伯島的克朗梅利亞和大傑斯伯島上的市場與住宅區。她穿著粗亞麻褲、抵抗晨間寒風的斗篷，黑髮在腦後綁成馬尾，腳上還是那雙剛到克朗梅利亞時所穿的實穿舊皮鞋。每次被召見時，她就想要盛裝打扮、換上最好的服飾，但她總是抗拒這股衝動。不管穿什麼，她那飛揚跋扈的有錢監管人，都有辦法讓她自慚形穢，所以她乾脆直接走叛逆路線。如果當年達山·蓋爾贏得稜鏡法王戰爭，麗芙現在就是阿麗維安娜·達納維斯小姐，萬人頌揚的科凡·達納維斯將軍之女。身為提利亞人會是榮譽的象徵。她也就不會欠任何人任何東西。但是達山被殺，加入他陣營的人全部失勢，儘管她父親當年是兩軍之中威望最高的將軍，也只是勉強逃過被處決的命運。但現在她只是來自瑞克頓的麗芙·達納維斯，染布師的女兒。而魯斯加手中握有她的契約。那又怎樣？她不怕被召喚。

沒很怕。

儘管來到大小傑斯伯島已經三年，麗芙鮮少踏足大傑斯伯島。其他女孩每週都會跑來聽吟遊詩人歌唱、買些不是克朗梅利亞廚房做的食物、找些不是馭光法師的男孩、購物，還有在考試過後喝一大堆酒。麗芙沒錢做那些事，又不想求人施捨，於是她不和同學混，每次都說要練習或看書。

這樣的好處在於她至今還沒有厭倦大傑斯伯的美景。整座島上擠滿建築物，但是看來毫不雜亂，不像瑞克頓或加利斯頓。這裡的房舍是白色灰泥建築，在陽光下光彩奪目，依照島上的地勢高低起伏。到處都可以看到幾何圖形：六角形和八角形的圓頂建築。所有大到足以建造圓頂的建築——還有許多根本不夠大的——都把屋頂弄成圓頂，而這些圓頂七彩繽紛。瑟魯利恩海般的藍色圓頂，有錢人的黃金圓頂；慢慢變綠，然後在每年的太陽節重新擦亮再漆成血色的銅頂，以及鏡面圓頂。除了圓頂，它們的大門也一樣美麗。那感覺像是傑斯伯島人難以壓抑的本性，全都在反抗他們的白牆，以及相似房屋所展現的一致性，不過只表現在大門的裝飾與設計上。異國木材、七總督轄地內外所有地區的雕飾圖案、顯然是由樹人種植的活樹製作的門板——上頭還有樹葉生長、提利亞的馬蹄拱門、帕里亞人的棋盤圖案；有些建築門大屋小，有些豪宅的門又小得不像話。

不過，千星鏡就和色彩鮮艷的圓頂和大傑斯伯的白牆一樣整齊劃一。每條街道都是完美的直線，而每個街口都有一座狹長拱門，白色門柱細長到令人咋舌，至少有十層樓高，在高空中形成一道拱頂。拱頂最尖端鑲著一面圓鏡，擦得非常亮、完美無瑕，而且和人一樣高。透過特殊的街道排列，只要太陽冒出地平線，光線立刻就會被引導到全島各地。

很久以前，建城的人就說過，在這座城市裡，不會有任何歐霍蘭之眼無法觸及的陰影。大傑斯伯的白晝比全世界所有地方都來得長。

據麗芙推測，這麼做的最初目的是要延長島上馭光法師的汲色時間。在其他人口稠密的城市，建築物終究會遮蔽陽光。這樣不光會讓城市蒙上一層陰暗，也表示走在那些街道上的馭光法師脆弱不堪。這裡的建築都根據高度和寬度仔細分隔，保留光井，不過只要有千星鏡，馭光法師就能擁有比其他地方多出好幾個小時的全力汲色時間。

在太陽節，每一座千星鏡都是稜鏡法王的奴隸。他所到之處，每座鏡子都會轉向，只為照亮他。顯然有些光線會被建築遮蔽，但不管他走到哪裡，就算是最貧窮的地區，也至少會有幾道光線照得到他。事實上，任何房屋在開始興建前，建築藍圖都必須通過審核，確定不會影響千星鏡。只有少數建築不用遵守規定，比如說蓋爾宮殿。

當然，麗芙心想，同樣的規定也不能規範極度有錢的人。向來不能。在這裡不能。

在沒有用作防禦、執法或宗教儀式等用途時，城內每個區域都有權自行決定要如何應用千星鏡。有些區域會定時轉動星鏡，形成一座光鐘，讓當地所有居民隨時都能看見。

今天，麗芙路過的第一個區域——使館區，是市集日。他們在半數星鏡上加裝黃漫射鏡，讓整個廣場籠罩在歡樂的燈光下。半打專門為了這個活動雇用的黃法師，不戴眼鏡就能拋擲閃閃發亮的液態黃盧克辛。龍在天空爆炸，蒸發的黃盧克辛大噴泉噴向天空，吸引大量人潮前來市集。另外，半數星鏡上加裝了各種顏色的鏡片，圍繞在市場四周，綻放眩目的光彩。

麗芙很同情今天必須在繩索上爬上爬下的塔樓猴——身材嬌小的奴隸，通常是小孩。在奴隸裡，他們的待遇很好，甚至有薪水拿，人們認為他們幫星鏡維護員所做的工作非常重要，技術性高甚至可說相當神聖，不過他們白天都得兩人一組待在狹窄的平台上，其中一人負責觀察，另一人以熟練的手法移動繩索；通常都要從第一道曙光乍現開始，一路工作到天黑，除了角色互換外，沒有休息時間。當稜鏡法王或超紫法師走在街上，需要使用星鏡時，他們可以直接以魔法引導星鏡。但是任何世俗的用途，都需要塔樓猴手動轉鏡。

由於閒著沒事幹，麗芙考慮伸手到街上的超紫控制線裡接手控制一面星鏡，在有錢人宴會上製造一點騷亂。這就是身為超紫法師的美妙之處。既然別人都看不見超紫光，自然沒人知道有人在汲色。

儘管如此，她並不是第一個這麼做的學生。做這種惡作劇被抓到，會立刻受到嚴厲懲罰。

不過，麗芙的胃好像在後空翻。雖然四周充滿晨間人潮的喧鬧、商人的叫賣、吟遊詩人的歌唱，以及明水煙火的爆炸聲，但那一切都無法讓她不去想即將到來的會面。

「十字路口」是咖啡廳、餐廳兼酒館，傑斯伯最高價位的旅店，而它的樓下據說有間同等價位的妓院。這家店位於使館區中心，專供試圖與各地政府交易的使節、間諜、商人，以及剛剛度過百合莖的馭光法師消費，因為十字路口的前身是大使館。事實上，它就是前提利亞大使館。麗芙不知道她的監管人是不是故意挑這裡，還是說她純粹只是知道麗芙沒錢在這種地方消費。

麗芙走上通往二樓咖啡廳的大台階。一名美麗的接待員帶著開朗的笑容迎接她。「十字路口」雇用了全城最頂尖的員工：每個男女服務員都容貌姣好、服裝整潔、極度專業。麗芙一直懷疑這裡的奴隸賺的錢比她還多。並不是說要賺得比她多很難。事實上，這是麗芙第一次進入「十字路口」。

「有何可為您效勞呢？」接待員問。「南面窗邊還有幾個好位子。」她很有禮貌，沒有盯著麗芙簡陋的衣服看。

「如果可以，隱密點的桌位。我要和一個……魯斯加大使館的朋友會面，阿格萊雅．克拉索斯。」

「當然，我會請她過去的。」這裡的員工知道所有稱得上一號人物的名字。「妳的桌子需要靜音嗎？」

靜音？喔。麗芙瞪大雙眼，看透超紫色譜。當然。她都忘了；她曾聽過這種事。這裡有三分之一的桌子包覆在超紫泡泡裡面。這些泡泡上有洞，當然，不然裡面的客人會悶死——這表示不會完全隔絕聲音，不過至少能讓偷聽的難度增加百倍。有些泡泡甚至還附有往裡面灌注新鮮空氣的超紫風扇。麗芙發現這是非常實用的做法。挑到沒有風扇泡泡的客人，看起來都熱到有點不舒服。

麗芙敢打賭那個風扇要多加錢。

看透色譜之後，她發現接待員本身也是超紫法師，她的瞳孔中有將近三分之一的光環穿透虹膜。

難怪麗芙沒有立刻察覺。隨著超紫法師施展越來越多法術，他們眼中的顏色會開始滲入可見光的色域，淡紫色調在棕眼裡難以察覺，但會讓藍眼睛看起來格外美麗。麗芙永遠不會擁有那種顏色，因為她的眼睛是淡棕色的。

「事實上……」麗芙說。她翻過斗篷，讓接待員看斗篷的背面。超紫法師常常會在衣服上增添一些超紫圖案，讓其他超紫法師可以認出彼此。

看到麗芙的斗篷，接待員瞳孔轉眼間縮到宛如針孔般大小。「做工很好。我們歡迎超紫法師自行製作靜音泡泡，不過來的時候就請讓我們知道妳要這麼做，以免我們的員工弄混。」

女人領著麗芙來到南方窗邊的桌子，讓她可以取用窗外灑落的陽光。高窗旁照明充足——拱窗與拱壁輕易支撐屋頂的重量，讓二樓能享受從地板直通天花板的落地窗——但是超紫法師的缺點之一，就是會被這麼厚的窗戶干擾汲色。任何技巧高超的馭光法師都還是能汲色，但是這樣比較花時間，還會讓某些馭光法師頭痛。

麗芙坐下來，觀察服務生們工作，只見他們順暢無礙地穿梭在各桌之間，與圍在超紫殼中的桌子保持距離。一名留著鬈曲短髮，面帶美麗笑容的年輕服務生朝她走來，在她的超紫泡泡外停下腳步——如果她已經汲色製作超紫泡泡的話。他看起來只比她大幾歲，相貌極為英俊，訂製的外套完美襯托出他精瘦結實的體型。

她也不知道自己是怎麼跟他點餐的。只要一杯咖啡。這杯咖啡肯定得花一丹納。當他把熱氣騰騰，如地獄石般漆黑的咖啡端來、同時朝她微微一笑時，麗芙覺得這一丹納花得值得。或許值更多。

她的好心情在看見阿格萊雅．克拉索斯踏著令人作嘔的步伐爬上台階時，瞬間消失。這個二十來歲的魯斯加人，根據麗芙的推測，很可能是某重要家族裡最年輕的女兒。她有一頭萬分珍貴、極度稀有的魯斯加金髮，但是除此之外，她的外貌毫無可取之處。她有一雙長在非馭光法師臉上堪稱浪費的藍眼睛、長長的馬臉和一個大鼻子。派駐在魯斯加大使館，取得一些政治經驗，之後就會回拉斯嫁給某個素未謀面的未婚夫。她總是表現出一副不屑監管麗芙的模樣。她甚至告訴麗芙說被指配爲她的監管人，是得罪某位阿塔西大使兒子所受到的懲罰。她負責監管大多數雙色譜法師、多色譜法師，以及貨眞價實的間諜。

一看見麗芙，阿格萊雅立刻走過來，沿路對幾名客人揮手，還朝其中一個眨眼。

「阿麗維安娜，」阿格萊雅邊說邊站到她桌前。「妳今天早晨看來十分……活潑。」這段停頓說明了一切。那個搜尋的神情，彷彿她眞的想找什麼好話來說。對某些女人而言，這或許會是意外。妳想來這套？好啊。「很高興見到妳，阿格萊雅。妳的小心眼還是很適合妳。」麗芙說。哎呀。

阿格萊雅瞪大了雙眼，接著假笑一聲。「還是這麼倨傲難馴，是不是，麗芙？我就喜歡妳這點。」她在麗芙對面坐下。「還是說妳就是蠢到無法瞭解自己的處境？」

我父親叫我不要來這裡。他說，都是鯊魚和海惡魔。我該聽他的才對。我是在冒犯掌握我未來的女人。

「我……」麗芙抿抿乾燥的嘴唇，彷彿嘴唇濕潤一點就更容易強迫自己說出順從的話語。「我很抱歉。我能提供什麼協助嗎，主人？」

阿格萊雅眼睛一亮。「再說一次。」

麗芙遲疑，緊閉嘴巴。她強迫自己放鬆。「我能提供什麼協助嗎，主人？」

「先弄個泡泡出來。」

麗芙製作出靜音泡泡，外帶風扇。

「真是個高傲的女孩，麗芙．達納維斯。下次舉行宴會時，我可得記得叫妳過來幫忙上菜，或是清理夜壺。」

「喔，我超愛清理夜壺的。我也超愛告訴我所有還沒簽約的朋友，魯斯加人對馭光法師有多好。」麗芙說。

阿格萊雅大笑。她的笑聲眞的很難聽。「這把玩得好，麗芙。妳在虛言恫嚇，不過是我自己讓妳加注的。妳是瑞克頓人，對吧？」

麗芙立刻警覺。阿格萊雅竟然對她的侮辱充耳不聞？麗芙原本以爲在自己的虛言恫嚇之後，阿格萊雅會提出眞正的威脅——而她有不少選項可以威脅她。她沒威脅她，本來應該讓麗芙好過一點。但是沒有。

「是。」麗芙承認。她沒有理由撒謊。瑞克頓不會惹出什麼大事。再說，阿格萊雅手中握有麗芙家鄉的紀錄。「那是座小鎮。沒什麼重要的。」

「琳娜是誰？」

什麼？「她是個幫傭。卡塔琳娜．迪勞莉雅。到處打零工。」一個毒蟲、恥辱、惡夢般的母親。但阿格萊雅不用知道那些，而麗芙不打算說同鄉人的壞話。

「有家人嗎？」

「沒。」麗芙說謊。「她戰後來瑞克頓定居，就像我父親一樣。」

「所以她不是提利亞人？」

「妳是說一開始？我不知道。有點帕里亞或伊利塔血統，或許。」麗芙說。「問她做什麼？」

「她長什麼樣子？」

太瘦了，雙眼充血，一口爛牙——抽海斯菸的後果。「高個子，短短的鬈髮、赤褐色皮膚、迷人的淡褐色眼睛。」現在想起來，琳娜從前或許是個大美女。

「那基普呢？他是誰？」

喔，見鬼，被抓到了。「呃，她兒子。」

「喔，那她有家人嘛。」

「我以為妳是問她在瑞克頓附近有沒有親戚。」

「是呀！」阿格萊雅說。「基普多大？」

「今年十五歲，我想。」基普是個好人，不過麗芙之前在家的時候就很明顯看出他對自己著迷得有點過火。

「他長相如何？」

「妳為什麼想知道這些？」

「回答問題。」

「我已經三年沒見過他了。他可能完全變了個樣子。」麗芙雙手一攤，但是阿格萊雅執意追問。

「有點胖。比我矮一點，上次看到他時——」

「看在歐霍蘭的份上，女孩！他的眼睛、他的皮膚、他的頭髮？」

「我又不知道妳要問什麼！」

「妳現在知道了。」阿格萊雅說。

「藍眼睛，中等膚色，沒他媽媽那麼深。鬈髮。」

「混血？」

「我猜是。」不過麗芙說不出來基普是混哪裡。帕里亞人和阿塔西人？伊利塔人和血林人？還是混其他地方？或許不光是兩族混血？天知道他混了什麼血統。然而「混血」是很貶低的描述，而且非常不公平。七總督轄地最上等的家族和貴族，遠比平民百姓更常和其他轄地的人聯姻，但從來沒人說他們混血。

「藍眼睛，是吧？那倒有趣。你們鎮上藍眼睛的人不多，是吧？」

「我父親的眼睛就是藍色的。還有些戰後在鎮上定居的人也是，但是不多，我們就和提利亞其他地方一樣。」

「他是馭光法師嗎？」

「他當然是。我父親是世界上最有名的紅——」

「不是說妳父親，笨女孩。基普。」

「基普？不！好吧，至少我上次看到他的時候不是。當時他才十二或十三歲。」

阿格萊雅靠上椅背。「照妳今天的態度，我本來該把妳丟進黑牢，但是那樣只會讓妳變得比現在還要亂七八糟。我有個任務要給妳，麗芙．達納維斯。弄了半天，監管妳的懲罰其實是歐霍蘭的神祕禮物。我們攔截到一封這個女人寫給稜鏡法王的信。」

「她說什麼？」

「她宣稱基普是他的私生子。」

麗芙大笑，這實在是太荒謬了。阿格萊雅的表情顯示她不是在開玩笑。

「什麼？」麗芙問。

「她說她快死了，而她要加文去見他的兒子基普。我們不知道這是不是他們第一次聯絡。但她沒有提出任何要求，或威脅。基普的年紀吻合，而加文在成爲稜鏡法王前，眼睛確實是藍色的。其他一切都有待證明，不過那封信寫得很像事實。好像加文認識她一樣。」阿格萊雅微笑。「麗芙，我要給妳機會擁有更好的人生，而且希望不必提醒妳——只要我喜歡，隨時可以讓妳的人生變得更淒慘。根據測試，妳能取用超紫光和最低限度的黃光，但是基於明顯的理由，妳的贊助人決定不把妳訓練成雙色譜法師。」

沒錯，麗芙很清楚。人們對雙色譜法師的生活型態有一定的期待，不然就會影響贊助人與贊助國的形象。而黃色太難汲取，只有少數受訓的學生能夠通過最後測驗。所以贊助黃雙色譜法師是巨大的投資，而回收成本的機會很低。麗芙的贊助人爲了省錢，假裝她不是雙色譜法師。這不公平，但是沒人會幫提利亞人說話。

「妳的任務如下，女孩。我動用關係，把你們班往前排到稜鏡法王下一次親自教學的班級。接近他——」

「妳是要我查探稜鏡法王？」麗芙問。其實光是提起這種事，就算……褻瀆。

「當然是。他或許會向妳問起關於他兒子和這個琳娜的事。利用那個機會。讓他重用妳。成爲他的愛人。不擇手段——」

「什麼？他年紀是我的兩倍大！」

「如果妳今年四十的話，那就眞的太糟糕了。妳又沒多老。我們又不是要妳去找個不中用的老頭。告訴我實話，妳早就在幻想他撕爛妳的衣服了，對吧？」

「沒有，絕對沒有！」眞的，她只是崇拜而已。每個女孩都一樣。但是就麗芙來說，那完全是種抽象的崇拜，是純粹精神上的交流。

「喔，妳眞是個聖人。或是騙子。我敢說克朗梅利亞裡所有其他紅血女性都曾有過這種幻想。無論如何，妳都要好好想想該怎麼做。」

「妳要我引誘他?!」

「這是要趁男人睡覺時進他房間最簡單的方法。如果他醒來，發現妳在偷看他的信，妳可以假裝嫉妒，說自己是在找其他情人的情書。說眞的，我們不在乎妳怎麼接近他，但我們講實話吧——不然妳還能提供什麼給稜鏡法王？機智的對話嗎？機密情報？沒有。話說回來，妳是個漂亮的提利亞人。妳還年輕、不太聰明、沒有教養、沒有權勢，不是學者、詩人、歌手。如果妳能靠其他方式接近他，那很好。我只是提出成功率較高的做法。」

這是麗芙聽過稱讚她美貌最令人作嘔的說法。「不。我不會當妳的妓女。」

「妳的虔誠令我感動，但只要你情我願就不算妓女，不是嗎？妳見過他。他英俊瀟灑。這表示妳有額外的福利。妳可以享用他，成爲其他女人嫉妒的對象，還能取得我們所有的——」

「我不想再拿妳們提供的任何東西。」

「妳簽約之前就該這麼想，但已經來不及了。麗芙，只要妳能和加文．蓋爾獨處一次，我們就贊助妳成爲雙色譜法師。接近他，我們會提供更多獎勵。如果妳敢拒絕，我就會讓妳生命中的一切變成地獄石。我可以全權處置妳的契約，而我會行使那權力。」

只要與稜鏡法王私下會面一次，就贊助麗芙成爲雙色譜法師，這協議聽起來非常慷慨，但她看出了隱藏其後的邏輯。稜鏡法王可以爲所欲爲，但是和提利亞單色譜法師睡覺，會讓人質疑他的品味。那可是自貶身分的行爲。而雙色譜法師至少還有點身分。不過，這個協議依然非常慷慨，或許會令加文懷疑他們的動機，但是這麼做的回報——在稜鏡法王身邊安插間諜——讓魯斯加願意冒險一搏。他們需要麗芙答應。

「再說，」阿格萊雅說。「如果妳比我想像中更聰明，就可以自己查出是誰下令焚燒加利斯頓。妳可以查出是誰害死妳母親。」

# 第三十一章

加文曾經獵殺過數百個狂法師，但是眼前這個感覺不太對勁。

每個狂法師發瘋的情況都不一樣，但是藍狂法師向來執著於秩序。他們深愛藍盧克辛的堅硬。大部分藍狂法師最後都會試圖用藍盧克辛重塑自己。每個藍狂法師都相信只要夠小心、夠聰明、考慮到所有細節，他們就不至發瘋。但是一個藍狂法師到底有什麼理由橫跨七總督轄地中最紅的沙漠？

朗達·威特被派駐在魯斯加一座沿海小城裡。已婚，四個小孩，與贊助他的城主保持良好關係，而城主等了兩個禮拜才回報朗達失蹤——沒人願意相信他們的朋友會發瘋。

加文舉步維艱地穿越沙漠。他在沿岸某個聯絡人那裡停留片刻，取得全紅的服裝與武器，不過自認為可以在天黑前找到狂法師。儘管如此，他已經很累了。駕駛飛掠艇很快，但是他的手臂、肩膀、肚子和腳都在痛。他變得意志消沉。他不會在施法過度時出現暈光症狀，不過還是會疲倦、會顫抖。

接近一座沙丘丘頂時，他停下腳步，免得站上稜線暴露行蹤，然後施法製作兩面長鏡片。追蹤藍狂法師通常很容易，因為不管他們多聰明，大部分都無法忍受不合邏輯的做法。只要弄清楚他們要去哪裡，就能肯定他們會採取最有效率的途徑。加文不知道這個狂法師要去哪裡，但是他沿著海岸線走。除非他的目的地就在附近，不然加文可以繼續假設他會沿著海岸南行，遠離海邊，避開農場和城鎮。當然，這個狂法師洩露了行蹤，他為了加快速度和取用飲水而過於接近沙漠邊緣，被一個在放牧晃蕩沙漠牲口的遊牧男孩看見。男孩告訴父親，他父親告訴所有人，包括加文的聯絡人。

接下來幾天，狂法師會努力拉開和牧人之間的距離。

於是，加文汲取藍色，幫助自己用藍法師的方式思考。他假設藍狂法師沒有騎馬，男孩沒有看到他騎馬——馬通常也很討厭狂法師——一個人走得再快也有極限。加文以前曾穿越這座沙漠，儘管不是非常熟悉附近地勢，但還是知道沿途有很多地方讓人得決定要走沿海道路或是穿越裂地的商隊路線。而裂地有不少地方地勢險惡到根本無從辨識商隊路線。加文不打算在這兩條路中做選擇，他在兩條路線交會的地方等候。

等候。他將上衣拉出腰帶，斜向一側，重新扣上釦子，不過扣錯一格，塞回腰帶內。然後繼續等候。他汲取了次紅，製造火水晶，藉以排除體內高溫；看著小水晶逐漸成形、皺起，然後燒光。每隔十分鐘，他就會爬上大沙丘頂，探頭出去掃視沙漠。

太陽開始下山時，他看見了一絲洩露狂法師行蹤的閃光。他忘記身上的疼痛，再度振奮精神，如同天上盤旋的飛鷹在等待土撥鼠離開地洞。他感受到每次獵殺狂法師時，心中那股憤怒的抽搐。他應該要殺了對方，二話不說地殺了它，不要去聽它的謊言、它的藉口、它傲慢的瘋狂。

不，這一次，他必須聽它怎麼說。先聽再殺。

狂法師的皮膚上包覆著一層藍盧克辛。那並不是單純的護甲，那是一層甲殼。色譜魔法會改變所有人，但是藍狂法師受到魔法的完美性所引誘，想要把血肉換成盧克辛。這個狂法師的改變，超越大部分藍狂法師。這表示它天賦異稟，更別提它的鉅細靡遺，很可能是個天才。它還穿著藍褲子和藍上衣，不過兩件都髒兮兮又破破爛爛，不合乎藍狂法師的特徵。他認為它已經快不用穿衣服了，不過在沙漠中過度暴露的危險或是需要更多藍色施法的可能性，令這個怪物繼續穿著衣服。但是它的臉倒是難得的奇觀——或是恐怖景象，端看你怎麼看。

盧克辛滲透到它的皮膚下。加文曾見過這種情況。這個過程必須非常緩慢而小心，以免產生感染或排斥現象，但是一旦開始這個過程，就必須盡快完成。皮膚一與身體斷絕聯繫，就會開始失去知感並壞死，所以狂法師會蛻去腐爛的皮膚。這個狂法師的額頭已經裂開，露出壞死皮膚下知更鳥蛋藍的盧克辛。它製作了兩塊遮在額頭到顴骨間的圓蓋藍眼罩，讓自己隨時都戴著藍眼鏡，不過也讓它看起來像是有一雙隆起大眼睛的昆蟲。加文一直認爲這是狂法師試圖重塑自己的方式裡最可怕的部分。如果所有的皮膚都壞死，就表示眼瞼也會。就算可以在眼珠每次需要清潔時都汲色製作一層薄膜——這一定要用定形盧克辛，因爲用藍玻璃去擦眼珠絕對不是什麼好主意——就算有辦法解決這個問題，也永遠沒辦法閉眼睡覺。就連狂法師也必須睡覺。

一個小時後，太陽幾乎碰到地平線，讓沙漠沉浸在燃燒的美景中，加文戴上借來的紅色眼鏡，裹上紅斗篷，打破一根白鎂火炬，走出去站在狂法師面前。

藍狂法師吃了一驚。藍狂法師最討厭意料之外的事、討厭沒有預見的事、討厭計畫遭人干擾。不過要解讀他們的心意也很難，因爲完美無瑕的藍盧克辛臉孔不會透露任何情緒，更何況他們血管裡的魔力已經緩慢沖刷掉感覺情緒的能力。

但是藍狂法師驚訝也只是片刻間的事。狂法師直接衝向加文，皮膚綻放藍燄，昆蟲般的雙眼被內部折射出的藍光照得閃閃發光。加文將白鎂火炬丟在身前，扯開紅斗篷，狂法師衝來時已在沙丘側面擺開架式。

加文的手朝上揮過武器帶，細細的紅盧克辛絲從刀套中捲起所有小飛刀。他左腳大步踏前，一面在手臂上製作出一打薄刀刃。接著，右臂帶著所有在體內凝聚的能量加上意志力向前疾甩。一打小飛刀在他的甩動下化爲鋼鐵飛彈，以快到超乎想像的速度，一支接著一支激射而出。

狂法師左臂上冒出一面藍盾牌，瞬間擴大，試圖阻擋預期會利用白鎂火炬施法的紅法師將噴出的火球。但是鋼鐵飛刀擊中盾牌，發出類似冰雹撞上鐵皮屋頂的聲響。藍盾出現凹痕、龜裂，越裂越大，然後破開一條大縫。最後三支飛刀穿縫而過。第一支擊中它的臉頰，被甲殼彈開。第二支從它脖子旁邊掠過，最後一支插入狂法師肩膀。

不過狂法師已經展開反擊。它揮出右拳，製作五根懸空巨矛，一字排開刺向加文腹部，不管他向左還是向右閃避，都避不開開膛剖肚的命運。

加文作弊，當然。他在沙地下製作出一塊實心平台，讓自己得以站穩腳步並躍起跳下沙丘，再順勢落地翻滾，然後順著沙丘滑下一大段距離。

狂法師朝周圍揮拳，拋下盧克辛矛，然後製作出一支大藍劍。看見加文在下墜時弄掉了眼鏡，它嘴角露出扭曲的笑容。它的臉頰被加文的飛刀劃開，中刀處的盧克辛破碎，並微微滲出鮮血，一小塊皮膚被削下落地，露出一片血管和藍盧克辛交織而成的血肉。左肩上的飛刀似乎阻礙了行動，但並非致命傷。

「你們這些紅法師。」狂法師說，聲音沙啞，彷彿已經很久不曾開口說話。「總是這麼衝動。你以為正在黃昏時分的沙漠，就能單槍匹馬擊敗我？」

加文望向落在上方沙丘的眼鏡。狂法師看到這個動作，於是揮揮手中的大劍。劍身暴長五步，擊碎紅色眼鏡，然後縮回原來的長度。

「你應該把謀殺不羈法師的事交給你的稜鏡法王。」狂法師說。

不羈法師？

加文說：「他們說稜鏡法王沒空理你這種小角色。他們說我們應該有能力在沙漠裡解決一個藍狂法師。他們說朗達．威特沒有多了不起。」

狂法師大笑。「這話是要激怒我嗎？我已經不是朗達了。稜鏡法王的帝國將會崩垮在你頭上，奴隸。加入我們。嚐嚐自由的感覺。你還有多久，五年嗎？不久了，即使對他們世界裡的馭光法師而言都不算久。爲什麼要爲了他們的僞神而死？爲什麼要爲了他們的謊言而死？我們活著爲什麼非死不可？」

狂法師想要召募他？這和之前不一樣。加文持續瞇著雙眼。只要別讓狂法師看清楚他的眼睛，就不會注意到它們有多奇特。「僞神？」加文問。永生不朽？

黏稠狀的固態盧克辛刷過它的蟲眼內側，由裡到外。眨眼。「你當然不可能相信歐霍蘭吧？你是腐敗到骨子裡，還是純粹太愚蠢了？如果像克朗梅利亞自盧西唐尼爾斯以降所宣稱的，稜鏡法王是歐霍蘭親自挑選的神選之人，那麼同一個世代裡怎麼可能同時出現兩個稜鏡法王？還是說你是那些心靈懦夫之一，只會聳聳肩，認定那是難解之謎，反正歐霍蘭總是深不可測？」

狂法師逃跑是一回事，藍狂法師也有懦弱的時候。但是直接攻擊歐霍蘭，可是動搖世界根本的異端邪說。如果宣稱歐霍蘭是假神，還說所有當權人士都知道這個事實，那麼克朗梅利亞就會成爲謊言大本營、竊取權力的壓迫者，而非爲維持崇高目標而須要支援的朋友。「我不相信歐霍蘭已經很多年了。」加文真心說道。「但爲什麼要拿另一種迷信來取代迷信？」

狂法師瞄向加文的上衣，注意到他的釦子扣錯。很好，只要它花時間去注意釦子，就不會去注意他的眼睛。「你不再相信謊言是爲了相信眞相，而不是什麼都不相信。加拉杜王是……」它越說越小聲，懷疑地看著加文。似乎看出了端倪。

「加拉杜王，他就是領導不羈法師的人嗎？」加文問。

「你是誰？」它問。「你一點也不緊張。你該緊張的。」它拔出肩膀上的飛刀，封閉傷口，然後拋下飛刀。它從破破爛爛的袋子裡拔出一把火繩單發槍，開始以藍狂法師特有的那種奇特、迅速、心不在焉的動作精確地裝填彈藥。它把藍盧克辛當作手的延伸。藍盧克辛通槍條、藍盧克辛手指抓著火繩，還用藍盧克辛掏出火藥角和鉛彈。它從地上抓起還在燃燒的白鎂火炬，點燃火線。「愚蠢、輕率的紅法師。」狂法師說著，望向加文沒扣好的上衣。「你真該多花點錢買符合顏色的白鎂火炬。」

「我有啊。」加文說。

狂法師的目光自白火炬上轉向加文的雙眼。即使隔著昆蟲眼罩和堅硬的盧克辛臉，加文還是能從狂法師的神態中，看出對方已察覺真相。

在它行動前，加文已一聲喊叫，撲向前去。

出其不意的行動，讓狂法師微一恍神，握住白鎂火炬的盧克辛手立刻瓦解，火炬隨即落地。不過狂法師沒有忘記自己的大劍和槍。它舉起大劍刺向加文，並揚起槍。

加文雙手冒出藍色擋格棒，揮棒架開大劍。他使勁甩開狂法師的手臂，撤除擋格棒的法力，再度施法。一道細長的藍色劍刃自掌心冒出。他欺身上前，在扳機扣起、火繩落下的同時來到藍狂法師面前。他將劍刃和掌心插入狂法師的胸口，啪地一聲貫穿甲殼。加文雙臂一甩，擺脫剩下的藍盧克辛，在雙掌中凝聚他所能承受、最火熱的次紅魔力。他運掌成拳，火光四射。

手槍擊發，隨即在沒有造成任何傷害的情況下，從狂法師的手中飛離。

它向後跌開，但是加文再度上前，迅速揮出兩拳，左手擊中狂法師的右眼，右手擊中左眼。藍色蟲眼鏡片碎裂、融化，散發一股樹脂和粉筆的氣味。一切都來得太快，藍狂法師根本沒有還手的餘地。發現判斷錯誤時，它需要一段時間才能做出反應。

狂法師身軀殘破，雙膝一軟，著地坐倒，想撐住又最後整個癱在地上。儘管有著失去眼瞼的藍色眼珠、焦黑的皮膚、臉頰傷口下藍盧克辛交錯縱橫的血肉，但在加文眼中，它卻突然看起來又像是個人了。

白那雙光暈殘缺的雙眼中流露出的恐懼神情。

順著胸口淌下的血紅鮮血。

一時間，眼前的身影看起來更加像人，而不像是多年前站在塞瓦斯丁床旁、破窗戶射入的光線照出藍膚和血色的怪物。

加文微微喘息，吸了口氣。這次他阻止了它。沒有無辜的人死亡。而他還能賜給對方最後一點尊嚴，倒不是朗達．威特應得這點尊嚴，而是儘管不應得，他還是要給。

「你完成了你的使命，朗達．威特。我不會忘記你的貢獻，但是我會忽略、遺忘、刪除你的失敗。我幫你除罪。我賜給你自由。我——」

「達山！」狂法師大叫，雙手緊抓傷口，痛苦扭動。

加文大吃一驚，忘了繼續送亡儀式。

「達山領導我們，法色之王是他的左右手。」狂法師大笑，鮮血濺濕他龜裂的藍色嘴唇。

「達山死了。」加文說，感覺內臟抽動。

「光是鎖不住的，稜鏡法王。就連你也辦不到。你才是異教徒，不是……」接著，死亡的陰影終於籠罩狂法師全身。

# 第三十二章

基普剛拿毛巾擦乾身體、換上某名士兵的褲子、乾上衣，還有大靴子——意外的是，所有衣物都很合身，顯然這裡常有身材肥胖的士兵——然後在火堆旁坐一下，鐵拳就出現了。除了濕淋淋的鬈髮之外，完全看不出他剛剛曾落水。他身上穿著和基普一樣的普通灰色制服，不過翻領上有顆七角金星和兩條橫槓，基普的制服上什麼都沒有。

「起來。」鐵拳說。

基普起身，徒勞無功地搓揉著雙手取暖。「我以爲你是黑衛士的指揮官。爲什麼要穿隊長制服？」

鐵拳眉毛微微一揚。「你很清楚克朗梅利亞的軍階編制？」

「達納維斯大師教過我七總督轄地中所有部隊的軍階，他認爲——」

「很好。值錢的東西都帶了嗎？」鐵拳問。

基普皺眉，因爲說話被打斷、不受重視，還問他有沒有帶值錢的東西。「我沒有任何值錢的東西。我本來身上就沒帶什麼，而——」

「所以答案就是帶了。」鐵拳說。

原來就是要這樣回答。「帶了，」基普說。「長官。」他說「長官」的時候，只有一點諷刺意味，不過鐵拳還是冷冷地瞪了他一眼，揚起的眉毛下不帶絲毫幽默感。他的身材眞的非常魁梧。而且不光是高，不光是非常高，他渾身肌肉鼓脹，充滿威脅感。基普偏開目光，尷尬地清清喉嚨。「很抱歉要你跳下水來救我。很抱歉我讓你弄丟了你的眼鏡。我會賠你的，我保證。」

突然間，基普驚訝地發現自己眼中湧出莫名的淚水。歐霍蘭呀，不！但是淚水就像激流般難以抗拒。肚子也在他試圖壓抑啜泣的時候傳來陣陣抽搐，但他還是哭出來了。他厭倦如此軟弱。他是個連別人放在他手上的繩索都抓不住的小鬼，什麼都辦不到。他沒有在伊莎需要的時候出手相救，救不了母親，救不了山桑。他軟弱、愚蠢。要動手的時候，他就驚慌失措。他媽媽對他的看法沒錯。

鐵拳臉上剎那間閃過了半打表情。他尷尬地揚起一手，放低，再度揚起，拍拍基普的肩膀。他清清喉嚨。「我可以申請新的。」

基普又哭又笑，不是因爲鐵拳的表現很好笑，而是因爲這個大塊頭居然以爲基普是爲了他的眼鏡而哭。

「這就對了。」鐵拳說。他以拳頭側面捶了基普的肩膀一下，大概認爲這樣算是友善的表現——只不過打得基普好痛。基普揉揉肩膀，更加哭笑不得。

「走吧。」基普說著，微微退縮，以免鐵拳再度揚起鐵拳捶打他的肩膀，留下冒煙的焦痕。

鐵拳眉毛上揚，彷彿鬆了口氣。

「幾乎和應付女人一樣棘手，嗯？」基普說。

鐵拳僵在原地。「你怎麼……」他越說越小聲。「你眞的是蓋爾家的人，是吧？」

「什麼意思？」基普問。

「走吧。」鐵拳以一種沒得商量的口氣說道。基普不知道如果不照他的話做，鐵拳會怎麼對付自己，但「知道」是邏輯上的過程，而恐懼來得遠比邏輯要快。

到了室外，他發現他們已經拖了另一艘船到滾木坡上。他揉揉又濕又冷的手臂，凝望大海。潮水已經漲到一半，而且越漲越高，巨浪重重拍打在火砲島的岩石上。這艘船是艘小艇。看起來比之前的平底漁船還要不穩，而且船身更小。基普的五臟六腑不禁陣陣翻滾。

「指揮官？」一名衛士問。「你確定嗎？就算船上有經驗豐富的水手，我也不想搭這艘船出海。而且又要繞遠路。」

基普沒看見其他衛士的表情，不過這話一說完，其他人立刻附和：「是呀，長官。」

火砲島位於貫穿大小傑斯伯的洋流正中央。因爲有一道海堤防護，小傑斯伯灣的海面較平靜，但基普和鐵拳卻往反方向走，多繞了大傑斯伯四分之三圈，前往大傑斯伯灣。

「我們不是要去克朗梅利亞嗎？」基普問。他可以透過火砲島崎嶇的岩石看見部分克朗梅利亞色彩鮮艷的塔頂。「爲什麼不能去克朗梅利亞的海灣？那裡比較近。」

「因爲我們沒有要直接過去。」鐵拳說。他指示基普上船，給他一把船槳。

衛士推他們下海，鐵拳開始奮力搖槳。基普竭力跟上壯漢的速度，但船幾乎是立刻就開始朝基普那側轉向。鐵拳一言不發，只是換一邊搖了幾下，直到船頭打直，然後又換回原先那一側。指揮官朝向海浪駛去。基普的心臟幾乎要跳到喉嚨裡。三、四呎高的海浪逐漸變成五、六呎高。

接著，鐵拳將船上的小帆升到三分之一高度。「保持直線。」他邊叫邊拉扯繩索。基普覺得自己像隻無頭公雞一樣，手忙腳亂地從船的一側換向另一側，持續緩慢向前，在每一個浪頭前騰空而起，接著又在海浪的另一側落水。

「趴下！趴下！」鐵拳叫道。基普在風向改變、船帆從船的一側轉向另一側時及時趴下，船桿從他頭上呼嘯而過，重重扯動繩索，基普以爲繩索會被扯飛或是扯斷。

歐霍蘭呀，我的腦袋差點就飛了。

儘管船帆才升起三分之一，小艇依然劇烈傾斜，向前躍起。基普才剛剛跪起身，突然向前的力道又讓他往後摔倒，濺起船底冰冷的髒水。

「舵！去掌舵！」鐵拳下令。

基普抓起方向舵，挺直很長一段時間，但是小艇在強風下轉向太多——此刻海浪幾乎是完全從側面打來。他眨眼擠出眼中的海水。把舵轉往這個方向，它會在那邊的支點轉向，然後船就會跟著轉……懂了。

下一波海浪在基普將舵轉向左舷時濺上船緣。一陣強風將小艇壓入海中，接著向上彈起，從致命的海浪裡逃出。

在基普的歡呼聲中，他們開始加速，逐漸有乘風破浪之勢，而非只是死裡逃生。但是鐵拳沒有分享他的喜悅。他抬頭看天，把帆升高一點，小艇速度變得更快，整個側向左舷，基普以為他們就要翻船了。

抵達大傑斯伯西邊時，他們終於順風而行，感覺就像在飛一樣。

鐵拳持續注意南方，不過烏雲似乎有消散的跡象，而非凝聚，當他們轉入大傑斯伯的風幕時，基普可以從鐵拳的動作中看出他們已經脫離險境。

「我們要去的是個小港口，直走。」鐵拳說著，將帆全部升起。

於是基普負責掌舵，經過大商船和三桅軍艦、配備單挺轉盤槍的武裝快艇，還有兩側船身都有十五座火砲的蓋倫大帆船。他們保持距離，沒有干擾進出港灣的船隻以及帶船員上岸的小艇。

「這裡隨時都這麼繁忙嗎？」基普問。

「無時無刻。」鐵拳說。「海灣太小了，為了容納維持貿易暢通的大量船隻，我們精心制定了一套優先順序的系統。這套系統……」他抬頭看向一名正在對甲板上拿著算盤的船務員大吼大叫的船長。「能夠應付大部分情況。」

基於某些基普不瞭解的規定，他必須三不五時來個急轉彎避開其他船隻，所以沒有多少機會欣賞大傑斯伯島上的城市。而從他偶爾瞥見的景象看來，這座城市占據了整座大傑斯伯島。離岸不遠處就有一面高牆圍住整座島——長達數里格的高牆——但因為島上有兩座山丘，高牆遮不住城市全貌。除了幾塊綠地之外——花園？公園？豪宅庭院？——島上擠滿建築物。隨處可見各種顏色的高聳圓頂。還有人潮，這裡的人比基普一輩子見過的人還多。

「基普。基普！左舷！待會兒再來目瞪口呆。」

基普強迫自己將目光從城市移開，轉向左舷，差點迎面撞上一艘三桅軍艦。一頭亂髮的大副以邪眼緊盯著他們直到駛開。那傢伙一副想對他們吐口水的模樣，不過看見他們的制服之後，就吐在了自己的甲板上。

他們繼續駛入開闊的海域，開始轉向大傑斯伯島東側。「在這裡靠岸。」鐵拳說。基普轉向一座有幾艘小漁船停靠的碼頭。他們下船，朝高牆走去。基普盡量不要目瞪口呆，但這座高牆是他這輩子見過最高大的人造建築。

鐵拳大步走向城門。門外的守衛滿臉困惑。「隊長？」接著他們瞪大眼急忙行禮。「指揮官！」城門上開著一扇小門，鐵拳進門，點頭向士兵招呼。門內的城市完全超出了基普的理解能力。不過在他心中留下第一印象的卻是那股臭味。

鐵拳必定注意到他的表情。「你以為這樣就算臭了？你應該去沒有下水道系統的城市走走。」

「不是臭。」基普說著，看向街上數百人。這裡到處都是三、四層樓高的建築，石板街道上有著約一個手掌深的軌道。「只是有太多味道了。」確實。煮豬肉的味道、基普沒聞過的香料、鮮魚、腐魚、淡淡的人類排泄物氣味，還有強烈的馬匹和牲口肥料的氣味，其中最難忍受的就是沒洗澡的男男女女所散發出來的體味。

人們會自動在鐵拳前方讓道，基普就跟在他的身後，一邊打量街上的人，一邊努力不要撞上他們。有些人和鐵拳一樣戴著高特拉，不過同時也穿戴色彩鮮艷的格子袍。這裡有留著華麗鬍鬚的阿塔西男子：有結珠、綁辮子、不修邊幅的，還有更多結珠和辮子。這裡有些伊利塔女子穿著多層次的連身裙，還有與高蹺差不多的鞋子，讓她們增加了一個手掌的高度。整條街上七彩繽紛，所有彩虹上的顏色，以各種可能的方式組合。鐵拳饒富興味地回頭看向基普。

「城門的那些士兵。」基普說，希望鐵拳不要一直把他當鄉巴佬看。「那些不是你的手下。」

「不是。」鐵拳說。

「但是他們認得你，你不認得他們，而他們很興奮能看到你。」

鐵拳又看了基普一眼，神色不悅。「你說你幾歲？」

「我十五——」

「指揮官。」鐵拳說。彷彿這個頭銜足以說明一切。他在基普匆忙走到他身旁時露出微笑。「你是天才。來猜猜看。」他說。

天才？我從來沒有表現出自以爲是天才的樣子。不過那是分散注意力的好方法。而這是個測試。基普現在看出來了，事實上，鐵拳一直都在測試基普。讓他掌舵就是在測試他，觀察他的反應，多快可以搞清楚狀況、會不會嚇壞。基普甚至不確定自己表現得如何。

鐵拳是個指揮官。一個指揮官。那個指揮官。獨一無二的指揮官。喔。喔，天啊。

「黑衛士只有一個連的兵力，是不是？」基普問。

就像大部分時候一樣，這次鐵拳的表情也稍縱即逝——有瞬間露出深色虹膜四周的眼白，接著他以一陣笑聲掩飾表情。「沒錯，雖然暗示已經很明顯了，我想。」

「所以你是克朗梅利亞最菁英的連隊裡唯一的指揮官。那表示你是將軍還是什麼之類的？」

「之類的。」

「喔。」基普說。「所以這表示我應該比現在還要怕你，嗯？」

鐵拳大笑。「不，我覺得你現在怕得恰到好處。」他笑道。

「你怎麼會跑到那塊大岩石上去排哨？」

「那不只是塊大岩石。」

如此說來，這樣其實還滿合理的。黑衛士負責守護克朗梅利亞最重要的人物，而祕密逃生通道基本上是該親自檢查的東西。「就算是這樣。」基普說。

他們來到一條寬敞許多的大街，鐵拳——鐵拳指揮官——轉到這條街，朝西而行，幾乎與所有行人背道而行。他嘆了口氣。「沒人想去那裡輪哨，所以有時候那就變成一種懲罰。姑且這樣說吧，我最近有點得罪白法王。」

基普小聲說：「還是說那只是讓你去檢查祕密通道的藉口？」

「那條通道……不過就是一條通道。不要把事情想得太複雜了，小蓋爾。」

呃？「喔。」鐵拳可以從克朗梅利亞這邊進入密道，確定密道暢通。他沒必要為了這個而搭船去火砲島。我眞是個天才。基普感到難為情，於是連忙又問了下一個問題，還是明知不該問的問題。

「那你做了什麼讓他不高興的事？就是，白法王。」

「他？」鐵拳問。

「她？」

鐵拳轉向一間有著銅鏽色圓頂的小房子，打開門鎖，指示基普進去。「廚房裡有硬麵餅、起司和橄欖。公共廁所在左邊。走廊直走就是臥房。在我明天天亮過來接你之前，都不准離開。」

「我們不等浪小就穿越驚濤駭浪跑來，我——我以為我們要直接前往克朗梅利亞。」

「是我要直接前往克朗梅利亞。」

「而我就要一整天都坐在這裡？」

「等你知道明天要做的事情之後，就會很高興有機會休息。」鐵拳準備離開。

「但是，你——你要去做什麼？」

「我要贏回在白法王面前的地位。」

基普在門關上時皺起眉頭。就聽見嘎啦一聲，他被鎖在屋子裡。「太棒了。」他對關上的門說。

「我就在這裡等。我一直想找時間玩玩大拇指。」他一邊喃喃抱怨，一邊走去找橄欖和起司吃。十分鐘後，他睡著了。

# 第三十三章

卡莉絲在用樹枝和男人的斗篷搭成的小棚子底下醒來。天色看來不是清晨就是黃昏。從地上的露水研判，她認爲是清晨。她以軍隊的效率檢查自己的身體狀況，伸展四肢和指頭，試圖自我評估移動、打鬥或其他行動的能力。她所有手指和腳趾都很正常，但是身體左側多處瘀青。她八成不光只有上半身撞上門框，而且還是以身體左側著地，因爲她小腿痛、膝蓋痛，腰部有點狀擦傷，胸部感覺像是有人誤把它當成裝滿木屑的訓練沙包連續練了一個小時，至於她的肩膀──歐霍蘭呀，她的肩膀。至少呼吸的時候沒有很痛，這表示肋骨沒斷，而且手還能動，雖然一動就差點讓她痛得昏過去。

她身體右側也不是毫髮無傷。她的右臂和腹部都有很長的擦傷，背後大概也有一些，脖子也非常痠痛，天知道是怎麼弄的。右腳所有趾頭都在痛──這也不記得是怎麼弄的──而她的右眼腫大，沒有腫到視線不清，不過不太好看就是了。她額頭上也有擦傷，頭上有幾個迷人的疙瘩，還有──見鬼了，鼻頭上有割傷？

不，不是割傷。是青春痘。難以置──青春痘？這種情況下？歐霍蘭討厭我。

所有割傷和擦傷上都塗了一層聞起來像是莓果和松針的藥膏。有人清清喉嚨。「妳右邊還有一些藥膏。我處理了……比較明顯的傷口。」

卡莉絲認爲他的意思就是他沒有把她剝光。

「謝謝。」她嘟噥道。「剛剛那裡發生了什麼事？」

「是指明顯的事實之外嗎？」科凡語氣平淡地問。

「在教堂地下室。我從沒見過不會完全燃燒的紅盧克辛。如果沒色失誤，它應該會蒸發掉才對，不會形成一層硬殼。還有你是躲在什麼東西裡面？」卡莉絲痛苦萬分地坐起身來。她的腳踝也很痛。噢，她什麼時候扭到腳踝了？她沒多去理會腳踝，而是試圖回想關於科凡．達納維斯的一切。他是個叛徒，當然，但是在投入達山陣營前，他是個聲名顯赫的魯斯加家族後裔。近一百年來，魯斯加和血林都和平共處，是最親密的盟友。魯斯加的貴族世家在大河兩岸持有土地，時常與血林的領導家族聯姻。其他地區的人於是開始把這兩個國家視爲同一個國家，將維丹平原和血林合稱爲綠林，然而維西恩之罪卻終結了這個局面；到了僞稜鏡法王戰爭的前一世代，世人則將這兩個國家稱爲血平原。如果僞稜鏡法王之戰對世界有什麼貢獻，大概就是它讓加文終於有能力平息魯斯加和血林之間那永無止盡的小規模衝突。

科凡就是那些衝突下的產物。他出生於戰士家族，兄弟的人數多得荒謬（八個？十個？），然而根據卡莉絲的印象，他是唯一還活著的。卡莉絲對他在僞稜鏡法王戰爭之前的模樣幾乎沒有印象。他只是另一個來自古老家族的魯斯加人，突然之間失去了所有財富，只剩下隨身攜帶的一些上好武器和衣物。他是單色譜法師，所以也沒什麼指望能在其他地方東山再起。戰爭一開打，他立刻加入達山陣營，就像其他許多失去祖產、渴望權力與財富的年輕貴族一樣。

卡莉絲當時十五歲，已完全不記得科凡的模樣。她認爲這也不是什麼難以想像的事，因爲當年蓋爾兄弟讓她成爲目光的焦點。戰爭大半期間他都只是個顧問，但在戰爭接近尾聲的時候，達山讓他擔任將軍。卡莉絲曾聽鐵拳指揮官評論這個事實對加文贏得戰爭的影響——他不是說科凡．達納維斯無能，而是正好相反，他認爲如果一直都是由科凡．達納維斯統帥領兵，加文的部隊絕不可能撐到裂石山大戰。鐵拳還說如果達納維斯將軍沒有在裂石山大戰之後無條件投降，七總督轄地可能有過半地方還會持續進行游擊戰。科凡以坦承戰敗說服部下返鄉。

卡莉絲手指在碗裡沾了點藥膏，看了科凡一眼。他有些不解。她開始以沾了藥膏的手指撩起上衣，他這才明白她的意思。他清清喉嚨，轉身背對她。卡莉絲仔細在胸前的傷口上塗抹藥膏，趁機思考當前處境。

基於這個人過去的事蹟，卡莉絲以爲科凡·達納維斯是個鬍子花白的老頭。然而眼前的男子不過四十來歲，臉頰上沒有鬍鬚，只有一、兩天的鬍碴。他的膚色比大部分提利亞人來得淺，但還是比蒼白的血林人深很多，不過臉頰上確實有些雀斑。他眼睛是藍色的——眼中有大量他能汲取的紅魔法痕跡，這點並不意外。盧克辛光暈才塡滿半片虹膜，比卡莉絲還少，儘管他比她年長十五或二十歲。他的黑髮中隱約可見幾絲紅髮，頭髮算波浪鬈，沒有非常鬈。不過將軍嘴唇上有名滿天下的紅色小鬍子，修剪整齊，末端一路連到下巴，綁有紅色和金色的髮珠。或許他不是那個科凡·達納維斯，也可能是冒名頂替，試圖從中獲利。「他們在我們搞清楚狀況之前展開攻擊。」科凡說。「我建議鎮民送一、兩個男孩過去應召入伍，但就連我也沒料到會引來這種報復行動。加拉杜王不是來這裡教訓我們的，他是要讓提利亞其他城鎮知道違逆他的下場。我這輩子只遇過另一個像他這樣的人。」卡莉絲猜想是戴爾馬塔將軍，盧城屠夫。

「你看到人頭塔了嗎？」卡莉絲問。科凡轉身面對她。

科凡·達納維斯全身僵住。一時之間，他的嘴張開，似乎要斷吼。但是目光望向卡莉絲時，他已經神情冷靜，恢復自制，就連眼中都沒有任何紅盧克辛流竄的跡象。以這個年紀的馭光法師而言，他的自制力十分驚人。「我把能找到的人統統撤入教堂。」他是在期待加拉杜的手下會尊重聖地嗎？

「那是鎮上最不易燃的建築。」科凡說，回答她沒問出口的問題。「我們抵抗，然後輸了。戴阿利亞和史渥林兩家人沒辦法打開通往地窖的門，而我又一直忙著戰鬥。或許我根本不該動手。我想是我的色譜魔法引來了更多士兵。他們人數眾多。我撤退到樓下。」

「一個人？」

他對這個問題感到驚訝。「其他人都死了。」他說。

除了離樓梯不到十步外的那個年輕家庭。科凡究竟有沒有抵抗，還是立刻下樓，鎖上地窖門，讓所有人慘死在教堂裡？士兵抬走了傷亡士兵，大火吞噬了教堂中大部分的打鬥痕跡，所以卡莉絲沒辦法肯定。

「現在你該告訴我怎麼利用最易燃的紅盧克辛逃過大火。」卡莉絲說。

「妳知道生火的時候爲什麼要吹火嗎？」科凡問。他沒有等卡莉絲回答。「因爲火需要呼吸。我是單色譜法師，懷特．歐克女士。比起像妳這種接近多色譜的馭光法師，我們需要更多創意。」

「告訴我你做了什麼。」卡莉絲說。他怎麼知道她差點就算多色譜法師？她仍不能確定眼前這個人究竟有沒有可能是達納維斯將軍。在這個窮鄉僻壤？來自血林家族？他的眼睛和雀斑都顯示他有血林血統，但是膚色？當然，他是在貴族家庭裡長大的，而那種家庭生兒子都會針對戰爭來配種。戰鬥馭光法師最完美的組合就是深色皮膚搭配藍色眼睛。即使褐色皮膚也遠比血林人的蒼白皮膚要好，能給戰士更多不被對手發現他在汲什麼顏色的時間。所以這是有可能的。貴族家庭肯定會用更微不足道的理由讓兒女成婚。在面臨生存危機的時候，人們就不太會擔心小孩看起來不像本國人這種小事。

「下樓時，」科凡繼續說道。「我知道他們會來追我，所以我在房間裡的所有平面上都堆滿紅盧克辛。我完全覆蓋了那個房間，把自己也包在盧克辛裡。士兵進來的時候，我關上房門，然後點燃了一切。大火吞噬了房內所有空氣，接著火熄了，士兵也死光了。」這就是紅盧克辛表面覆蓋一層薄殼、沒有被燃燒殆盡的原因。空氣燒光了。

「那那些管子呢？」卡莉絲落地前勾到了一些管子。

「通往室外，讓我呼吸。」

「你殺光他們之後，爲什麼不離開？」

他冷冷地瞪著她。「因爲如果不等到最後一絲餘燼燒光，整個房間就會爆炸。妳把燃燒的木塊弄下來、導致整個房間爆炸的時候，應該就注意到這一點了。」

喔。

「加拉杜王爲什麼要集結部隊？」卡莉絲問。「爲什麼挑在這個時候？」

「爲了鞏固他的地位，我猜。新國王，想讓子民知道他很強勢。一定要有更複雜的理由嗎？拉斯克·加拉杜向來都是個瘋狂的小混蛋。」

「如果你眞的是科凡·達納維斯，那你就是在對我撒謊。」卡莉絲說。像達納維斯這種等級的將軍，一定會鑽研拉斯克採用的策略。締下達納維斯那種戰績的將軍，肯定已經想出十幾種原因。

科凡一時沒有回應，如果有什麼値得一提的話，卡莉絲覺得他看起來似乎有點開心。「所以小卡莉絲·懷特·歐克已經長大了。」科凡說。「加入黑衛士，現在是克朗梅利亞間諜。」

「你在說什麼？」卡莉絲說，好像肚子挨了一記重擊。

「唯一的問題在於，是誰想要殺妳，卡莉絲？看看妳那頭美麗的頭髮和白皙的皮膚，妳的外表在提利亞比我還顯眼，爲什麼不派別人？爲什麼要派妳？來這裡？」

「爲什麼我不該來？我是來研究南方沙漠的紅——」

「拜託，卡莉絲。不要侮辱我們兩個的智慧。最起碼，我是妳敵人的敵人。妳是來查探情報的。

我會提供情報，但不准騙我。如果毫無準備地去找這些人，妳就死定了。」

他在教堂裡就可以殺了她，卡莉絲心想。他也可以留下她，任由大火吞噬她。科凡的名聲不差，就連敵人對他的評價也很高，而她需要知道他所知道的事。她認輸，揚起攤開的雙掌。接著，她皺起眉頭。噢，她的左臂痛得要命。「我爲什麼不該出現在這裡？」她問。

「妳知道幫助達山的男男女女都落到什麼下場嗎？」科凡問。

「他們回家了。」

「戰敗者要回家向來不易。達山的部隊來自四面八方。其中有很多壞人，也有不少遭人陷害的好人。」

「就像你。」卡莉絲語帶諷刺地插嘴。

「現在不是在討論我。重點在於，我們有很多人都沒辦法回家。有些人去了綠避風港；阿伯恩人接納了一部分人，伊利塔人宣稱他們願意接納任何人，不過投靠他們的人都被剪了耳朵。」

卡莉絲微微顫抖。那是伊利塔人處置奴隸的方式。他們把剪刀加熱到火紅，然後奴隸的左耳中間剪一刀。傷疤會防止兩個半耳癒合在一起，這樣就能輕易辨識奴隸。

「有些人比較幸運。」科凡說。「雙方部隊都在這塊土地上進退、攻防了好幾個月，所以這裡的人沒理由愛戴任何一方。我們血洗了許多城鎮。倖存下來的城鎮都只剩小孩、老人，以及女人。大部分的當地人都會痛罵那些士兵，若這些前士兵試圖以武力強行定居下來時，拉斯克的父親，伯希斯·加拉杜，就把他們殲滅。但是少數城鎮發現，如果想重建，就需要壯丁。瑞克頓的鎮長就是這樣的人。她挑選了兩百名士兵，而她選人嚴謹。附近幾個鎮也照做。當然，剩下的士兵就變成強盜，就連伯希斯·加拉杜也沒辦法殺光他們。」

「你怎麼留下來的？」卡莉絲問。「你是將軍，得為發生在這個國家的事負責。」

「我太太是提利亞人。我們是在戰前幾年結婚的。加利斯頓……焚燬時，她人就在那裡。我們家有個僕人倖存下來，救了我們的女兒，帶她來找我。我帶著一歲大的女兒，所以鎮長同情我。重點在於，這附近的人對於戰爭的認知，和加文的手下不太一樣。」

畢竟他們就處於最後決戰的地點附近，所以這並不令人意外。

「在他們的印象裡，那是兩個男人在搶女人的戰爭。」科凡輕聲說道。

「那太、太荒謬了！」卡莉絲氣急敗壞地說。*歐霍蘭，救命啊。*

「妳是本地畫家最喜愛的題材之一。倒不是說我們有很多才華洋溢的畫家，但是妳的白皙皮膚、異國美貌、火一般的髮色，不論技藝高下，畫家們都深深著迷。就算大多數人都不相信妳就是那些畫像裡描繪的女人——妳的形象通常都是身穿婚紗，有時候是被撕爛的婚紗——拉斯克肯定收藏了幾幅天賦異稟又眞的見過妳的畫家繪製的作品。」

「事情不是那樣的。」卡莉絲說。

「但那是個好故事。」

「好故事？」

「好悲劇。有趣的情節。但不是開心的故事。」科凡清清喉嚨。「沒想到妳竟然不知道。」

「現在傑斯伯島上幾乎沒有提利亞人了。最近也沒有任何提利亞人和我交談。」

科凡看起來想說什麼，不過沒有說出口。最後，他說：「所以問題在於，誰明知加拉杜王認得妳，還派妳來找我們國王，而他們預期把妳交給他之後能達到什麼目的？」

*白法王。白法王背叛我。為什麼？*

# 第三十四章

今天早晨已經夠漫長了。加文很早就非常痛苦地起床，爲了在黎明之前抵達海岸，然後在第一道曙光乍現時汲色製作飛掠艇。他划船到火砲島，通過狹小得令人氣悶、不愉快的逃生密道，弄得髒兮兮、黏答答、渾身痠痛，還睡眠不足。但是在狂法師告訴他那些話之後，他非得這麼趕。

密道通往克朗梅利亞地窖中一間沒在使用的儲藏室，位於地下三層。其中一間儲藏室後方有個大櫥櫃，櫃裡有扇密門。加文從勾子上取下一盞提燈，扭轉火石，很高興看到提燈立刻點燃。他釋放手中的盧克辛，在地板上形成兩灘黏液，然後迅速消失——沒必要嚇壞任何遇上的人——溜入櫥櫃。

密門輕輕在他身後關上。他推動櫃門，不過開到一隻手掌寬的縫隙後就推不動了，有東西擋住門。縫隙太小，提燈光線很難照遠，他看不到外面是什麼情況。他把手伸到門縫後的黑暗裡，摸到光滑的木頭表面，平坦挺直，上方還有更多木頭。椅子。

好吧，藏在沒人使用的儲藏室裡的超級密門就是會遇上這種問題，不是嗎？有時候看到閒置的儲藏室，就會想要放東西進去。

加文嘆了口氣，放下提燈，用肩膀頂門。他頂，用力頂，更大力頂。頂著疊在一起的椅子移動，門又開了一、兩隻手掌的距離，然後就再也頂不動了。他看了提燈一眼，汲色做了根綠棒子，在棒頭上黏了一塊紅盧克辛。他用次紅魔法點燃紅盧克辛，然後從門縫將火把伸出去，舉到高處，接著探頭出去。

整間儲藏室都堆滿家具，好像有半打教室和餐廳都被清空，所有家具都堆到這裡來了一樣。親愛的歐霍蘭呀。加文低聲咒罵。只剩下接近地板的高度還有空隙。唯一的辦法就是從桌腳和椅腳間爬出去。

別無他法了。除非加文打算汲色製造大火，燒光儲藏室裡的一切，然後大搖大擺走出去——這樣有點招搖——看來他只好用身體去拖地了。太棒了。他瓦解了盧克辛火把，開始爬。

十分鐘後，他站起身來。他沒有拍掉身上的灰塵。拍了也沒什麼意義。他渾身濕透，又沾滿灰塵，有多少灰塵就沾多少灰塵，加上潮濕的地板和滿身大汗，還有從上方桌椅上撞落的灰塵。他貼在門上聽了整整一分鐘，沒有動靜。

他輕輕踏入走廊，回頭關上房門。他吹熄提燈；走廊上的照明充足。雖然位於海平面下三層樓的地底，櫻桃燭光（二年級到四年級的紅法師學生）還是會持續在燈座裡塡滿紅盧克辛。那間儲藏室經過精心挑選，位於一條長廊末端。加文放低身體，登上位於數步外的升降梯。

所有克朗梅利亞人都會使用到升降梯，這表示就連奴隸和微光——剛入學的學生——都要能操作它們。所以升降梯完全都是機械式的。只要有人踏上升降梯，就會有刻度指示需要多少配重塊。如果馭光法師選擇較少的配重塊，就得利用繩索把自己拉上去，不過只要拉少部分體重就可以。如果選擇較多配重塊，要在正確樓層停靠就會有點困難。他們有一座可以承擔極大載客量的中央升降梯，能夠一次載運整班學生，其他升降梯載客量就比較少。另外，每台升降梯的通道都有很多狹縫和繩索，好讓各地使節不必等待數十名趕去上課的微光。

加文抓起倒數第二根繩索。爲了掩飾行蹤，他不能去拉最後一根繩索，不過如果有人認出他，一定會好奇他爲什麼不使用專爲他這種階級的人設置的升降梯，所以也難以下定論到底哪條路才眞的夠隱密。他施法製作一個制動器，推動操縱桿，設定到自己的兩倍重量，然後踢開釋放裝置。

他以飛快的速度上升。儘管是從地底深處出發，升降梯還是光線充足。每條升降槽頂端都有通往室外的孔洞，外面裝了超明亮的阿塔西鏡子，只要太陽還沒下山，就能不斷將自然光導入升降槽。每隔幾分鐘調整鏡子，也是微光們的有趣工作，而且每天晚上他們都得把所有配重塊搬回定位。加文還記得自己在做那些事情時的時光。就回憶而言，那並不是什麼非常愉快的片段。

升降梯並不會直接通往他在克朗梅利亞頂樓的房間，當然。那樣就太方便了，或依照黑衛士的說法，太不安全了。沒有理由讓暗殺者能直接前往稜鏡法王或任何重要人士的住所。於是，高速上升到克朗梅利亞一半的高度，在速度快到學生、老師、僕役、奴隸根本沒機會看清楚人影身分的情況下，加文拉下制動器。

他停在升降槽頂端，走出升降梯，來到這一層樓的守衛站前。站內的四個人——守衛，不是黑衛士，全都滿臉心虛地從骰子面前抬起頭來。顯然他們注意到急速竄升的繩索時已經太遲。他們目瞪口呆地看著他，加文．蓋爾本人，滿身大汗、髒兮兮地突然出現在面前。

「這樣吧，」加文說著，把制動器塞入腰帶。「你們別說有見到我，我就不說抓到你們做這種事。」他若有深意地看著他們的骰子和桌上的錢幣。看守這麼高樓層的升降梯肯定很無聊，但如果黑盧克法王知道手下士兵執勤時賭博，肯定會不高興。

四顆腦袋同時點頭。加文踏入另一台升降梯，就在他走出來的那台隔壁，站在他習慣的位置上。這次，他選擇了比較正常的速度。

他那一層的升降梯外有兩名黑衛士看守，這兩個人沒在擲骰子，甚至沒有眨眼。兩人都舉起長矛、膝蓋微屈、戴著眼鏡。

黑衛士執勤的時候向來一絲不苟。

黑衛士立正敬禮，俐落地將長矛架回肩膀，順勢退回站哨的定位。加文走過他們，進入自己的房間。他汲取超紫拉開所有窗簾，照亮屋內。他拉拉桌旁的傳喚索，然後走向浴缸。今天要處理許多外交事宜，但最重要的是，這件事會涉及他的弟弟，而他絕不會衣衫不整地去見達山。那可能會被他視為弱點。他打開浴缸蓋，試試水溫，然後用次紅加溫。

正要開始脫衣服時，門開了，他的房內奴隸瑪莉希雅走了進來。她是在魯斯加與血林開戰時抓到的。就像她的大部分同胞一樣，她有著紅髮和雀斑，雙眼如同翠玉。卡莉絲有血林血統。加文從不相信他們安排年輕貌美的血林女孩擔任他的房內奴隸是巧合。毫無疑問，白法王希望能滿足讓他在戰前引發這麼多麻煩的胃口。十年前，這個女孩剛來服侍他的時候，甚至還是處女，這表示，俘擄她的魯斯加人對金錢的渴望甚於肉慾。

瑪莉希雅幫他脫下髒衣，疊在一起，準備拿去洗。接著加文踏入浴缸。「你有幾則口信。」她說。「要現在聽嗎？」

加文伸出一手，要她稍等，然後在身體滑入熱水時輕嘆一聲。口信、要求，連一分鐘的思考時間都沒有。

「召集所有光譜議會成員。妳認為最快什麼時候可以開會，瑪莉希雅？」

瑪莉希雅已經解開連身裙的繫繩，連襯衣裙一起掀過頭頂，把它們摺好放在浴缸旁。如果瑪莉希雅服侍加文這十年來還有什麼沒有練熟的技能，那就是在有機會和他做愛的時候假裝全世界都不復存在。她會與加文一起洗澡，如果他有興致的話，她會和他做愛，但是她不願意弄濕頭髮，而且完事後會立刻穿上摺好的衣服，去做下一件工作。瑪莉希雅擁有許多美好的特質，但是「渾然忘我」並非其中之一。

「藍盧克法王和黃盧克法王今天人在大傑斯伯。」她說著，拿起肥皀和毛巾。「黃盧克法王有家人來訪，躲到酒館。黑法王在計算帳本，對一里格內的所有人罵髒話，紅法王可能在廚房裡。據我所知，其他法王都在小傑斯伯平常該在的地方。」

儘管貌美如花——而且白法王會挑她，顯然是因爲她長得像卡莉絲——瑪莉希雅最出人意表的地方在於她精明能幹、無所不知，而且會善用所知道的一切。加文花了很多心力確保她忠心不二，因爲他知道自己絕不可能不讓房內奴隸發現囚犯的祕密——不可能永遠不被發現——而且他也很清楚白法王派她來的目的就是要監視他。

加文的選項很簡單：讓許多房內奴隸來整理他的房間，每隔一段時間就換一個，期待他們沒機會發現祕密，或是讓一個房內奴隸對他死心塌地。卡莉絲不喜歡瑪莉希雅，但沒來惹她。如果加文每個月都換新房內奴隸的話，情況肯定會糟糕十倍——而且這樣做顯然也表示所有貴族家族都能派間諜進他房裡翻箱倒櫃，並且向所有總督回報他床笫之間的隱私。

再說，他需要有人在他不在時丟麵包進輸送道。

儘管如此，能挑上瑪莉希雅，顯示白法王品味卓絕。儘管十年下來，他對她身體的熟悉程度已經和對自己身體差不多，不過看著她纖瘦的曲線，依然是種享受。她從他身後滑入浴缸，拿著肥皀和毛巾，開始幫他洗背和肩膀。

「那就今晚，晚餐後。通知白法王，我一個小時後要見她。」

「是的，稜鏡法王。我轉達口信之前還有其他事要交代嗎？」

「說吧。」

「你父親想和你談談。」

加文咬牙。「他得等。」他舉起手臂，讓瑪莉希雅擦洗腋窩。

「白法王提醒你承諾過回來後去爲超紫班上課。」

「喔，見鬼。」她怎麼知道他回來了？

「要我幫你洗頭嗎，稜鏡法王？」

加文現在最想做的，就是享受瑪莉希雅的陪伴，然後在熱騰騰的浴缸裡放鬆到傍晚，但在他去找白法王之前、和整個光譜議會開會之前，以及與父親交談之前，還有件事要先處理。

「沒時間。」他說，試圖壓抑即將要做的事在體內造成的恐慌，並忽視胸口的緊繃。

她用肥皀擦過他的胸膛，溫暖滑順的身體緊貼在他背上。光是這樣就幾乎足以幫他放鬆。她親吻他後頸上總是能夠令他顫抖的敏感帶，手指輕輕滑過塗滿肥皀的胸膛，經過他的腹部，繼續下移。她再度親吻他的後頸，接著遲疑片刻。這個動作中透露著疑問。

他語氣哀怨。「不，也沒時間做這個。」瑪莉希雅有多熟悉他？通常在沒有時間開會或做其他工作時，他還是有時間做。

通常？幾乎是每一次。

她在水下捏了他一把，再度停頓片刻，彷彿在說：「你嘴裡說不，但是另外這位老兄卻說要，拜託！」不過接著她又親他的脖子，輕點一下，然後開始擦掉他身上的肥皀。「我很想你，稜鏡法王。」她輕聲說道。她擦完之後，跨出浴缸。「我會幫你放好衣服。」她說著，擦擦身體，然後將毛巾圍在腰際，去衣櫥裡幫他挑衣服。

他欣賞著她的一舉一動，然後搖搖頭。

要是這傢伙不消下去，我就沒辦法繫褲帶。

鋪放好他的衣服之後，她又在加文起身時回到浴室，但他揮手叫她出去，今天他可以自己擦身體。瑪莉希雅在加文拍乾胸口的時間裡擦身穿衣，然後走出浴室。

穿好衣服之後，加文打開小用具櫃，小心拿起疊在一起的亞麻布，仔細堆放到另一個櫃子裡。接著，他抬起櫃子中的隔板，放到房間另一邊的角落。現在櫃子騰出到他胸口附近的空間。這樣做很浪費時間，但重點就是不要讓任何人發現他的祕密。如果有人在他下去的時候進來，房裡一定要看起來只是沒人在。如果他們搜索這個房間，不會發現任何不尋常的地方。不管多浪費時間、多不方便，這樣做都很值得。

加文汲色做了一塊藍綠色板子，約莫他的雙腳和肩膀那麼寬，中央有個洞。接著，他塞了根鎂火炬到腰帶裡，一手拿著板子，彎腰步入櫃子。他關上櫃門。腳下地板嘎啦一聲。爲了保守祕密，他把地板設計成不關門不會開啓。他彎著腰，找到繩勾，拉出來，穿過板子中間的洞，然後纏在腰帶上。他把板子放在地上，雙腳踏入板子的空隙。這個設計是以塔的升降梯爲基礎，再加以簡化，因爲沒有人能幫他維修、也沒有空間放配重塊。基本上只是一條深入黑暗的繩索，加上頂端的滑輪而已。

接下來就是最棒的部分了。加文慢慢推開地板，然後跳入黑暗。

滑輪嗖嗖作響，不過尖銳的抗議聲隨著加文墜落而迅速消失。根本沒有任何阻力。他越墜越快、越墜越快。他拔出藍鎂火炬，在腿上敲開。這條他在克朗梅利亞中央開鑿出來的升降通道，寬度不過一步半。除了光滑的石塊和繩索，沒有什麼可看的，一邊繩索向上急竄，另一邊繩索則隨著加文直墜而下。

他伸手拿腰帶上的繩索制動器，但是這個動作讓綁在腳上的板子傾斜，板子一邊碰上牆面，摩擦力扯起板子，讓他的身體撞向另一邊。制動器自指尖滑落，掉在板子上。他伸手去抓它。沒抓到。他抬起膝蓋，背部順著光滑的牆面滑動，抓起制動器。

他緩緩立起身，拉起繩勾，將木板與制動器結合在一起，然後把制動器丟到急速轉動的繩索上。他壓下制動器，心裡很清楚如果不盡快停下來，有可能會高速墜落到通道底部，但如果太早壓的話，他可能會弄斷板子或自己的腳。

他的腳因爲在急遽減速的情況下維持站姿而抖得厲害，他經過五條漆在牆上的粗白線。那些白線的用途是在警告他快要到底了。片刻過後，他經過四條粗白線。還是太快了。三條。兩條。

好了，不算太糟。一條。

他在出乎意料的巨響中墜落地面，本能反應是要順著衝擊的力道翻滾——不過繩子不夠長，沒辦法滾出多遠。他翻過身，背部貼地，壓上他的鎂火炬。火炬立刻燒穿他的上衣。

加文驚呼跳起。幸虧上衣沒有著火。他檢視肋骨上紅色的燙傷痕跡。非常痛，不過不很嚴重。他解開勾子。

升降通道底部的空間只有四步見方。加文什麼都看不清楚。在藍鎂火炬的光線中，他走向其中一面藍牆。在他的觸摸下，牆身變爲半透明，不過牆後沒有東西。還沒有。慢慢地，非常緩慢地，對面的囚室自原先的位置上升，逐漸轉入定位。

這是加文最偉大的作品。他在短短一個月內建造而成，將一輩子所學的知識統統投入其中。但每次召喚藍囚室時，他總是緊張到心跳暫停。今天也一樣。確實有必要以如此緩慢的速度旋轉上升，這樣囚犯才不會察覺到囚室曾移動。

不過話說回來，這個過程讓加文空等了五分鐘，完全無事可做。今天囚室裡可能會空無一人。親愛的歐霍蘭啊。加文胸口緊繃。呼吸困難。這房間太狹窄了。沒有足夠的空氣。呼吸，加文，呼吸。努力放輕鬆。

終於，透明的牆壁後顯現出整間囚室圓球狀的內部空間。加文面前站著一個長得和他很像的男人，不過比較瘦，肌肉比較少，比較髒，頭髮也比較長。

「哈囉，兄弟。」加文說。

# 第三十五章

「這裡，」鐵拳說。「才是向你介紹克朗梅利亞的地點和時機。漲潮與黎明。」他在黎明前回到小屋，叫醒迷迷糊糊、搞不清楚現在是早上還是晚上的基普。直到指揮官帶他走上人潮相對稀少的街道，終於抵達丘頂時，他才慢慢找回了一點方向感。「他們稱之為『玻璃百合』。」鐵拳說。「這個名字有點柔弱，但是眞鋼絕對不會是透明的，是吧？」

爬上丘頂，第一眼看去時，克朗梅利亞確實有點像花。六座高塔圍著一座中央塔，形成一個六角形。由於小傑斯伯是南低北高，所以儘管所有塔的高度一致，離基普較遠的塔看起來就是比較高。而且，每座塔的南面都完全透明。完成這種花朵形象的關鍵在於那座橋——如果那東西能算是橋的話。

那座橫跨大小傑斯伯島間的橋，是綠色的，就像花朵的莖，以垂直的角度連接華麗的高塔和球莖狀的高牆。不過，這座橋値得注意的地方不僅在於它是綠色的，還有它沒有任何支撐，就平躺在海面上，不是漂在上面，因為它沒有隨著波浪沉浮，而且橋的一側波濤洶湧，另一側則風平浪靜。

「為什麼是綠色的？」基普問，試圖強迫自己的腦子開始運作。綠色不是容易彎曲嗎？

「那是用黃色強化過的藍色。只是看起來像綠色。」鐵拳說著，繼續朝橋身前進。基普快步跟上，一邊走路一邊目瞪口呆並不容易，他轉眼間睡意全消。

「黃色？」基普問。「黃色有什麼特性？稜——呃，我叔叔沒說過黃色。」

鐵拳看向基普，目光宛如大錘般沉重。他沒有回答，基普閉上嘴巴，安安靜靜地走在他身邊，雖然神色期盼地抬頭看著壯漢，不過沒有打斷他。

最後，鐵拳瞪了基普一眼。「我看起來像是魔法老師嗎？」

「我只是想說少了藍色眼鏡，你也不是什麼好戰士。」基普說。住口，你這個白痴！不要——「所以我們還是讓你有點用處比較好。」

黑衛士指揮官猛然轉頭。基普吞了口口水。就算被打破腦袋也是活該，基普。都是你自找的。

指揮官臉上隱隱浮現一絲笑容。接著，他捧腹大笑。「歐霍蘭分發腦袋的時候，前排的人必須退到常識線的後面，嗯？」

「什麼？」基普問。「喔。」

他耐心等候，以爲這個笑話可以讓他得到黃盧克辛的答案，但是鐵拳沒有回應。他臉上那絲邪惡的笑容，明白表示他知道基普在等待回答，而他一直沒開口，是因爲不想另開話題，不想讓基普享受贏得答案的歡愉。什麼都打得穿的矛，見見什麼都打不穿的盾吧。

沒幾分鐘，他們已經踏上百合莖——或者說，踏入其中——然後，基普就把剛剛的疑問完全拋到腦後。薄到幾乎像玻璃般透明的藍盧克辛，完全包住了這座橋。不過他們腳下的橋眞的在發光。基普望向鐵拳。

「不管你看我幾眼，我都不會當魔法老師。」大塊頭說。

「當嚮導怎麼樣？」

「免談。」

「彬彬有禮的主人？」

「嗯哼。」

當混蛋如何？正當基普開口要這麼說時，他注意到鐵拳的手臂有多粗。他閉上嘴巴，眉頭深鎖。

「你剛剛有話要說？」鐵拳問。

「你的名字。」基普說。「在帕里亞很常見嗎？」

「鐵拳？據我所知，只有我叫這個名字。」

「我又不是問——」*喔，他在逗我。*

鐵拳笑嘻嘻地說：「你是說用我們本身的特色來命名？很常見。有些用我們的古語，不過沿海族群——我的同胞——使用外來者可以瞭解的語言。但是伊利塔人也會這樣取名。另外，整個克朗梅利亞的人都會這麼做。不會有人叫加文．蓋爾『蓋爾皇帝』或『蓋爾稜鏡法王』。他就是稜鏡法王。奧莉雅．普拉爾就是白法王。很多人認爲沒有意義的名字才眞是不知所謂。」

「沒有意義的名字。你是說像基普？」

鐵拳揚眉聳肩。

*眞是多謝唷。*

前往小傑斯伯辦事的人們似乎都不把腳下的奇觀放在心上。橋約莫二十步寬，兩岸距離約莫三百步長。表面有一些紋路，不過除了一些塵土，並不影響透明度。基普可以看見下方的海水隨浪起伏，與他的腳相隔不足一呎。他們沿著浪濤較大的這一側行走——顯然這裡習慣行人靠右走，和他的家鄉不同，所以大浪都直接打在基普旁邊的盧克辛上。在被那些海浪吸引到橋邊、見識過海浪衝擊橋身的威力之後，基普開始緊張。不過其他人似乎毫不在意。

接著，大概在基普和鐵拳走到橋中央時，基普看到一道巨浪來襲。巨浪衝擊橋面時剛好和前一波浪結合在一起，浪谷對浪谷，浪峰對浪峰，導致巨浪高聳翻湧——起碼有半個浪頭高過橋身。基普站穩腳步，深吸口氣。

一直到聽見鐵拳的輕笑聲，他才注意到自己緊閉著雙眼。在海水從橋管外流回海裡時，他才睜開眼睛，完全沒被淋濕。整座橋沒有出聲，沒有搖晃，沒有任何剛有巨浪來襲的跡象。

幾個路過的人露出心照不宣的笑容，顯然這是永遠看不膩的那種笑話。

「這就是我——」基普在提醒自己使用正確的稱謂時結巴了一下。「這就是我叔叔要我走這條路過去的原因？」

「我敢說這是原因之一。每當要應付不聽話的國王、總督、皇后、女總督或海盜王時，我們就會算準漲潮的時候帶他們過橋。這樣可以稍微提醒他們是誰在當家作主。」

稍微提醒他們？

下一波海浪同樣蓋過橋面，沒過多久，就連浪谷都比橋底還高。當基普和鐵拳下橋時，橋身已經有一半沒入海面。難以置信。基普不是在海上長大的，但就連他也看得出這麼猛、這麼高、這麼快的海浪絕非自然生成。他不禁好奇是不是背後有魔法在運作。而在這些驚濤駭浪之前，橋連晃都不晃一下。眞是了不起的稍微提醒。

橋的末端是向上的斜坡，然後才接到海岸上，下橋後，基普終於可以把目光轉移到克朗梅利亞。登上小傑斯伯島之後，他立刻就在左右看到兩座高塔，而這兩座高塔之間的距離，比後方兩座高塔要來得窄，這種設計要不是爲了強化最可能遭受攻擊的大城門附近的圍牆，不然就是——

喔。完全是爲了光。

基普領悟到這點之後，其他一切都變得清楚。所有克朗梅利亞的事物，都是以取得極大化的陽光照射而設計，建造在斜坡上，表示能讓更多陽光照射到北邊高塔的底層和庭院。最前方兩座高塔間距較短，表示前塔的影子不會投射在後方高塔上。北邊的圍牆和每座高塔面北的那一側採用玻璃建造，表示所有面北房間都能取得最大量的陽光，而面南的房間採用不透光牆壁，提供較佳的隱私與居住環境。基普心想，有懼高症的人大概不太適合克朗梅利亞的某些房間——塔底的地基有限，加上要配合華麗的百合外型，除了中央塔，其他高塔全都向外傾斜。儘管塔身是斜的，塔內的地板卻都是平的。這或許是因爲克朗梅利亞需要的空間超過島上原有的空間，而唯一能製造出更多空間的做法，就是把塔蓋到島的外面去。也說不定這麼設計純粹只是因爲他們辦得到。

不知道是爲了支撐或是因爲便利，相鄰高塔之間建有半透明走道。在中央塔一半高的地方有條清晰可見的走道，向外延伸到每座塔上。基普看到很多人利用這些封閉式走道在高塔間移動。毫無疑問，能直接通往隔壁塔，遠比爬下樓梯回塔底，穿過中庭，抵達另一座塔後再爬上去要方便多了。而這種做法造成的視覺效果令人嘆爲觀止。中央塔四周的氣勢就像風格獨具的花朵一樣，設計得十分整齊、突出。

「每種顏色都有屬於它自己的塔。」鐵拳說。

「我還以爲你不是嚮導。」基普來不及阻止自己就脫口而出。他眨了眨眼。要不是很討厭疼痛，他會咬咬舌頭來提醒自己。

鐵拳只是看了他一眼。

「抱歉。」基普的聲音有點尖。他清清喉嚨，以較低沉的嗓音說：「我是說，抱歉。」

鐵拳還是面無表情地看著他。

「讓我猜。」基普侷促不安地說，試圖轉移鐵拳強烈的目光。他指向城門左側逐漸接近的高塔，然後向右轉一圈。「次紅、紅、橘、黃、綠，和藍。」藍是最後一座，就在城門右側。

「猜得好。」鐵拳不太情願地說。

「那超紫色為什麼要被打壓？」基普問。

「你說什麼？」鐵拳的語調變高。

「你知道的。」基普說。什麼？

鐵拳揚起右邊的眉毛。

「是被懲罰嗎？」

「這個表情不是你猜想的那個意思。」鐵拳說。

基普張口想問：「那不然是什麼意思？」不過看得出來指揮官不打算告訴他。

「超紫法師的人數向來不夠住滿一整座塔，而且超紫法師在高處比較容易汲色。高處的光線品質比較適合他們，而且他們大多直接幫白法王做事。所以住在稜鏡法王那座塔裡接近頂部的地方。」

他們與數百名來此工作或談生意的人一起來到城門。城門表面鋪了一層金箔，不過門開著，所以基普只有匆匆瞥見繪製在門上的場景和人物。但城牆本身也是一大奇觀。他逐漸看出組成城牆的主要元素是藍盧克辛，不過顏色似乎過深或過淺，顯然摻雜了黃盧克辛。肯定是為了強化硬度，因為剛剛那座橋就是用這種混合方式建成的。但是六角形城牆的每一面都不一樣。牆上到處都有藍、黃、綠色的紋路，而且還不包括高塔本身。儘管每座塔的北面都為了取得最大化的陽光照射而近乎透明，其他面卻是盡量凸顯出主人特色，讓沒有受過訓練的人都能一眼認出哪座塔歸誰所有。當然，這麼做也是為了炫耀。

藍塔的每一面表面都切割得像是巨型藍寶石，不管從哪個角度看，整座塔都像是有上千個切面在反射陽光。次紅塔在由藍、黃、綠等色交織而成的底層之上，看起來就像在燃燒。如夢似幻的火焰竄出塔頂十到二十呎，偶爾還會把火花或火舌噴得更高。其他的塔看起來都像是位於火焰後方般模糊不清。

步入中庭時，基普絆了一跤。他看向腳下。地上有兩條深陷地面的弧溝，連接到兩扇城門。但剛剛通過的城門並沒有拖到地面，是像正常門一樣靠鉸鍊轉動。他困惑地望向鐵拳。

「玻璃花。」鐵拳說。

「呃？」

「花是什麼樣子？」

看起來很漂亮？「呃……」

鐵拳似乎很高興能把他問倒。「在陽光下會如何反應？」

「開花？」

「套用在一堆建築物上要怎樣才算開花？」

基普想了一想，然後放棄。

「不能開花。」鐵拳說。

「喔。那……」

「再猜一次。」

「你從來不直截了當地回答問題嗎？」基普問。

「只有在長官面前。」不過，基普發現這也算是直截了當地回答了自己的問題。他皺起鼻頭，但因為太怕鐵拳，所以不敢指出這一點，不過大塊頭嘴角抽動的模樣，顯然表示他注意到了。「花會從早到晚都向著太陽。」鐵拳說，彷彿有點抱歉。

基普在隨鐵拳抵達中央塔之前，又看了那些弧溝一眼。道路在接到城門之前變寬了，新月形街道寬到彷彿緊貼著城牆。「你是說這整個東西都會轉動？」基普發現這是唯一合理的解釋。如果每座塔都只有北面透明的話，那就只有在上午才能完全利用陽光，但如果整個地基都會轉動，那麼從早到晚他們都能充分利用陽光。但是整個地基？難以置信！

「我們到了。」鐵拳說。

基普的頭轉向前方，兩人在一扇大銀門前停下腳步。這扇門和這裡的所有東西一樣，都華麗至極。

銀門兩側各有一名全身鏡甲的守衛，佩著長劍，手持幾乎和他一樣高的火槍。「鐵拳指揮官。」他們招呼道。

「終於到了。」鐵拳說著，把基普推進去。「你就要見到打穀機了。」

# 第三十六章

和達山見面向來都是在練習欺騙的技巧。

加文緊繃的胸口並沒有在見到兄弟時鬆懈。他早在許多年前就該殺了對方，那樣一切就會簡單許多。現在殺他也是輕而易舉的事，只要不再往輸送道裡丟麵包就好，然後問題從此消失。他每天早上，在每個失眠的夜晚之後，都考慮這麼做。但那是他兄弟。加文沒有在熱血沸騰的戰場上殺了他，現在又怎麼能冷血謀殺他？

七年，七大目標。

第三次了，他把「對卡莉絲全盤托出」列入七大目標的清單裡，主要就是要坦白這件事；達山沒死，他就被關在這裡。他要告訴她有好多事都建立在謊言上。她有權知道；但是永遠不能讓她知道。因為如果她知道了，他們可能會言歸於好，然後幸福快樂地過一輩子──同時也可能引發另一場足以摧毀七總督轄地的戰爭。

「哈囉，兄弟。」加文再度說道。皮膚接觸到的空氣冰冷，有一股濃濃的樹脂和果核味。他鼓起勇氣接受對方的回應。畢竟他兄弟也是蓋爾家的人，但和加文不同，除了下次見面的時候要向加文說些什麼之外，他沒有其他事情好想。當然，還有計畫逃獄。十六年過去了，正常人早就已經放棄，但是蓋爾家的人不會。那是家族特色──毫無保留、毫無理性地相信他們比其他人更高等。謝謝你，父親。

「你想幹嘛？」達山問，聲音因為太久沒有開口說話而沙啞。

「你知道我在戰爭期間生下了個私生子？我也才發現一個月左右。我就和其他人一樣驚訝，不過戰爭期間什麼事都會發生，是不是？卡莉絲氣炸了，當然。她整整三週不肯與我同床，不過，好吧……和卡莉絲和好的感覺總是棒到讓我想要故意和她吵架。」他抬頭望向左方，微微一笑，彷彿在回想什麼私密的回憶。

面對蓋爾家的人，一定要布下層層的謊言。這些年來，加文在兄弟面前創造了一個截然不同的生活：他和卡莉絲結婚了，但是沒有孩子——這是錐心刺骨的痛，也是與安德洛斯·蓋爾的衝突根源，因爲他要加文拋棄卡莉絲，另娶一個能生孩子的女人。他假裝不情願地慢慢透露這些細節，讓他兄弟想盡辦法追問到底。每一次，加文都會透露一些內容，看他兄弟是會被這些謊言迷惑，或是根本不屑一顧。

達山臉上露出難看的笑容。「是誰？你知道她叫什麼名字嗎？她有證據嗎？」

他是在釣魚，期待加文說出答案而不要求任何代價。如果加文眞的說了，他還會懷疑加文是不是在騙自己。不過加文還是說了：「他的長相就是證據。他看起來和塞瓦斯丁一模一樣。」

達山臉色發白。「不准你拿塞瓦斯丁來撒謊，你這個怪物，我不准。」

「我們收養了那個男孩。他叫基普。好孩子。聰明、天賦異稟但有點傻，不過他會成長。」

「我不相信你。」達山露出作嘔的神情。他或許不相信，但快要相信了。「他媽媽是誰？」

加文聳肩，彷彿他媽媽是誰無關緊要。「琳娜。」

「你說謊！」達山大聲吼叫，一掌打在分隔他們的藍盧克辛上。「卡莉絲絕不會收養那個婊子的私生子！」沉浸在心平氣和的藍光中十六年，達山首度感到眞正的憤怒，深沉、火熱、突然爆發，絕不可能是假的。

這個反應告訴加文三件事。但有些目標最好藉由誤導來達成。「她有個花梨木盒，」他說。「大概這麼長。你知道裡面放的是什麼嗎？」

達山臉上的表情讓加文知道自己錯了。他頭向後仰，神色驚訝，接著轉爲困惑，最後哈哈大笑。眞正暢快的笑聲。達山一直笑，搖搖頭，繼續笑，不停地笑。他靠在兩人間的藍盧克辛上，不過動作很自然、充滿自信。「有一件最讓我火大的事。」達山說。「比你背叛我還火。比你殺了那麼多人還火。比你殘酷地囚禁我，而不直截了當地殺了我還火。比你偷走卡莉絲還火。比所有一切加在一起都火──爲什麼沒有人發現這件事？」

「不要再講這件事，死人。」加文說。「你不想交易，很好。我走就是了。」

「我已經在交易了。你先說出口，然後我就把匕首的事統統告訴你。」

匕首？達山刻意透露這個超吊胃口的細節。喔，狗屎。加文忽略了一件事。他胸口緊繃，喉嚨縮起。他呼吸困難，要維持臉上不動聲色更難。

四下無人。就算大聲說話也不會被人偷聽。這不是什麼新鮮事。如果可以用舊情報換取新情報，那就不算損失。但感覺依然像是損失。

加文舔了舔嘴唇。「我名叫達山．蓋爾，我竊據了你的人生。」

「你是怎麼辦到的，達山？爲什麼沒人發現？」

我換上你的衣服，走出裂石山的大火中。我的臉被你打腫了。而我在身上弄出你的傷疤，髮型也剪得和你一樣，就這麼開始發號司令，你的人立刻變成我的人。「我表現得像個混蛋，所有人自然會以爲我就是你。」他說，裝作毫不關心。

囚犯大笑，不理會最後那部分。「很好，這是個開始。感覺不錯，是不是？有人說坦承罪行對靈魂有好處。」

達山——加文——吼了一聲。「現在……說說那把匕首。」

「那是我的復仇，弟弟。」囚犯說。「那是勝利的甜美歌曲。」囚犯說。「那是黑夜裡的刺，你骨頭裡的寒意，是你失眠和恐懼的原因。那會是你的死亡——我的解脫——達山。那是你一切謊言的終點。」

「而我顯然才剛開始聽你的謊言。」加文嗤之以鼻。他哥哥在說謊。肯定是。他只是在讓加文擔心。他被鎖住，但不蠢。被囚禁，但牙齒還在。

眞正的加文笑道：「不，你看，這件事最美妙的地方就在於我不用說謊。你打算怎麼做，弟弟？你沒種餓死我。不，你只會眼睜睜地看著事情發生。死亡將會拔劍出鞘，而你就站在一旁看戲。你向來就是這個樣子。」他再度笑道：「我沒話和你說了，滾。」

達山微微顫抖。他哥哥說的每一個字都打中他心內深處。當年卡莉絲的哥哥羅丁說要打達山，而達山只是站在原地等著，不相信羅丁眞的會打，直到一切都太遲。那是達山童年的惡夢，也是年長的加文經常嘲弄他的話題。達山向來討厭加文提起這件事，但即使到了這個地步，加文還是不肯放過他。歐霍蘭詛咒他，加文總是知道他的護甲弱點在哪裡。達山搖搖頭。

不，現在他是加文了。要戴面具就要戴得徹底，就算在自己的思緒裡也一樣。隨時隨地。達山已經是上輩子的事。「達山」是盧克辛牆對面的那個傢伙。達山是爲了逼加文動手殺自己，而試圖激怒他的懦弱混蛋。他的目的就是如此。這個囚犯很害怕、很懦弱。他是具空殼，因爲沒有勇氣自殺，而想激怒加文動手殺自己。就是這麼簡單。

過去的加文會殺了囚犯，一了百了。戰爭期間，達山變得冷酷無情，喜愛兵器交擊、鮮血四濺的景象。達山喜愛支配其他人的感覺。達山會剷除所有膽敢反抗他的人。但現在，身爲加文，他不願意被迫回去當那種人。他絕不要讓他兄弟稱心如意。「好了，」加文說，「一如往常，很高興見到你，不過時間晚了。」——當然，其實只不過是中午，但是他喜歡讓眞正的加文懷疑自己在這下面有多錯亂——「而今晚卡莉絲很飢渴。她要我保證不會讓她等。」誰教你對她不忠，還把爛攤子留給我，你這個混蛋。「所以晚安，達山。」

囚犯說：「你的謊言已經到了盡頭，達山。你就繼續猜測誰已經發現，而他們打算怎麼對付你吧。祝好夢。」

「有些事情比從噩夢中醒來後發現自己躺在心愛女人的懷裡更糟糕。比方說，在地牢裡醒來。我也祝你好夢，兄弟。」加文摸摸玻璃，牆面轉暗，囚室再度開始緩慢地轉回地底。

加文靠在冰冷的牆壁上，試圖紓緩心跳的速度。這一回合不算失敗；他從他兄弟口中套出了一些情報。首先，他確實有對不起卡莉絲。基普是加文的私生子。其次，加文認識基普的母親，而她不是妓女。如果是妓女，他會說：「卡莉絲絕不會收養『一個』婊子的私生子。」而不是說：「『那個』婊子的私生子。」這表示他口中的婊子是在辱罵人，而非陳述事實。第三——除非他比加文想像中要聰明很多、很多，而這是有可能的——眞正的加文至今尙未與外界取得聯繫。

這就是爲什麼加文總用過去式說那些謊：發現基普。一個月沒與卡莉絲同床，已經決定好要撫養基普等事。如果有人和他聯絡，那麼時間上的矛盾會令囚犯困惑——謊報時間毫無意義，所以他不會想到自己在說謊。加文不認爲他兄弟會把困惑說出口，只是期望他會表現在眼神中。但加文什麼也沒有看到。

所以，達山不曾接收到來自外界的訊息，這表示他並未與這個「法色之王」合謀，不管那傢伙是什麼人。所以，法色之王只是在利用稜鏡法王戰爭興風作浪。全世界都相信加文贏了，而法色之王不喜歡現在的局面，所以假裝與戰敗的弟弟合作──他不知道達山眞的還活著。這表示這個法色之王是個騙徒兼投機分子，而非瞭解眞相的狂熱信徒。

這表示法色之王只有可能在一個地方──提利亞。若加拉杜王不是法色之王，兩者之間也必定有關聯。

謝謝你，兄弟。你幫了大忙。從前的你比我還會騙人。

囚室終於回歸原位，他反覆檢查所有色譜魔法。沒有不對勁的地方。然而，在爬上通道、離開專爲兄弟創造出來的永恆黑夜時，他還是忍不住微微顫抖。他就和加文一樣身受囚禁。

我可以不再餵他東西。我甚至什麼都不必做。我可以去放個假，吩咐瑪莉希雅不要丟染色麵包進輸送道裡。他就會這麼……死去。

他想起小時候，達山爲了證明他能辦到所有哥哥辦得到的事而爬上檸檬樹，然後摔下來。他們以爲他摔斷了腳踝。於是加文揹他回家。對成年人而言，這只是小事，但當時加文累到眼淚都流下來，卻仍然不肯放棄。他的弟弟一直不曾忘記那件事。

現在，這個弟弟卻要冷血殺害那個哥哥，而且還沒有勇氣當他的面動手？

夠了。全世界的人都知道你弟弟死了。他們現在只認識你。再說，你需要保持機敏。你必須把你引發戰爭的事告訴光譜議會。然後你必須說服他們同意以你的方式作戰。

我有機會成功。只要白法王心情好。

除非……

喔，加文．蓋爾，有時候你的城府眞的很深，是嗎？他對自己微笑。七年，七大目標。一個難以想像的成果。只要一個小小的失敗，就能抹煞他最偉大的成就。

加文回到他的房間，把一切擺回原位，遮擋住櫃子裡的暗門，接著門上傳來敲擊聲。白法王在他關上櫃門時打開房門。

「很高興見到你，稜鏡法王閣下！」她說。

加文強烈意識到自己上衣的正面有多髒，以及背面的那塊焦痕——萬一被看到，絕對難以解釋的焦痕。「我也很高興見到你，高貴的女士。」他微笑說道。「我正想去找妳，或許我們可以過幾分鐘到妳房間談？」

奧莉雅・普拉爾嚴厲地看著他。「恐怕那得晚點再說。有一班學生在等你。你保證會去上課的學生。」她皺起鼻頭。「你在這裡燒東西？」

「呃，對？」加文說。這話聽起來像是疑問。可惡。

「『呃，對？』」

加文清清喉嚨。「對。」

她等他繼續說下去。

他沒有繼續說下去。

「那好吧。繼續。我以爲你跑去解決那個狂法師了。」啊，她生氣是因爲她以爲他沒去執行一個如果放任不管、可能導致人民傷亡的任務。而且，她本來很肯定既然對方是藍狂法師，他絕對會立刻處理。況且她還不確定他爲什麼要召開光譜議會吧，白法王不喜歡無法掌握狀況。「就當那件事解決了吧。」加文說。她可能會把這句話解釋爲出爾反爾，但他不知道怎麼不提飛掠艇而實話實說。

那個男孩和卡莉絲都已經見過飛掠艇，這個祕密不可能繼續維持，不過那得花很多時間解說，而他打算晚點再說。

她揚起眉毛，做出「你膽敢敷衍我？」的表情。

他想起一件事。「是超紫班？」

白法王面帶疑問地點頭。

「那個班上有個提利亞女孩，是吧？阿麗維雅？」

「阿麗維安娜．達納維斯，來自瑞克頓。」

他記得沒錯。和基普同鄉的女孩。完美。

他遲疑。基普說科凡人在那裡，但是……「她應該和那個達納維斯沒有關係吧？」

「事實上，她是達納維斯將軍的女兒。」

加文心裡震驚，臉上卻只流露微微訝異，彷彿剛剛聽說了一件發生在世界另一邊的小悲劇。他曾聽過這個女孩姓達納維斯，但他以爲如果當眞有關聯的話，也只是遠房親戚。科凡的親生女兒？科凡爲什麼要與加文的私生子住在同一個鎮上？巧合嗎？如果是，那也太巧了。

無論如何，加文得立刻弄清楚這件事。「呃，妳說得對，我應該去給那班學生上課。這是非常神聖的職責。」雜耍，每次上課都像雜耍一樣。

「你每次說到職責，都讓我很懷疑。」白法王說。

他微笑，裝出無辜的模樣。

# 第三十七章

在基普眼中，稜鏡法王塔的一樓完全是片由板凳、桌子、牌子、隊伍，以及辦事員組成的叢林。顯然克朗梅利亞的大小事務都會經過這個房間。有些商人在排隊簽訂食物契約，有些商人在排隊交付契約載明的食物。所有基普想像得到的交易商品，都有同樣的隊伍；有人排隊要求克朗梅利亞居民對他們造成的損害提出補償、有勞工排隊找工作、有人排隊要求裁定大傑斯伯島上的交易糾紛。這裡甚至有些貴族專屬的隊伍——不過招呼那條隊伍的辦事員遠比其他隊伍來得多。這個房間充滿繁忙的喧囂，儘管人潮擁擠，但克朗梅利亞顯然將一切處理得井井有條。人們等得不耐煩，不過不會發火；他們很無聊，但不會亂發脾氣。

鐵拳指揮官帶基普來到一張只有一個辦事員、完全沒人排隊的辦公桌前。「今年所有的『暗光』早在幾個禮拜前就已經入學了。」

「暗光？」基普問。

「就是像你這種人。人們私底下叫的。檯面上，你們叫『申請人』：想要加入克朗梅利亞，但還沒有加入。所以你是『暗光』。暗光、微光、燭光、閃光、亮光。不過你現在還沒必要記那些。」

基普張開嘴，然後又閉上。鐵拳在走到辦公桌之前沒有再說話。在作白日夢的辦事員一看到鐵拳指揮官立刻就挺直身子。

「是的，指揮官？有什麼我能效勞的？」

「我要立刻測驗一個申請人。」

「所謂的立刻是……」

「現在。」

辦事員喉頭抖動。「是的，指揮官。申請人的姓名？」

「基普。基普．蓋爾。」鐵拳說。

辦事員抓起羽毛筆，開始登記，寫到一半時突然僵住。「蓋爾是和……？」

「沒錯，不過沒人要聽你到處張揚。有問題嗎？」鐵拳問。

「沒有，長官。我去通知上司。你可以直接前往測驗室。我肯定測驗官可以立刻開始測驗。」辦事員擺了擺頭，起身奔向後面的辦公室。

「其他我都懂，但燭光是什麼？」基普在他們一起上樓時問。他踩到在上樓途中越掉越低的寬鬆褲管，差點正面摔到地上。他清清喉嚨，拉起褲管。如果有腰的話，他的生活會輕鬆許多。

「閃爍的光。」鐵拳說。

啊，暗光、微光、燭光、閃光、亮光。所以就是依照光度的演進。

鐵拳說：「現在安靜。這個過程應該要很嚴肅。進房間去，直到測驗結束什麼都別說。懂了嗎？」

基普差點說「懂了」，不過最後只是點了點頭。這件事或許會比想像中更加困難。鐵拳比了比房門，基普走進去，鐵拳關上門。

這個房間樸實無華。一面牆微呈凹陷狀，基普猜那就是塔的外牆。除了這點，整間房就是個四方形、十步寬的空間，白石牆面、一張木頭椅。房內照明來自牆壁上一顆奇怪的白水晶，現在想起來，所有走廊、甚至包括樓下很多人在排隊的大廳裡，都是仰賴這種水晶照明。基普碰一聲坐到椅子上。

他這一週過得很累。遠渡重洋、差點溺斃、學習駕船，眞的只是昨天的事嗎？那些事情發生至今眞的才……不，基普不打算去想那些事。太傷人。太沉重。不小心的話，他又會開始哭。

他等了好幾個小時，終於聽見走廊上隱約傳來有人爭吵的聲音。他聽得出來是鐵拳在罵人。他想要過去偷聽，不過根據他的運氣，肯定走到門口時門就會打開。

不管他們在吵什麼，總之一下子就吵完了。門沒開。基普靜靜等待，繼續等待。正當他等到累了、眼皮下垂時，門突然打開了。

一個約莫三十來歲，脖子上掛著一副紅色眼鏡的男人走進房裡。他顯然很生氣。看來八成是吵架吵輸了。「暗光給我起立！」他吼道。

基普立刻起立。他的椅子滑向後方，卡住椅腳，然後倒向地板。基普畏縮，道歉式地微微一笑，然後扶起椅子。

對方繼續瞪他，嘴巴抿成一條白線。他長了個大鷹勾鼻，皮膚是阿塔西人特有的深橄欖色，沒留鬍子；不過眞正吸引基普目光的，是他那雙眼睛。棕眼虹膜中央有一圈明顯的紅圈。鮮紅色的線條如陽光般劃過棕色虹膜的其他部分。基普把椅子放回原位，再看那個男人，沒有看到任何反應，看不出對方想要他做什麼。

基普從那張椅子前移開。男人看他的目光中充滿憎恨。「抱歉。」出於防衛心態，基普嘟噥道。

「暗光不准說話！你這無知的提利亞垃圾。」

「喔，親親我的肥屁股。」基普說。糟了。

他緊閉雙眼，暗罵自己，所以沒看見對方揮來的那拳。拳頭擊中他的下巴，他還沒搞清楚狀況，整個人就已經倒在地上，嘴角滲出鮮血。

基普通常不容易生氣，但此刻他幾乎立刻跳起身，怒火攻心，氣到極點。他認識的人已統統死光，在乎的事物全部消失，他不在乎這個馭光法師會不會把他撕成碎片。

但是，跳起來的同時，他看見了馭光法師眼中的光芒。動手！對方的眼睛說道。給我動手的理由。我會在你搞清楚狀況之前，就把你轟出克朗梅利亞。

就這樣，基普的怒氣降回到比較正常的層次，他又恢復了自制。走廊上傳來腳步聲。「很好，」基普說。「我們培養了一些感情。以親吻來講，你有點笨手笨腳，不過我瞭解你這麼猴急的原因。我敢說你長成那樣絕對不常親吻。但我是要你親我的屁股。屁股。屁股。臉頰。」他邊說邊比。「屁股和臉頰是不一樣的。再親一次，這回帶點感情。」

馭光法師的表情從難以置信變成怒氣沖天。他上前一步，然後——就在門打開的同時，一拳擊中基普的肚子。馭光法師因爲開門而分心，沒有把全身重量統統灌注在這拳裡，但基普彎腰捧腹，彷彿那是他這輩子挨過最重的一拳。他摔到地上，咳血、嘔吐。

「加爾丹老師，看在歐霍蘭的份上，這是在幹什麼？」

毆打基普的馭光法師說：「我——我——他忤逆我！」

「而你就打他？就像那些不會法術的人一樣？出去。立刻出去！我晚點找你算帳。」

加爾丹老師轉身走到基普面前。「我會記住你的，日後我會來找你——」

「看在歐霍蘭的份上，如果你在我面前爲了自己的瀆職行爲威脅學生，詹斯．加爾丹，我立刻就免除你馭光法師的身分，把你趕出小傑斯伯。不信就試試看。來呀。」

加爾丹老師看起來十分惶恐，彷彿他的人生在毫無預警的情況下分崩離析。

這份尷尬和痛苦可能會被轉化爲憤怒。喔，非常容易。

有時候，就連基普都會被自己嚇到。詹斯．加爾丹老師站在他和剛進門的男人之間。基普看不見那個男人，而那個人也看不見基普。他只要對詹斯．加爾丹老師露出一個勝利的笑容，然後把肚子露出去給他打就好了。老師鐵定會失控——基普很清楚失控是怎麼回事——出腳踢他。基普不會去擋肚子，就挺在那裡讓他踢。詹斯會踢他，然後失去一切。

爲了什麼，基普？只因爲他是個愛發脾氣的混蛋？基普遲疑了。這傢伙讓他火大，但是這麼做太過頭了。

不過，如果基普不笑，就會樹立一個敵人。一個現在就可以摧毀的敵人。

不管這個想法會引出什麼後果，他都沒有時間繼續想下去。機會已經過去了。詹斯．加爾丹怒吼一聲，轉身離開房間。基普被留在地上，嘴唇內側的撕裂傷依然疼痛流血。他做了正確的決定，但或許他該做聰明的決定。

他爬起身來。加爾丹老師離去後，救了他的人探頭到門外。他說：「雅莉安，妳來進行測驗。」一個女人說：「盧克法王，我不是測驗官。」

「而我不想等人再去傳喚一個測驗官過來！」他大聲說道。「我半個小時後要去見稜鏡法王。我們一定要現在開始測驗。」

盧克法王回到房間裡。他是個高個子，身穿伊利塔緊身褲和緊身衣，不過皮膚是與詹斯．加爾丹差不多的橄欖色，而非深黑色。他的頭已開始禿，飄逸的黑長髮中摻雜了一些白髮，梳在背後。他看起來五十來歲，身材壯健，身上披了件繡有複雜圖案的黑色羊毛斗篷。他的手指上戴滿寬寬的金戒指和有著光譜中每種色彩的寶石；奇怪的是，他把這些戴在每根手指中間的指節上，而非接近手掌的部位。但是基普已經學會去觀察人們的雙眼——而盧克法王的眼睛最奇怪的地方，或許在於它們看起來很正常。眼睛是綠色的；裡面沒有摻雜其他顏色。

盧克法王微笑：「不。」他說。「我不是馭光法師。黑法王通常都不是馭光法師。我叫卡佛・黑。大部分的人都叫我黑盧克法王。」聽起來不像阿塔西名字，所以他或許是伊利塔人，但基普猜想他有可能是在任何地方長大的。某些國家之間顯然會進行頻繁的商業交易。只是提利亞除外。

基普張口欲言，隨即停止動作，指向自己的嘴唇。

「可以。」盧克法王說。「你可以講話。我們很快就開始，先等雅莉安準備好。」

「呃，很榮幸認識你，黑盧克法王。我是基普。」

「妳怎麼樣，魔法老師。」黑盧克法王問。「妳準備好了嗎？」

「好了，盧克法王。」她說。她坐上椅子，黑法王站在桌旁。基普來到桌前站定。

雅莉安老師身材瘦小，在黑法王面前有點緊張，不過看起來很開朗、很可愛。她抬頭看基普，一副希望他能過關的模樣。他努力不讓她那雙橘眼分心。「申請人。」她說。「我要擺出一系列色調不一的色板。你要重新加以排列。」她突然笑了笑。「我們從簡單的開始。」

說完後，她打開放在腿上的袋子，在裡面的色板裡翻了翻，然後拿出一片黑板和一片白板。她把這兩片色板放在桌子兩邊。接著，她在黑白色板之間擺上一打深淺不同的灰板。基普很快就把它們從顏色最淺的排到最深。

雅莉安沒說什麼，只是檢查色板背面，在一張羊皮紙上做個記號，然後把色板放回袋子裡。接著，她擺出棕色板，由淺棕色到深棕色。這一題比較難，但基普再度迅速排列色板。

他們繼續測試了藍色、綠色、黃色、橘色和紅色。當基普完美排列完紅色板時，雅莉安拿出一個黑袋子，仔細檢查色板背面——檢查的同時還用一手擋住，不讓基普看——然後擺出另一系列紅色，只不過這組紅色板比之前多了一倍，色彩漸層的差異更加細微。鮮紅、朱紅、紫紅、莓紅、櫻桃紅。基普依序排列，只對其中一片有所遲疑。那片色板邊緣的顏色比表面顏色淡上一點點。最後，他用表面的顏色爲依據，將色板放到定位。

她翻過色板，基普發現自己把十四號色板放在九號和十號中間。雅莉安神色歉然地朝他眨眼，似乎表示雖然失敗了，但他還是表現得比預期中好。

「那樣不對。」基普說。

「安靜。」黑盧克法王說。「我知道你不懂規矩，申請人，但是測驗期間不准說話。」

「但是測驗錯了。」基普說。

「我警告你。」

基普揚起雙手，無聲抗議。

盧克法王嘆氣。「魔法老師？」他問。「通常抗議要在測驗結果出爐後才能提出，不過顯然今天一切都不能按照規矩來。裁定吧，麻煩？」

雅莉安將色板依照基普的排列順序翻回去排好。她尷尬地清清喉嚨。「盧克法王，我很抱歉，我不是超色譜法師。我告訴過你了。我自己也無法分辨這些色彩。根據記號——」

「受測者質疑色板上的記號。」黑盧克法王用一根手指搔眼睛。「半數女人都是超色譜人，偏偏我挑了一個……無所謂，去找個超色譜人來，老師。」

「是，盧克法王。」她輕聲說道。

她離開，盧克法王轉動綠眼看向基普。「說眞的，你是誰？爲什麼你會今天受測？爲什麼有特別待遇？你打哪兒來的？」

「提利亞，先生。加拉杜國王摧毀了我的——」

「國王？什麼國王？」

門打開，雅莉安老師步入測驗室，身後跟了一個看起來像稻草人的女人。她和黑盧克法王差不多高，瘦得像根欄杆，皮膚呈淡棕色，瘦骨嶙峋，滿臉皺紋，一頭白色鬈髮，只有末梢有些黑色，赤褐色的眼中摻雜許多星芒般的橘紅色彩，幾乎布滿虹膜外緣。

「綺拉旺．瓦利度斯女士，很抱歉打擾妳。」黑盧克法王說。他瞪了雅莉安一眼。

「她剛好在走廊上，還問我在做什麼。」雅莉安解釋道。

「差點把我撞倒了。在質疑什麼？」老女人問。色板面朝上，就像基普排好的那樣。「申請人是怎麼排列的？」

沒人說話。老女士看看黑盧克法王，又看看雅莉安老師。「這就是他排的。」雅莉安說。

「那他就是男人中的怪胎。」

「依照記號應該是這樣。」雅莉安老師說。她把色板翻過來，指著背面的記號說。「妳找我來分辨紅色譜中最細微的差別，現在卻以爲我不識字？」瓦利度斯女士大聲問道。

雅莉安老師驚慌失措。她張開嘴巴，隨即閉上。

老稻草人伸出瘦骨嶙峋的爪子，拿起第十四號色板。「這塊色板曝曬過陽光。被漂白了。這個顏色不對。這小子是超色譜人。」她轉向基普。「恭喜了，怪胎。」

「怪胎？」基普問。

「很單純，是不是？太糟了。」

「什麼？」基普問。他還弄不清楚大家的頭銜，更別說這一切該如何反應。

「基普，你不准說話！」雅莉安老師說。

「那是爲了防止作弊。」黑盧克法王說。「在數百名申請人同時在這個房間裡測驗的情況下。」

「他今天才來的。」雅莉安老師告訴瓦利度斯女士。「稜鏡法王親自下令要立刻進行測驗。他不懂規矩。」

「繼續測驗。」女士命令道。

基普和雅莉安老師看向黑盧克法王。基普猜想，技術上而言，盧克法王是這房間裡地位最高的人，不過法王只是微微聳肩，彷彿沒必要爲了這點小事爭執。繼續，他揮手指示。

雅莉安老師再度就坐，拿出一支夾子，用夾子擺出另一打色板——不過這些色板全都是同樣的深紅色。基普眨眼。雅莉安老師將夾子交給他。呃，謝謝？

基普伸手接近其中一塊色板，接著他瞭解了。他感覺得到色板上散發出來的溫度。他應該要看得出溫度的不同？他凝視色板，彷彿能夠藉由意志力逼色板交出眞相。

時間慢慢過去。基普開始作白日夢。他在想麗芙．達納維斯有沒有在這裡。喔，不，他一定要告訴她。

嗨，麗芙，很高興見到妳。妳爸死了。

太棒了。基普想到鎮上大火連天的景象，想起那個丟火球的馭光法師和學徒。想起跳下瀑布、在黑暗中沿著瀑布小徑逃命、放鬆眼睛，好讓他看得比聚焦時更清楚。喔，歐霍蘭呀，我眞單純。

「好了，看得夠久了。」黑盧克法王說。

「不，等等！等等！我只要，我只要……」基普再度凝視色板。放鬆，眼睛，快點！他分散焦點，接著一切突然清晰可見。他轉眼間就用夾子把色板從最熱到最溫，擺放到正確的位置。達納維斯大師就是在教他這個？老染布師從來沒提過他教了基普不是正常人能學的東西。難以置信。想到染布師，基普感到一陣空虛。達納維斯大師一直對他很好，爲了拿點錢給基普，總是會找些自己做還比較快的雜事給他做。但就像瑞克頓所有的鎮民一樣，他慘遭屠殺。

基普希望達納維斯大師有拖幾個混蛋一起下地獄。

「測驗快結束了嗎？」他大聲問道。他很想一個人靜一靜。他太疲憊了，情緒不穩，瑞克頓所發生的事，試圖在他不再需要躲避士兵、強盜和魔法的時刻湧上心頭。

「沒。」老稻草人說。「不用看了，女孩。」她對才翻開半數色板的雅莉安說。「他全都排對了。拿超紫色出來。」

雅莉安老師看了不爲所動的黑盧克法王一眼，然後收起熱色板。接著，她拿出最後一組色板，全部都是同樣的深紫色。

放鬆雙眼去看光譜的一端，所以……基普盡量繃緊雙眼，深紫色開始出現區別。每片色板上都有一個字母，合起來就是：「幹得好！」

基普大笑，把色板排至定位。

雅莉安老師看向瓦利度斯女士。「看我幹嘛，笨女孩？」老女人問。「我又看不見超紫色。我是在光譜的另一端。」

年輕女子臉色一紅，翻開色板。順序沒錯。

「恭喜了，小子。」瓦利度斯女士說。「你可以擔任某個總督的園丁。」

「什麼？」基普問。

「那是用得到完美色彩辨識能力的一種職業，對你來說也算提高身分了，提利亞人。」

門打開，鐵拳指揮官走進來。「這是在幹嘛？」他問。

「我們剛剛測驗完申請人。」雅莉安老師說。「他是個完美的超色譜人。」

「你們拿色板浪費他的時間？我不在乎他能看見什麼顏色，我要知道他能汲什麼色。我一開始找來的白痴測驗官呢？我叫他讓基普進行打穀機。」

「你要讓沒受過訓練的申請人進行打穀機？」瓦利度斯女士問。

「等等，這還不是打穀機？」基普問。

「你覺得有被打穀機打過了嗎？」鐵拳問。

「你要讓沒受過訓練的申請人進行打穀機？」女士又問一次。

「他一早就要離開。稜鏡法王要在離開前弄清楚他的能力。」

「這實在太不合規定了。」女士說。「這個小子是誰？」

「我就在這裡。」基普不太高興地說。

「合不合規定都無所謂。」鐵拳說。「妳和這位老師究竟能不能幫忙測驗？」

「我？」雅莉安老師警覺地問。「我不認爲我——」

「我們可以——」女士開口。

「很好，那——」鐵拳說。

「——但是我要先知道他是什麼人。」

「我就在這裡！」基普說。

「你少和我大聲說話，小子。」女士說著，伸出瘦骨嶙峋的手指戳向他鼻子前方的空氣。

「你是誰，孩子。」黑盧克法王在所有人都在提高音量的時候輕聲問道。

「我想我真的不想要參與打穀機測驗——」雅莉安說。

「妳沒有資格做此要求，女士——」鐵拳對老女人說。

「我是基普．蓋爾！」基普叫道。「我是加文．蓋爾的私生子，基普。」

一片死寂。

基普看著眾人。黑盧克法王看來一臉震驚。雅莉安老師嚇到快哭了。鐵拳指揮官勃然大怒。瓦利度斯女士臉上帶有一種奇特的滿足神情。「啊，」她說。「那我們就立刻開始打穀機測驗。女孩。」她命令雅莉安。「去準備打穀機室。召集測驗官。」她看向基普。「這樣看來，你或許不會當園丁。」

**去找座籬笆彎腰翹臀吧**，基普說——不過只在心裡說。

# 第三十八章

麗芙．達納維斯爬在通往克朗梅利亞頂層的最後幾級階梯，緊張兮兮地環顧四周。她走在隊伍的最前面，笨手笨腳地舉著椅子，以免椅子撞到階梯。一開始，她以為桌後沒人，然後她看到了他。她的目標。她最後的機會。

稜鏡法王站在頂樓邊緣，靠著矮牆，看向東方，紅塔之後，凝望著藍寶石灣內的船隻。雖然加文．蓋爾比十七歲的麗芙年長一倍，在午後的陽光下看起來還是身材英挺。寬厚的肩膀到窄腰之間形成明顯的V字型，風吹高了一邊衣袖，露出肌肉結實的手臂。銅色頭髮在風中飄逸。他的髮色即使在七總督轄地的紅髮上流社會中，依然不算常見，而且他的膚色——不是凸顯血林血統的斑點皮膚——是很深的古銅色。這是眞的嗎？這個男人眞的是基普的父親？

「麗芙！前進！」薇娜嘶聲說道。

麗芙吃了一驚。她停在樓梯頂端，把剩下的同學全部擋住。她知道讓薇娜注意到蛛絲馬跡很糟糕。太好了。很快就會有人找她談論這件事。就算高德索恩老師沒有親自找上門來，對她比較不友善的同學也不會放過這個機會。

稜鏡法王在六個女孩來到定位時注意到她們——班上沒有男生。他離開塔頂邊緣，走到學生前面。就像坐在普通教室裡一樣，幸好看書學習的日子就快結束了。麗芙坐在第二排，與沒沒無聞的藝術家之女薇娜和小商人之女阿拉娜這兩個沒錢的朋友坐在一起。另三個集美貌、財富、人脈、高貴、花枝招展與過人天賦於一身的女孩則坐在前排，她們向來一定要坐前排。比學生年長不過三歲的高德索恩老師，總答應那三個女孩的所有要求。

加文·蓋爾站在學生面前。「大家好，同學們。」他說。這是師長標準的招呼用語。

「你好，老師。」她們同聲說道，完全沒考慮是否應該以其他頭銜稱呼他。畢竟，他是稜鏡法王。

「很好。」他說，斜嘴一笑。*歐霍蘭呀，他好可愛。*「今天，我只是個老師。而妳們只是燭光。」

「閃光。」麗芙想也不想就糾正道。

她在高德索恩老師的責備聲和其他女孩難以置信的目光中縮回椅子上。糾正稜鏡法王！就算他說上是下，大家也應該要點頭微笑。但是他看起來沒有生氣，只是用那雙令人不安的稜鏡眼打量麗芙很長一段時間。

「啊，是了。」他說。「好吧，既然妳們是進階學生，我想妳們應該有問題要問我？妳叫什麼名字？」

「我？」麗芙問。*他當然是在問我，他正看著我。*「呃，麗芙。」

「呃麗芙？」

她臉越來越紅。「阿麗維安娜。麗芙。麗芙·達納維斯。」她補充最後那句，是希望他能注意到她的姓嗎？本來她會只說麗芙嗎？她是在試圖討好稜鏡法王，就像她的魯斯加主子要求的？

「幹得好。」前排的「美貌」低聲說道。「只說三次就說對了。」

「妳是達納維斯將軍的親戚？」

麗芙吞了口口水。「是的，先生。他是我父親。」這下不能回頭了。*幹得好，麗芙。*

「他是個好人。」他說得好像真的很佩服這個導致他眾多手下死亡的男人。

「他是叛軍。」她無法壓抑聲音中的苦澀。父親在戰爭期間失去了一切——包括她母親——的苦澀；因爲她這輩子都要與眾不同的苦澀；她父親從來不提僞稜鏡法王戰爭、從未試圖解釋投身錯誤陣營的苦澀。

「沒有多少叛軍是好人，這讓妳父親更了不起。妳有問題嗎，阿麗維安娜？」

所有學生都應該要準備問題，但是前排的「美貌」、「財富」與「人脈」，通常占據了所有重要馭光法師上課的時間，所以麗芙沒料到自己會有機會提問。她遲疑片刻。

「我有問題。」美貌問。她的本名是亞娜，而她一臉迫切地湊向前去，雙臂交抱在胸部下方。克朗梅利亞頂樓其實很溫暖，但亞娜肯定很冷，因爲她的衣服根本沒有遮住多少身體。幾乎沒有任何男性老師會忽略，亞娜毫不費勁就能呈現出交融了自然美、短裙和深乳溝的效果。

「等等，我有個問題。」麗芙說。她已經提起自己是科凡．達納維斯女兒的事。唯一更能吸引他注意的方式——也是會讓他懷疑她是間諜的方式——就是說出自己來自瑞克頓，而且認識基普。

而唯一脫身的方法就是繼續深入下去。親愛的歐霍蘭呀，拜託……

「請問，麗芙。」加文說。但沒有看她，他面無表情地看著亞娜。他低頭看了她刻意擠深的乳溝一眼，然後直視她的目光，微微搖頭。*對，我看到了。不，我沒興趣。*

亞娜臉色發白，雙眼低垂，坐直身子，改變坐姿，拉長裙襬。幸好麗芙坐在後排，因爲她說什麼都沒辦法壓抑臉上的笑容。

「麗芙？」加文問，那雙稜鏡眼再度轉回她臉上。醉人的目光。

她清清喉嚨。「我想請您和我們說說黃色/超紫色雙色譜法師的用處。」

「爲什麼？」加文問。

麗芙愣住。她的禱告應驗了。這就是她的機會。

高德索恩老師插嘴：「要不要來談談超紫色／藍色雙色譜法師？這種馭光法師常見多了。我有三個學生是雙色譜法師。亞娜幾乎可以算是多色譜法師。」

加文不理會她。

麗芙原先以爲這種機會不可能降臨。她受困在這個班級、這些女孩間已經太久。再過一年，她便要完成學業。事實上，她已經學會足夠的汲色魔法，現在就可以接受最終測驗，並且輕鬆過關。她沒這麼做，是因爲完成學業後並沒有美好的未來在等待。她會在握有她契約的魯斯加貴族手下擔任解碼官方非祕密通訊的爛職務。他們甚至不會讓她解碼祕密通訊。儘管她是戰時出生的小孩，絕不會對叛軍忠心，但畢竟是個提利亞人。這個身分就足以讓她在克朗梅利亞眼中受到歧視。

七大總督都有義務爲學生支付學費。這是所有總督都很樂意的投資，因爲馭光法師在經濟、軍事、建設、通訊、農業等各層面都扮演重要的角色。但是，提利亞並沒有提供補助。加利斯頓的腐敗外來官員每年會送來一小筆津貼。來自提利亞的學生，基本上得要自行支付學費。達納維斯家族的財產於戰時遭人洗劫一空，所以爲了待在克朗梅利亞，麗芙必須效忠魯斯加主子。

如果麗芙來自其他總督轄地，她的大使就會強迫她的主子支付雙色譜法師的訓練費用，不然就必須交出契約。但現在已經沒有提利亞大使了。官方有個專爲她這種「困苦學生」而設的財務單位，但那早已淪爲官僚體系用以獎勵受寵學生的經費。提利亞人沒有地位，無法出聲。

「麗芙這麼問，是因爲她是黃色／超紫色雙色譜法師。」薇娜說。

加文轉頭看她。薇娜是個藝術家，打扮得也像。男孩般的短髮、衣衫不整，但是亂中有序，身上帶有許多珠寶和自己做的衣服。你通常無法分辨她究竟是在走哪個國家的服飾風格——如果算有風格的話。儘管人長得不美，但她總是十分醒目，而且——在麗芙眼中——非常賞心悅目。今天，薇娜穿著她自己發明的飄逸長裙，褶邊上繡著類似樹人文化中獸形圖案的銀滾邊。可見光譜中的圖案與超紫光中的圖案相互呼應。

「妳真是個不同凡響的年輕人。」加文對薇娜說。「也是個好朋友。我喜歡妳的衣服。」在薇娜臉頰飛紅時，加文轉向麗芙。「她說的是真的嗎？」

「不，不是真的。」高德索恩老師說。「麗芙的打穀機測驗結果並不確定，而那之後她並沒有表現出其他能力。」

麗芙拿出兩年前偷買的破黃色眼鏡——其實只稱得上是單片眼鏡。她舉起眼鏡，瞇起眼睛，凝視著稜鏡法王塔的白石地板。片刻過後，她手中充滿黃盧克辛。

黃盧克辛像水般晃動。黃盧克辛的自然型態是液體，它是最不穩定的盧克辛，不光是對光線敏感，對動作也同樣敏感。在最佳狀態下，黃盧克辛主要有兩種用途：如果以意志力保持液體型態，它可以被當成很好的火把；另外，薄薄一層密封的黃盧克辛可以慢慢提供其他盧克辛光線，讓它們常保新鮮，就像用羊毛脂和蜜蠟保養皮革一樣。

麗芙甩開捧在手心的液態盧克辛。盧克辛還沒落地就已經在空中化作純粹的黃光。

高德索恩老師氣急敗壞地說：「這太過分了！我禁止妳汲取——」

「我也禁止妳，」加文插嘴道：「我禁止妳如此浪費歐霍蘭賜給妳的天賦。妳是提利亞人，阿麗維安娜？」

高德索恩當即住口。沒有人可以打斷稜鏡法王說話，更別說是兩度打斷。

「是的，」麗芙說。「事實上來自離裂石山不遠的一座小鎮。瑞克頓。」

他的眼睛似乎短暫發光，不過也可能是出於麗芙的想像，因爲他說：「妳撐了多久才去拉打穀機測驗的繩索？」

「兩分零五秒。」她說。這算是很長的紀錄。

他冷冷地看著她。接著，變得和顏悅色。「看來妳和妳父親一樣頑固。我才撐一分鐘多一點而已。幹得好。所以……超紫和黃色。看好了。」他舉起雙手。

所有女孩的瞳孔都縮成一個小洞。超紫盧克辛在正常目光下是隱形的。就連能夠施展超紫法術的女人都得刻意找尋才能看見。「妳們的正規課程有教——肯定已經教到讓妳們想吐了——用超紫盧克辛製作公文的技巧。」

他們當然有教過。超紫盧克辛的隱形特質，就是超紫法師擔任通訊用途的主因。但是最重要的是，所有總督同時也在研究如何堆疊、扭曲、模糊超紫盧克辛以製作文件密碼，將訊息以脆弱的方式彌封，不知道確實解碼與閱讀方法的人便會毀了它。有一段時間，她們覺得學這個很有趣。但是有趣的時光很久很久以前就已經過去了。

「妳們知道超紫魔法適合用來做什麼？」加文問。「惡作劇。」班上所有女孩都露出心虛的笑容。這種事大家都曾經幹過。「不，我是說眞的。惡作劇就是各位學習以其他人意想不到的方式善用妳們顏色的途徑。想要製造歷史，妳就必須有點壞。封閉的超紫盧克辛沒有藍色和綠色那麼堅固，但它幾乎沒有重量，而且看在歐霍蘭的份上，它還是隱形的！」加文施法製作了一個和他手掌差不多大小的超紫空蛋。他皺眉片刻，彷彿有東西弄痛了他。「而黃盧克辛的訣竅，麗芙，就在於瞭解它釋放能量的方法。所以，在這個空蛋中間灌注液態黃盧克辛。」他邊說邊做。「重點是絕對不要在容器裡留下任何空氣。一定要是實心的。」他看著女學生，漫不經心地蓋上蛋。他在蛋裡留下了一顆氣泡。但他沒注意到。

「如果是實心的，完全沒有空氣，那麼就算妳搖晃它——」

麗芙舉手，張嘴，但是太遲了。

加文搖了蛋。蛋在一道閃光中爆炸。

所有人摔倒在地。

在麗芙睜眼之前，她聽見加文大笑。他瘋了嗎？她抬頭，但是他連頭髮都沒被炸亂。「現在，」加文說。「如果那顆蛋是用藍盧克辛做的，那麼爆炸的時候，我們就會被炸成碎片。但是妳們腦子裡其實都很清楚——顯然妳們的心裡和身體都不清楚——封閉的超紫盧克辛很容易磨損。倒不是說它毫無用處。」他以令麗芙讚嘆不已的速度與技巧施法製作出另一顆空蛋，於其中灌注黃盧克辛。

「起來。」他對班上學生說。亞娜在低聲哭泣。她摔倒時擦傷了膝蓋，傷口在流血。誰教她要穿這麼短的裙子。其他女孩全部起立，扶正椅子，然後坐下。亞娜一直沒有爬起來。「起來。」加文命令她。「妳再過幾個月就會成爲馭光法師。妳要表現得像個成年人一樣嗎？但妳現在一點都不像個成年人。」

這些話令亞娜深受打擊，班上其他女孩也覺得不是滋味。這教訓對麗芙也很管用。她將目光從亞娜身上移開，瞭解到自己有多容易陷入她現在這種局面。一時之間，她有點同情那個女孩，接著又很氣自己會有這種感覺。亞娜一直都讓她日子很難過。

加文不再理會亞娜。他朝天上拋出一根超紫魔絲。超紫魔絲輕到隨風飄向塔西，但只要他沒封閉盧克辛，持續支持它，製造更多盧克辛，他就可以讓魔絲越飄越高，而他也迅速這麼做。接著，他把黃蛋放到盧克辛魔絲上，纏了幾圈，固定在魔絲上，然後將它射入空中。黃蛋升空時的後座力導致他的右手突然後縮。

黃蛋沿著隱形魔絲上升，在塔上形成一道弧線。當抵達兩百呎外的頂點時，它在一聲巨響中爆炸。麗芙聽見塔下傳來人們驚嘆的叫聲。

「現在，想像我把那玩意兒對準衝鋒而來的騎兵。它不會直接導致任何人死亡，但是馬和神經兮兮的女孩一樣，不喜歡有東西在牠們面前爆炸。」

突如其來的死寂中充滿了變白和漲紅的臉蛋。

「另外還有幾種超紫色的雙色混合特殊用法。有人知道嗎？」加文問。

亞娜不太確定地舉手。他點頭。「距離控制？」

「沒錯。妳得維持開放式的超紫盧克辛，線越長，就越難控制。那就像是在看不見球的情況下耍球一樣。但是……」他伸出雙手，眼中色彩變化，掌心裡已經出現一顆紅球、一顆黃球、一顆綠球、一顆藍球和一顆橘球（麗芙又看到他皺眉，彷彿拉傷背上的肌肉）。然後他開始拋球。女學生──所有女學生，包括高德索恩老師在內──全都倒抽了一口涼氣。一開始是因爲這些球的質感都不一樣。橘色很滑、很油；紅色很黏；黃色是液體。而看到有人能夠同時拋接五顆球，總是非常令人佩服。

喔，麗芙懂了。每顆球上都有一層非常薄的藍盧克辛殼，包覆著各種顏色的盧克辛。

加文閉上眼睛，繼續拋球。難以置信。他只是在賣弄嗎？不，他確實是在賣弄，不過他同時也在教學。

「啊。」麗芙語氣愉快地說。

「有人懂了。」加文說著，睜開雙眼。「我眼睛閉起來要怎麼拋球？」

「你是稜鏡法王。無所不能。」有人喃喃說道。

「謝謝妳，今天還沒有人來拍我馬屁，不過不是這個原因。」他剛剛真的說了那種話嗎?!「你沒在拋球。」麗芙回過神來說道。

加文雙手遠離快速轉動的色球。它們持續以同樣的複雜方式在空中轉動。所有人都瞇起雙眼，看見了穿透色球的超紫盧克辛隱形軌道。「沒錯。只要提供一個看得見的理由，即便再怎麼樣難以置信，你都可以讓人們忽略隱藏在背後的隱形現象。這就是超紫盧克辛的力量。這樣吧，阿麗維安娜，妳可以幫我個忙嗎？」

「當然。」

他微笑。「很好。我會記得妳這句話。」他轉身。他上衣背後有塊污漬。是血嗎？麗芙應該說些什麼嗎？「高德索恩老師，很抱歉，但我必須離開了。我還欠妳半堂課，我會補給妳。另外，請妳通知相關單位，阿麗維安娜．達納維斯經我認證爲超紫／黃色雙色譜法師。我要她立刻開始接受訓練。如果她的穿著打扮比不上一般魯斯加雙色譜法師的話，我會很……失望。經費將由克朗梅利亞支付。如果有人有意見，叫他們來找我。」

麗芙立刻把加文的上衣拋到腦後。她不敢相信剛剛聽見的話。就這麼短短幾句話，稜鏡法王改變了一切。解放了她。雙色譜法師！簡單來說，她從幫某個鄉下貴族寫信的人生晉升到只有歐霍蘭才能預見的人生。她以爲一切都是自己的幻想，直到在高德索恩老師臉上看到同樣震驚的表情爲止。這是眞的。片刻過後，她開始瞭解這段話第二部分的意思。麗芙將會過著等同於魯斯加雙色譜法師般的生活，而且一切費用都由克朗梅利亞支付。而魯斯加人的馭光法師都住在最奢華的公寓裡，那是他們用來吸引天賦異稟者的策略之一。

只要麗芙把握機會，她就有可能逃離阿格萊雅．克拉索斯那個貪得無厭的傢伙。

加文對她微笑，一種淘氣之中混雜了某種麗芙難以解讀的情緒的笑容。接著他離開了。

但是看著他小跑步走下台階，麗芙心裡隱約浮現一股不安。今天她得到了夢寐以求的一切，還有她不敢奢望的一切。不過，除此之外還發生了一件事。

稜鏡法王買下了她。她不知道自己的價值何在，但是她不認爲那是隨便做出的決定。她看向薇娜，只見她瞪大雙眼聳了聳肩。加文．蓋爾顯然會要麗芙去做某件事，而她將很樂意效勞。她怎麼會不樂意？但究竟是什麼事呢？

# 第三十九章

囚室的藍色試圖進入他的腦海，消磨他的熱情、理智。沒有仇恨、嫉妒、憤怒的空間。死人正對著牆壁喃喃自語。

達山站起身來，走向死人。死人待在藍盧克辛牆上一塊特別明亮的地方。當然，他是達山的雙胞胎。

「時候到了。」死人說。「你必須自殺。」

死人想要放火燒了達山的褲子，看看他有什麼反應。

達山從左到右轉動脖子。死人從右到左轉動脖子。「什麼意思？」達山問。

「你一直不願意做你非做不可的事。除非你能割得比達山深，你——」

「現在我是達山了！」達山大聲道。

牆邊的人大笑：「還不是，你不是。你還是我。你還是加文．蓋爾，我們失去的哥哥。達山偷走了你的人生，但你沒有偷走他的。還沒有。你還沒準備好。過兩年再來和我說。」

「你死了！」達山大聲說。「你是死人，我不是。我是達山！」

但是他的倒影不再開口。

他兒子在外面。他兒子，不是真的達山的兒子。真的達山正在偷走他兒子。就像偷走他整個人生一樣。

加文很久以前就決定，既然達山要偷走他的生活，他也要偷走達山的。他弟弟向來都比較聰明，所以唯一逃離此地的方法就是變成達山——比他弟弟更聰明，挖出一條比達山最深的陷阱還深的陷阱，然後讓達山身陷其中。截至目前爲止，這個計畫還沒有成功。

「沒有成功是因爲你不願意賭上一切。那是達山的專長。」死人說。「還記得你們兩個上次比拚的情況嗎？」

「是他囚禁我、竊據我人生那次嗎？」

「不，你們上次近身肉搏的時候。」

加文永遠不會忘記。他是哥哥。他必須贏。他甚至不記得爲何而戰。那根本不重要。一切大概都是他起頭的。達山越來越自大，越來越不尊敬加文。於是加文捶了他肩膀一下，罵了一句難聽的話。儘管加文年長，達山的身材卻和他一樣魁梧，甚至更壯。大部分時候，達山都會抱怨或咒罵幾句，然後摸摸鼻子算了。但那天不一樣。達山攻擊他。突然間，加文心中浮現出已經困擾他多時的恐懼，萬一自己輸了怎麼辦？

他們纏鬥，試圖甩開對方，朝對方的手臂、肚子、肩膀出拳。攻擊大多被擋了下來，但是沒擋下的那些就已夠吃不消。和兄弟打架是有規矩的，不會打斷對方的骨頭，也不打臉。兄弟打架是爲了屈服、支配與懲罰對方。

但如果讓達山打贏一場，兩人的關係就會永遠改變。他不能讓這種事發生。在恐懼與絕望的驅使下，加文打了達山的臉。

這一拳打得達山後退一步，不過後退是出於震驚，而非出拳的力道。達山向來沉穩，但當加文看見他的臉時，就知道自己錯了，犯了大錯。痛不痛無所謂，誰支配誰無關緊要。這些對達山而言毫無意義，他已完全陷入瘋狂，甚至不用汲取紅魔法就能失去理智。而他確實失去了理智。

達山撞上加文，將他抬離地面。加文試圖推開他，閃向一旁，奮力拉扯。但是達山並不是要爭取有利位置，他只是要撲倒加文。他們摔向地面。加文轉到上方，膝蓋狠狠頂中他。沒有用。達山彷彿一點感覺都沒有。他就這麼承受攻擊，然後以落地的力量拉倒加文。突然之間，加文的弟弟翻到他身上。達山雙掌握住他的脖子，用力掐下。

加文越來越慌張。他們都學過扭打的技巧。他擊中達山的下頷。沒有反應。達山承受住攻擊，然後以手肘擋下他下一波攻勢。他用力掐。

恐慌如同仇恨般再度來襲。達山會殺了他！加文一打再打，但是達山就這麼承受住攻擊。

動手啊，打傷我，無論如何我都會殺了你。

當世界開始變黑時，達山突然放開加文。他跌跌撞撞地起身，看著加文逐漸恢復血色。加文站起來時，他弟弟已經跑了。

那之後，他們就再也沒有打過架。那場架就夠了。他們知道如果再來一次，很可能會鬧出人命。

如果裂石山大戰是我得勝，他八成已經死了。

但是達山卻讓他活下來。就像是當年他掐住加文的喉嚨一樣。他本來可以掐死我。他本來可以殺了我，但他卻讓我活下來。因為他太軟弱了。

「如果達山很軟弱，」死人說。「那你算什麼？你敗在他手上。」他大笑。

「我不會再敗的。我想了很久，但終究是想通了。我會接受我弟弟的教訓：為了獲勝，不擇手段。只要有決心付出一切代價，你就不用付出任何代價。」就這樣，就是這麼簡單。現在，現在，加文已經準備好要成為達山了。他會利用達山的力量，但是拋開他的弱點。

他伸出一手，觸摸他的倒影。「你現在真的是個死人了。」他說。

他之前汲取次紅失敗，是因爲無法取得足夠的熱度。這底下唯一會產生熱的，就是他的身體，而上次過度吸收體溫，差點害死他自己。他開始出現妄想，但這樣依然不夠。當時他沒有賭上一切。如果代價是要送命的話，他不想死。現在他願意付出這樣的代價了。

「謝謝你，哥哥。謝謝你，兒子。」他大聲說道。他施法製作出一把藍盧克辛刀。即便保持專注，這把刀還是只有一面刀刃，但是在幾天努力過後，他和死人還是把他的長髮剃光。他先剃下一大束頭髮，分成許多小束，然後把每束頭髮末端打結，以免散開。收集到足夠的髮束、抹上身上的油脂做成臨時毛線後，他開始編織。這件事要先做，因爲之後他會沒有體力這麼做。

第一次，藍色爲他帶來好處。從前的他——還擁有自由，還是加文的年代——絕對辦不到這件事。將頭髮編織在一起，上、下、上、下，犯錯，重頭來過，不小心把沒弄完的東西掉在地上，試圖抓住它，然後因爲手指拉開了線頭，而讓一週心血瞬間付之一炬——從前這一切都會令他發狂。但是藍色令他陶醉在細節裡，讓他把每根頭髮都好好編牢。

一開始，達山並沒有注意到，但是有一天，他突然發現自己再度擁有了某樣失去許久的東西。他擁有了希望。他會出去。現在他肯定了這一點。一切都只是時間問題。復仇即將到來，等得越久，復仇的果實就會越甜美。達山嘆氣，感到滿足，然後繼續工作。

# 第四十章

加文脫下有焦痕的上衣，在撕開傷口上的布料時悶哼了一聲。五十丹納的上衣，我才穿半個小時就毀了。更糟的是，他發現有幾個女學生看到了焦痕。不過那沒什麼大不了，她們不會到處亂問。倒是光譜議會的人會問。他打算把謊言留著去向他們說。

他低聲咒罵。

加文知道瑪莉希雅在收他衣服的時候有一套行之有年的系統，但是不管她是怎麼收的，他永遠看不透其中的邏輯。他在一疊疊的上衣、褲子、馬褲、斗篷、哈比亞斯褲、長袍、睡袍、寬邊帽、頭巾之間翻來找去，而這些衣服大多沒穿過。歐霍蘭呀，他的衣服還眞多，而且這些還只是夏季服裝。大概是因爲既然他是稜鏡法王，就應該要能跨越族群，所以如果要和某國使節見面，或是突然要去阿伯恩，屋裡就有現成的當地服飾可供搭配。

房門在他上身赤裸、燙傷處已抹好藥膏的時候被人推開——至少他還知道要在自己的房裡擺些治傷靈藥。瑪莉希雅安安靜靜地走了進來。她看了他肋骨上的燙傷一眼，翠綠的雙眼綻放出憤怒的光芒。不過加文看不出她是在生他的氣，還是幫他生氣。或許兩者都有一點。她從他桌上拿起藥膏，抹在他背後的傷口上。噢。顯然他漏掉了一些傷口。接著，她手法熟練地幫他包紮，動作並不輕柔。「閣下，需要我幫忙再找一件上衣嗎？」她問。

「噢！」他叫道。他清清喉嚨，壓低八度說道：「麻煩了。」

她走向一疊他敢發誓之前自己有徹底找過的衣服，然後立刻從裡面拿出一件上衣。他不認爲自己有穿過這件，不過那是他喜歡的樣式，而且顏色夠深，就算藥膏滲出來，也不會有人發現。瑪莉希雅擁有她自己的魔法。他敢發誓那件上衣原先根本不在那裡。

她開始輕吹口哨，幫他穿衣，梳理頭髮；她吹的是首老調，美麗動人。瑪莉希雅吹口哨很好聽。

喔，那首歌是《迷失的羔羊》。是針對他找不到自己衣服所發表的評論嗎？或許。他有更重要的事要煩。然而，他已應付過他的兄弟，光譜議會能有多棘手？

「我早上或是明天就會離開。」加文說。「樓下有個年輕人在接受測驗。基普。他是我的，呃，親生兒子。」他沒必要在瑪莉希雅面前用「姪子」這種婉轉的說詞。瑪莉希雅知道加文囚禁了他弟弟，但連她也不知道加文不是加文。戰前她並不認識他們兩兄弟，所以她也沒必要知道這個。他毫不保留地信任她，但是越少人知道這個祕密，事情就會越晚爆發。「他十六歲——十五歲，我是說。妳可以幫他找些適合的衣服，然後幫我們打包外出兩週的行李嗎？」

「適合作戰的，還是華麗一點的？」

「都要。」

「當然。」她冷冷說道。

出門的時候，加文帶走了插在珠光寶氣劍鞘裡的長劍。他的劍技甚至比不上最差勁的黑衛士。從前他還滿會使劍的，但是當他瞭解自己能夠汲取各式各樣顏色組成各式各樣的武器之後，他就不再像黑衛士那樣經常練習世俗武器的技巧了。

當然，前提是要公平比試，而馭光法師從來不會與人公平比試。就連黑衛士也會拿手邊的一切和人打鬥——武器、魔法、裝酒的杯子，或是一把沙。

他也會在腰帶上插伊利塔手槍，好嚇唬其他人。

步出房門後，門外有兩名黑衛士等著。他的護衛。這是他與白法王妥協的結果。他可以在自認有必要的時候，在沒有黑衛士同行的情況下前往世界各地——也就是指大部分時間——只要他同意在最有可能發生暗殺的地方讓黑衛士陪同。他解讀這項協議的方式，讓白法王不太高興，但是他非常重視自己僅存的自由。

他快步走過分隔樓層的走廊。他與白法王分別住在這層樓的兩邊。由於克朗梅利亞會轉動，加文這半面隨時都會面對陽光。白法王永遠都待在陰影下其實有點諷刺，不過白法王那雙老眼還滿喜歡這種安排的。陰影會降低汲色的誘惑，避免加速她的死亡。加文再度好奇她究竟是怎麼辦到的。不汲色會讓他覺得空虛、衰弱。少了色譜魔法，人生根本就沒什麼好活的。魔法定義了他的身分。白法王從前肯定也有這種想法，但她依然堅定不屈，才能活到現在。

走過守衛在她房門口的黑衛士之後，他敲敲她的門。

「她不在。」左側的衛士說。「白法王已經去參加克朗梅利亞會議。她認爲因爲一個人拖拖拉拉而讓整個光譜議會等候，很不禮貌。」

這是黑衛士表達不滿的方式。他自己的黑衛士在他轉向白法王房間而非升降梯時，就知道他要去哪裡，但他們沒有告訴他。白法王的衛士一看到他，就知道他要去哪裡，但還是要等他敲門才告訴他白法王不在，導致他浪費了更多時間，遲到更久。一個人拖拖拉拉？我到場之前，光譜議會是要討論什麼？召開議會的人是我。

一如往常，黑衛士會謹慎表達不滿。他們暫時不會再惹更多麻煩，鐵拳會確保這一點。如果他們太常激怒加文，加文就會更常避開他們，而他們就沒辦法盡到保護責任。儘管如此，他們還是希望他尊重他們。而他也確實尊重他們，勉強算是。

很少有人願意在不知道自己喜不喜歡稜鏡法王或白法王的情況下，就自願跳出去幫他們擋箭。但他還是不想因爲這點而受束縛。權力代表自由。而權力必須維持。

「如果不能好好服侍我，」加文對自己的兩個黑衛士說。「你們對我來說就一點用處也沒有。」他轉過身去，大步走向升降梯。

他們當然沒說什麼，只是跟在他左右。鐵拳訓練他們要忽視任何可能會對保護對象造成危險的命令。

加文揮落雙手，製作出經由黃盧克辛強化的藍盧克辛柵欄，擋住他的左右兩側。他的黑衛士遲疑片刻，看著他繼續前進，接著他封閉了柵欄中央的空隙。他繼續前進，頭也不回地製造藍、紅、綠、黃、超紫等色的魔法牆。

他內心的某一部分得到了滿足。他兄弟眞的影響到他了，那個混蛋。

但是話說回來，這樣做是必要的。他必須讓黑衛士知道他們不能控制他。這就是保鏢的伎倆：妨礙一點你的自由，然後多妨礙一點，要不了多久，他們就能爲所欲爲。加文不打算讓事情走到那個地步。如果他任由黑衛士整天在他身邊閒晃——就像他們想要的那樣——他們不光會得知飛掠艇和飛鷹之類的祕密，還會發現他最重要的祕密。萬一讓黑衛士發現加文根本不是加文，他們會怎麼做？他們或許會認定他是正宗的稜鏡法王，然後就夠了。他們也可能會認定他會對眞正的稜鏡法王造成威脅。或許會導致黑衛士分裂。很不錯的想法，一群菁英戰鬥馭光法師自相殘殺。就是這些後果讓他非這麼做不可。他必須一而再、再而三地教育黑衛士，讓他們接受他留下的麵包屑：除非全心全意服侍我，不然你就別想守護我，而我可以隨心所欲、甚至毫無由來地收回你們守護我的特權。

一開始，許多年前，長矛指揮官會懲罰那些讓加文脫離掌握的黑衛士。在發現這樣做無效之後，他就開始公開處刑，爲了不是他們犯的錯而讓他們蒙羞。加文當年感覺這樣很糟，但還是不改。於是長矛指揮官加重公開處刑的刑罰，公開鞭打好幾名衛士，包括年輕時的鐵拳。加文的反應就是打個哈欠，然後整整一個月不讓任何黑衛士接近他。接著，他跑去擁擠的市集閒晃，沿途留下許多長矛指揮官派來守護他的黑衛士，全都被他給綁起來，還塞住嘴巴。就算是戰爭剛結束時，他也一樣這麼做，當時有很多人都很想把他除掉。

終於，有個刺客在無人守護加文時找上門來，而長矛指揮官開除了當時應該要保護加文的六名守衛。白法王終於看不下去，出面開除了長矛指揮官。加文完全不同情那個傢伙。當他發現利用加文的罪惡感沒有效果時，就應該想別的辦法。不懂得改變策略的人，根本就不該統領黑衛士。

這番作爲並沒有讓加文結交到任何朋友，但卻讓他掌握了形勢。再說，他不需要朋友。站在升降梯外的兩名黑衛士，在他接近時互看了一眼。左邊的女衛士身材矮小，但健壯如牛。她說：「稜鏡法王閣下，我發現你沒有衛士護送。我可以陪你一程嗎？」

加文微笑。「既然妳這麼有禮貌地要求了。」他說。

他們爲他打開升降梯，片刻過後，他來到他和白法王居住樓層的下方樓層。當班的黑衛士看到他只有一人護送，眨了眨眼。他們顯然知道輪值的人是誰，也知道她不該在護送稜鏡法王，而稜鏡法王也不該只有一名衛士守護。

「稜鏡法王閣下，」其中一人說，一個年僅二十歲的紅/橘雙色譜法師，肯定天賦異稟。「我能陪你走一程嗎？」

「謝謝你，但是不用了。」加文說。「這裡的事不是你能幫得上忙的。」

加文曾告訴基普，白法王試圖平衡稜鏡法王的權力，但是他不喜歡她這麼做。

他步入會議室。所有法色法王都坐在圓桌旁。在正式會議中，他們會按照順序就坐：次紅、紅、橘、黃、綠、藍、超紫、黑、白。然而，在今天這種會議裡，他們不想每次都坐同樣的位子，比較想和朋友坐在一起，或是抓張比較舒服的椅子。加文找到最後一個位子，位於超紫法王——一個身材高瘦、皮膚黝黑、名叫莎妲的帕里亞女人，和藍法王——一個膚色較白、鬍子上綁滿珠子、名叫克萊托斯的魯斯加男人之間。

加文告訴基普，每個法色法王都代表一個國家，這種說法基本上沒錯。每個總督都會指派一名法色法王，這是大多數統治者最重要的決定。但這套系統早在僞稜鏡法王戰爭之前就已經開始崩壞，因爲儘管血林已經指派了一名紅法王，但安德洛斯·蓋爾利用賄賂、勒索等手段取得紅法王的地位。他厚顏無恥到從魯斯加人手中偷走那個職位，宣稱蓋爾在魯斯加境內那塊小小的沼澤地讓他有權出任魯斯加的法色法王。

當然，戰爭結束後，類似的邏輯也被用來免除提利亞人的席次。

這裡的忠誠關係錯綜複雜到讓人眼花撩亂。紅法王和綠法王都是魯斯加人，所以他們很可能會在任何與魯斯加相關的議題上站在同一陣線。但是綠法王同時也是吉雅·托爾佛——阿伯恩的黃法色法王的表親。阿伯恩人與帕里亞人和魯斯加人在爭奪娜若斯的商路，所以任何和商業有關的議題，都會看到他們爭吵不休，但是在其他議題上，他們又同進退。次紅法王是血林人，而血林人與他們強盛的鄰國魯斯加結爲同盟，偏偏她的父母又被綠法王的兄弟所殺。這些人的關係很難說清。七總督轄地中所有的貴族家族至少都會派遣一個兒女前來克朗梅利亞，就算沒有其他目的，至少也可以注意一下別讓其他家族惡搞自己。

光譜議會裡所有人都會竭力保護自己。家族羈絆、部族羈絆、國家羈絆、色譜羈絆，還有各種形態的意識羈絆。法色法王是政治動物，就像他們是魔法動物一樣。想要成為法色法王，要有一定程度的色譜魔法天賦──白法王確保了這一點──但是除了要達到這個標準，大多數法王坐上寶座的同時，都會有滿載黃金的驢車駛入各地的皇室家族。加文在他的親生父親加入光譜議會的時候，就已經知道這個議會是這樣運作的了。

坐在輪椅上的白法王說：「我要求與會眾人肅靜。記錄下來，除了紅色之外，所有法色法王統統出席本次會議。」他們痛恨這一點。痛恨他們無法擺脫安德洛斯．蓋爾。他們痛恨他為了表達對議會的不滿而連續缺席五年，偏偏還堅持要讓議會計算他的投票。他們痛恨他讓信差傳遞投票的行為，這顯示他有多輕視他們的意見。沒有人能夠動搖安德洛斯．蓋爾的心意。他會獨自考量所有議題，在完全不顧光譜議會開會討論的情況下做出決定。但是他們也懼怕他。白法王說：「稜鏡法王閣下，你召開了本次會議，所以我把會議交給你來主持。」

她以為自己是在阻擾他。因為他太過獨立自主。如果不拉拉韁繩的話，他很可能會造成危險。

小心點，奧莉雅。被悶住口鼻時，狗會順從，但狼卻會發狂。

加文與光譜議會的關係向來不穩定。他在裂石山大戰勝利凱旋之後，他們立刻依照慣例拔掉普羅馬可斯的頭銜、奪走他的部隊控制權。但他們不知道他願不願意順從。因為當時還在習慣自己的新身分，所以他順從，但他對這些法色法王完全沒有好感。他們也都不喜歡他。他活太久了，掌握了太多權力。他不需要他們，這點令他們害怕。

他們痛恨他父親。他們痛恨蓋爾家族。他們一有機會就會阻擾加文。

耐心點，加文。還有很多時間可以完成第六大目標。還有很多轉圜的餘地。你是安德洛斯．蓋爾的兒子。

「我們得立刻釋出加利斯頓城，撤走我們所有人馬，把城交還給加拉杜國王。」加文說。「最好還要為了沒有及早這麼做而去向他道歉。」

一片死寂。接著又是一片尷尬的死寂。

克萊托斯．藍猶豫地輕笑。在發現沒人和他一起笑之後，他閉了嘴。

「國王？」白法王問。

「他是這麼自稱的。」加文沒有多做解釋。

莎妲．超紫說：「你當然不是認真的，稜鏡法王閣下。再過幾週，加利斯頓的管理權就會移交給帕里亞了。這是我們的權力。很多人都已經安排好計畫。如果一定要討論這件事，過兩年再來談吧。」

「絕對不行。」戴萊拉．橘說。她是個四十歲的雙色譜法師，有著雄偉下垂的乳房，眼中的紅、橘色澤已經擴及虹膜邊緣。她是阿塔西人。阿塔西會在帕里亞之後接收加利斯頓的管理權。「帕里亞是第一個接管加利斯頓的，當年城裡還有一些財寶，而你們把一切洗劫一空。」

「我們也重建了毀於大火中的城市，照料傷病人士。我們只是拿走適當的補償而已。」

「夠了。」加文在辯論進一步惡化前說。「你們弄錯重點了。這件事和誰有管理權、輪到誰、管理多久無關。我們擊潰提利亞已經十六年，他們至今還不能派遣代表參與議會。克朗梅利亞的提利亞人逐年遞減。原因何在？他們突然之間生不出馭光法師了嗎？還是說我們要求的貢金高到他們負擔不起馭光法師的教育經費，進而導致他們的土地更加貧瘠？而我們還占領加利斯頓——他們的主要海港與最大城——你們的官員又針對每顆橘子、石榴、甜瓜抽稅。我去過加利斯頓，那裡已大不如前。大灌溉運河裡積滿黃沙。下田的都是女人和小孩，不然就是沒人下田，根本連一個馭光法師都找不到。」

「你同情他們？」戴萊拉．橘問。「等我哥哥死而復生，盧城重建之後，我就會同情加利斯頓。他們加入達山陣營。是他們的戰爭害死了數以萬計的人。我看到他們把娜希女總督兩歲大的兒子丟下大石階。我看到他們劃開她懷孕的肚子，取出她的嬰孩，打賭他們可以把慘叫的嬰孩丟下幾級台階。他們割下女總督的鼻子、耳朵、乳房、雙手、雙腳，然後把她也丟下去。一切都發生在我們面前。如果你想知道的話，那個嬰兒直接被丟到最底下的台階。他的腦漿染紅了我的裙襬。我很想接住他，但我沒動。沒有人動。你要我們同情這種人？還是要我們同情把沒有任何馭光法師和士兵的難民船弄沉的那些人？」

那是加文的錯。加文身為達山時的錯。他派遣一名辦事向來迅速確實的年輕新進將軍——蓋德．戴爾馬塔進攻盧城。加文吩咐蓋德控制盧城。戴爾馬塔將軍將這命令解讀成要把盧城控制到不會再有任何反抗勢力為止。他剷除了皇室——一共五十六名成員及他們的男性家僕——在眾目睽睽之下，一次一個，依照繼承順位處死，然後燒掉他們的大城堡——阿塔西的榮耀。當人民逃跑時，戴爾馬塔將軍派出火法師追擊難民船。加文直到事後才得知這件事，那時他又能怎麼辦呢？那是戰爭，而他的將軍只是奉命行事，當戴爾馬塔將軍率軍攻打下一座大城伊度斯時，那座城不戰而降，因為民眾恐懼戴爾馬塔的威名，恐懼他的暴行。

「或許。」加文說。「我們可以算算你們火燒加利斯頓，並且關上城門、不讓任何人離開時，死了多少小孩？沒記錯的話，當時所有提利亞馭光法師和兩百名提利亞士兵都位於一百里格之外。當年清理河裡的屍體花了多少時間？這麼多小屍體在河面上載浮載沉。即使數百條鯊魚把整個港口染成紅色，依然花了好幾個禮拜，是不是？」

加文一直沒查出是誰下令焚城的，但是有人派了滿滿的紅法師占據城牆，焚燬加利斯頓。士兵守護馭光法師，讓他們在城內各處撒下紅盧克辛——紅盧克辛是油燈的燃料——導致加利斯頓化爲人間地獄。上萬人跳入河中，還有數千人跳到他們身上。他們的屍體阻塞了河道。接著，他哥哥手下幾名聰明的馭光法師想到用綠或黃盧克辛製作的小船載運紅盧克辛順流而下，或是將紅、橘盧克辛混合成一種易燃到即使在水裡也能燃燒的混合物，或是與超紫盧克辛混在一起，讓它浮在水面上邊漂邊燒。在這些大火、濃煙、河水、推擠的群眾、整棟建築墜河，還有順著河面漂流的火焰之間，加利斯頓的死傷人數高到史無前例。

戰前，加利斯頓的人口超過十萬。徵兵讓人口減少到八萬。那場大火之後，全城剩下一萬人，而在第一年的冬天過後，只剩下五千人。

「夠了。」黑法王說。卡佛不是馭光法師，所以從某方面來看，他是光譜議會中最沒實力的一員。身爲黑法王，他負責處理小傑斯伯所有的大小世俗事務，像進口食物、處理商業交易、締結契約、徵召士兵與發薪、維修建築和港口、造船，以及所有白法王爲了專心管理克朗梅利亞而交給他去處理的事。不過，他是個可敬的對手，加文很敬重他。「這樣列舉惡行會沒完沒了，稜鏡法王閣下。你的重點是？」

*重點是，在我剩下的五大目標裡，唯一眞正利他的目標，就是解放加利斯頓。那裡的人民是因我而受苦，而每次我試圖幫助他們時，就會被你們這些混蛋阻撓。*

「重點是，」加文說。「提利亞人痛恨我們的理由，就和我們痛恨他們一樣。我們爲了當年的戰爭，已經懲罰他們十六年了。現在大部分付出代價的人，當年都還只是小孩。他們沒有理由爲了父親做過，或是沒做的事付出代價。他們痛恨我們，而事實上，我們——包括七大總督在內——都不想帶著軍隊返回提利亞。」

「你在說什麼？」黑盧克法王問。「你有確實收到威脅的情報嗎？」

「我是說如果我們不撤離加利斯頓，用我們的條件結束納貢，加拉杜王就會進攻加利斯頓，然後以他的條件結束納貢。」這就是加拉杜王向加文說「我們會奪回你們偷走的一切」的意思。但是加文很難在不透露更多祕密的情況下告訴他們這件事，反正他們也不會相信。

「我看不出這個玩笑哪裡有趣了。」克萊托斯．藍緊張兮兮地說。就許多方面而言，他都是個懦夫，但是魯斯加不會輕易放棄加利斯頓，這點加文很清楚。「我們在那裡派駐了上千名士兵和五十名馭光法師。光憑馭光法師，就足以阻擋這個加拉杜『王』所能徵召的兵馬。」

「在叛徒，一個自立為王的傢伙面前低頭——難以置信。」橘法王說。「他該死。」

喔，父親，你不出席議會實在太可惜了。你會享受這一切的。我可以做一件你永遠不能做的事。

「首先，」加文說。「撤離加利斯頓是我們該做的事。我們在懲罰早就已經受到太多懲罰的人，而他們痛恨我們這麼做。過去十六年裡，我們都在埋下另一場戰爭的種子。戰爭是他們開啓的，沒錯。戴爾馬塔將軍是加利斯頓人，沒錯。但那不能成為我們做那些事的藉口，而那些事不光只是不對，而且很愚蠢。」

「你說什麼？」戴萊拉．橘說。前任橘法王——她母親——一手主導了輪流占領加利斯頓的計畫。

「妳聽見我說的話了。」加文說。「這裡幾乎沒有提利亞馭光法師。你們以為那是因為提利亞沒有新一代的馭光法師嗎？哈，萬一他們不是在這裡——這個只會讓他們貧窮、受人侮辱、被懷疑是間諜的地方受訓呢？萬一有人決定在自家附近直接訓練他們呢？一所新學校，專門為了復仇而設的克朗梅利亞，只因為我們心胸狹小、愚蠢至極？」

「胡說八道。」戴萊拉說。「有這種事的話，我們會知道。」

「萬一你們不知道呢？」加文問。「教學品質或許不如我們。我希望不如。但就算只會幾個基本火系法術，你那五十個馭光法師能夠抵擋數百個馭光法師多久？你的士兵能夠抵擋數千名深藏民間的叛軍多久？事實就是，加拉杜王將會占領加利斯頓。他會提出明知我們絕不會接受的條件，要求我們交出加利斯頓，然後他會攻占它。唯一的問題在於，我們會不會戰敗，然後顏面盡失，讓加拉杜王看來像是贏家，最終陷入一場你們總督不願意開啓的戰爭，還是說我們要放棄一筆貢金──分成六等份後根本微不足道的貢金──然後撤出根本守不住的領地？如果我們在加拉杜王開口要求之前主動交出加利斯頓，就會讓我們看起來寬宏大量。如果主動道歉，我們就是以德服人。如果這兩件事都在他還沒開口之前就進行，我們就可以剝奪他的勝利和目標。」

「這些事有證據嗎？」戴萊拉問。她很謹愼，橘法師都一樣，不過汲取紅魔法會讓馭光法師變得衝動莽撞。「因爲在我看來，你是想要我們爲了微不足道的理由放棄整座城市。我們不認識這個新任的加拉杜王。他是最近才掌權的，還沒派遣使節過來，也沒有提出任何要求。」

「妳是說你們都沒有在加拉杜身旁安插間諜？」加文反問。

幾個人臉上露出諷刺的笑容，不過沒人說話。沒有人會承認這種事，當然。他們彼此互不信任。過去十六年間沒有發生任何戰爭，但那並不表示所有人都利益一致。克朗梅利亞和所有首都都一如往常充滿間諜。

「如果沒有，」加文以肯定能夠刺激他們的傲慢語調說。「去生幾個間諜出來。」

「高貴的盧克法王，我們非常嚴肅地看待你的建議，當然──」克萊托斯·藍開口說道。這個魯斯加人痛恨加文，打從他結束魯斯加和血林之間的戰事之後，就一直對他懷恨在心。

加文打斷他。該來硬的了。「聽著，你們這些白痴。我不知道你們怎麼會沒料到這種局面。或許你們之中有人料到。我很佩服你們的忠誠，但是事實仍在，這是一場叛變，是異端邪說。加拉杜王主張推翻總督，直接崇拜歐霍蘭。我以為歐霍蘭的法色法王應該更有擔當。」

「夠了！夠了，稜鏡法王！」白法王叫道。她一副不敢相信加文剛剛說了那些話的樣子。同時說一群有權有勢的男女白痴、忘恩負義、不忠誠、不敬神，簡直難以想像。環顧四周，加文在某些人臉上看見震驚之情，在某些人臉上看見痛恨之情。

寂靜中，克萊托斯．藍率先發言。他是藍法師。理所當然，他能比其他人更快地理出條理。「我相信我們要非常愼重地看待稜鏡法王閣下的提議。我們應該要像他一樣每天這麼積極地為七總督轄地和歐霍蘭服務。」這話說得好聽，但是敵意十分明顯。「我提議派遣調查團前往加利斯頓，評估這個所謂的叛徒、加拉杜帶來的威脅，然後直接向我們回報。」

「調查團？你是瞎了、變笨了，還是極度腐敗了？」加文大聲道。「等到那個時候——」

「加文！」白法王說。「夠了！」

她舉行投票，表決是否派遣調查團，並於兩個月內回報。投票通過，五比零，因為有兩票棄權。

加文坐回椅背上，彷彿十分震驚、挫敗。在有人起身離開前的寂靜裡，他搖了搖頭，冷冷說道：「我在戰後交出兵權，放棄普羅馬可斯。在有很多人想要我成為實質上的皇帝時，我選擇擔任顧問。而現在你們忽視我。非常好。記得告訴你們的總督和女總督：準備開戰。加拉杜王不會奪回加利斯頓就滿足了。我敢保證。」

你看，父親，這就是只有我能做到，而你永遠做不到的事：我可以假裝挫敗。

# 第四十一章

麗芙還沒機會多看她在黃塔裡的新公寓一眼，就出門了。她不是去慶祝，不是因爲衝動，而是因爲她的勇氣正一分一秒地消失。她之前找過島上半數放貸人，才終於找到一個願意和她做生意。

踏入她的新房間，她發現塔奴已經把過去三年稱之爲家的小櫥櫃裡的東西都搬過來了。她床上還坐了一個女人。

「眞好，麗芙，出去慶祝嗎？」阿格萊雅．克拉索斯問。

「妳到我家做什麼？」麗芙問。「妳是怎麼進來的？」

「人不該忘記朋友，阿麗維安娜。」阿格萊雅站起身，走到麗芙面前。

「怎樣？妳是來威脅我的嗎？我好怕。」

阿格萊雅臉上流露出某種醜陋的神情，不過很快又戴回親切的面具，還有虛假的笑聲。「舌頭不要那麼利，女孩。搞不好妳會割斷自己的喉嚨。」

「結束了。」麗芙說。「加文．蓋爾——」

「把妳買回去當性奴，我聽說了。」

「下地獄吧！」麗芙說。

「該下地獄的人是妳，因爲妳在向害死妳母親、摧毀妳家園的人投懷送抱。」

這是一記重擊。麗芙後退了一步。

阿格萊雅曾經提過火燒加利斯頓的事，不過麗芙從未聽說類似這種指控。事實上，麗芙不清楚狀況，但既然這話是出自阿格萊雅的口中，她就願意相信那是謊話。「稜鏡法王和那件事沒有關係。」

「他這麼說妳就信？妳母親死在那場大火中。妳父親領軍對抗加文·蓋爾。」

「加利斯頓關妳什麼事？魯斯加與稜鏡法王同一陣線。妳父親和加文並肩作戰。」

「而我哥哥是加利斯頓城主，所以我有辦法得知一些內情。」阿格萊雅說。她壓低聲音，湊上前來。「或許現在妳也有辦法。」

原來是這麼回事。「不。」麗芙說。「我和妳、魯斯加，還有妳的謊言，再也沒有任何瓜葛。」效忠一方。這是達納維斯家族的座右銘，並且強調從頭到尾都只效忠一方。但是麗芙一點也不想效忠這一方。

「歡迎來到全新的人生，麗芙。妳現在是重要人物了。妳是權力遊戲中的玩家，而且手中的牌不算差。妳看，麗芙，妳或許是提利亞人，但現在不會再有人為此羞辱妳了。能夠克服這個障礙讓妳更加不凡。妳可以擁有美好的人生。」

「妳不能收買我。」麗芙說。

「我們已經收買了。」

「現在情況不同了。稜鏡法王親自下令。」

阿格萊雅緩緩揚起眉毛，馬臉看起來比平常更長。這是練習過的表情，不過話說回來，這個人的一切都很虛假。「我和妳合作已經……多久，三年了？我回去翻看我的筆記。我從來沒想過妳會是個賊，阿麗維安娜·達納維斯。而在上課三年之後，妳竟然要棄妳的職責於不顧？三年來，我們滿足妳所有的需求——」

「喔，你們還眞是大方！」麗芙說。

「如果更大方的話，妳現在就會積欠大筆債務了。我要問妳，麗芙。妳是哪種女人？」

當初就是這個問題讓麗芙拿起羽毛筆，爲了錢簽下那紙契約。而基於她與加文此刻的關係，她或許可以叫魯斯加人回去吃自己。他們能怎樣違逆稜鏡法王的決定？再說，雖然麗芙從毫無價值——一個顏色沒有多大用處的單色譜法師——變成雙色譜法師，她還是沒有多少爭奪的價值。每個國家都有很多投資失利的案例。馭光法師死亡，或是魔力耗盡，或在受訓的最後一年轉變陣營。每個國家都想偷走別國的馭光法師，而魯斯加人在這方面比其他國家做得更成功，所以他們當然不會爲了保住麗芙而大費周章。

但是達納維斯家族的人看重榮譽。向來如此。

「妳想怎樣？」麗芙問。

「妳讓我處境尷尬，麗芙。不是很有天賦的叛軍將領女兒。但妳將會成爲我皇冠上的珠寶，會成爲我對所有曾看輕我的人的復仇。想要達到這個目的，我就要妳成功。克朗梅利亞滿滿的財庫會支付妳大筆津貼。收下那些錢，然後我們會另外支付妳雙倍價錢。我們會把妳的債務和之前欠下的服務期限取消。見鬼了，只要妳妥善運用手上的牌，離開傑斯伯之前，妳就可以同時從三、四個國家收取津貼。事實上，只要好好爲我們服務，妳根本就沒必要離開克朗梅利亞。想想看，妳可以在這裡生活，世界的中心，一切重要事件發生的地方。想和誰睡覺就和誰睡覺，想和誰結婚就和誰結婚，讓妳的兒女擁有所有妳欠缺的優勢。不然妳也可以去服侍某地的小貴族，整天寫信、檢查他老婆的床，看她有沒有對他不忠，希望他會允許妳嫁給某個妳能夠忍受的人。在所有國家裡，魯斯加是待遇最好，也是妳最得罪不起的。」

「但是你們爲什麼要我刺探稜鏡法王？他從來沒有得罪過魯斯加。」

「我們喜歡監視朋友。這樣做可以幫助我們繼續當朋友——」

「但是妳剛剛卻告訴我，這麼做是爲了要傷害殺死我媽的人。到底是怎樣，阿格萊雅？妳要我爲了傷害他而背叛他，還是說因爲你們不會傷害他，所以根本算不上背叛？」

「說得好。」阿格萊雅說。她不慌不忙地繼續說道：「重點在於，妳或許有辦法直接傷害這個對你們國家造成嚴重破壞的男人，但是妳的涉入、妳的背叛——倔強的女孩，堅持要把效忠自己國家的行爲稱爲背叛——妳的『背叛』不會導致戰爭。這些國家已經經歷太多戰爭了。」

麗芙花了一些時間消化這些話。就某方面而言，聽起來確實有道理。

「但這根本不可能。我不認識稜鏡法王。他和我說過一次話。就一次。」

「但他喜歡妳。」

「我不覺得有到喜歡的地步。」

「妳知道要在那個男人身邊安插間諜有多困難嗎？我們以上的條件都只是要妳『嘗試』這麼做就好了。再說，我們知道他對提利亞人特別心軟。」她眉毛微微上揚，顯然是非常驚訝稜鏡法王的品味怎麼會這麼差。「或許妳可以利用他這個兒子來接近他。我們不在乎。」

要求她背叛稜鏡法王就已經夠糟了，現在還要她利用基普來達到這個目的？不，基普是個好孩子，麗芙絕不會這麼做。她只有一個方法可以成功脫身，而她一直都很清楚這個事實。

麗芙拿出三排硬幣。「這些是過去三年內，魯斯加政府在我身上花的錢。包括利息。好了，拿去。我和妳再也沒有任何瓜葛。我自由了。我什麼都不欠妳的。」

阿格萊雅．克拉索斯看都沒看那些錢一眼。她沒問麗芙哪來這麼多錢。事實上，她和一名阿伯恩放貸人簽署了一份約定，讓他可以直接收取她的津貼，還外加超高利率。麗芙再度一貧如洗。她得變賣一些他們給她的上好服飾才能過日子。「麗芙、麗芙、麗芙。我不想當妳的敵人。但現在妳終於有點價值，所以就算要我和馬上床，我也不會輕易放妳走。妳剛來的時候，有個住在這裡的表姊帶妳熟悉這裡的生活方式，是吧？」

「伊瑞桑娜。」麗芙說。

「她是在西魯斯加的納索斯伯爵手下辦事。她剛剛申請要嫁給一名鐵匠。伯爵暫時沒有回覆——應我要求。」

「妳……」麗芙顫抖地說道。

「他們顯然是很恩愛的小倆口，在一起好開心。如果伯爵決定讓伊瑞桑娜嫁給另一名馭光法師，以增加生出有天賦孩子的機會，那就太令人難過了。」

「下地獄去吧！」

「而且，我們也能阻擾妳完成學業。到處都會開始流傳妳曾經做過的卑劣行徑。就算妳完成學業，我們還可以在妳找工作的時候動手腳。稜鏡法王不可能永遠保護妳。等妳失寵之後……」

「我對魯斯加而言沒有那麼大的價值。」麗芙說，喉嚨因恐懼而緊縮。

「的確，對魯斯加沒有。但是對我而言，妳有。妳的態度吸引了我所有的注意。如果妳讓我沒面子，我就會讓妳後悔這輩子遇過我。」

「我已經後悔了。」麗芙彷彿洩了氣的皮球。「出去。在我動手殺妳之前，給我出去。」

阿格萊雅站起身，拿起硬幣條，說道：「這些就當作是我跑這一趟的補償。等妳再次考慮過後，妳知道該上哪兒找我。」

「出去！」

阿格萊雅走了出去。

麗芙渾身顫抖。不到三十秒後，傳來敲門聲。受夠了。麗芙決心要殺了她。她大步走到門口，使勁開門。

不是阿格萊雅。門外站著一名美麗女子。血林人，有著白得出奇的膚色，和即使在克朗梅利亞多年、依然讓她覺得奇怪的雀斑，以及火焰般的紅髮。女人身穿奴隸服裝，不過剪裁合身，而且是用麗芙從未見過任何奴隸穿著的上好棉布所製。貴族的奴隸？

奴隸交給麗芙一張字條。「小姐，」她說。「稜鏡法王閣下給妳的。」

麗芙．達納維斯凝視著字條，覺得自己很蠢，有點站立不穩。字條上寫著：「請妳方便的時候立刻來見我。」她的心臟彷彿要跳入喉嚨。稜鏡法王召見她。所以現在就開始了，她要償還加文．蓋爾的債務。她也沒有天眞地以爲這會是最後一次。欠盧克法王的債，是會欠一輩子的。

她只是沒料到他這麼快就來找她。

奇怪的是，她的第一個反應是：「去見稜鏡法王要穿什麼？」麗芙通常不會花費太多心思在打扮上。或許那是因爲當只有幾套衣服可換時，妳就只能挑選乾淨的衣服來穿，而不會考慮時尚流行。當然，這種情況已經瞬間出現變化。加文下令她要擁有魯斯加雙色譜法師的生活型態，這表示她有很多衣服、少數珠寶，以及這間大公寓——基本上比她過去三年住的那間大上五倍。雖然她沒錢，但是有化妝品。可是她不確定自己是否喜歡這種改變。想到自己即將變成亞娜那種自我中心的女人，就讓麗芙一陣反胃。

奴隸依然站在門前，帶著親切自然的神情，刻意忽視她愚蠢的反應。

「不好意思，卡林。」麗芙說。「妳可以幫幫我嗎？」麗芙每次面對奴隸時，都覺得很尷尬。瑞克頓的人全都窮到買不起奴隸，而少數跟隨商隊路過的奴隸，待遇也和一般僕役差不多。在克朗梅利亞，一切都比較正式，大多數其他學生從小家裡就有奴隸，或至少常見到奴隸，所以麗芙覺得好像其他人都知道該怎麼應對，只有她會不知所措。她至今依然覺得用「卡林」這種貶低的字眼稱呼比她大十歲的人非常彆扭。

當然，麗芙現在是雙色譜法師，必須盡快習慣這種情況，不然會比之前更常表現得像笨蛋。

奴隸揚起一邊眉毛，一副二十八歲女人看著做了蠢事的十七歲女人的模樣。

「我不知道該穿什麼。」麗芙連忙說道。「我甚至不知道『方便的時候』是什麼意思。那眞的是指我方便的時候，還是說要立刻趕去，就算我身上只裹著一條浴巾也一樣？」

「妳可以花點時間做適當的打扮。」奴隸說。

麗芙僵在原地。她現在的打扮算是適當的打扮嗎？

「大部分去見稜鏡法王的女人，都會穿比較……優雅的服飾。」奴隸看著麗芙樸素的裙子和上衣說。

或許我該穿那件合身的藍色連身裙。或是那件奇怪的伊利塔黑絲緊身服。但那比較像是晚禮服，不是嗎？還是該穿那套小得出奇的……麗芙皺皺鼻頭。奴隸的說法令她緊張。她想像有一群女人在稜鏡法王門外大排長龍。麗芙從未聽說任何稜鏡法王帶誰上床的流言，但她其實不太熟悉資訊豐富的八卦圈，而她完全可以想像很多女孩都願意為了迎合稜鏡法王的喜好而穿或脫什麼衣服。除了基本上算是身為宇宙中心，稜鏡法王既帥氣又威嚴、風趣、聰穎、年輕、有錢，而且還未婚。

為她採購化妝品的人，在抽屜裡塞滿了淡化或加深膚色的用品。但是以麗芙那種咖啡奶油的膚色，絕不可能畫到像西阿塔西人那麼白。反正她的雙眼顏色也太深了。而且一頭大波浪鬈髮，就算用深色妝，也不可能畫得像是帕里亞人。她沒辦法掩飾她是提利亞人的事實。

其他女孩和女人穿上華服、打點妝容後，看起來都美極了。她們很自在，很美麗。麗芙覺得自己很愚蠢，看起來像流浪漢。

有多少應召前往稜鏡法王住所的女人是別有用心的？其中有多少女人是代表各自的國家而去？又有多少沒被國家吸收，是爲了自己的目的而去？所有人嗎？她又不是要上樓去勾引加文．蓋爾——阿格萊雅和她的家族下地獄去吧——她有什麼理由打扮成要勾引他的模樣？

「去他媽媽的。」麗芙說。她很少罵髒話，但是這下罵得很爽。她丟下一件大概比她去年所花的錢全部加起來還貴的衣服。「我現在就很方便了。」

奴隸看起來像是有話要說，不過她忍住沒說。「這邊請，小姐。」

搭乘盧克法王的升降梯上樓之後，奴隸帶領麗芙來到黑衛士面前。兩名女衛士徹底爲她搜身，確認麗芙沒有攜帶武器。

麗芙覺得有點受到侵犯。「她們很認眞工作，是不是？」她在她們終於帶她來到應該是稜鏡法王的房間外時問道。

「妳知道如果稜鏡法王死了，會對世界造成什麼影響？他並非總是很好相處，但他比大部分稜鏡法王要好多了。有很多人都願意爲他付出一切。一切。記住這一點……小姐。」

歐霍蘭敏感的鬍鬚啊，這個女人保護心眞重。

奴隸在門口停步，敲門三聲，然後開門。麗芙步入稜鏡法王的房間，發現他坐在一張桌子後面，凝視著她。那雙眼令人著迷。此刻，他的眼睛彷彿鑽石般向四周折射光線。他比向對面的椅子，麗芙坐下。

「謝謝妳，瑪莉希雅，妳可以出去了。」加文對奴隸說。接著，他轉過他的鑽石眼，看著麗芙道：「請妳幫忙的時候到了。」

## 第四十二章

「斥候！」科凡喊道。「她看到我們了。狗娘養的！」

離開瑞克頓後，科凡和卡莉絲決定結伴同行。他們都想去找加拉杜王的部隊，不過理由不同：卡莉絲要想辦法加入部隊，科凡想看看有沒有機會復仇。信任科凡．達納維斯風險很高，但他救過卡莉絲，而且戰時聲望絕佳。重點在於，孤身上路很危險。

他們已向南追蹤加拉杜王的部隊好幾天，一個斥候都沒驚動。現在卡莉絲和科凡卻直接走過樹上的斥候面前，這實在太過大意了點。

他們站在一片樹林邊緣，距部隊後衛半里格，但斥候卻衝向東方一道緩坡，而非直接奔向後衛。

「她在那道峽谷裡備有馬匹。妳或許可以攔截她。」科凡說。他取出紫杉長弓。「距離太遠，不過說不定我運氣好。」

卡莉絲已經開跑。一離開昂伯河岸，提利亞立刻變成一片荒漠。只有少數有地下水流經的地方能夠生長松樹，就像她和科凡剛剛路過的那棵，但是這片土地大多是滾滾山丘、地面龜裂，介於沙漠和荒地之間。這種地形導致他們越來越難跟蹤加拉杜王的部隊，因爲就算他們步行，不會像加拉杜的手下和車隊一樣激起大量塵土，對方依然看得見他們。每到一座山丘，都必須決定是要冒著被發現的風險直走，還是繞道而行，距離越拉越遠。部隊行軍的速度不快，但肯定是直線前進。

斥候領先卡莉絲超過兩百步。從緩丘的坡度推測，卡莉絲側向右方。斥候或許可以趕到馬旁，但只要卡莉絲於斥候上馬時接近到一百步以內，那斥候就不會在馬背上待太久。

某樣東西從天而降，插在斥候身後不到五步外的地面。她完全沒有發現。可惡。科凡差點射中在兩百五十步外奔跑中的目標。都射這麼近了，就不能更近一點嗎？

女人轉向，進一步偏向右方。科凡第二支箭離她足足有十五步，她要是沒轉向，就會被射中。

卡莉絲繼續狂奔，幾乎足不點地地跳過風滾草，祈禱自己不要踩到除非鞋子被刺穿，不然根本不會發現的矮小仙人掌。不過，響尾蛇比仙人掌更可怕。以卡莉絲此刻奔跑的速度來看，響尾蛇不會響尾警告，而會直接攻擊。她加快速度。或許只要跑得夠快，蛇就咬不到她。

透過眼角，她看見科凡的箭映入眼簾。此刻他們距離超過三百步遠，加上沒有風助，科凡光要增加射程，就必須在瞄準時預留許多空間。但是這一箭看來十分完美。

箭疾落而下，斥候重重倒地。卡莉絲不敢相信自己的眼睛。這一箭簡直不可思議。三百步外射中奔跑的目標？她左轉，筆直奔向那個女人。

卡莉絲一轉向，立刻看見科凡的箭。插在地上。就在斥候倒地處。箭沒有射穿她。只是絆倒她。

卡莉絲看見那支箭的同時，女人站起身，轉頭望向卡莉絲。她看起來很震驚，雙掌染血，臉頰上有道傷痕，但是女人還是拔腿就跑。

卡莉絲已經輕易將兩人間兩百步的距離拉近到一百步，此刻趁著斥候必須從完全停止開始加速，卡莉絲又追近了一半距離。她離對方已經不到三十步。

科凡不再繼續射箭。此刻他們已經奔出超過四百步外。即使對紫杉弓而言，這個距離也太遠了。科凡也不可能在卡莉絲如此接近目標時冒險射箭。

卡莉絲拉扯項鍊，試圖抓取她的眼罩。即使這樣稍微減緩衝勢，都讓斥候拉開了距離。她扯下項鍊。可惡，那個女人跑得跟羚羊一樣快。但是藉由經驗培養出來的耐性，卡莉絲讓她拉開距離。只要戴上綠紅眼罩，這場追逐就結束了。

她拉開項鍊上的釦環，看著前方的地面，撕掉眼罩上的盧克辛，然後放慢腳步，讓眼罩完美地密合在眼眶上。

斥候在坡度變陡時大叫了一聲，轉而向左。卡莉絲緊追而上，紅盧克辛包覆右臂，綠盧克辛包覆左臂。

斥候在叫？對誰叫？

或許是在對她的馬叫。

*當然是，卡莉絲。*

轉眼之間，卡莉絲越過山丘，跑下陡坡，朝一座營地直奔而去。一打士兵等在那裡。其中至少兩人手持繩網，兩人拿著套索杆。棍子，棒子。劍沒有出鞘。他們不打算殺人，只是要抓人。陷阱。

卡莉絲感到強烈的恐懼，彷彿被人一拳擊中肚子。好像她又回到十六歲，被父親拖上一艘船，駛離大傑斯伯。但她父親的船開過她家的宅邸──原本她以為要去私會達山的地方。結果她哥哥們等在那裡。他們說要教訓達山，因為他試圖摧毀他們家族。但她在他們眼中看見致命的凶光。

她站在甲板上，看見一陣爆炸炸碎她在二樓的房間。她看見火場中有人影晃動，正在互毆。半邊屋頂塌陷，爆炸一陣接一陣。屍體飛出一百步外，墜入海面。站在她身邊的父親臉色發白。「妳說他會一個人來，妳這個愚蠢的蕩婦。看看妳做了什麼！他一定帶了大隊人馬！」父親沒有打她，只是抓著她的頭，逼她去看她本來就無法移開目光的景象。幾分鐘內，她生命中唯一的家園陷入一片火海。

當時她是個小孩。她無法思考，無法行動。但如今她不再是孩子，而且有滿腔當年那個純眞稚子不曾瞭解的怒氣可用。

卡莉絲利用陡坡的高度優勢，撲向兩名並肩而立的騎兵中較接近她的那個。騎兵兩手各拿一支套索杆，他揚起杆子，試圖阻擋她。他擋住她踢出的一腳，但是她順勢向下，雙膝同時頂在他身上。

在肋骨碎裂的聲響中，騎兵跌落馬鞍。她落地時滾向一旁，以握著阿塔干劍的右手撐地，在滾過第二匹馬腹下方時，左手施法做出一把綠盧克辛刀。刀刃輕鬆劃開馬腹。

戰馬還沒因劇痛立起，卡莉絲就已經站起身。她瓦解綠盧克辛，劍交左手，衝向一名持繩網的士兵。他嚇呆了。他沒有移動，就連她撲到自己面前、右手甩出一道擾亂人心的火光、一劍刺向他的臉時，持繩網的士兵還是沒動，於是她撞上了他。阿塔干劍插進他的眉心，向旁滑開，最後深深刺入他的眼中。

卡莉絲轉頭看向剛剛甩出的火弧光，只見沉重的繩網自火光消逝處朝她拋來。對方拋得很準。但是她等待，等待，再度劍交右手，直到繩網來到她和朝她當頭揮出長杖的男人之間。

啪啪兩聲，卡莉絲射出兩塊綠盧克辛馬蹄鐵。其中一塊呼嘯穿透旋轉張開的繩網。儘管沒有碰到繩網，馬蹄鐵還是擊中了揮杖者的臉頰，打得他失去平衡。第二塊馬蹄鐵飛過時卡住繩網，牽動它調轉方向，撒向好幾個人，四角鉛塊變成了鍊枷。

戰馬人立而起，放聲慘叫，聽起來非常恐怖。牠的腸子像血淋淋的繩索般墜落地面。但卡莉絲幾乎沒有聽見、沒有看見。她只看見一片混亂，而混亂是她的朋友，混亂是在這種情況下的戰鬥優勢。

四面八方的士兵都開始遠離她。卡莉絲朝遮蔽視線的營帳拋出小火球，暗罵自己長得不夠高。剛剛大聲下達命令的男人在哪裡？營帳著火了，但似乎除了卡莉絲之外，沒有人在乎營帳。所有人都在逃命。

她這才開始察覺這個營地有多少人——光營帳就有幾十座，所以這裡有上百人？歐霍蘭呀，她必須離開！接著，她聽見震耳欲聾的聲響。她腳下附近的地面被火槍彈擊碎，四面八方傳來開槍的衝擊感。

她抬頭，看見半圈火槍手，至少四十人。其中有一半正以順暢熟練的手法再次裝填彈藥。不慌不忙、訓練有素。另一半舉著裝填完畢的火槍瞄準她。

「下一輪射擊就會取妳性命，卡莉絲．懷特．歐克！」一個男人叫道。他很瘦，騎在馬上，就算臉上沒有那副得意洋洋的表情，身上的華服也明白表示他就是拉斯克．加拉杜王。「交出妳的劍，解除盧克辛。立刻。」他說。

卡莉絲看著身前被子彈打出來的半圓形彈痕，試圖判斷國王的火槍手的準度如何。非常準。他們距離不過二十步左右。想打不中都需要奇蹟。加拉杜王的護甲當然都是鏡甲，而他的左右站滿了鏡人團和馭光法師。科凡呢？

如果科凡跑步的速度和她一樣快，那他隨時都會趕到——每次開始打鬥，卡莉絲就會忘記時間。或許他已經發現她中了埋伏。不管怎樣，就算是他，也不可能應付這種局面。他當然也不可能在距離極近的二十個火槍手前拯救卡莉絲。

卡莉絲摘下眼罩，丟到地上，然後拋下長劍，讓紅、綠盧克辛滴落指尖。通常釋放盧克辛時，她會感覺野性和憤怒離體而去。這次沒有。

「加蘭。」加拉杜王朝她身後的某人比畫手勢。

卡莉絲正要轉身，腦袋已經遭受重擊。

# 第四十三章

基普跟隨鐵拳指揮官走上一層階梯，來到基普這輩子見過最大的雙扇門前。這扇門是由微帶煙灰色的玻璃所製，其中緩緩飄動著各式各樣的色澤，一座色彩之湖。

鐵拳指揮官提起一個大銀門環，在門上敲了三下。那感覺就像他在光線池塘裡丟入三顆石頭一樣。儘管門沒有移動，其內的光線卻自撞擊點朝四面八方產生漣漪。基普看得讚嘆不已。他伸手摸門，手指觸摸門面的部位出現了小漣漪。

「別碰。」鐵拳叫道。

基普好像碰到火焰一樣地立刻縮手。

「進去之前，你必須知道幾件事，基普。」鐵拳說。「首先，一切都是真的。每十個申請人就有一個沒出來。」

「沒出來是說……」

「死在裡面。其次，你隨時可以停止測驗。你手裡會有一條繩子。拉繩子，就會敲響一個鈴。到時候他們就會立刻停止。第三，如果你放棄，你就玩完了。你不能留下來。花很多錢才能培養一個馭光法師，沒有任何總督會把錢浪費在懦夫身上。根據加文指示，如果你失敗了，我會給你一筆足以購買一座小農莊的錢，然後送你上船，前往任何你想去的地方。這比其他失敗者的待遇都好，但是永遠都不能回來。你現在的身分就已經夠讓他丟臉了。」

顯然，這場測試不是在測試他的機智。「我讓他丟臉？」基普問，覺得喉嚨卡了一塊硬塊。加文並沒有透露這種意思。

鐵拳眨眼。「馭光法師的人生艱苦短暫。我沒時間說謊，不管謊言能讓你多好過。你是個私生子。對大人物而言，這很常見，但依然是件丟臉的事。任何會點算數的人，都知道你是在稜鏡法王和卡莉絲·懷特·歐克訂婚期間受孕的，而大部分的人都很看重這個女人。稜鏡法王會被人以很高的標準檢視，所以你讓他丟的臉比一般人還大。如果你失敗了，情況就會更糟。這是實話。穿上絲綢和飾帶也不能改變這個事實。」

「好了，第四，有人說歐霍蘭會看顧每一場測驗。失敗就等於是辜負歐霍蘭的期望，農家小子。準備好了嗎？」

如果基普失敗，他就得離開這座島。他不只會讓救自己一命的男人蒙羞，還會失去幫母親報仇的唯一機會。

基普不打算失敗。他寧願死。

鐵拳看見他臉上的表情。「很好。」

基普面前的大門再度浮現漣漪，彷彿融化般的燦爛色澤緩緩波動，接著朝左右分開。那感覺就像是有某樣巨大物體從難以想像的深處浮出水面。基普在一張巨臉浮現時，差點心跳停止。巨臉出現的速度快到他根本難以注意到所有細節，只看到白髮、星星般的眼睛、各種形狀的水從五官湧出，接著它張開嘴巴，漆黑大洞吞沒大門。基普畏縮，只覺得那張嘴要把他吞了。

兩扇門從內猛然開啓，彷彿被巨人撞開。一陣強風吹過基普。

「進去。」鐵拳下令。

基普獨自進入一個圓形房間，牆壁、地板都與門一樣是煙灰色透明材質。七條身影在鑲於地板中的一塊黑色圓盤前站成一排。基普遲疑片刻，對方也都沒有動作。沒人告訴他該往哪兒走。

七條身影身穿長袍，每種顏色各一。代表超紫色的馭光法師穿的是紫袍，次紅色馭光法師則身穿深紅長袍，以免有人看不見這兩種光譜，不過當基普瞪大又瞇起眼睛之後，他發現次紅法師確實綻放出高溫，超紫法師則覆蓋在如同鎖甲般的超紫堅硬盧克辛中。

基普依舊不確定當前狀況，於是走向他們。接近之後，他才見到他們兜帽下的容貌。他緊握雙拳。次紅法師膚色黝黑。沒有眉毛。沒有頭髮，頭上冒出細小的火苗。綠法師的臉如同老橡樹般布滿疙瘩，眉毛看起來像苔蘚，頭髮則像布滿的地衣。藍法師看起來像刻花玻璃，五官有些扁平，有些像珠寶般尖銳。

看在歐霍蘭的份上，這些傢伙都是狂法師嗎？接著，橘法師自黏稠的外皮下眨了眨眼。基普注意到他的眼睛。所有人的眼睛。

這些都是化妝戴面具的馭光法師。他們代表了所有顏色的狂法師。七種不同的死亡和羞辱。基普恢復呼吸，不過有點難以克制地發抖。他站到黑圓盤上，面對他們。

「我是安納特，我是暴怒。」次紅法師說。「我被怒火吞噬。」

「我是達格努，我是暴食。」紅法師說。「我永遠都吃不飽。」

「我是摩洛卡，我是貪婪。」橘法師說。「我永遠不會滿足。」

「我是貝爾菲格，我是懶惰。」黃法師說。「我浪費我的天賦。」

「我是阿提瑞特，我是淫慾。」綠法師說。「我渴望更多。」

「我是莫特，我是嫉妒。」藍法師說。「我不能忍受其他人的好運。」

「我是費力盧克，我是驕傲。」超紫法師說。「我要占據歐霍蘭的寶座。」

這些都是古老眾神的名字。基普鮮少聽聞。

「這些就是我們扭曲的天性。」

「權力的誘惑。」所有人輪流說話，一句一句接得一氣呵成，就像是擁有同一個意識。

「因爲如果無法自制，我們就會淪爲怪物。」

「無恥羞愧，藏身於黑暗中。」

「但我們是歐霍蘭的子民。」

「我們是歐霍蘭的禮物，代表祂的愛。」

「祂的律法。」

「祂的慈悲。」

「祂的眞理。」

「於是我們毫不羞愧地站在這裡，身穿祂的公義之袍。」

次紅法師上前，揭開他的面具，脫下長袍。他是個年輕人，強壯、英俊、赤身裸體。「除去暴怒，我就是耐性。」次紅法師說。他揚起手掌，雖然沒有刻意去看次紅色，基普還是知道對方顯然正在汲色。他身體四周的空氣炙熱發光。「遵循歐霍蘭的旨意。」

紅法師踏步上前，揭下面具，脫掉長袍。她很年輕、身材健美、嫵媚動人，而且也裸體。基普瞪大雙眼。他試圖將目光維持在她臉上。

嚴肅的儀式，基普。歐霍蘭在看，基普。直接下地獄，基普。

「除去暴食，我就是節制。」紅法師說。她舉起手掌，紅盧克辛如同開花般溢出掌心，布滿全身、雙眼、臉頰、頸部、乳房、奶頭、緊實的小腹——基普！轉眼間，她宛如一座雕像，每一吋肌膚都染成紅色。「遵循歐霍蘭的旨意。」

橘法師上前。男人，充滿慈悲。「除去貪婪，我就是慈悲。」他說，舉起雙手，變成閃閃發光的橘色。「遵循歐霍蘭的旨意。」

黃法師說：「除去懶惰，我就是勤奮。遵循歐霍蘭的旨意。」他的身上綻放黃光。

綠法師是個身材玲瓏有致、秀色可餐的女人。她目光冰冷地直視基普雙眼，這樣讓基普在她脫長袍的時候不至於太過尷尬。他心想如果他偷看她雄偉的——糟了。「除去淫慾，我是自制。」她說。「遵循歐霍蘭的旨意。」

藍法師脫去長袍。「除去嫉妒，我是善意。」她輕聲說道。「遵循歐霍蘭的旨意。」

最後是超紫法師，他是個肌肉壯碩的男人。「除去驕傲，我是謙遜。」他洪亮地說。「遵循歐霍蘭的旨意。」

他們同時壓低雙手，指向基普腳邊。不同顏色的光芒射向他身處的黑色圓盤上。圓盤開始隆隆作響，微微搖晃。接著突然之間，石盤沉入地板——基普也跟著下降。

片刻之後，基普屁股已經碰到地板。但那個洞太窄了。他的肥肉卡在地板邊緣。他必須左右移動才能擠進那條洞裡，隨著洞逐漸加深，他的肚子和屁股開始貼在牆上。

「舉起右手。」超紫法師說。

基普照做，不由自主地吞嚥口水，看著一條繩索自高到無法看穿那明亮光輝的天花板上垂落。超紫法師接下繩索，將打了結的末端放入基普舉起的手中。

「拉繩子，一切就會結束。」男人說，聲音中流露出一絲暖意。

接著，基普就完全沉入洞中，然後持續下降。他在地板下方停止下沉。上方測驗廳裡的光線熄滅，基普什麼都看不見。

他試著深呼吸，但是身處的空間狹窄到他根本沒辦法吸太多空氣。

頭上傳來低語：「迪斯，你可以幫我主持這次測驗嗎？」

一名男子有點尷尬地回應：「我從來沒主持過測驗，大人。你知道，我想我們把管子設得太窄了。他很胖，搞不好會窒息。」

「他是稜鏡法王的私生子。」

「所以呢？他又不在這裡。」

「所以人生充滿意外。但是意外發生的時候，我不能在場。稜鏡法王知道我討厭他，但不認識你。所以，如果意外是在你的看顧下發生的——」

基普沒有聽見接下來的對話，因爲有水自他頭上淋下。冰水，一開始只是用滴的，隨即變成穩定的水流。水順著他的後頸流過他緊貼牆壁的背部。他四周的牆壁綻放出刺眼的藍光。歐霍蘭呀，他們打算殺了他來報復他父親。就像加文警告過的一樣。

水從他的腰部開始積聚。他太胖了，水流不到腳邊，他把整條管子塞住了。基普心跳加速。穿透牆壁而來的刺眼光芒從藍色變成綠色，依照光譜的順序轉換色彩，甚至改變溫度，接著在水積到基普頸部時徹底消失。

水積到耳朵了。他用力擠向一側牆壁，在腰與牆壁之間擠出一點空隙。積水流到他的腳邊。但是上面還是不斷有水流下來。

短時間內，他還可以間歇性地擠出空隙，繼續排水，但沒多久就被水淹沒，身體幾乎浮起。他再度擠向牆壁，但是水完全沒有排出。腰部以下已經沒有空間。

積水再度淹到被卡在下方的左肩，而右肩則卡在上面。接著，積水淹到他的脖子、左耳。

他沒注意到牆壁何時開始綻放超紫光，不過接著又轉變爲藍光，在水淹到下巴時轉爲綠光，淹到嘴唇下時變成黃光，嘴唇上時變橘光——水流的速度在淹到頭時似乎變慢了？他透過鼻子深吸了口氣，利用身體擠壓的姿勢往上爬，結果發現肩膀上有幾條束帶阻止他向上。

這實在是太瘋狂了，有人想殺他。基普得搖鈴。他的手指緊握繩索，可以等沒人想要殺他的時候再來測驗一次。

*不。放棄就會被趕出去。放棄就代表失敗。*

在水淹過基普的鼻子之前，他只有時間再吸一口氣。

頭上的水流突然停止。基普可以想像上面的交談：「他太胖了，把水塞住。水位不該那麼高，我們沒有放那麼多水進去……他會驚慌失措。你知道，一個孩子，受困、害怕。他一定根本沒想到要拉繩子。」

原來是這樣。要不就是放棄，讓父親蒙受比他的存在更大的羞辱，不然他父親的敵人也會想盡辦法殺了他。

他屏住呼吸，肺部開始出現灼燒感，腦中突然一片清明：*拉繩子，回家。*

但他已經無家可歸。所以，拉繩子，去找個地方……種田。或是留下來，或許會死。在這裡失敗，他就辜負了父母的期待。在這裡失敗，他將永遠是個失敗者。

*我絕不拉繩子。*

四周一片漆黑。水在次紅光的影響下變燙，不過接著水溫開始下降。

*我不喜歡種田。*基普笑著咳出一些空氣，這個想法實在太蠢了。但是痛楚立刻粉碎了這荒謬的幽

默。他沒辦法減緩心跳速度，沒辦法阻止喉嚨痙攣性地吞嚥、胸口在吸不到空氣的情況下不斷收縮。

我絕不拉繩子，可惡。我絕不拉繩子。

有東西在動。一開始，基普以爲是水溢出去了，但並不是。他腳下的地板開始升起，但肩膀上固定他的束帶還在原位，緊緊擠壓著他。水完全沒有排出，反而淹沒了他高舉的手臂。沒過多久，他被擠到蹲下，膝蓋貼上胸口。在膝蓋的壓力下，他咳出體內最後一口空氣。

他已經無計可施。吸入水比不呼吸更慘，他知道。但是知道歸知道，他的身體還是忍受不住，吸了一口。水在他肺裡變得滾燙、尖銳、刺激。他堵住嘴，更加縮緊膝蓋，身體彷彿要被自己撕裂。他咳嗽，接著，奇蹟出現，水離開他的嘴中，噴入空氣，神聖、榮耀、自由、美麗的空氣！

大口喘氣、吐水、作嘔，身體依然蜷曲成球狀，基普奮力呼吸。他可以呼吸了！基本上可以。他的膝蓋因爲擠壓而疼痛不已。他的背也很痛，肋骨也痛。但是歐霍蘭呀，空氣是如此甜美。如果他能好好吸一口氣就太棒了。

沒有其他變化。四周依然一片漆黑。基普開始流汗。他受困於此。管子裡越來越熱，而他依然渾身濕透。光線迅速閃耀，再度輪過一整個光譜。

原來是這麼回事。他們看出他不會放棄，所以不打算給他機會利用那些顏色。

無所謂。我絕不拉繩子。「我絕不拉繩子！」基普叫道。或是想這麼叫；在只有半口氣的情況下，他叫不了多大聲。

對方的回應就是持續讓地板上升，以肩膀上的束帶進一步擠壓他。基普慘叫，聽起來像個懦夫。

他甚至沒辦法抵擋束帶。他的膝蓋過度彎曲，根本使不上半點力。只要他拉一下繩子借力，他就能夠吸到一口氣，又可以繼續抗爭。

不！基普刻意放鬆手指，放鬆手臂。他將全副心力放在呼吸上。小口、快速地呼吸。這樣足夠了。會足夠的。他要讓這些空氣夠用。

又有一輪色彩閃過。基普不在乎。他應該要利用這些顏色做什麼事嗎？什麼？汲色？是呀。去搞你自己吧。

壓力突然減輕，地板開始下降。接著牆壁也變寬。基普差點摔倒，但是片刻過後，他顫抖的雙腳撐起了他的體重。牆壁繼續後退、繼續後退。他試著跨開雙腳，不過腳下除了小圓盤，什麼都沒有。

基普伸出一手，完全碰不到牆壁。一陣微風吹過他的皮膚，給他一種站在高處的感覺。不過這肯定是幻象，因爲他身處學校中心。這裡絕不可能有個大洞。

遠方牆壁上閃過色彩，爲這個空間提供短暫又恐怖的照明。基普站在萬丈深淵之上。他的小圓盤是一根石柱的柱頂：一根獨自聳立在虛無中的石柱，牆壁距離三十步遠。頭上的天花板有一個小洞，他的手掌伸在那個洞外。

風吹襲他，基普握繩的手指關節泛白。他緊閉雙眼，但這樣就無法分辨自己是在順風，還是逆風搖晃，或者根本沒動。他的心跳劇烈到能夠在呼吸的空檔中聽見心跳聲。他大吼大叫，但其實不曉得自己在叫些什麼。

在一段近乎永恆的時間之後，牆壁回來了。它們擠到他身邊，不過這次空間寬敞，讓他鬆了口氣。他成功了。他通過了。他沒有放棄。他沒有拉繩——有東西碰到他的腳。

什麼玩意兒？

那玩意兒繞過他的腳踝，纏上他的小腿。一條蛇。基普抬起頭來，有些很多腳的東西掉到他臉上。

他揚起顫抖的手掌，拍落一隻蜘蛛，但是手腕上傳來被手銬銬起的啪噠聲響，扯開他的手臂，固定到定位。他試圖踢開那條蛇。啪噠、啪噠。腳鐐拴起他的雙腳，扯向兩旁。

基普慘叫。

蜘蛛掉入他口中。

在察覺自己在做什麼前，基普已經狠狠咬下，以牙齒輾碎蜘蛛，嘴裡充滿酸酸的黏液。他再度大叫，充滿挑釁意味。有東西掉在他頭上。數十條嘶嘶作響的東西纏上他的腳，順腿而上。他快瘋了。

「我絕不拉繩！」他叫道。「你們這些混蛋，我絕不拉繩！」

基普渾身抽搐。歐霍蘭慈悲為懷。他全身爬滿了噁心的東西。他在哭，在叫——救贖的關鍵就握在手中。種田沒什麼不好的。沒人會拿失敗數落他。他不用再見到這些人。再說，他有什麼理由在乎他們的看法？整個測驗就是為了要摧毀他。他玩完了。一切都結束了。

基普發出野蠻的叫聲，抓緊繩索，在厭惡、憤怒與絕望的驅使下，眼看著失敗對他招手——他將繩索拋出洞口。他靠在牆上，臉貼著牆面，哭泣。

色彩再度閃過，但是蛇和蜘蛛卻沒有消失。牠們爬滿他全身。

沉重的黑暗持續襲來。某樣重重毛毛的東西落在他背上。小小爪子劃破他的上衣。一隻老鼠。接著另一隻老鼠落在他腿上。另一隻落在他頭上，順著潮濕的頭髮滑落時出爪抓他。

基普嚇呆了。恐懼如閃電般閃過他全身。他身處狹小空間，無助、飢餓、虛弱，不由自主地顫抖。

他的反應刺激了那些噁心的傢伙，有東西張口咬他。他痛得大叫，感到羞愧，感到憤怒。他扭動。他的手、腳、胯下、背上傳來更多麻癢、刺痛、凶猛的咬噬感。基普奮力掙扎，不停撞牆，試圖壓碎那些野獸。老鼠自四面八方爬上他的身體，而牠們不肯放開。他哭了。他羞愧難當。因爲那隻蜘蛛的關係。被他咬死的蜘蛛。

這太過分了。他再也無法承受了。他玩完了。基普無法阻止自己。他伸手去抓繩子。他是失敗，是恥辱，是腦滿腸肥的懦夫。他是個廢物。

他感覺有人把繩子塞回他手中。「來吧，胖子。」一個聲音滿意地輕聲說。那味道，基普。味道不對。一個親切的聲音說道。

他沒聽清楚那個女人說了什麼。他全身爬滿噁心的東西。

基普拉動繩索。失敗了。

上方遠處傳來一聲鈴聲。刺痛感立刻消失。所有滑溜溜、抓著他、纏著他、刺痛他的東西瞬間蒸發，徹底消失。牠們都不是真的。不是真的老鼠。基普咬那隻蜘蛛時就該發現。要不是他如此懦弱，一定會發現的。蜘蛛濺出的黏液並非內臟，那是盧克辛。一切都是幻覺，虛假的恐懼。他被耍了。

他失敗了。隨著平台升起，基普的腦海裡——不再受恐懼蒙蔽——想起了那個女人叫他胖子。朗以前就是這樣叫他。基普覺得自己心裡的某些部分死了。他再次證明朗對他的看法沒錯。

不過，升回地面之後，他發現上面的男女都已經換上他們所屬顏色的慶典長袍，華麗的寶石藍、祖母綠、鑽石黃、寶石紅。他們看起來興高采烈。

「恭喜你，申請人！」瓦利度斯女士走到測驗官旁邊說道。

基普目瞪口呆地看著她。

「四分二十秒。你該感到驕傲，我敢說你父親一定很驕傲。」

她在說一種基普無法理解的語言。驕傲？他失敗了。他令自己蒙羞，令父親蒙羞。他放棄了。之前在他心中累積的憤怒與沮喪，突然找不到宣洩出口，讓他感到十分愚蠢。

「我沒通過。」基普說。

「我們都沒通過！」壯碩非凡的超紫法師說。「你表現得很棒！四分二十秒！我才撐了一分六秒而已。」

「我不懂。」基普說。

天仙般的黃法師笑道：「這個測驗本來就是這樣設計的。所有人都會失敗。」

他們圍著他，男人拍拍他的背，女人摸摸他的手臂或肩膀，所有人都恭賀他。接受這麼多英俊美麗之人的誠心歡迎，給他一種如夢似幻的感覺。頭腦再度恢復運作之後，他發現他們並沒有挑選男人來代表男性古神、女人代表女性古神。這是因爲他們已經不在乎這種事情，還是刻意做出這種不尊重古神的決定？

「是眞的嗎？」基普詢問因爲怕擠而退到後面的瓦利度斯女士。「所有人都失敗？」

她微笑。「幾乎所有人。這個測驗不是要看你能不能通過測驗，而是要看你是什麼樣的人。恐懼會開啓你的視野。眞正的測驗是閃過的那些色彩。那些顏色告訴我們你能汲取什麼樣的顏色。你準備面對測驗結果了嗎？」

「等等。『幾乎所有人』？誰通過了？」基普問。

原本興高采烈的男女安靜了下來。

老女人說。「我這輩子唯一見過沒拉繩子的人是……」

加文。基普知道。當然。他父親就是能夠做到其他人都做不到、從來沒人做到過的事情的人。基普讓他失望了。

「你叔叔。」女士說。

我「叔叔」加文，或我叔叔達山？

在看見他臉上明顯的困惑之後，她說：「你叔叔達山．蓋爾，差點摧毀我們世界的人。那可不是你該追隨的腳步，是吧？」

她又開始用他聽不懂的語言了。在基普親眼見識過加文的能耐後，能過關的竟然是加文的弟弟？

「四分鐘很棒了，基普，但那只能用來自誇。你準備得知你的顏色了嗎？」

# 第四十四章

麗芙屈膝行禮，很高興能趁機避開稜鏡法王的目光。當她站直時，加文．蓋爾以批判的神情打量她。顯然她猜對了，沒多少女人會在應召時穿著工作服又不化妝。

「我已經很久沒見過正式的提利亞屈膝禮了。」稜鏡法王說。

*你的部隊離開後，提利亞也沒剩下多少女人能行屈膝禮。*「我該如何服侍您，高貴的盧克法王閣下？」麗芙反問道。

「叫我稜鏡法王閣下就可以了。」加文說。

「謝謝您，稜鏡法王閣下。」

他顯然是在一邊打量她，一邊考慮著什麼。但究竟是考慮什麼？不管那個卑劣的女人阿格萊雅．克拉索斯做過多少其他事，總之她讓麗芙把稜鏡法王看成是加文．蓋爾——一個男人，一個英俊的男人。他的眼睛——真的可以照字面的意思解釋——是世界上最迷人的眼睛。

他是魔法老師，麗芙。老師。領主。盧克法王。貴族。將軍。年紀大妳一倍。比妳老太多了。不是肩膀厚實的壯漢，只是另一個魔法老師。*妳下地獄去吧，阿格萊雅．克拉索斯。*

「妳想好要找誰當妳的黃魔法老師了嗎？」他問。

*謝謝你！*

*看到沒，我是個學生。完全是學術性的關係。與他相比，我只是個小孩。年輕、無知到無可救藥。*

她噘起嘴唇。「老實說，我想向塔溫莎．黃金眼女士學習。」她不敢相信自己竟然說得出這種話。那個女人一年只收三個學生——而她已經收了三個。克朗梅利亞最高強的三個黃魔法學生。

加文大笑。「那個脾氣乖戾的母熊？很大膽的選擇。她是最好的老師，說不定第一年裡她不會像預期中那樣討厭妳。我指派第四個學生給她的時候，會順便請妳幫我帶幾句恭維話給她，不過她肯定會拿妳出氣。這件事交給我。妳的公寓如何？」

她遲疑片刻。這個問題有點私人。不，他只是在擔心——不，不是擔心，他是在確認底下的人有沒有確實執行他的命令。指揮者都會做那種事。「我從未想到能夠擁有那麼好的公寓，稜鏡法王閣下。還有那些衣服，我以前只有三套衣服。現在我的衣服超過五十套，而且最差的都比我之前最好的太陽節服裝還好。」等等，或許衣服並不是什麼好話題。

「但妳還是決定穿這樣來。」加文注意到了。糟糕。他的語氣算不上不認同。如果有什麼值得一提的，應該是他語氣中微帶一些饒富興味的感覺。但是臉上並沒有足以讓她判斷這樣做有沒有觸怒他的表情。她應該聽從那個奴隸瑪莉希雅的建議，稍微打扮一下又不會要她的命。他看向她的身後，她順著他的目光看去，但是屋裡就只有他們兩人，而牆上也沒有特別的裝飾，只有常見的測驗水晶。

「您要我方便的時候就來找您。」她無法壓抑語氣中那股自我防衛的意味。「我以為您不喜歡等人。」這樣講好多了。幹得好，麗芙。

「我想妳是適當人選。」

「稜鏡法王閣下？」

「因為妳不覺得我有什麼了不起，阿麗維安娜。我喜歡這樣。這——」

「我沒說我不覺得您了不起！」

他微笑。「妳打斷我說話。」

而這就證實了他的論點。

麗芙決定閉嘴。或許讓自己和其他應召來此——但卻沒有成功引誘加文——的女人不同，並不是什麼好計畫。

「每當我召見十三歲到六十歲之間的女子時，她們都會打扮得像魯斯加妓女，要不就是太主動，不然就是嚇壞了。好像我在這裡經營妓院一樣。」

喔，歐霍蘭打我吧，萬一我做了唯一讓他對我更感興趣的事怎麼辦？「您是加文．蓋爾。」麗芙說，好像這句話就能解釋一切。確實如此。引誘稜鏡法王不只能改變一個女人的一生，還會改變整個家族的命運，一個世代，以及未來好幾代的命運，而且是正面的改變。稜鏡法王並不只是有權有勢、受人愛戴、富甲天下，他還既英俊又強壯，麗芙絕不懷疑女人會想在他面前做出低胸短裙的打扮。她們沒有赤身裸體地來找他，就已經算是奇蹟了。要是稜鏡法王召見亞娜，她會穿多少布料？

再想一想，麗芙並不想去想那個。

「沒錯，我是。」加文說，好像聽到什麼私人笑話一樣地傻笑。「而我需要妳幫忙，阿麗維安娜。」

麗芙吞嚥了口口水。事實上，他可以提出任何要求，她完全沒有能力拒絕。「叫我麗芙，拜託。」

「好。」加文清清喉嚨。他爲什麼要清喉嚨？和比他小一半的女孩展開一段關係，會令他尷尬嗎？

加文又看了麗芙身後一眼。「幾年之前——感覺好像很多年前……我有個……『姪子』。他母親是提利亞人。我要妳私下指導他，向提利亞人學習或許能讓他自在一點，我知道提利亞人在這裡的日子不太好過。妳覺得呢？」

麗芙驚慌失措。「姪子」？指導？基普！當然！歐霍蘭呀，她完全想歪了！笨蛋！稜鏡法王根本一點那個意思都……「這、這個，當然，稜鏡法王閣下。有沒有……為什麼……」她在說什麼？剛剛已經表現得夠不禮貌了。亂問人家私生子的問題，很可能會搞砸一切。「他的天賦是什麼顏色？」她在最後關頭才想起要說「他」而不是「基普」。她根本不該知道基普就是稜鏡法王的私生子。

*我絕對不是個好間諜。*

「綠色。可能還有藍色。他現在正在接受入學測驗。」

「現在？」麗芙問。今年的入學測驗早就結束了。麗芙從未聽說有人能在其他時間接受入學測驗。「你的——他來這裡多久了？」

「昨天剛到。」

「而今天就接受入學測驗？」麗芙問。*可憐的基普。*

加文再度望向她身後。這一次，她知道他在看什麼了。基於麗芙一直不理解的理由，高塔外牆鑲了許多平面水晶。正常情況下，它們只會靜靜地待在牆上，黯淡地折射周遭光芒，但是在每年年初的入學測驗期間，它們就會光彩奪目。在申請人接受打穀機測驗的時候，水晶會折射出一道又一道不同顏色的光芒，就像申請人在測驗中看見的一樣。他們汲色的同時，水晶就會轉變成他們汲取顏色的色澤。麗芙受測時，首先看到超紫光，接著又看到黯淡的黃光。

麗芙抵達此地之後，稜鏡法王一直都在觀察他私生子的情況。

仔細想想，如果從加文．蓋爾第一次看向麗芙身後、測驗就已經開始的話，那他還撐得真久。打穀機測驗通常不到一分鐘就結束了。

他們一起轉身看向水晶。「測驗官把妳降入打穀機裡的時候說了什麼？」加文問。

「他說唯一的好叛軍就是死叛軍，而他要我父親血債血還。」麗芙說。而他們說這些話的重點就是——向來都是——讓受測者感到恐懼。恐懼會讓瞳孔放大，恐懼會讓申請人竭盡所能地汲取顏色，恐懼甚至能讓最自大的年輕女士或小貴族懷抱謙遜之心地展開學習。

「你呢？」麗芙問。兩人的目光都沒有自水晶前移開。

「和我兄弟有關。」加文說。「結果比他們想像得還要正確。」

「很抱歉。」麗芙說。她不確定道歉是爲了自己提出這個問題，還是爲受測者感到遺憾，還是因爲加文後來眞的經歷過親手殺死自己兄弟的夢魘。

「我向來不喜歡恐嚇學生這個部分。那個測驗廳本身就已經夠恐怖了。他們沒必要讓申請人以爲自己眞的會死。這會讓人崩潰。會讓小孩崩潰。」

麗芙從未這樣想過。打穀機向來就是這個樣子。所有人都接受過測驗。汲色的必經之路，克朗梅利亞的一部分。就算沒有其他優點，打穀機也是所有馭光法師共同的話題。

「貴族女孩都知道打穀機是怎麼回事。」麗芙說。「其他人就不一樣了。她們知道測驗本身不會傷害她們，所以測驗之前的那些話就是唯一能讓她們害怕的東西。因爲就算事前收到警告，聽見有個自稱是家族之敵的測驗官說人生充滿意外之類的話，還是會讓人害怕。」

「我倒沒這麼想過。」加文說。「我朋友全是貴族。我以爲所有人都知道打穀機是怎麼回事。」

你當然會這麼以爲。這是克朗梅利亞爲你這種人提供的優勢之一。

加文清清喉嚨。「麗芙，我兒子或許很特別，天賦異稟。我們再過一會兒就會知道結果了，不過我想他很有可能是多色譜法師。他是提利亞人，母親剛過世，他會因爲是我兒子而得面對虛僞的朋友和莫名的敵人；他到哪裡都會格格不入，而人們隨時隨地都會注意他的一舉一動。在這種情況下，如果他眞的擁有強大的力量……他有可能會變成怪物。他也不是我們家族中第一個無法善用力量的人。他的天賦並不純潔，妳知道。」

「你希望我怎麼做？」麗芙問。她眞的要私下指導稜鏡法王的兒子嗎？私生子，但依然是兒子。她覺得肩頭的壓力減輕了不少。稜鏡法王只是稜鏡法王——好吧，或許沒人可以「只是」世界上最有權勢的男人——但是他是她要服侍的主子，正常的服侍。從他徹底改變了她的生活這一點來看，這個工作並不算特別困難。

「他有可能是單色譜法師，很有可能。我或許太興奮了。」加文說。

「萬一他不是呢？」你總得讓我知道你對他有什麼樣的期待，不然我一定會失敗，到時候你就會把氣出在我身上。典型的貴族。麗芙覺得能夠惱怒的感覺眞好。她開始恢復了一些自我。

「在所有層面都假裝他是正常人。我知道如果待在這裡，他很快就會面對眞相，但是我打算一有機會就帶他離開。在那之前，讓他有點正常人的感覺。如果他惹火妳，妳就罵他。如果他行爲不檢，拿棍子打他，妳懂嗎？但如果他學會了很難的技巧，就假裝他表現得不錯，但是沒什麼大不了。我要他知道眞正重要的人物，不會因爲他父親是誰或是他能汲多少種顏色，而對他刮目相看。」

「這些重要人物是指？」麗芙語帶嘲諷地問。她本來不打算大聲說出口，但是加文實在是想得太理想了點。他父親是誰，還有能汲多少種顏色當然很重要。或許當你出生在山頂時，可以假裝高山不重要，但對努力爬上山頂和出生在山底、永遠沒機會爬上去的人而言，又是另一回事。

「我和歐霍蘭。」加文沒有理會她的語氣。「如果他只在乎我們兩個的認同，那他就有機會。」

麗芙不知道這話算是她這輩子聽過最自大，還是最有深度的話。或許兩者皆是。不管這話代表什麼意思，總之它提醒了她加文的身分。看在歐霍蘭皺起的眉頭份上，她一直在嘲諷稜鏡法王，全世界最接近歐霍蘭的男人。感謝歐霍蘭，麗芙拒絕了那個可惡的女人，就算她得為此付出慘痛的代價。查探稜鏡法王本人？這基本上是瀆神的行為。麗芙在他面前已經表現出愚蠢、尷尬，還有非常難堪的迷戀，要是再成為叛徒的話，會有多糟？她吞了口口水。「很抱歉，稜鏡法王閣下，我實在太──」

加文揚起一手，突然起身。

麗芙看向水晶，但看不出任何異狀。水晶沒有變化。她看向加文，剛好看到稜鏡法王臉色發白──接著，他的臉色如同太陽從最黑的烏雲後方冒出頭來那般容光煥發。

一陣色彩穿透他的皮膚，他朝水晶揮出一手。一根閃閃發光的盧克辛筒脫手而出，如同著火的七彩蛛網般，黏在對面牆壁的水晶上。他手中湧出越來越多盧克辛，深深陷入水晶。

接著，就像他開始這麼做一樣突然，加文停止動作。片刻過後，水晶發出一陣耀眼的翠綠光芒，然後又是一陣比較黯淡的藍光。

加文鬆了口氣。

「怎麼回事？」麗芙問。

「祕密！」加文大聲道。他比了個手勢，麗芙感到一陣寒風，隨即聽見窗戶卡至定位。

「過來。」稜鏡法王下令。他的身體充滿彩虹裡的所有色彩。手中有條綠色的盧克辛繩捆著以黃盧克辛強化過的藍盧克辛鎖鏈。「現在，女孩！我必須趕過去控制情況，而他將會需要妳。」

麗芙完全搞不清楚狀況，快步走到稜鏡法王面前。她甚至不知道他在說什麼。

「爬到我背上。」他說。

「什麼？」

「我的背上，現在。抓緊了。」

她跳上他的背。他的身體因為次紅和其他顏色而顯得異常灼熱。他到底在做什麼？她又看了他手上的鎖鏈一眼。接著他轉身面對窗外。她尖叫了一聲，死命抓緊他。

「鼻那哦幾！」稜鏡法王說。

「什麼？」麗芙問，鬆開他的脖子。

「別抓那麼緊。」他叫道。

就在她道歉的同時，一條條盧克辛竄過她身體，把她緊緊固定在他身上。加文奔向窗戶，一躍而出。

一開始，麗芙眼中只看得到從加文手中迅速冒出的盧克辛蜘蛛絲。她發現自己完全不知道要墜下多少層樓，才會抵達打穀機測驗廳所在的樓層，也不知道加文怎麼知道什麼時候要停止下墜。講到這個，他又打算怎麼從外面回到塔內？期待有人沒關窗嗎？

喔，親愛的歐霍蘭呀！

他們下墜了很長一段時間。麗芙的雙眼不聽使喚，從上面的盧克辛跳往下方的地面。地面以難以想像的速度朝他們衝來。

接著，加文固化繩索，她整個撞上他的背。一股強大的力道彷彿要將她扯離他的身體，直接墜落庭院。他們向後盪開，她看見繩鏈一路延伸到稜鏡法王塔的塔頂，而塔身在他們再度盪回去的時候變得越來越大。

三股強大的力道將她和加文扯向後方，但根本不足以減緩他們的速度。麗芙匆忙間瞥見加文伸出左手，朝前方的高塔射出三枚魔法彈。

她沒看見那些魔法彈的效果，因爲不管它們有什麼作用，加文是在右手緊握繩索的情況下以左手射出魔法彈的，所以他以左臂承受了後座力。於是，當魔法彈離開左手之後，加文和麗芙立刻開始逆時鐘旋轉。

麗芙四周傳來玻璃和石塊炸裂的聲響。她順著地板滑行片刻，突然與稜鏡法王分開。接著，有樣東西勾住她的裙襬。她的衝勢與地板的摩擦力導致身體突然上揚，然後皮膚接觸到石板地。她側身著地，滾動幾圈。當她在牆邊停止滾動之後，腦海裡唯一想到的就是不敢相信自己竟然還活著。

半打馭光法師站在這條突然起風的走廊上，難以置信地看著稜鏡法王和她。稜鏡法王已經起身，開始大聲下令。

*我的屁股爲什麼涼涼的？*麗芙順著馭光法師的目光低下頭去。她的裙子在地上滑行時被扯到腰間，整個屁股都露了出來。她尖叫一聲，拉下裙子，跳起身來。

「你，去找黑盧克法王。就說我要他來修理這裡。今天就要修好。立刻去。你。記下此刻走廊上和測驗廳裡所有人的名字。」稜鏡法王說。眼看所有人的目光都集中在稜鏡法王身上，麗芙趁機扭扭屁股。跳起來之後，她才發現屁股之所以涼涼的，都是因爲她的襯衣也被扯了起來。現在完全卡在縫裡。她扭腰擺臀，試圖不靠手調整好襯衣。「阿麗維安娜，妳在做什麼？」稜鏡法王問。

麗芙僵在原地，目瞪口呆。

「沒關係，待在這裡。等一下我會叫妳進來。」加文打開測驗廳的大門，走了進去。走廊上所有的馭光法師，包括全克朗梅利亞最英俊的年輕老師——培楊·納維德在內，全都轉頭看向麗芙，顯然不明白她爲什麼這麼重要——同時扼殺了她把襯衣扯下來的機會。在不知道自己將會面對什麼狀況，或稜鏡法王希望她做些什麼的情況下，她只能緊張兮兮地對年輕老師微笑。

# 第四十五章

加文在聽見年長的雙色譜法師對基普說「你準備得知你的顏色了嗎」時，迅速走入。

「我知道我準備好了！」加文說。「瓦利度斯女士，可以讓我來嗎？」爲了避免作弊，申請人的家人禁止進入測驗廳。這個規定也適用在稜鏡法王身上，至少理論上如此。然而，理論和實際會分成兩個不同的字，不是沒有原因。

「我甚至不知道你已經開始測驗。他們說你撐了多久？」加文問。

「四分鐘，我想。」基普說。

「四分二十秒。」年長女士說。

加文僵在原地。在房間裡的時候，他覺得基普撐了很久，但他以爲只是感覺很久。四分鐘十分驚人。他也只撐了五分鐘就通過測驗。

瓦利度斯女士走到加文身邊，低聲說道：「我想你該知道，測驗期間發生了違反規定的事。」

加文對基普微笑。「幹得好，等我們一下。」他走向一旁，把基普留給那些問他覺得哪一部分最困難、他怎麼能撐這麼久，基本上把他當成世界中心的男男女女。這種情況能讓一個年輕馭光法師陶醉其中，也是他們這麼做的目的。

加文笑著隨瓦利度斯女士一起走向測驗官的桌子。他們走過去站在石桌旁，一塊黑色錦繡鋪在石桌中央的小洞上。測驗石就放在洞裡，加文努力回想石頭擺放的位置，他只有一次機會。「什麼違反規定的事？」他問。錦繡遮蔽了所有可能干擾測驗石的外來光線。

年長的女士緩緩說道：「他在三分半的時候丟掉繩索。不過在我有機會阻止之前，有個女人把繩索放回他手裡。」

「妳在開玩笑嗎？」加文問。

「他們派了俊男美女來當測驗官。其中有一半只能勉強記得自己的台詞，更別提要記得某些專爲特殊狀況而設的隱晦規則。就連達山也沒有丟掉繩索。」

「是誰幹的？」

「綠法師。」

當然是綠法師。狂野、難以預測、不能忍受任何限制。「叫她過來！」

綠測驗官看見女士傳喚，立刻走了過來。所有測驗官都很美麗，而儘管膚色白皙在戰場上是缺點，但在這項測驗和其他少數幾項儀式中卻是優點。膚色越深，男人或女人的皮膚變成綠色、藍色，或紅色的視覺效果就越不明顯。就連帕里亞人也會挑選沿海低窪地區，或是混血的鄉下人來代表他們參與這項儀式。這個女人是魯斯加人，而她的膚色即使以他們國家的標準來看，依然十分白皙。她以舞者般的優雅動作移動。她身上的綠袍是在申請人升回地面前，披上來代表所屬顏色的——有時候測驗開始後十到十五秒內就會結束——而這件綠袍在她雄偉的乳房中央開了一條很低的縫。她神情迫切地走過來，將頭髮甩到腦後，挺直背脊，站在測驗桌對面。

這些儀式中的裸露和近乎裸露的行爲，都具有宗教和文化意涵，基本上不會引人遐想。然而，不管你的想法有多純潔，都不可能完全忽略自己眼前站著一個極具吸引力的裸男或裸女。但是在儀式結束後的宴會上，特別是入學測驗之後，便總是處於灰色地帶。所有人都是俊男美女，所有人都衣衫暴露，都還記得剛剛大家赤身裸體的模樣，加上狂歡的氣氛與隨意享用的美酒，讓儀式禮節的嚴肅拘謹突然消失殆盡。

這個綠法師很清楚自己在做什麼。加文比這女人高，所以他很難不低頭，低頭便很難不看向她正面幾乎衣不蔽體的長袍。結果他決定將目光放在她那張心形臉蛋，以及淡褐色的雙眸、微帶綠色光環的瞳孔上。她看起來很眼熟。

「過來。」他說著，指向自己身旁、他和瓦利度斯女士之間。她繞過石桌，來到他所指的位置，不過有點過分貼近。

「妳是誰？」他語氣冰冷地問。

「我叫提希絲。」她笑著說，臉上露出兩個酒渦。

「提希絲什麼？」

「喔，」她說，彷彿腦海裡沒有任何想法。「提希絲．瑪拉苟斯。」

「剛剛是怎麼回事，提希絲？」他問，假裝沒認出她的姓。她父親和叔叔都是他的朋友——他達山時期的朋友。他們戰後就失蹤了。最有可能是被強盜所殺，或是被海盜奴役。她長得就是一副他們家人的模樣。她肯定痛恨他。她發現基普有機會通過測驗，於是破壞他的機會。有種。愚蠢又可惡，但是很有種。

「申請人作弊。」她說。「他把繩子丟出來。我把繩子放回他手上。」

「測驗期間妳不能透過任何方式與申請人接觸。這條規定有任何不清楚的地方嗎？」

「我又沒有碰他——不好意思，高貴的稜鏡盧克法王，我把繩子放回他手中時，沒有接觸他的皮膚。我只是想要保持測驗的完整性。」

「瑪拉苟斯。」加文說。「妳是魯斯加人，是不是？」

「是，稜鏡法王閣下。」

加文面無表情地看他。「當年你們神聖的拉度斯總督渡過大河，迎戰數量是他們部隊兩倍的血林大軍時，妳記得他做了什麼嗎？」

「他在部隊渡河之後燒燬羅山諾斯橋。」她說。

「那算作弊嗎？」

「我——我不明白。」她說。

「他燒掉橋，讓他的手下知道已經無路可逃。他沒有給他們留退路。所有人都知道打不贏就是死路一條。這就是『過河燒橋』這句話的由來。」

「但我看到他伸手去抓繩子。」她無力地辯解道。接著她吞嚥口水，突然在發現自己當著稜鏡法王的面反駁他時心生不安。

「而妳就把繩子還給他。」

「當然。」

「所以，妳會在神聖的拉度斯總督燒橋之後重建一座新橋？」

「當然不會，那樣就太……」

「還會害死他。妳拉繩子前撐了多久？」加文問。

她臉色一紅，偏開頭去。「十七秒。」她拉緊長袍，終於遮住胸口。

「而妳摧毀了一個年輕人過關的機會。」

「我們可以重測——」她開口。

「妳知道不行。一旦申請人知道一切都是假的，打穀機測驗就不準了。所有人都會說那是因爲他是我姪子，才能獲得特殊待遇——」

「我本意並不是——」

「但是妳很清楚後果！」加文說，努力壓抑自己的音量。

「妳本意是什麼根本無關緊要。」瓦利度斯女士斷聲道。

加文趁老女士說話的時候，從火把的光芒中分離出一些超紫光。只有一點點。超紫光的美妙之處，就在於它是隱形的。儘管測驗廳裡至少有半打人能在瞇起眼睛時看見超紫盧克辛，加文還是打賭他們此刻都沒有瞇起眼睛。就算有人在瞇，加文打算做的動作也微妙得能讓細看的人都無法察覺。巧妙的手法。超紫盧克辛固定他的指尖上。

「妳違反規則，提希絲。」女士說。「妳踐踏妳的職責，或許還毀了一個年輕人的未來。」

「但是沒人能夠通過！」年輕女子辯道。能在這項測驗裡撐很久，向來都是榮譽的象徵。陰謀、黑暗、密閉空間、萬丈深淵、蜘蛛、蛇、老鼠——打穀機測驗瞄準人類最常見的恐懼。正常情況下，相信失敗會失去一切的想法，以及瞳孔因為恐懼而放大，能讓申請人在拉繩前汲取他們所能駕馭的所有顏色。這種測驗並不完美，當然，但卻是他們最好的測驗。

「滾開。」加文說。

她怒氣沖沖掉頭就走，穿過加文和女士，正如加文計畫的。他自口袋中拿出一顆石頭，將短棒固定在手腕後，拉開小洞上的錦繡，彈出指尖上的超紫盧克辛，勾起洞中的測驗石。他將盧克辛抽回手腕中，以超紫細繩將測驗石綁在前臂上，然後用指尖上最後一點盧克辛把假的測驗石放入定位。

一切都在短短一秒內完成，加文連稍微彎向石桌都沒有。「好了，來看看結果如何，怎麼樣？」他說，繼續拉開桌面上的上好錦繡。

加文在瓦利度斯女士面前將錦繡放在一旁，彎腰向前，伸手到洞裡，抓住測驗石，然後拿出來。測驗石是根象牙棒——可能來自沖刷上岸的海惡魔或魯斯加境內的大象——兩端鑲有黑曜石。象牙很稀有，但是黑曜石才是眞正的寶物。沒人知道世界上的黑曜石是從哪裡採收、挖掘，或製造的。黑曜石比鑽石或紅寶石還要稀有，所以每次測驗過後，測驗石上的黑曜石都會回收使用。

迷信的人稱之爲地獄石。大多數馭光法師都很慶幸這種東西很稀有，因爲黑曜石是唯一能夠直接從馭光法師體內吸收盧克辛的石頭。加文聽說在遠古世界裡，國王和總督——還有神話裡的碎眼殺手——曾經製造出完全用黑曜石打造的匕首，甚至長劍。但是黑曜石只有在兩種非常特殊的情況時才會發揮魔法特性。首先，一定要在幾乎完全黑暗的環境裡，完全缺乏可見光譜裡的光——基於某種無人瞭解的理由，超紫光和次紅光不會造成影響。其次，它需要馭光法師的血，開放性的傷口。想要吸收馭光法師體內的盧克辛，黑曜石必須直接接觸盧克辛。不過，一旦直接接觸，它就會產生強大的吸力。在馭光法師手握盧克辛時，用黑曜石割傷馭光法師的肩膀，並以黑曜石接觸傷口，不到十秒內，盧克辛就會被吸光。學者認爲那是因爲馭光法師體內隨時都充滿盧克辛，所以即使盧克辛位於身體的另一端，這樣仍算直接接觸。

由於黑曜石自人體吸收不同顏色盧克辛的速度不同，盧克辛會在離開身體進入象牙時留下清晰的線條。如果一種顏色形成，留下痕跡，而且夠清晰，那麼申請人就會被視爲有能力接受該色的訓練。如果有兩種顏色，當然，申請人就會被視爲雙色譜法師，多於兩種顏色就是多色譜法師。

加文拿起測驗石。他聞到一絲超紫盧克辛特有的丁香氣味。他拿著測驗石一段時間，讓氣味稍微消散，然後把石頭交給瓦利度斯女士。身爲首席測驗官，宣布測驗結果是她的權力。這麼做的同時，所有人都聚集過來。她小心翼翼地移除兩端的黑曜石，放入一個特殊的盒子，然後將測驗石舉在頭上。上面有條清晰的粗綠線，色澤有點偏藍，而綠線旁有一條比較沒有那麼清晰的藍線。黃色比較淡。還有一點點超紫色。這是很典型的結果，馭光法師最常見的圖案。

女士說：「我在此宣布來自瑞克頓的基普經歐霍蘭恩賜，擁有綠色和藍色的天賦，超紫色尚不確定，需要日後進行進一步的測驗。基普，恭喜，你是雙色譜法師。」

眾人鼓掌叫好。

只有基普一臉迷惘。

加文繞過石桌，伸手摟著基普的肩膀，輕輕一捏。「幹得好，基普。」

基普讓加文抱得不太自在。「我通過了？」他輕聲問道。

「你通過了。我很驕傲。」

在另一陣鼓掌聲中，奴隸擁入測驗廳，端上紅酒、白蘭地、特別蛋糕、水果、肉和蜜餞等食物。

加文放開男孩，只見他滿臉困惑，好像不相信加文說的話。這種情緒有一部分也是源自魔法。基普剛剛首度體驗光譜中所有色彩引發的情緒效應。他不知道該如何應付殘餘魔法。這需要時間。加文指向門口，招呼阿麗維安娜。

「基普，」加文說。「我帶了個特別的人來見你。一個驚喜。她會擔任你的私人教師。她會解釋事物運作的方式，在我們離開前教你基本的知識。基普，請容我介紹——」

「麗芙？」基普在女孩步出加文身後時說。

「基普！」

「妳何不先帶他前往他的房間，麗芙。」加文說。「記住我交代的事。」

基普還是迷迷糊糊的，所以麗芙牽起他的手，轉身帶他走向大門。外面肯定有一大堆人在等。沒必要讓基普認爲這種情況異乎尋常。

「你們何不走後門？」加文說。他轉身朝對面牆壁甩出超紫盧克辛，一塊牆面透過隱形鉸鍊應聲而開。

麗芙牽著基普從後門離開。

鐵拳指揮官和黑盧克法王從前門進來。

「盧克法王、女士、指揮官、魔法老師。」加文說著，友善地揮揮手，表示他實在忙到沒辦法去和鐵拳或盧克法王交談。他自己也走向後門。他得立刻去找基普。他應該命令男孩在門外等自己，而不是要男孩上樓。

加文步出後門，心裡盤算著要留給白法王的信該怎麼寫，結果差點撞上一個身穿奴隸袍的小黑矮子。認出對方之後，他心裡一涼。

「你好，稜鏡法王閣下。」小矮子說，他的頭巾綁得緊到就連他點頭行禮的時候都好像沒動。他本來是帕里亞法律學家，後來遭伊利塔海盜俘擄，淪爲奴隸，最後被變賣給安德洛斯．蓋爾。他很聰明、很謹慎，過去二十年來都是安德洛斯．蓋爾的得力助手。「你父親受夠了你如此拖延。他要求你立刻前往他的住所。」

對安德洛斯．蓋爾而言，「立刻」就是昨天的意思。加文心下一驚，環顧四周，說道：「帶我去見他。」

# 第四十六章

基普跟著麗芙．達納維斯走過狹窄的走廊，抵達升降梯前。他依然頭昏眼花，情緒混亂，難以自已，彷彿有其他外來情緒被強行擠壓到他的身體裡。那種感覺很奇怪，或許只是見到麗芙的關係。他知道她在克朗梅利亞，打從知道自己要來這裡開始，他就期待能夠見到她，但眞的見到她又是另一回事。

達納維斯大師讓基普看過很多麗芙的信，所以就某種角度而言，感覺不像是已經兩年沒見，但是當年她才十五歲。而他十三歲。這兩年裡他顯然長大了，因爲他終於比她高了。當然，他的身材依然比她寬上三倍。如果她有什麼變化，大概就是比離家之前更美麗了。

帶他穿越走廊，抵達升降梯的一路上，她都沒有和他說話。基普很高興她沒說話，因爲他不認爲自己說得出話來。她在他心中掀起一股奇特的喜悅和寧靜感。他還記得她十四歲時，村裡的人謠傳她要與鎭長的兒子蓋德訂婚。沒過多久，她就離開瑞克頓，前往克朗梅利亞。基普當時鬆了口氣。她不該委屈自己留在瑞克頓這種小地方。儘管他很肯定她後來絕對沒再想起過他，他還是很想念她。從前的她，就像是天上的太陽，而他會在她路過時偏過頭去，感受她的溫暖，卻從來不敢有更多奢望。聽達納維斯大師說起麗芙在克朗梅利亞被某個女孩欺負時，基普很想立刻離家，殺了那個壞蛋，然後回家。

看著她波浪般的長髮在肩上甩動，感覺就像是經過漫長寒冬後再度沐浴在陽光下。基普不想說話。一旦張開那張大嘴，他肯定會搞砸一切。他只是毫不優雅地拉著褲管跟在她身後，默默地看著她大步行走，充滿自信、輕鬆自在、完全清楚自己在做什麼。

「我想我迷路了。」麗芙說。她看向兩邊，前後走廊看起來都一模一樣。她輕咬下唇。

基普雙眼盯著那豐滿濕潤的嘴唇，忍不住吞了口口水。

「基普，」她說。「不，沒關係，你當然不知道路。」

她再度出發，基普跟上。麗芙離開期間已經變成了女人。她還是和以前一樣瘦，一如他和以前一樣胖。她有一雙棕色的清澈大眼，光滑柔潤的皮膚，而他的脖子和下巴都長滿青春痘，稀疏的鬍鬚也才剛開始長。感謝歐霍蘭，至少她的胸部比他的大。

不過，基普只有小瞄了一眼，儘管跟在她身後，基普還是沒多看她的身體。她的裙子在她走路時以迷人的方式前後飄擺，露出小腿美麗的線條。但除了瞄上一、兩眼，或是三眼——基普又瞄了一眼。啊！四眼。除了瞄上四眼，他完全沒有用打量其他美麗女子的眼光看她。因爲那樣感覺不夠尊重。

糟了，第五眼。

他們在步入升降梯時停下腳步。「我這才發現，」她邊說邊笑自己。「我根本不知道要帶你去哪裡。呃，這樣吧。你先去我房間，等我弄清楚你房間在哪裡再說。如果你現在的狀況和我剛通過打穀機測驗時一樣，那你或許需要直接上床睡覺，是吧？」

基普不太確定自己之前怎麼會沒發現，但是他累壞了。他覺得好像有人拿起了他的能量瓶，把裡面的能量都搖光了。他點頭。

「不想講話？」她朝他微笑問道。那是在對錯過午休時間、但是爲了吃甜點而撐著不睡的小孩露出的微笑。但是基普連對她那種寵愛小孩的笑容感到失望的力氣都沒有。

她覺得我很可愛。可愛。呃。

她調整升降梯的配重塊，遲疑了片刻——她一定是沒想到為了平衡基普的體重需要增加這麼多重量——然後繼續增加配重塊。沒過多久，他們開始上升，路過其他正在上樓或下樓的學生。升降梯停下後，他們來到一座有透明通道連接中央塔和其他塔的大廳。

基普看向麗芙，揚起眉毛。

「我的公寓在黃塔。黃色位居光譜中央，雙色譜法師和多色譜法師能汲取的顏色通常都包括黃色，所以黃塔裡的雙色譜公寓比較多。那裡的房間沒有稜鏡塔裡的大。你怕高嗎？」

「通常不怕。」基普不太自在地說。

「喔，原來你會說話呀！」

「我還會高空墜落呢。」他喃喃說道。

「你不會有事的，我保證。」她說。她踏上那條通道。通道寬約四步，包覆在薄到近乎透明的藍盧克辛裡。通道底是比較厚的藍盧克辛，輔以黃盧克辛條強化。總之，看起來薄得不像話。根據基普在遙遠的下方所見，這條通道和稜鏡法王塔只有兩個交會點：東側和這裡——西側。在通往位於稜鏡法王塔正西方的綠塔途中，有道近乎透明的盧克辛圓形走道，圓形走道上又分出通往其他六座高塔的走道。

麗芙帶基普走向圓形走道和其他通道的交會點，遠離任何支架的位置。她跳上跳下。「看吧，非常安全。」她笑道。「你試試看。」

「我不知道。」基普說。如果可以克服恐懼，這裡的景色堪稱宏偉壯麗。當然，在麗芙面前，他很難分心去看什麼魔法高塔。「好吧。」他小聲說道。不想讓她失望。

*當然，如果我壓斷了這條脆弱的通道，我們兩個都會很失望。大失所望。*

應麗芙要求，基普微微跳起，盡可能以腳趾輕輕著地，讓膝蓋吸收所有力道。

「喔，認眞點。」麗芙說。

基普輕嘆一聲，奮力跳起，差點撞到通道頂端。落地時，他聽見響亮的碎裂聲。他揮出雙手，找東西抓，嚇到心跳幾乎停止。正當要撲向欄杆時，他看見麗芙的表情。

她哈哈大笑，然後捂住嘴巴。「很抱歉。」她說。「我不該嚇你的。這有點像是新生入學的傳統。稜鏡法王吩咐要給你完整的體驗。」基普看了看她的手。她似乎握著什麼看不見的東西。他瞇起雙眼，沒錯，她兩手各握著半根折斷的超紫盧克辛棒。

基普輕笑。聽起來幾乎不像是強擠出來的。「那就給我一把傳統拖把，好嗎？我想我尿了一泡傳統尿。」

她大笑。「謝謝你這麼配合。如果這樣說能讓你好過一點，當年我的魔法老師對我們全班同學這麼做的時候，我差點嚇昏了。來吧，再走一會兒就到了。」

他們一起繞過圓形通道，轉向黃塔。黃塔位於基普進入大庭院處的正後方，所以還沒有眞的看過它。現在它同時聳立在他的上方和下方。

「我覺得我已經見怪不怪了。」基普說。

「什麼？」

「我今天見識了太多驚人的東西。要不就是這座黃塔不夠驚人，要不就是我已經失去驚訝的能力，因爲在我看來，它就是一座黃色的高塔。沒有火焰，沒有珠寶，沒有扭曲的現象。」黃塔會發光，不過除此之外，看起來就像混濁的黃玻璃，半透明，不夠清澈。或許是因爲夕陽就位於高塔旁邊而導致他看不清楚。

麗芙微笑。他不知道自己怎麼會忘記她的酒渦。「黃塔的驚人之處，在於它完全是由黃盧克辛建造的。」

「其他塔不是嗎？」基普不太瞭解地問。他眨眼。「我是說，它們不是用本身色彩的盧克辛做的？」

「不、不、不。其他塔都是在傳統建材外面覆蓋一層魔法外殼。只有黃塔是完全用黃盧克辛建造的。」

根據稜鏡法王之前的簡單介紹，基普以爲黃盧克辛的作用有點類似羊毛脂或之類的東西，它可以強化其他盧克辛，但是在其他情況下又很容易恢復成光線。「喔，我以爲黃盧克辛很不適合當作建材，因爲它很不穩定。」基普這才發現他爲什麼不想隨便開口。和麗芙聊越多，他就越可能自然而然地聊起家鄉的事。刻意不提，就會顯得非常不自然。一旦開始聊起家鄉，他就必須告訴麗芙她父親已經死了，到時候與她重逢的好心情就會蕩然無存。她就要從眼前這個活潑開朗的酒渦女孩變成痛失父親的孤兒。

「確實不適合。」麗芙說。「所以才這麼驚人。」她帶他走向黃塔入口。突然間，基普不確定自己想不想離開這條堅固耐用的藍黃走道。

*沒錯，一分鐘前，我還不敢踏上這條走道，現在我卻不想離開。*

「黃盧克辛通常是最不穩定的盧克辛。只要稍微搖晃就會變回光線，就像瞬間蒸發的水。這就是人們稱它爲『明水』的原因。但是你記不記得幾年前在瑞克頓那個豎琴師演奏的時候，每首歌之間都要再次調音？」

基普點頭。「我是聽不出來有什麼不同。」危險話題，聊起家鄉的事，但如果他能讓她繼續說到自己不支倒地爲止，或許就可以等明天再提家鄉的慘劇。

麗芙說：「重點在於，他有辦法分辨豎琴的音準不準，不過其他人都辦不到。有些人可以對光這麼做。要製造任何顏色的盧克辛，都必須彈奏那個色彩範圍內的音調，不然盧克辛不會成型。如果你只是彈個大概的音，盧克辛就很可能會崩潰。有些錯誤可以用意志力去彌補，但是要完成這種工作，需要非常特別的人物。」

「這與超色譜人有關嗎？」基普問。他覺得自己終於開始進入狀況。

「沒錯。」她似乎很驚訝他聽過超色譜人。「你不是眞的打算在這外面站一整晚吧？」

「喔。」基普跟她進入黃塔。

「超色譜人能比一般人看見更細的色譜變化。」

「妳是嗎？」基普問。

「嗯哼。半數女人都是。」

「但是男人就少了。」

「整個克朗梅利亞只有十個男性超色譜人。」

啊，難怪老巫婆女士會說基普是怪胎。「聽起來不公平。」

「這和公不公平有什麼關係？你有一雙藍眼，表示你能汲比我多的色。這與公平無關。」

基普皺眉。「所以要是超色譜人才能穩定黃盧克辛？」

「簡單的答案？對。事實上，就連超色譜人也有分等級。你接受超色譜測驗時見過將近百格的漸層色彩？想想看將那些換成色彩變化更細微的一千格漸層。要製造穩定的固態黃盧克辛，你得通過那個測驗——並且有能力製造差異那麼細微的黃盧克辛。如此製造出來的盧克辛，會是所有盧克辛中最堅硬的一種。」

「妳辦得到嗎？」基普問。

「不行。」

「呃，這大概是個很失禮的問題，是嗎？」基普不好意思地問道。

「我是這裡最不會用禮儀來壓你的人。」

「這表示很失禮？」

「沒錯。」她微笑說道。酒渦究竟爲什麼這麼好看呢？「我還是不敢相信你就是稜鏡法王的……姪子，基普。」

「不是只有妳不敢相信而已。」基普說。所以加文說得沒錯。他們眞的會在說「姪子」之前停頓片刻。他以爲這總比所有人都稱他爲私生子要好。但其實不會。

他們步入另一台升降梯，然後下樓。顯然誰能住在哪個房間也有一定的規矩。來到麗芙房間時，基普感到很驚訝。這個公寓不光只是大，還是有好幾間套房——還能看見日落。這肯定是大部分馭光法師會極力爭取的房間。

「我剛搬進來。」麗芙語氣抱歉地說。「我勉強算是雙色譜法師。我敢說你累壞了。你可以睡我的床。」

基普目瞪口呆地看著她，心想她的意思當然不是他所想的那樣，於是努力不讓臉上流露出任何表情。

「我去睡隔壁，傻瓜。這些新地毯超厚，我可以像帕里亞人一樣睡在上面。」

基普吞了口口水。「不，我沒想說妳會——我是說，我只是，呃，我是想說我不該霸占妳的床，我才該去睡隔壁。」

「你是我的客人，而且你一定累壞了。我堅持。」

「我是，呃，不想弄髒妳的床。我滿身大汗、衣服又髒。測驗弄的。」基普看著她的床，很漂亮的床。這裡的一切都很漂亮，至少他們待她不薄。

「打穀機測驗就會把人弄成這樣。我去幫你拿盆水來，睡前擦擦身體，但是真的，我堅持。」

麗芙消失，到了隔壁。基普覺得喉嚨裡卡了個硬塊。他到現在都還沒提起她父親，但他感覺得出來這個話題已經在兩人之間醞釀。麗芙端著冒煙的熱水、一塊海綿還有一條厚毛巾回到屋裡。她放下它們，然後背對基普坐下。

「你不介意擦身的時候我坐在這裡和你聊天吧？」她問。「我不會回頭，我保證。」

「呃。」他當然介意。她會在他半裸的時候轉頭，然後在尖叫聲中奪門而出，看在歐霍蘭的份上。知道你胖是一回事，眞的看見你身上的肥肉又是截然不同的另一回事。話說回來，他是她的客人，而她沒有提出其他要求。說介意的話就太沒禮貌了。

「那麼，基普……我爸怎麼樣？你到現在都還沒提到家鄉的事。」

基普有一陣子說不出話來。開口說話，基普。只要開口，你就可以全都告訴她。

「你在嘆氣。」麗芙說。「出了什麼事嗎？」

「妳記得總督每年都會派信差來瑞克頓徵兵嗎？」

「是的？」麗芙的語氣流露出擔心。

「妳可以轉身，我沒脫衣服。」

她轉身。

「加拉杜總督之子拉斯克掌權後自立爲王，派了另一個信差過來。瑞克頓還是沒有響應徵兵，所以他決定拿我們殺雞儆猴。」基普深吸了口氣。「他們屠殺了所有人，麗芙。我是唯一的活口。」

「我父親？我父親怎麼了？」

「他試著去拯救鎮民。但是麗芙，他們徹底包圍瑞克頓。沒有人逃出來。」

「你逃出來了。」她不相信他；他從她臉上看出這一點。

「我走運。」

「我父親是他們那一代最強大的馭光法師之一。別告訴我你逃得出來，而他逃不出來。」

「他們派出馭光法師和鏡人騎兵團，麗芙。我親眼看到戴克拉瑞一家人慘遭屠殺。無一倖免。全鎮陷入火海。我看著朗、伊莎和山桑死去。看著我媽死去。」

「我不在乎你那個毒蟲媽媽。我要知道我爸怎麼樣！不要告訴我他死了。他才沒死，可惡。他沒死！」

麗芙像陣旋風般地衝出房間，重重甩上房門。

基普看著房門，垂頭喪氣，眼中湧出他無法理解的淚水。

好吧，還眞順利。

# 第四十七章

七年，七大目標，加文。

加文伸出右手，從大拇指開始數起，輪流汲取不同顏色：大拇指、小拇指、無名指、中指、食指，回到中指、無名指、小拇指。數到七，一種顏色數一次，從次紅到超紫，感受著每種顏色帶來的些微情緒。

看在歐霍蘭的份上，我是稜鏡法王。我是完整的男人。我是所有顏色的主人。而且我如日中天。我比所有人印象中的稜鏡法王還要強大。或許是數百年來最強大的稜鏡法王。大多數稜鏡法王在登基之後都只能活七年。只有四個人撐到二十一年。在位期間向來都是七的倍數——當然，他們可能會遇害，或是自然死亡，但是只有在七的倍數年才會法力耗盡。加文已經撐了十六年，所以他至少還有五年任期。事實上，如果稜鏡法王的任期有可能超過二十一年，他肯定會是史上第一個。他覺得此刻的自己比過去更加強大，更能駕馭所有色彩。

當然，一切都可能只是幻覺。他在許多方面都有例外的表現；或許明天就會法力衰竭而亡。

這個想法讓他胸口浮現起那股熟悉的壓迫感。他並不害怕死亡，但他害怕在完成目標之前死去。

他站在父親位於稜鏡法王塔的住所外。他父親的奴隸——加文知道他的名字是葛林伍迪，不過用奴隸沒有親口告訴你的名字稱呼對方，是很不禮貌的行為——正推開房門等他。這扇門通往超過一種以上的黑暗。加文的胸口傳來一陣刺痛。他感到呼吸困難。

安德洛斯．蓋爾不知道加文不是加文。他不知道自己的長子被丟在克朗梅利亞的底下腐爛。他以爲達山死了，而且似乎從來不把這件事放在心上，更別說會爲此感到遺憾。叛徒本來就該被拋在腦後，永不再提。

「稜鏡法王閣下？」奴隸問。

加文甩開手指上最後一絲盧克辛，樹脂的味道讓他微感心安。

安德洛斯．蓋爾的房間完全漆黑。厚重的絨布窗簾掛在窗前，所有牆壁上都掛著層層絨布。入口處設立了前廳，避免走廊上的光線隨著少數訪客透入屋內。加文擷取超紫光，然後步入大門。

葛林伍迪關上房門。加文以不完美的手法在手上製造出不穩定的超紫光球。不穩定的盧克辛會緩緩瓦解成它們所屬光譜的光線。對超紫法師而言，這樣做就像是拿著一根其他人都看不見的火把一樣。葛林伍迪和安德洛斯都不是超紫法師，所以加文想要多少詭異的紫光都可以。

加文看著葛林伍迪用大枕頭擋住房門下的小門縫。他停頓了片刻，讓眼睛習慣黑暗。他不是馭光法師，所以無法直接控制雙眼。在黑暗中，無光——非馭光法師的人——要花半個小時以上才能完全適應黑暗。馭光法師大多可以在十分鐘內自然調適，因爲他們需要這麼多時間調整光線。少數人可以在幾秒內完全提升對光線的敏感度。但葛林伍迪並不打算在黑暗中視物，顯然早在多年前就記下了屋內的擺設位置；他只是在確認沒有任何光線滲入高貴的蓋爾大師的住所。終於滿意後，他打開門。

加文很慶幸手中握有超紫光球。就像所有馭光法師一樣，老師教他不要仰賴色彩來改變情緒。而就像所有馭光法師一樣，他經常辦不到。對多色譜法師而言，這更是一種難以抵抗的誘惑。每種情緒都有相對應的顏色，每種顏色都能用來中和某種情緒。就像現在。使用超紫光譜會引發一種分離、疏遠、異類的情緒，有時候有點諷刺或偏激的意味。感覺總是彷彿從上空觀察自己。

*你是稜鏡法王，而你竟然害怕一個老頭。*

在火把的超紫光下，加文看見他父親坐在一張有座墊的高背椅上，面對窗簾遮蔽、木板彌封的窗戶。安德洛斯·蓋爾從前是個身材高大的男人。現在他的體重從寬厚的肩膀下滑到圓圓的肚子。他不算胖，只是體重都集中在腹部。他的四肢因爲長年坐在椅子上不動而變得越來越細，六十五歲的他皮膚鬆垮、布滿斑點。

「兒子，很高興你來見我。人老了很容易感到孤獨。」

「很抱歉，父親。白法王一直派我去辦事。」

「你不該這麼順著那個坐輪椅的蕩婦。你應該安排那個老巫婆參加今年的解放儀式。」

加文沒有接話。這已是個老話題。白法王也是這麼說安德洛斯的，只是說法沒有那麼粗鄙。加文坐在父親身旁，透過詭異的超紫光打量他。

儘管屋內已經完全漆黑，安德洛斯·蓋爾還是戴著緊貼眼眶的黑眼鏡。加文無法想像生活在黑暗中是什麼感覺，他連對他兄弟都沒有這樣。安德洛斯·蓋爾從前是個黃色到次紅色之間的多色譜法師。就像許多僞稜鏡法王戰爭期間的馭光法師一樣，他把自己推到極限。超出極限。他有參戰，當然，爲他的長子而戰。汲色過度，終於摧毀了肉體的防護措施。戰後，許多馭光法師參與了解放儀式，但安德洛斯卻退入這些房間裡。加文首度來此拜訪安德洛斯時，窗戶上裝著藍色濾鏡，由於本身的力量處於光譜的另一端，安德洛斯認爲身處藍光環境很安全。後來有醫生告訴他若想繼續對抗顏色，他需要完全黑暗的環境。既然採取了如此極端的預防措施，他肯定已經非常接近崩潰邊緣。

「我聽說你嘗試掀起戰爭。」安德洛斯說。

「恐怕我嘗試的事情通常都會成功。」加文說。他並不驚訝父親已經聽說這件事。安德洛斯·蓋爾當然聽說了，塔內半數有權有勢的男女都效忠於他，或恐懼他。

「怎麼回事？」

「我收到一封信，宣稱我在提利亞有個親生兒子。當我趕去那裡時，發現那個城鎮陷入火海。我遇上了一群打算殺害一個孩子的鏡人團，於是出手阻止了他們。」

「殺了他們。」

「沒錯。結果那個孩子就是我的親生兒子，而要殺他的是拉斯克·加拉杜的手下，爲了拒絕響應徵兵而拿那座城鎮殺一儆百。他宣稱和那個孩子有私怨，但我不確定是不是只因爲他認爲這樣可以傷害我。」

「私怨？我以爲他是去那裡殺一儆百的。」

「他說基普偷了他的東西。」

「有嗎？」

「男孩宣稱他母親在臨終之前交給他一個珠寶盒。他沒有偷。」

「但是匕首在你手上？是白盧克辛嗎？」

加文不寒而慄。他以爲這次會面最糟糕的部分，會是父親問起這段加文其實沒有做過所以無從得知細節的關係。白盧克辛匕首？白盧克辛根本不可能存在，而安德洛斯·蓋爾提起它的語氣，彷彿他相信世界上有白盧克辛這種東西。或是根本就知道這種東西存在。好像他見過這種東西，而且加文應該知道他在講什麼。

他兄弟也提過一支匕首。加文胸口緊繃。

如果不夠謹慎，他很可能會洩露身分。這就是他盡可能避開父親的原因。安德洛斯·蓋爾是少數幾個清楚加文該知道什麼事、達山又該知道什麼事的人之一。其他知道的人都在戰爭期間遭到離間或死亡。兩兄弟決一死戰的刺激導致加文忘掉某些事的藉口只適用在某些問題上。安德洛斯或許能諒解他不記得最後決戰時的事，但加文肯定不會忘記決戰前幾年所發生的事，不是嗎？

「我沒看到匕首。」加文說。「它放在盒子裡。我甚至沒想到裡面放的會是白盧克辛。」白盧克辛不存在。如果存在，加文肯定知情。他曾親手嘗試製作這種神話中的物質——身為稜鏡法王，如果世界上有人能製造白盧克辛，肯定非他莫屬。

「笨孩子，我真不知道我為什麼比較喜歡你。達山比你聰明一倍，但我向來站在你這邊，不是嗎？」

加文看著地板，點了點頭。這是多年來他第一次聽見父親說他好話，不過卻是以斥責的語氣說的。

「你是在點頭還是搖頭？容我提醒你，我已經瞎了。」安德洛斯苦澀地說。「無所謂。我瞭解你想要祕密追查這把匕首的下落——就連我的間諜都沒聽你提起過，真是幹得好——但是當你碰上有個微不足道的國王急著想要一支可疑的匕首時，難道不會感到興奮嗎？」

「我當時被三十個充滿敵意的馭光法師、鏡人騎兵團，還有一個超級激動的國王包圍。我可是非常興奮。」

安德洛斯揮了揮手，彷彿那一切都無關緊要。「我想當時也沒有黑衛士在保護你。固執、愚蠢的孩子。那個盒子是什麼做的？」

「花梨木，或許？」加文據實以告。

「花梨木。」安德洛斯．蓋爾長嘆了一聲。「當然光憑這點並不能證明什麼。但是它告訴你該怎麼做。」

「我打算召集七大總督，直接和他們談，看看能不能說服他們。」加文說。「光譜議會，當然，什麼都不會做。」他知道事情會如何發展。他父親會宣布加文該怎麼做，推翻他原先計畫的一切。看在歐霍蘭的份上，他才是稜鏡法王。

「等你談完，加拉杜王已經攻占加利斯頓了。你在光譜議會上說的都沒錯，不過下錯結論，訂錯目標。這就是你有我幫忙的好處。如果你一回來就來和我談，我就會這樣告訴你。如此單方面撤退，把珠寶放在提利亞人手裡——」

「算不上什麼珠寶，父親——」

「不准你插嘴！過來。」

加文面無表情地坐在父親對面。安德洛斯．蓋爾伸出一手，觸摸加文的臉。他輕輕地順著臉頰撫摸，接著反手給了加文一巴掌。

「我是你父親，你要表示應有的尊重，懂嗎？」

加文渾身顫抖，吞嚥口水，克制自己。「是，父親。」

安德洛斯揚起下巴，彷彿在檢查加文的語氣裡有沒有絲毫不悅。接著，好像什麼都沒發生一樣，他繼續說：「既然加拉杜垂涎加利斯頓，就算那只是糞坑裡的一座糞塔，拱手交給他也是懦弱的表現。正確的做法該是夷平加利斯頓，宰制所有居民，然後在土地上撒鹽——在他抵達前離開。但你的無能摧毀了這個選擇。等加拉杜王派了兩萬兵馬固守加利斯頓，你會發現要奪回它，比他現在要攻下只有一千人駐守的加利斯頓困難多了。」

「魯斯加人只派一千人馬駐守加利斯頓？」加文問。這個數字還不到基本人員編制。如果他路過加利斯頓的時候沒有那麼趕的話，一定會注意到這點。

「阿伯恩人又提高了通過娜若斯的關稅。魯斯加人在做兵力展示。他們把加利斯頓大部分的船艦和部隊都調走了。」

「眞是太蠢了。他們一定知道加拉杜在集結兵力。」

「我同意。我想魯斯加的外交部長太頑固了。她是個聰明人，一定知道自己在做什麼。總而言之，你得趕去加利斯頓。拯救那座城市，殺了拉斯克・加拉杜，就算沒有達成這些目標，你也要取得那支匕首。一切都取決於它。」

什麼「一切」？假裝知道你不知道的祕密就是這麼麻煩。祕密，特別是又大又危險的祕密，通常提起的時候都會拐彎抹角。尤其是當保守祕密的人知道隨時都有間諜在偷聽的時候。

*或許我該冒險宣稱不記得那把匕首是什麼玩意兒。*

曾有段時間，達山知道加文所有祕密，包括理應只有加文和父親知道的祕密。達山和加文不只是兄弟，同時也是最要好的朋友。儘管達山年輕兩歲，加文仍然與他平起平坐。塞瓦斯丁是最小的弟弟；他們讓他待在家裡。加文和達山結交同樣的朋友。他們一起和懷特・歐克家的兄弟打打鬧鬧，加文懷念那些單純的打架。雙方人馬拳打腳踢，只要有人流血或哭泣，打鬥就結束。

但是加文滿十三歲那天，一切就改變了。當時達山還不到十一歲。安德洛斯・蓋爾穿著華麗長袍，身形高大、不可一世地披著紅金色錦緞、戴著紅金色的項鏈回到家中。即使在當時，他已經成爲光譜議會成員超過十年，人們依然稱呼他爲安德洛斯・蓋爾，而非安德洛斯・紅。所有人都知道哪個名字比較重要。安德洛斯帶走了加文。

第二天，加文回來的時候，眼睛紅腫，好像哭過，雖然他在達山問起時生氣否認。不管發生了什麼事，加文都不再是從前的加文。他告訴達山，他是男人了，而且拒絕再和達山玩。當懷特・歐克兄弟跑來打架時，加文渾身充滿猛烈的次紅魔法，釋放出一波一波的高溫，冷冷地告訴對方如果敢和他動手，後果自行負責。

那一刻，達山知道加文真的會毫不猶豫地殺了他們。

從那之後，加文就開始把父親當作知交好友，達山被他們丟在一邊。一開始，他和塞瓦斯丁玩。接著，塞瓦斯丁也被奪走了，於是他變成孤零零的一個人。達山本來期待等自己滿十三歲時，就能回到他們的圈子裡，但是父親並不把他的生日放在心上。歐霍蘭挑選下任稜鏡法王的日子到來時，全大傑斯伯和小傑斯伯的人都在猜想誰是稜鏡法王，但是達山知道他哥哥會雀屏中選。怎麼中選的無關緊要，安德洛斯一輩子都在努力讓加文成爲稜鏡法王。

而他完全沒有安排我的未來。只是用來娶卡莉絲・懷特・歐克或其他女孩，藉以阻擾其他父親野心的工具——直到加文連這點都想要剝奪爲止。

假扮加文最困難的部分就是這個——不是模仿加文的舉止，而是想起加文曾經擁有過，而達山永遠無法擁有的一切。

「所以，前往加利斯頓，拯救它或是燒了它，殺了加拉杜，取得匕首。聽起來很簡單。」如果加文安排妥當，就可以達成一大目標，同時爲另一大目標鋪路。

安德洛斯說：「我會寫幾封信給魯斯加人，確保他們聽奉你的號令。」

「你要讓我成爲加利斯頓城主？」每當加文忘記父親有多權勢滔天——即使住在這間小房間裡——時，安德洛斯就會做些事情來提醒他。

「地下城主。如果你失敗，會辱及我們家族名聲。但是我會確保城主聽從你的話。」

「可是光譜議會——」

「偶爾也可以不理會。想讓稜鏡法王下台沒那麼容易，你知道。等你回來後，我們就來談談你的婚事。你也該開始傳宗接代了。你的私生子讓這個話題浮上檯面。」

「父親，我不要——」

「如果你剷除了一個總督，就算叛徒總督也一樣，你就得收買另一個總督。時候到了。這件事沒得商量。我們晚點再來討論那個私生子的問題。」

# 第四十八章

麗芙跑到黃塔樓上的光園思考，但似乎每走十步就會絆到一對正在接吻的小情侶。隨著夕陽西下，光園變得異常美麗——情侶約會的絕佳去處。麗芙應該記得這點的。在如此孤獨的時刻，這些情侶在她眼中看起來格外刺眼。

她離開了，她的情緒相互糾結，對於那樣對待基普感到抱歉，肯定父親還活著，深怕自己猜錯。孤獨、恐懼未來，而此刻——受到所有人似乎都能輕易找到悅己者的刺激——她還很渴望男孩的慰藉。隨便哪個男孩。好吧，也沒有那麼隨便。麗芙來到克朗梅利亞已經三年，而她只有幾次差點成功的戀愛經驗。身為提利亞人、身為敗軍將軍的女兒，加上貧窮等等緣故，她大多數戀情都還沒有開始就已結束。唯一她以為真正關心她的男孩邀請她參加盧克法王舞會，結果卻把她丟在那裡，和別的女孩跑了。顯然是個惡作劇。次年，她短暫成為一群最受歡迎男孩們競爭的目標。有兩個禮拜，她享受成為眾人目光焦點的快感。她覺得自己終於有所突破，人們開始接納她了。其中一個男孩還邀請她參加盧克法王舞會。

接著，她偷聽到別的男孩提起看誰能先上到她的賭局，並採取了迅速確實的復仇行動。她對帶她前往舞會的男孩——那群男孩的領袖，名叫帕山．培楊的年輕貴族——承諾會把第一次獻給他，只要他幫她完成一個淘氣的性幻想。他差點當場流口水。

在盧克法王舞會上，他們躲到主宴會廳旁的陰暗角落。她說服帕山先脫光衣服——儘管幾乎全克朗梅利亞的人都在幾步之外跳舞、聊天、喝酒。接著，她在他噁心的雙手在她身上亂摸時不再親吻他，問他贏得比賽可以拿多少錢。

「妳知道那件事？妳竟然不生氣？」他問。

「為什麼要生氣？」她問。「閉上眼睛，我要給你個驚喜。」

「好的驚喜？」他問。

她手指順著他的身體向下摸到肚子。低下頭去。輕舔雙唇。「你會大吃一驚的，我保證。」

他閉上雙眼。她抓起他所有的衣服，回到舞會上。他驚叫一聲追上來，赤身裸體闖入舞會。「這就是那個比賽的代價，帕山・培楊！」麗芙叫道，讓所有還沒看到年輕裸男的人們注意到他，並且知道他是誰。

跳舞的人不再跳舞，樂師也停下演奏，交談聲戛然而止。「和朋友賭誰能奪走我的第一次？你是個卑鄙小人。惡棍、騙子。你令我作嘔。你沒有聰明到能愚弄我，沒有機智到足以騙我，沒有威猛到可以上我。」她把他昂貴的衣物丟進酒碗。

四面八方傳來竊笑聲。帕山僵在原地。由於衣服泡在酒裡，他沒辦法把衣服拿回來穿，只能盡量用手遮住重要部位。

在打破寧靜的掌聲之中，麗芙大步走出跳舞廳，直接進入克朗梅利亞的傳奇之列。不幸的是，當妳向一個對妳有興趣的男孩展開報復的事蹟在塔內廣為流傳時——不管他的意圖有多卑劣——都會讓其他對妳感興趣的男孩怯步。所有男孩都很怕她。

*我為什麼在想男孩？我父親死了。*

不，他才沒死。父親曾在更糟糕的處境下活下來。他不會被大軍圍困。他不會讓自己陷入那種局面。

儘管如此，如果有人能夠談談，該有多好。老實說，痛哭一場也能讓她好過許多。

麗芙舉步維艱地走到薇娜房間，但是到那裡時，卻發現薇娜在哭。麗芙立刻停止自怨自艾。薇娜不光只是在哭，她是在嚎啕大哭。薇娜那頭亂中有序的男孩短髮整個貼在頭上，好像她剛剛伸手抱頭一樣。她雙眼紅腫。

「我真不敢相信，麗芙！我到處在找妳，麗芙！」薇娜說。「完蛋了，歐霍蘭呀，麗芙，我被趕回家了！」

環顧屋內，麗芙發現薇娜所有的東西都已經被裝進大箱子——除了薇娜自己的東西，還有擠滿她屋內所有空間的裝飾品。麗芙知道不可能都是她自己打包的。

「怎麼回事？」

雖然事情非常簡單，但麗芙花了點時間才勉強聽出事情的始末——薇娜失去贊助了。和她簽約的阿伯恩領主，在擴展生意的時候損失了一大筆錢，需要節省支出。他顯然曾四處兜售薇娜的契約，但是找不到買家。不過有個年輕馭光法師領主買下了薇娜的住所。她得立刻搬離那裡。有人幫薇娜買了今晚回家的船票。她必須去找贊助人討論如何償清債務。

薇娜有可能淪爲女侍，更深怕主子會把她賣給奴隸販子。這樣不合法——馭光法師的契約和奴隸的天差地遠——但他們還是經常聽到這種流言。

「麗芙，妳可以借我點錢嗎？我想逃走。」

「我不行——」

「拜託，麗芙，求求妳。我知道這不算借錢。我永遠沒辦法還妳錢，但是我不能被趕回去。拜託。」

麗芙心底一涼。要是晚一週去找放貸人的話，她就可以讓對方從她的津貼裡多抽一期，然後就會有足夠的閒錢幫助朋友。「我才剛還清一筆債務，薇娜。我已經沒錢了。我傾家蕩產。」

薇娜彷彿洩了氣的皮球。

「等等，我可以拿幾套衣服去賣。如果妳可以等到早上——」

「不，不用了。到時候他們已經開始找我了。而他們知道我只有妳這個朋友。他們會監視妳的。這是個蠢想法，我必須自己面對問題。」

有人敲門。「小姐？」一個男人的聲音叫道。

薇娜開門，四個身穿奴隸服裝的男人進屋，抬起行李箱。薇娜拿起她自己的袋子。「陪我去港口？」她換上勇敢的表情，對麗芙說道。

麗芙依然震驚莫名，難以置信，只能點頭。

她們走得很慢，彷彿能夠拖到天荒地老。

「這裡眞的是個好地方。」薇娜在她們最後一次一起過橋時說道。「世界奇觀。而我曾經到此一遊，待過一陣子。我父親是個僕役，我母親也是僕役。回家當僕役沒什麼不好，我又不比他們強。況且妳知道嗎？我見過稜鏡法王！」她兩眼發光。「他說我不同凡響，還說我衣服好看。我。他注意到我，麗芙，在班上有那麼多美女的情況下。沒人可以奪走那段回憶，有多少人——有多少馭光法師終其一生都沒有這種經歷？稜鏡法王本人！」

她勇敢的表現讓麗芙雙眼含淚。她刻意不看薇娜，心知一旦看了，就會忍不住哭出來。

但是沒過多久，她們就來到港口，淚眼汪汪地互道再見，承諾會通信聯絡，麗芙保證會動用所有關係讓薇娜復學。薇娜傷心地微笑，彷彿已經認命。

「來吧，女士。」船長說。「出航的時間到了，潮浪不等人，也不等哭哭啼啼的女孩。」

麗芙再度擁抱薇娜，然後離開。她才剛走下港口的木板，立刻發現有個熟悉的身影如同蜘蛛般在黑暗中徘徊。阿格萊雅．克拉索斯。

「妳！」麗芙說。「這是妳幹的！」

「當然。」

阿格萊雅微笑。「我在想，麗芙，妳會不會覺得我們虧欠這位朋友。愛情債，或人情債？」

「但顯然妳對朋友的友誼不比違逆我來得重要。」

「婊子。」麗芙氣得發抖。

「我可不是讓朋友爲了我的自尊而受罪的人。事情可以就此打住，麗芙，不然也可以越演越烈。」

「妳還想要我監視稜鏡法王。」

「順便一提，薇娜回不了家的，她的契約已經落入我的手中。而我和某個……可疑的伊利塔人談過生意，他願意用不錯的價錢購買薇娜。大部分人對於買賣馭光法師有所顧忌。當然，她還不算是眞正的馭光法師，所以她不能享受任何馭光法師的特權。但是，嘿，薇娜喜歡航海，對不對？船上的女人可不多。這些女人通常撐不久，其他奴隸也不會善待她們，所以奴隸的主人通常會讓女人去做其他工作。但是我有辦法安排。」

不光只是奴隸。還是船奴。處境最淒慘的奴隸。她很想殺了阿格萊雅。歐霍蘭拯救她。

「或者，」阿格萊雅說。「妳對我承諾。」她朝街道對面的信差點頭。「他就會帶著口信去找船長，說明一切都是誤會、薇娜已經復學之類的，奇蹟中的奇蹟。妳是我的特別計畫，麗芙。我全心全意跟妳槓上了。」

麗芙看向那艘正在離港的船。沒錯，她沒有朋友、沒有選項、沒得選擇。她要怎麼對抗有錢有勢的阿格萊雅·克拉索斯？如果請稜鏡法王幫忙，他就會問她問題。他會以爲她一直都是個間諜。克朗梅利亞和七總督領地全部都已腐敗；他們全部都在聯手對付她。

「快點，麗芙，海潮已開始轉向。」阿格萊雅說。

她沒得選擇，沒有時間想出第三種方法。或許她的父親會說不，朝阿格萊雅那張醜臉吐口水，然後維持他的榮譽。麗芙沒有那麼堅強。鯊魚和海惡魔贏了。「好。」她說，心情跌到谷底。「妳贏了。我該怎麼做？」

# 第四十九章

加文還沒完全走出父親的住所，就已經看出麻煩即將降臨。他母親的住所就在父親的旁邊，他絕不可能不經過她的房門就離開——而她的房門是開的。

每一次。天殺的每一次。如果他父親的窗戶沒有被木板封死、還蓋了好多層窗簾的話，加文就會跳窗離開。事實上，他第一次汲色製作降落風帆，就是在這種狀況。每當他回來，即使只是短途旅程，他似乎都得花一整天去和一個個重要人物見面——而每個重要人物都有所要求。

儘管如此，加文還是在路過母親房門時轉了進去。從房內奴隸的黑眼睛、頭髮，還有咖啡色皮膚來看，她是個提利亞女孩。加文走過時，告訴她可以關上門。她母親非常擅長訓練奴隸，就連像這種才剛進入青春期的女孩，也都會隨侍在側、因應主人的任何要求。當然，加文與奴隸也沒有多大差別，不是嗎？

「母親。」加文說。她在他走進時起身。他親吻她戴著許多戒指的手，她則笑著擁抱他，就像往常一樣。

「我兒。」她說。菲莉雅．蓋爾是個五十出頭的美女。她本是阿塔西皇族的表親，而在她年少時，阿塔西貴族很少會和外國人通婚。當然，安德洛斯．蓋爾是特例，他向來都是特例。她擁有阿塔西人特有的經典外貌組合——橄欖色皮膚和矢車菊藍的雙眼，不過她藍眼中的虹膜裡有圈黯淡的橘圈。她從前是橘法師，雖然不算天賦異稟，不過安德洛斯絕對不會娶無法汲色的女人。儘管有點年紀，菲莉雅依然身材苗條、氣度雍容、時髦而自在、威風凜凜又不會盛氣凌人，美麗而親切。

不明白她怎麼有辦法與父親維持夫妻關係。

她輕彈左手的兩隻手指，目光沒自加文身上移開便遣退了房內奴隸。「好了，我聽說了你有個……姪子的傳聞。」

加文清清喉嚨。這地方的傳聞究竟能傳多快？他環顧四周。奴隸已經離開。「沒錯。」

「親生兒子。」菲莉雅．蓋爾說，嘴唇緊繃了片刻。她絕不會說「私生子」這種話。以她臉部表情之豐富，她沒必要這麼說。這些年來，橘魔法讓她變得更有同理心，也更疑神疑鬼。加上天生敏銳的洞察力與聰明才智，讓她成為十分難纏的人物。

「沒錯。他是個好孩子，叫作基普。」

「十五歲？」她沒有說：「所以你背著未婚妻——過去十六年來我一直催你完婚的未婚妻——出軌。」菲莉雅喜歡卡莉絲。戰後安德洛斯．蓋爾堅決反對加文娶家道中落的女人，而這是加文母親少數持續違逆父親的事之一。一般而言，當他們意見不合時，她會以極具說服力的理由強調她的觀點，然後順從安德洛斯的意見。加文曾多次目睹安德洛斯在他母親如此有技巧地投降之後改變心意。然而，卡莉絲．懷特．歐克的問題引發了尖叫、打碎瓷器，還有眼淚。有時候，加文覺得如果爭吵時自己不在場，安德洛斯或許會讓步，但那傢伙不能在任何人面前丟臉，特別是在挑戰他極限的兒子面前。

「對。」加文說。

菲莉雅雙手抱胸，看著他的臉。「所以，他的存在對你而言，就和其他人一樣震驚，還是更加震驚？」

加文打從心底涼了起來。他母親可不是笨蛋。她與其他人一樣謹慎提防偷聽，但她有辦法表達她的弦外之音。裂石山大戰過後，加文身穿他兄弟的衣服和皇冠、帶著他兄弟的傷痕，渾身都是煤灰和鮮血、跌跌撞撞地步出魔法烈燄中時，所有人都毫不懷疑他就是加文。除了年紀不同外，他們兄弟倆經常被人誤認為雙胞胎，行為舉止也十分相像。加文也鉅細靡遺地模仿他兄弟的用字遣詞與表情。任何戰後出現的差異，都用加文被迫殺死弟弟所造成的改變來解釋。

但是回到克朗梅利亞後的隔天早晨，加文醒來時，發現母親坐在自己的床腳。她的雙眼哭到紅腫，不過臉頰上的淚已乾。她努力讓自己趁他睡覺的時候哭泣。

「你以為我認不出自己的兒子嗎？」她當時問。「你的血來自我的血。你以為你能瞞得了我嗎？」

「我沒想到能瞞這麼久，媽。我以為有上百個人可以看穿這場鬧劇，但是我又能怎麼辦呢？」

「我瞭解你為什麼會這麼做。」她說。「我為了你的死，而非你哥哥的死，傷心欲絕，現在看到你……那感覺就像在選擇我比較希望哪個兒子死一樣。」

「沒有人要求妳這麼做。」

「我只要知道一點。」她說。「加文死了嗎？」

「死了。」他說。「我不想……他沒有給我……我很抱歉。」

她淚如泉湧，但是毫不在意。「你需要什麼，達山？我已經失去兩個兒子；我對歐霍蘭發誓，絕不要再失去你。」

「告訴他們我在療傷。告訴他們那場大戰差點害死我。時機成熟時，告訴他們戰爭改變了我。但不要讓我顯得懦弱。」

於是，她成為他在克朗梅利亞唯一真正的盟友。她離開後，他鎖上門，打開距離他母親剛剛所在位置不到一呎外的箱子，裡面裝著被他下藥迷昏的哥哥。他打量昏迷不醒的哥哥，然後打量鏡子裡的自己。記下所有差異之處之後，他開始動手。他哥哥有一撮不管怎麼剪都會突起來的亂髮，新加文得留長髮才能掩飾這個特徵。加文比達山矮一點，喜歡穿跟稍微高一點的靴子，新加文要穿平底鞋。他開始條列出他哥哥日常生活上的小細節，加文喜歡從左到右扭動脖子。還是從右到左？可惡，達山甚至不知道脖子要怎麼扭動才會發出聲音。加文喜歡每天刮鬍子，甚至一天刮兩次，藉以保持臉部光滑；達山一週只刮幾次，因爲他覺得刮鬍子很煩。加文向來會擦一種氣味特殊的香水，達山不擦那種東西。他得派個僕人去弄。加文很在意穿著，總是要走在流行尖端；達山完全不知道這是怎麼辦到的。他必須深入瞭解。加文有在拔眉毛嗎？親愛的歐霍蘭呀。

其他改變比較困難。他一邊的手肘內側有顆痣，他心一橫，割下了那顆痣。之後那裡就會變成一條小疤。不會有人注意到。

他母親每天都來幫他，手裡拿著擦拭無聲淚水的手帕，不過還是堅強地面對這一切。她指出一些達山根本不記得的差異，像是他哥哥在思考時的站姿，還有加文愛吃什麼，討厭什麼食物之類的。

但是他能成功扮演加文的最大理由，還是加文本身。加文把達山抹黑爲僞稜鏡法王。他宣稱達山是用一些小把戲欺騙他的擁護者，任何不是罪犯、瘋子，或是能從僞稜鏡法王身上獲利的人，都不會被他矇騙。所有人都知道每個世代只會出現一位稜鏡法王，於是他們相信那個加文的說法。所以當他們看見達山那雙稜鏡眼，就深信他是加文。熟知內情的人，知道達山不需要依賴小把戲，知道他和加文一樣是稜鏡法王的人——換句話說，就是達山最忠誠的擁護者和朋友——都在裂石山大戰後流落四方。他背叛了他們，就算這是爲了大局著想，他每天晚上還是會輾轉難眠，想著他那些被伊利塔海盜賣往上百個港口的手下。他寫下第一份七大目標，然後盡力而爲。

這段期間裡，他母親救了他很多次。她有權知道眞相。

「更加震驚。」他告訴她。對有兒子這件事，他比任何人都來得驚訝。他和他的追隨者在逃亡與穴居生活中度日，就算他有力氣去和追隨者亂來，也沒辦法克服卡莉絲與加文訂婚的悲痛。戰爭期間，達山沒有睡過任何女人。

她站起身，走向門口，開門確認沒人偷聽，然後回來。她輕聲說道：「所以你收養了你哥哥的親生兒子，爲什麼？」

因爲妳總是要我生個孫子給妳，他差點脫口而出，但他知道這話會讓她傷心。因爲這是他該做的事？因爲加文也會這麼做？不，他不確定加文會怎麼做。因爲那孩子一無所有，而他應該要有生存的機會？因爲卡莉絲在場，而透過做正確的事傷害她，能爲他帶來難以言喻的快感。「因爲我知道孤獨的感覺。」加文說。他很驚訝這話竟然是實話。

「你虧待卡莉絲。」他母親說。

「這和她有什麼關係？」

他母親只是搖頭。「她的反應不好？」

「可以這麼說。」加文說。

「萬一你父親不認那個孩子怎麼辦？」

「在這件事上，他不能左右我的決定，媽。我很少做正確的事。我不會讓他阻止我。」

她突然笑了笑。「這次的七大目標裡有這條嗎？忤逆他？」

「我只會列出有可能辦到的目標。」

「所以忤逆他比阻止血腥戰爭還困難？比摧毀海盜王還要困難？」

「摧毀兩次。」加文說。「沒錯。」

「你這是從他身上遺傳來的，你知道嗎？」

「什麼？」

「你父親總是喜歡列清單，用來劃掉的目標。二十五歲前娶個門當戶對的女人、四十歲前加入光譜議會——這個三十五歲就做到了——之類的目標。當然，他從來沒必要以七年為一個階段來安排他的人生。」

「他從來沒想過自己去當稜鏡法王嗎？」加文問。

她沒有立刻回答。「稜鏡法王通常只能撐七年。」

對我父親而言不夠長。我懂了。「他想要更多兒女，是吧？」即使在塞瓦斯丁死後。更多工具。更多武器，避免情況再度失控。

她沒有回應。「我想回家，加文。我已經考慮參加解放儀式很多年了。我很疲憊。」

一時之間，加文難以呼吸。她母親堪稱生命的精髓。美麗、充滿朝氣、聰穎、善良。聽她說得好像年老力衰、想要放棄的樣子，會令他彷彿肚子挨了一記重拳。

「當然，你父親絕不允許我這麼做。」她哀傷地笑道。「但不管他允不允許，五年內我都會參加解放儀式。我已經埋葬了兩個兒子。我不想再親手埋葬你。」所以，她只是在警告他，讓他有時間準備。親愛的歐霍蘭呀，他連想都不願意想。母親是他唯一的夥伴、他最好的顧問，唯一能在數里格外聞出威脅的氣味，且無條件深愛他的人。

「那麼，你的七大目標是什麼？已經有完成的了嗎？」她問，將話題引回安全地帶，儘管她知道他會逃避答案。

「我學會飛了。花了我超過一年的時間。」

她用難以判斷他是不是在開玩笑的眼光看他。「那應該會很方便。」她謹愼地說。

加文大笑。

「你是說眞的。」她說。

「改天我得帶妳出去走走——去飛飛？」加文說。「妳會喜歡的。」

「你認爲這樣就可以讓我不再追問你的其他目標嗎？」

「當然。」加文以一種諷刺性的嚴肅表情說道。「我的老師是最頂尖的。」

「很好。」她說。「出去吧。」他即將步出房門時，她又叫住他。「加文！」現在她隨時都叫他加文，雖然在她眼中還是看到達山。「小心點。你知道有人不聽話時，你爸會變成什麼樣子。」

# 第五十章

基普夢到他媽媽摟著他靠在她腿上的頭，接著在一條手臂被壓麻時醒來。那其實不是夢；那是一段回憶。當年他很小。他媽媽雙眼紅腫，輕撫著他的頭髮。通常紅眼睛表示她抽了海斯菸，但那天早上她身上沒有菸味或酒味。我很抱歉，她說，我很抱歉。我戒了。從現在起一切會不一樣的。我保證。

他睡眼惺忪地呻吟了一聲。很高興妳這樣說，媽，但是妳可以放開我的手嗎？他翻身。他睡在地上？地毯上？噢！隨著血液緩緩流通，他的手臂開始疼痛。他輕揉手臂，直到恢復知覺。他在哪裡？喔，麗芙的房間。天才剛亮。

基普坐起身，看見一個女人步入房內。或許是開門聲吵醒了他。麗芙一定是去其他地方過夜了。她的床單沒有被掀開過的痕跡。

「早安，基普。」女人說。她皮膚黝黑、眉毛很濃、鬈髮，脖子上纏了條紅金色圍巾。她身材高壯、肩膀厚實、身穿像是三桅軍艦船帆般的綠格子連身裙。「天亮了，你該上第一堂課了。我是赫雷女士。」

「妳是我的魔法老師？」基普邊問邊揉著他刺痛的手臂。

「喔，是呀。」她微笑，但是笑意沒有擴及雙眼。「而你這輩子都會記得今天上的課。起來，基普。」

基普起身。她走過他身邊，打開一扇通往麗芙房外小陽台的門。

「快點過來。」她說。「你得在太陽完全升上地平線之前見識、見識。」

頭髮被壓得扁扁的、嘴裡吃到棉花、口氣有點重、手臂痛痛的。基普輕舔過乾燥的嘴唇，走過赫雷女士身邊。她的雙眼一片漆黑，黑到無法判斷她是什麼顏色的馭光法師。

奇怪。照理說我應該能看出大多數人都看不見的色彩差異，而我竟連她虹膜的顏色都看不出來。

他來到黃盧克辛陽台上。除了幾條水或灰塵所留下的痕跡之外，這座陽台乾淨得詭異。

儘管昨天得知黃盧克辛是世界上最堅硬的材質，基普還是小心翼翼地測試陽台的負重。當然，陽台很堅固。由於所有高塔都宛如開花般向外傾斜，如果基普從這裡掉下去，他就會摔落在下方數百呎海邊的岩石上。從這裡摔比從更高的樓層摔還慘，因爲上面的樓層更往外傾斜，會摔到海裡。他吞嚥了口水，努力將注意力保持在日出。

「我們沒那麼多時間，基普。」赫雷女士說。她語氣怪怪的，似乎有點緊張。

基普在她步上陽台時轉身。一開始他以爲她絆倒了，因爲她突然撲了上來。他上前一步去扶她。如果肥胖有任何好處的話，就是他有辦法阻擋重物。

但赫雷女士如同攻城槌般地伸出雙手。基普的前進讓自己的身體處於她的雙臂之間。她的拇指抓過他的胸口，朝兩邊滑開。她在兩人尷尬地抱在一起時咒罵了一句。

「我接到妳了。」基普說。「別擔心，妳不會——」

壯碩的女人站直身體，恢復平衡。她比基普高很多，這個動作讓她巨大的乳房壓上他的臉頰。他的下巴在她起身時短暫——非常短暫——地卡住她衣服的領口，結果整張臉都埋在她柔軟的乳溝裡。

「啊！」基普脫口叫道。

赫雷女士再度彎下腰，好心地將領口扯離他的下巴，但接著又彎得更低，整個人貼在他身上。在經歷這段他肯定會在夢中再度體驗的經驗之後——絕非什麼好經驗——他側身閃開。

女人伸出大手抓向基普雙腳。基普閃向側面，她的左手從他的右腳上滑開。接著，她雙手上提。

「妳幹嘛——」基普在看見她的雙眼時住口。

極端專注、毫無情緒。她用力擠向基普，繼續上提。他太晚察覺到她的意圖了。剛剛的緊張、說詞，還有眼中缺乏色彩，她根本不是絆倒，而是朝他身上撲來。基普壓到她乳房卻毫無尷尬——當你是來殺人時，一點點肢體接觸並不會阻止你行動。

基普雙掌貼在身後的陽台邊緣。雖然只抓住他的一條腿，赫雷女士還是奮力提起他。她強壯到完全不把基普的體重放在眼裡。

如果基普是勇敢的人，就會反抗。如果身體柔軟，就會在她提起一腳時單腳站立，然後把她扁成肉醬。但結果基普採取了胖子的方式。他渾身放鬆、完全不施力，讓所有體重變成靜止重量，像朗試圖把他舉起來丟時那樣向下墜落。只要基普落地，朗就沒辦法再度舉起他，而如果他身體使力，朗就能輕易舉起他。

赫雷女士揚起抓向基普左腳的那隻手，試圖在他渾圓的身體上找到可抓的部位。基普像條魚般地扭動、抵著陽台推擠，試圖讓自己回到塔裡。她用自己的體重將基普固定在陽台角落，然後揚起左拳準備打他。

但是地板在召喚他，而在沒有她強壯手臂固定的情況下，基普回應了地板的召喚。她拳頭落下，掠過目標，不過基普已經落地。她失去掌控而讓他往下墜，只剩下一手還抓著他的褲管。她咒罵了一聲，試著以單手力量舉起他。

他的褲子裂開，從腰間脫落。褲子纏著他的膝蓋，但不管寬鬆的褲子如何阻礙動作，總之都沒讓殺手再度提起他。她邊罵邊打邊拉開他的腳。他叫了一聲。接著她一拳打在他的肚子上，打得他體內空氣離體而去。她吼道：「像個男人那樣面對死亡吧。」

基普咬了她的腳踝。

殺手大叫，朝他摔去。她先以膝蓋頂中他的胸口，然後調整落地位置，摔在他身上。顯然，基普不是唯一懂得利用體重的人。落地時，她的頭對著他的腳。

她以鐵箍般的手掌緊緊扣住基普的一隻腳，然後捶打他的大腿，擊中大腿正中央。他感覺像是被馬踢中。他慘叫。接著她抓起他的另一隻腳。不管他怎麼掙扎，都沒辦法掙脫。在被她身體壓住、雙腳夾著頭的情況下，他就連呼吸都很困難。她捶打他的另一隻腳，弄得這隻腳也軟癱無力。她奮力起身，擊中他的胯下。

基普眼前金星亂冒，反抗的想法蕩然無存，一心只想蜷曲成球狀。她改變重心，再度壓下，然後站起身來。現在她雙手各抓著他一邊的腳踝，輕鬆地將他提起。她會把他丟下陽台，親愛的歐霍蘭呀。他完全沒有能力阻止她。

在痛到瞇起雙眼、渾身微微顫抖的情況下，基普看見一道超紫光束附著在殺手的頭上。

「住手！放下他！」一名年輕女子自屋內叫道。麗芙？

殺手吼叫一聲，轉向麗芙，只見麗芙手中噴出黃盧克辛球，順著超紫線飛來，在殺手臉上炸出刺眼的閃光。赫雷女士放下基普，伸手保護自己，可惜太遲了。她跌向後方。

她太高了，陽台的欄杆還不到她的腰。她重重撞上欄杆，搖搖欲墜。厚實的雙手在只剩下腳趾著地時抓住欄杆，試圖站穩腳步。躺在地上的基普一手伸到她腳下，然後向上一提。沒有很用力——他痛到幾乎動彈不得——但這點力氣就夠了。

殺手感覺身體翻過欄杆，連忙出手亂抓。她向下墜落——手掌即時抓住陽台欄杆。她與基普透過透明的黃盧克辛陽台對看。所有陽台都有一條小排水管，以免陽台積滿雨水，而此刻高大女人的臉與基普的臉相隔不到一呎。

基普看著她。他知道這件事會如何收尾。身材瘦小的女人或許有辦法拉起自己，但這種體型的女人肯定辦不到。基普很壯——他的力氣比山桑甚至朗都大——但當你重到一定程度之後，要把你從牆緣外拉起來，就變成不可能，而這個女人比他高大多了。赫雷女士使勁拉扯，一時間，基普以為自己想錯了。她手肘彎曲，身體上移。她一腳盪向側面，試圖勾住陽台的排水溝。

接著，她力氣用盡，整個人又掛回原位。她玩完了。基普可以從她的眼神看出來。「光是鎖不住的，小蓋爾。」她說。「安納特遮蔽了你的視線。莫特降禍給你十代子孫。貝爾菲格摧殘你的兒子。阿提瑞特在你母親墳上吐口水。費利盧克腐化你父親的——」

基普透過排水溝給了她一拳。她的鼻子立刻濺血。她一定有料到這一拳，因為她試圖咬他的拳頭——不過沒咬中。

她摔下去了，墜落的過程中不斷掙扎、不停大叫，不過基普聽不出來她在叫些什麼。她摔在距離瑟魯利恩海不到五步的尖利巨石上，身體摔到支離破碎，其中一塊屍塊——一條腿？——激飛而出，墜入海面，剩下的屍塊在岩石上畫下一條長長的血痕。

一切看起來很不真實。基普心裡明白，摔下去的人本來可能是他，或許應該是他，然後他突然察覺麗芙就站在她的公寓裡。「基普、基普，我們殺了她。」麗芙說。基普心裡想的卻是他的蛋蛋很痛，而且在自己唯一認識的女孩面前幾近全裸，又肥又噁心，應該立刻找衣服來遮一遮。

他才剛拉上褲管，麗芙已經靠在陽台欄杆外嘔吐。基普很討厭嘔吐。他討厭自己嘔吐，也討厭別人嘔吐。但是在風吹過黃塔，把水氣順著排水溝帶過來時，他發現自己最討厭被人吐到身上。小小黏黏的嘔吐水氣噴在他的臉上，飛進他的嘴巴裡。

他翻過身來，吐口水、咳嗽、拍自己的臉，試圖抹去嘔吐的水氣。他站起身來，蛋蛋還在痛，臉皺成一團。

「喔，不。」麗芙說，在發現自己吐到他身上時臉色發白，羞愧難當。她偏開目光，望見他褲子裂開的胯下，然後又轉向下方的岩石。她努力想找話說，卻什麼也想不出來。

「妳知道，我很高興我們之間一點也不尷尬。」基普說。我眞的說了這種話？那感覺彷彿有一部分的他就是忍不住要說些不恰當的話。他剛剛殺了人，他很害怕、很痛、很難爲情、很羞愧、很慶幸自己還活著，而且完全搞不清楚狀況，他管不住自己的嘴巴。

麗芙的嘴角抽動了片刻，接著又湊到欄杆外去吐。

總是有話說，偏偏一開口就沒好話。幹得好，基普。

# 第五十一章

「盛夏即將到來。」白法王說。「太陽節。」

加文站在她面前，克朗梅利亞塔頂。兩人一起等待日出。就加文印象所及，盛夏總是即將到來。

「我已經開始準備解放儀式了。」她說。「你認為你父親今年會參加嗎？」

加文哼了一聲。「今年不會。永遠不會。」他揉揉眼睛。昨晚一夜沒睡。

「他那種情況違反自然。」白法王輕聲說道。「我曾經很佩服他，你知道。住在那可怕的房間裡，保持心思敏銳，抵擋夢魘入侵。」

「是夢魘在抵擋他入侵。」

「我幾乎算是一半活在黑暗裡，加文。」白法王當他沒插嘴般地繼續說下去。「不能汲色就是這種感覺。但是真的生活在完全漆黑的環境？難道這不算是否定歐霍蘭的做法嗎？『他們熱愛黑暗，因為他們做的事見不得光，光明令他們羞愧』。」

「我父親的靈魂處於什麼狀態，是他自己的問題。難道我們不該為我們的父親增光，順從萬物之父賦予他們的權威嗎？」

「你不只是個兒子，加文。你是稜鏡法王。你應該透過行使祂賦予你的權威來為他增光，而非只是利用祂賜給你的力量。」

「或許該是妳參加解放儀式的時候了。」加文苦澀地說。他每年至少會和白法王談論這個話題一次。他已經很厭倦了。白法王要求他父親參加解放儀式，他父親要求白法王先請。兩個人都對他施壓，要他去向對方施壓。

白法王揚起雙手，攤開雙掌。「只要你下令，我的稜鏡法王，我會參加解放儀式。樂意之至。」

這話讓他立刻愣住。她是認眞的。

「我也很順從。」白法王說。「你或許覺得難以置信，加文，但是在抽籤成爲白法王前，我根本不瞭解身爲馭光法師的意義，更別說是法色法王，更別說是白法王。但或許這並非別人能夠教你的事，你必須自行體會。」

「妳到底在說什麼？」加文問。

「你可知道我們爲什麼會比一般人更難堅定信仰，稜鏡法王閣下？」白法王微笑。有時候不管年紀多大，她看起來都像個淘氣女孩。

「因爲我們知道歐霍蘭每醒來一天就要沉睡一千年嗎？」加文問。他很累，不僅只是因爲失眠。

她拒絕上鉤。「因爲我們瞭解自己。因爲其他人會把我們當神一樣地聽從我們的話，但我們知道自己不是神，明白我們的權力有多脆弱，透過這一點，我們可以看出其他環節有多脆弱。萬一光譜議會突然拒絕聽從我的命令？只要想想爲了成爲法色法王需要的權謀手段和權力慾望，你就會知道這不是沒有可能。萬一有個將軍突然拒絕聽從總督的命令？萬一兒子拒絕父親的命令？萬一存在的偉大連結的第一環——歐霍蘭本人——都與其他環節一樣空洞呢？看見所有環節的脆弱之處，我們就知道偉大連結本身很脆弱，如果我們不竭盡全力維護整個體系，這個連結隨時都有可能分崩離析。」

加文不由自主地嚥了口口水。他從來沒有以這種角度看待這件事，但他向來認爲自己的一生就是如此。他的欺瞞、他的權威、他囚禁兄弟、他的人際關係。一道以濕紙相扣的連結，不停地在本身重量壓迫下滴水。他每天都在這條連結上增加更多重量。

「和你分享我學到的課題。」白法王說。「歐霍蘭不需要我。喔，我可以幫祂做事、討祂歡心，但是如果我犯錯，其他人可以頂替我。你看，我做的事依然重要，但是說到底，一切都還是歐霍蘭的旨意。所以，我認為自己還有工作要做。觸目所及，到處都是未盡之事。但是如果你告訴我今年盛夏我就該參加解放儀式，我也會很樂意去做，並不是因為我對你有信心——雖然我真的有，而且比你想的要多——而是因為我對歐霍蘭有信心。」

加文覺得她像是來自月亮的訪客。「那可真是……非常抽象。我們可以討論解放儀式了嗎？」

她大笑。「重點在於，加文，你什麼都記得，我知道你記得住。現在你覺得我瘋了，但是你會記得這段談話，有一天，這段回憶或許會影響你。這樣對我來說就夠了。」

她可能是瘋婆子，也可能是聖人——不過話說回來，加文覺得這兩者並沒有任何不同。

「我要去加利斯頓。」他說。

她雙手交疊，放在腿前，轉向日出。

「容我解釋。」加文搶先說道。他開始解釋，毫不理會日出的美麗。十分鐘後，當他快要說完時，白法王揚起一根手指。她屏息片刻，然後在太陽升上地平線時長嘆了一聲。「你曾刻意找尋過綠光嗎？」

「有時候。」加文說。他知道有些人信誓旦旦地宣稱見過綠光，雖然沒人能夠解釋那是什麼，成因為何。他也認識一些篤定綠光是神話的人。

「我把綠光當作是歐霍蘭在眨眼。」白法王說。

在她眼中看來，一切都與歐霍蘭有關嗎？或許她快死了。

「妳見過？」加文問。

「兩次。第一次是……五十九年前了？不，六十年前。就是我遇上烏爾貝那天晚上。」加文得要想一想才記起那個名字。喔，烏爾貝．拉斯柯，白法王的丈夫，當年也是個名人，已經去世二十年了。

「當時我去參加一場宴會，帶我去的那個年輕人喝醉了，我肯定不會讓他帶我回家。我到室外去呼吸新鮮空氣看日落，看見了綠光，興奮到跳了起來。不幸的是，有個非常高的傢伙正好湊在我頭上，彎腰去拿留在陽台上的酒杯，結果我一頭撞斷了他的鼻子。」

「妳是因爲撞斷烏爾貝．拉斯柯的鼻子而與他相識的？」

「當晚他帶來的女人對此很不高興。她很美麗、很高雅，比我漂亮一倍，但是不知爲何，她沒辦法與笨手笨腳的我競爭。不過我想她如果嫁給烏爾貝，多半不會開心，你祖母就足足兩年不肯原諒我。」

「我祖母？」

「如果那一刻我沒有看見綠光，你祖母就會嫁給烏爾貝，那你現在就不會站在這裡了，加文。」白法王笑道。「看吧，你絕對想不到和老女人閒聊會聽到什麼事。」

加文無言以對。

「你可以去加利斯頓，當然，加文，但是只有稜鏡法王能舉行解放儀式，而儀式也不能更改時間。所以我只有一個選擇——把所有要參加解放儀式的人統統送去加利斯頓。我得派最快的船去與他們會合，這樣他們才能即時趕到。」

「我是去加利斯頓打仗的。」加文說。

「所以呢？」

「妳說『所以呢』是什麼意思？」他問。「我不會有時間舉辦宴會、施放煙火、公開演說。」

「我目前手頭上的名單約莫一百五十名馭光法師。今年人不算多。其中有不少人肯定無法撐到明年。你想要增加八、九十個狂法師嗎?」

「當然不想。」

「舉辦宴會很好,加文,但是你得瞭解你的角色。這是你首要目標的反面。」她知道他因爲塞瓦斯丁的事,立誓要剷除所有的狂法師。她總是會利用所知的一切事來控制他。「就算你不相信稜鏡法王是歐霍蘭賜給人類的禮物,稜鏡法王依然是。所有馭光法師一生中最神聖的時刻,都是在被你解放的時刻。你可以剝奪他們獲得解放的權力,但那將會是最糟糕的決定。我可以原諒你很多作爲,但絕對不會原諒這一點。」

這樣講很傷人。

「現在,說說你是怎麼在這麼短的時間內把卡莉絲帶去提利亞,殺了個狂法師,還帶了個兒子回來。光是前往提利亞,就該需要兩週吧。」

好吧,動作還眞快。他知道只要讓卡莉絲見識飛掠艇和飛鷹號,白法王就會得知這些祕密,但他還是沒辦法自制。或許他太衝動了。於是他把飛掠艇和飛鷹號的事都告訴她。她眼睛一亮。「那還眞得要見識見識,加文。飛翔!那種速度!我想你會用同樣的方式去加利斯頓?」

「對,我要帶基普一起去。」

她再度令他驚訝,因爲她沒有反對。「很好。」她說。「瞭解一下父愛對你有好處。」

因爲我肯定沒有從我父親那邊體會過父愛。接著,加文發現她說這話就是這個意思,感到有點火大。但是爲了他爸和她爭執,完全沒有意義。

「那麼第二次是什麼時候?」他改變了話題。

「第二次？」

「妳第二次看見綠光，歐霍蘭第二次眨眼。」他努力壓抑嘲諷的語調。

她微笑。「我期待告訴你答案的那天盡早到來，稜鏡法王閣下，但今天不打算告訴你。」接著她笑容消失。「等你回來之後，我們要談談基普的測驗。」

「妳注意到了牆上的水晶？我以為我已及時阻止它。」

「我是老了，但還沒糊塗。」

「妳要聽我承認？基普差點破解了測驗。」加文說。「就像達山一樣。」

「或是更糟糕，通過測驗。」白法王說。

# 第五十二章

卡莉絲遭俘五分鐘之後，就知道自己的處境比原先想像的還要糟糕。她在加拉杜王鏡人部隊槍口的脅迫下走向一輛馬車，他們沒有捆綁她的手，這點讓她感到奇怪，也短暫給了她一點希望。接著，鏡人團把她交給牛打馭光法師，全部都是女人。兩名鏡人士兵留下，槍口指著她的腦袋，幾乎連眼都不眨。

那些女人——兩個紅法師、一個綠法師、一個藍法師，還有一個超紫法師——把她全身脫光搜身、搜她的衣服，一下子就找出眼罩。兩名鏡人士兵沒有多看她的裸體，儘管營地四周的男人都轉過頭來看任何能看到的東西，不過沒人發表任何淫穢的評語。

紀律。可惡。

卡莉絲雙手交抱，遮住乳房，低下頭去，假裝羞澀。好吧，或許不是完全在假裝。

「抬頭！」一名紅法師命令道。

卡莉絲抬頭。她們要看到她的眼睛，這樣才能盡快察覺她要汲色。聰明，但也加倍可惡。

她們迅速確實地搜查她所有衣服，擠壓所有縫線，確保沒有密袋。接著，她們搜她的背包，其中一人仔細記錄其中的所有物品。卡莉絲希望她們搜完之後會把衣服還給她。

沒這麼好運。結果，她們打開馬車車門，丟了一套紫色連身裙和襯衣給她。

「進去。」之前那個紅法師說。

卡莉絲上車，車門關閉。她聽見放下門閂、拉上鎖鏈的聲音。馬車內部的空間很大。有個可以睡覺的床墊、尿壺、一杯水、幾張毯子和枕頭——全都是紫色的，藍色光譜中最深的顏色。從車內噁心的氣味判斷，這些東西都是剛染色的。車窗上都有欄杆和紫色玻璃，外側蓋著紫色窗簾。顯然，他們十分嚴肅地看待她的魔法，而從對她的眼睛和鎂火炬的研究，知道她可以汲取綠色和紅色。他們不打算冒險採用這兩種顏色中間的顏色，於是挑選了位於光譜另一端的顏色。

這種友善的做法有點奇怪。他們大可以直接蒙住她的眼睛，當然，但是蒙眼布可能會滑落。不過，囚禁馭光法師的人大多會把馬車漆成黑色，讓對方完全身處黑暗中。現在這種做法一樣有效，不過大費周章。如果馭光法師看不見自己的顏色，或是沒有眼鏡和白光，就無法施法。卡莉絲幾乎處於全然無助的狀況。她非常討厭這種感覺。

她穿上襯衣和寬鬆的紫色連身裙，然後立刻開始刮漆。車廂內的油漆都讓次紅法師烤乾過。她遲早能刮開，但車內光線都會穿透紫窗簾和紫玻璃，刮開紫漆也沒有用處。儘管如此，她還是要刮，沒有辦法控制自己。紫漆底下還有一層黑漆，黑漆下是深色紅木。運氣不好。

幾分鐘內，馬車開始移動。

那天晚上，在吃過一塊黑麵包、喝過用黑鐵杯盛裝的清水後，兩個馭光法師進入車內，他們的皮膚已經分別布滿紅色和藍色盧克辛。跟隨他們上車的竟然是個裁縫。她身材嬌小，才到卡莉絲的肩膀。她迅速測量卡莉絲的尺寸，沒有寫下來，只是記在腦海裡。接著，她凝視卡莉絲的身體很長一段時間，眼神就像是農夫凝視必須挖鬆的岩石山丘一樣。她又量了一次卡莉絲的臀圍，然後一言不發地離開。

接下來的五天，卡莉絲都沒能觀察出多少透露對方意圖的線索。顯然，她的馬車距離餐車很近，因為每當道路顛簸時，她就會聽見鍋碗敲擊的聲音。騎兵的身影，或許是鏡人騎兵，偶爾會路過附近，她會透過窗戶看見他們的輪廓。不過當他們說話時，聽不清楚他們在說什麼。晚上，她的食物用黑鐵碗盛裝，附帶黑鐵湯匙、黑麵包、水，沒有紅酒——可惡，他們連紅酒的紅色都考慮到了。每天太陽下山後，就會有一名鏡人士兵在馭光法師陪同下取走她的尿壺、碗、湯匙、杯子。某晚，她把湯匙藏在枕頭底下，他們沒說什麼。不過第二天他們也沒給她水喝。交出湯匙之後，她就有水喝了。

最難熬的就是無事可做。人一天裡能做的伏地挺身有限，而她沒辦法在馬車內做更費勁的運動。車裡沒有樂器、沒有書，當然也沒辦法練習武器或汲色。

第六天晚上，兩名藍法師上車。「挑個舒服的姿勢。」其中一人說。卡莉絲坐在她的小床墊上，雙手交疊在大腿上、盤膝而坐，然後他們用超出必要約莫五倍的盧克辛來束縛她的手腳。接著，他們給她戴上紫色眼鏡，隨即下車。

加拉杜王拿著一張折疊椅進入車內。他在上衣外多穿了一件寬鬆黑上衣，卡莉絲只能隱約看見裡面的那件，而他的褲子外面也套上寬鬆的黑褲。卡莉絲可以理解在她身邊必須謹慎的理由，但是這未免也太荒謬了點。國王坐在折疊椅上。他一言不發地凝視著她。

「我想妳不記得我。」他說。「戰前我見過妳一次。當然，我當年是個小孩，比妳小三歲，而妳已經讓……好吧，其中一個蓋爾兄弟迷得神魂顛倒，不過我不記得是哪個。或許妳也不記得。當時似乎大家都弄不清楚妳喜歡誰，是不是？」

「你是個萬人迷，是不是？」卡莉絲問。

「妳或許想不到。」他說。他搖了搖頭。「我一直以爲妳美豔無比，但顯然關於妳的故事有點誇大其詞。兩個權勢滔天的男人，他們的悲劇三角愛情故事裡應該要有個美豔無比的女主角，是不是？我是說，不然那兩個男人幹嘛要摧毀世界？爲了她對歷史的洞察力？機智的言談？不。吟遊詩人爲了讓故事聽起來合理，而把妳塑造成舉世無雙的美女。別誤會了，」他說。「我愛妳愛到輾轉難眠。妳是我第一個暗戀的女人。」

「我敢說你暗戀過很多女人。還是說現在你是國王了，女人就開始假裝你很迷人？」卡莉絲問。

脾氣，卡莉絲，控制一下脾氣。然而事實上，讓她說出那種話的，並非紅魔法的影響。她向來討厭為了他人假裝，討厭做他們想要她做的事。

他皺眉。「推崇妳的歌謠裡沒提到毒舌。或者這是最近染上的惡習？」

「最近我比較喜歡說出心裡話。我已經摧毀了世界，多摧毀一個男人的自尊又怎樣？」卡莉絲說。

「卡莉絲，我本來是來恭維妳的，結果妳卻讓我們陷入這種不快的情況。」

「喔，拜託。請繼續，我很希望聽聽瑞克頓屠夫怎麼恭維我。」

他若有深意地搓揉雙掌。「很遺憾妳看到那個景象，卡莉絲。」他一直叫她的名字。她不喜歡這樣。「我並不喜歡我在那裡下的命令，但我希望妳瞭解小小的暴行可以遏阻明日的災難。妳看過一份叫作『國王顧問』的手稿嗎？」

「看過。」卡莉絲說。「都是一些就連他本人統治時也不敢執行的殘酷建議與暴行。」那名顧問提出一個統治者究竟應該受人愛戴還是令人畏懼的疑問。兩種各有好處，他認為，但是如果統治者必須挑選的話，肯定應該挑選畏懼。

「他的建議很好。只是他本人比較軟弱。事實上，卡莉絲，當人民不畏懼國王時，國王終究還是得讓人民感到恐懼，並且付出很大的代價。當年盧城就是這個樣子，加利斯頓也是。妳愛的那兩個男人——或說妳睡過的那兩個——最後也學到了教訓，但他們學得太晚了，不是摧毀一個小村落就可以解決。所以，告訴我，妳怎麼能拿一千個人命來教訓我，而不拿數萬條、數十萬條人命去怪他們？」

當年，他們不允許卡莉斯見證盧城那道染滿鮮血與糞便的皇室台階，數百人慘遭冷血屠殺後，被推下階丟到嚇壞的群眾面前。戰後他們也不讓她前往加利斯頓，當年有數萬人——正確數字無從確認——死於圍城時的紅盧克辛大火。那些都是加文和達山幹的好事。一直以來，她都無法相信自己所熟悉的那兩個男人——她自以為非常瞭解的男人——做得出那種事。

「這塊土地上的人民都是我的子民。我不只是總督而已，不是別人土地的守護者；我是國王。這些人是我的財產。殺死一千名我的子民，就像割掉我自己的血肉一樣。但是生病的部位必須切除。我就是這塊土地。我的子民耕耘這塊土地，為我獻上收成。我保護他們、照顧他們，他們有義務獻上他們的收成和子嗣。不肯這麼做的人都是叛徒、賣國賊、強盜、異教徒、叛教者。他們違逆神聖的契約。違逆我就是違逆諸神的命令。我得這麼做，因為我父親不肯這麼做。如果他在城鎮一開始拒絕響應徵兵時就吊死乍打鎮長，那一千人就不會死了。他很軟弱，想要受人愛戴。我有生之年，世人都不會承認我的功績，但我殺死瑞克頓的一千條人命是為了拯救更多人。當國王就要這個樣子。」

「你非常急著為砍下嬰兒腦袋，把它們插在木樁上的行為辯護。」諸神的命令，不是歐霍蘭的？

「卡莉絲，妳讓我瞭解男人為什麼要打老婆。」加拉杜王拈拈自己的黑鬍子，不過沒有動手打她。「把現場布置得那麼恐怖，看到的人才會銘記在心。妳認為死人會在乎他們的屍體變成怎樣嗎？讓他們樹立的榜樣挽救其他人的性命，總比我把他們埋在大洞裡，然後讓我的子孫必須殺掉他們的子孫要好。那座紀念碑可以保存好幾個世代。這是我留給我子嗣的子嗣的遺產，牢不可破的統治權，讓他們沒必要再去進行這種屠殺。而我告訴妳這件事的原因，卡莉絲，就在於我認為妳應該有可能瞭解我的做法。現在妳是個女人了，不再是擔驚受怕、躲在大人物背後的小女孩。妳是見過大人物和暴行的女人。我本來以爲妳能瞭解身爲大人物的負擔。至少瞭解一點點。或許我太抬舉妳了。」

卡莉絲吞嚥了口水，氣到渾身顫抖，或許有部分出於恐懼。他所說的一切都有種變態的邏輯，但她親眼見過那些屍體、那些血、那些疊起的頭顱。

「正如我之前想說的。」加拉杜王說。他深吸了口氣，顯然是要壓下挫敗感，然後繼續說道：「妳是個非常美麗的女孩，但不管故事怎麼說，妳也只是美麗而已。不過我非常驚訝又高興地發現，妳是少數隨著年齡增長而變得更加美麗的女人。三十歲的妳比二十歲時還美，而我敢說妳四十歲時會比現在更美。當然，如果妳沒有生下十個、八個小鬼的話會比較好。大多數美女都在這個年紀之前就已找到丈夫，不過馬兒只要天賦異稟就不用挑剔牠的牙齒。」

眞是迷人。加拉杜王究竟是什麼毛病，他是不是會把所有跑進那顆白痴腦袋裡的想法統統宣之於口？

「妳的容貌眞的足以激發詩人的靈感。不過這個，」他朝她的方向比了比，她不確定他在指什麼。「這個必須改改。妳的肩膀像男人。」混蛋！他怎麼知道她有多討厭自己的肩膀？可以遮掩肩膀的服飾都會凸顯她的上臂，反之亦然。而且他說出了她一個禮拜至少會對自己說一遍的心聲：我的肩膀像男人。不過國王還沒說完。「妳的屁股看起來像十歲小男孩。或許是那套衣服的關係，希望如此。至於妳的乳房，那對可憐的豪乳，它們怎麼了？妳十五歲的時候都比現在壯觀！妳的訓練就此結束。等妳看起來不再像是挨餓的黑森林矮人之後，我才允許妳繼續跳舞和騎馬。」

「我不會在這裡待那麼久。」卡莉絲說。她皺眉。她剛剛是不是承認自己看起來像個挨餓的矮人？

「卡莉絲，親愛的。我已經等妳十五年了。不管知不知道，妳也一直在等我。妳和我都不會屈就於次等選擇，不然妳為什麼還沒結婚？我們還可以再等上幾個月，等妳的禮服做好之後，我會再來看妳。」他環顧四周。「喔，我注意到這裡沒有任何消遣娛樂，妳一定很無聊。女人擅長某些好樂器是件好事。我會把我母親的山崖亞帶來給妳。妳喜歡演奏那個，對不對？」他笑了笑，然後離開。

最糟糕的地方在於，卡莉絲眞的有點感謝他。一點點。那個混蛋。

# 第五十三章

基普和麗芙直接去找看守升降梯的黑衛士。「我們要見稜鏡法王。」麗芙說。

「你們是誰？」衛士問。他個子很矮，當然是帕里亞人，壯得像顆基石。他看向基普。「喔，你就是稜鏡法王的私——」他咳嗽。「姪子。」

「對，我是他的私生子。」基普怒道。「我們立刻就要見他。」

黑衛士看向他的同事，和他一樣壯，但是個子高大的男人。「我們沒有收到稜鏡法王希望如何對待他……姪子的命令。」衛士說。

「他不到二十分鐘前才就寢。」另一名衛士說。「昨晚一夜沒睡。」

「緊急事故。」麗芙說。

他們毫不動容，一副「這女的是什麼身分」的模樣。

「剛剛有人要殺我。」基普說。

「樹墩，去找指揮官。」高個子說。樹墩？矮個子黑衛士真的叫樹墩？兩名黑衛士都是帕里亞人，而他們會用符合自身形象的名字，像鐵拳，所以基普不知道樹墩【註】究竟是綽號，還是本名。

「他昨晚巡第三班衛哨。」樹墩說，嘴角抽動。

「樹墩。」高個子拿官階來壓他。

---

譯註：樹墩（Stump）也有矮胖子的意思。

「好啦，好啦。我去找他。」

樹墩離開。高衛士轉身敲門，三下，暫停，兩下。接著，五秒過後，他又重複敲了一遍。

一名房內奴隸在黑衛士敲完之後立刻開門。膚色異常白皙、擁有血林人紅髮的美女，儘管天色尚早，房內一片漆黑，她還是穿戴整齊，神情警覺。

「瑪莉希雅。」麗芙說。「眞高興見到妳。」她的語氣聽起來並不眞誠。

奴隸看起來不太高興看到麗芙。基普好奇麗芙爲什麼直呼奴隸名字。他以爲只有在和有點交情的奴隸交談時才該這麼做。

臥房深處傳來加文的聲音，低沉、沙啞，聽得出來剛睡醒。「啊嗯啊，給我一點——」他剩下的話都消失在低沉的語音和枕頭裡。片刻過後，所有窗戶突然開啓，陽光從四面八方湧入，差點讓所有人都看不清楚，也讓稜鏡法王在床上哀鳴。

「超棒的魔法！」麗芙說。「看看那個，基普！」她指向房間外圍玻璃牆上一片深紫色玻璃。

「妳在說——妳忘記我們是來幹什麼的嗎？」基普問。

「喔，抱歉。」

加文瞇眼看著他們。「瑪莉希雅，咖啡，麻煩。」

女人點頭。「第一個衣櫃，左邊數過來第三格。」她說完，離開。

「咖啡放在衣櫃裡？」加文問。「搞什麼?誰會把咖啡放在——妳爲什麼不幫我弄？」她出去後把門關上。「我最喜歡的上衣呢——喔，衣櫃。可惡的女人。」

「顯然是個習慣早起的人。」麗芙低聲說道。

基普在想到要阻止自己前哼了一聲。

加文本來低著頭，彷彿陷入困境一般，這時卻突然瞪了基普一眼。「最好是有要事。」他掀開被子，走向衣櫃，沒穿衣服。

基普之前見過加文的手臂，肌肉結實得像麻繩一樣，而他也知道父親很瘦，但是看見加文赤裸全身，給他一種嘆爲觀止、同時又被甩了一巴掌的感覺。基普的肩膀和加文一樣寬，手臂大概也和加文一樣粗，但即使現在，不是剛運動、使勁過，而是剛睡起來，加文的身體還是由一條條曲線優美的肌肉層層交疊而成，沒有任何柔軟的地方。顯然划小船遊遍整個七總督轄地，就能讓人擁有這種肌肉。

*我怎麼會是這種人的種？*

接著，基普發現身邊的麗芙目瞪口呆地盯著加文。目不轉睛，就連加文在衣櫥裡找來找去時也一樣。

「麗芙。」基普低聲說道。

「幹嘛？」她面紅耳赤地偏開目光。「他是稜鏡法王。全神貫注看著他，基本上是我的責任。」

看起來完全不在乎他們的加文，抓起一件衣服，頭也不回地說：「亞娜，盯著人看很沒禮貌。」

麗芙的臉色變得更紅，嚇得縮成一團。

「她叫麗芙。」基普說。

「我知道她叫什麼。你們有什麼事？」加文邊問邊穿上一件亮白色滾金邊的襯衫。

基普身後的房門開啓，瑪莉希雅和鐵拳指揮官步入房內。鐵拳進門後站定，瑪莉希雅則端著放有整套銀餐具和三個杯子的托盤進來。她在其中一個杯子裡倒了熱騰騰的黑色奶狀液體，端給褲子和衣袖都還沒繫緊的加文。「指揮官？基普？」加文指著另兩個杯子問。「我想麗芙已經夠清醒了。」

麗芙一副很想挖個洞鑽進去的模樣。基普微笑。

鐵拳趁著瑪莉希雅去幫加文著裝時，走去倒咖啡。基普也去倒了一杯，但是當他拿起咖啡壺時，手卻抖得沒辦法把咖啡倒入杯子裡。

「有人想把我丟下陽台。」基普說。

說出這句話，彷彿又帶他再次經歷當時的景象。片刻前，他還在和麗芙說笑，想著自己與父親有多不像，並且嘲笑麗芙難爲情的模樣。但是現在，剛剛差點死掉的現實再度湧入腦海。他彷彿看見自己墜落、扭動、無助，宛如身處惡夢，接著他的身體像是多汁的葡萄般，摔得稀爛。

會有人起疑嗎？那個女人可以溜進他房間、把他丟下陽台，然後就此離開。就算當時他們就弄清楚摔下去的屍體是誰，又有誰會懷疑凶手是個壯女人？人們會以爲基普在測驗後崩潰，於是自殺。沒人會知道眞相。

又有誰會在乎？

基普感到胸口多了一股痛苦的空虛感。

他從來不屬於任何地方。即使在瑞克頓，他也沒有歸屬感。對伊莎而言，他又胖又笨拙；對只比愚蠢好一點的山桑而言，他又聰明到難以交心；朗沒事就會嘲弄他；在麗芙眼中，他又太年輕。他本來以爲成爲克朗梅利亞的一分子，會讓他這輩子第一次有歸屬感。他的人生會在這裡出現改變。看來不管到哪裡，他註定都會是個孤獨的怪人。

歐霍蘭呀，他究竟爲什麼要阻止那個女人把他丟下陽台？當然會先有兩段驚恐的時刻，還有一灘血肉模糊的基普。但是驚恐會過去，一切會結束，海水會洗淨血肉。

有人甩了他一巴掌。基普摀住下巴，踉蹌後退。

「說話，基普。」加文說。

基普告訴他們剛剛的事。說到他告訴麗芙父親可能已經過世時，麗芙木然地垂頭看著地板。

鐵拳指揮官問：「達納維斯將軍這些年來一直住在這座偏遠小鎮？」他望向麗芙。「抱歉，我知道克朗梅利亞有個學生姓達納維斯，但我沒想到你們是親戚。」他清清喉嚨，不再說話。

「如果他逃了出來，我也不會驚訝。」加文說。「達納維斯將軍向來是個足智多謀的混蛋。我絕對是抱著稱讚他的心態這麼說的。」

麗芙淺淺地微笑了一下。基普把剩下的事都告訴他們。

說完之後，加文和鐵拳互看了一眼。「碎眼殺手？」鐵拳問。

加文聳肩。「無從得知。當然，這才是重點。」

「碎什麼？」基普問。

「我的魔法老師說碎眼殺手只是傳說。」麗芙說。稜鏡法王和黑衛士指揮官轉頭看她。她嚥了口口水，低頭看地板。

鐵拳說：「妳的魔法老師說得也不算錯。碎眼殺手團是個聲名遠播的殺手公會。他們擅長暗殺馭光法師。歷史上至少有三次把他們連根拔除的記載，或許更多。沒有總督或女總督樂見花了大筆經費訓練的馭光法師，在自然衰竭前死亡。我們相信碎眼殺手團每次死灰復燃，都與前身毫無瓜葛。」

「簡單來說，」加文說。「有些暴徒召集更多暴徒，希望能靠暗殺幾個馭光法師賺大錢，自稱碎眼殺手團，可以讓他們抬高價碼。他們只是在冒名頂替。」

「你怎麼知道？」基普問。

「因爲如果是正牌的碎眼殺手，應該更擅長他們的工作。」

基普皺眉。暗殺他的人已經很厲害了。

「這樣說並不表示他們全都同樣無能，基普。」加文說。「這就是重點。我們根本不該提起他們。這對真正的問題一點幫助也沒有。不管碎眼殺手團是否真的存在，總之有人派殺手來殺你。你來此的時間還沒有久到足以樹立敵人，所以對方顯然是我的敵人。處理這件事只有一種方法。」

基普輕咬嘴唇。「什麼方法？」他不想承認自己已經樹立敵人。那個測驗官──加爾丹老師──當然不會派殺手來殺他，是吧？

「我們逃家。」加文說著，露出一抹輕率、淘氣的笑容，雙眼眉飛色舞。

「什麼？」基普和麗芙同聲問道。

「一個小時後在碼頭和我會合。麗芙，妳也一起來，擔任基普的私人教師。我們去加利斯頓。」

「加利斯頓？」麗芙問。

「盡快準備行李，」加文說。「天知道殺手藏身何處。」他再度微笑，有點取笑的意味。

「喔，謝謝。」麗芙說。

「準備行李？」基普在加文離開房間時說。「我什麼行李都沒有。」

# 第五十四章

囚犯打量著死人。「我要殺了你。」他輕聲說道。

「我可不容易死。」死人嘴角抽動地說。他坐在達山對面的牆壁裡，盤膝而坐，雙手放在大腿上，彷彿在嘲笑達山的姿勢。他看了達山腿上細心編織出來的布塊。「誰想得到？」死人饒富興味地說。「加文．蓋爾，如此耐心、如此安靜、如此認份地做著女人的工作。」

達山看著他的作品。藉由流竄全身的冷靜藍光，他將自己的頭髮編織得十分緊密，他甚至不確定自己花了多少時間在這件事上。幾週，或許。這塊布大小與無邊帽差不多，像是一個小碗。他打量著明亮的內緣，在找出一處可能不完美的地方之後，伸出很長但是很圓的指甲，在鼻子、額頭上有條不紊地輕刮。在刮下足夠的皮膚，並用另一片指甲刮下寶貴的油脂後，達山小心翼翼地將油脂塗在不完美的地方。

他只有一次機會。在這麼多年之後，他絕對不要搞砸。

他用布滿藍光的手和皮膚收集更多油脂，塗在牆上死人臉所在的位置。

「這樣做沒有改變任何事情，加文。」死人說。

「不，還沒。」他說。

他站起身，施法製作一把刀，割掉一段油膩膩的頭髮。他在頭髮上吐口水，然後在髒兮兮的皮膚上摩擦，讓頭髮越髒越好。

「你沒必要這麼做。」死人說。「這太瘋狂了。」

「這是勝利。」達山說。他拿藍盧克辛刀在胸口劃上一刀。

「想自殺的話，割腕或喉嚨會比較好。」死人說。

達山不理他。他用髒兮兮的手指剝開傷口，把髒兮兮的頭髮塞入皮膚底下。鮮血染紅他的胸口，引誘他嘗試直接汲色，但是這點紅色還不夠，這是過去的經驗告訴他的。他伸手抵住胸口，用力擠壓，封閉傷口，減緩失血。

再過幾天，達山就可以在每週一次的洗澡時清理傷口。在那之後，就端看他計畫是否周詳、猜測有多準確而定。他將會逃離此地，或是死亡。

只要還在藍光的影響下，他就不在乎自己究竟是逃走，還是死亡。

# 第五十五章

麗芙一邊把衣服塞入袋子裡，一邊尷尬地清清喉嚨。「我，呃，今天早上回來是想向你道歉的。」她說。

「嗯？」基普說。她手上拿著一件鑲有蕾絲邊的襯衣。這讓他難以專心。

「你知道，就是你忙著不要被殺死的時候。」

「喔，嗯，我接受妳的道歉。」基普說。她爲什麼要道歉？他調整鐵拳指揮官離開前給他的背包的重心。顯然，鐵拳幾乎立刻就幫基普打包好了幾件換洗衣物、一個水袋、工具，甚至還有一支短劍。不過基普還沒弄清楚怎麼樣才能舒舒服服地揹這個背包。他跑來麗芙房間幫她整理行李，但她還是讓兩人之間有點尷尬。他再度看向那件短褲。

「那些只是襯衣，基普。」*哎呀，被抓到了！*

「可是很透明呀。」基普說。*人怎麼擠得進這麼點布料裡？*

麗芙低頭，臉色一紅，不過裝作沒事。她把短褲丟給基普，他本能性地接下短褲，然後立刻覺得難爲情。「你可以看看那件有沒有穿過嗎？」

基普的眉毛上揚到三層樓那麼高。

「我是逗你的啦。我剛搬進來，這些衣服都是新的。這裡的一切都是新的。」

「顯然只有我還是一樣好騙。」基普說。她今天逗他的次數比從前多出一倍。

她大笑。「有你在眞是太好了，基普。我覺得好像在折磨我的小弟弟一樣。」

喔，小弟弟的比喻又出現了。是男人都喜歡聽美女叫自己小弟弟。我覺得被人閹了。「那拿著姊姊的襯衣，是應該要更尷尬還是更不尷尬點？」

麗芙又笑。「拿這些會不會比較好？」她拿起一件看起來像兩條線以藝術性手法綁在一起的黑蕾絲。

基普倒抽了一口涼氣。

接著，她把那玩意兒拿到屁股上比一比，朝他風騷地揚了揚眉。基普咳嗽。

「我想我得坐下。」他說。她像他預期中地大笑，但他並不完全是在開玩笑。他朝一張椅子退去——然後立刻撞到人。

「小心點。」鐵拳指揮官說。「你可不想在挺起那把小劍的時候撞到人。」

這話讓基普羞到無地自容。小劍？麗芙看到他的表情，笑到摔在床上。她笑得太用力，發出肯定很不淑女的鼻音，不過這個聲音讓她笑得更大聲。

基普轉過身去，感到鐵拳用手推開他的背包，以免被插在背包上的短劍刺到。

喔，那把小劍？基普鬆了口氣，直到鐵拳低頭看見他手中的短褲。

「要我幫忙找件你的尺寸嗎？」鐵拳冷冷地問。

麗芙又笑到發出鼻音，她簡直笑到岔了氣。

「阿麗維安娜。」鐵拳說。「妳準備好了嗎？我們五分鐘內出發。」

麗芙的笑聲戛然而止。她跳下床來，開始以最快的速度整理行李。鐵拳臉上閃過滿足的微笑，接著又把另一個背包丟在基普旁邊，然後出去。在基普開口詢問之前，鐵拳說：「開始動作，天才兒童。如果等我回來，你還沒弄清楚背包上的帶子要怎麼綁的話……」

他沒把這句威脅說完，沒必要說完。

沒多久，他們就一起來到碼頭。儘管出言威脅，鐵拳還是幫他們整理背包。基本上就是把麗芙背包裡的東西放到基普的背包裡。當基普低聲提問——*爲什麼要讓我幫她揹東西？*——鐵拳說：「當女孩比當男孩複雜。你有意見嗎？」基普立刻搖頭。

當他們走過港口，路過卸載漁獲的漁夫、各行各業的學徒來回奔跑、閒著沒事幹的人、與船長爭吵商品價格或運費的女商人時——基本上，所有平常會在港口出沒的人——很多人都放下手邊工作一段時間。當然，他們不是在看基普，是在看鐵拳指揮官。他高大英俊、氣勢不凡、充滿自信，但眞正引人注目的不完全是他的外型。基普發現他是個名人。

基普在轉身打量那些看著鐵拳指揮官的人時，看見加文走上碼頭。如果鐵拳指揮官的出現造成人們暫時放下手邊的工作，那麼稜鏡法王的出現就是讓人們完全忘了工作。加文邊走邊向眾人微笑點頭，但是他們簡直把他當神一樣膜拜。沒人膽敢觸摸加文，不過有些人在他的斗篷飄過時探手去摸。

*我和這些人在一起做什麼？*

一週前，基普還在清理吸毒昏迷的母親臉上的嘔吐物和頭髮。在他們的小茅屋裡，黃土地板上。連偏遠小鎮上都沒人理會他們。毒蟲的兒子，那就是他的身分，或許他還是胖小子。*我不屬於這裡。*

*我永遠不會屬於任何地方。媽說我毀了她的人生，如今我又在摧毀加文的。*

基普忍不住想起母親最後的遺言，還有自己在她臨終前許下的承諾。他發誓要幫她報仇，而他目前爲止還沒有做過任何跟報仇有關的事。

據說，歐霍蘭親自掌管誓言。基普什麼都還沒學會，而他們已經要返回提利亞。

「嘿，」麗芙說。「幹嘛這麼陰沉？」她伸手放在他的手臂上，令他感到刺痛。他們在碼頭的一片空地上停步，走下一道沉入水面的坡道。鐵拳指揮官在水面上製作盧克辛平台，也就是搖槳小船的第一塊零件。

「我，呃，我不知道。想起提利亞就讓我想到——」接著，在一陣不知從何而來的情緒驅使下，他的淚水隨著想起垂死的母親而突然湧現。他推開那個想法，將悲痛導往值得哀悼的人。「妳知道，我希望妳父親安然無恙，麗芙。他……他一向對我很好。」他是唯一對我好的人。

但是，就連達納維斯大師也跟基普有隔閡，也有他不願意讓基普接觸的祕密。那純粹是因爲他必須爲自己的過去保密嗎？還是基於某種更深層的理由，因爲基普本身的問題？

「基普，」麗芙說。「一切都會沒事的。」

他看著她，忍不住微笑。歐霍蘭所造最美麗的女人。麗芙綻放的光彩足以蓋過日落。他被她的酒渦迷得神魂顛倒。他偏開目光。

小弟弟，他對自己嗤之以鼻。開開玩笑很好，但他算不上男人。絕望的感覺幾乎令他窒息。

「謝謝。」他努力嚥下喉嚨裡的硬塊。「我可以吃些點心嗎？」他問鐵拳。

「當然可以。」壯漢說。

「太好了。」

「等我們回來。」

「嘿！」

「現在閉嘴，稜鏡法王駕到。」

加文在眾目睽睽下來到鐵拳指揮官面前。他看看鐵拳的背包。兩人有很長一段時間都沒有說話。

「你不能跟來，我不要帶保鏢。」加文終於開口。

「我不是要跟你去。」鐵拳說。

「那就給我下船。」

「我要跟基普去。他是稜鏡法王的家族成員，他有資格獲得保護。」

「你是黑衛士的指揮官，你不可以——」

「我可以做任何我認爲與黑衛士職責相關的事。沒有人有權干涉我。沒有人。」

「你是個狡猾的混蛋，是不是？」加文問。

「這就是我還在這裡的原因。」鐵拳說。「很可能也是你還在這裡的原因。」

加文咕噥一聲。「你贏了，但是我要提醒你曾經發過的誓言。」

鐵拳一副受辱的模樣。

「你很快就會瞭解的。」加文說。「所有人，上船。」

加文迅速熟練地汲色製作一對特殊船槳，不過他顯然留下空間讓鐵拳製作自己的船槳，而他也這麼做了，只是汲色過程比加文慢很多。趁他這麼做的同時，加文做了張長凳出來給基普和麗芙坐，還有固定所有行李的帶子。

鐵拳皺皺鼻頭，彷彿不明白有什麼必要固定行李，不過他沒有問。片刻之後，他們出發。加文划他的槳，鐵拳划自己的，小船迅速駛出港灣。

小船幾乎立刻就開始朝左舷轉向。也就是加文那一側。基普知道這表示鐵拳划得比加文快，不同的划槳速度導致他們轉向。加文看向鐵拳，後者對他笑了笑，繼續手腳並用地划他的大槳。加文開始加速。鐵拳也一樣。然後加文繼續加速。沒過多久，他們就以很快的速度穿越海面。

麗芙看向基普。「你能相信嗎？我從來沒坐過這麼快的船！」

基普大笑。

「笑什麼？」她問。

「妳會知道的。」

兩個男人以同樣的步調划船。他們划得很快，較勁的意味濃厚，不過兩人都沒有使盡全力。「我們什麼時候才會抵達你的船？」鐵拳提高音量蓋過風聲道。

「我們就坐這個渡海。」加文說。

鐵拳大笑：「是呀，你的耐力比我想像中還好！」

基普微笑。帕里亞壯漢顯然不相信加文的話，不過願意配合他。

二十分鐘後，他們已遠離其他船艦的視線。加文沒有放慢划槳速度地揚起一手，汲色製作出之前基普看過他用來驅動飛掠艇前進的大管子。鐵拳困惑地看著它。

「這就是我要你遵守誓言的東西。」加文說。「保密。」

「一根接上另一根管子的管子。我一定會幫你保密，喔，我的稜鏡法王呀。」鐵拳笑道。「不過我希望它能讓我們停止偏向左舷。」

加文把管子放入海面。船身在第一枚盧克辛球穿管而過時開始震動，接著，沒過多久，基普就開始聽到熟悉的咻咻聲，飛掠艇向前激射而出。整艘飛掠艇躍起海面，鐵拳在船槳離水時摔倒在船上。

飛掠艇慢慢加速，開始乘著浪頭躍進，接著躍起的距離越來越長，沒多久，船身就不再接觸浪頭。片刻過後，鐵拳神色震驚地和他一起汲色，飛掠艇越駛越快。

海面十分清澈，基普可以看見管子劃破船後的海浪。加文在管子上添加了小翅膀。小船就是利用這些小翅膀才能貼近水面飛翔。風勢強勁，但基普還是能聽見鐵拳的歡呼聲。

數小時過後，在太陽下沉至地平線的半路上時，加文決定在抵達加利斯頓之前換回划槳模式。飛掠艇降回海面上之後，鐵拳放下了他的管子。

他的表情充滿讚嘆、敬畏。他甚至激動到渾身發抖，接著在加文面前深深鞠躬。「稜鏡法王閣下，」他說。「你讓世界變小了。」

加文輕輕點頭，接受他的敬意。「變小了，或許。但卻沒有變安全。你剛剛在那個方向看見了武裝快艇嗎？」

鐵拳搖頭。不再用管子驅動之後，他們的小船就落回海面。但當鐵拳汲色製作新槳時，一里格外突然冒出一艘武裝快艇，朝他們直奔而來。鐵拳咒罵了一聲。

加文滿不在乎地笑了笑。「基普、麗芙，你們打過海盜嗎？」

# 第五十六章

「你當然是在開玩笑。」鐵拳說。「我的稜鏡法王。」他片刻過後補充道，不過叫得沒有之前誠懇。

「我們去打獵吧。」加文說。

「閣下！」鐵拳說。「我不能讓你陷入那種危險。我們的船比這些伊利塔垃圾要快多了。他們對我們的任務或我們都不構成威脅。」

「你知道今年夏天會發生什麼事嗎，指揮官？」加文問。

「我不確定你在問什麼。」

「魯斯加會交出加利斯頓的統治權。」麗芙說得好像這句話在她嘴裡留下噁心的滋味一樣。

「你知道她的語氣爲何如此開心嗎？」加文問鐵拳。

「我從未在瑟魯利恩海這一端執勤過。」鐵拳說。

「我敢說你知道所有僞稜鏡法王戰爭中與我同盟的國家，都在輪流掌管加利斯頓。」

「每個國家輪兩年還是多久的，以免任何人對提利亞產生長期影響。我們可以到安全距離外再來討論這個話題嗎？」他望向海盜。他們在午後海風的幫助下，迅速拉近距離。

「這種做法的本意是如此。」加文說。「但結果卻變成每一任城主都想盡辦法爲自己歛財。第一個輪到統治加利斯頓的是帕里亞人，而他們把大火過後還殘留下來的財物洗劫一空。之後所有的城主都因循這個做法。」

麗芙開口：「大多數城主在第一年任期中，都會努力掃蕩昂伯河畔的強盜，讓作物能夠運抵加利斯頓。但是第二年，大部分的作物都會在任期結束後才送達。城主們不願意為了其他總督而犧牲手下對抗強盜，於是把部隊都撤回加利斯頓。只有最樂觀的農夫才會在第二年裡下田耕作。」

「儘管反覆剝削加利斯頓及周遭領地很不幸，但還是和這些海盜沒關係。」加文說。「交接儀式會在夏至舉行，也就是兩週後。此刻，魯斯加商人、工匠、妻子和妓女們，都在忙著把能夠搶回家的東西，又或者只是他們有辦法帶走的東西，統統塞到船上。我想，即使每一任城主都很腐敗，也不表示幫他們打馬蹄鐵的鐵匠也一樣腐敗。」

「引人入勝。」鐵拳說。「但是有些長槍的射程是不是超過一千八、九百步？」

「其實不只。」加文說。「重點在於——」

「終於講到重點了，感謝歐霍蘭。」鐵拳說。

「嗯哼。重點在於，兩週後會有一支艦隊返回魯斯加。海盜會像狼群一樣來襲，攻擊任何脫離主艦隊的船隻。」

「他們活該。」麗芙說。

加文瞪向她，她毫不退縮地皺起眉頭，不過無法直視他的目光，只好對著海浪生氣。

「有些商人想要避開壅塞時段，搶在艦隊之前出海，希望能夠躲過海盜。」

「但是海盜已經來了。」

「一點也沒錯。」加文說。「如果今年夏天會打仗，特別是——希望不要——萬一我們打輸的話，情況就會陷入混亂。到時候會有數十艘，甚至上百艘船，朝向四面八方逃命。那些船上會有很多提利亞人，阿麗維安娜。」

她看起來收斂了一點。

「硝煙。」基普說。

小船上的人立刻停止交談，所有人都轉頭去看。

「這種距離下，就算是經驗豐富的砲手，也很難打到我們一百步以內。」加文說，但是基普發現他的目光一直保持在武裝快艇上。

「或許是空包彈，警告我們——」

小船前方二十步的位置激起水花。砲聲隨後傳入他們耳中。

「這一砲打得眞準。」加文說。「好消息是只有少數武裝快艇會在船頭裝兩挺以上的火砲，所以我們至少有三十秒可以——」

「硝煙！」基普說。

「我討厭這種情況。」加文說。他和鐵拳手忙腳亂地開始划槳。

這一次，水花濺在船前五十步外。

「很高興知道第一砲只是好運。」麗芙說。

「除非第二砲是運氣不好。」基普說。

加文看向鐵拳，眉心浮現出一絲擔憂的線條。「我們走。」

「沒錯！」

他們開始划槳，速度迅速提升。「我能做些什麼？」基普問。他討厭無能的感覺。

「思考！」加文說。

思考？基普望向麗芙，看看她知不知道加文的意思。她聳肩。

「硝煙！」她說。

難熬的數秒過後，基普聽見一陣奇特的破風聲。後方五十步的海面濺起水花。

「他們可沒想到我們會朝他們衝去。」加文叫道。「下一發會更近。」

這傢伙顯然已經瘋了。

硝煙。這一次，基普默唸時間。一、二、三。他瞇起雙眼，砲彈這麼大的東西不可能完全看不見。五。咻、碰！左方不到十五步的海面濺起水花——左舷？基普被水濺到了。

「看到沒？」加文說。「經驗豐富的砲手！」

瘋了。徹底瘋了。「硝煙到水花間隔六秒。」基普宣稱。

「很好！」加文叫道。「鐵拳，他們一開砲就急轉右舷——」

「硝煙！」麗芙說。

兩個男人急轉右舷，下一砲遠遠落在一段距離之外，不過要是他們沒轉向，就近得有點危險了。又是一砲，他們繼續轉向右舷。又一砲，這砲起碼距離目標三十步。基普看向伊利塔快艇上的風帆。帆轉向的角度很大，吃足了風，風勢穩定。那艘船看起來就很適合用來發砲，但要怎麼利用這一點來幫助他們改善處境，基普就完全想不出來了。他完全不瞭解航海。不過，他們越來越接近了。現在硝煙與水花已相距不到五秒。

小船迂迴前進，有時甚至完全停止。儘管基普從頭到尾都很害怕，還是看出加文說得沒錯。他們的小船太快、太小、太靈巧了，不會被打到——除非砲手射出結合經驗和運氣的一砲。而儘管隨著跟伊利塔快艇的距離拉近、開火到砲彈落水的間隔時間越來越短，但這也表示砲手改變角度的幅度越來越大。

對方有一段時間沒有開砲。

「怎麼了？」基普問。

「或許他們不想繼續浪費火藥？」麗芙滿懷期望地問道。

十秒後，兩道硝煙齊射，回應了他們的疑問。

「左舷！」加文叫道。

他猜對了。直走和右轉的路徑上同時濺起水花。儘管發砲間隔變長，現在海盜卻可以同時預測兩個目標行進的方向。

「聰明的混蛋！」加文說。「作弊的時候到了！基普，換手。」他放下船槳，基普上前取代他。

「直走。」加文說。他的皮膚呈現藍色，製作了一條推進管沉入水中。就和之前一樣，他們直衝而出。基普和鐵拳差點在加文切斷他們的槳時摔到地上。但是基普知道如果他沒這麼做，他們會被船槳旋轉的力道撕裂。

加文咬緊牙關，單憑一己之力推動小船，肌肉鼓脹，頸部青筋凸起，但是片刻過後船速加快，他就沒有那麼吃力了。「鐵拳，朝砲口和船帆投擲火榴彈。麗芙，切斷船索。基普，你……」他暫停片刻，似乎想不出任何事給無能的基普做。「你報告任何我可能沒有發現的東西。拿我的手槍。」加文一手伸出推進管，做出一個臉盆，然後在裡面裝滿紅盧克辛。鐵拳立刻開始製作藍色投擲彈，在其中裝填易燃的紅色黏液。

當他們在船上手忙腳亂地裝填前置火砲時，船也推進了最後五百步的距離。只有一個人似乎對他們難以置信的速度不為所動。

「火槍手——！」基普叫道。其中一名砲手，基普不知道是否就是那個神準的砲手，站在船首，冷靜地用槍條在火槍中裝塡火藥。他迅速取出一小塊布，又從另一個口袋裡拿出一顆子彈，然後把兩者都裝入槍管。他嘴裡咬著一根冒煙的引信。

隨著距離拉近，基普看出那個砲手是伊利塔人，膚色和火藥一樣黑，形貌特殊、黑鬍雜亂，穿著膝蓋以下被剪斷的寬鬆短褲、很不搭調的深藍外套，沒穿上衣。黑色直髮綁成馬尾。他膝蓋微彎，彷彿呼吸般自然而然地隨著甲板的晃動改變站姿。他將燃燒的引信放進槍裡。

「火槍手！」基普大叫。他們駛過快艇側面。船身砲口開啓，快艇迅速轉向。

加文跟著大船轉向。沒人理會他的警告。基普扣下加文那把刀槍的擊鎚，小心不要被長刀刺穿。

火槍手順勢轉身，瞄準加文。基普舉起兩把手槍。

火槍手搶先開槍。他的槍在他手中爆炸，炸得他騰空而起。基普扣下兩把槍的扳機。他右手槍上的火石擊落，卻沒有打出火花。沒有擊發。他左手的手槍發出轟然巨響。後座力遠比他想像中來得強大。

基普轉身，絆倒，連滾帶爬地滑向飛掠艇船尾。他看見麗芙雙手揮向前方，隨即轉身，汲取超紫色時瞳孔縮小。接著她撲向他。

基普摔倒，面朝下，看不見麗芙、大船、馭光法師，還有戰鬥。他唯一看得見的東西就是飛掠艇的藍色甲板在他身下迅速滑走。他的臉滑出船緣。他的額頭打在船邊的波浪上，讓整個腦袋上揚，差點把頭從脖子上扯下來。第二次被海浪打中時，他就沒有那麼幸運了。他的鼻子浸入水中，儘管已經位於飛掠艇船尾，他的鼻孔還是像杓子一樣迅速灌入大量海水。

麗芙一定抓起他了，因爲沒有三度撞擊海浪，但是基普什麼都看不到，心中一片空白。他在咳嗽、嘔吐、哭泣，睜不開眼睛，口吐鹽水。

爬起身來時，伊利塔快艇已經被甩到兩百步之外。船帆下垂，破破爛爛，還在燃燒。右舷所有砲口都在冒煙，甲板上有火光。整艘船緩緩下沉。船員從四面跳入海中。

從頭到尾沒說幾個字的鐵拳指揮官說：「船員急著跳船表示火勢一定朝向──」快艇中央爆炸，木塊、繩索、木桶、船員都飛向四面八方。「──火藥庫延燒。」鐵拳說完這個句子。「可憐的混蛋。」

「那些傢伙姦淫擄掠，無惡不作。不值得同情。」加文說，放慢飛掠艇的速度。他是在向麗芙和基普說，他們兩個都是一副目瞪口呆的模樣。「但是鐵拳說得沒錯。要當伸張正義的人不容易。」他將推進管拋入水中。「接下來我們用划的。對了，射得好，基普。」

「我射中他了？」

「一槍把船長轟離方向舵。」

「方向舵在……呃，後面，是不是？」火槍手是在船首。

「船尾？」麗芙說。

加文神色懷疑。「你瞄準的不是船長，對不對？」

「瞄準？」基普笑嘻嘻地說。

「看在歐霍蘭的份上，有其父必有其子。」鐵拳說。「不管怎麼說，好運都是──」

「『好運』是不要把你爸那支獨一無二、極其珍貴的手槍丟進海裡。」加文說。

「我丟了你的槍？」基普問，心裡一驚。

「幸好我即時把槍接了下來。」加文說著，從背後拿出兩支武器。他微笑。

「喔，感謝歐霍蘭。」基普恢復呼吸。

「你還是差點弄丟了我的槍。」加文說。「爲了懲罰你，該你划船。麗芙，妳也要划。」

「什麼?」

「妳是他的私人教師。他是妳的責任。他做錯事,妳要連帶受罰。」

「喔,太好了。」她說。

# 第五十七章

「看起來……眞髒。」基普說。在見識過大傑斯伯的富裕和克朗梅利亞的魔法建築後，加利斯頓毫不起眼。

「髒亂是最微不足道的問題。」加文說。

基普不確定這話是什麼意思，但是他很遺憾第一次與加文一起通過這座城市的時候，自己處於昏迷不醒的狀態。如果當時有見到加利斯頓，一定會覺得很壯觀。至少那會是他當時見過人口最密集的城市，雖然不是最乾淨的。瑞克頓的鎭長絕對不會忍受碼頭旁邊巷子裡的那些垃圾，就堆在平常用來放食物的箱子旁。噁心死了。

碼頭裡大約停泊了四十艘船，受到一面缺口甚多的海牆保護。麗芙發現基普在看那些缺口，好奇是不是爲了什麼目的而故意留下。「占領者從來不願意耗費心力來幫助我們這些落後的提利亞人。」她說。「海牆缺口對面的碼頭都是留給本地人使用的。你該看看冬季風暴來臨時那些船長急忙進港的模樣，士兵甚至聚集在塔裡賭那些船會不會翻覆。」

小船在麗芙和氣喘吁吁的基普搖槳下，路過單層甲板大帆船、三桅船、武裝快艇，還有船上有本地人在修補魚網的漁船。人們看到搖槳小船路過時，紛紛放下手邊工作，看著小船上這些奇特的船員。再度看見提利亞人，讓基普感到一絲溫暖，但經過時卻在他們臉上看見敵意。

啊，他們不喜歡外國馭光法師。我想這情有可原。

「我們要去哪裡？」基普問。

鐵拳指揮官指向城內最壯麗、最高大的建築。從這個位置，基普只能看見塔頂有柱子指向天際的蛋形高塔。塔身最寬處鑲了一圈小圓鏡，不比基普的拇指大。在午後的陽光照耀下，那座塔似乎在燃燒。在那圈小圓鏡的上方和下方，還有其他顏色鏡子組成的鏡圈。

「我隱約猜到了。」基普說。「我的意思是我們要把小船停在哪裡？」

「就停在那裡。」加文說著，指向最接近城門的一面牆。那裡不是停船的地方，而且街道足足高出水面四步。

儘管如此，基普和麗芙還是朝那面牆划去——很熟練地駕船，基普心想。船頭逐漸沉入水面，因爲前方的藍盧克辛向外擴散而出。接觸到牆面後，盧克辛立刻凝固，化作階梯，固定小船，讓他們可以輕易上岸。

「我還是不習慣魔法。」基普說。

「我已經三十八歲了，」鐵拳指揮官說。「至今還是不習慣。我只是反應比較快而已。拿起你們的行李。」

他們拿起行李，爬上階梯，在本地人好奇的目光下走上街道。全部上岸之後，加文摸摸階梯的一角。接著，小船上所有的盧克辛統統失去凝固力、立刻瓦解，依照顏色不同而化作灰塵、砂礫、黏液落入水中。黃盧克辛甚至發出些許閃光，大多化爲光。水面因爲小船突然消失而向上漲起。當然，加文完全不把這一切當一回事。

他早就習以爲常。我究竟踏入了什麼樣的世界？如果加文在吃晚餐的時候找不到餐刀，他不會起身尋找，而會施法另外製作一把。如果他的杯子髒了，他不會把杯子擦乾淨，只會再做一個新的。這讓基普想到一個問題。

「加文——呃，稜鏡法王閣下，馭光法師爲什麼不把盧克辛穿在身上？」基普問。

加文微笑。「會呀，有時候。黃盧克辛胸甲之類的護具顯然在戰場上彌足珍貴，不過我想你是指衣服？」

「你做什麼事都用魔法。」基普說。

「那是我。」加文說。「正常馭光法師不會爲了要讓小船停近五十步距離而縮短自己的生命。好吧，有些馭光法師會，當然。事實上，盧克辛服飾曾經流行過一段時間，那時候我還是小孩。只要加持足夠的意志，就連彌封的盧克辛也能擁有一定的彈性。沒過多久，就出現了擅長做衣服的馭光法師裁縫。但大多數人都買不起這種衣服，而如果自製的話，你很可能會犯很多錯誤。有些錯誤無傷大雅，像是把褲管弄太硬之類的。但如果你在汲色過程中犯錯，你的上衣可能會在日正當中時化爲灰燼。或者……」——加文清清喉嚨——「某些淘氣的小鬼或許會學到怎樣破除馭光法師裁縫彌封的盧克辛。這些小孩可能會在値得紀念的宴會上造成騷動，讓下足本錢連襯衣都穿盧克辛質料的女士陷入無比尷尬的窘境。」他嘴唇緊閉，掩飾因回憶引發的笑意。「可惜呀，那次事件過後，盧克辛服飾就退流行了。」

「那是你幹的？我聽說過那場宴會。」麗芙說。

「我敢說妳聽說的版本太誇大了。」加文說。

「不，」鐵拳說。「並不誇大。」

加文聳肩。「我是個壞孩子。幸運的是，後來成長了不少。現在我是個壞男人。」他微笑，不過笑意並未及於雙眼。「來吧。」他於三名魯斯加人走近時說道。

在基普看來，這三個人全都穿著某種像是羊毛床單中間剪了洞讓頭套進去的東西，以很講究的方式在寬皮帶上方折出縐褶。那件外套——上衣？——長到膝蓋。雖然他們的小腿露在外面，羊毛還是非常不適合提利亞的氣候，那三個人都滿頭大汗。他們都穿皮涼鞋，不過兩旁護衛的涼鞋用繫繩綁到小腿的護具內。護衛各持一把標槍，腰帶上還掛著短劍和手槍。走在最前面的男人，顯然階級最高，上衣褶邊和左右胸口都有花紋。他手持一筒捲軸，肩上扛著大袋子，腰帶上還掛著沉沉的厚錢袋。鼻梁上則是一副透明眼鏡。

透明眼鏡？什麼樣的馭光法師會戴透明眼鏡？

但是隨著對方逐漸接近，基普發現那個人根本不是馭光法師。他的眼睛是純淨的棕色。三個男人都膚色蒼白，魯斯加人的特徵之一，基普猜想。因爲皮膚微帶一點棕色，他們不像血林人那麼蒼白，也沒有雀斑，不過看起來還是白得像鬼。他們的髮色很深，介於棕色和黑色之間，不過是直髮，髮質很好。他們走路帶有一股權威或傲慢的氣勢。基普看向麗芙，她顯然認爲他們態度傲慢。她基本上以非常不屑的眼神打量著他們。基普覺得她會朝他們腳邊吐口水。

「我是助理船務官，」對方說道。「你的船在哪裡？我們根據船隻大小和停留期間長短課稅。」

「我們的船隻大小此刻無關緊要。」加文說。

「那個由我來判斷，謝謝。你們的船停在哪裡？」

「就在那裡。」加文說著，一指。

助理船務官朝他指的方向看去，順著牆壁看上看下，瞇起眼睛。五十步內都沒有船。他雙手抱胸，一副加文在開玩笑的模樣。「稅金不重，但我可以向你保證，企圖逃稅的罰款很重。」

其中一名護衛拍拍助理船務官的肩膀，但他沒有理會。「本該如此。」加文依然維持禮貌，交給他一封信。

男人把信拿得很低，方便他透過眼鏡看信，好像可以直接把信變成文字一樣。「喔，」他輕聲說道。「喔，喔！」

他突然抬頭，透過眼鏡偷看加文的雙眼。「喔！稜鏡法王閣下！眞是非常非常抱歉！拜託，閣下，請容我們護送你前往堡壘。這是我們的榮幸。」

加文點了點頭。

「我以爲你會用魔法把他們舉起來搖之類的。」基普在他們跟在護衛和助理船務官身後時說。

「有時候該好好教訓笨蛋，」加文說。「但這個人只是在執行工作。」他們走到堡壘的陰影下，堡壘的北牆幾乎籠罩住整座碼頭。他們兩個一起抬頭。牆上有巡邏中的弓箭手低頭看著他們。「再說，一旦開始亂丟盧克辛，難保不會有人以槍火回應。」

助理船務官和堡壘城門的守衛交談之後，很多人開始偷瞄加文。基普忙著打量堡壘。城門及整座堡壘都是由石灰岩搭建而成。綠色的石灰岩刻有許多交錯的紋路，讓岩石有種編織而成，而非雕刻成的感覺。城門上鑿了許多殺人洞。士兵開啓城門時，基普注意到城門後是片殺戮場，密閉空間，四周都是殺人洞，然後又是另一道城門。第二道城門是打開的，門旁守衛手上的火槍槍口形似鈴鐺。這些槍也比克朗梅利亞的守衛使用的火槍要短。

這時基普走在鐵拳身旁，於是問道：「他們的火槍爲什麼這麼短？」

「喇叭槍。」鐵拳說。「槍裡不塞彈丸，而是塞鞋匠的釘子或鎖鏈。短距離開火，一槍可以射中四、五個人，或是在人身上打出一個大洞。很適合用來對付暴民。一個被轟成兩半的人，不會比心口中一槍的人死得徹底，但是對其他人造成的嚇阻效果卻強大許多。」

「厲害。」基普說著，吞了口口水。

又路過幾個哨所，增加幾個資深守衛之後，他們爬上樓梯。來到三樓時，他們路過一間能俯瞰大海的房間。加文突然停步。護送他們的守衛沒有立刻察覺。加文不理他們，逕自步入房內。

鐵拳、基普、麗芙也跟著他進去。這房間是由幾間房組成的套房，到處都是畫像、枕頭，有繡著狩獵圖案的華麗簾幕、壁爐與幾盞大吊燈，還有房內奴隸幫主人納涼用的長柄風扇。基普觸目所及，到處都是閃閃發光的好東西。

「這裡，」加文在護送隊伍趕來時宣布道。「就可以了。」

「是的，稜鏡法王閣下，當然，這裡是尊貴賓客的套房。我們會找——」

「可以給我的隨從休息。」加文說。「基普、麗芙，我想你們不會在我去打理住宿事宜的時候惹麻煩吧？」

「是的，當然，稜鏡法王閣下。」麗芙說。基普不太習慣她那種正式、成熟的語調。

「開始幫基普上魔法課。我處理完幾件事再來找你們。」

「當然。」麗芙說著，行屈膝禮。基普微微鞠躬，隨即覺得自己這麼做很蠢。他不知道鞠躬禮該怎麼鞠。他的家鄉沒有人在鞠躬。

「鐵拳？」加文問。

鐵拳揚起一邊眉毛——喔，現在你又想要我跟你去了？

「想看自命不凡的魯斯加城主被趕出住所，現在就是你最好的機會。幸運的話，還可以多趕幾個。搞不好還是你認識的人。」

鐵拳的嘴角抽動。「就是這種簡單的樂趣讓生活多采多姿，是不是？」

# 第五十八章

門在他們離開之後關上，基普和麗芙獨處，遠離那些重要的人物和事件，又可以當小孩了。

麗芙看著基普很長一段時間。

「幹嘛？」基普問。

「有時候想到你的身分，就讓我有種奇特的感覺。一週前，我只要看到鐵拳指揮官就會臉紅。現在我坐在洞石宮殿裡最好的房間裡——而這些房間竟然歸我所有？」

「我早就放棄瞭解這一切了。」基普說。「我覺得如果我靜下心來，多想一想，」我就會變成哭哭啼啼的小鬼。「一切就會分崩離析。」

片刻過後，麗芙的表情變了。目光變得溫柔，露出了同情的神色。「事發當時，你在鎮上，在現場。」

「我與伊莎和山桑在綠橋。還有朗，當然。」他還是會在想到朗的時候譏笑朗，但現在這麼做似乎很殘酷，兩人間的恩怨也變得微不足道。「朗和伊莎當場遇害。山桑和我逃脫了，但最後他們還是殺了他。」基普的聲音即使在自己耳中聽來，也很平淡、很遙遠。他甚至無法面對麗芙。如果看到她同情的表情，他會崩潰。他在她眼中已經是懦弱、愚蠢、年幼、肥胖的形象，是值得同情的男孩了。他可不要用哭泣把情況變得更糟。「我媽也逃出來，不過她的頭被打爛了。她臨終前，我在——」

「喔，基普，我很遺憾。」

他推開那個景象，放開他的母親。「總而言之，我真的希望妳父親有逃出來。他一直對我很好。

事實上，如果他當時沒有逼我離開，我早就死了。」

麗芙沉默了一段時間。基普不知道那是不是什麼尷尬的沉默。「基普，」她終於說。「我一直想要鼓起勇氣……現在事情會變得異常複雜。基於你父親的身分，還有克朗梅利亞當前的狀況……有時候事情不能盡如我們所願，而我們——」

「我應該聽得懂妳在說什麼嗎？」基普問。「因為……」

她張開嘴，然後又看著他。接著，他看見她的心門再度關閉。「我只是很高興你逃出來了，基普。」

「謝謝。」他說。謝謝妳沒有信任我到把本來要講的話講出來。「我們要開始了嗎？」

她幽幽一笑，彷彿很想多說一點，卻不知該怎麼開口。「當然。去陽台外面。」

他們走到基本上算是掛在海面上的陽台。上方隱約傳來洞石宮殿頂樓的交談聲。基普眺望大海，試圖強迫自己專心，說道：「我要怎麼做？」

「汲色需要四大要素，」麗芙說。「技巧、意志——」

「色彩源和平靜的心。」基普說。「呃，抱歉，我之前有學過一點。」

「是喔。基本上就是四大要素的變化，不過一切都是由此而生。我們先從色彩源開始。」

基普認為自己已經學會很多這部分的知識，但是除非想要耍寶，不然男生不該打斷美女說話。麗芙在背包裡翻來找去，拿出一塊捲起來的綠布，然後是一塊白布。

「我們暫且不談色彩理論。」她說。「我們知道你能汲取綠色。所以你的色彩源可以是周遭環境中能夠反射綠光的物品，或是拿組成色中有綠色的物品，然後透過透鏡看它。」

「呃？」基普說。這麼快就超出他的知識範圍。「妳說反射綠光是什麼意思？是說綠色的東西嗎？」

「在克朗梅利亞待久之後，你就會發現你認知中的某樣東西，通常都和它實際上的本質有差異。」

「聽起來……呃，很抽象。」基普說。加文有說過類似的話嗎？

「有些人也可以用抽象的方式來看待這話，不過我說的是實際情況。看看這個。」麗芙拿出另外一塊布。布上顯示紅色光譜的漸層色，不過不是從最深的紅色排到最淺的紅色，中間有些色調順序顚倒。「看著這塊布，你會覺得怪怪的。基本上沒錯，不過有些次顏色的順序不對。大部分男人都看不出來。他們認爲顏色漸層的順序是對的。他們可以分辨這裡的四個色塊，但是色譜裡的就不行了。不管他們看得多仔細，或是看得多久，都沒辦法。他們分辨色彩的能力比不上你我。現在，老實說，我們也不知道你和我看到的色譜是否就是這塊布上所有的顏色，搞不好大沙漠另一端的人會覺得我們就像無法分辨這些色彩的人一樣盲目。」

「這樣講很奇怪。」

「我知道。上課的時候，魔法老師通常會請所有男孩到前面接受測驗，只因爲有很多看得出色彩差異的女孩不敢相信其他人都看不出來。那眞的很侮辱人。事實上，我認爲這對看不出來的女孩來說感覺更糟。男孩本來就不太可能通過測驗。但是無法通過的女孩，卻會非常難受。」她搖頭。「離題了。重點在於，就算此刻你不相信，顏色卻不是存在於物體本身之上的。物體會反射或吸收光的顏色。你認爲這塊布是綠色的。它不是。事實上，它是一塊會吸收綠色以外所有顏色的布。」

「這叫暫時不談色彩理論？」基普輕鬆地問。

她暫停片刻，發現他在說笑，於是笑了笑。「別想得逞，我才不會再度離題。重點在於，光是原色。這塊布，在漆黑的房間裡，對你來說毫無用處。很顯然地，這個現象有很深入的宗教啓示，但是我們只是要討論物理法則，不是抽象概念。你可以取用綠光施法。你只有兩種方式可以這麼做。最好的方法就是附近有綠色的東西。越多越好。越多不同色調的越好。」

「比方說森林？」

「一點也沒錯。因此在諸神統一之前，魯斯加和血林比其他地區更加崇拜綠女神阿提瑞特。大批綠法師擁入森林和維丹平原，因爲他們在那裡就是比在其他地方強大。於是，那些地區就被綠色的美德和罪惡所支配，可能純粹是因爲那裡施展了太多綠色魔法，也可能是因爲阿提瑞特當眞存在。看你愛怎麼想。」

「我不懂。」

「那我們可以晚點再來討論。次要選擇就是透過眼鏡汲色。就像這副。」她伸手到背包裡拿出一個小棉布袋。她解開繫繩，取出綠色眼鏡。

「妳不會汲綠魔法。」基普說。

「是，我不會。」麗芙笑著說。

「這是給我的？」基普問。他開心到微微發抖。

麗芙的笑容擴大。「通常我們會舉行個小儀式，不過儀式的目的就是要恭喜你。」

基普輕輕地接過眼鏡。完美的圓形鏡片鑲在細細的鐵鏡框裡。他把眼鏡戴到臉上。麗芙走近，測量鏡框到他耳朵間的距離。基普可以聞到她的體香。即使在穿越一整片海洋、擊退海盜，又曝曬在艷陽下一整天之後，她的味道依然很好聞。當然，基普並不常有機會這麼接近女孩子——除了他媽，而那通常是在他媽媽滿身大汗、吐得一身，他不幸得揹她回家的時候。伊莎身上也很香，不過和麗芙不一樣。

過去幾天裡，基普很少想起伊莎。他有想到她，但是感覺很空洞。以前他會幻想親吻伊莎，不過那比較是因爲她近在眼前，而不是因爲她適合他。也可能是因爲她近在眼前，麗芙不在，而基普需要有人讓他別一直想著麗芙。

現在，她在他身邊了。她量了兩邊的距離，然後拿下他的眼鏡，小心翼翼地凹彎鏡架，貼合他的耳朵。

「嗯，」她說。「你的右耳比左耳高。」

「我的耳朵不對稱？」基普問。好像我自卑的地方還不夠多一樣。

「別擔心，我也是！眞的，大部分人都有點差異。」她暫停片刻。「只是沒差這麼多。」她難以置信地搖頭。

「我有一雙怪胎耳？」

麗芙露出淘氣的笑容。「騙到你了。」

「歐霍蘭的大——嗯哼，鬍子。」基普臉色一沉。每次都被騙到。每一次。

她微微一笑，心滿意足，再把鏡架的部分壓彎一點，然後把眼鏡戴到他臉上。「好了，你得要調整一下才能戴得舒服，不過反正也不是要你整天戴著眼鏡。」

他透過綠色鏡片環顧四周，並不意外所有東西都蒙上一層綠色調。

「你現在看到的是太陽白光自物體表面反射，然後透過你的眼鏡過濾後的景象。如果你身處白色大理石的環境，你汲色的能力會和身處森林時幾乎一樣強大。透過眼鏡汲色，沒有直接取用自然綠光好，但總比無法汲色要強。不過，也不是隨便看個什麼東西都能施法。四處看看。發現有些東西眞的很綠，但是有些東西沒那麼綠？比方說看這塊布，現在它是什麼顏色？」她從背包中拿出另一塊布。

「呃，紅色。」基普隱約聽見樓上傳來加文的聲音，而且越來越大聲，彷彿在生氣。

「是紅色的。」

基普將注意力放回麗芙身上，從眼鏡上面看去，儘管布的色調有點差異，不過確實是紅色的。

「怎麼會這樣？」他問。

「只有在物體表面能夠反射綠光的情況下，眼鏡才有幫助。白色平面效果最好，因爲白色是所有顏色的總和。如果看著黃色或藍色表面，效果會差很多，不過有時候還是能夠成功汲取，因爲綠色是次生色。」

「聽不懂了。」

「這下你想聽色彩理論了？」她說笑道。「你只要知道需要施法的時候，眼鏡會在找到白色或淡色物品時發揮最大的功效。成熟的小麥可以，雲杉不行。」麗芙說。

「我想我會記得。」基普說。「東西的顏色並不是它們的顏色」的說法，毫無道理可言，不過他認爲自己可以晚點再去和這個想法搏鬥。

「很好，暫時而言，色彩源就講到這裡。」

*妳是說我們還要來講技巧、意志，還有平靜的心？*

麗芙說：「我不想一次講太多，而且我很抱歉沒有幫你舉行眼鏡儀式，或許那個儀式可以幫助你接受這堂課的內容。現在那副眼鏡是你最重要的東西了。不光是因爲大部分馭光法師都要存好幾個月，甚至一整年的錢才買得起一副眼鏡，還因爲所有人在買了眼鏡後就會立刻開始存備用眼鏡的錢。如果你有錢，或是稜鏡法王下令，我想，磨鏡匠就會幫你打造一副專屬眼鏡。他們可以給你比較深或比較淺的鏡片，或是配合你的五官與容貌調整鏡架。但是沒有眼鏡，幾乎就等於沒有力量。我知道你見過稜鏡法王汲色時的模樣，但他是例外。他不用眼鏡。他的眼睛不會出現光暈，想汲多少就可以汲取多少魔法。規則不適用在他身上，就連稜鏡法王的規則似乎都不適用在他身上。你能想像任何其他人可以獨自來此，然後就這樣接管一切嗎？從魯斯加人手中？有趣的是，他們會讓他接管。他們不喜歡，但卻會——」

屋頂上有個男人說話的聲音打斷了她。「我才不管你的公文裡怎麼說，我絕對不會讓你——」這句話在一聲慘叫中戛然而止。

基普抬起頭來，正好見到一個男人掠過陽台。他落入下方的海灣激起大片水花，基普看著他掙扎回水面，口吐海水，華麗的服飾隨波漂動。然後他大叫救命。

「這樣太過分——」另一個人開口叫道，接著基普看見又一個人掠過陽台。他也在海面上濺起大片水花，差點直接壓在城主身上。

上方傳來大片閃光。「我保證，下一個有意見的人不會掉在海裡。」加文洪亮地說。

基普以為會聽見槍聲——城主當然有隨身護衛——但是沒人開槍。他們吞下去了。

*這就是我父親。這就是我的父親？*

加文將自己的意志強加在他人身上，而全世界的人都得接受。

「所以——」基普覺得自己很像在下方海面上載沉載浮的人，幾乎沒力氣游泳，偏偏又急著想要脫身。「所以。意志。接下來要談意志，對不對？」

# 第五十九章

科凡·達納維斯於日落時抵達加利斯頓。當然，加利斯頓外城牆很久以前就毀壞了，在稜鏡法王戰爭期間——科凡從來不曾將它視爲僞稜鏡法王戰爭——他曾派人去重建外牆，可惜沒有足夠的時間。當初建造外牆，是爲了要守護足以容納數十萬人的城市。戰爭期間，城裡約莫住了九萬人。他沒辦法保護所有人。

位於外城牆和內城牆之間，本來可以灌溉所有良田的渠道，只剩下一、兩條沒有阻塞。但內城牆依然健在，女神像也一樣。

每座城門都有一座現在已經與安納特女神完全撇清關係的女神像在守護。它們都是巨大的白雕像，和城牆一體成型。每座女神像都代表安納特女神的一個面相：「守護者」聳立在海灣入口；懷孕的「母親」強硬地守護南城門，手持匕首；「老巫婆」守護西城門，倚著一根法杖而立；「情人」躺在東面河岸城牆上。基於科凡一直無法理解的理由，情人的形象通常都是三十歲左右，但是母親形象卻雕塑得非常年輕，或許還是少女。每座雕像都是用非常昂貴、微微透明的白大理石雕塑而成，這種石頭只有帕里亞出產——只有歐霍蘭知道當年是怎麼把這麼多白大理石運送到這麼遠的地方來。幸運的是，這些雕像外都覆蓋著一層最頂級的彌封黃盧克辛——一體成型。很了不起的工藝。這座城市起碼被外敵人侵過三次，但女神像還是毫髮無傷，即使在加利斯頓大火過後，依然完好如初。

安納特，沙漠女神、憤怒女神、次紅女神，乃是所有熱情——憤怒、守護、復仇、占有的愛、狂放的性——的女神。當盧西唐尼爾斯打著歐霍蘭的旗號奪下此城、剷除異教時，他的信徒曾想摧毀這些神像，而那需要數名強大的馭光法師才能辦到。幸好盧西唐尼爾斯阻止了他們，說道：「只能摧毀虛假的東西。」後來數百年內，有好幾任狂熱的稜鏡法王想要拆掉這些異教遺產，但加利斯頓每次都不惜開戰也要守護女神像。直到稜鏡法王戰爭，加利斯頓兵力強盛到讓人不敢輕啓戰端爲止。

科凡從來不曾在日落時接近情人女神像。和其他女神像一樣，她的身體也與城門融爲一體。她平躺，背部拱起，橫跨河面，腳掌著地，膝蓋在一邊河岸上形成一座高塔，雙手撫弄髮絲，手肘揚起，成爲另一側河岸上的高塔。她身上穿著薄紗，戰前她的背部有道閘門可以封閉河道，鋼鐵欄杆形成的線條與薄紗配合得天衣無縫。但是戰爭期間，閘門被攻破，一直沒有修復。

看著女神像，依然令科凡讚嘆不已。在夕陽之前，雕像上那層正常情況下看不見的黃盧克辛開始閃閃發光，如同金黃色皮膚，隨著科凡一步步前進、太陽逐漸西下而緩緩消逝，最後終於只剩下一道歡迎的輪廓——妻子在床上等待離家許久的丈夫。

他感到一陣痛苦湧上心頭。每次來此，都會讓他想起可拉，他的第一任妻子，麗芙的母親。可拉曾有一次這樣在家裡迎接他，躺在床上，身披薄紗，刻意模仿情人像，等待科凡返家。即使到了現在，十八年後，悲痛、記憶中的慾望、喜悅和愛依然在他胸口糾纏。可拉死後兩年，科凡在瑞克頓再婚，但是娶艾兒是爲了讓麗芙有個母親，而非出於眞愛。三年後，艾兒被一個終於找出科凡下落的殺手殺害。科凡曾考慮搬家，但是鎮長哀求他留下，而且基普在那裡，於是他就留下了。但他沒有再婚，即使鎮上女多男少、又有超多好事之徒想當媒婆。他沒辦法像從前那樣愛上人。他沒辦法承受再度失去可拉的感覺，而如果他沒辦法全心全意地愛上一個女人，要求她當他女兒的母親也很不公平。科凡已經無法全心全意地愛人了。

他踏著沉重的步伐前進，路過種植著稀疏，但已成熟的大、小麥的農場，努力不去面對躺在他面前的情人像。來到位於她垂落髮絲間的城門時，他加入等待進城的隊伍，與出城過夜的人擦身而過。他走過兩名戰時還在母親懷裡的守衛時，目光低垂。不過他們幾乎沒在注意川流不息的人群。其中一名守衛靠在情人像柔順的髮絲上，腳掌輕抵微波般的石塊，他的麥稈帽，一種魯斯加傳統的寬邊帽，向後掛在背上，因為此刻已不再艷陽高照。「……想他來幹嘛？」他在問。

「我不知道，但是聽說他把克拉索斯城主丟下海灣。我想我們會……」

科凡無法不停步而繼續偷聽，但停步就會引人注目。引人注目就會目光接觸，讓人看見科凡的紅斑眼，那肯定不是個好主意。

有個有權有勢的人抵達加利斯頓，但是誰的權勢大到能把城主丟下海灣？科凡不認識這個克拉索斯城主，但是魯斯加皇族有半打年輕親王。他們很有可能派遣其中之一來監督撤出加利斯頓的程序。沒有其他人膽敢把魯斯加城主丟下海裡。

衝動的親王，或許比養尊處優的城主更符合科凡的需求。這種人一開始會比較難纏，但比較可能會願意開戰；不管喜不喜歡，科凡帶來的都是戰爭。

走在城市的街道上，他發現自己和從前當將軍時一樣在評估形勢。加拉杜王或許是個怪物，但魯斯加人是占領者。加利斯頓的人民會加入哪一方？他們會不會積極參戰？科凡一邊走著，一邊注意魯斯加士兵。他看見士兵孤身行走，幫他們的指揮官跑腿，或只是要返回軍營，或是想去酒館。他看見有個商人在關地毯店的時候退得太急，不小心撞到一名士兵。士兵把他推開，彷彿那是個煩人的東西，但是沒有留意到後方。那名商人，提利亞本地人，恭敬地道歉，不過並不懼怕。

這不是處於叛亂邊緣的城市。提利亞人已經習慣被占領。魯斯加是第四個占領加利斯頓的國家，而且這已經是他們的第二次了。不是每個國家都來占領掠奪這座城市。最初兩年是帕里亞人占領，儘管他們奪走了最多財富，但也必須剷除最多反叛勢力。伊利塔人當年表面上和達山站在同一陣線，而且也沒有中央政府，所以占領沒有他們的份。阿伯恩人寧願與雙方交易，而且直到裂石山大戰後才加入戰局，所以他們也沒份。這表示輪流占領加利斯頓的國家，只剩下帕里亞、阿塔西、血林，以及魯斯加。如果科凡沒記錯，順序也是如此。照道理講，加利斯頓人會有最偏愛的占領國家，至少會有最不厭惡的。

科凡花了一點時間就想到，等帕里亞人從魯斯加人手中接收之後，加利斯頓人就要第三度忍受帕里亞人的統治。最容易忍受的占領者即將換成最痛恨的占領者。

但是，他的觀察無法解答加利斯頓人對帕里亞人的仇視中摻雜了多少恐懼。帕里亞人在兩次占領期中都有剷除反抗勢力。或許他們殘暴的手段會讓提利亞人拿起武器之前多想一想。但或許也表示他們會更快地拿起武器。科凡不知道，不在城裡多待一陣子也不可能知道。但他沒有這麼多時間。

這座城市與他十年前造訪時相比，變得更加多元。戰前，加利斯頓就和世界上所有繁榮的港口城一樣人口稠密、文化多元。戰後，能離開的人都離開了，特別是那些看起來像來自其他地方的人。形勢十分緊張。在那個時期，加利斯頓就只剩下提利亞人，以及當時的占領者。顯然，每次占領期都有少數商人和士兵留下來和本地人通婚。科凡看到兩個女人在各自的店門口一邊掃地一邊閒聊。其中一個女人有著傳統提利亞人的褐色皮膚、黑眉毛與波浪鬈髮；隔壁的女人卻有著蜂蜜色皮膚、灰金色頭髮，即使在魯斯加人當中也很少見。她們的穿著打扮幾乎一模一樣，手腕上戴著手鐲，穿著亞麻長裙，頭髮以緞帶綁在腦後。

科凡路過一條巷子，裡面有一群小孩在玩卡達球，就是踢一顆用皮革裹成的球。提利亞血統的小孩占多數，不過兩隊人馬都是人種混雜。有幾個媽媽站在旁邊看小孩玩，而她們不分人種，全都站得很近，彼此閒話家常，或是幫小孩加油。

這裡不是火藥桶。這是好事。如果在鄰居互相仇視的城市中出現權力轉移、無人維持法紀的情況，那就很可能會血流成河。加利斯頓已經經歷過太多殺戮。

水市場基本上就是瑞克頓水市場的放大版，此刻差不多已經收光，只剩下幾間小吃店提供餐點給過路的士兵或其他錯過晚餐的人。科凡買了幾串兔肉串和伊利塔辣醬醃魚，然後繼續前進。

前往洞石宮殿之前，科凡先到老巫婆之門。這裡就與守護者之門和情人之門一樣，雕像和城牆融爲一體。不過，科凡對這裡的女神像不感興趣，他是來觀察士兵的。城門已經關閉，儘管強盜已經很久不敢跑來掠奪加利斯頓城。站在城牆上的士兵都在閒聊、嬉笑、大聲說話，甚至在上司離開後喝酒。科凡看到老巫婆的皇冠和法杖上都有弓箭手——城門兩邊的高塔——但是當那兩個女人到達定位、放下箭袋、解開弓弦之後，就再也沒有起身巡視。

好吧，沒有軍紀的士兵。淪爲城市守衛的軍人，這並不是他們的錯。占領期的第一年，士兵會出城執行對抗強盜、土匪或是巡邏河岸等任務。第一年過後，他們就會退回城裡，變成守衛。士兵的職責變得無關緊要，軍紀蕩然無存。擔任從來不會出過事的衛哨工作，會讓士兵開始賭博和喝酒。

科凡朝著洞石宮殿前進。當然，他們絕不可能隨便就讓一個街上平民晉見他們的親王，所以在接近宮殿正門時，他閃入一條巷子裡。卡莉絲被俘之後，科凡刺探過加拉杜王的營地，確定了任何拯救行動都是自殺行爲。接著，眼看他們與其他將領會合、軍容日漸壯大——很可能是強行徵兵的成果——轉而向南。科凡回頭前往瑞克頓鎮外的一個山洞。

他有點失望，竟然從來沒有盜賊找到他的祕密倉庫。當瑞克頓鎮長說科凡和他女兒可以留下時，爲了他自己和他的新家著想，他把所有能將他與戰爭扯上關係的東西都藏了起來。他刮掉招牌小鬍子，拿出上好的服飾和武器換取亞麻褲和染布坊。當時在他眼中微不足道的金幣，現在變成一大筆財富，但是接下來的歲月裡，他根本不能拿那些錢出來花。瑞克頓的人沒有金幣，特別是印有血林總督像的金幣。

於是，他拿出摺起來的錦繡上衣，用手在地上清出一塊空地，把衣服鋪在地上。然後是一條寬皮帶，上面有鱷魚浮雕，眼睛鑲了紅寶石，身處綠寶石點綴的沼澤，還有許多鑲了鑽石眼的蒼鷺。最後，他拔出預兆劍，這是他最後一個哥哥死去時才交給他的寶劍。一個小男生坐在對面的路邊，安安靜靜地看著他，神情疑惑。科凡試著不去理他。他脫下他的長上衣，拿出一面鏡子。利用這面鏡子和一袋水，盡量把自己清理乾淨。接著用髒兮兮的上衣擦乾身體，換上他的名貴服飾。他的靴子和褲子已經沒救了，不過光是錦繡上衣與內心的壓力，就能讓他汗流浹背。在打包好隨身家當、把預兆劍綁到腰帶上、整理一下頭髮之後，他深吸了口氣，轉出轉角，走向宮門。

「我需要見當家主事的人。」科凡大搖大擺地走過去，朝守衛說道。

「呃……」其中一名守衛滿臉困惑，偷看了另一名守衛。顯然他們不知道他是指城主，還是那個親王。

「把城主丟下海的那位。」科凡說。「事態緊急。」

守衛互看了一眼。「沒理由不浪費他的時間。」一個守衛對另一個說。「他也沒給我們理由謹慎過濾訪客。」

另一名魯斯加士兵微笑。「我們立刻帶你去見他，先生。」

他們甚至沒問他是誰。科凡跟在他們身後，難以置信自己竟然如此好運。顯然，那位親王——應該是個年輕親王，不然魯斯加人絕對不敢這麼做——還沒有獲得一般士兵的愛戴。更難以置信的是，士兵直接帶他前往議事廳。科凡已經有十六年沒來過這裡了。士兵在門上迅速敲了個暗號，裡面的守衛把門打開。士兵對守衛低聲說了些關於事態緊急的話，然後迅速離開。

議事廳守衛，一個高大嚴肅的魯斯加人，領著科凡進入。「姓名？」他輕聲問道。

科凡步入議事廳。魯斯加親王靠在議事廳裡的一張桌子上，背對著科凡。「科凡．達納維斯。」科凡輕聲說道。親王對面站了一個大漢，又高又壯，身穿黑色護甲，目光炯炯地凝望科凡，注視著他腰間佩戴的長劍。他穿得一身黑。這個親王好大膽，居然假裝擁有自己的黑衛士。要是讓克朗梅利亞發現這件事，肯定不會有好下場。

「科凡．達納維斯。」守衛大聲宣告。「他說他有緊急報告，稜鏡法王閣下。」

這句話如同閃電般同時擊中三人。黑衛士——看在歐霍蘭的份上，一個貨眞價實的黑衛士——在聽見科凡的姓名之後，立刻戴上藍色眼鏡，拔出兩把手槍。

稜鏡法王——不是什麼親王，是加文．蓋爾本人——站直身子，轉過身來。他嘴角上揚。「達納維斯將軍，好久不見。」

# 第六十章

加文努力維持冷靜的表情。已經十六年了，達納維斯看起來依然健壯，和過去一樣機警。他的膚色曬得很深，顯然是想要掩蓋雀斑，盡量讓自己看起來像提利亞人，而且他的招牌小鬍子也已不復存在。他的藍眼睛裡只有半圈紅斑，不比加文上次見到他時多到哪裡去。不過，臉上的皺紋，包括笑紋和更深的憂心紋，都是之前沒有的。他雙眼瞄向鐵拳，神情有點慌亂。

演技卓絕，科凡．達納維斯。

「鐵拳指揮官，請將此人繳械，然後責罰守衛。謹愼點，好嗎？」鐵拳立刻瞭解他的意思。他們不能對魯斯加守衛太過嚴厲，不然可能會讓守衛對新主子心生不滿。但如果加文放縱這種鬆散的行爲——甚至可能是傲慢的態度——不去糾正，魯斯加士兵也不會尊重他。鐵拳會讓守衛感受到歐霍蘭的恐懼，但不至於讓他們痛恨加文。

「你要我讓你和這個叛徒獨處嗎，稜鏡法王閣下？」鐵拳和加文都很清楚一開始讓科凡進入宮殿的守衛已經迅速離開，這表示他必須前去追趕，無法在情況失控時保護他。

加文簡短地點了點頭。

鐵拳鬆開一把手槍上的擊鎚，將槍插回腰帶上，目光和另一把槍的槍口仍然保持在科凡身上。他走上前去，取走科凡的劍，短短欣賞了那支劍。在把劍和科凡的行李放到隔壁房間的櫃子裡之後，他收起另一支手槍，爲科凡搜身。

轉身離去之前，鐵拳再度看向加文。*你確定嗎？你知道這不是個好主意，是吧？*

加文微微點頭。去吧。

鐵拳離開後關上廳門。加文環顧議事廳。他待在這裡的時間還沒久到能弄清楚牆上有沒有偷窺孔或偷聽道之類的東西。科凡站在原地，雙手抱胸，耐心等候。「到陽台來，將軍。」

「拜託，我已經不當將軍很多年了。」科凡說，但他還是跟著加文出去。加文關上陽台的雙扇門。陽台空間寬敞，放了許多桌椅，讓城主和賓客可以欣賞海灣景色。加文很慶幸自己有把城主甩遠一點。要是讓他摔在這座陽台上，情況可就沒那麼好笑了——他不記得這座陽台有這麼突出。算加文走運。

有趣的是，我一向將這種事視為好運，而不是歐霍蘭保佑。

科凡透過陽台邊緣看了看。「海灣看起來很深。」他說，嘴角挖苦般地抽動。

加文湊到陽台的欄杆上。太陽剛剛接觸到地平線，照亮大海，在薄雲之中透出粉紅和橘色的光線。突然之間，失去的歲月統統浮出水面，令他如同醉漢般地依靠著欄杆，勉強站穩。「代價太高了，科凡。」

科凡四下查看間諜的蹤影，觀察碼頭，回頭確認議事廳，抬頭看向屋頂。「我也很高興再見到你。不要那個樣子，不然我也會失控。」

加文看向他。科凡臉上帶有他那獨特的笑容，但雙眼背叛了他。那抹笑容是為了掩飾心中激動的情緒而刻意裝出來的。

突然之間，外表已不再重要。加文擁抱他的老友。

「很高興與你重逢……達山。」科凡低聲道。這話令兩人都決堤崩潰。他們相擁而泣。

十六年前，最先提出要達山假扮加文的人就是科凡。本來他只是隨口說說，他們兩個都不相信達山眞的能夠打贏加文。一天夜裡，他們難得忙裡偷閒，加上喝了太多酒，科凡說道：「你可以打贏，然後取代加文。」

「那基本上就是稜鏡法王戰爭的重點，不是嗎？看誰最後活下來？」達山說。「看誰是最後發光的稜鏡？」

科凡不理會他的玩笑。達山喝得比他醉一點。「不，我是說你可以成爲加文。你們兩個看起來幾乎一樣。多年以來，每當你們兩個混在一起時，唯一分辨你們誰是誰的辦法，就是那雙稜鏡眼。如今你也有稜鏡眼了。」

「加文衣著華麗，而且我比較高。」

「衣服可以換。而且他會墊高鞋子，讓自己看起來和你一樣高。這讓你更方便假扮他。」

「他有一道疤。我必須補充，是你送給他的。」達山說。

「我也可以送你一道疤。這樣夠對稱，是吧？」

這下達山開始認眞考慮了。「我已好一陣子沒剪頭髮。那道疤就在髮線上。傷口癒合之前，我可以用頭髮遮掩。」

「如果能想起來我是打傷他哪一邊的話。把酒袋給我，我口渴了。」

幾天之後，達山要求科凡在另一場戰爭會議過後留下來。在把所有人都遣出帳篷之後，他交給科凡一張紙。上面鉅細靡遺地描述加文的傷痕。

「我是開玩笑的。」科凡看著達山嚴肅的眼神說。

「我不是。帳外有個醫生等著幫我縫合。如果有人注意到了，就說我們切磋時出了點意外。我對於自己的粗心大意很難為情，所以要你不要聲張。」

科凡很長一段時間沒有說話。「達山，你有想過這代表什麼嗎？你必須持續偽裝很多年，甚至一輩子。所有愛你的人都會以為你死了。卡莉絲——」

「殺死她那些暗箭傷人的哥哥時，我就已經失去了卡莉絲。」

「你打算在她面前假扮加文？」科凡問。

「科凡，看看我們的盟友。」達山說，語氣嚴肅，壓低音量。「我幾乎已經對提利亞人承諾要在其他每個總督的領地都劃分一個港口給他們。我承諾法利德．法加德能夠奪取阿塔西的政權。異教徒加入我們是希望粉碎克朗梅利亞。等我們贏了，他們就會叛變。藍眼惡魔傭兵團出力甚多，絕不會滿足於傭兵的酬勞。我敢說霍拉斯．法西爾會在大戰前夕提出無理的要求——土地、頭銜、永久的根據地。我將會被迫同意。等我們打贏之後，或許可以對其中一方勢力背信，但不能全部都當沒承諾過。我不知道事情怎麼會走到這個地步，不過不管開戰的理由為何，我們都已經變成壞人了。」

「他們對加利斯頓做出那種事，而我們卻還是壞人。」科凡苦澀地說。

「如果就我們贏了，七總督轄地會變成什麼情況的角度來看？沒錯。」

一段很長的沉默過後。「你最後肯定會被發現的。」科凡說。「你一定很清楚。不可能假裝一輩子。」

「我不用愚弄他們太久。幾個月。足以取得勝利就好了。就算光譜議會發現了，在殲滅敵人之前，他們也不會揭穿我。我會在某天早上突然無法起床。我接受這種結局。」

「我們不是沒得選擇。」科凡說。「我是說，如果我們贏了。這些問題都可以解決。我們不知道如果獲勝會發生什麼事。如果我們能夠接收大部分加文的部隊，盡快讓克朗梅利亞投降，就可以——」

「你認爲白法王會很快投降嗎？」

科凡張嘴欲言，接著又閉上嘴。「不會。」

「這不是個好計畫。」達山說。「我知道。但這是最好的選擇了。」

「我們還是有可能輸，我想。」科凡說。

「你總是能看見事物的光明面。」達山說。

這時，科凡推開加文，以手背擦拭眼淚。「我很想念你，朋友。」

「我也很想你。現在，你來這裡做什麼？」加文問。

重逢的喜悅自科凡臉上消失。「我是來警告城主，加拉杜王的部隊正往加利斯頓逼近。他的大軍會在五日之內抵達，最慢一週。而且他們俘擄了卡莉絲·懷特·歐克。」

加文倒抽了一口涼氣。卡莉絲被抓了？

即使這個消息在他肚子上撕開個大洞，將他整個掏空，此刻他也無可奈何。「我知道加拉杜王的事。」他說。「卡莉絲……就不知道了。」

「我想也是。不然你跑來這裡做什麼？」科凡說。

「你認爲他會在夏至之後展開攻擊？」加文問。

「夏至隔天。」科凡說。「在魯斯加人撤離，但是帕里亞人尚未抵達時。」

加文也是這麼推斷。這表示幾乎沒有時間備戰。「難以相信克拉索斯城主沒有收到加拉杜部隊的情報。」

「不必相信。他有收到。」科凡說。「魯斯加人提早撤離了，現在只剩下最低階人員，他們會確保所有人都在加拉杜進攻前撤離。他們有什麼理由幫帕里亞人作戰？」

「混蛋。」加文罵道。

「還是懦夫和投機分子。」科凡聳肩。「你打算怎麼處置？」

「我打算固守這座城。」

「你要怎麼達到這個目的？」科凡問。

「讓擅長敗中求勝的人領軍。」加文說。

一段沉默過後，科凡舉起手來。「喔，不。你不能這麼做。不可能的。稜鏡法王閣下，我是敵方將領。」

「什麼時候被征服的將領不能加入戰勝的一方了？」加文問。

「不可能以將軍的身分。至少不能直接當將軍。」

「已經十六年了。你是特殊案例。」加文說。「科凡．達納維斯，僞稜鏡法王戰爭期間雙方勢力都對你評價甚高。光榮地結束戰爭的男人。一個絕對正直、聰明絕頂的男人。戰爭已經結束很久了，人們有什麼理由不能相信我們已經盡釋前嫌？」

「因爲你頭上的傷痕是我留下的，而你曾爲此大發雷霆。而且加文的手下殺了我的妻子。」

加文皺起眉頭。「那倒也是。」

「你不需要我。」科凡說。「你調兵遣將的本事也不差，稜鏡法王閣下。」

這是實話。加文見識過高深的領導手段，也有過足夠的經歷，深知自己的能耐。他同時也知道自己的弱點。「如果你我擁有同等兵力和領土，而我又不施展魔法，誰能打贏，科凡？」

科凡聳肩。「如果你的幕僚夠強，而前線指揮官又能據實回報，我想——」

「科凡，我是稜鏡法王。沒有人會向我據實回報。我問他們，這你辦得到嗎？他們會說辦得到，不管辦不辦得到。他們認為只要遵循稜鏡法王的命令，就會發生奇蹟幫助他們突破難關。當我問有沒有人反對我漏洞百出的計畫時，我只會得到一片沉默。戰爭期間，我花了好幾個月的時間，經歷好幾場重大損失之後，才打破這個局面。現在沒有那麼多時間。」有一種人能瞭解手下每支部隊的反應，擅長應付什麼戰鬥狀況？什麼情況會讓他們陷入苦戰？加文很能掌握這些。他很擅長評斷敵方將領，特別是曾交手過的那些，猜測他們會採取什麼行動。

但是，根據斥候回報關於敵軍移防的片面情報，而決定如何調度不同部隊的數千士兵，就是截然不同的另一回事。分散你的兵力，讓他們從不同路徑進攻同一個目標，而每一支部隊都有自己的指揮官，還要他們同時抵達──這是非常罕見的技能。強化軍紀，讓部隊能在戰事方酣時持續移動、要求他們在只要再補一劍就能殺死敵人時立刻撤退、迅速傳達命令，讓陣線可以在騎兵出陣時短暫讓出缺口──那些幾乎都是不可能的事。加文很擅長看人和魔法。科凡則瞭解數量、時間與戰術。十六年前，他顯然是加文在騙術這方面的老師。兩人聯手，無人能敵。

「當然，拉斯克屠殺了我的小鎮。」科凡語氣平淡地說。他這麼說，不是為了表達失去所有認識的人的悲痛；他是盤算這個故事能給人們什麼感受──*我以為稜鏡法王和達納維斯將軍仇恨彼此！他們是呀，但是稜鏡法王需要一個將領，而達納維斯落腳的城鎮剛被加拉杜王屠殺殆盡，他想要復仇。*這樣可行。或許看起來有點奇怪，但不至於難以置信。畢竟戰爭已經結束了十六年。

「所以，我們都在利用對方。」加文說。「我需要你的戰略長才，你需要我的軍隊幫你報仇。我可以公然質疑你，讓所有人清楚我不信任你。」

「我可以在士兵面前抱怨一些小事。不會打擊他們的士氣，不過足以讓他們知道我不喜歡和你合作。」

「這樣可行。」

「可行。」科凡說。他轉過頭來，不再瞭望海灣。「現在的你對於欺瞞的技巧已經駕輕就熟。」

「因爲有太多練習的機會了。」加文說，從能再度跟朋友合作的喜悅中恢復過來。「你知道，如果這次合作成功，我們一、兩年內就可以再當朋友。甚至在公開場合都沒問題。」

「除非我當你的敵人用處更大，稜鏡法王閣下。」

「我的敵人夠多了，但這樣說也有道理。現在我有個驚喜。」

「驚喜？」科凡懷疑道。

「不能讓人看到我帶給你讓你開心的消息，所以你得自己下樓去。在這間議事廳正下方的房間。」他們回頭往議事廳走，不過加文停步。「她怎麼樣？」

科凡知道他說的是誰，還有這麼問的意思。「卡莉絲曾是朵凋零的花朵，對她父親的命令唯命是從。現在她成爲黑衛士，白法王的左右手。如果有人能活下來，肯定就是她了。」

加文深吸了一口氣，然後換上嚴肅又不信任科凡的表情，回到議事廳。鐵拳指揮官已經回來了。他站在廳門旁，以一生中花了太多時間站崗的隨性模樣在那裡等待、默默觀察。他早已習慣以靜制動。

「指揮官。」加文說。「科凡・達納維斯和我有個共通的敵人，同意幫助我們協防加利斯頓。請告知部隊，他們將由達納維斯將軍指揮調度，立刻生效。將軍只對我一個人回報。將軍，你可以接手了嗎？」

科凡看起來像是吞下一口很酸的酒，而且沒有把這種表情掩飾得很好。「可以，稜鏡法王閣下。」

加文揮手遣走他們。很唐突，微帶傲慢。讓鐵拳指揮官認爲這是加文在確立支配權。科凡咬牙切齒，不過還是鞠躬離開。

去吧，我的朋友，希望與女兒重逢能夠彌補一點你爲了我而經歷的眾多苦難。

# 第六十一章

「意志是讓克朗梅利亞即使在我們眼中也這麼可怕的原因。」麗芙說。室外的太陽才剛接觸地平線，房內奴隸已經好像收到暗示一樣，進來點燃油燈和壁爐。

「威爾【註】是誰，我們要怎麼阻止他？」基普問。

「基普。」麗芙低頭看他。「專心。」

「抱歉，請繼續。」她忽視房內奴隸的存在，所以基普也嘗試忽視他們。

「意志其實就和你想像的一樣。你將自己的意志強加在世界之上。你用意志去操弄魔法。意志可以彌補施法的缺陷。這對亂打法師而言格外重要。」

「亂打法師？」

「不是超色譜人的所有男性馭光法師和半數女性馭光法師。」麗芙說，停頓片刻。「好吧，大部分男性馭光法師，嗯？」

這個名詞有點瞧不起人，眞的。有點「我們比你們高級，你們這些可憐的傢伙；你們是在努力嘗試，我們卻是必定會成功」的意味。但克朗梅利亞就是這樣，不是嗎？一切都與權力和支配有關。

「是呀。」基普說。「亂打法師。那些可憐的蠢蛋。太令人同情了。」儘管基普身爲菁英的一群，但並不表示他喜歡貶低其他人。

譯註：威爾（Will），意即意志。

麗芙臉紅，隨即回嘴：「聽著，基普，你不需要喜歡這種情況，但必須面對它。如果不這麼憤世嫉俗，你或許會比較容易適應。這裡和家鄉不一樣。我們已經沒有家了，只剩下克朗梅利亞，而它待我們不薄。所以長大吧。」

他覺得自己被甩了一巴掌。她說的都對，但他沒想到會毫無由來地被教訓一頓。他偏開目光。「說得對。對不起。」

她吐了口氣。「不，我才要道歉。那個……我不知道……我想我自己也還在調適這種生活。克朗梅利亞的一切都有階級差別，基普，要適應階級並不容易。我甚至不知道適應這種制度算不算是好事。但是一旦弄清楚自己的地位，你就會知道該如何應付其他人，甚至是不認識的人。那會讓一切變簡單。我只是——過去三年，我一直是個不受重視的顏色的單色譜法師，而且還是提利亞人，這讓我一直不喜歡階級制度。後來我終於接受了自己的角色，幾乎完成了我的訓練，準備展開悲慘的人生。但一夜之間，我成了雙色譜法師，一切都天翻地覆。我將繼續待在克朗梅利亞兩年，而我的人生將會徹底改變，現在人們開始把我當一回事了。」她哀傷地笑了笑。「我想你很清楚一夜之間人生逆轉的感覺。重點在於，我喜歡我的新生活。我有新的衣服、珠寶、津貼，以及一個房內奴隸。我想我這才發現或許我並不討厭階級制度，只是討厭身處最低階。所以，每當我享受某樣東西時，就覺得自己像個偽君子。」

「我保證會盡量讓妳日子難過，如果這樣會讓妳開心一點的話。」基普說。

她開玩笑似地捶他肩膀，不過這一拳恰好擊中敏感部位。「你是我的救星，基普。」她在他揉著肩膀時笑道。接著，她的笑容再度消失。「我想我該接納自己的建議，開始面對眼前的改變。你是稜鏡法王的兒子，我是你的私人教師。我不該打你的。歐霍蘭呀，你是稜鏡法王的兒子，我怎麼敢打你？」

基普的胸口一緊。「不！」他幾乎是用吼的。房內奴隸轉頭看他。他壓低音量，難為情地道：「麗芙，對我發誓妳不會這樣想。我——」

你想說什麼，基普？打從我有記憶以來就一直深愛著妳？是呀。

「我不能失去和瑞克頓之間的最後一道聯繫。」他改口說道，每一個字聽起來都很不自然。「妳是唯一在這一切發生之前就認識我的人。」

太好了，讓一切看起來都無關私人情感。我不在乎妳，我只在乎瑞克頓。

「我是說……麗芙，妳知道我的，妳是——」妳是我朋友？聽起來有點自以為是，不是嗎？萬一她從來沒把你當朋友看呢？

「妳也來自瑞克頓。」他轉得很硬。又無關私人情感了。可惡。「我需要有人可以談心，而我一直都……很欣賞妳。」

欣賞？她是一幅畫像嗎？

「我是說，我很賞識【註】——」

賞識。和欣賞差不多，不是嗎？好像她是個好廚師一樣？

歐霍蘭的蛋蛋呀，這太折磨人了！啊，有出路！不是賞識她，而是賞識她做事的方式。

「我很感謝妳——」她怎麼樣？

她穿那條小綠裙子的模樣——狗屎！

譯註：此處賞識（appreciate）原文也有「感激」之意。

「——一直對我這麼好。」

這下你又變成那個笨手笨腳的小男孩了。幹得好。他們應該叫你基普．銀舌【註】。

我再也不要和女人講話了。

在這種表現過後，基普根本無法面對麗芙，但她還是一直等到他遲疑地抬頭看她。

「怎麼了，基普，你是在和我調情嗎？」她問。

那種感覺彷彿陷入惡夢，夢裡基普來到草原上的夏至舞會現場，沒有注意到旁人好奇的目光，一直到他踏上舞台，音樂歇止，所有跳舞的人踏錯舞步、轉過頭來看他。這時他才發現自己赤身裸體。接著，所有人開始大笑。指著他。嘲笑他。

不，這次情況更糟。因爲他不能從夢中醒來。他臉上血色全失。永恆的黑夜呀，他全身的血液都被抽乾了。他不知道血都到哪裡去了，但是說話的能力也隨之而去。

「基普，我是開玩笑的。」麗芙說。

他嘴巴動了。血回流了。思緒變慢了。

「你很少會啞口無言。」麗芙說著，戳戳他。他對這個動作的想法必定表現在臉上，因爲她笑嘻嘻地說：「你不小心點的話，我可要撥亂你的頭髮了。」

「夠了，我決定要剃光頭！」基普宣布道。

麗芙大笑。「夠了，夠了，夠了！不要再離題了！一直這樣下去，什麼都不用教了。」

「所以，」基普說。「意志。不是個壞蛋。看吧？至少我知道離題前我們在講什麼。」

麗芙饒富興味地搖頭。「先等一等。首先，基普，我們先說好。我很樂意當你的朋友。或許我們可以三不五時提醒對方我們來自何處。」

基普覺得耳朵都熱起來了。好像它們有冷過一樣。「我也很樂意。」他說。

「現在，終於回歸正題，意志。意志可以彌補許多缺失，就像——」

「愛可以彌補很多罪孽。」門口傳來一個熟悉的聲音。

基普和麗芙同時轉頭。達納維斯大師，麗芙的父親，還活著。

「爸爸？爸爸！」麗芙尖叫道。她跳起身來奔向父親，衝入他的懷抱。科凡哈哈大笑，使勁地擁抱她。

「我聽說你去世了！」麗芙說。

呃，對，聽我說的。基普，帶來虛假壞消息的信差。「我不相信，但我實在——」麗芙放聲大哭。

科凡閉上雙眼，就這麼抱著女兒。基普思索著逃離現場的途徑。

逃去哪裡？這裡是我房間。

但是片刻過後，科凡輕輕推開他女兒。「我不是那麼容易死的。妳看起來比從前更美了，阿麗維安娜。」

「我哭得很醜。」麗芙邊擦眼淚邊說。

「或許比妳母親更美。從前要是有人這麼說，我絕對不會接受，但今天我親眼證實了。她一定會爲妳驕傲的。」

「爸。」麗芙說，她臉色紅潤、神采飛揚。

「你不覺得她很美嗎，基普？」

---

譯註：銀舌（Silver tongue）有口才很好的意思。

基普發出好像在嗆到的聲音。說真的，如果丟臉會長肌肉，我一定很壯。

「爸！」麗芙驚慌地說。

科凡哈哈大笑。「要是沒讓我女兒覺得我丟臉的話，我這一天就過得不夠完美。原諒我，基普。」

「嗯。」基普很有說服力地說道。原來科凡不是在取笑他，而是在取笑麗芙。基普開始瞭解她那種奇怪的幽默感是從哪裡來的。

「很高興看到你安然無恙，基普……基普．蓋爾。」科凡故作驚訝地說。「麗芙，基普，我很想和你們多聊聊，但是稜鏡法王剛剛交付給我一個工作。」

「工作？」麗芙問。

「我是負責防禦加利斯頓的最高指揮官，直接對稜鏡法王本人回報。」

「什麼？」麗芙說。「你又變成將軍了？」

「這不是什麼值得羨慕的職位。當你顫抖的手中握有一萬條人命時，柔軟的床並不會讓你更加容易入眠。加拉杜王的大軍五日之內就會抵達。他們會在夏至隔天展開進攻。想要守住這座城市，我必須策劃出前所未見的防禦策略。我立刻就得展開行動。但是，麗芙，午夜過後，我會來找妳。基普，或許明天？」

「沒問題，達納維斯大師。達納維斯將軍？」

達納維斯大師微笑。「是啊，都沒注意到我有多懷念這個頭銜。儘管發生了這麼多事。我問妳，麗芙，妳聽說過卡莉絲．懷特．歐克嗎？」

麗芙聳肩：「只知道她是血林黑衛士，戰技超群，差點就是多色譜法師的雙色譜法師，或許是大小傑斯伯上沒色最快的馭光法師。問她幹嘛？」

新任將軍說：「她被加拉杜王俘擄了。稜鏡法王不願承認，但我知道這件事會令他分心。他非常在乎卡莉絲。我不認為有辦法營救她，在手邊資源有限的情況下不能，但是我打算收集一切情報，看看有沒有任何希望。」

就這樣，一個愚蠢、瘋狂、機會渺茫的點子開始醞釀成形。

# 第六十二章

「起床，基普。」一個聲音說道。

基普通常睡得很沉，不過一聽到這個聲音，他立刻坐起。「稜鏡法王閣下？」他眨眼問道。他覺得自己好像才睡著十分鐘而已。

加文說：「換衣服。我們去走走。」他轉向站在門口的鐵拳指揮官。「你也來。」

鐵拳臉上隱隱閃過一抹微笑，不過潔白的牙齒與他黝黑的膚色形成強烈對比，所以還是看得出來。反正不管怎麼樣，他都會跟去。

基普穿上衣服。幾分鐘後，他們走在加利斯頓的街道上。基普再度化身成目瞪口呆的遊客。還是有點難以接受這種規模的城市，儘管這裡和大小傑斯伯根本不能比。這裡的建築當然沒有很多高塔。如同他的家鄉，這裡的建築是方形的，平屋頂讓人們可以享受夜景，或是在炎熱的夏日露天而眠。即使有海風吹拂，還是十分悶熱。但是這裡的建築並非全都是瑞克頓那種石造建築。除了石塊，同一棟建築中經常還用到泥磚、椰棗木等建材，全部用石膏泥灰固定在一起。就連幫助散熱和防止泥灰與泥磚被烈日曝曬的白漆，都只是隨性塗抹。不過，這裡的建築都有三、四層樓高，瑞克頓只有少數建築會蓋到三樓。街上的人看起來髒兮兮的，垃圾隨處可見。

基普注意到加文身穿著略微褪色的老舊斗篷，正面用顆釦子扣住。掩飾身分？沒錯，關注鐵拳指揮官的人遠比加文或基普來得多。

「嘿，鐵拳，你覺得你可以不要那麼引人——」加文開口，接著從鐵拳的腳開始往上看，直到他必須仰起腦袋才能把整個壯漢的身體盡收眼底。「算了，沒事。」

基普微笑。「我們要去哪裡？」他問。

「你會知道的。」加文說。「課上得怎麼樣？」

「我目前爲止所做的事，幾乎都和上課扯不上關係。」基普說。他皺皺鼻頭。「麗芙才開始解釋仰賴意志施法如何造就許多危險的馭光法師時，她父親就出現了。」

「她是怎麼說的？」

「這個，沒什麼怎麼說？我聽得不是很懂，她也沒有機會解釋。」

加文轉入一條避開水市場附近擁擠街道的小巷子。「很少男人是超色譜人，基普。就連我都不是，不過達山是，所以我們家族裡顯然有超色譜的血統。想要汲色製作能夠長久保存的盧克辛，你就得汲取那個顏色光譜正中央的色階。你想要做一支汲色後數年依然存在的藍劍？你必須取用完美的顏色。當然，你還要避免它照射光線，不過那又是另一個主題了。因爲男人，除了少數例外，顯然做不到這件事——我是說無法取用光譜正中央的色階，而非無法避免讓物品照射光線。嗯哼，也就是說，如果男人想要創造能夠持久的東西，就必須添加意志。聽起來好像在鍋裡加肉一樣，是不是？嗯，顯然我不常教書。讓我試試看這種說法。」加文似乎沒有留意此刻路過的陰暗角落和幾道貪婪目光，不過當那些貪婪目光移動到鐵拳身上時，他們立刻轉而研究其他東西。

「每次汲色時，你就會運用到自己的意志。你得決定某樣完全不合常理、不可思議的事情將會發生。換句話說，你決定要汲色。於是，越不合常理的現象，你就越難相信你能讓它發生。或是另一種說法，你就要投注更多意志。聽得懂嗎？」

「目前爲止都很合理。」基普說。

「很好，現在，藍劍。」加文從斗篷下伸起一手。他整隻手掌都是藍色的，接著在基普眼前冒出藍盧克辛。從凝膠狀逐漸凝固，形成藍劍的形狀。加文把劍交給基普。

基普接過劍，在他們穿過另一條巷口時，感覺自己彷彿是跟隨這把劍前往他命中註定的道路。「呃。」他說，但接著感覺劍柄變滑。片刻過後，劍身下垂，被自己的重量壓落劍柄，濺撒在灰塵滿布的石板地上。一陣藍色閃光過後，地上就只剩下一堆藍色灰塵。片刻過後，基普手中的劍柄也出現同樣現象，剩下沙沙的藍灰。

「這些灰塵是什麼？」基普問。

「晚點再教你。」加文說。「光這基礎課程，我就不太會教了。重點是要你想像一下如果我剛剛做給你的是犁，而不是劍。太棒了，馭光法師在你農場裡的時候都沒有問題，但是十分鐘後，馭光法師離開，你手中就只剩下一堆灰塵，貨眞價實的灰塵，一點幫助也沒有。這就是所有總督轄地都會招募大批超色譜法師的緣故。」

「讓他們製作犁？」

「並非所有魔法都是爲了娛樂和殺戮而生，基普。事實上，大多數馭光法師一輩子都以製作像犁這類實用工具維生。每出一位藝術家，就會出十個用綠盧克辛修補屋頂的工匠。總而言之，男人——還有不幸不是超色譜人的女人——可以用意志來彌補他們的不足。」

「你是說更用心汲色？」

「大概就是這樣。」

「聽起來並不算太糟。所以他們更用心汲色一點就好了。麗芙說得好像馭光法師裡的男人就和自由人中的奴隸一樣。」

「我會說比較像是狗。」加文說。

「呃？」

「這個嘛，他們比較次等，因爲經常使用意志力會消磨精神。那會讓你精疲力竭。而意志並不只是努力就行了，除了努力，還要有信念。如果你要有信念才能汲色，那麼失去信念的人會怎麼樣？」

「就不能汲色了？」基普猜。

「一點也沒錯。這就是大半馭光法師階級體系的作用。總督們對待馭光法師，就好像他們是歐霍蘭賜給世界的禮物一樣，但那並不只是因爲他們是歐霍蘭賜給世界的禮物，同時也因爲如果馭光法師不相信自己很特別，而你又要求他汲色，他是沒辦法汲色的。無法汲色的馭光法師？廢物。」

「我從來沒這樣想過。」所以，嚴格的階級制度並不只是因爲他們可以這樣分階級？基普猜想麗芙的老師肯定不是這樣解釋的。

「當然，這也會產生惡性循環。你是個總督，付了大筆金錢資助一名雙色譜法師，好吧，這下由於你已經投資太多錢在他身上，你絕不能讓他失去作用，於是你得持續強化他的優越感，縱容他，給他更多奴隸和財富。這種情況讓強大的馭光法師變得越來越難伺候。」

他們身後傳來一聲咳嗽。鐵拳。

「指揮官。」加文問。「你有什麼想要補充的嗎？」

「喉嚨裡進了點灰塵，不好意思。」鐵拳說，聽起來也不怎麼抱歉。

「意志的問題在於，我們認爲當馭光法師過度運用意志，將會加速他們死亡。不過也有可能是意志堅強的人往往會汲取更多法術。不管怎麼樣，他們一生都成就非凡，不過時間短暫。這或許就是男性馭光法師的平均壽命沒有女性馭光法師長的原因，爲了施展有用的法術而長期濫用意志。副作用是最強大的馭光法師中，絕大多數都擁有驚人的意志。或是講白一點，有很多驕傲自大的混蛋。特別是男性馭光法師。還有狂人。相信自己使命的妄想狂。這些特質都讓他們變得強大。」

「所以，我會花很多時間和一大堆瘋狂、自大的混蛋相處？」

「這個嘛，這些人有不少都是血統純正的貴族。」

喔，沒錯，我是這裡的私生子。「我以爲當馭光法師很有趣。」

「嘀咕人永遠別想划槳。」

「嘀咕人？」

「嘀咕人、俗人、普通人、庸碌人、鄉下人、鏟土人、盲目人、無光、廢人、用嘴呼吸的人、萎靡不振的人、不會法術的人——有很多名詞用來稱呼他們。大部分都沒有這麼好聽。這些都是同一個意思——非馭光法師。」

「那你呢？」基普在他們終於走出巷道時問。他們穿越昂伯河上一道有遮蔭的寬敞石橋。加文看著他。「你是說他們用什麼難聽的字眼叫我？」

「不是！」喔，加文在逗他。基普臉色一沉。「你的眼睛不會……」——他找尋正確的字眼——「出現雜暈。這表示你想施展多少法術都可以？」

「我和其他人一樣都會累，但是沒錯。從前我每天都能汲色汲到自己能承受的極限，法力不會衰竭。有一天，很可能是五年之後，我會開始失去顏色。大概再過一年，我就會死。」

「爲什麼是五年後？」基普問。他還是認爲馭光法師能夠處之泰然地面對無可避免的死亡是很奇怪的事。我猜是他們有很多時間習慣這種想法。

「因爲稜鏡法王的統治年限向來都是七的倍數。我已經擔任稜鏡法王十六年了，這表示我最少會活到二十一年。這對稜鏡法王而言算很長了。」

「喔，那為什麼是七的倍數？」

「因為世界上有七種顏色、七大美德、七總督轄地？因為歐霍蘭喜歡七這個數字？事實上，沒人知道。」

他們繼續穿越被越來越多一早出門工作的人淹沒的街道，有不少人打算在烈日當頭前盡量多做一些工作。他們來到情人門，只見城門外堵了一長排準備出城工作的工人。基普沒有看到加文汲色，但加文卻轉身交給他一塊綠石頭。不是石頭。是綠盧克辛，大小剛好能塞進基普的掌心。基普接過石頭，滿臉困惑。

「你有帶眼鏡來嗎？」加文問。他交給基普一塊正方形板子，邊長不到一呎，純白的。

基普拿出眼鏡。微微一笑。不祥的預感。

「該你了。等你做好一顆綠盧克辛球之後，就可以吃午餐——或晚餐，也有可能是早餐。你有眼鏡、白色反光板、充足的陽光，以及一顆樣本。這已經是最容易的條件了。」

「但是我需要技巧、意志、色彩源，和平靜的心。我沒有技巧。什麼技巧都不會。」

加文以嘲諷的眼光看他。「你以為技巧是怎麼來的？技巧是四要素裡最被過度吹捧的一項。意志可以彌補很多缺陷。」

這話我聽過很多次了。基普還沒吃早餐，而他得要做出一顆魔法球之後才能吃東西？太棒了。

他們來到隊伍後方。加文看了鐵拳指揮官一眼。鐵拳在他進一步提問前說道：「看起來是有輛馬車壞了。擋住半座城門。」

加文的手向前一比，彷彿是說「你先上」，接著不耐煩的農夫和工匠就主動在他面前讓道。至少那些看起來很不爽被推開的人，一看到這個大漢，都立刻收斂怒容。「我們是去幫忙的。」

「當然是，你這個帕里亞人渣。」某人啐道。加文停下腳步，在人群中找尋剛剛說話的人。看見他那雙稜鏡眼時，人們立刻安靜下來，困惑而震驚。

「你們可以獲得我的幫助，也可以引發我的敵意。」加文大聲說道。他解開樸素斗篷上的鈕釦，把斗篷甩到肩膀後方，露出白得令人難以逼視的外套和上衣，以及金線滾邊和珠寶。

他大步前進，基普緊跟在他身旁。人群讓道兩旁，低聲提問和咒罵。片刻後，他們來到隊伍前面。至少有一打人在努力移動一輛馬車。顯然是拉車的馬在路過城門時受到驚嚇，突然轉向。馬車車輪在城門支柱——也就是情人像的頭髮上撞斷。車輪完全粉碎，車軸也一樣，整輛車卡在城牆旁，難以利用正常手段修復。這些人試圖單靠蠻力抬起馬車，少數幾個人試圖用長竿把馬車撬出城牆。

「我們得先找輛空馬車過來，把車上貨物運走，然後才有機會移出馬車。」其中一名守衛說。

在基普經驗不足的眼中看來，守衛說得沒錯。這麼多人齊心合力才只能勉強晃動馬車。但圍觀群眾卻發出不滿的聲音，少數人甚至大聲抱怨。

「找一輛空的馬車？從哪裡找啊？還要穿越我們後面那條隊伍？這樣要耗掉好幾個小時！」

「你們今天統統得走其他城門。」守衛說。

這話也引發了差不多的不滿聲浪。街上擠滿了人，除非後面人群散去，不然前排的人根本無法離開。這絕對要耗上幾個小時。

「幹嘛？」守衛大叫。「又不是我的錯。我只是在處理狀況。你們有更好的主意嗎？」

「我有。」加文說。

「喔，當然，你這個愛耍嘴皮——稜鏡法王閣下！」守衛說。

人們開始交頭接耳。

加文不去理會大家。他指示馬車旁的人退開。他們照做，有些神色崇敬，有些惱怒，還有些充滿敵意。他直接走到馬車撞上城牆的位置。「我知道你們為什麼搬不開馬車。」他說。「不過我有一些額外的工具。」

這時，手裡依然拿著綠盧克辛球和白板的基普，發現鐵拳指揮官不見了。他那麼大個子，怎麼可能不見？基普環顧四周，終於看到了他。指揮官站在人群中一個手握腰帶上刀柄的人身後。鐵拳指揮官的巨掌同時包住對方的手掌和那把刀。指揮官本人，聳立在男人身後，正低聲在他耳邊說話。

他的話讓男人臉色發白，垂頭喪氣。

鐵拳指揮官在男人肩膀上輕輕一拍，差點把他拍倒在地，然後退回加文身邊。

「每次需要你的時候就不見人影。」加文說。

鐵拳指揮官嘟噥一聲。

基普忍不住說道：「我想他剛剛救了你——」他這才看見加文臉上的表情。加文知道。「喔。呃。沒事。」聰明的基普。

但加文已經開始動作。「我需要繩索。」他伸手舉在頭上，一條黃盧克辛短棍自他手中浮現，朝兩個方向延伸，最後變成三個人那麼長。他將棍子交給一個目瞪口呆的工人。「你跟你，把這個拿到定位，待會兒我要你們把馬車撬出來。」

男人點了點頭。他和另一個男人開始把棍子盡量插入馬車和城牆間的縫隙。

加文繞到馬車另一邊，從不同位置朝車軸下方噴撒盧克辛。「動手。」他對手握槓桿的男人說。

他們使勁拉扯，在馬車和城牆間撬出不到一個手掌大小的縫隙。數到三之後，他們放鬆片刻，然後再度使勁。

「不用了。」加文說。「這樣的縫隙就夠了。做得好。」馬車後方開始出現盧克辛，將整輛馬車包覆在由各種顏色組成的網子裡，大多是綠色和黃色。

加文捲起衣袖，站穩腳步，指向由盧克辛和石塊組成的城門上方，射出一道藍色和黃色的盧克辛。片刻過後，盧克辛凝固成一道滑輪。他從身邊一名農夫手中取來一綑繩索，再度射出一道盧克辛，將繩索的一端抛向城門頂部，接著將剩下的繩索穿過滑輪。他在固定的滑輪與黏在城門頂的繩索端間拉鬆了一些繩索，然後在這段繩索上製作一個活動式滑輪，將滑輪固定在包覆馬車的盧克辛網上。他對顯然是馬車主人的農夫比了個手勢，然後把剩下的繩索丟給他。「還是要大家幫忙。」

基普吞了口水。「請告訴我他不是在腦裡憑空設計出這些東西的。」他對一言不發地觀察著人群的鐵拳指揮官說。

「不是。你絕對無法想像當部隊穿越大半個七總督轄地追逐敵軍時，會多常遇上馬車壞掉。我見過他獨自舉起更重的東西。不過用到更多滑輪就是了。」

這表示眞正的問題在於加文爲什麼不自己動手就好了。他可以用盧克辛做出比麻繩堅固的繩子。他可以多做出四個滑輪，把重量分攤到可以自己抬起馬車的地步。但是當基普在心中提出這個問題時，他就已經知道答案了。加文是在和城裡的百姓建立關係。如果他自己動手解決整個問題，他們會敬畏他，但不會參與這件事。現在這種做法，他只是單純地幫助他們自助。他的力量依然令人敬畏，但變成了一種服務大眾的力量。

人們奮力拉動馬車，加文找了幾個人到他面前。馬車離地而起，開始朝城牆反方向盪開，加文和這些人用力撐著它，不讓馬車盪得太遠、撞傷其他人。最後他們穩住了馬車，加文叫道：「好了，保持這個位置！」接著，他仰天爬到馬車底下，來到壞掉的車軸下方。

這輛馬車不輕，人們吃力地撐起它——這些人都是十六年前差點被加文部隊殲滅的人。但是鐵拳指揮官似乎一點也不緊張。

「你都不擔心他們會故意放手嗎？」基普低聲問。

「不擔心。」

基普擔心。但加文看起來也不害怕。他抓起斷掉的車軸兩端，盡可能地拉在一起。沒用，車軸都已經彎曲變形了，但加文還是拉近它們，然後慢慢用黃盧克辛把它們連接在一起。接著，他又處理車輪。他修好可以修好的部分，修不好的就做新的取代。

他爬出車底，比個手勢。男人們慢慢把馬車放回地上，只見馬車輕鬆承受起貨物的重量。有幫忙的人們發出勝利的歡呼聲。加文拍拍農夫的肩膀。「這些零件可以撐上三天，到時你就得找人修復它，但在那之前不會有問題。」

「謝謝你，先生，非常非常謝謝你。我以爲他們會把我私刑處死——要是讓這麼多人損失一天工資的話。你救了我的命，先生。」

加文微笑說道：「不必客氣。把馬套上車吧。」

看到人們臉上的笑容，基普才終於瞭解加文做了什麼。短短十分鐘的精力，他就把一件麻煩事轉變成贏取民心的機會，而且不光只是有出力幫忙的這些人，還包括會去散布這件事的人。稜鏡法王親自參與拉起、移動、穩定馬車等粗活，毫不在意弄髒他昂貴的白衣裳，與人們一起勞動的行爲在這些人心中留下了深刻印象。願意和人民一起流汗的統治者，等於是能瞭解人民爲了生活辛勤工作的統治者。人們會比較容易信任這樣的統治者，而不是只會權力鬥爭、不知民間疾苦的華麗貴族。

「這就是幾乎從來沒人會叫他蓋爾皇帝的原因。」鐵拳看透基普的心思，輕聲說道。「他打從心裡就不認為自己是皇帝；他是普羅馬可斯。這並非總是最好的做法，卻是他唯一的做法。這就是人們願意為他死的原因。」

「那他為什麼不繼續擔任普羅馬可斯呢？」基普問，不知道這算不算是危險問題。

「我可以列出一打理由。但說實在話，我不知道。」

加文比了個手勢——當然完全是做戲給人看——釋放所有盧克辛，然後在一陣閃光之中化作灰燼。他朝和他一起出力的人們點頭，然後指示基普跟過去。

基普跟上加文，一起穿越城門時，加文說：「你的綠盧克辛球做好了沒？」

「什麼？」基普難以置信。「我不敢相信——我根本沒機會——」

喔。他又在逗我了。加文在笑。

「看呀，基普，」基普說。「天上寫了『眞好騙』幾個大字！」他呆頭呆腦地抬頭看去：「呃？哪裡？」

加文大笑，如果基普沒有看錯，就連鐵拳也在微笑。「起跑的時候有點慢，但是等他開始加速後就要當心了。他讓我聯想到一個人。」他的笑容告訴基普，他聯想到的就是他自己。他伸手搭上基普的肩膀。

這一搭，讓基普感覺到千百種難以言喻的情緒。它宣告了他的身分：這是我兒子。他媽媽以前說過幾次這句話——總是在基普闖禍之後。她從來沒有驕傲地這麼說過。

加文．蓋爾不只是個大人物，還是個好人。基普願意為他做任何事。

# 第六十三章

「將軍，我要和你談談。」麗芙．達納維斯在洞石宮殿屋頂找到父親，站在一張擺滿清單和報告的桌子前。當時天還沒亮，他穿了很多衣服對抗晨間的寒意。他站著，心思一時之間沒有放在工作上，屁股抵著桌緣，望向東方。

「今天早上我是『將軍』，不是『爸爸』。我一定有麻煩了。」他說，嘴角抽動。「過來。」

她走到他身邊，他摟著她，兩人一起欣賞日出。

「片刻的美麗能讓我們撐過接下來幾個小時的醜陋。」她父親說。她看著他欣賞日出，藍眼——當然是紅斑暈外的藍眼——看起來很疲憊。科凡．達納維斯是麗芙認識的人當中最能熬夜的，所以她知道並非熬夜令他如此疲憊。這不是她第一次在父親臉上看見這種表情，但她認爲這是她第一次理解這種表情。

從前看到這個令老父臉上笑容蕩然無存的表情時，他都是在回想戰爭時的情景。今天，他在準備讓更多手下死去，而且是爲了當年害死他手下的男人——加文．蓋爾而戰。這種感覺一定令他十分難受。

太陽及海面上的反射，照耀出壯麗的粉光與橘光，父親眼中的緊繃感也逐漸鬆弛下來。她看見他眼睛附近褐色皮膚中的雀斑，陽光也讓他頭髮中淡淡的紅色調如同火焰般閃耀。她沒有遺傳到這兩個特徵，也沒有遺傳到能讓她成爲更高強馭光法師的藍眼睛。

科凡嘴唇微動，喃喃低語。喔，他在禱告，她發現。禱告完後，他攤開三指，做出三角手勢：以大拇指觸碰右眼；中指觸碰左眼；食指觸碰額頭，心靈之眼。他在輕碰嘴唇、心口和雙手後完成這個儀式。先三後四，完美的數字七，完成對歐霍蘭的禱告。你看見的，你相信的，以及你的作爲。

他目光定在東升的旭日上。「妳是來問我怎麼能幫從前的敵人作戰。」他說。

「他殺了媽媽。」麗芙的語氣冰冷。

「不，阿麗維安娜，他沒有。」

「他手下幹的。一樣。」

「情況比妳想像的更加複雜。」

「這話是什麼意思？不要把我當小孩子！」

「很抱歉，阿麗維安娜。我必須保護——」

「我已經十七歲了。我已經自力更生整整三年了！你不用繼續保護我。」

「我不是要保護妳。」科凡說。「我是要在妳面前保護其他人。」

什麼？這話讓麗芙覺得肚子上被人打了一拳。她父親不相信她？

「妳知道誰在十七歲那年顛覆了世界？」科凡問。「達山．蓋爾。」

「但——但是那和現在的情況根本不一樣。」

「阿麗維安娜，我要請妳相信我。我見過有些父親濫用權威，把孩子當作奴隸一樣使喚。我從來沒有那樣對妳，對不對？當年妳想去克朗梅利亞時，我不希望妳去，我告訴妳我可以教妳所有關於法術的知識，但是後來呢？」

「你讓我去了。」爭了好久。

「妳在那裡過得很糟，但讓我知道妳有多堅強，現在妳站在這裡。我很驕傲，阿麗維安娜。妳與海惡魔共游，並且生存下來。但我還是要請妳相信我。我做的事沒有錯。我保證。我沒有忘記妳母親，也沒有忘記妳。」

她無法保持目光接觸，也沒辦法在她父親開誠布公表情變得更加誠懇時，維持那種義憤塡膺的情緒。他在拿自己的人格擔保，而她比任何人都清楚他的人格無庸置疑。她同時也知道當他做出這種決定之後，誰也沒辦法動搖他。如果她算固執的話，肯定都是從她爸那裡遺傳來的。

她放棄。「當他沒有在我們國家裡打仗的時候，眞的很容易讓人欽佩他。我是說，待在他身邊時，我根本不會想起當年的戰爭。」

「有點迷上他了？」他父親問。

她不禁臉紅。「或許有一點。」她嘟噥道。

「妳要是沒迷上他，我才覺得奇怪。他這個人就是這樣。」科凡聳肩說道。

「母親的死眞的不是他的責任？」麗芙有點氣餒地問。

「責任？這很難說。如果蓋爾兄弟沒有開戰，妳母親現在還會活著嗎？或許。但我可以告訴妳兩件事：加文沒有下令害死妳媽，也不想害死妳媽，而且他一顆心永遠都會放在某個女人身上，而那個女人不是妳。」

「這算三件事，不是嗎？」麗芙朝父親笑道。

他以笑容回應。「身爲我女兒，妳可以免費多聽一件事。」

「他來這裡做什麼？當年稜鏡法王的部隊放火焚城，殺害數萬人。那之後，他從來沒有管過加利斯頓，爲什麼現在跑來？好像沒人要搶的時候，他就不把加利斯頓放在心上，但是現在有人要搶了，他突然就不肯放手了？」

「蓋爾家不只兩兄弟，一共有三個。最小的弟弟塞瓦斯丁，在加文十三歲時被一個藍狂法師殺了。加文的首要目標就是要在狂法師面前保護無辜。或者，如果以嚴厲的眼光看待這件事，他的首要目標就是殺光所有他能找到的狂法師。加拉杜王在招募狂法師——至少稜鏡法王如此認爲。所以他一定要阻止。」

「藍狂法師？這樣太不合理了。藍法師都很理性，不是嗎？」

「麗芙，人們把斑暈粉碎說得好像你會立刻發瘋，好像是你從活著到死亡之間的轉捩點。實情並非如此。有些狂法師可以保持理智好幾個禮拜，甚至幾個月。有些人在晚上都很正常，但是一在陽光照射下，他們就會淪爲顏色的奴隸。每個人發瘋的症狀不同。藍狂法師有可能會瘋狂殺戮，紅狂法師也可能表現得冷靜豁達，這就是他們如此危險的原因。現在，妳打算幫我嗎？」

「好吧，我能幫什麼忙？」

「妳會做盧克辛手榴彈嗎？」

「什麼？不會。」

「最近克朗梅利亞都教你們微光什麼東西？」

「嘿！」

科凡微笑。「妳有帶眼鏡嗎？」

「當然。」麗芙說。

「很好，我需要黃法師。」

「我不是很高強的黃法師。我是說，我沒辦法製造固態明水。」

「我不用固態明水。」科凡說。「妳知道把紅盧克辛和液態黃盧克辛混合在一起，封入密閉的藍盧克辛殼中，然後丟出去打碎會出什麼事？」

「呃，好事？」麗芙問。

「轟！」科凡說。「妳也可以用超紫盧克辛當殼，但是那會讓丟的人緊張。」

拿起一枚看不出外殼是否完整的炸彈？麗芙可以瞭解這爲什麼會讓人緊張。

科凡丟給她一顆藍盧克辛球。她接下球，沒想到球裡傳來嘎啦聲響。她仔細看。球裡有很多小圓球，類似火槍的彈丸。出於某種不知名的原因，她看得目瞪口呆。「這些，這些……」

「這些東西會讓手榴彈炸死人。這就是我們在做的事，阿麗維安娜。我們要殺人。就在這裡，就是現在。我們要用歐霍蘭的禮物殺害歐霍蘭的子民。而我們要殺的大部分都是在其他情況下可以跟我們交朋友的愚人。這是個殘酷的世界。妳不要聽我說出事實嗎？還是妳依然想要我保護妳？」

麗芙覺得體內的血彷彿都被抽離了。她父親的話就像海綿，吸走她心中的假象，拭去重逢的喜悅，讓她無法再度把自己的決定交給別人去做。她心裡的某樣東西斷了。

「爸，我做不到。」她說。「我不能殺提利亞人，不能爲克朗梅利亞這麼做，不能只因爲你這麼說。」

一時之間，她在父親眼中看見深切的悲哀。他看起來——她這輩子第一次在父親臉上看到——衰老、憔悴。「麗芙。」他暫停片刻。「在生命的某個時刻裡，妳不但得決定妳要相信什麼，同時還要決定妳要用什麼方式去相信。妳打算相信人民，相信理念，還是相信歐霍蘭？用感性，還是用理性？妳會相信面前赤裸裸的事實，還是妳心裡所認定的事實？有些妳認定的事實其實是謊言。我不能告訴妳哪些是謊言，關於這個，我很抱歉。」

在麗芙聽來，他是在繞著圈子解釋人必須從一而終。

「你選擇了什麼，爸？理念，還是人？」麗芙問。儘管剛剛才看到父親禱告，但她很清楚父親不是個信仰虔誠的人，他的信仰已經隨著母親死去。禱告對他而言比較像是在說：「幹得好，先生。眞是美麗的日落。」他父親不認爲歐霍蘭會在乎任何個人，進一步來講，祂也不會在乎任何國家。

她看到他眨眼。他張開嘴，然後立刻閉上，抿成一條線，雙眼流露出痛苦。「我不能說。」他終於說。

不能說，是因爲你一直沒有眞正做出決定？那你有什麼資格教訓我？但是這樣說不通，父親是她見過最好的人。

不，不是這個原因。她父親選擇這種生活，是因爲他相信某些信念。就是這些信念導致他放棄之前的一切，爲加文・蓋爾而戰。他是個爲信念而活的人，那些信念讓他遠離克朗梅利亞，讓他反對女兒前往克朗梅利亞。他深怕女兒會被缺乏信念的克朗梅利亞腐化。

結果那是明智的恐懼，麗芙有點罪惡地想道。她腐化了。她同意監視加文。她與克朗梅利亞裡的所有人一樣壞。

但這並不能解釋她父親爲什麼突然要幫他理應痛恨的人作戰。他的理念沒變。照道理說，加文跑來這裡對抗提利亞人，應該會引起她父親強烈的反抗。

歐霍蘭呀，或許她父親也被腐化，或許被收買了，或許他就和其他人一樣出賣了理念。這個想法令她心痛，但他還有什麼理由不願意回答這個明顯的問題呢？因爲這樣他就無法否認自己有多虛僞。

整個克朗梅利亞都腐化了。麗芙一直處於最低階級。她親眼見識過單色譜法師所受到的待遇；她見過提利亞人所受的待遇。而她也變成了權勢的一部分，幾乎已經成爲稜鏡法王的朋友——而她喜歡這樣，喜歡與有權有勢的男人交談，吸引他的注意。她喜歡華麗的服飾，喜歡各種特殊待遇。爲了保有權勢，她出賣了自己——輕而易舉，毫不考慮。但是克朗梅利亞就是這個樣子。連她父親都被腐化了。

「麗芙。」她父親說。「相信我。我知道很難，但是我求妳。」

「相信你？在你不肯相信我的時候？」她痛苦地問。

「麗芙，拜託。我愛妳。妳知道我不會做任何傷害妳的事。」

接著，一切都變得再清楚不過，而麗芙震驚到忘記呼吸。稜鏡法王怎麼有辦法讓她父親背叛所有看重的事物？她父親為什麼要逃避簡單的問題？因為他愛她。科凡腐化了，但不是被金錢、權力或性愛所腐化。她知道他不會如此廉價地出賣靈魂。所以稜鏡法王手中握有什麼能夠威脅科凡的東西？就是麗芙。

加文．蓋爾利用麗芙去影響她父親。她不知道是威脅還是利誘，但那並不重要。麗芙自己也曾被人威脅和賄賂，不過對方是魯斯加人。現在她知道遊戲規則了。她背叛了自己的原則，因為她愛薇娜。他父親背叛了他的原則，因為他愛麗芙。

科凡選擇了家人作為效忠的對象。也就是麗芙。而這表示他不能告訴她。因為如果告訴她，她就會破壞一切，讓他的犧牲統統白費。

麗芙心碎了。她努力壓抑情緒，不讓淚水決堤。殘酷。太殘酷了。加文怎麼能夠一邊做這種事，一邊還對她笑？

因為克朗梅利亞就是這樣。毒蛇和惡棍，所有人都一樣。而科凡曾竭盡所能不讓麗芙接觸克朗梅利亞——除了命令她不准去之外，因為他沒有那麼專橫。這都是她的錯。麗芙嚥下喉嚨裡的硬塊，父親為了她而墮落，而她不能當他的面揭穿。

她勇敢地擠出笑容，假裝同意。「我瞭解，父親。我相信你。等可以說的時候，請把一切都告訴我。這樣可以嗎？」

「可以。」科凡明顯鬆了口氣。「我愛妳，麗芙。」

「我知道，爸爸。」

加文・蓋爾會為了讓這份愛變質而付出代價。

# 第六十四章

這很簡單，基普。他又不是叫你做滑輪還是小船出來。一顆小綠球。不算什麼。

他盤腿而坐，戴著綠色眼鏡，白板放在腿上，用意志力讓某件事發生。他已經這樣做了兩個小時。而他究竟在做什麼？什麼都沒做。在兩個小時都沒事發生之後，你要怎麼讓自己不胡思亂想？他的肚子又在抱怨了。已經快要中午，所以抱怨的間隔越來越短。

汲色之前都沒東西吃？太殘酷了。這是虐待。根本不可能。

基普抬頭。加文只帶他們走到情人門數百步外的外城牆遺跡。當他們抵達時，這裡已經有好幾百個人在工作，接著之前所有堵在城門後的人也都趕來。他們在挖開城牆下的岩床，從幾處已經挖開的地方來看，岩床起碼有四步深。不過挖掘的過程遠比他想像中還快，一來是因為工人很多，二來是因爲土壤很鬆，上面只長了薄薄一層植物。

加文在研究達納維斯大師繪製的圖樣。達納維斯將軍，基普心想，還有他那種指揮手下做這做那時的渾然天成風範──就和他從前叫基普去做這做那的時候一樣──基普不瞭解自己以前怎麼從不覺得達納維斯大師怪怪的。這個男人顯然不是該待在瑞克頓這種小地方的人物，但是基普從來沒有多想關於他的事。小孩子心裡只有自己。

「這樣不夠好。」加文說。「不，細節都對。細節很完美。但是老城牆當年沒能阻擋我們，重建這種有缺陷的東西又有什麼用呢？」

重建城牆？加文不是說加拉杜王的大軍會在四、五天內抵達嗎？

「能弄出有缺陷的東西來，就已經算我們走運了。」達納維斯將軍說。「我們能完成任何工事都很走運。」

「把拉斯凱森的圖拿給我看看。」稜鏡法王說。

「你真的打算用畫家想像中的神祕城市爲藍圖來建造圍牆？」

加文下巴的肌肉不耐煩地抽動。

「我知道了，稜鏡法王閣下。」達納維斯將軍說。他微微地鞠躬。

「帶你女兒來，」加文說。「我用得上超紫法師。」

達納維斯遲疑了片刻。「當然。」將軍離開，上馬回城，他的魯斯加私人護衛緊跟而去。

接著，一個早上都在跟工頭、魯斯加守衛、達納維斯將軍交談的加文，突然之間落單了。他轉頭望向基普。糟了，我想我應該在汲色。

加文對他揚起一邊眉毛。「還不餓，嗯？」

基普扮了個鬼臉。「謝謝你提醒我。」

「基普，綠色和其他顏色不同，可以簡單用兩個字概述。其他顏色都要用好幾個字來描述一點限制、一些必要條件。綠色就是狂野。所有事物不論好壞，只要能與狂野扯上關係的，就屬於綠色。這就是爲什麼我說你只需要意志，因爲意志和狂野很自然就能融合在一起。如果你是藍色初學者，我就得向你解釋汲色的觀念、協調、秩序，以及與世界之間的關聯等。但是你不用。有問題嗎？」

與汲色無關。「那個砲手是怎麼回事？」

「什麼？」加文問。

「伊利塔海盜船上的砲手，差點炸死我們的那個。我開槍前，他的槍爆炸了。」

「這種事時常發生。」加文說。「塞太多火藥，火槍承受不了。」

「那個差點從五百步外射中我們的槍手？他會誤判槍裡的火藥？」

加文微笑。他轉過手掌。裡面沒有東西。喔，基普瞇起雙眼。他手裡放著一顆超紫球。「看到了嗎？」加文問。

「我看到了。」

加文伸出手。就聽見啪的一聲，加文的手突然後縮。超紫球如同火槍彈丸般地激射而出。「我塞住他的火槍管。」加文聳肩說道。「用哪種顏色都可以。當然，要用黃色的話，你得要有辦法製作固態黃盧克辛，但是其他顏色基本上都可以。」

「為什麼不殺了他？」

「我或許已經殺了他。」加文說。「火槍在手中膛炸，可不是鬧著玩的。」他聳肩。「我認得他。戰爭期間是個自由傭兵。有時候幫我作戰，有時候幫我弟弟，有時候為任何出得起錢的船長。他是個酒鬼、惡棍，兼七總督轄地中最高強的砲手。不管他本名叫什麼，現在人們都直接稱他為『砲手』。這個名號就代表了他的一切。他第一次在甲板下操作火砲，是在一艘叫作『阿維德·巴拉亞』——噴火號的船上。」

「噴火號？著名的噴火號？」

「唯一殺死過成年海惡魔的船。當年砲手大概才十六歲。」加文搖頭，甩開一個回憶。「我殺過很多人，基普。有時候你會遲疑，儘管這樣做很糟糕、很危險，但我認為至少它證明了我心裡還有一點人性。再說，我知道讓他的槍在他手中爆炸會把他氣炸。如果他還是我所認識的砲手，那麼那把槍就是他親手做的，而他很可能會懷疑是哪個傢伙給它塞那麼多火藥。」他轉頭看向朝他們走來的一個華服魯斯加人，對方身旁跟著護衛，還有奴隸舉著一頂幫這個瘦子遮蔽的移動式帳篷。「我就不打擾你用功了。」加文說。「你或許會想加快速度。僕人很快就要送午餐來了。」

我才剛忘記肚子餓的事。謝謝喔。

基普把眼鏡推上鼻梁——眼鏡老是滑下來，根本一點也不舒服——然後注視著白板。狂野、狂野、無拘無束、成長。魯斯加貴族——基普猜想那就是城主——尖聲尖調地向加文抱怨這個、抱怨那個，而他一副打算慢慢聽完的樣子。基普試著隔絕他的聲音。

綠色。拜託，來吸點狂野氣息吧。

狂野，這個字很適合我。狂野基普。以前朗叫我胖子的時候，我就表現得很狂野，呃？當他逼我離開伊莎時，我也表現得很狂野。要是我更狂野一點，她現在或許還活著。狂野就是壓抑的反面，而我一輩子都在壓抑。被朗壓抑著，被朗！一個小鎮上的流氓。一個小男孩！甚至算不上什麼惡霸。

如果基普曾叫朗去死，如果他痛罵朗過，朗除了痛扁他之外，還能做些什麼？朗的肌肉根本不是基普腦袋的對手。

好了，現在那些肌肉已經腐爛，不會再是任何東西的對手了。

這個想法令基普反胃。他不希望朗死。那個男孩也做過不少好事——至少有幾件好事。即使不論朗的死讓基普覺得很糟糕，他還滿希望朗還活著，好讓他此刻可以面對朗。

我和加文．蓋爾說過話。我和他一起打沉海盜船！好吧，基本上我只是努力在他打沉海盜船的時候不要淹死，但這依然值得一提。

基普看向自己的雙手。還是沒有盧克辛。城主還在大聲抱怨。歐霍蘭呀，加文怎麼有辦法容忍他？基普從來沒有聽過這麼重的鼻音。基普很想拿顆大綠盧克辛球去丟那個傢伙的腦袋。他又看了雙手一眼。沒反應。

我會讓加文失望。再一次。就像我讓伊莎失望；讓山桑失望；讓我媽失望上千次一樣。

基普飢餓難耐。這就是我，一個失敗的胖子。全新的生活就攤在我面前。加文．蓋爾的兒子，私生子，當然，但他一點也不以我爲恥。而我甚至沒有足夠的意志接納這個新生活。他爲我做了這麼多，而我竟然要讓這個救我性命、給我第二次機會的男人蒙羞。

他胸口彷彿被銬上了鋼箍，而且越來越緊，越來越緊。基普幾乎無法呼吸。他雙眼湧出淚水。小鬼。失敗。失望。他母親的臉，扭曲的臉，抽完鼠草加麥角後騰雲駕霧的臉：你毀了我的人生！你是我這輩子最大的錯誤。我付出了一切，你全部拿走，但卻沒有給我任何東西！你眞噁心，基普。

基普，你可以拋開那些枷鎖。別再相信那種——

「謊言！」城主大叫。基普抖了一下，皮膚微微刺痛。太陽即將抵達頂點。歐霍蘭之眼如同實質的重量般壓迫大地，但是基普感到一陣慰藉。光、能量、溫暖、愛、陰暗角落的光。他看向白板，經由綠色眼鏡過濾，他看見歐霍蘭的臉。基普不會說這叫作狂野。這是解放。他想要吼叫、開心跳舞、不在乎任何人的想法。這些都存在著解放的意味，還有自腦中的牢籠裡獲釋、自懷疑的聲音裡獲釋、自逃避所見所聞的一切裡獲釋。這是行動，就和紅木從巨石的裂縫中長出一樣強大。生命會戰勝一切。根會深植地底、蓬勃發展、生生不息。

基普感到胸口的鐵箍化爲碎片。他感受到一輩子都不曾感受到的活力。動物的力量與喜悅。

原來這就是他們口中的狂野。

城主的叫聲越來越尖。基普手中冒出一顆綠盧克辛球。就這樣？只要決定這麼做就好了？感覺好像太容易了點。這顆球很濃、很密，但還是會在手指擠壓時變形。基普讓它變大、空心，大概有他兩顆頭那麼大。現在膨脹得夠大，球已軟到不會害死任何人。

基普帶著開懷的笑容，雙手捧起大球。加文是怎麼射出盧克辛的？基普也曾看鐵拳做過。他皺起鼻頭。或許只要用意志力就可以了。

他內心有一小部分出聲反對：你不能攻擊城主！看在歐霍蘭的份上，他可是城主呀！你以為他的貼身護衛會相信你不是真的想要傷害他嗎？

但是在綠色的影響下，「城主」這種字眼根本毫無意義。那是什麼？有什麼差別？人類的儀式和頭銜彷彿變得虛幻，稀薄。

基普用意志力發射綠球。他依然坐在地上，笑得像個呆子，感覺能量在球後凝聚。他該讓能量凝聚多久然後釋放？喔，好吧，感覺已經夠久了。就聽見啪啦一聲，綠球自基普手中激射而出。

由於還坐在地下，他被後座力震得屁股朝天。

基普翻身跪起，哈哈大笑，想看看那個叫囂的男人變成什麼樣子。

城主躺在地上，綠盧克辛球顯然還在附近彈了幾下，因為移動式帳篷爛了，兩個奴隸向兩旁跌開。帳篷直接掉落在城主身上，基普聽見他尖叫——不過他的身體被遮住了，因為有名護衛拔出長劍，衝向基普。

由於眼鏡歪了，基普沒辦法汲取更多綠光，但他體內還有不少盧克辛。他開始製作另一顆比較小的球。太慢了，太慢了！

他舉起手的同時，他與護衛之間光芒大作。接著聽見掌心傳來嘎啦聲響，一顆小綠球激射而出，導致他兩手在劇痛中後縮。

轉眼間，一面藍盧克辛牆聳立在基普和護衛之間。護衛的長劍在砍向跪在地上的男孩時擊中藍牆。劍身轉而向下，發出尖銳的聲響，刮下一層藍盧克辛。片刻過後，護衛本人也在悶哼聲中撞上藍牆。牆面傳來玻璃裂開的聲音，接著是尖銳的碎裂聲。

護衛站起身，隨即僵在原地。他面前的藍盧克辛被基普的綠球擊中，蛛網裂痕的中心部位，也就是剛剛他腦袋所在的位置，有一個火槍彈丸大小的凹痕。

「夠了。」加文說。他沒有提高音量，只是把握寧靜的片刻開口。他的藍牆救了他們兩人。

基普渾身發抖，軟弱。喔，狗屎。我剛剛做了什麼？

還在大聲抗議的城主，被兩個護衛拖出帳下。他站起身來，鼻孔流血，因爲丟臉導致的臉紅很快就轉爲震怒，大步朝加文走去。

「你的奴隸攻擊我，我要你給我交代！」城主拔出掛在腰間的裝飾用劍，指向基普。

基普下巴抽動。「他不是奴隸。基普是我的親生兒子。」

「這傢伙，這傢伙是你的私生子？」

加文一言不發，過了一陣子才說：「基普，道歉。」

基普吞嚥了口水，站起身，無法掩飾渾身發抖：「我非常抱歉，先生。這是我第一次練習汲色。我眞的不知道剛剛是怎麼——」

「道歉？不，稜鏡法王閣下，先是你攻擊我，現在又出這種事？我要求你給我一個交代。」

「你沒資格要求。」加文說，目光一直停留在對方身上。「你貪污腐敗，搞不好還通敵賣國，克拉索斯城主。你與加拉杜王串通合謀，要是讓我再找出一點證據，我保證等你回到魯斯加，會有根柱子等著插你的頭。除非普托洛斯總督女士決定把你交給帕里亞人發落。你無能、卑鄙，是騙子、是賊，還是懦夫。想要交代，可以和我決鬥。長劍對決。我以名譽發誓不汲色，不過現在就來解決。」

城主眨了眨眼，手上的長劍顫抖。他再度眨眼，還劍入鞘。「舞刀弄劍是不會汲色的人在幹的事。」他低吼一聲，轉身離開。

基普察覺身後有人。他轉過身去，看到鐵拳聳立在他面前。「你在我後面多久了？」

「久到足夠在你的愚行前保護你，可惜沒有久到搶先阻止你幹蠢事。我不知道你有遺傳到你們家族那種在轉眼之間惹禍上身的能力。」

喔，藍牆是鐵拳弄出來的。這樣基普算不算是已經欠這個黑衛士壯漢兩條命了？

「指揮官。」加文說。「我要你去找我們的間諜談談。克拉索斯慌了，他或許會逃跑。確保港灣入口的火砲掌握在會遵命開火的人手中——如果情況走到那個地步。還有不要讓他侵吞庫房，我需要軍隊的糧餉。」

鐵拳皺眉。「我不想丟下基普。我是黑衛士，稜鏡法王閣下，不是信差。守護基普是我的工作。」

加文說：「這件事不能由我去做。基普也不行。但是非做不可。不讓你帶更多黑衛士來是我的錯，但我還是要你去。」

鐵拳指揮官又再遲疑了一秒。「是的，稜鏡法王閣下。」他鞠躬，走向有人幫他們帶來的馬匹。他離開後，四周陷入一陣明顯的寂靜。數十名工人看見了剛剛發生的事，儘管羞辱城主讓加文贏得了一些好感，不過還是沒有人膽敢走近，因為他們怕加文會發脾氣。加文揉揉額頭。「你可能在懷疑我們為什麼要幫城主那種混蛋打仗。」

事實上，基普從未想過這個問題，但既然加文提起，確實有點奇怪。

「因為拉斯克．加拉杜是個宗教狂，基普。這就是原因。因為我在和拉斯克短暫接觸的過程中認定他是瘋子，而有數百人，如果不幸的話，數千人將會在此喪命。」加文吐出了一口長氣。「他想要奪下這座城，老實說，他也有權這麼做。如果我可以直接把加利斯頓還給提利亞人，我會。這是他們應得的。他們——你——都已經爲在毫無選擇的情況下加入的陣營付出太高的代價。如果我們離開之後，接收的人不是加拉杜，我就會交出加利斯頓，不管光譜議會怎麼說。但是在拉斯克掌權的情況下……事情就變得有點複雜。當然，那就是我來這裡的原因，而我的出現讓全城陷入這個危機。如果我們離開，拉斯克會在沒有抵抗的情況下入城，在帕里亞人登陸前關閉港口，然後事情就算結束了。帕里亞人會大發雷霆，但是這裡的利益沒有大到值得他們發兵。到最後，拉斯克會向加利斯頓提出幾年的柑橘獨家運輸契約，而他們會接受。你覺得呢？這樣值得嗎？」

他問我的樣子，好像我的意見有任何價值一樣。從來沒有幾個成年人在乎基普的想法。「我覺得加拉杜王應該死一死，幫我們所有人省點麻煩。」

加文哀傷地笑了笑。「如果這樣就好了。或許卡莉絲有辦法創造奇蹟，辦成這件事。」

「你眞的很想她，是不是？」基普在阻止自己之前問道。

加文突然看著基普。接著他偏開目光，神情轉爲溫和。片刻過後，他呼出了一大口氣。基普覺得好像看到加文的希望離體而去。「那麼明顯，嗯？」加文問。

「你認爲他們會殺她嗎？」基普問。

加文臉上湧現出數種情緒，最後形成一種認命的表情，彷彿悲痛到無法流淚。「她會活到拉斯克確認我是否會拿加利斯頓去換她。到時候他就會殺了她。不管我怎麼決定。」

不。不，他們不會，基普心想。我發誓。

# 第六十五章

吃午飯時，基普心中那股空虛感還是沒有消失。加文和達納維斯將軍——儘管把達納維斯大師想成達納維斯將軍感覺很怪，但要基普直接叫他科凡就更怪了——甚至連麗芙都在一起與建築師和藝術家研究那些圖像和設計圖。基普坐在一旁，免得礙手礙腳。他不知道他們在做什麼，而桌旁的空間又有限。他津津有味地吃著橘子，大口享受美味的香料野豬。味道棒極了，但就連他也無法把心思放在食物上太久。

「我問你是不是認眞的，」達納維斯將軍說。「結果你做出那種表情。」

「問題不在於汲色。」加文說。「我可以輕鬆處理那麼多盧克辛——」

「輕鬆？」達納維斯將軍語氣懷疑地插嘴。

「好啦，沒有那麼輕鬆，但我辦得到。問題在於重量。我沒辦法抬起那麼多盧克辛，更別提要把它們放入定位。」

麗芙小聲地清清喉嚨，彷彿不確定自己該不該發言。

「阿麗維安娜？」加文問。

她臉紅。「請叫我麗芙。」她有點緊張地把頭髮往後撥。「這樣如何？」她在桌上汲色做了樣東西出來。當然，因爲那是超紫盧克辛，所以大多數人都看不見。

達納維斯將軍皺起眉頭。顯然大多數人也包括他。

「抱歉，爸爸。」她說。「我還沒辦法用黃盧克辛建模。」

基普想要看看她做出什麼東西，但是桌子都被人擋住。

加文輕笑。「看起來很荒謬。」他說。麗芙臉色發白。「但是可行。很完美。太好了。我們的建築師對這個設計有什麼看法？」

一時之間，基普以爲加文這樣問非常失禮。顯然達納維斯將軍和桌旁的其他人都看不見麗芙設計出來的東西。但這裡加文最大。其他人不用知道這麼多，他們有很多工作要做。他瞭解問題的解決之道，這樣就夠了。換下一個問題。

這正是我該做的事。基普已經吃完午飯。他現在已可以施展一些法術，而且是依照自己的意念施展。他知道自己該做什麼。

「稜鏡法王閣下，我們都沒有建造過這麼巨大的城牆，或是，或是——或是任何城牆，老實說。」一名緊張兮兮的建築師說，「但是你給我們看的這些拉斯凱森圖裡的城牆，顯然有很多缺陷。太多幻想成份，實用性不高。」

「這片空曠的沙漠也沒有多少實用性。」加文冷冷說道。「告訴我要怎麼做才能解決這些缺陷。我今天就必須開始築牆。」

建築師眨了眨眼。吞了口口水。「呃，這裡。」他用手指畫了條線。「這條內部通道不夠寬。到時候會有全副武裝的人來回奔走，將槍砲推至定位或是換下來修理。這條走道一定要寬到可以讓兩個人並肩同行，還要能讓車輛跟火砲通過。」

「多寬？」加文問。

「我會說，呃……」他在圖上撐開手指。

「看在歐霍蘭的份上，寫上去。」加文說。

「閣下，這些圖畫都是幾百年的古董，是無價之寶——」另一個人，大概是藝術家，抗議道。

「能夠活到下週才叫無價。」加文大聲說。「繼續。」

基普不知道自己為什麼這麼遲鈍，但他直到此時才發現加文眞的打算在這裡建造一座城牆。在加拉杜王的部隊抵達之前。短短四天。

喔，或許正因爲這是不可能辦到的事？

當然，一個早上橫越整個瑟魯利恩海也是不可能的事。

但是說眞的，加文打算完全靠他自己建造出整座城牆嗎？基普並不熟悉汲色相關的知識，也不知道一個人一天能夠安全汲多少色，但既然世界上不是隨處可見盧克辛建築、大橋及城牆，顯然這是很難辦到的事。事實上，他只有在克朗梅利亞見過盧克辛建築，而他猜想七大塔是由很多人齊心合力一起建造完成的。

建築師，一個瞇瞇眼的矮子，吹鼓了臉頰幾次，沉思了好一陣子之後，開始迅速繪圖。「這些殺人洞對開火來說鑿得不夠寬。如果這樣更改牆頂的設計，攻城梯就沒辦法勾住城牆，至少不會那麼容易。後方加上欄杆可以防止士兵失足落牆。這些位置的牆頂必須加寬，這樣才能多擺一些火砲用的火藥。這些圖裡都沒有照料傷兵的空間，我認爲可以在這裡增加醫療所。如果能把這種運輸橇放進城牆的內部通道裡，要運送物資就會更方便。這些圖上也沒有燈勾。如果不解決這個問題，城牆就會一片漆黑。這裡、這裡和這裡，都需要吊車來運送補給。」

「你從來沒有建過城牆，嗯？」加文問。

「我有研究過幾座。」建築師說。

「我付你多少錢？」

「呃，目前一毛都沒付，稜鏡法王閣下。」
「好，加倍！」加文下令道。
建築師看起來有點糊塗，顯然是在計算工資之後不太喜歡結果，但是又不敢說稜鏡法王在壓榨自己。
「他是在開玩笑。」達納維斯將軍告訴他。
加文目光閃爍。
「喔。」建築師看來鬆了口氣。接著，基普在他臉上看出疑問：是說不付錢是開玩笑，還是說要加錢是開玩笑？
加文說：「繼續說。這位老兄會記下來。我要先去鋪設地基。」
「他這是隱喻的說法，是吧？」建築師問，瞇眼看著逐漸走遠的稜鏡法王。
「我們的稜鏡法王是個隱喻高手。」達納維斯將軍說。
「呃？」建築師問。
基普覺得待在這裡有點痛苦，於是站起身。想要逃離現場的話，現在就是最佳時機。
「基普！」加文突然叫道，讓所有人的注意力都集中在基普身上。基普感到一陣驚慌和困窘，沒想到自己這麼容易就被抓到。「今天幹得好。沒有多少男孩能在第一天練習就自發性地成功汲色。」
基普體內湧出一陣快感，而在看到麗芙欽佩的神情之後，更讓他爽度加倍。
「麗芙！」加文叫道，她立刻轉頭。「我要妳開始建模，依照建築師的指示，按牆頂的寬度設計那些走道。」
「是的，稜鏡法王閣下！」她說，目光轉回桌面，開始工作。

要走就要趁現在。再等下去的話，鐵拳就會回來，到哪裡都跟著他。基普看向達納維斯將軍，他正低頭提供意見；麗芙專心聽著；最後他看向加文。全世界他只在乎他們，難以置信的是，他們竟然願意接納他。至少算是容忍他。他們讓他感到生命中第一次的歸屬感。

基普轉過身，走向城裡。

# 第六十六章

來到情人門時，基普終於瞭解加文爲什麼想再多建一座新城牆。舊城牆已經與住家、商店、旅店結合在一起，就像船身上長滿藤壺一樣，只不過城牆內外兩面都攀附著建築。在某些地點，住家的屋頂幾乎和城牆頂一樣高。如果加文要用這座城牆來防禦城市，就得夷平數百房舍。光拆這些房子就要起碼四天。

顯而易見，拆掉全城五分之一人口的家園，肯定會帶來毀滅性的影響。加文只有幾天時間能讓城內的居民願意爲他而戰，而不是與他爲敵。他受困於兩個困難的決定之間：讓人民的家園繼續依靠內牆，導致內城牆完全失去防禦效力，或是拆除那些房舍，冒險讓已經分化的人民起身對抗他——加文決定自己建一座城牆。

太難想像了。稜鏡法王戰爭期間，人們是怎麼選擇應該加入哪個蓋爾兄弟的陣營？那感覺肯定就像是與巨人並肩作戰，心知他們的一舉一動都有可能摧毀你，但也很清楚站在兩軍之間的荒原會死得更快。

基普自己找路回到房間，打包了一些他認爲自己需要的東西。斗篷和食物、更多食物，還有一支短劍與一個塞裝有錫丹納條的錢袋。這些錢已經比他自認需要的還多——他希望他們會原諒他，但他或許需要錢賄賂什麼人。接著，他覺得應該要留張字條，以免他們浪費寶貴的時間找他。

他房間的桌上有羽毛筆和羊皮紙，他努力寫了一封信。「我是個年輕的提利亞人，當間諜比待在這裡有用，不會有人懷疑我。我會試著找出卡莉絲。」他簽名，等墨水乾了後摺好，然後塞在麗芙的被單下。

接著，他又寫了另一封信。「我去買點食物，看看吟遊詩人表演。汲色後有點發抖。午夜前回來。」

他把這張字條留在桌上。他們會先找到這張字條，讓他有時間走遠一點，然後到晚上才發現他真的跑了。到時候，他已經跑到他們追不到的地方了。

帶著看起來鼓得肯定會令人起疑的鞍袋，基普走過大門守衛，來到馬廄。

「我要一匹馬。」基普對馬夫傲慢地說道。

馬夫靠在牆上，動也不動，轉頭回應他的目光。「來對地方了。」他說。

基普心裡一沉。這傢伙顯然不相信他有權力下達命令。如果基普弄不到馬，他就什麼都不能做。這將會是史上最短的逃家經歷。他甚至沒有逃出家門。「呃，我需要不會太招搖的，而且不會……太活潑的。」

「騎術不佳，嗯？」男人的語氣顯然是在笑他不是個男人。

承認自己騎術不佳，請他幫忙，基普。「你叫什麼名字，掃馬糞的傢伙？」結果他大聲問道。糟了。

馬夫眨了眨眼，不由自主地站直。「加洛斯……大人。」他不太肯定地補了一句。

「我不常騎這些臭肉桶，但我需要一匹可靠、載得動我的肥屁股，在我施法時不會驚慌的馬，懂嗎？我沒空管你那個傲慢的態度。」他沒用錯字吧？基普並不在乎。反正那個馬夫大概也不知道。

「快要開戰了。給我牽匹馬來，要要傲慢去向你的馬童要去。」

馬夫動作飛快，在一匹老馱馬背上套上馬鞍。「這是最符合你要求的馬，大人。」馬夫說。

駄馬?我又沒那麼肥。

「抱歉，大人，我只有這匹合適。」

「可以。」基普說。「謝謝。」沒必要繼續羞辱對方。不過馬鐙看起來真的很高。他決定不要在幾乎肯定會失敗的情況下嘗試上馬，於是拉起韁繩，牽馬出城，臨走前還沒忘了打賞馬夫。

歐霍蘭呀，我真是個混蛋。基普不知道哪件事讓他比較不安：當混蛋讓他無往不利，還是享受這種使喚他人的感覺。在家鄉的時候，他會被人鞭打，而且他也活該被打。

走在街上，他細心觀察，找到一個身材跟他差不多、儘管天氣炎熱依然穿著外套的人。那件外套看起來很舊、很破，大概只值基普身上這件外套的一個口袋。基普跟他交換外套。然後他在通往水市場的一條街道上買了紅酒和水，想辦法說服老闆他真的想拿他的上好斗篷交換一件普通的羊毛斗篷。接著他聽見有人大聲喧譁。他轉身。

有個老人站在一輛馬車後，朝著走向水市場的人大聲勸說，不過大部分的人都不理他。「——再度擁有我們自己的國家。我們自己的國王！你們還想在帕里亞人的統治下苟且偷生嗎？你們記得他們上次幹了什麼事嗎？你們都沒有記憶嗎?!」

「他們殺了好幾百個聽你這種人廢話的傢伙！」有人叫道。

「而我說我們沒必要再讓他們這麼做。」老人吼回去。這話在人群中掀起認同的聲浪。

「想要聽你宣揚加拉杜王的人早就已經跑了。」一個店家叫道。

「國王不想看到任何人死亡。來吧，加入他，一起作戰！」

「我們不想作戰。不想殺人。不想被殺。我們想活下去。」

「懦夫！」老人說。他轉身離去，尋找比較願意聽他說話的聽眾。

基普正要出城，突然注意到一件東西。港口裡停了一艘新船，一艘掛著繪有七大塔白旗的大帆船。那是克朗梅利亞的旗幟。認出那面旗幟的同時，他看見一隊男女在至少一打黑衛士的帶領下穿街過市。他僵住了。他心虛了。他們不認識他，他也沒看見自己唯一見過的兩個黑衛士，樹墩和另外一個不知名的傢伙。

不過，黑衛士身後的人或許比較有趣，基普看著他們走過半條街區，然後轉彎朝洞石宮殿去。這隊人馬約莫兩百人，每個都是馭光法師。有些人的眼睛顏色淡到可以看出他們整個虹膜都已經變爲藍色、綠色或紅色，而有些膚色較淡的人，皮膚上隱隱帶著所屬顏色的色調。有些人用長袖掩飾，其他人似乎並不在乎。「……是沒錯，但是這裡看起來比我們上次來訪時要好。」一個微帶藍色的男人說。男人的膚色淡到透出顏色，頭髮綁成許多幾乎及腰的髮辮。那個女人十分美艷，約莫四十出頭，虹膜完全變藍、高高的顴骨，還有西阿塔西貴族特有的橄欖膚色。這兩個人都穿著華麗的服飾。

珊蜜拉·沙耶和伊森·藍？不，當然不是。這些都是故事裡的名字。世界上肯定有很多與他們同名，又剛好關係特殊的藍法師和紅法師。

接著，又有更多黑衛士扶著身體虛弱的馭光法師，或是推著輪椅上的馭光法師走過。基普決定不要等著看樹墩有沒有在裡面比較好。

他轉身想要溜過人群——結果發現麗芙站在面前。她雙手扠腰，嘴巴緊閉。她目光飄到馬上，接著又看回基普。慘了。

「我可以解釋。」基普說。

「你已經解釋過了。兩次。」她的語氣十分嚴肅。

她兩張字條都看過了。喔，見鬼了。

「不要阻止我，麗芙，拜託。」

「你以為你在做什麼？」她壓低音量。「你打算去當間諜？你能找到卡莉絲？然後呢？」

他語氣堅定：「我要救她。」

她毫不掩飾難以置信的情緒。「這是我這輩子聽過最荒謬的藉口之一，基普。如果你怕這裡危險而想逃走，你沒必要假裝──」

「妳去死！」他說，這話連他自己都嚇了一跳。她瞪大雙眼。他不敢相信自己會對麗芙說出這種話──麗芙，看在歐霍蘭的份上！「對不起！」他說得太大聲，引來附近幾個人側目。他羞怯地壓低音量。「我真的很抱歉。那樣說真的太蠢了，而且很難聽。我不是那個意思。我──麗芙。」他頓了頓，接著鼓起勇氣。「我是個廢物。一輩子都是個廢物。而現在人們為了我無力掌控的事而對我改變態度？因為我父親的身分？」他可以從她臉上看出她瞭解他在說什麼。她非常清楚他的想法。「麗芙，我欠加文很多，而他完全不求回報。」

「他會的。」麗芙冷冷地說。

「他有要求妳做過任何不對的事嗎，麗芙？」

「還沒有。」她承認道。「我的意思是，在克朗梅利亞人面前，你要特別小心。」

「然後呢？妳和他們不一樣嗎？如果逼我回去，妳就等於是逼我打破誓言。」

「什麼？」麗芙一副被他甩了一巴掌的模樣。

「我發誓要拯救卡莉絲。妳看不出來嗎，麗芙？我最適合這個任務，因為我是個廢物。看看我的眼睛！」她依然搞不清楚狀況，於是看了看他的眼睛。「沒有顏色，沒有斑暈。」基普說。「但我可以汲色，麗芙，生命中第一次，我完全知道自己該做什麼。沒有人逼我去做。我要這麼做，因為這是對的事。我感受到強烈的——」他緊握雙手，試圖找尋適當的用語。「解放。力量。我不知道那是什麼感覺，但我知道感覺很好。」

「就算你會因此而死？」麗芙問。

他輕笑了幾聲，不過毫無笑意。「我不是要當英雄，麗芙。我只是沒那麼喜歡自己。就算死了又怎樣？」

「這是我聽過最糟糕的話。」麗芙說。

「很抱歉。」基普說。「我不是要博取同情，我只是說——我一無所有。我是個孤兒，充其量不過是個私生子。我是個恥辱，生命中沒有多少值得珍惜的事物。如果能用性命去做一件好事，就算因此而喪命，有什麼理由不去嘗試？」

他看出她動搖了。第一次，他覺得自己有機會說服她。

「拜託，麗芙。如果我失敗了——甚至沒能跑出城去——我就真的是個廢物了。拜託，別讓我搞砸我這輩子想要做的最重要的事。」

她眨眨眼，然後微笑：「我從沒想過你以三寸不爛之舌來說服我的時候會是什麼情形。你應該要是橘法師才對。」

「我是有做出一顆類似形狀的盧克辛球，不過我不確定——」

「我是說橘法師，不是橘子！」她笑道。

喔，就是說他是個油腔滑調的馭光法師。

「這表示妳不會阻止我嗎？」基普問。

「更糟。」她說。

「呃？」

「你必須做對的事；我也必須做對的事。你是我的責任，基普。」

「喔，不，妳不行。」

「可以。我要跟你去——不然你就別想去。」

「麗芙，妳不懂——」她不懂什麼？你深深爲她著迷？她既美麗又聰明，善良又神奇，你整個靈魂都渴望和她在一起，但是你不能讓她深陷危機？

「我不懂什麼？」她問。可惡。

「妳是我的光。」這話脫口而出。他不敢相信自己說出口了，雙眼瞬間睜大。殺手來暗殺他時，他幾乎在她面前赤身裸體，但現在的情況更糟。他全身動彈不得，嘴巴也不聽使喚。

「很好笑，基普，但是你別想用這種藉口來趁我分神的時候偷跑掉。你或許很會說話，但我可不是昨天才出生的。」

喔，謝謝歐霍蘭！她以爲他在開玩笑！他鬆了一大口氣，膝蓋瞬間無力。

「我要跟你去。」麗芙說。「我已經決定了。你說得對；你想做的是件好事。我知道卡莉絲值得營救，而她所獲得的情報或許能夠扭轉戰局。想要成功，你就需要我的幫助，如果不讓我去，你就是在逼我違背照顧你的誓言。」

『不要逼我違背誓言』這個理由，是他整個說法的關鍵。他不喜歡她用同樣的理由來對付他，但在他腦中一片模糊的情況下——他的心跳依然急促——沒辦法反駁。

「再說，」麗芙輕聲說道。「就算你不是想要逃離什麼，但搞不好我是。」

「呃？」基普說。呃？我就只能說出個「呃」字？太好了。

「我要一起去。出發吧。」麗芙說。

他們一起找出之前對群眾叫囂的老人，問出加拉杜王部隊的位置：「往南沿著道路走。已經有好幾千人趕去了。如果你們打算加入部隊，而不是像其他人一樣只是跟隨部隊行進，就告訴召募官是傑蘭叫你們去的。」

老巫婆門的守衛連看都沒多看他們一眼。出城後，基普找到一塊岩石，站在上面，然後想辦法爬上馬鞍。麗芙拉著他的手，上馬坐在他背後。高大的馱馬似乎沒把他們的重量當一回事。當麗芙雙手環抱他的腰際時，基普強迫自己冷靜下來。

儘管如此，基普還是遲疑了片刻，往北遙望加利斯頓。*來吧，基普，你曾做過更愚蠢的事，現在不也還是活得好好的。*

他也不確定這話是不是胡扯。儘管如此，基普還是拍了巨馬一下，展開一段漫長的旅程。

# 第六十七章

一開始只是輕微的抽痛。向來都是如此。一時之間，卡莉絲希望這只是加拉杜王往她喉嚨裡強塞食物的結果。卡莉絲的月經已經六個月沒來，就像黑衛士裡大部分的女性一樣，她的月經很不規律。她們的日常訓練會造成月經延遲。但每次來月經的時候，卡莉絲都感覺像是她的身體試圖把錯過的痛楚一次補回來。

可惡的加拉杜王。這都是他的錯。難以忍受的無聊已快把卡莉絲逼瘋——坐在馬車裡，沒多少事可做，三不五時就有人來檢查她的狀況。發現她在做運動時，他們派了三個馭光法師和兩個鏡人士兵進來。他們六個人幾乎要把馬車擠爆。卡莉絲被鏡人士兵抓起來，然後讓一名馭光法師壓得跪下。眞的把她壓到跪下。

女人拿出一條男人的皮帶，把卡莉絲的屁股打得皮開肉綻。好像她是個不聽話的小鬼。她被抓到三次，每次懲罰都一樣，但是她的反抗心卻漸漸被消磨了。這種反抗行爲似乎微不足道到沒有理由繼續下去。

現在她希望自己有繼續下去。抽痛感已經蔓延到背上。再過不久她就會開始腹瀉。

當女人眞好。

其他女性黑衛士會把相對而言不太需要擔心月經的情況，引申爲不太需要擔心懷孕的好處。卡莉絲則只是享受不太需要擔心經痛的好處。她已經很多年沒和她枕頭以外的東西做愛了，倒不是說她想在這個時候去想那種事，事實上，她認爲如果現在讓她看見男人的話，她會把他的眼睛給挖出來。

女人必須承受這種痛苦都是為了男人。古諺有云，女人必須用鮮血灌溉男人的種子。這話其實有點時間錯亂，但是很有道理。

那天早上，他們把禮服拿來給她。

那並非讓人穿上刑場的衣服。那和她終於答應父親的要求，在他們奪回盧城時，與加文一起出現在部隊前所穿的衣服沒有完全一樣，不過差不了多少。首先，這件衣服是黑絲，而非綠絲。加拉杜王的裁縫顯然透過記憶，或是描述當日情況的畫像來製作這件禮服，不然就是他們決定依照十六年後的時尚變化稍加更改。

禮服自然非常合身。

卡莉絲厭惡地瞪著那件禮服一整天，腹部絞痛、腹瀉，還兩度幾乎痛得暈過去。這套禮服不僅表示她在拉斯克．加拉杜王幼稚的幻想前屈服，還代表了年輕時的卡莉絲。代表了從前的那個她。陰柔、軟弱、順從。努力吸引他人的目光、嫉妒其他女孩、讓老女人嫉妒、引起男人注意。從前的卡莉絲軟弱、小心眼、愚蠢、極度依賴他人。

他們會強迫她換上這套禮服，當然。她可以現在就穿起來，或是被打到受不了再穿。當然，她可以撕碎它。儘管能夠享受一時的滿足，還是改變不了無可避免的命運。再說，不換上這套禮服，他們就不會讓她離開馬車。這點她非常肯定。她無法肯定的是，就算換上這套衣服，他們也未必肯讓她出去。儘管如此，換上總是機會較大。待在馬車裡，她要怎麼殺掉拉斯克．加拉杜？

於是，她換上禮服。

她很想討厭這套禮服，想要很認真地討厭它，但她已經多年不曾穿過這麼合身的衣服了。當然，她的黑衛士制服就和手套一樣合身，但那些是工作服。這種上好絲綢輕撫肌膚的感覺是截然不同的。

它像劍鞘一樣合身。如果不是手工如此完美，她肯定會無法呼吸、難以移動。這套禮服順著她腹部和臀部的弧線剪裁，開口很寬的扇貝形胸線展現出上好絲綢華麗的褶痕和她的乳溝。她從前那套禮服的背面肯定沒開這麼低，少數交錯的繫繩完全凸顯出她裸露的背部。低頭看向自己的胸部——馬車裡沒有鏡子——她希望自己不會冷。如果冷的話，所有人都會看得出來。

從前那個十六歲蠢女孩的禮服也一樣沒有襯裡嗎？她當年都沒注意到嗎？她眞的不記得了。她唯一記得的就是她喜歡那套禮服。穿著那套禮服站在加文身邊，讓她覺得自己宛如阿提瑞特女神，頭戴鑽石和綠寶石鑲成的頭飾，接受人們崇拜。她說服自己能愛上加文。一開始，在盧克法王舞會之前，她其實比較喜歡加文，而不是達山。她當然可以再度點燃那絲火苗。

達山一輩子都活在他哥哥的陰影下，而他似乎很滿足這種情況。加文渾身散發出自信與強大的氣勢。就和所有人一樣，她不由自主地被他吸引。但是盧克法王舞會過後，一切都改變了。認識達山之後，加文突然失去了所有深度。達山一直不瞭解自己的力量。他崇拜加文，把自己的美德投射在哥哥身上，無視缺點，誇大他的特質。加文吸收了所有仰慕之情，變得越來越肥。

但加文依然帥氣、時髦、威風、受人敬仰。對十六歲的卡莉絲而言，其他人的想法非常重要。她一直都很希望能取悅她爸、她媽、克伊歐斯和其他哥哥、她的魔法老師、所有人。和加文在一起只有好處。他是稜鏡法王，而當時他弟弟是個有辱家門的逃家少年兼殺人犯。卡莉絲說服自己能和稜鏡法王在一起就該滿足了。滿足——滿足於七總督轄地中最受人敬仰、懼怕、身價最高的男人。再說，在達山做出那種事之後，她非嫁給加文不可，不然她的家族會永遠不能翻身。

站在宣布兩人訂婚的高台上，卡莉絲眞的以爲自己將會獲得幸福。她很崇拜她的未婚夫。加文的形象向來很好。她很享受受人矚目的感覺。

當晚晚餐時，加文開了個玩笑，說要帶卡莉絲回房，搞一整夜都不睡覺。卡莉絲的父親——正常情況下非常傳統，總是宣稱他女兒絕對不會擠奶，除非哪個總督買下整頭牛的那個男人；為了卡莉絲把第一次獻給達山而毆打她的那個男人、偽君子、懦夫——當時只是緊張兮兮地笑了笑。在那一刻之前，卡莉絲向來有辦法驅退逐漸凝聚的恐慌。至少我在結婚之前都不用和他睡覺，她原先以為。我可以在未來幾個月裡愛上他。我會忘記達山。我會忘記他親我後頸時渾身顫抖的感覺。我會忘記他那輕率的笑容令我胸口起伏。大家說得都對，達山和加文根本沒得比。在達山做出那種事之後，我不可能繼續愛他。

她已無路可逃。卡莉絲選擇了懦弱之道，喝得酩酊大醉。她父親發現得太遲——也可能及時發現，端看你如何看待這件事——在她直接醉倒在餐桌上前禁止僕人繼續幫她添酒。她甚至不記得自己在餐桌上說了什麼，不過她記得加文半扶半抱地帶她回他房間。他父親神色空洞地看著她離去；他什麼都沒說。

她以為喝醉了就會順從、安靜、溫柔。計畫奏效了，但她不知道自己為什麼如此失望。當她轉頭避開他的吻時，他誤以為她在害羞，於是改親其他部位。當他脫下她的襯裙，而她用手遮住重要部位時，他誤以為這是端莊。端莊？和達山做愛時，她很享受他的目光。她很大膽、毫無羞恥。她覺得自己像個女人——現在她知道在許多方面都只是在扮演女人而已。和達山在一起，她覺得自己很美麗。和加文在一起，她心裡充滿難以言喻的絕望，將哭泣阻塞在自己喉嚨裡。她不記得自己有沒有抵抗，有沒有叫他住手。她很想這麼做，但是她記不清楚當晚的情形。她認為沒有。她一直想著父親的話：「我們家族需要妳。沒有這場婚姻，我們就完蛋了。」於是她沒有抵抗。

不過她記得在做愛的過程中哭泣。如果是紳士的話就會住手，但是加文又醉又年輕又飢渴。他表現得一點也不紳士。她不夠濕，覺得很痛，但他無視她的抗議，在年輕男子的慾望驅使下強行插入。他沒有像誇口的那樣狂搞一整夜，根本才搞一下子就結束了。然後就叫她離開。這種毫不在意的殘酷行爲令她震驚莫名。但是她忍下了。她應該要把他的眼睛挖出來才對。

他根本不想要卡莉絲。他只是想要詔告天下達山不能擁有屬於自己的東西。卡莉絲不過就是他爲了標示地盤，而繼上一隻狗尿過之後又去尿尿的一棵樹而已。

她穿著半數鈕釦沒扣的美麗禮服，跌跌撞撞地走在走廊上——這件可惡的東西需要僕人幫忙才能扣好。有人看到她，當然。最後她回到了家，不是大傑斯伯那間燒爲平地的宅邸，而是位於附近的公寓。她父親在家裡等她，不過沒說什麼，只是瞪著眼她看。她的房內奴隸雙手顫抖地幫她更衣，等到卡莉絲終於上床之後，她父親的輪廓遮蔽了臥室門外的燈光。他身型搖晃，靠著門框。

「我可以和他決鬥。」他說。「但是他會殺了我，卡莉絲，然後妳也完了，再也沒有任何希望。我們失去了祖先奮鬥四十世代所累積的一切。或許明天情況會開始好轉。」

她宿醉了整整兩天，再度出門時，加文在大庭廣眾下親吻她，讓她坐在自己的右手邊，把她當作皇后一樣捧著。好像那天晚上的事根本沒發生過。或是好像那天晚上過得非常美好。

之後她發現這是因爲所有人都說他們是完美的一對，都在討論她的美貌，而加文認爲她符合他的形象。於是，他決定配合這場婚姻，而不是就此冷落她。但接著他離開，沒過多久就發生了裂石山的最後決戰。

回來之後，他彷彿變成了另一個人。他誠心誠意地對待她，尊重她，一點也不像在爽完之後就把她趕出臥房的那個傢伙。這讓卡莉絲懷疑那天晚上的事是不是眞的發生過。她可以說服自己那是一場惡夢——直到她發現自己懷孕了。就在她發現這個事實的那天，在她有機會告訴他之前，加文解除了婚約。

她十六歲，懷了孩子，卻沒有婚禮在等待她。換句話說，就是她父親最深沉的夢魘。等她確認不會流產之後，就把懷孕的事告訴父親。他命令她去找醫生解決這件事。

生命中第一次，她拒絕了父親的命令。管他去死。他動手打她。她拔出一把手槍。她說如果膽敢碰她，她就打爛他的腦袋。她說他是個懦夫。她要生下加文的私生子，讓全世界都知道他是她的。不管加文怎麼想，不管她爸怎麼想，不管所有人怎麼想。生下那個孩子將會是她人生第一個自己做的決定，同時也是她的報復。

她父親跪在她面前苦苦哀求。真的是苦苦哀求。*求妳救救我們家族，我們不能讓懷特．歐克家族無數世代犧牲奉獻的祖先蒙羞。救救我們，救救家族，*他說。他的意思是「救救我，救救我」。家族是毀在他手中的，他很清楚這點。他看起來好渺小、好懦弱，光禿禿的頭上滲出冰冷的汗珠。她突然覺得瞧不起他。他一直主宰她的生活，但令她作嘔。她拒絕他的哀求，從他噁心、絕望的眼神中感受到快感。

兩天後，他父親親吻了一把手槍的兩根槍管，轟爛了自己的腦袋。他的帳冊都處理好了。他那兩天就是在做這件事。他變賣了所有家產，清償了所有債務，留下一筆能讓卡莉絲安穩度過一生的遺產，夠她養活私生子。她父親把一切都考慮到了。他的自殺遺書裡只簡單解釋剩下的錢放在哪裡，還有卡莉絲可以去什麼地方祕密養活孩子。但並沒有哀求她一定要這麼做。事實上，那封遺書裡沒有任何情緒。沒有詛咒、沒有原諒、沒有遺憾。就和他的腦袋在彈丸通過之後一樣空洞，只剩下血塊和黑火藥殘渣。穢物與死亡。空洞、血肉模糊。

她沒辦法繼續待在傑斯伯，沒辦法忍受同情和尷尬的目光。於是她離開，跑去血林，住在一個遠房親戚家裡。她生下了那個孩子，然後立刻棄養，連抱都沒有抱，要求他們不要告訴她孩子的性別，最後在主人不小心說溜嘴時得知他是個男孩。收養加文私生子的人家就住在附近，卡莉絲沒有辦法繼續待在那裡，於是她回到克朗梅利亞。她很快就恢復原來的身材，青春的肌膚幾乎沒有留下任何妊娠紋。好像一切都沒發生過，除了揮之不去的記憶，如同地獄石般地啃食她的靈魂。

這套新禮服是黑色的其實很恰當，嗯？午夜的顏色，就像我的心一樣。

我以為妳已經不再那麼戲劇化了，卡莉絲。

去找座欄杆趴著。

我想國王就是希望妳這麼做。

那樣我們兩個都會很爽，希望他享受我的經血。

所以，怎樣？我應該要對月經來潮心存感激嗎？機會不大——

她想到一半，突然腹痛難耐。卡莉絲痛得彎下腰去。她沒有辦法對此心存感激。捧腹忍痛的時候，門縫下塞進了一張字條。卡莉絲撿起來。那張字條不比她的手指大。

「命令：暗殺加拉杜王。暗中行事。無法幫忙。」下方繪有一個古戴利克符文。這是之前說好和卡莉絲接頭的聯絡人使用的符號。畫得不好，但是沒錯。

這不算什麼密碼，他們沒想到卡莉絲會需要密碼。她本來應該要和聯絡人直接碰面的。他會在隨便的某個平面上若無其事地描繪這個符文，藉以表露自己的身分：一張桌子、地上，什麼都可以。卡莉絲的命令是要暗殺加拉杜王。暗中行動。而她的聯絡人沒辦法幫忙。

太完美了。卡莉絲甚至沒辦法燒掉這張字條，雖然字條很小，但是髒兮兮的。她把字條丟到嘴裡，皺起眉頭吞到肚子裡。

她的聯絡人幫不了她。可惡，卡莉絲，妳一直在想過去的事，完全沒考慮當前的情況。科凡一聽就知道有人想要害死卡莉絲。在白法王的眾多間諜當中，卡莉絲是最不適合出這個任務的人。要嘛就是白法王要卡莉絲死，不然……

沒有其他可能了。難道她希望她被綁架，甚至被強暴？太荒謬了。

她知道自己有時候會惹白法王生氣，但她以為那個固執老太婆喜歡自己。不過話說回來，白法王城府向來很深。或許她覺得可以透過卡莉絲的死亡達到什麼目的。

卡莉絲覺得噁心到極點。這是很有可能的事。她早該想到的，只是她發過誓，願意在必要的時候為白法王付出生命。或許白法王認為現在就是必要的時候。

門上傳來敲門聲。就和之前一樣，很多馭光法師，很多守衛。然而，這次上車的是好幾個帶了瓶瓶罐罐化妝品的女人。她們以專業的手法幫卡莉絲化妝、梳頭髮、噴香水。但是她們沒有在她的眼睛或睫毛上上粉。

沒過多久，卡莉絲就在其中一名奴隸拿出兩個紫眼罩時得知原因。遮住她的雙眼，他們什麼都想到了。

「如果撕下眼罩，妳絕對會扯破皮膚。」一名女奴隸說。「很可能會撕下整個眼瞼。如果不去動它們，國王或許會讓妳自由活動，而眼罩不會傷害妳的眼睛。幾天之後，它們就會鬆脫，然後自己掉下來。」

「到時候妳們就會再黏回去。」卡莉絲說。

「沒錯。」

「萬一有東西跑到眼睛裡呢？」她絕對沒辦法弄出來。

「盡量不要。」

她們把眼罩罩上她的眼眶。眼罩沒有完全密合。從長相看來應該是東阿塔西人的女奴隸皺起眉頭。「要讓眼罩密合，我們得要使用更多膠水。更多膠水表示如果妳眨眼，睫毛就會黏住。加拉杜王要妳漂漂亮亮的，所以我就盡量不割掉妳的睫毛。但是等我們把眼罩黏上去之後，它們就會在妳臉上待好幾天。妳絕對不會希望睫毛黏到膠水——或是卡住。所以，妳想要看不見、不舒服，還是沒有睫毛？」

「沒有睫毛，去他的加拉杜王。」卡莉絲說。

奴隸噘起嘴唇。「妳說得對，國王或許不喜歡這樣。我們得要賭一賭。現在盡量眨眼，因為妳待會兒要盡量忍住不眨眼。」她們小心翼翼地用許多膠水把眼罩黏上去。膠水把眼罩縫隙都堵起來了。

卡莉絲幾乎不敢呼吸，盡量僵在原地，強迫自己不要眨眼。當她終於忍耐不住、非眨眼不可時，她的睫毛黏上了乾掉的膠水，不過又扯開了。

「喔，還有，不要哭。」奴隸說。「不然妳整個眼睛都會泡在淚水裡。真的。」她露出令人不舒服的微笑。

真是太好笑了。

膠水完全乾掉之後，她們又在眼旁抹上更多化妝品。

接著，在馭光法師和鏡人士兵的協助下，卡莉絲迅速地穿越營地。太陽約莫一個小時前下山，卡莉絲享受著新鮮乾燥的空氣。透過身上的香水氣味，她終於能夠聞到馬、士兵、營火、生肉、熟肉、蒿屬植物，還有油的味道。油？她環顧四周，看見附近有輛補給馬車。喔，上油的劍和火砲。

她的馬車四周停了很多馬車，導致她無法判斷究竟有多少士兵在行軍前往加利斯頓。馬車的數量也幫不上忙。她不知道馬車上裝了多少補給，就算知道，之前跟部隊行軍時，她也沒去注意這種事。年輕、驕縱、恐懼、愚蠢，當時她完全沒想到這些簡單的東西有一天或許會派得上用場。

部隊裡夾雜了很多女人。部隊搬運著剛砍好的木柴，還有人站在屠夫馬車上大聲下達指令，以確保剝好皮的野豬都有平均分配下去、照顧行軍時受傷的士兵、幫鐵匠收取需要修補的武器或防具、拒絕士兵可以自行修復但卻試圖讓別人幫忙修復的裝備。女人似乎大多在服侍其他人，這表示加拉杜王看輕女性，或者大部分女性都是新來的。從她們身上各式各樣的服裝看來，卡莉絲認爲她們來自社會不同階層。這表示她們都是新來的，而且是自願加入的。部隊的這些人並非全都是他從凱爾芬買來的奴隸，他們是本地人。加拉杜王擁有提利亞人的大力支持。

從星散營火間的黑暗空檔來看，部隊似乎毫無規律地四下紮營，但是卡莉絲很快就被人帶到一塊被約莫五十輛馬車包圍的空地，只有在東南西北四個方位留下狹窄的通道，供馬匹通過，每個入口都由十名手持火繩槍的鏡人士兵把守。中央有塊用作防守的空間，指向四周的小鷹砲如同蓄勢待發、隨時可以射出身上尖刺的豪豬，其後是代表不同法術顏色的條紋帳篷。

卡莉絲在被人趕往中央大帳時，感到腹部一陣抽痛。她彎腰，痛得難以呼吸。她緊閉雙眼，盧克辛眼罩擠入她的額頭和臉頰，引發另一陣疼痛。她放鬆緊繃的表情，等待抽痛過去。她緩緩呼吸，駕馭痛楚。接著，她朝一名守衛比了比，彷彿她是皇后，對那位守衛表明現在可以入帳了，謝謝你。

守衛拉開大帳的帳簾，卡莉絲走入帳內。

這件禮服必定令人驚艷，因爲卡莉絲一踏入大帳，帳內的交談聲便戛然而止。

大帳裡約莫有七十個人：奴隸、翻跟斗的、耍球的，還有樂師圍著三十名左右，沿著擺滿美食與美酒的矮餐桌旁而坐的貴族們表演。所有人都穿得花花綠綠，色彩豐富到即使透過暗眼罩，也能分辨得出來。拉斯克·加拉杜王坐在餐桌主位，當然，握著酒杯的手指上戴有許多閃閃發光的戒指。他講話講到一半突然說不出話來，目瞪口呆地凝望著她。

但是卡莉絲幾乎沒有注意到國王，因爲坐在國王右邊的男人，跟卡莉絲這輩子見過的人都大不相同。她強迫自己繼續迎向國王，扭腰擺臀、裙襬飄逸、抬頭挺胸、肩膀放鬆，彷彿一點也不緊張。

那個男的是個腐化者，也就是狂法師。卡莉絲這輩子只見過一個狂法師，而那傢伙才剛顯露出早期的發瘋症狀。眼前這個人不是處於早期階段，但是看起來也不瘋狂。他身穿盧克教士長袍，不過白得發亮，並非傳統歐霍蘭盧克教士穿的黑袍——因爲黑色代表他們需要歐霍蘭的光明指引。他的臉上也沒有任何盧克教士應有的謙遜。

但至少他的臉看起來還算是人臉——有血，有肉，有骨頭。額頭和臉頰帶有燒傷疤痕的皮膚下，浮現類似褪色刺青般的綠盧克辛紋路。脖子附近的身體已產生變異。皮膚是由所有彩虹色彩的盧克辛組成。他在舉起酒杯嘲弄地向卡莉絲致敬時，露出由柔韌綠盧克辛組成的手肘內側，其他關節和他的脖子也都是同樣情況。所有不需要移動的部位外，都有一層藍盧克辛殼，在手臂上形成護甲、手掌上浮現護手、指節上冒出尖刺。褻瀆的盧克教士袍下隆起寬厚的肩膀，長袍V形領口下的胸部，如同日出時的海面般反射著明亮光芒。這表示那不是藍盧克辛殼，而是用藍盧克辛編織而成的，這樣可以將強化硬度三倍，讓它更不可能碎裂——如果有人有足夠的技巧和耐心去做這種東西的話。

到處都有黃盧克辛流過其他顏色盧克辛間的縫隙或下方，持續填補在陽光照射下消失或自然損毀的部位。硬殼接縫處，潤滑用的橘盧克辛讓它們順暢地在彼此間滑動。藍盧克辛外還有一層由紅盧克辛組成的古符文和八芒星圖案。卡莉絲看不出他有沒有在皮膚上使用超紫盧克辛，不過她很肯定他有。畢竟，他兩個掌心上都鑲有火水晶。所謂的火水晶，就是彌封的次紅盧克辛，而這種東西通常只能維持短短數秒。一旦接觸空氣，就會起火燃燒。

眼前這個怪物在兩手之中各鑲入一顆火水晶，並用藍盧克辛隔絕空氣，讓人可以看穿他的雙掌，只是有點像透過海市蜃樓在看，影像在高溫下產生游絲現象，而這就是火水晶的特徵。這種情況下，他的手指依然活動自如，這表示他要嘛就是能行神蹟的醫者，不然就使用幻象。一定是幻象。這一切都是不可能的。

卡莉絲來到加拉杜王面前時，終於看見了他的眼睛。腐化者的眼睛斑暈粉碎，眼珠上到處都是斑暈碎片。虹膜朝四面八方滲出色彩，以各種顏色染污他的眼白。這些色彩本身都在不斷轉動。腐化者打量卡莉絲時，藍斑轉向前方，綠斑像蛇一樣在橘斑和紅斑組成的迷宮中蠕動。

「妳，」加拉杜王說。「艷光四射，卡莉絲。讓人一見傾心。」

「你卻讓人觸眼生痛。」

他大笑。「現在的妳不但比年輕的時候美麗，言詞也更加鋒利。卡莉絲，上來坐。我有禮物要送妳，但首先，我要妳見見我的得力助手。」他比向腐化者。「卡莉絲．懷特．歐克，這位是水晶先知、多色譜大師、全色譜之王、法色之王、奇異啓蒙師。」

「好長的名字。」卡莉絲說。「你媽叫你吃晚飯的時候一定要叫很久。」

「妳可以挑一個名字來叫。」法色之王說。他的聲音……正常到令人不安。強勢、自信、沙啞到像是海斯菸老菸槍。

「那就叫你七彩弄臣吧。」

他的眼睛暴紅，接著讓冷靜、饒富興味的藍色取代。「好了，卡莉絲，妳父親就是這樣教妳說話的嗎？妳以前總是忙著取悅他。非常淑女、非常窩心。就綠法師而言，妳很溫馴。」

「那早在很久以前就已經結束了。」她說。「你是什麼人？你不認識我。」

「喔，我認識。」法色之王說。他瞄向國王一眼。

「喔，當然，請便，讓她提早開禮物。」拉斯克·加拉杜故作惱怒地說。

「看著我，卡莉絲，」水晶先知說。「慢慢看。看穿妳的恐懼、狹窄的心胸，還有妳的無知。」

卡莉絲忍住不回嘴。那個沙啞的聲音裡透露出一絲誠意，希望被人瞭解的期盼。於是，她一言不發地打量他。當然，他的身體看不出什麼所以然，於是她研究他的臉。布滿盧克辛的皮膚上還有燒傷遮蔽了他的五官。他一邊的眉毛重長出來之後變成白色，不知道是火焰還是盧克辛造成的後果。但是他的長相有點眼熟。

歐霍蘭呀。大火。燒傷的疤痕。彷彿一顆拳頭緊握了她的心臟，使勁地捏下。她無法呼吸。不可能是他。他早在十六年前就已經死了。但是一看出對方的身分之後，她立刻就知道眼前這個人不可能是其他人。「克伊歐斯。」卡莉絲說。原來這就是白法王派她來的原因。敵人是她哥哥。她雙膝一軟，坐倒在國王身旁的軟墊上，以免她像個淑女般地當場昏倒。

# 第六十八章

太陽沉入地平線之後，加文不再汲色。他可以利用反射的光線繼續汲色，但他已經很疲倦。他望向南方荒蕪的平原。卡莉絲就在那個方向。他很有可能將永遠再也見不到她，永遠沒有機會告訴她眞相。他沒想過自己可以難過到這種地步。

他轉回頭，失望地看著今天的工作成果。他本來期望今天能夠建好半里格城牆，至少。結果，他只鋪好了地基，雖然有整整一里格地基。想不到的是，目前遇上最困難的問題竟是阿麗維安娜·達納維斯解決的。但既然她爸都那麼聰明，或許這也沒什麼好驚訝的。加文沿著工人挖掘的壕溝行走，在裡面噴灑黃盧克辛。在原先就有城牆的部分，他好像澆水一樣地澆下盧克辛，滲入所有縫隙，用魔法強化石塊和泥灰。遇上就連舊城牆地基都毀了的部分，他會直接把黃盧克辛做成固體，爲城牆鋪下七步寬的地基。他用半蒸發的黏稠紅盧克辛將黃盧克辛固定在岩床上。

但是這樣不但走得很慢，而且一旦將盧克辛塡到地面上，加文就得開始用丟的。就像其他顏色的盧克辛一樣，黃盧克辛有重量。它基本上和水差不多重，而以加文搬移的量來看，他幾乎要被壓扁。他因肌肉負荷造成的疲憊，遠大於汲色損耗的精力。當然，牆越高，這種情況就會越糟。

他開始使用鷹架，但是才過半小時，他就知道照這種做法起碼要搞一個月，遠遠超過五天期限。

麗芙就是在這個時候提出了她的點子，就像所有了不起的點子一樣，很簡單明顯——不過都是在她提出來之後才讓人恍然大悟。

加文在牆的兩邊架設兩條軌道，然後汲色製作連結軌道的支架。在輪子和固定帶的輔助下，他可以懸空掛在城牆上方。輪子順著軌道滑行，讓他不用每隔二十步就換一個鷹架，等於是鷹架跟著他移動。他不用拋擲盧克辛，只要丟下去就可以了。這樣幾乎把這個工作中吃力的部分統統都解決了。

等他終於製作出完美固定帶，不會每次丟下太多盧克辛就劇烈搖晃，已經是下午。加文緩緩沿著軌道滾動，每隔二十步就彌封一次黃盧克辛，然後在彌封點上鋪灑更多黃盧克辛。太陽已快要下山，他一心只想多汲色製作一些盧克辛，所以沒耗費心力去弄比較麻煩的內牆，決定盡量鋪設地基。

他進展得很快，但還是無法確定能不能即時完工。如果他在拉斯克．加拉杜王抵達前完成整座又高又堅固的城牆，但是中央卻有兩百步缺口沒能封閉，那這整個工程都算徒勞無功。

加文回到地面上。他來到牽著他們的馬的達納維斯面前時，步履蹣跚。科凡看起來有點擔憂。

「我只是因爲雙腳太久沒有著地了。」加文說。

科凡默默地接受了這個解釋。幾個街口過後，在太陽逐漸消失於天際時，他說：「所以……卡莉絲被俘。」

「嗯哼。」加文說，沒有和他目光接觸。

「這表示你已經忘了她？」

加文沒有說話。

「很好。我向來認爲她是你計畫裡的最大威脅。她有足夠的理由痛恨你們兩個，卻魯莽到可以毫不考慮就拋下那些理由。所以你會觸怒拉斯克，希望他會爲了表達決心而殺了她？」

「去死。」加文說。

「喔，那就是還沒忘掉她？」科凡問。

他不是眞的想要眼睜睜地看著卡莉絲遇害。加文知道。科凡或許總是瞭解該做什麼痛苦的抉擇，但那並不表示他眞的會動手去做。

「她還是不知道？」

「不知道。這就是我取消婚約的原因。」

「因爲她很有可能會看穿你的身分，還是其他原因？」科凡問。

「我們毀了她的一生。達山燒燬她家，戰爭奪走了剩下的部分。我當時沒有發現她一無所有，但我應該發現的。等我下令發還他們家族的財富時，感覺好像在侮辱她。她對我吐口水，然後消失了一整年。回來之後，整個人就變了。」

「我注意到了。黑衛士。非凡的成就。但是你沒有回答我的問題。」

雖然天色漸暗，街道上還是很暖和，如果有什麼値得一提的，那就是人越來越多了，大家都點燃了家門口或店門口的油燈。感覺好像末日沒有逐漸逼近一樣。

加文環顧四周，確保聲音低到不會被人聽見。「我騙了所有人。我說的謊話多到有時候連我自己都忘記我是什麼人。在我哥哥和我對卡莉絲做出那些事之後……我不能——好吧，狗屎，她見過我們兩個的裸體，不是嗎？如果有人看得出來的話，肯定就是她了。和她結婚就是摧毀一切最快的方法。」

「說得沒錯，但是你本來不是要說這個的。」科凡說著，低頭看向馬鞍，讓加文有點私人空間。

「我有想過，你知道？我該怎麼在娶了她之後繼續騙她。或是，如果騙不了她，我該怎麼讓她覺得除了繼續保密之外沒有其他選擇。說到底，她是我唯一不願意撕破臉的人。我離家後，她愛上了我哥哥。如果她發現眞相，決定要摧毀我……」加文聳肩。

這下科凡改爲凝望他的雙眼。「我不知道是該更加欽佩你，還是因爲你的愚蠢而感到害怕。」

「通常我是希望別人更加欽佩我。」加文笑道。

科凡勉強擠出一個笑容，不過沒笑出聲。

他們在不會撞到人的情況下，以最快的速度穿街過市，於天色全黑時抵達洞石宮殿。鐵拳站在門口。不尋常的是，他臉上帶著一個大微笑。

「高貴的稜鏡法王閣下。」他說。「晚餐準備好了。」

加文皺眉。每當鐵拳在笑的時候，就表示某樣很尷尬、很不快、很傷腦筋的事即將發生。但他不打算主動提問。那個笑容表示鐵拳會越笑越開心，享受神祕兮兮的感覺。隨便他。加文開始走向私人餐廳。

「高貴的閣下，」鐵拳插嘴道。「在大廳。」

大廳離門口不過幾步。加文還沒機會思考為什麼有必要在大廳用餐，就已經走入巨大的圓頂大廳。

洞石宮殿的大廳，儘管只有克朗梅利亞大廳的三分之一，依然是舊世界留下的奇景。廳門是巨大的球形馬蹄拱門，黃綠相間，代表著提利亞有半數領土曾是帕里亞其中一省的年代。到處都是由石灰岩和白大理石間隔組成——地板上的棋盤圖樣、牆壁上複雜的幾何形狀，還有八根支撐天花板的大木柱底座上的帕里亞符文。這些木柱排列成八芒星形，每一根直徑都足足有五步長——阿塔西夫斯塔，世界上最粗的樹木——而且一直到天花板上都沒有明顯變窄。這些木柱據說是某位阿塔西國王贈送的禮物，五百年前。即使在那個年代，這些木柱也非常珍貴。這種樹已經絕種，最後一片樹林在稜鏡法王戰爭期間被人砍倒。加文一直沒有查出是誰幹的。當他抵達盧城時，樹林已經沒了。他的指揮官——達山的指揮官——發誓他們離城時，最後幾棵樹還活得好好的。不過戰後加文的指揮官則發誓當他們抵達時，那些樹已經沒了。

阿塔西夫斯塔樹之所以這麼特別，在於它們的樹汁具有類似濃縮紅盧克辛的特質。這種樹要一百年才會長到完整大小，眼前這些巨木在被砍下之前，就已經好幾百歲了。不過一旦它們成熟之後，人們就可以在樹幹上鑽孔，只要樹幹夠粗，樹汁就會緩緩流出，可以當作燃料使用。這八根巨木的樹身上都有一百二十七個洞，這個數目顯然曾經具有特殊意義，不過現在已經無人知曉。乍看之下，這些樹木彷彿在燃燒，但是火焰持續不斷，而且從來不會吞噬巨木本身。柱身是象牙白色的，只有每個火孔外有些漆黑的煤渣。加文知道這些火焰不可能眞的是永恆之火，但據說這些阿塔西夫斯塔樹已經日夜不休地燃燒了五百年，而且看起來也不像有短期內會熄滅的跡象。或許頂部附近的火焰因爲樹汁會向下沉澱而看起來稍嫌黯淡，但加文也不敢肯定。

尙未成熟的阿塔西夫斯塔樹可以當作絕佳的柴火。只要一綑就夠一間小屋度過整個冬季。難怪它們會滅絕。

大廳裡不需要火把照明，當然，但是馬蹄形拱窗上的彩繪玻璃外還是點有火把，好讓這些白色、綠色或紅色的彩繪玻璃不分日夜地持續發光。

彩繪玻璃窗上的色彩、形狀，對於建立這座奇觀的人而言都具有象徵意義，而加文完全不知道這些意義爲何。這讓他再次覺得自己十分渺小。他不認爲自己建造的東西能夠在他逝世五百年後依然存在。確實，他哥哥加文摧毀這座城市時沒有一併夷平此地，完全算是它走運。

進入大廳時，加文的目光自雄偉的巨木上轉移到坐在大餐桌上的男男女女，所有人都轉頭看著他。他在走過兩道陰影時分心了片刻。他瞬間轉頭，以爲有人要暗殺他。結果不是殺手，是黑衛士。大廳門兩旁各站了一個，大廳四周還有幾十個，每一個他都認得。黑衛士？這裡？

喔，運送參加解放儀式的馭光法師的船到了。一定是鐵拳下令要這些黑衛士同行的。

他的目光回到餐桌上。桌旁起碼有兩百個馭光法師在等他。一個小班級，正如白法王所說。但她沒有提到班上有些什麼人。加文認得所有人的長相，還知道大部分的名字。他看到伊森．紅和伊森．藍、珊蜜拉．沙耶、馬羅斯．奧洛斯、人稱「紫熊」的不連續雙色譜法師尤瑟夫．泰普、迪迪落葉、帕里亞姊妹塔拉和塔莉、塔維德．阿拉許、泰龍．金姆、艾勒雷夫．可辛、單純貝斯、小達洛斯．譚諾斯、狂野巫山、伊薇．葛拉斯、火手、奧迪斯．卡文眞。觸目所及都是稜鏡法王戰爭裡的英雄，兩個陣營都有。這些都是七總督轄地最高強的馭光法師，而且代表了七總督轄地，就連伊利塔人都有代表出席，雖然只有火手一個；而艾勒雷夫．可辛則代表阿伯恩人。

加文停下腳步，難以置信。每年都有幾個當年參戰的馭光法師參加解放儀式，但是除了戰後那年有很多馭光法師因爲施法過度而被推向崩潰邊緣之外，這些年來從沒有這麼多偉大的馭光法師同時參加解放。

這些馭光法師在戰時都很年輕，加文認識他們，也深怕他們會開始凋零，但是這麼多人，都在同一年？

「我們有約定。」狂野巫山回應了顯然困擾加文的問題。「當年有些並肩作戰的人決定只要有人必須參加，我們就統統參加。我本人是還想要多撐個一、兩年，但最好還是在全盛時期解放，不是嗎？」

「最好是在保有理智的情況下解放。」紫熊大聲道。

「最好是一起解放。」珊蜜拉．沙耶說。「別再讓迪迪難受了。」

確實，迪迪落葉的情況看來比其他人都糟。她的皮膚已經蒙上一層綠色光澤，而眼中的斑暈已經完全蓋過從前的藍色虹膜。她微微一笑。「稜鏡法王閣下，這是我的榮幸。我已經期待這次解放很久了。」她行了個屈膝禮，就和大部分年長戰士一樣，刻意忽略自己當年是爲達山而戰的事實。

其他馭光法師在她的帶領下，也依照各自國家的慣例行正式鞠躬或屈膝禮。加文鞠躬回禮，正視他們的目光，以確保自己對兩個陣營的馭光法師釋出同等的敬意。

內心深處，就像每次解放時一樣，他覺得十分難受。他很想告訴與自己並肩作戰的馭光法師們說他是他，不是加文，而這是最好的安排。但結果他只是與他們一起坐下，坐在易怒的狂野巫山身旁，看著奴隸端出熱騰騰的食物和冰涼的橘子汁及紅酒。

「當我向其他人提起時，」巫山不太情願地朝加文陣營的伊森和珊蜜拉點頭。「他們認爲今年也很適合他們解放。」

「我們希望，稜鏡法王閣下，這樣做可以幫助七總督轄地……忘記那場戰爭。」珊蜜拉．沙耶說，因應政治考量而沒說僞稜鏡法王戰爭。「甚至成爲好朋友。」

「個人認爲，」馬羅斯．奧洛斯，加文見過最矮的魯斯加人，說道：「我很高興可以參加沒有繁文縟節的解放儀式。沒有煙火、演講，還有那些永遠沒必要履行約定的總督、女總督、傲慢的貴族講那些言不由衷的鬼話。解放是很神聖的儀式。應該是個人、稜鏡法王，還有歐霍蘭之間的事。其他一切都是繁文縟節。」

「繁文縟節？像是與稜鏡法王共進晚餐，還有你的解放課？」伊森．紅問。他是帕里亞人，瘦得像鞭子一樣，也像鞭子一樣機警。他把高特拉摺起來戴，看起來很像眼鏡蛇兜帽。他從十七歲開始就是這個造型，毫不在乎旁人的嘲弄。大家都說他裝模作樣，直到他在第一場戰役中以快如閃電的攻擊、疾如飛箭的火球擊倒無數敵人之後，再也沒人膽敢嘲弄他。

馬羅斯張嘴欲言，但發現再講下去會和伊森．紅起衝突，於是轉而將注意力放回食物上。

塔拉，有著一頭短白髮、紅色斑暈覆蓋棕色虹膜的帕里亞老女人，說道：「你知道，高貴的稜鏡法王閣下，鐵拳指揮官說你在進行一項小計畫。這讓我想起了一首關於流浪者的古詩。那是怎麼說的，有些工作……」

那是一首很有名的詩；他們全都聽過。她甚至不用把話說完。她是在提議幫加文建造城牆。「那眞是太好了——」加文開口。

單純貝斯，少見的提利亞多色譜法師，側過頭來插嘴道：「『有些高貴的工作還有機會完成，不要淪為反抗諸神的凡人』。吉維森，《流浪者最後的旅程》，第六十三和六十四行。」他抬頭，看見大家都在看他，隨即羞澀地低下了頭。

「這樣實在太好了。」加文說。「如果有人對此抱持異議，不願意參加，我可以瞭解，但如果你們願意的話……我非常感激。」這是天上掉下來的禮物，而且根本不會耗費他們多少代價。這些馭光法師並非所有人都行將就木，大多數人都仍如日中天，而且許多人的色譜魔法技巧都異常高超。有他們幫忙，將能逆轉形勢。

當然，這些也都是最熟悉加文和達山的人。如果有人能夠發現加文是冒充的，肯定就是這個房間裡的人了。而他們都即將解放，如果發現這個祕密，絕不會顧忌揭發這件事的後果。

加文胸口一緊，以微笑掩飾恐懼，彷彿他是在笑單純貝斯有多聰明又有多單純。桌上四面八方都有人以微笑回應。加文知道，其中有些笑容肯定是笑裡藏刀，但他不可能知道是哪些人。誰比較可能想摧毀他？是原先以為他是他們的朋友，結果卻發現他頂替了加文的那些人？還是曾經與他並肩作戰，以為他早已戰死，現在才知道他背棄了他們的那些人？

單純貝斯盯著加文，臉上沒有笑容，腦袋側向一邊，以極度敏銳的雙眼打量著一切。

# 第六十九章

「男孩跑了。」鐵拳說。快午夜了。他們站在洞石宮殿的頂樓，看著下方的海灣。「基普。」他說，好像有可能在說其他男孩一樣。不過他沒說：「你兒子。」

所有人都絕口不提我曾經做過的錯事。我做過的錯事。是呀。謝了，哥哥。「爲什麼沒人告訴我？」加文問。他一個晚上都在認得他們兩兄弟的馭光法師面前假裝是他哥哥，而且還要裝出很愉快的模樣。那種感覺讓他有點擔心。他與從前的敵人談笑風生，而且總是覺得視線模糊。身爲達山時所痛恨的這些男男女女，其實人都不錯。少數達山的老友，不是全部，會在言談之中透露出不悅的情緒，而這讓他不太願意和他們交談。加文看著這些爲了避免自己身分敗露，而把他們安排到遠離大小傑斯伯的地方居住或工作的男女，心想：「我毀了你們一生，你們毫無所覺。而我很想念你們。」

「我們也才剛發現。這張字條擺在桌上。另一張放在床單下。」

聰明。基普辦到了他此刻想要辦到的事：爲自己爭取時間。讓我們一整天都沒去找他。加文揚起手，心知鐵拳有把字條帶來。鐵拳交出字條。

重要的那張寫道：我是個年輕的提利亞人，當間諜比待在這裡有用。不會有人懷疑我。我會試著找出卡莉絲。

間諜？歐霍蘭打我吧。「還有其他事嗎？」加文問。

「他牽了匹馬，還帶走一條錢幣。」

「好讓自己陷入更多麻煩，而不只是光拿謊言當武器就闖入敵人營地。」加文說。

鐵拳沒有回話。他習慣不理會顯而易見的陳述。「達納維斯家的女兒也跑了。馬夫說她向他要馬，但是他拒絕了。聽起來像是她找到字條，然後追了上去。」

加文凝望著海灣。守護海灣入口、所有水手都要穿越她雙腳的守護者雕像，一手握著長矛，一手握著火把。火把是由一名黃法師負責，他唯一的工作就是在火把裡灌注液態黃盧克辛。火把上有特殊溝槽，讓黃盧克辛緩緩暴露在空氣下，進而恢復成閃亮的黃光。再藉由鏡子凝聚這些光芒，傳入夜空，利用風力和駝獸運轉的風車讓光線緩緩轉動。今晚，光線照亮了霧茫茫的黑夜，將黑暗分割成一片一片。這就是馭光法師該做的事：將歐霍蘭的光帶給世界上所有黑暗的角落。

這就是基普想做的事。

鐵拳說：「如果他跑來我的營地，又能保持低調的話，我不會懷疑他是間諜。因爲他看起來就像個很糟糕的間諜，或許？「說起我們的間諜，你查出什麼沒有?」

「克拉索斯城主一副無辜的樣子跑去檢視碼頭，還帶了一個看起來非常無辜但又重得詭異的袋子。他看到我的時候似乎非常高興。」鐵拳說。

「你只有在生氣的時候才會諷刺人。」加文說。「繼續。說來聽聽。」

「我發誓要保護基普，稜鏡法王閣下，但是首先，那些間諜——」

「在我困惑的時候，你可以叫我加文。」加文冷冷說道。

「間諜回報——」

「直接說吧，看在歐霍蘭的份上。」

鐵拳咬牙切齒，接著努力放鬆。「我必須去找他，加文，這表示我不能待在這裡，幫忙守城、指揮部下。」

「你是帕里亞人，身材又高大，根本可疑到了極點，這表示你如果去找他——基於榮譽——很可能會被殺，而這不只表示你會死，我猜你並不想死，同時也表示保護基普的任務會失敗，而這任務是你跑去找他的唯一理由。你不能把這個任務交給其他人，因爲你承諾要親自保護他，再說，其他黑衛士也都和你一樣顯眼。」並不是說黑衛士的膚色比提利亞人深，或是頭髮比提利亞人鬈。過去幾百年來的異族通婚，已經讓許多提利亞人擁有了上述兩樣特徵。儘管長有一雙藍眼，基普還是能當間諜；提利亞人已經習慣戰後留下來的少數民族。

問題在於這些膚色黝黑的馭光法師，不但體格異常壯碩，眼中還會散發強大的危險氣息，不管走到哪裡都非常顯眼。黑衛士就算混在帕里亞馭光法師部隊裡面，仍鶴立雞群。

「大概就是這樣。」鐵拳承認道，怒氣似乎因爲加文說出了他生氣的原因而緩和了一些。

「我們的間諜還說了些什麼？」加文問，暫時放下鐵拳擔心的事。

鐵拳似乎也很高興不用討論他的難題。「有些人來自加拉杜王的營地，而我認爲我們的麻煩比想像中大。」他把高特拉推到旁邊，以指尖搔搔頭皮。「這是宗教問題。」

「我以爲你不是信教的人。」加文試圖讓話題輕鬆一點。

「你怎麼會這麼想？我經常與歐霍蘭交談。」

「『歐霍蘭呀，我爲什麼會淪落到這個地步』？」加文以爲他是在開玩笑。

「不。我是認眞的。」鐵拳說。

「喔。」鐵拳，虔誠？

「但你知道那是怎麼回事。你也隨時都在和祂交談。你是神選之王。」

「我不一樣。」顯然非常非常不一樣。「不過很抱歉，我開了玩笑。宗教問題？」

「這不光只是自封國王的政治問題。拉斯克·加拉杜試圖顛覆自盧西唐尼爾斯降世以來，人類所成就的一切——一切。」

加文冒出一股難以言喻的憂慮。「遠古諸神。」

「遠古諸神。」鐵拳說。

「去把基普帶回來，指揮官。不擇手段。如果有人抱怨，叫他們來找我。可以的話，連那個女孩也一起救。我欠她父親一筆永遠無法解釋的債。」

加文斷斷續續地睡了一下子。他向來睡不久，但每到解放儀式之前，失眠的問題就會變得更嚴重。他討厭每年的這個時候。討厭裝模作樣。躺在床上時，他感覺胸口緊繃。或許，他該讓哥哥贏。或許，加文能做得比他出色。至少，如果那樣，他就不會在這裡了。

胡扯。

不過他還是忍不住要想，加文會不會是比他更稱職的稜鏡法王，加文向來都比達山更能承擔責任。他簡直看不出他哥哥肩頭承受了任何重擔。好像那傢伙完全不會自我懷疑一樣。達山向來都很羨慕加文這一點。

早晨很快就來臨了。達山坐起身來，換上面具，再度成爲加文。他感到胸口傳來一陣刺痛，緊扣他的喉嚨。他辦不到。

胡扯。他只是在想念基普和卡莉絲、擔心達納維斯的女兒、害怕一整天汲色過後要面對的疲憊。除了堅持下去，他什麼都不能做。

他慢條斯理地洗了個澡——加文爲什麼要這麼騷包？——吃完早飯，然後騎馬往城牆前進。一名年輕的橘法師正等著他。

這個馭光法師是沒辦法應付力量的可憐人。魔法上癮者。他連二十歲都不到，是出生在山林的帕里亞人，但是他沒有戴高特拉，而是把頭髮綁成許多髮辮，然後用皮繩綁在腦後。他身上的其他衣物也跟頭髮一樣反傳統——所有的傳統都反。橘法師能夠清楚看出其他人喜歡什麼。大部分情況下，他們會充分利用這點，變得和他們的盧克辛一樣圓滑。但是有些橘法師卻會反抗所有習俗，成爲藝術家或叛逆分子。由這個人將來自不同國度的衣服搭得還不錯、所有色彩和花紋都能相互搭配這點來看，加文猜他是個藝術家。不過這個年輕人的橘色斑暈已經十分緊繃。他肯定沒辦法撐到明年的解放儀式。

「稜鏡法王閣下，」年輕人說。「我能幫什麼忙？」

太陽才剛升到地平線上，所有能在不傷害自己或失去控制的情況下汲色的馭光法師，都已經聚集在城牆上。這麼多馭光法師，讓本地工人看得有點目瞪口呆。

「你叫什麼名字？」加文問。他不記得見過這個年輕人。

「阿黑亞德。」

「你是藝術家。」加文問。

阿黑亞德微笑。「有那樣的祖母，我沒多少選擇。」

加文側頭看他。

「抱歉，我以爲你知道。我祖母是塔拉。我四歲的時候，她就看出我會成爲橘法師，還會成爲藝術家。她強迫我媽幫我改名。」

「塔拉有時候很……嗯，有說服力。」加文說。

男孩斜嘴一笑。

這個男孩和他祖母一起參加解放儀式。他感應到一個悲傷的故事，一個家庭的哀痛，同時失去兩個世代，但此刻沒必要觸及這件事。時機成熟時，一切都會明朗。「我需要藝術家。」加文說。「你手腳快嗎？」

「最好夠快。」阿黑亞德說。

「你可不可以啊？」加文知道阿黑亞德可以，不然科凡不會派他過來。他想知道在面對如此龐大的工程時，這個年輕人會勇敢面對，還是猶豫不決？

「我是最好的。」阿黑亞德說。「要做什麼？」

加文微笑。他喜歡藝術家。有時候。「我要建造一座城牆。和建築師合作，以便保留所有實用功能，而你的工作是要爲城牆添加恐懼感。你可以找任何老馭光法師來幫忙。我會給你一些拉斯凱森的畫像參考。可以的話，請盡量做成那個樣子。你要要求藍法師保持外型，然後我在裡面灌注黃盧克辛。我先處理實用部分。我們會在兩、三天後開始把你設計的東西裝上城牆。」

「我要做的東西……要做成多大？」

「城牆有兩里格長。」

「所以就是……很大。」

「超大。」加文說。讓年輕藝術家只負責設計外型，他就可以不用汲任何色，在阿黑亞德如此接近崩潰邊緣的情況下，這很可能會救他一命。

他們一直弄到中午才終於開始準備汲色。加文要求所有老戰士研究城牆的設計圖，其中不少人都提供了建議。這些建議從增建廁所——並且確保排泄物可以藉由牆壁正面的溝道排到敵人身上——到重新設計火砲座，並在幾個砲台增建火爐來讓砲彈加熱。加熱過的砲彈可以讓攻城機器起火燃燒。另外有人建議在地板上增加紋路，並且挖掘溝渠，不光是牆外用來排雨水的，這個已經有考慮到了，還有在牆內用來排血水的。

很多好建議，也有很多糟糕建議。城牆應該要大一點、小一點、寬一點、高一點。應該留空間架設更多火砲、更多弓箭手、更多醫療用床，軍營應該設在牆內，諸如此類。

中午，加文綁回他的固定帶，回到城牆的軌道上。其他人聚到他身邊，製作各式各樣幫忙固定他的東西。接著他開始工作。

# 第七十章

兩天之後，基普和麗芙終於看見了加拉杜王的軍隊，像坨巨大的牛屎塊般攤在平原上，污染著河道。他這才發現自己的計畫愚蠢到難以想像。

*我要大搖大擺地走到那裡面去解救卡莉絲？*

比較可能東倒西歪地走進去。

他們騎馬來到一座小山丘頂，一邊慶幸有機會休息，一邊掃視下方那一大群人。一望無際。基普從未估算過人群數量，也從來沒見過這麼多人。

「妳覺得有多少，六萬，或七萬人？」他問麗芙。

「超過十萬，我猜。」

「我們要怎麼在這麼多人裡面找出卡莉絲？」他問。*我期待會看到什麼，一面招牌，或許？*「抓這裡的馭光法師來問？」

營地裡亂哄哄的，有人在馬車旁架設遮棚，有帳篷的人互相吼叫，爭奪紮營地點，小孩跑來跑去，堵住帳篷、馬車和牲口之間的空位。儘管太陽已經下山，天空依然明亮，平原上到處都有人在生火。基普聽見不遠處有人唱歌。人們在河裡游泳、洗澡，下游處有些士兵迅速架設畜欄。牲畜弄髒了河水，但是似乎沒人在意。有些人站在河岸上直接往河裡撒尿；營地上游與下游的河水顏色完全不同。到處都有人拿著水桶直接從河裡裝水。

*或許我只喝酒就好了。*

更重要的是，空氣中瀰漫著烤肉的香氣。

基普的肚子開始抱怨。他們的食物吃得比想像中快——大多是被他吃掉了——現在他已一無所有。好吧，除了他偷來的那條可能是某人半年薪水的丹納幣。

喔，那個呀。

「我們分頭行事。」麗芙說。「你直接前往營地中央。我想那就是國王紮營的地方。她很重要，所以他們或許會把她關在國王附近。我去馭光法師營地找找。受俘的馭光法師可能會交由其他馭光法師看管。她肯定在這兩個地方之一。我們大概三個小時後回這裡會合，如何？」

基普點頭同意，心裡十分佩服。要是他獨自一個人，肯定會不知道該怎麼辦才好。

她幾乎立刻就溜下馬背出發。毫不遲疑，毫不猶豫。基普看著她離開。他好餓。

基普牽著溫馴的大馬，在牠嘗試吃兩旁的青草時使勁拉扯，朝向一片大營火走去。火堆上烤著不只一隻，而是兩隻野豬。就在基普眼前。在他吞嚥口水的當下，一個他這輩子見過最肥的女人，熟練地沿著關節切下一隻豬腳。那個味道好香、好濃、好誘人、垂涎欲滴、如夢似幻、難以抗拒。基普動彈不得——直到他看見她把肉舉到嘴前。

「不好意思！」他說，聲音比想像中還要大聲。營火附近的人都抬頭看他。

「不准聞。」胖女人說，接著一口咬下油膩膩的火腿。基普內心死了一小部分。接著又在火堆旁那些殘酷的男男女女大聲嘲笑他時越死越多。一手拿著豬腳、一手拿著長刀的胖女人，邊吃邊笑。她至少有三層下巴，五官消失在肥肉裡，就像個笨小孩被一群惡霸圍起一樣。她的亞麻裙大到可以充當帳篷。眞的可以。她轉身背對基普，把長刀插回刀鞘，伸手繼續轉動烤豬叉。她的屁股看來不光只是搖搖晃晃的屁股，根本是棟房子。

「不好意思，」基普恢復了說話能力。「請問我可以買點晚餐嗎？我有錢。」

營火旁的所有人都豎起耳朵。基普突然開始懷疑自己是不是找錯營地？這個營地的所有人都像這些人一樣髒嗎？

基普環顧四周。呃，沒錯，他們眞的都這麼髒。

喔，狗屎。

他在放有錫丹納錢幣條的皮製錢袋裡摸索。他帶走這條錢袋，是因爲裡面已經放了錢，也比零錢方便攜帶。把錢幣疊成錢幣條，是很棒的攜帶方式。用方形的柱體插入丹納幣中央的方孔中，並且固定長度，方便迅速算錢——現在還是有人在用尺來計算別人的錢，當然——這樣不但方便，而且不像用錢包會在走路時叮噹亂響。再說，錢幣條可以用皮繩綁起，然後固定在皮帶或衣服裡，就像基普現在這樣。他看見這錢幣條的反光，於是就拿走了。

但是，當基普拉出錢幣條、拔出第一枚錫丹納時，他發現了一件很糟糕的事。他僵掉了。重量沒錯，至少差異沒大到讓他察覺，但他拿出來的硬幣不是錫幣。一丹納大概是普通工人一天的薪水。像他媽媽那樣技術不佳的工人，一天只能掙到半丹納。他以爲他拿的錢幣條都是錫幣，每枚價值八丹納。

結果，他拿的是銀昆塔。銀幣比錫幣寬上一點，但只有一半厚，銀也比錫輕一點，一枚銀昆塔價值二十丹納。一條銀昆塔有五十枚銀幣，比同一根棒子上能插的錫幣數量多了一倍。所以，他不是從洞石宮殿偷了兩百丹納——這已經是一大筆錢——出來，而是偷了一千丹納。而他在眾目睽睽下取出一枚銀幣，並且明白表示他還有更多。

交談瞬間停止。在搖曳的火光照耀下，不少人的雙眼像狼一樣發光。

基普把剩下的錢塞回錢袋，希望沒人看見袋子有多鼓。有多鼓重要嗎？他的命或許連一枚銀昆塔都不值。「我想買另一隻豬腳。」

胖女人放開烤肉叉，朝他伸手。

「要找十九丹納。」基普說。一整天的工錢應該夠買三隻野豬腳。

她得意地笑道：「我們這裡是慈善之家，真的。看起來像盧克教會，呃？十丹納。」

「十丹納，就一頓飯？」基普問，不敢相信她是認真的。

「不然你可以挨餓呀。你不會餓死的。」女人說。

這個胖女人竟然嘲笑他胖，而他偏偏還什麼都不能做。這種感覺讓基普僵在原地。他咬一咬牙，環顧四周，交出那枚昆塔。

龐然巨獸接過那枚昆塔，放在嘴裡咬了咬，稍微咬凹了一點。如果是假錢，在錫幣外鍍銀的話，這樣咬就會發出錫幣特有的清脆碎裂聲。在透過重量和花紋確認那是貨真價實的銀昆塔之後，她把硬幣收好。她拿起玻璃杯喝了一口酒，放下杯子，然後割下一隻野豬腳。她這麼做的同時，基普注意到營火旁少了幾個人。

他們肯定會在暗處等他。歐霍蘭呀，他們看見剩下的銀幣條了。

剩下的男男女女也以不是非常友善的目光打量著他。他們坐在行李、樹墩，或是地上，大部分都安安靜靜地看著他。有些人一邊喝著紅酒或麥酒，一邊交頭接耳。一個目光呆滯的女人，頭躺在長髮微禿、滿臉鬍碴的男人腿上，輕拍他的大腿。他們兩人都在盯著基普。

那條鯨魚把野豬腳交給基普。

基普看著她，等她找錢。

她透過層層鯨油，神色茫然地看著他。

幾週前，基普肯定會就這麼算了。他早已習慣讓人當成泥土踐踏，不管是忽視或是欺負他。但他無法想像加文．蓋爾被人欺負的模樣，就算處境對加文不利時也一樣。基普或許是私生子，但如果他體內有一滴稜鏡法王的血液，他就絕對不能嚥下這口氣。「我的十丹納。」基普說。

營火對面一個醉醺醺的女人突然難以克制地狂笑，直到開始發出豬一樣的聲音，然後笑得更大聲。這表示她不光是喝醉了。

「我看起來像是有十丹納可以找給你的樣子嗎？」鯨魚問。

「妳可以把銀幣切成兩半。」

她拔出長刀，聳了聳肩，走到基普面前。她渾身都是米酒味。「抱歉，沒刀。」

基普立刻瞭解是怎麼回事。旁邊有好幾個男人也坐起身來，不僅只是更加注意這裡的狀況，還隨時準備撲上來。他們不只是知道這條鯨魚會騙他並等著嘲笑他，不只是等著看鯨魚騙他，還要知道他好不好欺負。基普會不會就這麼摸摸鼻子算了？如果他好欺負，他就會成為目標。如果他有一昆塔，或許還有更多。

但是他能怎麼辦？交還食物嗎？不，就算這樣，她也不會歸還銀幣。如果就此離開，他就等於是承認懦弱。有人會在黑暗裡等他。如果他攻擊她，他們會怎麼做？如果他在毫無預警的情況下，對準那張肥臉狠狠一拳？

他們當然會動手。把他痛毆一頓之後，他們就會搶走他身上的錢。

如果要逃，就算眞逃得掉了，他也保不住馬。即使牠是全世界最溫馴、死到臨頭也不會跑掉的動物，他也沒辦法就這麼跳上馬鞍，騎馬逃走。

「那好。」基普說。他轉身彷彿要走，結果是拿起她的玻璃杯。「那我要喝酒配晚餐。剩下的錢不用找了，就當是服務費。」他聞了聞酒杯。正如他所料，米酒。爲了裝出男子漢的模樣，他喝了一口酒，然後在嘴裡燒起來的同時努力壓抑臉上的表情。接著，他的喉嚨也燒起來，然後是胃。

本來準備要站起來的男人，統統又坐了回去。

「介意我今晚在這裡睡嗎？」基普問。

「要付錢。」頭髮留到背上，但正面已經開始禿的男人說。

「當然。」基普說。他現在已沒有幾分鐘前那麼餓了，但還是強迫自己吃掉油膩膩的野豬腳。野豬繼續烤，其他男人和女人都上前來割肉吃。

吃完之後，基普吮吮手指，然後朝他的馬走去。走出一段距離後，他開始期望他們會就這麼讓他離開。

「你要幹嘛？」微禿男子問道。

「我要幫我的馬刷毛。」基普說。「牠今天很累了。」

「你哪兒都不用去，我不要你接近我的馬。」

「你的馬。」基普說。

「沒錯。」男人對基普露出滿嘴黑牙——看起來不像微笑，也不像是想咬他的模樣——並且拔出一把刀。

「我們也需要你的錢袋。」

火堆旁的女人就這麼看著，無動於衷。沒有人上前幫忙。另幾個男人加入基普面前的兩個男人。

基普望向暗處，儘管視覺受到火光影響，依然看得出來有好幾條黑影在等著他。

把身上的財物交出去，或許只要被打一頓就可以了，基普。你知道自己不可能全身而退。拖延時間，或許附近有營地守衛可以救你。

「滾進永恆之夜吧！」基普說。他把酒杯頂在一個馬車車輪上打碎。

「愚蠢的小子。」微禿男子說。「大多數人這樣幹時，都會留住握把，不是打爛它。」

基普撲向前去，將米酒灑向男人。微禿男子皺起眉頭，揉著刺痛的雙眼，將刀換到左手。「你知道嗎？我要殺了你。」他說。

基普大叫一聲，直衝而上。

男人沒想到他會這麼做，還在揉眼睛。他揚起手臂，擋下一拳，但是基普矮身衝向他的腹部，閃過那把刀，頭頂撞上他的肚子。男人慘叫一聲，向後跌開，在營火旁絆倒。

一時之間，什麼都沒發生。接著，他手上的米酒起火燃燒。他大喊一聲，舉起手掌，接著頭髮著火了。他的鬍子著火了，他的臉也著火了。他的叫聲轉尖，變成痛苦的慘叫。

基普拔腿就跑，直接衝過著火的男人。

一開始沒人採取任何行動。接著有人撲向他，沒抓到他的身體，但是打中他的腳跟。基普重重倒地。

他離營火還不出三步。

跑得真快，胖子。

他即時翻身，看見著火的男人在慘叫聲中衝向胖女人。她尖叫，很難想像如此龐大的女人會發出這種刺耳的聲音，開始揮刀砍向那個男人。

接著，三個男人開始攻擊基普，身後的營火讓他們看起來像是奇形怪狀的大黑影。一人踢中基普的肩膀，另一人踢中他另一側的臀。劇痛穿體而過，令他難以呼吸。他蜷縮成球。

他背上和腿上腳如雨下。其中一個男人湊到他身上，毆打他的屁股、腳，試圖瞄準他的胯下。有人踩他的頭。這腳沒踩準，不過還是踩到他的鼻子。熱血濺灑在他臉上，他一頭撞上地面。

基普一片模糊的腦裡只剩下一個想法。他們會殺了我。他們不打算懲罰我。他們要殺我。死就死吧。但我就算死也要站著死。他四肢撐地，掙扎起身。

這樣等於是露出肋骨給人攻擊，立刻就有人踢中他的身側。他悶哼了一聲，咬牙承受。

三個成年男子攻擊一個什麼都沒做的男孩。這種不公不義的事，激發了他體內一股不屈不撓的意志。不，現在不只三個了。有更多人在圍毆他。但是多出來的人只是更激發基普的怒氣。他拱起身體，蓄勢待發，將腦袋縮在肩膀之間。下地獄焚燒吧，我承受得起。

接著，一聲恐怖的喊叫，基普從未聽過的叫聲，從未想過自己有能力發出的叫聲。他跳起身來，跨步站穩。之前行動緩慢的模樣更凸顯這個動作來得有多突然。

他一邊吼叫、一邊噴血，把血灑在一個衝過來踢他的男人臉上。基普彷彿一頭洞穴熊般，突然之間人立而起。那個男的瞪大了雙眼。

基普抓起男人的上衣，用力拉扯、轉身、吼叫，然後把他丟向唯一沒人阻擋的方向。營火。

男人看見自己飛向火堆。他伸手抓向火堆上的烤肉叉，沒有抓到，結果手肘撞上烤肉叉，身體側翻，疾墜而下，腦袋直接摔在火堆中央，烤肉叉也被壓垮。

基普沒有看，沒有去聽對方的慘叫。有人擊中他的肚子。正常來講，這一拳會讓他捧腹彎腰。但此刻他並不把這陣疼痛放在心上。他找到攻擊他的人——一個比他高上一呎的大鬍子，正一臉不敢相信這個男孩竟然沒有倒地的模樣。基普抓起對方鬍子，奮力扯向自己。同時像頭公羊般地撲上前去。當基普的頭撞上對方時，對方臉上發出一陣清脆的骨碎聲響。對方吐出鮮血和幾顆牙齒，就此倒地不起。

基普在憤怒中看見希望之光。他再度轉身，尋找下一個目標，隨即聽見頭上傳來鈍器撞擊的聲響。

基普倒在地上。他甚至沒察覺自己摔倒，突然之間就躺在地上，看著一個滿臉獰笑、手持木柴的傢伙站在身前。他身後還有四個男人。四個？還有那麼多？基普雙眼泛淚、頭昏眼花，根本沒辦法確定自己有沒有數錯。

他再度四肢撐地，卻立刻又摔回去，眼冒金星。他毫無平衡感。

「把他丟進火裡！」有人叫道。

還有其他人在叫，不過基普聽不清楚。接著，他四肢被人抓住，身體騰空而起。他顏面朝下，高溫的火焰撲面而來。

四人停下腳步。「別把我們推進去了，混蛋！」前排的一個男人說道。

「數到三！」

「歐霍蘭呀，他眞胖。」

「又不用丟多遠。」

「他會像鍋裡的培根一樣滋滋亂響，是不是？」

「一！」

基普晃向火堆，他發誓自己的眉毛全都在高溫下鬈曲。他被恐懼擄獲。頭昏眼花立刻消失。

他晃離火堆。

「二！」

夠了。生存的機率太低了。我努力過了。我一無所有，有什麼好怕的？我鄙視自己。死了又怎樣？就是痛一下，怎樣？痛苦很快就會永遠消失。然後一切灰飛煙滅。

基普這回離火更近。他緊閉雙眼，迎接高溫。他的眉毛和睫毛開始融化。火舌像貓一樣地輕舔他的臉。

蓋爾家的人絕對不會放棄。他們接納了你，基普。期待你會盡力而爲。加文、鐵拳、麗芙，他們讓你這輩子第一次擁有歸屬感。而你打算讓他們失望？

就這樣，恐懼消失了。不。

他們再度將他晃離火堆；最後一次。四個男人。四個朗米爾。四個他媽媽，把他當作狗屎，還期待他會忍氣吞聲。

去他媽的。突如其來的強大恨意能與火焰的高溫抗衡。

「三！」

男人們把他向前甩出。

基普瞪大雙眼，感受到自己眼中情緒滿溢——但不是恐懼，恐懼已經消失。他雙眼瞪大凝望火堆，如同愛人睁大雙眼看著深愛之人。對，美人。對，妳是我的。

四周突然響起一陣狂風怒吼。火焰形體幻化、竄向基普——進入基普體內，然後消失。火堆轉眼熄滅，整個營地陷入一片漆黑。

男人大喊，丟下基普。

基普幾乎沒有察覺。

他墜入餘燼，以左掌撐地，在掌心握住一塊滾燙的木柴時聽見滋滋聲響。儘管火焰都已被他吸光，但餘燼依然炙熱無比。

基普幾乎沒有察覺。憤怒如同汪洋，而他漂蕩在其中。他不是自己，沒有意識到自己的存在。他眼中只有他所痛恨的人，必須除掉的人。

他放聲大叫，朝天揚手。高溫順勢揮灑，在他掌心一呎外的空中化為烈燄，在天際染出藍、黃、橘、紅等色彩。他站起身，體內的血管炙熱沸騰，難以忍受的高溫。儘管一片漆黑，他還是清楚看見剛剛抓他的那些人，看見他們的體溫。其中一人絆倒在地，目瞪口呆地看著他。

基普朝他揮出一手。火焰吞噬了整個男人。

其他人拔腿就跑。

基普左手揮向一人。張開手掌時，他感到皮膚龜裂，但痛楚彷彿是遙遠的回音。他同時也用右手瞄準。轟！轟！轟！三顆火球，每一顆都像他的拳頭那麼大，竄入黑夜，後座力差點將他推回火堆。但是，每顆火球都擊中目標，沉入男子的背心焚燒內臟，在他們倒地時燒成焦炭。

基普雙膝著地，渾身火熱，熱到受不了，於是再度揚起雙手。儘管左掌已經血肉模糊，但烈燄自他雙掌中沖天而起。接著，他的視線恢復正常。他大口呼吸，彷彿剛從惡魔的掌控中解放，整個人空蕩蕩、宛如空殼，一部分人性被大火吞噬。

營火再度燃燒，火勢比之前小很多，炭裡的高溫慢慢讓木柴恢復成火焰，照亮四周的馬車，以及想弄清楚是怎麼回事聚集而來的受驚人群。

在油燈、火把和再度點燃的營火照耀下，基普以理智的雙眼打量眼前的景象。營火旁有許多人圍成一大圈，每個都一副隨時準備拔腿就跑的模樣。四周躺了幾具屍體——剛剛打算把他丟進火堆裡的那四個男人都死了，其中一個化爲帶著焦肉的骷髏，其他的背上則都有基普掌心大小的大洞。

至於其他人的情況看起來更加淒慘。被基普潑米酒的男人，臉部和胸口的皮膚統統脫落，手臂和身上有多處刀傷。他躺在地上，輕聲哀鳴，焦黑的頭皮上還剩幾根頭髮。胖女人躺在他旁邊，哭得泣不成聲。著火的男人必定是一頭撞上她，因爲她的臉燒焦了，右側滿是水泡，眉毛沒了，頭上前半部的頭髮統統融化，而她的長刀不知爲何插在她的右腰上，直沒至柄。鮮血沿著臉頰滴落。不過被基普丟到火堆裡的男人更慘。他卡到烤肉叉，墜勢受阻，只有腦袋摔入火堆正中最燙的木炭。

他掙脫火堆，奇蹟般地存活下來，而且還有意識。他無力地哭泣，彷彿就連哭泣都會造成劇痛，但又無法不哭。他翻過身，露出頭上的燒傷。他的皮膚沒有被燙掉——就像雞被黏在平底鍋上一樣地黏在木炭上。他的顴骨外露，臉頰完全燒穿，牙齒都被隨著眼淚帶來的鮮血染紅，眼睛被燒成白色。

唯一有可能活下來的，就是被基普打斷牙齒的大鬍子。他昏迷不醒，不過基普看得出來他還活著。

基普快步走向馬，心裡沒有任何感覺。他沒有計畫。他必須離開現場。他覺得羞愧難當。他一路走到馬前，這才看到那些士兵。他們包圍了營地，但是遠離人群。基普看著其中一名騎在馬背上的士兵，他猜他是軍官。

「很抱歉，先生，我們不能放你走。」軍官說。「等會兒會有自由法師來找你。」

「他們攻擊我。」基普疲憊不堪地說。「想要搶劫。我……我無意……」他靠在馬上。這頭愚蠢的動物沒有逃跑。喔，牠沒看見發生了什麼事，而且牠被綁著，就算想跑也跑不了。儘管如此，他還是以爲牠會嚇得抓狂。但牠只是和之前一樣般溫馴地站在原地。基普靠向牠。

他左手撐在馬身上。歐霍蘭呀。他的皮膚裂開，傷口擴大，所有關節都開始流血。基普輕叫了一聲。但是自身的痛楚又把他的目光拖回營火，回到他殺死的那些人，以及現在還沒死，但肯定會死的人身上。他覺得自己的心化爲木頭，好像應該有更多情緒，偏偏就是沒有。

不過，當他回過頭去時，他看見一個年輕人正在檢查屍體。這個年輕人——不，儘管衣著華麗，依然是個不滿十六歲的男孩——正脫下手上戴著的幼鹿皮手套。大大的鷹勾鼻、淡棕色皮膚、漆黑雙眼、雜亂的黑髮。他的手臂在白襯衫外加戴彩色臂鎧，以白色爲底，加上五種不同顏色的粗線條。他的斗篷上也有同樣圖案，從以黑色描繪輪廓的模糊線條——次紅色？——到紅色、橘色、黃色、綠色。沒有藍色和超紫色。不用是天才也猜得出他是多色譜法師。

但那並非吸引基普目光的原因。在這座營地裡的好幾千人裡，還有這座營地裡數百名馭光法師裡，基普竟然認得眼前這個傢伙。他有參與殲滅瑞克頓的行動，還在水市場裡動手攻擊基普。辛穆，那個男孩的老師這麼叫他。基普的心如同孩子跳下瀑布般地迅速下沉。

辛穆換上了一副綠色眼鏡。「哈囉，火燄朋友。」他說。「歡迎參加我們的戰爭。我假設你是來加入自由法師的？」

「沒錯。」基普找回自己的聲音說道。自由法師？

綠煙緩緩流向辛穆的雙手。「只是想知會你一聲。」他說。「你可以殺害任何有必要殺害的人——雖然全色譜之王不喜歡看到這種無差別攻擊——但當你這麼做時，請自行清理爛攤子。」他緩緩轉動手臂，雙膝微屈，看起來像在凝聚能量。接著，他雙掌突然交錯，光芒大作。啪、啪、啪、啪。四根綠盧克辛釘，每一根都和手指一般長，分作兩次射出。營火旁邊，四顆腦袋幾乎同時炸開，發出腦漿四濺的聲響。傷者。他們立刻停止呻吟。

基普目瞪口呆。

辛穆似乎很滿意自己的表現。他折好綠色眼鏡，放回口袋。

他是在賣弄。他用殺人來賣弄自己的能力。

辛穆在基普走進時突然皺眉。「你叫什麼名字？」

「基普。」基普說完，才想到或許不該使用本名。

「基普，你的頭有顆牙齒。」

呃？基普張嘴指著自己的牙齒。「事實上，我所有的牙齒都在頭裡。」表現出好像你不想嘔吐的樣子，基普。撐過去。

「不，不是你的牙齒。」辛穆說。他指向自己的頭皮，好像把自己當成鏡子一樣。

基普伸手摸頭，確實，有顆牙齒卡在他頭上。搞什麼鬼？他拔出牙齒，皺皺眉頭，鮮血立刻流到他臉上。

「嗯，」辛穆說。「或許我們該先帶你去醫生那裡檢查看看。」

「先？」

「是呀，當然。全色譜之王堅持要和我們所有馭光法師會面。就算是行事草率的馭光法師也不例外。」

# 第七十一章

黑夜逐漸降臨，麗芙在營地間徘徊，漸漸察覺到自己是孤身女子，而附近有很多粗魯的男人。哈哈大笑的男人、喝太多酒的男人、害怕即將到來戰爭的男人。身為提利亞人，導致她在克朗梅利亞刻意讓人孤立與忽略，但在這裡她卻沒有那種優勢。大多數男人都在暗中偷看她，要不是她一直情緒緊綳，想著自己孤身一人、不願意被人盯著看的話，或許她根本不會發現他們在看她。有些人明目張膽地看著她，讓她忍不住檢查自己的領口。沒有，她穿得很保守。

只是幾個離開老婆太久的混蛋。

她已經餓昏了，儘管不想在任何營火旁停步，但那是唯一能弄些食物，並且探聽消息的辦法。

麗芙挑了一個有些看起來友善的農民圍著一鍋燉肉的營火。當然，除非走近，不然她不可能看見所有人的相貌，但少數幾個人看起來很親切，而她最多只能這樣判斷了。

「晚安。」她說，語氣比自己想像中開朗。「我想用半丹納買點燉肉。你們有多的嗎？」

八顆腦袋同時轉向她。一個年紀較大的男人說：「這鍋東西稀到算不上什麼燉肉。一隻兔子、兩顆塊莖，還有一隻九個月大的野豬剩下來的豬腳。」他笑了笑，自我解嘲。「不過莫利倒是找到了一棵士兵沒發現的葡萄柚樹。」

麗芙感到安心，於是走近一點。男人看著她的眼睛，眨了眨眼，然後說道：「如果擔心的話，妳該戴上眼鏡，女士。」

「擔心？你怎麼會這麼想？」麗芙問。「我叫麗芙，謝謝你。」

「因為妳看起來就像水坑旁的小鹿一樣怯懦。」他遞給她一個裝了清湯和少許肉塊的錫杯。她要付錢，但是他不收。她喝掉那杯清湯，還有一顆半生不熟的小葡萄柚，然後就坐在那裡看著他們。

片刻過後，男人繼續談論戰爭、天氣、今年沒有費心種植的作物，以及沒有費心修剪的橘子樹。如果樹上結了太多橘子，只會讓強盜在他們村子附近徘徊更久。這些人並不是壞人。事實上，他們似乎滿善良的。他們會抱怨加拉杜王，其中一人小聲提起一個「全色譜之王」，但在想起有個馭光法師在場之後就立刻閉嘴。他們都對入侵者抱持敵意。

各國輪流占領加利斯頓，對他們沒有任何意義。他們不在乎哪個國家懷柔，哪個國家高壓。他們仇視每一個國家。有個人在幾年前失去了女兒，因為有巡邏隊路過他們村子，然後一名軍官就這麼強行擄走了她。事後他跑去加利斯頓找女兒，但沒有找到。其他人一方面為了朋友而來，一方面因為他們無事可做，而占領一座城市或許有利可圖，當然也是因為他們痛恨外來者。

於是，人們願意為了十年前其他國家對他們做的事而付出生命，或是動手殺人。

她不可能和他們講道理，就算有心也沒辦法。根據她父親的說法，這些都是在其他情況下可以和我們當朋友的愚人。吃完飯後，麗芙戴上黃色眼鏡，汲色製作了幾根能維持幾天的火把，感謝他們給她湯和水果吃，接著詢問馭光法師營地的位置，然後離開。

一路上沒有人打擾她。有個男人在她路過時張口叫她，不過看見她的有色眼鏡之後就立刻閉嘴——即使此刻，在黑暗中，他們依然尊敬馭光法師。

馭光法師的帳篷與其他人分開，不是因為有守衛看守或是用木樁區隔，顯然是因為沒人願意和他們離得太近。麗芙脫下眼鏡，拿在手上，以免有人挑釁。

她路過一輛有鏡人士兵看守的紫色馬車——很奇怪，不過她沒有放慢腳步，毫不遲疑地前進，好像在奉命行事。這是在克朗梅利亞學來的把戲。如果學生閒著沒事，要不了多久就會有正式馭光法師找事情讓你去做。如果看起來很忙，幾乎就不會有人跑來煩你。

她路過許多營地，看到很多奴隸正在服侍馭光法師享用豐盛的晚餐、紅酒和麥酒。這些馭光法師的手腕上都穿戴著代表自身顏色的布塊和金屬臂鎧，有些女人佩戴的大手環、斗篷或是裙子褶邊上，也有同樣顏色。除此之外，他們都依照自己的風格穿著打扮。不過，整體而言，這些馭光法師喜歡用大範圍色彩來凸顯自己所屬的顏色，而克朗梅利亞的女馭光法師往往只會用一根綠色髮夾來讓大家知道她是綠法師。

他們吵吵鬧鬧，享有特權，但是根據麗芙在黑暗中的觀察，這些男男女女常常會不經意地望向南方——不是那座有馭光法師和鏡人士兵守衛、麗芙認定是加拉杜王所在的巨大帳篷，而是另一堆營火所在之處。她從奴隸桌上拿起一個酒瓶，朝那堆營火走去。黑暗中，她的穿著和奴隸沒有多大差異。

除了奴隸，那裡的景象令她震驚不已。人們——或是看起來像人的怪物——在交談、喝酒、跳舞、汲色。

很接近麗芙的地方圍了一圈藍法師，其中有一半戴著藍色眼鏡，所有人都全身布滿藍盧克辛，皮膚上染上一些火光的色調，與一個看起來彷彿用水晶組成的女人交談。

很長一段時間裡，麗芙都不能理解自己目睹了什麼景象。這些人顯然都是馭光法師，到處都是盧克辛。毀約者。瘋狂法師。破碎法師。狂法師。麗芙很難接受這些想法。

這些人違反了麗芙學過的一切，她只注意到少許細節。一隻斑暈粉碎的眼睛。水晶女人憑空製造出一個矩陣，其他藍法師專心地聽她說話。綠法師哈哈大笑、圍著一堆營火、透過彈力超強的雙腿跳舞，跳得比麗芙見過的所有人都更高，在別人身上前滾翻、後滾翻。一男一女——皮膚已經變成綠色，不過還沒有出現轉變——站在一起，擁抱彼此，腹部交疊，跳著極其淫蕩的舞蹈……等等，不，那個女人的裙子綁在腰上。他們在眾目睽睽——包括一些鼓掌叫好的馭光法師——之下，竟然就這麼……

麗芙偏開目光，面紅耳赤。一名黃法師朝天拋擲小盧克辛球，一個藍法師則瞄準小球發射藍子彈，每個小目標都在子彈擊中時爆出一陣黃光。

但麗芙的目光都被完全轉化的狂法師吸引，即使在這個地方也沒有多少這種人。她只在克朗梅利亞聽過這種人的傳聞，他們說幾乎所有斑暈粉碎的人都會發瘋然後死亡，不過更常見的是發瘋然後殺人。神聖條約就是為了因應這種危險而存在。歐霍蘭創造魔法造福人群，馭光法師則發誓要服務大眾。違約者眼中只有自己，而他們會對所有人帶來威脅。

但是，一直以來都有某些馭光法師能夠重塑自己的傳說。此時此刻，麗芙親眼見證那些不是荒誕的傳說。麗芙看著那個水晶藍女人，她呈現出一種奇特的美感，水晶頭髮、遮蔽雙眼的鑽石狀眼罩，以及不完美的水晶皮膚裂成上千個琢面，覆蓋在她身上所有的天然弧線上。她透過製造數千塊——數萬塊——小水晶，克服用堅硬的藍盧克辛覆蓋絕對要能活動的身體的難題。她的身體在她轉動上半身、讓追隨者欣賞她的成就時，在火光下閃閃發光、耀眼動人、容光煥發。她大笑，露出一口在閃亮藍唇下看起來很不搭調的白牙。接著，她突然擺出戰鬥姿勢，前臂外緣冒出銳利尖刺，藍盧克辛殼覆蓋在皮膚上，形成護甲。

狗屎！

「嘿，卡林！加酒！」一個聲音說道。

麗芙轉過身去，面前站著一個全身都是可怕燒傷疤痕的男人。次紅法師，眼中斑暈充滿閃閃發光的火水晶。他朝麗芙舉杯；她壓低雙眼，微微顫抖地幫他加酒，直到他移開目光。對方一手拿著海斯菸斗，皮膚上有才剛燒傷的痕跡。麗芙看著那些傷痕，發現他是故意燒傷自己的。他試圖把全身皮膚統統燒到沒有知覺。達到這個目的前，他必須盡可能麻痺自己的痛覺。

如此接近一個瘋狂火法師，肯定非常危險。正常情況下他都沒辦法控制自己，更別說是又喝酒又抽海斯菸的時候。

火法師才剛離開，麗芙就看到數百碼外的夜空竄起一道火焰。她停下動作，還有幾個狂法師也一樣，對身旁的人指出那道火焰。

不管是怎麼回事，發出那道火焰的都是強大的馭光法師。夜空中火勢猛烈。他是從哪裡弄來汲色的光線？難道是營火嗎？

然後又出現一次，火焰照亮夜空好幾秒。麗芙突然感到一陣恐懼。基普！不，那太荒謬了。基普是綠／藍法師。火焰，次紅，位於光譜的另一端。不可能是基普。狂法師哈哈大笑，彷彿那是他們自己人在某處找樂子。

歐霍蘭呀，搞不好是其他馭光法師要殺基普。麗芙必須趕去。

她轉身離開營地，差點撞上一打鏡人士兵護送一名身穿美麗黑禮服、戴著紫色眼罩的女人走出國王大帳。麗芙停下腳步。卡莉絲。

他們迅速走過，但是麗芙十分肯定他們要去哪裡。卡莉絲被關在她剛剛看到的那輛奇怪紫色馬車裡。麗芙早該想到了。

儘管如此，所有找到卡莉絲的喜悅——眞的第一天就在至少十萬人的大軍營裡找到她——統統因爲擔心基普而消逝。

離開馭光法師區之後，她戴上黃色眼鏡。沒有人來煩她。她及時抵達和基普約定碰面的地方，但是他不在那裡。他一直沒有回來。

第二天，她聽說一個藍眼睛的提利亞胖小子被人攻擊，殺了五個——或十個，或二十個人，或許還有五個女人，傳言因人而異——然後朝夜空噴撒烈燄。他被馭光法師和鏡人士兵帶走了。儘管這是不可能的事——基普不會汲取次紅——但她還是直覺認定就是他。肯定是基普。她很確定。有人汲色噴火，殺死那些人的也另有其人，但是基普被抓了。

她找了他兩天。一點頭緒也沒有。

# 第七十二章

太陽朝地平線落下時，加文發出訊號，馬夫抽動馬鞭。駄馬發足狂奔。牠們身上的皮帶扯緊，連接黃盧克辛支架的繩子拉撐了片刻。接著支架倒塌，一大群奮力使勁的駄馬終於衝離墜落的城牆。

最後一層黃盧克辛在轟然巨響中落地，導致地面晃動不已。加文立刻上前查看一切是否照計畫進行。

「距離一里格！」科凡叫道。他站在城牆上，遙望加拉杜王的大軍。

「狗屎！」

「這裡，稜鏡法王閣下！」一名工程師叫道。

加文連忙趕去。他在建造幾乎完全由黃盧克辛組成的城牆過程中遇到的最後一個大問題，就是所有盧克辛都必須彌封。彌封點向來都是最弱的一環。只要融化一部分——雖然這本身就很難辦到——整個架構就有可能潰散。他把城牆分成了幾個區塊，這表示每個區塊都有好幾個彌封點。只要有一個區塊被攻破，情況就會一發不可收拾——一整面寬達五十步的城牆，會在轉眼間化爲液態光。

這或許就是在加文之前，沒有任何人白痴到會用黃盧克辛建造整座城牆的原因。

解決的方法很簡單：兩層盧克辛互相保護，把彌封點集中在中心內側。這對馭光法師而言是很普通的做法，但是彌封點向來都是最後碰觸的地方，所以不可能眞的把它塞在內部，至少像城牆這麼巨大的東西不行。可以用更多盧克辛去保護一側的彌封點，然後再加以彌封，但是另一側的彌封點還是會暴露在外。大部分馭光法師會用盧克辛保護那層彌封點，彌封後再用另一層盧克辛覆蓋它，然後再覆蓋一層，然後就這樣了。

加文覺得這樣不夠。他在支架上面建造了整面第二層城牆，然後做好每一面，從內側彌封。當馱馬拉倒支架、第二面城牆落入定位時，一個彌封點眞正受到保護的建築出現了——加文第一次聽說這種事——而且不光是透過黃盧克辛保護，還加上了城牆本身的重量。而隨著每個區域兩兩扣至定位，想要抬起城牆接觸彌封點的難度也越來越高。加文建造了一座劃時代、純粹的建築，這種感覺很好。這座城牆將會在他死後許久依然屹立不搖。世界上沒有多少人達到這種成就，當地人已經將其稱爲「明水牆」。

加文迅速趕到呼叫他的工程師那裡，發現有座支架沒有完全拉倒。城牆落在支架上，幾乎把兩步寬的支架壓入地面一半，導致這塊區塊的城牆無法與隔壁區塊緊密結合。

「我們的大砲還有三分鐘就定位！」科凡在上面叫道。

狗娘養的！加文跪在寬敞的黃支架旁迅速揮開塵土。這些支架與牆壁不同，爲了可能遇上這種情況而直接在表面彌封。就在……那裡！加文朝彌封處灌注次紅盧克辛，整座支架立刻瓦解，黃盧克辛突然化爲液體。城牆區塊在轟隆聲中落入定位。

加文把接合處留得太緊。他應該要讓接合點能在沒有接合得這麼精準的情況下依然緊扣在一起。緊密的接合點能讓城牆更加堅固，也能讓牆內士兵不畏風雨，但還是應該弄鬆一點。

數個小時來，他首度將注意力自城牆上移開——感覺彷彿已經過了好多天，不過其實才傍晚——他環顧四周，尋找需要的人。

數千人集合在城牆後方。大多數加利斯頓的居民都想見證城牆落成的時刻。小販在附近設置馬車和攤位。吟遊詩人四下走動，演唱歌曲，請人打賞。士兵清空通道，開始運送火砲所需的工具、火藥、繩索和砲彈，以及火爐所需要的木柴，還有備用護甲、弓箭、火槍。其他人在第二層城牆就位後開始操作吊車。馭光法師進入城牆內部——封閉任何裂痕，尋找可以修補，或是大到需要加文處理的缺陷。黑衛士——總數將近一百——也待在附近。

本來這個時候他們應該要叫所有人離開，但是沒有足夠人手驅散群眾。人民實在太好奇了；他們知道這輩子不會再有機會見識到類似景象。加文沒有時間擔心他們。他的胸口已經因爲艱困的局勢而緊繃。

「隊長！」加文喊道。「你看到整個程序了。叫馬夫盡快動作，還有十六個區塊要趕工。把一半人手派去東側，另一半從這裡開始動手，帶六個馭光法師。你們四個，你，還有你，你們看到我剛剛的做法了。去做。」

「達納維斯將軍，回報！」加文叫道。已經不到一里格了，不過時間應該還夠。

加文來到即將架設城門的大拱門內。整面弧形的牆上設置了許多開口與管線，加文渾身發光，朝所有管線內灌注盧克辛。這樣可以爲城牆提供一定的張力，足以承受任何攻城鎚的撞擊。弄好後，他彌封了所有綠盧克辛管。

「稜鏡法王閣下。」科凡一邊看著剛汲色做出來的望遠鏡，一邊叫道。「看起來他們在把火砲推到部隊前線。他們知道我們沒有足夠兵力出城交鋒。可惡的間諜！我沒看到重砲，但我們知道他們有六座。如果他們在最遠的隨機距離——」他暫停片刻，在心裡計算。最遠的隨機距離，顧名思義就是砲手能夠擊中的最遠距離，然而，最大型的重砲在將近兩千步外射擊時，根本不可能有瞄準這種事。「有經驗的砲手現在就可以開始砲擊。就算砲手都沒經驗，也會在幾分鐘內開始。」

加文不擔心重砲。因爲依照那些大砲的彈道只能射中城牆正面。不管多猛烈的正面攻擊，明水牆都承受得起。他們必須推進到很近的距離，才能使用高射角的榴彈砲和迫擊砲來重創城牆後那些頑固的群眾。加利斯頓的大砲會在那些砲抵達定位、裝填彈藥之前摧毀它們。

「可惡，找些沒在負責更重要的事的人來驅退這些民眾。」加文下令。「現在又不是在太陽節遊行！十分鐘內就會有砲彈炸到他們現在坐的地方！」加文轉向達納維斯將軍。「一準備好就開始射擊。幫我爭取時間，將軍！」

加文感覺到下一個城牆區塊落入定位後所產生的震動。到處都有人忙進忙出，但他把一切都拋到腦後，專心面對城牆即將落成後的最嚴重問題。

他還沒有建造城門。

他跑向一座正在吊補給品上城牆的吊車。他抵達時，吊車已經離地，以極快的速度上升。加文一躍而起，拋出一藍一綠兩根鉤子，勾住吊車邊緣。他迅速上升，爬上吊車。吊車一到城牆頂，他立刻跳下去，嚇壞了操縱吊車的士兵。他們僵在原地。

「繼續工作！」他吼道。他們跳起身，立刻開始卸貨。

加文在城牆上奔跑，左閃右躲，回到需要施法建造城門的拱門。

震拳正在大聲下令，派遣一小隊黑衛士前去守護加文——如果他們有辦法在砲彈攻擊下守護他——不過人數沒有多到會妨礙守軍執行上百件任務的地步。其他黑衛士統統站在空蕩蕩的城門前。就像所有戰役一樣，同時有太多事發生、有太多事需要關心，根本難以綜觀全局。加文望向地平面上的太陽。

兩個小時，我只需要兩個小時。保護這些人是我唯一肯定祢會認同的目標。所以，如果祢真的在天上看顧我們，可以請祢移動神聖的屁股，過來幫幫忙嗎？

過去一週裡，達納維斯將軍都在組織、訓練、晉升、解雇加利斯頓的守軍。一天二十個小時，有時候二十二個小時。這樣做很沒人性，但依然不夠。加文習慣與經驗豐富、嚴守紀律的老兵合作。稜鏡法王戰爭末期，他的手下已經合作無間。要讓那些老兵來負責這座城牆的補給，只需三分之一的時間。有經驗的砲手早就已經開始觀察敵軍、標記距離。但這些人才剛認識，更別說要信任彼此。所有工作都進行得非常緩慢，而加文很難調整這種速度。

*我們完蛋了。*

接著，他在開放的拱門前製作了一塊行走用的平台——用來放置他還沒用到的盧克辛——然後第一次從敵人的角度看見這座城牆。

那個天殺的年輕藝術家創作出他的不朽傑作。

那些用以恐嚇敵人的裝飾，都是加文親手填充盧克辛的，但他是從上方灌注盧克辛，之後在處理城牆區塊時又一直待在城牆另一側。他到現在才看見全貌。

整座城牆——整整一里格長的弧形城牆——從遠方第一眼看到時，會發出太陽般的光芒。這光芒來自漂浮在第一層完美黃盧克辛後的液態黃盧克辛——與完美的固態黃盧克辛僅有一線之隔。這些液態黃盧克辛會修補外牆所受到的損傷。不過在那薄薄一層盧克辛中，加文看到那群老馭光法師，顯然是在阿黑亞德的命令下，添加了一些屬於他們的風格。敵人接近城牆時，會看見整座城牆裡充滿可怕的東西。人頭大小的蜘蛛彷彿爬滿城牆，停在牆面上，小嘴發出嘎吱嘎吱的聲響。小龍在牆上俯衝迴旋。黑暗中冒出許多不滿的面孔。一個女人被某種長有很多獠牙的怪物撕成碎片、生吞活剝，臉上的表情絕望無助。一個看起來像是在牆底漫步的男人，被突然從霧中浮現的手拖入城牆裡。美麗的女人變成口吐分叉舌頭的巨爪怪物。牆面滲出鮮血，在地上凝聚。而這還是加文匆匆一瞥間看見的東西。那感覺像是所有馭光法師都齊心合力把他們這輩子作過的惡夢統統融入牆面。這些都是幻覺，是鑲在牆面中的畫面，但敵人一開始不會察覺，就算眞的發現了，這些畫面還是像永恆之夜般恐怖。更棒的地方在於，這些畫面會讓對方的弓箭手和火槍手難以瞄準隱藏在其中的殺人洞。

而那還只是平坦牆面的部分。在所有梁托上都有座神色嚴峻、令人生畏的稜鏡法王像，低頭瞪視著攻城者。加文一座一座看去，發現過去四百年間所有的稜鏡法王都被雕入城牆，城牆右端是支配一切的盧西唐尼爾斯，左端則是加文．蓋爾的雕像。稜鏡法王雕像上、巨大城門的缺口上方，聳立著一座神情嚴肅的歐霍蘭巨像，光芒四射、氣勢恢宏，雙手形成城門拱廊。攻擊這座城門就等於是攻擊歐霍蘭本人，還有祂所有的稜鏡法王。眞是讓攻城者心生不安的好點子。每座雕像，包括歐霍蘭在內，都巧妙地掩飾了對攻城者丟石頭、火焰或法術用的堞口。

加文吞下了一句髒話。他浪費了五秒鐘的時間欣賞這座天殺的城牆。他沒有時間。

他一時之間曾考慮直接封閉城門缺口，弄一座單純的城牆就好。但在現在這種情況下，這麼做也不會快到哪裡去。他們已經弄好了城門的模具，他只要塡滿模具、彌封——只封一面，暫時不能採取其他城牆區塊的雙面做法。明天再說，如果他們活得到明天的話。

加文抓起連結整座城牆架構的超紫管線，開始灌注黃盧克辛。

歐霍蘭呀，他精疲力竭。過去五天裡，他每天都把自己的汲色量逼到極限，而今天更是從第一道曙光乍現開始就不斷汲色。如果他是個普通馭光法師，早就已經發瘋。就連大部分稜鏡法王，也會在這種汲色量下害死自己，其他人對這點都心知肚明。如果戰爭有爲加文帶來什麼好處，肯定就是戰後他的力量越來越強大，而且遠比戰前更有效率。他看到像卡拉那樣的女人——一輩子都不曾把他看在眼裡——趁人不注意時偷偷瞄他，好像他是什麼可怕的怪物一樣。但是就連他，也只能汲這麼多色。

儘管如此，他還是在那些模具裡灌注了完美的黃盧克辛。真正的加文辦不到——他不是超色譜人，沒辦法製造完美的黃盧克辛。但是加文不能半途而廢。就黃盧克辛而言，沒有「這樣就夠好了」；如果不完美，黃盧克辛就會瓦解。就是這麼簡單。

城牆突然劇烈晃動，加文差點摔下來。有人扶穩他，他看見震拳站在他身邊，伸手攙著他。片刻過後，他聽見遠方傳來延遲的火砲巨響。

「我扶住你了。」震拳說。他沒有他哥哥那麼魁梧，但一樣和加文共事多年。他必定看見了加文眼中驚訝呆滯的目光，因為他說：「我們的火砲很快就會開火。不要……分心。」他的意思是不要擔心。不要害怕。不要搞砸城門，害死所有人。

更多加拉杜王的砲彈開始落地，大多離明水牆很遠。敵軍重砲的聲響變成遠方的雷鳴。加文凝聚心神，持續施法。直到震拳的大手緊握他的肩膀，他才知道自己的雙腳在搖晃。又有幾名黑衛士趕了過來。

「升起頂棚！」達納維斯將軍叫道。

在黃盧克辛自加文手中灑入下方的模具時，他感覺到城牆在每個區塊的頂棚在砝碼作用下升至定位時產生的震動。頂棚是他的建築師發明的。基本上，它就是在砲擊時使用的移動式屋頂。開放式的屋頂在很多情況下可以派上用場——收集雨水時、熱到受不了時，或是當士兵必須運送沉重的物品或推車前往城牆另一邊時。但在砲擊的時候，它可以在榴彈砲或迫擊砲前保護守軍。城牆上的火砲也可以在這種類似箭孔的設計下自由開火——射界寬闊，而敵軍得直接命中才能摧毀火砲。

「那是什麼玩意兒？」震拳低聲說道。要不是他基本上等於把加文舉了起來，加文也不會聽見這句話。而震拳不是個喜歡自言自語的人。

加文抬頭，讓自己稍事休息，然後望向平原。

敵軍在重砲的掩護下逐漸逼近。最前線有小組部隊在架設榴彈砲——守軍至今尚未開始射擊，這個事實導致達納維斯將軍對身旁的士兵大吼大叫。

但這並非震拳低聲咒罵的原因。即將趕上前線砲彈陣地的主力部隊之前，有超過一百名男女，有些騎馬，有些則直接衝鋒。這些人全部身穿著色彩鮮艷的服飾。加文可以從那些綠衣服的人的移動動作、跳躍距離、不顧一切前進的模樣，看出他們不光只是馭光法師。他們是狂法師，而他們直奔城門而來。

最多四分鐘就會抵達城門。

四分鐘。加文看向他尚未完工的城門。如果不管鉸鏈，直接把這個可惡的東西融入城牆，他有可能及時完工。或許。他抬頭看太陽，凝聚力量。太陽再過不到一個小時就會下山。太陽節前夕的慶典會在最後一絲陽光消失在地平面下後開始舉行。不管攻城者是異教徒還是信仰歐霍蘭，他們都不會在太陽節作戰。即使對被盧西唐尼爾斯驅逐的古神而言，太陽節依然是個神聖的節日。

只要他們能夠阻擋攻城者一個小時，就有機會。太陽節讓他們有時間強化城門，把補給和槍械運至定位。

一天，一個小時。將會決定戰局的四分鐘。一切的關鍵就在這裡。加文不打算放棄。他還有四分鐘可用。

城牆上的重砲終於開始回應平原上的砲擊，但是準頭欠佳，與敵軍火砲陣地和衝鋒而來的狂法師都相距甚遠。更多加拉杜王的火砲擊中城牆，每一顆砲彈都在撞擊聲中被黃盧克辛彈開，並且在城牆吸收攻擊力道、自行修補損毀時綻放黃光。

城門模具已經填滿四分之三，讓加文沉浸在一股振奮人心的新鮮桉樹氣味中，但他實在累壞了。他抬頭看向狂法師。已剩下不到兩分鐘。

歐霍蘭呀，我是想要做好事。遠大的目標，歐霍蘭。毫不自私的目標。祢希望人類不要自私，對吧？

震拳放開加文，對地面上的黑衛士大聲下令。達納維斯將軍命令部隊前往城門，在門後列隊。人潮開始消退。所有人都在吼叫，但加文已經聽不清楚他們在叫什麼。

他面前出現施法的閃光。狂法師已經發現他，開始發射魔法彈、火球，還有一切想像得到的東西，但他的黑衛士擋下了所有攻擊。

加文持續汲色。狂法師距離不到兩百步，朝向城門全速衝刺。他只剩下幾秒鐘。加文右邊一門火砲發出轟然巨響，將一打狂法師轟成碎片。但是他們後方的狂法師跳過鮮血、濃煙和飛散的四肢，如野獸般地嚎叫，表情非人，臉孔發光。

加文製作了最後一點盧克辛填滿模具，將所有盧克辛末端握入手中。他要成功了！正當他在彌封盧克辛時，一顆砲彈擊中城牆模具。這顆運氣好到不可思議的砲彈，所有的衝擊力道統統轉入加文手中，那感覺就像是握住一條繩子，而有人在另一端綁了塊鐵砧往下丟。盧克辛瞬間脫離加文的掌心。城門城牆和砲彈撞在拱門下方的地面上，砲彈衝過一打黑衛士，還有他們身後一些目瞪口呆的平民。城門——突然間失去控制的未彌封黃盧克辛——在加文有機會阻止前，發出一陣滋滋聲響，蒸發成光線。

兩秒內，城門閃閃發光，徹底消失——加利斯頓的希望也隨之而逝。

# 第七十三章

加文倒下了。至少本來會倒，如果不是兩名黑衛士扶起他，將他拖離平台。他想要掙扎起身，但暈光暈到話都說不出來。

他沒看到第一陣撞擊的情況，就在他的平台下方，但是他聽見、感受到了。男人、女人們驚慌叫喊，發出恐懼與憤怒的聲音，凝聚意志開始汲色。接著是一陣陣的高溫和強大的衝擊、護甲碰撞、人類和狂法師的悶哼。然後，慘叫，持續不斷的慘叫。

「我的火槍呢？我兩小時前就下令把槍拿來！」達納維斯將軍吼道、罵道。他站在加文十步之外，透過殺人洞和堞口看著下方拱門的戰況。他的手下朝他眨眼。二十個士兵裡，只有兩人拿火槍。「開火，可惡的傢伙！」他對他們吼道。「你，還有你，去找火槍。立刻！」然後他就離開，去找火砲兵吼。

黑衛士把加文拖到城牆邊緣。城牆前後都只有少數幾個開口處。他們在一台運送補給的吊車處找到一個開口。一名雙色黑衛士汲色做了一道通往地面的藍綠滑梯。

「你在做什麼？」加文奮力開口問道。

「帶你前往安全地點，大人。」他說完，就跳下滑梯。

加文看著眼前明亮走道上的重砲組。他們發射了一枚砲彈，正在觀察地下的情況——這是經驗不足的砲手會做的事。其實只要一個人去看，讓他們調整彈道就好了。剩下的人早該開始再次裝填彈藥了。但是片刻之後，他們歡呼。「射中了！」加文看不見他們射中了什麼，但當他們返回崗位時，他看見了一道閃光。

「安全了！」明水牆底的黑衛士朝牆上叫道。

綠色的爪子突然勾住火砲小組前方的城牆。什麼？加文知道有些綠狂法師會在腳上鑲入綠盧克辛彈簧，但他從未見過有人能跳到這座城牆的一半高。他大叫，伸手指去，但是那個怪物已經開始攻擊火砲手。它化爲巨爪的雙手，在火砲手發現它的存在前撕裂了四個人。空中充滿血灑的弧線，濺在牆面上。剩下三個人看見了怪物，但嚇呆了。只有一個人試圖拿取靠在牆上的火槍。

綠狂法師雙爪交錯，把那個人的腦袋切成三塊。

黑衛士只有遲疑半秒。他們都沒見過狂法師。四名黑衛士幾乎同時踏步上前。前面兩人單膝跪下，爲後方夥伴清空頭上的射擊線。他們的雙手也動作一致，一手揚起，準備汲色，另一手拔出手槍。扳機扣下，燧石擊發，但在手槍發射所需的兩秒之間，所有馭光法師身上都已冒出盧克辛。一顆拳頭大小的藍盧克辛將綠狂法師撞向一面牆。一灘紅盧克辛擊中它的身側與背部，將它黏在牆上。地面上鋪上了一層光滑的橘盧克辛，以避免狂法師逃脫。但這其實沒有必要。綠狂法師的雙爪依然卡在不幸的火砲手腦袋裡，來不及在最後一名黑衛士的火焰點燃紅盧克辛前做出任何反應。

緊接著是三聲槍響。三顆子彈統統擊中綠狂法師的胸口。傷口噴出綠盧克辛以及太像人類的鮮血。本來狂法師應該倒下的，但儘管已經起火燃燒，紅盧克辛依然把它黏在牆上。

「黑衛士上前！」一名黑衛士叫道。她一邊踏步上前，一邊在引火盤內裝填更多火藥。顯然就是她的槍沒有擊發。她側過槍身，瞄準，然後扣下扳機。片刻過後，子彈打爛了還在燃燒的綠狂法師腦袋。

黑衛士開始再次裝填彈藥。加文知道，這群黑衛士中，大多是初次參戰、初次在戰場上流血。不過他們全都看也不看地裝填彈藥。這是只有在極度迫切危急的情況才會採取的做法——正常應該要用目測檢視槍枝，才能防止不擊發和重複裝填等情況——但有時專注在戰場上的狀況才是明智之舉，而他們全部不慌不忙，沒有出錯。

「叫達納維斯將軍降下頂棚。」加文說。頂棚會導致綠法師只能從火砲口進入，而火砲兵完全無法應付它們。儘管所有黑衛士都擊中目標——現在癱在地上，持續失血，渾身冒煙——其他守軍的槍法不會這麼準。頂棚會把城牆頂變成一條黃盧克辛通道。這表示子彈會反彈。反彈表示沒有擊中攻城者的子彈都有可能擊中守城者。這種情況很划不來，特別是當加拉杜王為避免誤傷狂法師而停止重砲和榴彈砲攻擊時。

不過，達納維斯將軍必定也想到了這點，因為在黑衛士開口辯說他們一個都不能離開加文之前，頂棚已經向後移動。突如其來的移動導致幾名守軍墜落城牆，肯定會摔成殘廢或死亡。但是非這麼做不可。

降下頂棚同時也折斷了黑衛士幫加文製作的滑梯。雖然他們轉眼間又再做出了一道，也順手就把加文丟了下去。他甚至沒有力氣安然著地，過度製作盧克辛已經把他徹底掏空。

滑梯底下的黑衛士接住他，然後扶他站起。他還有力氣站立。

「帶我去城門。」加文下令。

黑衛士彼此互看。

「可惡！城門失守，城牆就失守。城牆失守，整座城都完了。」

「這座城市不是我們的責任。你的安危才是。」一個聲音叫道。震拳。他不知道從哪裡晃出來。

「你能站、能跑嗎？」他問加文。

「我不要跑！」

「城門守不住！」震拳吼道。「我的衛士死傷慘重，爲了什麼？我們不是你的私人部隊。我們保護你的性命，不是你一時興起的念頭。你這樣，我們沒辦法做好自己的工作！」

加文突然明白自己失敗在哪裡了。他不是錯在汲色能力，而是錯在領導統御。他沒有告訴這些人自己爲何而戰。他沒告知原因就要求大家付出生命。他自己都舉棋不定，竟然還妄想他們爲了他的遠大目標而死？就算是說謊，也好過什麼都沒說。

他在自己與城門間的大批士兵身上看見火光、黑煙，還有飛濺在拱門上的鮮血。黑衛士肯定還在最前線——只有黑衛士有辦法在加文看到的那群狂法師面前撐這麼久。他持續聽見火槍擊發的聲音，不過速度緩慢。加文和前線的士兵根本不知道要清空射擊線，導致更後方的士兵爲了怕射中友軍而不敢開槍。不過目前爲止，還沒有人轉身逃跑。

當然，一旦看見最強的戰士拋下他們撤退，這種情況就會立刻轉變。黑衛士是士氣的關鍵。

加文發出挫敗的吼叫，自身旁士兵手中搶走一把火槍，朝城門直奔而去。他聽見震拳咒罵了一聲，毫不懷疑這個壯漢會緊追而來。他連推帶擠地穿越人群，高大的身材讓他行動緩慢，但震拳的身材更加高大。

正當加文高聲咒罵前方的男男女女不要擋路時，他聽見了一陣撞擊聲。片刻過後，城門傳來一道衝擊波，震得所有人都後退五步。加文穿越了一隊士兵，來到城牆後面。他在一片浮現出一名口冒陣陣煙絲的高大戰士影像的牆面上摸索。他摸了幾個牆塊——可惡，他應該標示出正確位置才對——最後找到了他要找的牆塊。他觸摸它——任何人都可以操作，它是透過掌心溫度啓動的——牆壁上的一個小窗口變成透明。

他猜得沒錯。剛剛的撞擊聲是正規士兵抵達牆外時發出的。此刻，牆外已擠滿數萬名士兵，開始架起攻城梯和繩索。他等不及要看他們發現他準備的小驚喜時的模樣——但是如果無法守住城門，那一切都無關緊要。

加文望向太陽，只見它已經接觸到地平線。快了。只要能撐到太陽完全下山，馭光法師的力量就會減半。雖然還是可以透過折射的光線施法，但威力會大幅減弱。他再度開始奔跑，推開直接靠在牆上的男男女女。他聽見迫擊砲來襲的呼嘯聲。

這陣呼嘯聲很熟悉，熟悉到可怕。那是會在他的惡夢中重複的聲音。你可以聽見死亡逼近，但除了縮在地上，你完全束手無策。砲彈落地和爆炸時發出的由「碰」和「轟」組成的「碰轟」巨響，震碎耳膜，炸得人離地而起。此刻，這道呼嘯聲聽起來非常非常巨大——

碰！

加文趴倒在地，雙手抱頭。某樣沉重的東西墜落在他身後，整個世界突然變藍。

震拳翻過加文，解除自己施展在他身上的藍護盾。加文瞪著插在不到十步外的砲彈。它沒有爆炸，甚至沒有壓到人，正好落在兩隊士兵的陣線之間。一個男人在那邊手舞足蹈。他的火槍被砲彈擊落，壓在地下。砲彈落地的位置剛好就是加文擠向城牆之前的地方。

「歐霍蘭眞的在守護你，你這個可惡又愚蠢的稜鏡法王。」震拳說。

加文已經起身，擠向前方突出的陣線。這裡的士兵已經發射了他們的火槍，但沒機會再次裝塡彈藥。有些人上了刺刀，直接把刀柄插入槍管。其他人拔出長劍。還有人把火槍當木棒使用。

在他們頭上，火槍從城牆上的殺人洞擊發，拱門上的堞口則不斷丟下如人頭大小的石頭。但沒有盧克辛流下來。這表示城牆上的馭光法師不是早已精疲力竭，就是已經死了，或是根本沒有抵達預定位置。

再一天就好了，歐霍蘭呀。只要再一天，城牆就會堅不可摧。只要再一個小時就好了。

加文終於加入混戰。城門附近簡直成了亂葬崗。魔法和血腥的氣味混雜在一起，地面上積淌的鮮血深到雙方人馬一邊作戰，一邊踢起血花。人類和怪物的屍體混雜，絆倒了攻城軍和守軍。拱門正下方堆滿了屍體，當加拉杜王的士兵試圖爬過屍堆時，便會淪爲加文軍中原本害怕誤射友軍的人的目標。加文看見一名黑衛士倒地，她的腳被一名疲憊不堪的藍狂法師如碎玻璃般的尖銳腳爪撕出一大條傷口。

他提槍射擊，狂法師的腦袋炸成一團紅霧。加文接著揮動火槍，攻擊一名渾身著火的紅狂法師，而它正衝向手無寸鐵、背靠城牆的傷兵。狂法師連被誰打倒的都不知道。加文抓住受傷的黑衛士，試圖扶她起身。

她比外表看起來要重多了。加文眨了眨眼，所有疲憊轉眼回歸。不，他只是太虛弱了。有人從他身上抓起那個受傷的女人，拖到一旁，戰陣的聲音變得有點詭異而尖銳。他聽見迫擊砲來襲——距離很遠，不必擔心，不過有好幾發。他聽見士兵尖叫，邁向死亡之前所發出的無言戰呼。他聽見傷兵的呻吟，看見一個受傷但還沒死的女人被壓在拱門下的大屍堆裡，試圖爬出來。她旁邊有個男人揮手亂抓。他的眼睛瞎了，半張臉都沒了。十幾具屍體上還冒著盧克辛火焰，到處都是盧克辛灰。加文看到黑衛士的表情。他看出他們因爲突然有了奮鬥的目標而振奮——其他的黑衛士呢？他們正朝他趕來。

他從腰帶裡拔出手槍。之前那個紅狂法師，身上布滿黏答答的紅盧克辛，渾身著火，朝他跑來。如果加文不是這麼晚才參與作戰，它就會施法用火焰焚燒他。他扣下扳機，他的伊利塔刀槍立刻開火。彈丸擊中紅狂法師胸口，但沒有阻止它的衝勢。加文讓向一旁，在狂法師倒地時出刀劃開對方喉嚨。他步伐不穩，差點摔倒。

他沒有看清楚，不過感覺到兩名黑衛士衝過他身邊。當他回過神來、站穩腳步時，其中一名黑衛士已經被一個藍狂法師用來取代右手的藍盧克辛巨劍刺穿。即使在臨死之前，黑衛士還是雙手緊扣藍劍，不讓狂法師把他甩開。另一名黑衛士——加文認爲他名叫阿梅斯坦——繞到怪物身旁，揮劍砍它的脖子。一下、兩下——每一劍都砍落不少藍盧克辛碎片。怪物奮力想要擺脫劍上的黑衛士，但是辦不到。第三劍砍落，阿梅斯坦砍穿了藍盧克辛，擊中它的脖子。狂法師意志崩潰，阿梅斯坦的第四劍砍下它的腦袋。

一個加拉杜王的鏡人士兵——這些傢伙跑來這裡做什麼？——爬過高及胸口的屍堆，雙手亂扒，持劍的手很不靈活。他看見阿梅斯坦背對著自己，立刻展開衝刺。

加文本能地揮手汲色，但光是感應到魔法就讓他想吐。那感覺就像是拿酒給宿醉的人喝一樣。他搖搖晃晃，差點失去意識，舉起手槍，開槍。

阿梅斯坦在最後關頭轉身面對攻擊他的人——然後直接移動到射擊彈道上。加文這一槍打爆了他的後腦。片刻過後，鏡人士兵刺穿阿梅斯坦，不過他已經死了。

「不！」加文大叫。一整排鏡人士兵出現在屍堆上。加拉杜王和加文一樣察覺了一個事實。城門今晚就得攻破，不然他們就永遠無法攻陷城牆。於是，國王派遣自己的貼身護衛來執行這項任務。現場只剩下約莫三十名黑衛士，而這群令人難以逼視的鏡人士兵，可以輕易擊潰守城部隊。特別是沒有黑衛士的情況下。

他不能讓這麼多英勇的人以失敗收場，不能讓這麼多死亡徒勞無功。加文的思緒不清。他知道。但是他不在乎。

在夕陽的最後一絲光線親吻大地時，加文汲色了。他感覺好像在暢飲嘔吐物，彷彿一頭潛入污水。他的身體難以負荷，但不在乎。他掏空體內的一切施展法術。這麼做不是爲了加文·蓋爾。他才不管加文·蓋爾。這麼做是爲了所有替他作戰、爲他死亡的人。他們支持他，不能讓他們失望，就算會因而喪命也不能。

這道法術彷彿在拱門中點燃了第二顆太陽。沒過多久，它猛烈燃燒地緩緩升起，竄向前方。鏡人士兵光彩奪目，鏡甲朝向四面八方反射強光。但是鏡甲之於魔法就和普通盔甲之於武器一樣：有辦法擋開側擊，但絕對稱不上刀槍不入。加文聽見呼嘯風聲，接著一道純粹的魔法能量貫穿他的身體，瞬間擴張到整座拱門的寬度，拱門變得像是一座巨砲砲管。鏡人閃閃發光，撐得比想像中要久，接著鏡甲灼熱，轉爲紅熱，跟著是白熱，然後就像其他東西一樣分崩離析。

法術擊發時引發了一陣天搖地動，最後只剩下加文沒有摔倒。他順著地面晃動，如同火山口或火槍管般地射出強力的法術。

接著，前後不到五秒，這道法術就從開始凝聚到徹底消失。

城門區完全淨空。屍體統統不見了，門外加拉杜王那一側有一大片區域淪爲焦土。

四周陷入一片死寂——可能是這樣，也可能是加文聾了。他站起身，望向牆外，只見一道身影跌跌撞撞地走入他的視線。一個胖子，身穿華麗的服飾，不過已經變黑。加拉杜王。顯然這傢伙不光只是派遣他的私人護衛來進攻城門；他御駕親征。

加文和加拉杜王站在原地，兩兩相望，距離四十步。加文可以從胖子站立的姿勢看出敬畏和不確定的情緒。

接著，加文的身體崩潰了。他癱倒在地。他臉前的塵土裡浮現出某種白色的東西，也可能是他快要瞎了。他眼前有各種顏色的斑點飛舞。

有人舉起他，抬著他離開，他聽見遠方再度傳來戰鬥的聲響。透過幾名用身體掩護他迅速離開戰場的黑衛士，他看見站在城門外的加拉杜王，獨自一人朝向城門衝鋒。不管加文做了什麼，總之他摧毀了附近的路障和其他障礙物。幾個人加入國王衝鋒的行列。拉斯克身邊的地面，在狙擊手試圖槍殺他時爆出陣陣塵土，但全都沒打中。那感覺就像是這傢伙受到某個遠比歐霍蘭更強大的古神加持、降福、保護一樣。

接著，加文看見震拳被火藥燻黑的血臉。「原諒我，稜鏡法王閣下。」黑衛士說。「你已竭盡所能。掏空一切。現在──」然後加文失去了意識。

# 第七十四章

天黑了，但是平原依然明亮。一開始，麗芙不懂是怎麼回事。她一整天都在走路，跟在馬車後方，戴了頂老舊的寬邊帽，壓低帽緣，盡量掩飾自己的馭光法師眼睛。她有聽見幾聲槍響，不過以為只是在裝腔作勢。部隊不可能已經抵達加利斯頓。她與將近半數的隨軍人員一起跑上前去看看究竟什麼東西這麼亮。

平原上的人多到讓麗芙差點錯過戰鬥已經結束的跡象，雖然那些跡象十分明顯。砲彈落地打出的彈痕變成馬車要避開的溝渠。彈痕附近潮濕、泥濘、血腥，盔甲碎片散落一地，成為在黑暗中走路時要小心的區域。火藥刺鼻的氣味已經開始消散。

這時，大軍最後幾排的士兵正行軍穿越城門，強迫隨軍人員等他們先進城紮營。麗芙聽人談起魔法大火、史詩戰役之類的傳言，但她對傳言存疑。加拉杜王的大軍一個下午就攻陷城牆。這絕對不可能是什麼了不起的戰役。她父親是偉大的將軍，一輩子只打輸過一場仗，而且也只勉強算輸。他一定是認定城牆無法即時完工，於是撤退到內牆。他可能只派一些火砲手留下來，對加拉杜王的大軍造成損傷之後再輕易撤退。

這個想法讓麗芙好過一點。如果她父親選擇撤退到其他地點對峙，那他今天當然沒有面臨任何危險。想到他可能已在不到一里格外的地方英勇戰死，而她卻完全沒有任何不安的預感，就讓她害怕到沒辦法繼續想下去。她一直忙著尋找基普，根本沒發現他們已經如此接近加利斯頓。

但所有思緒、擔憂、困擾，都隨著她推開排隊觀看城牆的人群而逐漸消失。沒有人走到城牆五十步以內的距離。當麗芙終於擠到最前面時，看見了原因。一隻比人還大的蜘蛛吊起了一打屍體——不，不是屍體，至少有一個被蛛網包覆起來的人還在掙扎。就在麗芙眼前，那個人的腦袋掙開蛛網，他的雙手被緊緊綁在胸口上。男人頭上腳下，扭動身軀，試圖掙脫手臂，導致他整個人微微晃動。蜘蛛忙著處理十步外的另一包蛛網，沒有注意到他。

麗芙看見距離男人不遠處的地面上插著一把劍。他掙脫右臂，開始拉扯身上的蛛網，但是沒辦法扯開。接著，他看見那把劍。他晃動身體，試圖拿劍。但是隔太遠了。

「歐霍蘭救救他！」人群中有人低聲道。

「看看那隻蜘蛛！」

蜘蛛停止動作，彷彿聽見什麼聲音。接著牠轉過身來，剛好看到男人再度搖晃。牠眼中發出一陣令人毛骨悚然的綠光。

男人在蜘蛛猛撲時抓住劍柄。他揮劍，沒有擊中，接著蜘蛛一口咬住他的脖子。一時之間，男人渾身緊繃、表情痛楚。接著那張恐怖的嘴巴咬闔，他的頭墜落地面，翻滾了幾圈。他掙脫的那隻手——依然握著長劍——在頸口鮮血灑落地面時抽動了很長一段時間。然後他放開劍。劍插入地面，就在之前拔劍的位置。

蜘蛛咬住血如泉湧的脖子，開始大快朵頤。

麗芙聽見有人作嘔的聲音。不少人喃喃唸誦著禱告和詛咒。

她目瞪口呆，所有人都一樣。最後，蜘蛛把男人的雙手塞回胸口，再度把他捆入網中。然後牠撿起他的頭，放回原位。

就在蜘蛛把男人腦袋包回原位的時候，另一個網包開始掙扎。

「我已經看了兩個小時。」麗芙身旁的男人說。「他們沒有一個逃掉。這位老兄跑出約莫三十步，然後就被牠開膛剖肚。那兩個試圖聯手對付牠。情況每次都一樣。我知道，但我就是忍不住想繼續看下去。」

每次都一樣？麗芙看回之前的男人，還有那把劍的位置。和之前一樣——完全一樣。他斷頭處下方積聚的血泊緩緩消失。這不是謀殺；這是一場默劇。不過這個事實還是在人們心中留下同等深刻的印象。

「妳在做什麼？」有人在麗芙身後問道。

她甚至沒發現自己在往前走，不過她沒有停步。隨著她越走越近，她也越來越肯定自己的猜測。她在第二個男人掙脫蛛網、拔腿開跑時——正如那個男人所說——慢慢走近。但接著蜘蛛不再追逐，僵立片刻後轉身。麗芙身後的人群驚呼。蜘蛛以極快的速度筆直衝向麗芙。

麗芙嚇呆了，心臟彷彿跳入喉嚨。蜘蛛在她面前停步，鉗子般的大嘴猛然咬合，前腳朝她抓來。麗芙嚇到動彈不得，只能眼睜睜地看著蜘蛛嘎啦嘎啦作響，距離不到十步。嘎啦嘎啦……

沒有聲音？

麗芙鬆了口氣，這才發現自己忘了呼吸。她瞇起雙眼，發現四周地面上都布滿了超紫觸發區。太聰明了。她移向左側，蜘蛛一直到她踏入隔壁區域後才展開行動，轉眼間來到她面前。如此接近之下，她看出蜘蛛身後的洞穴非常不對勁。它看起來根本沒有五十步外那麼深。就像繪畫一樣，有人利用光影的效果讓牆上看起來好像有一整座山洞。蜘蛛本身也完全是用穩定的原色盧克辛製成，以層層交疊的手法讓牠看起來不像盧克辛製品。

麗芙走出觸發區後，蜘蛛又跳回去追逐剛剛「逃脫」，但又沒有趁著蜘蛛分心的三十秒當眞逃走的那個男人。蜘蛛扯出他的內臟，就像剛剛的人說的一樣。

麗芙觸摸牆面的盧克辛，立刻把蜘蛛默劇給拋到腦後。這些黃盧克辛毫無瑕疵。這是完美的創造物。

她忘了自己身在何處，直接利用城牆上的黃光汲色。曾經有人嘗試把黃盧克辛當作完美光源來施法——至少對黃法師而言是完美光源——但一直沒有什麼成果。他們總是缺少了某樣要素，這樣做總是很沒效率。但是在整整一里格長的大城牆前，效率並不構成問題。麗芙在手中製作出一根固態火把，透過第二道光源打量城牆。有時候馭光法師會在他們的作品中隱藏——

「嘿！女士！妳在這裡幹什麼？所有馭光法師現在都應該已經進城了。」

麗芙嚇了一跳，她看見一個頭髮花白、身穿提利亞士官制服、腰掛兩把齒輪機構手槍和空刀鞘的老士兵朝她走來。他臉上沾染了火藥或黑煙的污點，手上纏有繃帶。他走近時瞄向麗芙的前臂。

「我，呃——」她努力回想之前專為在被人質問為什麼沒戴法色臂套時準備的答案。

「明水牆令妳著迷。我知道，所有馭光法師都一樣。妳的手臂呢？」

手臂？麗芙猜他指得就是其他馭光法師都有戴的法色臂套。「我，嗯，昨晚去參加法色法王的宴會，恐怕是喝多了一點。我在樹叢後面睡著了，要嘛就是我的單位沒找到我，不然就是他們覺得把我丟在那裡很有趣，嗯……」

「沒穿衣服？」

這個無恥的謊言讓麗芙的臉色為之一紅。「幸好我的眼鏡沒掉。」她說著，比了比塞在口袋裡的黃色眼鏡。

「如果我去參加那個宴會，八成也會喝很多。戴上眼鏡，前往城門。他們會讓妳進去。然後去找席德軍需官。他是個大混蛋，一定會百般刁難，但是……啊，見鬼了。跟我來，我帶妳進去。這就是我，加倫·德勒羅軍士長，受不了翹唇與一臉蠢樣的傢伙。」

「嘿！」麗芙說。

「開玩笑、開玩笑。」加倫說。「其實妳讓我想起我女兒。如果她很蠢，肯定是從她爸那裡遺傳到的。來吧。」他轉身。「還有你們，所有可惡的蠢人，那些都不是真的。只是幻象。別在這裡浪費時間了。」他揮掌拍牆，證明他的說法沒錯。半數群眾都被響亮的拍牆聲給嚇了一跳。

他一邊喃喃自語，一邊帶麗芙前往城門。雖然士兵仍在進城，但他們還是在一側留下一點空間給信差、貴族和馭光法師通行。這裡的守衛認得軍士長，於是直接讓他通過。

通過城牆後，他迅速穿梭在營帳間，腳步很快，在一群排隊向軍需官回報的低階士兵前插隊。「我要一條黃布給這個女孩。」加倫對著軍需官的背說道，這個駝背壯漢正轉身找著六支要發給年輕士兵的劍。

席德軍需官回頭。「我不認得她。她不是我負責的單位。不能發。」

「你打算刁難她？今晚？你這個瘋狂的老傻瓜，要我在你屁股上踢一腳嗎？」

「傻瓜？你像個巫婆一樣跑來找我嘮叨，我難道要準備玫瑰和好酒招待你嗎？我應該把你那個醜鼻子給打扁。」駝背男說。

加倫大笑，揉揉顯然已經斷過很多次的鼻子。「我似乎記得你有打過一、兩次。」

軍需官斜嘴一笑，麗芙這才發現他們兩個是好友，終於鬆了口氣。

「我知道你很高興看到我還活著，」加倫說。「所以幫我個忙，幫這個女孩拿塊布。」

「黃色的？」席德問。他把劍丟到櫃檯上，完全無視試圖一把抱走所有劍，卻差點在努力不讓劍掉到地上的過程中——沒有成功——把自己刺穿的年輕士兵。

「對。」麗芙說。

他抓起一份名單。「名字？」

「麗芙。」

他迅速掃視。「沒有麗芙，抱歉。整個部隊裡都沒有叫麗芙的黃法師。」

麗芙口乾舌燥。

「你，還有你，」席德說著，指向兩個排隊排到有點不耐煩的士兵。「逮捕這個女人。我們得回報有人冒充馭光法師——」

「喔，看在歐霍蘭的份上，你以為她是什麼，間諜？她根本還不到十六歲！什麼樣的蠢蛋會派個小孩來當間諜？」

一聽到「間諜」兩個字，麗芙的腳就軟了。

「或許是個非常狡猾的蠢蛋，以為我們會為了這個理由就放過她。」席德說，目光中透露出懷疑之色。「他們說加文．蓋爾就會。他們說醫療帳篷裡有個男孩就是加文．蓋爾的私生子。誰會派小孩？那些詭計多端的混蛋，就是他們。」他朝加利斯頓輕輕點頭。

「我十七歲了。」她說。怎麼回事？基普在醫療帳篷裡？他生病了嗎？受傷了？她緊張害怕到無法為終於探聽到基普的消息而感到高興。

「好啦，席德，戰鬥開始之後，那份名單就只能拿去擦屁股了，你很清楚這一點。好像你從來沒這麼做過一樣——」

「唬到你了。」席德說。他仰頭大笑。他拿了兩條黃袖子丟在桌上。「誰教你要叫我傻瓜？這下我們扯平了。」

「扯平，喔，我們要扯平還早呢。」加倫說，不過臉上浮現出笑容。「好了，該上工了，很高興認識妳，麗芙，有機會的話，教訓、教訓這個傢伙，好嗎？」

「我很樂意。」麗芙壓抑著體內一股噁心的感覺笑道，假裝很高興能夠和他們一起說笑。

沒過多久，她就剩下一個人，而在戴上衣袖之後，她終於混進來了。現在她只要救出基普和卡莉絲就好了。說真的，那是會有多難？

這不是這些天來麗芙第一次想要罵髒話、丟東西、嘀咕、抱怨，還有——或許只有一點——想哭。

但她深吸了一口氣，繼續深入營地。

# 第七十五章

加文睜開眼睛時，眼前一片明亮。有條人影坐在他床邊。他定睛一看。是他母親。

「喔，感謝歐霍蘭。我還以爲我醒了。」加文說。

菲莉雅．蓋爾輕笑，他確定自己不是在作夢。他母親的笑聲聽起來比過去幾年都還要自在。「快中午了，兒子。我知道我很少唸你殆忽職守，但你眞的該起床了。」

「中午？」加文立刻坐起。一定是弄錯了。他渾身疼痛。他頭痛，眼睛也痛。他保持不動，等待敲打他後腦的大鎚從十砝碼變成五砝碼，雙眼逐漸恢復焦點。他通常不會暈光——不過話說回來，也從來沒有像昨天那樣汲取這麼多法術。裂石山大戰後就沒有過，而當年他很年輕。「快要到太陽節中午了？」他問。

「我們認爲最好不要讓你在黎明時分就向太陽打招呼。無論如何，今年的太陽節不會過得太正式。歐霍蘭會原諒我們的。」

「母親，妳來這裡做什麼？」

「時候到了……加文。」

「時候？」

「我的解放儀式。」

加文感到一股涼意從頭頂傳到腳趾。不。他母親不能。她才說過五年之內的期限。她會給他時間準備，但不能這麼快。「父親怎麼說？」他問。

她雙手交疊在腿上，語氣中流露出一股寧靜的尊嚴。「你父親爲我做過太多決定。解放儀式是馭光法師和歐霍蘭之間的事。」

「所以他不知道。」加文說。

「我肯定他現在已經知道了。」她說，眼中閃動著狡猾的光芒。

「妳離家出走？」肯定是這樣。她趁夜離家，用誇張的金額賄賂某艘船的船長，在安德洛斯．蓋爾的間諜有機會回報之前離開。她挑選了當時港口內最快的船，就算安德洛斯在下一次漲潮時派船來追，也不可能趕上。加文必須承認，這是個很聰明的計畫。

安德洛斯．蓋爾肯定不會高興的。一點也不會。

她沉默了一段時間。「兒子，過去五年裡，我每年都跟你爸說我要參加解放儀式。他不准。我感覺得到自己正一點一滴地消逝。我已經三年沒有施法了，生活一片灰暗。我深愛你父親，但他一向很自私。安德洛斯想要永生不死、一直掌權下去，而他不想一個人活。我……同情他，兒子，看在我們曾經愛過的份上，我把這些年送給了他。你知道我很忠誠，但我們都知道他會將此視爲背叛。而我知道他會責怪你，不會怪他自己，但如果要我在對你父親和對歐霍蘭的職責間做選擇……」

「歐霍蘭勝出。」

她拍拍他的膝蓋。「我派人去找科凡．達納維斯——」

「科凡還活著？我以爲他在城牆那裡就……」

她面露哀傷的笑容。「他沒事。但儘管你英勇作戰，城牆還是被攻陷了。」

我英勇作戰。只有他母親有辦法絲毫不帶嘲諷意味地談論他的英勇事蹟。這件事你怎麼看，在地牢裡的哥哥？

「總之，我派人去告訴他你已經醒了。我很高興能再見到他。他是個好人。」她知道，當然，科凡爲了讓達山冒充加文而自我放逐，但是一如往常，她說話謹慎，以免隔牆有耳。加文的母親向來都很清楚如何在宮廷生活和程序、祕密、謹慎的要求下過她自己的生活，並且表達她的意見。「我今晚來看你，兒子。」

她離開後，加文慢慢著裝，檢視自己的身體有沒有在昨天的過度汲色中造成永久性的創傷。他渾身痠痛，但是情況應該更糟才對。天黑之前他的肌肉就會放鬆，他認爲晚上應該可以施展必要的儀式法術。太陽節正午過後。

門上傳來一陣急促的敲門聲，是一首他和科凡都很喜歡的歌曲節奏。門開了。

科凡走入。「你起來了。」他聽起來有點驚訝。

「精神還沒恢復。謝謝你讓我賴床，但是你知道今天你需要我。狀況如何？」加文邊說邊綁著上衣。

科凡雙手捧著加文的臉，凝視他的雙眼。加文揮手想拍開它們，但是科凡不放手。

「你在做什麼？」加文大聲問道。

「你應該已經死了。」科凡說。「你記得昨天汲了多少色嗎？」

「我記得一清二楚，謝謝你，我記得我頭痛欲裂，你還越幫越忙。」

科凡又盯著他看了一段時間，然後才放開他。「很抱歉，稜鏡法王閣下。據說稜鏡法王開始走下坡時會有一些徵兆。我不知道是什麼徵兆，但我想如果有什麼事能害死你，肯定就是昨天那種情況。就算是稜鏡法王，也不該汲那麼多色，但你的眼睛看起來很正常。」

加文聳肩。「城門怎麼失守的？」

科凡長嘆了一聲。「拉斯克．加拉杜要嘛就是個聰明的瘋子，不然就單純只是個瘋子，城門就是這樣失守的。」

「所以，那個白痴衝向城門的時候都沒人射中他？」

「他們運氣不好。我想你的那一招……把雙方人馬都嚇壞了。狙擊手抖得厲害，根本什麼目標都射不中。後來部隊看到拉斯克在衝鋒，而你又已經倒地，他們以爲你死了——以爲他不知道透過什麼方式打倒了你。黑衛士爲了帶你前往安全場所而撤離，而我們大部分最強的提利亞士兵都已經戰死。」他捏捏雙眼之間的鼻梁。緊張型頭痛。加文忘了科凡在戰役結束前都會這樣。這下加文可以想像當時的情況了——稜鏡法王倒下，菁英黑衛士突然撤離，敵人又一副完全不把加文剛剛那招放在心上般地衝鋒。難怪提利亞人士氣崩潰。

「所以，加拉杜王的手下加入衝鋒，然後……我們的部隊徹底潰敗？慘遭屠殺？到底是怎樣？」

「事實上，他們又撐了幾分鐘。可惜他們沒做好我教給他們的交替射擊動作。」交替射擊就是讓裝填好彈藥的火槍手與前排士兵交換位置的動作。「不過，他們有把裝填好的槍枝傳到前面，然後把開過火的火槍傳回來裝填彈藥。他們節節敗退，但是速度不快，城牆守軍也還能堅守陣地。天色越來越黑——我以爲我們守得住。」

「後來呢？」

「火藥用完了。」他嘆氣。加文看得出來，將軍認爲那是他的錯。「別的地方還有很多火藥，當然。我有派人去搬，可是……戰爭來得太快。」慌亂，或間諜，或是信差被殺，或是本來該把黑火藥運往前線的馬車伕臨陣脫逃，加上軍官沒有回報，也沒有確認命令有沒有確實進行；或許是因爲經驗不足、懦弱或死亡。在只有少數人受過訓練、少數單位有協同合作過的部隊裡，任何環節都有可能出錯。而這次的差錯就是黑火藥補給問題。

當然，如果加文有完成那座可惡的城牆，或是夠強壯，或那枚砲彈沒有擊中他的模具──這一切就統統都無關緊要。放馬後砲於事無補。

「城牆守軍崩潰逃跑。」科凡說。「加拉杜王沒有派兵追擊。我指示城牆內的守軍依序撤退。我想加拉杜王以爲我們會投降。或許他認爲大發慈悲會比盡量殺光敵軍更快達成目標，或者他不希望手下在黑暗中誤傷友軍，也可能他信仰虔誠，而他的新宗教禁止夜戰。」

「舊宗教，我想。」加文說。

「他們今天沒有準備要進攻的跡象。」

「即使對異教徒而言，太陽日也是神聖的節日。」加文說。

「所以我們可以備戰到明天。你要我怎麼做，稜鏡法王閣下？」

「我昏迷不醒的時候，你做了什麼決定？」

「加拉杜王昨天饒過守軍贏得的民心，統統因利用狂法師作戰而抵消殆盡。城內到處都流傳著怪物傳說。人們嚇壞了。兩天前，我還擔心他們隨時有可能陣前倒戈。但他們看到你建造城牆保護他們，也看到了你是在什麼東西面前保護他們。現在他們相信你，咒罵利用邪惡產物屠殺朋友的人。整座城都是你的了。只要你振臂一呼，他們會跟隨你前往永恆之夜的大門。」

「科凡。回答我的問題。」

科凡揉著他的脖子。「我們贏不了。加利斯頓的老城牆就連頑固的騾子都擋不住。拉斯克占領城牆時，接收了我們大部分的火藥和所有火砲。部隊逃命的時候，把半數火槍都丟在戰場上。幸運的話，我們可以在內牆淪陷前殺掉幾千人；展開街戰之後，我們也可以在幾個關鍵點造成不少傷亡。但是說到底，他們人數太多，此戰註定會是一場屠殺。在他們占有人數優勢和我們物資缺乏的情況下，加利斯頓絕不可能守住。我想不出任何可以獲勝的策略。我們可以在頑抗的過程中造成對方重創，但那跟獲勝不一樣。」他臉色一沉。「我準備撤退。」

「撤退？」科凡·達納維斯從未打輸過任何一場戰役──好吧，如果不把裂石山大戰當作落敗的話，至少加文沒這麼看。如果你本來就想落敗，而你也眞的輸了，一切按照計畫進行，那就不算眞的輸，對吧？

「就連撤退也有很多始料未及的問題，稜鏡法王閣下。那些『怪物』讓城內的所有人都與我們站在同一陣線，同時也讓城裡所有人都想離城。他們認爲如果留在城裡，會被殺死，然後吃掉，而我們沒有足夠的時間和船隻撤離這麼多人。」

加文搓揉額頭。換上他的儀式白袍。基本上，他是在拖延時間。「我們的間諜有回報任何關於卡莉絲的消息嗎？」他問，試圖裝出隨口問問的樣子。倒不是說他有可能唬過科凡。

「和昨天一樣還活著。我想他是打算拿她來談條件──如果有必要的話。」當然，在當前的處境下，完全沒必要。這表示卡莉絲已經可有可無。科凡沒必要把這話說出口。

「基普、麗芙、鐵拳？」如果加文頭腦清楚，或是比較不那麼自我中心，他就會把科凡的女兒放在最前面。

「毫無音訊。」科凡說。他下巴緊繃。

「這可能算是好消息，對吧？如果他們做出什麼大事，我們的間諜多半會聽到一些風聲，是不是？」

科凡有一段時間沒有說話，拒絕接受如此沒說服力的安慰。他不是會去抓稻草或是相信悲劇不會發生在自己身上的人。兩任妻子的死亡已經治好了他的理想主義。「我們的間諜回報說對方有個狂法師之王，一個多色譜狂法師。他們稱他為『全色譜之王』。查不到他在違背聖約前的身分——除非他真的是個野生的多色譜法師。」

加文聳肩。這不過就是在幾百個問題上多增加一個，不過他知道科凡是在把所有可能的問題統統攤上檯面，好讓加文自行決定什麼重要，什麼不重要。

「你打算怎麼做，稜鏡法王閣下？」

他是指要奮戰到底，還是撤退；當然。

「我要殺了拉斯克．加拉杜。」

科凡不發一語，沒有出去下達暗殺令或做差不多蠢的舉動。

可惡，加文他父親連這種情形都預料到了。「如果加拉斯頓失守，就殺了拉斯克．加拉杜。」安德洛斯．蓋爾這樣說過。加文當時很肯定自己可以拯救這座城市，所以沒有安排殺手刺殺拉斯克。他應該雙管齊下的。現在太晚了，除非明天拉斯克和昨天一樣蠢到朝他直衝而來。

加文張口欲言，但是說不出話。他清清喉嚨，努力排除失敗的味道。「我會在進行宗教儀式的同時盡量幫忙，但是……」他再度清清喉嚨。七年，七大目標。我難得想要做件好事。「我失敗了，科凡。下令撤退。」

# 第七十六章

從接觸皮膚的冰冷空氣判斷，基普被押解穿越某座城門的時候已經是午夜過後。他必須從氣溫判斷，因爲他眼睛上遮了塊布，頭上還套了黑布袋，脖子上有套索，雙手綁在身後。

其中一個押解他的守衛，一路上不斷地輕聲咒罵，顯然對一座叫作明水牆的東西敬畏不已。他們行動緩慢，走走停停，接著一個聽起來很像軍人的聲音叫道：「別光站在那裡拉褲子。往營區裡面走。你們擋住其他人了。」基普聽見宛如槍聲般的抽鞭聲，隊伍再度開始前進。

過去兩天一直就是這樣度過。基普在黑暗中醒來——黑暗是因爲遮眼布的關係，雙手被綁在身側。當他試圖掙脫時，旁邊馬上就有人過來。他們拿下他的遮眼布，其中一人凝視他的眼睛，粗魯地用手撥開眼瞼，然後再把遮眼布綁回去。他的左手很痛。第一天——如果才過一天的話——他們在紅酒裡摻了藥物，減輕他的痛楚、模糊他的感官。

他們帶他去見全色譜之王，停用藥酒，讓他神智清楚，不過沒有取下遮眼布。他們在一個人聲吵雜的營帳裡坐了很久，期間基普一直很痛，後來他們就離開了。顯然那位大人物忙得沒時間見他。片刻過後，基普聽見他的守衛在爭吵。聰明人就會趁機分化。但基普只是安安靜靜地站著，心想什麼時候才能喝到下一杯藥酒。他的手在抖。

他們把他交給別人——眞的把他脖子上的繩索交給別人。

「你不打算給他罌粟酒？」一名守衛問。

「幹嘛把上好的罌粟浪費在這個胖子身上？」另一個守衛說。「我自己也很喜歡罌粟酒。」

「喔，那玩意兒超難喝的。」第一個守衛說。基普同意。

「我不是爲了味道而喝。」守衛笑道。這個基普也同意。「走吧。我剛剛看到幾個女人。有你的魅力加上我的罌粟酒……」他再度大笑。

基普被推入一輛馬車。他跌跌撞撞地走上台階，差點被脖子上的套索勒死，不過很快就找到位子坐下。車門關閉。

有人解開他的套索，取下布蓋，扯下遮眼布。「基普？」她問。

基普眨眼。儘管紫色房間裡光線昏暗，但在經歷兩天完全漆黑的環境之後，這點光線還是讓他雙眼濕潤。然而，透過朦朧的淚水，他認出了卡莉絲·懷特·歐克。

「卡莉絲？」他問。蠢問題。她當然是卡莉絲，你正瞪著眼睛看著她，笨蛋。

「基普，你來這裡做什麼？」

「我是來救妳的。」他說，接著忍不住笑出聲來。

「基普，他們給你喝了多少罌粟酒？」

他們已經好幾個小時沒餵他喝酒了，但他還是笑個不停。

□

卡莉絲讓基普躺在她的床墊上。他立刻陷入沉睡。她凝視著他。心中冷酷無情的部分很想痛恨他。

我兒子應該和基普同年。見鬼了，基普有可能是我兒子。他有雙藍眼睛，而我祖母是帕里亞人。

怎樣？妳以為褐色皮膚和鬈髮會隔代遺傳嗎？就像雙胞胎一樣？

卡莉絲搓揉著自己的臉。這是毫無根據的幻想，她知道。她遺棄的兒子是基普的同父異母兄弟，而他們外貌的相似處是來自父親加文。而對這兩個男孩來說，他算什麼父親？

她得逃離這裡。她想太多了。

卡莉絲看著基普沉睡，在他的眉毛和鼻子上看出蓋爾家的血統，而她甚至不知道心裡浮現的是什麼感覺。

最後，她拿自己的毯子蓋在他身上。

# 第七十七章

加文完成了正午的儀式。盧克教士，一位一心向善的年輕綠法師，在整個儀式過程中都抖得像片樹葉。加利斯頓不是什麼重要的教區，這個年輕人肯定沒想過有機會見到稜鏡法王，更別說跟他交談，甚至一起主持太陽節儀式。儀式舉行得有點糟糕，加文幫年輕人提了兩、三次詞。整個過程耗時一個半小時——這還是加文刪減了七總督轄地中所有貴族和克朗梅利亞所有官員向歐霍蘭祈福的名單後的時間。

「既然連歐霍蘭都記不得他們的名字，或許他們沒有那麼重要，嗯？」他對盧克教士說，對方聽得目瞪口呆。

一直到了下午，他才找到機會逃離現場。逃離是個相對用語，當然。他身後跟了一打黑衛士、一名書記、四個信差，還有一打城市守衛。他前往碼頭。

他在那裡找到在混亂中指揮若定的科凡。群眾的亂象沒有他想像中那麼糟糕。或許人民還期望加文能拯救他們。或許在見證他建立了一座不可能完成的城牆之後，他們以為他的力量無止無盡；或許有些人純粹是虔誠的信徒，在一年中最神聖的日子裡只能做絕對必要的事。

幸好生存下去並不算是絕對必要的事。

很多貴族在和船長討價還價。一箱一箱貨物都堆在碼頭上——還有很多沒放在箱子裡的貨物。一定要掛在家族大廳裡的繡帷、金漆家具、藝術品，以及一大堆放著只有歐霍蘭知道是什麼玩意兒的行李箱。

「稜鏡法王閣下，」達納維斯將軍說，迅速來到加文面前。「你來得正好。」

這表示你即將把一些燙手山芋丟給我。

「我昨日下令不准任何船隻出海，以免需要撤離。我對外公告如有抗命，就會收押船長，而雇用船長的人都將處以死刑。」

這是很嚴厲的刑罰，但是戰爭需要嚴厲的刑罰。要是加利斯頓淪陷，敵人展開屠殺，任何提早離港的船隻都會害死數十條人命。嚴厲刑罰的問題在於，總是有人想賭你是不是在虛張聲勢——賭一次。

「是誰？」加文問。他想他已經知道是誰了。

「克拉索斯城主。他的手下對阻止他們的黑衛士開火。」

黑衛士？科凡怎麼能使喚黑衛士遵守「把那個犯人帶來」的命令？「有人受傷嗎？」

「沒有，稜鏡法王閣下。」

「他在這裡？」加文問。他必須離開這裡。隨行人員擋住了科凡的手下執行任務，也擋住了碼頭的通道。但他不願逃避這件事。這種事最好是透過能鞏固法令威信的方式處理，不過最好盡快處理，以免有其他人違反同樣的法令，導致你得處死更多人。當沙漏裡的沙就快要流光時，遲來的公義會比不公不義還糟糕。「把水手一起帶來，還有他的行李。」加文輕聲對科凡道。

克拉索斯城主就在十步之外。只是被比他高大的守衛擋住，所以沒看到。他雙手被綁在身後，一隻眼睛腫大。跟他一起上前的，還有一群形形色色的走私者，他們穿著邋遢、神情凶惡，肯定是在清楚風險的狀況下接下這個工作。

加文雙手高舉過頭，釋放出一叢扇形火花。之前沒注意到的人紛紛轉頭。「我以歐霍蘭眼中之光宣告此一判決。使公義得以伸張。」

聽到這突如其來的禱文，四面八方的人紛紛點頭。被告被粗魯地推倒跪下。在公義前展現謙卑。如果我要擋住碼頭的路，乾脆就趁機辦些事。

「城主，你被控告雇用船隻逃離本城，違反負責將軍的命令。這件事是否爲眞？」

「將軍？我是這個糞坑的城主！沒有人可以命令我！」

「就連我也不行？」加文問。「將軍是在我的授權之下，以我的名義辦事。你有雇用這些船員帶你離開本城嗎？」

「有五十個人證可以告訴你我有。那又怎樣？我們幫助過你。我的家族在戰時支持你。要不是我們，你今天根本不會站在這裡！」克拉索斯城主逐漸轉爲哀鳴。「你竟然要把這些平民擺在我之前？」

「船長，」加文說著，不再理會城主。「你承認試圖逃亡嗎？」

船長環顧四周，神色倨傲、目空一切，不過還是不敢直視稜鏡法王的目光。顯然碼頭上所有人都看到他企圖逃亡了。他散發出一種心知自己難逃一死、只希望能夠尊嚴死去的氣息。他緊緊抓住自己的勇氣。「是的，大人。城主昨晚雇用我們。我本來就想走。」他當然想走。有船的人都想離開，而且都想昨天就離開。

「有個古老傳統，」加文大聲說，讓圍觀的群眾聽見。「就是在太陽節執行特赦。歐霍蘭慈悲爲懷，我們也當如此。」

「喔，感謝歐霍蘭和祂派往人間的稜鏡法王。」克拉索斯城主說著，掙扎起身。「你絕對不會後悔的，稜鏡法王閣下。」

加文製作隱形的超紫盧克辛，擊中克拉索斯的膝蓋後方，看都沒看他一眼。克拉索斯跪倒在地。

加文對船長說：「船長，我本來應該把你鎖入地牢，留你下來面對之後的命運。不過我決定要釋放你，還要把我的船交給你——你們被充公的那艘——還有你的船員。我會注意你的，船長。好好做。」

船長不敢相信自己的耳朵。接著，儘管很難爲情，他還是忍不住淚如泉湧。

「什麼？」克拉索斯大叫。

「克拉索斯城主。你違背我的命令，有辱你的職位。城主應該要支持人民，而不是扯人民後腿。你竊取屬於歐霍蘭交給你領導的人民財物，是個小賊兼懦夫。我在此剝奪你的領導權。你想要帶著你的財物離開？沒問題。」

加文從克拉索斯帶來的行李中挑了一個箱子。箱中裝滿華麗的衣服，又大又重，一個人很難抬得起來。他在箱頂、箱底，還有側面打出大洞。命令守衛把箱子放在克拉索斯的手臂之間，然後用繩子綁在一起。

「你不能這麼做。」克拉索斯說。

「我已經做了。」加文說。「你現在唯一的選擇就是該如何面對死亡。」

「我家族會聽說這件事！」克拉索斯說。

「那就讓他們聽說你死得像個男人。」加文說。

他彷彿被加文甩了一巴掌，顯然家族就是他的一切。

加文在海面上汲色做出一塊藍色平台。「想逃嗎，克拉索斯城主？去吧。」

克拉索斯城主毫不遲疑地走下台階，帶著他的行李箱，踏上海面上的藍盧克辛。離岸約莫十五步左右，盧克辛裂開，他墜入海中。片刻過後，他開始奮力踢水，不讓有浮力的箱子浮到他頭上，使他溺斃。

潮水正在改向，導致他在原位前後漂流，沒有接近碼頭，也沒有漂往其他碼頭，或是守護者城門和後方的大海。

上千雙眼睛無聲地看著他。沒過多久，他就不必那麼吃力地踢水，以免被箱子壓入水面——因爲箱子已經沒有高出水面那麼多了。他試圖以挑釁的目光瞪向碼頭，瞪向加文，但是濕淋淋的頭髮垂在他眼前，不管他怎麼搖頭，都沒辦法擺脫它們。

他沉入海面前大叫了一句話。加文聽不懂他在叫什麼。又多了一個死人。他不喜歡克拉索斯，討厭他的態度，討厭他所代表的那種貴族，貪得無厭，從來不曾想過回饋大眾。但他剛殺了一個男人，成爲對方家族的敵人——在一場不用他出手也能導致對方死亡的戰爭之中。

加文等著水面冒出氣泡，但是什麼都沒看到。克拉索斯已經漂得太遠了。加文揚起雙手，然後收回。「歐霍蘭慈悲爲懷。」他說，爲行刑畫下句點。他已經在這裡浪費了太多時間。他轉身。

他身後的海灣中，一片鯊魚的魚鰭劃破海面，朝牠的目標前進。

# 第七十八章

日落時，加文完成了當天大部分的公開儀式。這是一場盛大的演出，他盡可能讓每年的儀式都有所不同。這是太陽節裡他最喜歡的部分。他向來都是在近乎裸體的情況下舉行儀式。色彩綻放而出，迅速穿越他的身體後離體，然後給人一種回歸他體內的表象。

在昨天的經歷過後，施展這麼多法術讓他有點不適，但他絲毫不願妥協。

然而，一切都結束得太快了，人們紛紛離去參加晚宴。晚宴會舉行一整晚，太陽節會一直慶祝到破曉時分。解放之人的宴會將在天色全黑之後開始。他坐在城堡裡的一間小祈禱室裡。他有一些時間，理論上是給他禱告用的。

他曾經眞的利用這點時間禱告，但現在不再這麼做了。如果歐霍蘭眞的存在，那肯定很忙或是在睡覺，或是不在乎，或是在大便。有人說歐霍蘭的時間觀念與人類不一樣。這解釋了爲什麼祂在加文這一輩子裡都不曾顯靈。

加文胸口緊繃，呼吸困難。祈禱室似乎太小、太暗了。他在冒汗，冷冷黏黏的汗。他閉上雙眼。

有點骨氣，加文。你辦得到的。你以前做過。這是爲了他們。

這是一場謊言。統統都是謊言。

這是比其他選擇都好的做法。呼吸。這場解放儀式與你無關。你打算出去告訴那些等著你的馭光法師，他們的一生都是騙局嗎？他們浪費生命造福人群？歐霍蘭不把他們的犧牲放在眼裡？他們的所作所爲、付出的一切都無關緊要？所有人都會死，加文，不要剝奪這些人死亡的意義。不要讓他們認為自己的一生毫無價值、都是在白白犧牲、所有生命都沒有意義。

每年他都會如此與自己天人交戰。他甚至帶了一個桶子進入祈禱室，還多帶一根焚香。有幾年，他眞的吐到了桶子裡面。

小祈禱室的門上傳來敲門聲。

「稜鏡法王閣下，時候到了。」

□

第二天晚上，基普沒綁遮眼布。他們給他戴上暗色眼鏡，繞過後腦勺綁住，緊緊地壓在眼前，然後扯下他上衣的衣袖。這樣會讓他很難汲色，而且身旁的人都能看見明顯的施法徵兆。

「顯然他們想讓我們看點東西。」卡莉絲在鏡人與馭光法師守衛把他們推出共用的馬車時說道。

他們被帶往遠離營帳、一塊被圍起來的安全地帶。此地分隔在營地的其他部分之外，空間十分寬敞。空地周遭有繩子綁在臨時敲入地面的木樁上，不過空地眞的很大——而且營地裡沒人接近這塊空地。裡面有一群人聚集在一個平台前，與外圍的繩圈相比十分渺小。太陽已經完全下山，不過天色還沒有全黑。

「他們不希望有人偷聽。」卡莉絲說。「顯示出他們有多瘋狂。他們要以普通人一看就會哈哈大笑的方式集結部隊。」

普通人？喔，不能汲色的人。等等，那表示……

隨著他們逐漸走近，基普看出他的推斷沒錯——這裡的每個人都是馭光法師。這裡肯定聚集了八百到一千個馭光法師！

「歐霍蘭呀！」卡莉絲低聲說道。「這裡肯定聚集了五百名馭光法師。」

所以我算數不好，怎樣？

但走近之後，就連基普那股天不怕地不怕的蠻勁也消失殆盡。看管他和卡莉絲的人，把他們推入人群，第一個被他們擠開的人以狂野的綠眼瞪視他們。他的斑暈破碎，一條條綠蛇在眼白上爬行。

基普覺得自己走在一座獸欄裡。似乎所有膚色夠淡的人皮膚上都呈現出盧克辛的顏色。綠、藍、紅、黃、橘，甚至有紫色。當他凝神看向超紫法師時，只見超紫法師如燈塔般耀眼。他們在斗篷、護甲，甚至是皮膚上繪製圖案——全部是隱形的，只有超紫法師看得見。他調整眼睛，發現次紅法師也是，在衣服上繪製龍、鳳凰、漩渦和火焰的圖案。藍法師頭戴類似公羊角的尖釘，或在前臂外緣鑲入利刃。他們路過一名橘法師。他看起來很正常，只是把橘盧克辛當作髮油般將頭髮抹向後方，而且眼白完全是橘色，看不出眼白和虹膜間的界線，只有瞳孔的小黑點玷污了完美色彩。一個身上只用樹葉遮體的綠法師朝他們狺狺低吼，接著哈哈大笑。貨眞價實的獸欄，只不過有基普和野獸關在一起。

他們直接被帶往最前面。人群在一塊石平台前列隊，石平台表面因風雨侵蝕而磨平，高度足以充當講台。基普和卡莉絲抵達時，一個身穿兜帽斗篷的男人爬上石台。他來到石台最高處，拉下兜帽、撕裂斗篷，好像很痛恨那件斗篷般地將它丟向一旁。

這個人在黑暗中渾身發光。他站在原地、目空一切、默不吭聲、雙腳緊繃。他朝人群伸出一手，每隔五步距離就有火把如波浪般點燃，讓眾人籠罩在火光下。最後，石台四周的火把點燃，基普看見那個男人全身由盧克辛組成。他身上的光芒發自體內。

四面八方的馭光法師，在全色譜之王面前紛紛下跪。但是並非所有人都跪。站著的人看起來有點尷尬、有點矛盾。因爲下跪的人不光只是下跪，還把臉貼在地上。這完全是出於宗教熱誠。

「別跪。」卡莉絲說。「那不是神。」

「那他是什麼？」基普低聲問。

「我哥。」

全色譜之王伸出雙手。「拜託，不要。各位兄弟姊妹，請起來。與我並肩而立。我們已經在人前卑躬屈膝太久了。」

□

橘法師，藝術家阿黑亞德，在加文面前卑躬屈膝。他是今晚第一個解放之人。這是一項榮耀，而阿黑亞德應該享有榮耀。眞正的榮耀，不是這場鬧劇。但現在已經沒有退路了。從來都沒有。

加文上前。「起身，我的孩子。」他說。通常當他稱馭光法師爲「我的孩子」時，會覺得很諷刺。但阿黑亞德眞的是個孩子，至少才剛成年。

阿黑亞德起立。他直視加文的雙眼，接著偏開目光。

「你若有話要說，」加文說。「現在就是開口的時候。」有些馭光法師需要在解放前坦承自己的罪行和祕密，有些會提出要求，有些只是想要抒發挫敗、恐懼、疑惑等等的情緒。根據黎明前需要解放的馭光法師人數不同，每年加文都會盡量與每一位馭光法師多相處一點時間。

「我讓你失望，稜鏡法王閣下。」阿黑亞德說。「我讓家族蒙羞。他們總說我將來會有偉大的成就。結果，我浪費了一生。我濫用法術。我天賦異稟，卻無法承受歐霍蘭的恩典。」他臉頰上流下苦澀的淚水，依然無法面對加文的目光。

「看著我。」加文說。他用雙手捧起年輕人的臉。「你參與了我這輩子最偉大的工程。你做到了我——稜鏡法王——做不到的事。任何見過黃昏的人，都知道歐霍蘭看重美麗的事物。你賦予那座城牆與歐霍蘭同等的美貌與恐懼。你的手藝會在世間流傳千年。」

「但是我們戰敗了！」

「我們戰敗了。」加文承認。「失敗的責任在我，不在你。王國來來去去，但是那座城牆將會守護無數尚未出生的人，也會啓發更多人。那不是我的功勞。是你的。你，阿黑亞德，創造出美麗的事物。歐霍蘭賜給你一項天賦，而你將那天賦送給世人。在我聽來，這不算失敗。你們家族會以你爲榮。我以你爲榮，阿黑亞德。我永遠不會忘記你。你啓發了我。」

年輕人臉上露出一絲笑容。「那眞的是個偉大的作品，嗯？」

「對第一次做的人來說算不錯了。」加文說。

阿黑亞德大笑，整個人的感覺都不一樣了。他確實是道光。賦予世界的禮物，美麗、充滿活力。

「你準備好了嗎，孩子？」加文問。

「加文．蓋爾，」年輕人說。「我的稜鏡法王。你，閣下，是個大人物，偉大的稜鏡法王。謝謝你。我準備好了。」

「阿黑亞德．明水，歐霍蘭賜給你一樣禮物。」加文開口。明水這個姓氏是臨時加上去的。在帕里亞，能夠擁有兩個姓氏的，都是偉大的男人和女人，偶爾會擴及他們的子嗣。從阿黑亞德眼中突然泛出的淚光、突然的深深吸氣，以及驕傲地抬頭挺胸等反應來看，加文知道他已說出最完美的言語。

「你善用他賜給你的天賦。該是放下肩頭重擔的時候了，阿黑亞德．明水。你全力以赴。世人不會遺忘你的貢獻，而你的失敗在這裡一筆勾銷。做得好，忠心虔誠的僕人。你已經履行了聖約。」

□

「他們說我們有簽訂聖約！說我們有發下聖誓！藉由那個聖誓，他們束縛我們、埋葬我們。」全色譜之王說。

麗芙小心翼翼地擠開人群，朝前面移動。她確定自己看到有人把基普帶往那裡，在他頭上綁著黑色眼鏡。但是所有人都全神貫注地聽台上那個怪物講話，所以她沒辦法移動太快，只能假裝在聽，慢慢前進。

「就像這個，」全色譜之王說，指向自己腳下所站的大圓石。「這就是一個偉大古代文明僅存的遺跡，你們在這片土地各處都曾見過這些遺跡。大人物的雕像，遭後人摧毀。」麗芙豎起耳朵。瑞克頓也有一座殘破雕像，位於一座橘園。從來沒人提起雕像的出處。她以為那是因為沒人知道。

「你們以爲這些雕像都是神祕難解的謎團嗎？」全色譜之王問。「它們不是。你們以爲稜鏡法王戰爭會在提利亞結束是巧合嗎？你們以爲蓋爾兄弟就這麼在七總督轄地閒晃，直到兩軍發現彼此？剛好在這裡？讓我告訴各位一件你們都已經知道的事，你們統統深信，只是不敢喧之於口的事實：加文·蓋爾不該打贏稜鏡法王戰爭。達山·蓋爾才是嘗試改變的人，而他們爲此殺了他。克朗梅利亞害死達山·蓋爾。他們之所以這麼做，是因爲擔心他會改變一切。他們怕他，因爲達山·蓋爾想要解放我們。」這話在人群中掀起一些錯愕的反應。他們都知道當天是什麼日子，稜鏡法王人正在加利斯頓舉行解放儀式，就是今晚。

「看到沒？」全色譜之王說。「感受到那股不安了嗎？因為克朗梅利亞扭曲了語意來對付我們。達山想要解放我們，達山知道光是鎖不住的。」

「光是鎖不住的。」有些馭光法師複誦道。那幾乎成為一句宗教詩歌。

「他們稱之為解放儀式。『放下你的負擔，』稜鏡法王如此說。『我幫你除罪，賜予你自由。』他說。你們知道他賜予我們什麼？你們知道嗎?!」

□

「我幫你除罪。」加文說。當阿黑亞德跪在他腳邊，雙眼朝上、右手貼在加文腿上時，加文覺得他的心都要從喉嚨裡蹦出來了。「我賜你自由。歐霍蘭降福於你，擁你入懷。」他拔出匕首，插入阿黑亞德的胸口，正中心臟。他拔出刀刃。這刀十分完美，不過話說回來，熟能生巧。

他沒看傷口，沒有去看鮮血浸濕阿黑亞德的上衣。他凝視男孩的雙眼，看著生命一點一滴流失。在他死去的同時，加文說：「請原諒我。請原諒我。」

加文收回匕首，在隨身攜帶的血布上擦拭雙手——雖然手上沒有染血。他停止動作。

□

「他們殺死你！」全色譜之王叫道。「他們一刀插入你的胸口，然後眼睜睜地看你死去。他們看著你苦苦哀求——還說他們的神笑看這一切！告訴我，這是對待長者應有的行為嗎？在克朗梅利亞的統治下，我們幾乎沒有長者。他們殺光他們。喔，除了白法王、除了安德洛斯·蓋爾和他老婆。他們不必遵守這些規則，但是你和我，我們的母親和我們的父親——我們都該死。他們說這是歐霍蘭的旨意，這叫作聖約。彷彿我們在無知的孩提時代發下的誓言，就能讓他們正正當當地謀殺我們的父母。這算是什麼瘋狂的觀念？一個女人爲七總督轄地奉獻一輩子，而她所獲得的獎勵就是慘遭謀殺？這算自由嗎？這就是他們所謂的『解放』她？」

麗芙發現基普，但她已經沒有往那個方向擠了。

「你們都知道這樣不對。我知道這樣不對。他們也知道這樣不對。這就是他們只會小聲婉轉地提起這件事的原因。這絕非公義，這絕非解放，我們把話說清楚，這是謀殺。然後他們甚至不願通情達理地將屍體交還給家族，而把屍體拿去舉行黑暗儀式。我們的父親奉獻一生是爲了這個嗎？這算公義嗎？克朗梅利亞會腐化它所接觸到的一切。你們以爲所有被『解放』的人都是自願的嗎？」

全色譜之王嘲弄般地大笑。

□

當黑衛士在小心謹愼不漏血的情況下抬走阿黑亞德的屍體時，門上傳來敲擊聲。敲一下，然後就沒了。加文過了一會兒才想起單純貝斯一直都不瞭解敲門這個概念。

「請進，貝斯。」加文說。*小孩和傻瓜。我要殺的都是這些人嗎？我手上染滿無辜之血。*

貝斯進房。換上華服，他看來堪稱英俊。和加文見過的其他傻瓜不同的是，貝斯頭腦的問題沒有影響到他的五官外貌。

「很抱歉我的魯莽，稜鏡法王閣下。我有個問題，但不希望打斷解放儀式。」

當然，他沒想到自己現在是在打斷其他人的解放儀式。

「請問。」加文說。

「我聽伊薇・葛拉斯提到明水牆。伊薇是綠黃雙色譜法師。她來自血林，但我不覺得她可怕。我媽以前總說紅頭髮的人可以單憑眼神就放火燒你，但伊薇看起來不像那種人。」

加文很熟悉伊薇。她不算特別聰明，極度仰賴直覺行事，偏偏又不太信任自己。至少幾年前她不信任自己。

「伊薇曾救過我一命——」

「她說了什麼，貝斯？」加文問。

「什麼都沒說，只是救了我。我猜她或許有大叫。我不太確定她叫什麼——」

「伊薇提到明水牆什麼？」

「我不喜歡你亂插嘴，稜鏡法王閣下。這樣會讓我緊張。」

加文克制住自己的不耐。如果繼續逼他，貝斯會緊張到說不出話來。

貝斯發現加文沒有繼續逼問，於是停下來想了想。加文看出他又再度找回了之前的思緒。「伊薇說明水牆是用完美的黃盧克辛建造的，但她印象中你並不是超色譜人。我自己也看不出這種色彩上的差異，當然，但我不認爲她在說謊，而加文・蓋爾不是超色譜人。他的弟弟達山才是。而你比加文高。他穿靴子讓自己看起來高一點，但達山在十三歲生日時就比加文高了。我還記得那天，晴朗的好天氣，祖母說歐霍蘭向來都很眷顧蓋爾一家人。當時我身穿著我的藍外套……」

加文沒有在聽。他覺得地板彷彿突然下沉，他知道這個時刻遲早會來，已經等待了十六年。第一次以加文的身分參與會議時，他期待任何人——所有人——指著他大叫：「他是假的！冒牌貨！」是有些人察覺眞相，但他總是有辦法控制狀況。他無法抹黑貝斯。這個男人完全沒有政治立場，所有人都知道這一點。如果有人問起，貝斯會指出加文和達山之間的上百個不同處。等他說完之後，加文的面具早已粉碎。

但是他獨自前來。他隨時都可以來，偏偏選在今晚。

「所以我的問題就是……我的問題是，你爲什麼要說謊，達山？你爲什麼要假扮加文？達山是壞人，殺了很多人，殺了懷特．歐克一家人。全部殺光。傳說他在他們家大宅裡一間一間房地搜查，連僕人也不放過，然後燒掉大宅，湮滅證據。小孩子受困在地窖裡。他們發現孩子的屍體擠成一團，抱在一起。我親自去了一趟。我看到了他們。」貝斯突然住口，顯然是沉浸在當年的畫面裡。以他完美的記性來看，那畫面肯定栩栩如生。「我對那些燒焦的孩子發誓，我要殺了達山．蓋爾。」貝斯說。

加文感到一股許久不曾出現的恐懼，如同老師的教鞭抽上心頭。貝斯是綠、藍、超紫色多色譜法師。所有馭光法師都會因應所屬色系而隨時間改變。只有綠色的野性會讓原本執著於秩序的貝斯做出插隊的舉動。但條理分明的藍色讓他迫不及待地想要知道原因，想知道一切的前因後果。「貝斯，我要告訴你一件全世界我只告訴過另一個人的事。我會回答你的問題。因爲你有權得知答案。」他壓低聲音。「我十六歲時，我……作了場夢。一場當頭棒喝的夢。我站在一個實體之前。我五體投地。祂知道祂很神聖，而我很害怕——」

「你是說歐霍蘭？」貝斯問。他看起來有點懷疑。「我媽告訴我，自稱曾與歐霍蘭交談的人通常都在說謊。而達山是個騙子！」他的聲音越說越尖。

這個時候，加文可不希望貝斯高聲提到達山。「你到底想不想聽答案？」他連忙問道。

貝斯遲疑。「想，但你不能——」

加文一刀插入他的心口。

貝斯雙眼大張。他抓住加文的雙手。加文拔出匕首。

加文語氣冰冷，非常冰冷，說道：「你全力以赴，貝斯。世人不會遺忘你的貢獻。而你的失敗已一筆勾銷。我幫你除罪。我賜你自由。」

說到「除罪」的時候，貝斯已經死了。

加文輕輕將貝斯放上地板。他走到旁邊，敲敲側門。黑衛士入內，抬走屍體，就這樣，加文自謀殺中脫身。

# 第七十九章

這傢伙是騙子。基普不清楚什麼是謊言，什麼是事實，但是全色譜之王是加拉杜王的左右手。他們夷平了他的家鄉。毫無理由。如果不把謀殺放在眼裡，說謊又算得了什麼？

但就和所有最好的謊言一樣，他的話裡也摻雜了事實。聖約眞的就是這個意思。難怪他們在提到這件事時總是迂迴婉轉，壓低音量。你變老、斑暈粉碎，然後淪爲瘋狗。他們得解決你。基普記得科凡的狗被浣熊咬到，沒過多久就開始口吐白沫。科凡、鎭長，還有另外幾個人裝塡火槍，出門追捕牠。科凡親手打爆牠的腦袋。事後他避開人群，大家也都假裝沒看到他流淚。他直到一年後才再提起那隻狗，不過從不提牠發狂，從不提開槍殺牠的事。這件事也一樣。沒人討論解放儀式，因爲沒人想對死者不敬：「基普是個大人物，直到他變成瘋子，開始殺害朋友；直到我們得動手除掉他。」

所以，這是大家不願面對的事實，但並不表示就是謊言。事實上，這或許更增加了它的眞實性。但這裡的人都不願意接受這個事實。他們想要找人責怪父母的死亡。他們自己也不想死。他們可以用華麗的詞藻粉飾這件事，但基普已經看穿帷幕。這些人都是殺人犯。加文是好人、是大人物。是矮人間的巨人。他得做出必要之惡。大人物都需要做出困難的抉擇，這樣其他人才能生存下來。他幫助馭光法師完成聖約，那又怎樣？所有人都有宣示聖約。那不是什麼祕密，不是詐欺。他們簽訂契約，而直到必須付出代價前，他們都很喜歡那個契約。

這些人都是懦夫，違約者，雜碎。

我必須離開這裡。

他轉過身去，看見自己最意想不到會在這裡看見的女人。

□

「伊利塔水鐘宣稱今天是一年裡最短的夜晚。」菲莉雅・蓋爾在門口說道。「但對你而言，今晚一向是最漫長的一夜。」

加文抬頭看他，面如死灰。「我打算黎明才輪到妳。」

她微笑。「排隊的順序亂了，單純貝斯提早插隊，有些人就退到後面去了。」她聳肩。「退到後面？或許他們也已察覺眞相。事情已經一發不可收拾。

或許這樣也好。現在就殺了母親，這樣她就不用目睹一切分崩離析。

「兒子，」她說。「達山。」她說這個名字時彷彿在嘆息，在發洩累積許久的壓力。眞相，在多年的謊言之後大聲說出口。

「母親。」能看到她開心眞好，但是在這裡看到她卻一點也不好。「我辦不到——我說過要帶妳去飛的。」

「你眞的能飛？」

他點頭，喉嚨緊繃。

「我兒子能飛。」她笑容滿面。「達山，我眞爲你感到驕傲。」

加文張口欲言，卻說不出話。

她目光溫柔。「我來幫你。」她說。她按照正式的禮儀，依靠著欄杆跪下。加文早該知道他母親會這樣做。「稜鏡法王閣下，我有罪要告解。你願意聽我懺悔嗎？」

加文眨眼忍下突然湧現的淚水，盡量控制自己。「很樂意……我的女兒。」她虔誠的態度幫助他扮演他的角色。他不是她兒子，此時此地不是。他是宗教上的父親，是她一生最神聖的日子裡與歐霍蘭之間的連結。

「稜鏡法王閣下，我嫁錯了人，整天活在恐懼裡。我讓自己迷失在深怕丈夫會不理我的恐懼裡，沒有在理應發聲的時候發聲。我任由兒子互相爭鬥，其中一個還因而死去。他們的父親沒有預見這種後果，因爲他是個笨蛋，但是我有。」

「媽。」加文插嘴。

「女兒。」她堅決地糾正道。

加文閉了嘴。默許這個稱謂。「女兒，繼續。」

「我說過殘酷的言語，說過上千的謊言，虧待我的奴隸……」她說了五分鐘，一點也不寬恕自己，直言不諱，而她說這麼多，不是爲了自己，而是爲了加文——他今晚還要聽其他人懺悔。這感覺很不眞實。

十六年來，加文聽很多道貌岸然的人說過很多難以想像的懺悔，見過很多黑暗面，但聽她說起在發現安德洛斯和別的女人睡覺之後，她於盛怒之下毆打無辜奴隸的事，還是讓他心情沉重。難以想像。聽母親懺悔就像看見她的裸體一樣。

「而且我還殺過人，三個。爲我兒子。我失去了兩個兒子；我絕不能再失去最後一個。」她說。

加文難以相信這些話。「有一次，我在紅懸崖起義時，把一個懷疑他身分的黑衛士調到危險的駐地，而我很肯定他會死在那裡。有一次，我把海盜引向德凡尼．瑪拉苟斯的船。他在提利亞荒原迷失數年，聲稱裂石山大戰時他身處大火附近，目睹了不爲人知的祕密。我試圖賄賂他，但他不爲所動。還有一次，我在荊棘陰謀期間雇用殺手，利用其他人的戰鬥掩護，殺害了一個打算勒索我兒子的人。」

加文無言以對。假扮加文的第一年裡，他爲了掩飾身分而殺了三個人，流放了十幾個人。第七年又殺了兩個。那之後他就再也沒有冷血謀殺任何人——直到貝斯。他知道母親在保護他，但一直以爲她是用傳遞情報的方式保護。母親向來保護心很強，但他從未想過她會做到什麼地步。他假扮加文迫使她做到什麼地步。

親愛的歐霍蘭呀，我眞希望我相信祢的存在，而祢或許能夠原諒我的所作所爲。

「每一次，我都告訴自己，我是在服侍歐霍蘭和七總督轄地，而不只是我的家族。但我的良心從此不得安寧。」

他嘴唇顫抖地唸誦傳統台詞，寬恕了她。

她站起身，神情嚴肅地看著他。「現在，兒子，在放下我的重擔之前，有些事必須先告訴你。」她沒有給他時間多說什麼，這樣也好，因爲他不知道自己能說什麼。

「你不是邪惡之子，達山。只是誤入歧途，但你本性不壞。你是眞正的稜鏡法王——」

「誤入歧途？我殺了懷特．歐克一家人！我——」

「你有嗎？」她突然插嘴。接著語氣轉柔。「十六年來，我看著這件事緩緩吞噬著你。但你一直不肯多談。告訴我當年究竟是怎麼回事。」他母親眞的是蓋爾家的人，即使不是血脈傳承，她的性格也很合乎他家傳統。她從頭到尾就是想談這件事。

「不行。」

「如果不能告訴我，你還能告訴誰？如果現在不說，要等到什麼時候。達山，我是你媽。讓我幫你承受。」

他的舌頭感覺像鉛一樣重，但當年的畫面轉眼來到他的面前。懷特．歐克兄弟橫眉豎目的神情，強烈的恐懼令他僵在原地。加文輕舔嘴唇，但他沒辦法逼自己開口說話。他再度感覺到那股恨意、不公不義的憤怒。七個打一個，不只。那些謊言。「當時加文的情況已經惡化。我體內的藍色和綠色較早覺醒，但已經開始懷疑我還有其他能力。我告訴了他。妳知道，自從他獲選爲稜鏡法王，我們的關係就大不如前，而塞瓦斯丁的死又讓情況變得更糟。我以爲告訴他我的能力越來越強會讓他回心轉意，讓我們再度成爲最好的朋友。但他不喜歡這種情況。一點也不。」淚水莫名其妙地湧入加文眼中。他對哥哥的思念幾乎撕裂他的靈魂。「現在我可以瞭解失去唯一讓自己與眾不同的東西，會對年輕人造成多大的威脅。但當時我不懂。告訴他我是多色譜法師的隔天，我聽見他要求父親安排他和卡莉絲的婚事。那是我所能想到最巨大的背叛。她的愛是唯一讓我與眾不同的東西。我直到一段日子之後，才看出其中的相似之處。」

「總之，我以爲卡莉絲愛我就和我愛她一樣深。父親宣布她與加文訂婚時，我們決定私奔。她一定有把計畫告訴別人，或許是不小心的，或許加文才是比較好的選擇。卡莉絲和我約好午夜時在他們家族大宅外見面。她沒有出現。她的侍女說她在屋裡，那當然是陷阱。懷特．歐克兄弟知道我和卡莉絲在約會，他們想要教訓我。說我侮辱他們，把他們的妹妹變成妓女。」

他一踏進大宅，他們就抓住他。七個兄弟一起出手，扯下他的斗篷，奪走他的眼鏡和劍。他記得那座封閉式大庭院，僕人在門窗後面偷看。庭院裡有一大堆篝火——光線充足，但對沒有眼鏡的藍/綠法師卻沒有半點用處。「他們開始毆打我，他們都喝醉了，其中幾個人開始汲取紅色。情況失控了，我當時認爲——現在依舊認爲，他們打算殺了我。我曾經從那種狀況逃離過，但之前走脫的側門已被鎖鏈封死。」

「門是他們封死的？」菲莉雅．蓋爾問。根據傳說，封門的是達山。因為他殘暴無情。卡莉絲的父親知道眞相，但沒有出面駁斥這個謊言。

「他們不想讓我離開，也不要外面的守衛或士兵在他們完事前進來干涉。」加文沉默片刻，看向母親，她神色溫和。他偏開目光。

「那天晚上是我第一次分光。那感覺……很好。我本來以為自己是超紫到黃色系的多色譜法師，但是那天晚上，我取用了紅光。很多、很多紅光。或許我沒準備好應付紅色在自己早已盛怒的情況下產生的影響。」他記得當他開始汲色時，他們臉上有多震驚。他們知道他是藍／綠法師，知道他不可能辦到這種事。每一個世代只有一個稜鏡法王。他看見火球脫手而出，克洛斯．懷特．歐克的頭在他依然站著的時候冒出濃煙，懷特．歐克家的守衛一打一打地死去、肢體飛散、血肉橫飛的畫面。「我殺了懷特．歐克兄弟，還有所有守衛。火勢迅速蔓延。前門在我離開的同時坍塌。我聽見有人慘叫。」他跑了，跌跌撞撞，空虛麻痺，跑去找他的馬。

「有個侍女在側門。就是引誘我進入陷阱的那個。她在柵門後面看我，哀求我幫她開門。那就是我之前試圖逃命的那扇門，門從裡面被鎖鏈鎖住，而她沒有鑰匙。我叫她去死，然後就離開了。我當時不知道——甚至沒想過所有的門已統統被封死。我只想離開現場。我猜他們沒辦法即時找出鑰匙。因為一時殘忍的念頭，我害死了上百名無辜之人。」彷彿讓罪人死去會比讓無辜之人活下來好。

有趣的是，他會為了和哥哥不再是朋友而哭泣，但是那些無辜死者卻無法牽動他心中一絲哀傷。奴隸和僕役都不是自願與懷特．歐克一家人扯上關係的。還有小孩。這實在是野獸般的行為。

後來，大部分加入達山陣營的人，都沒有問他當晚究竟是怎麼回事。他們很樂意為了有辦法殺光一整座宅院的人而戰——因為這表示他萬夫莫敵。他唾棄他們。

他母親上前擁抱他。他開始無聲哭泣。或許是為了那些死者。或許只是為了自私的理由，因為他即將失去她。

「達山，我沒有權力為當晚的事幫你除罪，或是戰爭期間那些至今依然困擾你的事。但所有我能原諒你的事，我統統都原諒你。你不是怪物，是真正的稜鏡法王，我愛你。」她激動顫抖，淚流滿面，但容光煥發。她親吻加文的嘴唇，他長大之後她就沒有這麼親過他。「我以你為傲，達山。我以身為你的母親為榮。」她說。「塞瓦斯丁也會以你為榮。」

他抱著她，不住地哭泣。沒人能夠幫他除罪。塞瓦斯丁依然是死人，而另一個兄弟則待在他所創造出來的地獄裡腐爛。她絕不會原諒這件事。但他哭泣，而她擁抱他，像安慰孩子般地安慰他。

接著，在他還沒有準備好之前，她推開他。「時候到了。」她說。她深吸了口氣。「我……我可不可以再汲一次色？我已經好多年不曾汲色了。」

「當然可以。」加文說，努力讓自己恢復正常。他指向牆壁上的橘色鑲板。

她製作橘盧克辛。激動顫抖、輕聲嘆息。「這是生命的感覺，不是嗎？」她優雅地下跪。「記住我說的話。」她說。

「絕不敢忘。」他發誓。即使我不相信那些話。

「沒關係。」她說。「你將來會相信的。」

他眨眼。

菲莉雅．蓋爾輕笑：「你的聰明才智並非完全遺傳自父親，你知道。」

「我從來沒有懷疑過這一點。」

她撩開肩膀上的頭髮，露出心口。她伸手輕觸他的大腿，抬頭看他。她已經釋放了橘盧克辛。

「我準備好了。」她說。

「我愛妳。」加文說。他深吸了口氣。「菲莉雅·蓋爾，妳全力以赴。世人不會遺忘妳的貢獻，但妳的失敗已經一筆勾銷。我爲妳除罪。我賜妳自由。做得好，忠心虔誠的僕人。」

他一刀刺入她的心口。然後抱著她，跪在她身旁，在她死去時親吻她的臉頰。過了好幾分鐘，他才有力氣站起身，召喚黑衛士。

黑衛士開門時，他看見大廳裡有上百名馭光法師正等待著他。他們面無笑容。身材魁梧的紫熊尤瑟夫·泰普走上前來。「我們不想打擾你和母親最後相聚的時刻，但是閣下，我們要談談。」

閣下。不是稜鏡法王閣下。不是加文。

結局開始了。

# 第八十章

「基普，不管出什麼事，待在我身邊。」卡莉絲湊過來低聲道。

她的語氣緊張又明確，讓基普知道即將有事發生，很快就會發生。儘管很想問，但他沒問。他們的守衛離他們很近，但所有人的注意力都集中在台上的彩虹之王和那些關於職責與公義的屁話。基普早就沒在聽他講話了。他盯著一個女孩——距離不到十步的女孩看。麗芙。

他本來以爲她朝他和卡莉絲移動，但過去十分鐘裡，她都僵在原地，傾聽彩虹之王的演說。他們中間的人群晃動，他看見她手上套著黃布袖套。麗芙是黃法師。那肯定是她。

基普伸長脖子，看向明水牆。

「不要做可疑的舉動。」卡莉絲咬牙說道。這讓基普不知道該把目光放哪，如果去看麗芙，就會讓人注意到她，演說令他噁心；他也不能看城牆，而看向卡莉絲時，他又沒辦法不去注意她的禮服。那天卡莉絲身穿黑衛士制服、裹在黑斗篷下時，基普就已經驚爲天人。現在換上華麗的黑色薄紗，她的美貌抽走了基普胸口的空氣，在腳下踐踏，然後放火燒掉。她抬頭挺胸，集傲慢、莊嚴、優雅於一身。夜裡氣溫微涼，卻沒人給她圍巾禦寒。在逐漸明亮的天色下，基普看見她手臂上浮現雞皮疙瘩。

「冷到凸起來了，嗯？」他說。

一名守衛忍不住笑出聲來。

「想死的話，我可以成全你。」卡莉絲說，直視前方。

基普不知道她在說什麼，也不知道那個守衛爲什麼笑。「妳爲什麼——」他低頭看她胸部。她的乳頭在薄紗之下激凸得非常明顯。基普在她轉過頭來、抓到他在偷看時，倒抽了一口涼氣。

「基普。戴黑色眼鏡並不表示你可以亂看。」

可以請地面裂開，現在就把我吞掉嗎？她以為他一直在偷看……喔，歐霍蘭呀。他是史上最蠢的男孩。

演說在沒什麼高潮的情況下結束了。基普小心翼翼地偷瞄卡莉絲，她看向東方，天空逐漸變亮處。

「他在等待黎明。」卡莉絲在守衛推她們上前時低聲說道。「準備好。」

「他？」基普問。

「閉嘴！」基普左邊的鏡人士兵說。他用槍托打了基普一下。

喔，我可以不小心說不恰當的笑話，但不能試圖逃跑？

一開始，基普在大批人群中看不出來他們要往哪裡去。不過沒過多久，他就發現眾馭光法師正朝向人數更多的加拉杜王發表演說處聚集。基普很快就失去麗芙的蹤影，他戴的黑色眼鏡幾乎讓他完全看不見東西。如果用力斜眼，他可以看見眼鏡側面的景象，但這樣根本無法在人群中找人。在雙手被綁於身後的情況下，他也無法調整眼鏡。

數萬名士兵圍在加拉杜王四周。國王一邊揮手一邊叫喊，但基普在馭光法師來到人群外圍時，僅能聽見隻字片語。「淨化這座城……奪回自我們手中偷走的東西……懲罰……」內容聽來十分殘酷。

再一次，基普似乎是唯一沒有專心在聽演說的人，於是當太陽升起、首先照亮他們後方的明水牆——因為它比下方平原高——時，他看見了牆上的動靜。

他無法透過鏡框看清楚城牆上的景象，但是五條人影——一個火砲組——變成三條，接著迅速變成兩條，然後一條。火砲砲管高挺，朝向加利斯頓，但是上面的人將它越調越低。

一點火星。

碰！

砲口噴火。基普沒看見砲彈落地，但他感覺到它的威力。地面似乎跳了起來。

一時間，沒人出現任何反應，大家都以為是弄錯了。接著，某處傳來恐懼和痛楚的叫聲。卡莉絲撞上他，令他離地而起。

基普落地時撞到腦袋，所以一開始他不確定第二聲爆炸是否出於他的想像。

「霰彈！」卡莉絲說。「狗屎！我們得移動！鐵拳在瞄準那輛馬車。」

馬車？鐵拳？鐵拳為什麼射他們？

基普不停地眨眼。他的視覺變得有點怪怪的——喔！頭撞在地上時把一片黑色鏡片撞離了鏡框。

「用那塊鏡片割斷我手上的繩子！」卡莉絲叫道。

他們兩個都躺在地上，手被綁住。四周傳來火槍開火的聲音。

一名鏡人士兵抓住基普，試圖逼他起身。

儘管仰躺在地，卡莉絲還是一腳踢中對方後膝。他向後倒下，背部著地時，卡莉絲已經提起右腳，如同斧頭般地朝他的喉嚨重重砍落。只聽見嘎啦一聲，男人頭盔面罩的縫隙間噴出鮮血。

基普不敢相信自己的眼睛，但卡莉絲已經展開行動。她翻到士兵身上，直接躺在他上面。儘管雙手被綁在身後，她還是將對方腰帶上的匕首拔出一個手掌寬度，然後割斷手腕上的繩索。

「住手！」一名鏡人士兵叫道，火槍對準卡莉絲的頭。

慘叫聲此起彼落，現場一片混亂。吼叫、槍聲，還有垂死之人的哀鳴。

基普一腳踢出，像卡莉絲剛剛一樣地踢向鏡人士兵的膝蓋。

鏡人士兵即時察覺，揮動槍托擊向基普的腳——

然後就像被歐霍蘭親手甩一巴掌般地飛身而起。

一陣衝擊、一聲巨響、一道強大的壓力震得基普眼前一黑。所有站著的人統統摔倒。有東西——基普看不出來是什麼東西——在上空爆炸。

他必定昏迷了片刻。他翻過身來，試圖起身，但又摔了回去。他的手腕染滿鮮血，但是繩子已經解開。空氣中瀰漫著刺鼻的火藥氣味，無數木屑飄落地面。

基普再度試圖起身時，有人過來扶他。不到百步外、原先停放火藥馬車的位置上，現在多了一個直徑十步、深度至少兩步的大坑。大坑四周一定距離內的人統統死光。

卡莉絲把他翻過身來，她的嘴在動，皮膚上都是火藥的污漬。他聽不見她在說什麼。

他看見她做出詛咒的嘴型，顯然她也發現同樣的事實。他很肯定她的嘴型是在「鐵拳」之後又加了一連串髒話。她在他手上塞了一把火槍，緩慢移動嘴唇，用基普可以看懂的唇語速度說道：「你能走路嗎？」

基普點頭，不確定有多少是聽到的，多少是看出來的。她拉了他一下，兩人開始奔跑。他依然頭昏眼花，但他看得出自己不是唯一頭昏眼花的人。幾十個皮膚和衣服被火藥染黑的男女，東倒西歪地四下走動，有些人耳朵流血，一個肩膀鮮血泉湧的男人右手拿著自己的左手掌，拚命尋找剩下的斷臂。

一隊一隊士兵集合，開始往城牆跑去。其他士兵待在原位，朝著砲座開槍，但基普沒看到城牆上有人反擊。

有人在對基普大叫。很好，他沒聾。他轉身。

他不認得面前這個士兵。「列隊，士兵！」對方叫道。「立刻動作！」

因爲他手裡拿著火槍，他們以爲他是士兵。不過話說回來，在衣服都被燻黑的情況下，也難怪他們會認錯。

「快點，士兵，我們還要攻下一座城市！」

那傢伙身後至少跟了二十個士兵，但是只有帶頭軍官有穿制服。基普看向卡莉絲，她前後搖晃，雙手遮眼，彷彿瞎了一般，裝作一副普通傷患的模樣。基普知道萬一讓他們看見她臉上的紫色眼罩，立刻就會逮捕她，或是當場擊斃。在那套禮服之前，最好不要讓他們把注意力放到她身上。

如果基普拒絕，對方立刻就能處決他。那傢伙神情冷酷，彷彿隨時可以動手。「是的，長官！」基普說。他加入隊伍，偷看卡莉絲，再度搜尋麗芙，但是沒看見她，接著跟隨士兵奔向充滿槍聲和魔光的加利斯頓。

# 第八十一章

加文抬頭挺胸，面對指控他的人。洞石宮殿裡的一座大廳，這不是他理想中的死亡場所，但總比某處的地牢好。至少比我給你的死法好，加文。至少他可以帶著尊嚴面對死亡。

「什麼事？」他問道。

「我們知道你打算做什麼，」尤瑟夫．泰普說。「閣下。」這句「閣下」尾音拖長。這是紫熊的習慣。

珊蜜拉．沙耶走上前來，一手放在尤瑟夫強壯的手臂上。「我們是一起來阻止你的，加文．蓋爾。」

「你們打算怎麼阻止我？」加文問。

「自願出陣。」

呃？加文差點就要傾全力汲色了。他停下動作，努力不讓自己看起來一臉茫然。

「這樣做很高貴，稜鏡法王閣下，但是不明智。」

什麼？好吧，當你不知道別人在講什麼的時候，最好的做法就是順著人家的話頭說。

「我不知道你們在講什麼。」加文說。糟了。

「解放儀式是馭光法師一生中最神聖的時刻，」珊蜜拉說。「你想爲我們保存那一刻。我們對此心存感激。但我們是戰士，當年全都有參戰，現在願意再度參戰。」

「今日是我的死期。」尤瑟夫說。「面對結尾是我的職責，我接受。但沒有耐心等候歐霍蘭這個、歐霍蘭那個的繁文褥節。我寧願戰死沙場。」

「稜鏡法王閣下，」珊蜜拉．沙耶說。「我們必須保住加利斯頓，給所有人時間撤離。堅守城牆的人必死無疑。何不把這項責任交給我們？反正我們本來就要死。」

這些話讓加文有時間思考，恢復清晰的思緒。「如果派你們去守城，你們全都會粉碎斑暈，那就是你們在這裡的原因。明年你們將會為他而戰，他們不會殺死狂法師，這件事不只關乎你們的靈魂，還有你們的理智。沒錯，你們都是戰士。這讓你們粉碎斑暈之後變得更加危險。」

「我們可以分組作戰。所有人都帶手槍和匕首。只要有人粉碎斑暈，我們就會充當黑衛士。」

當同伴在戰場上粉碎斑暈時，黑衛士會當他們已經死了——確實，粉碎斑暈通常會讓人暫時昏迷。黑衛士會檢查倒地同伴的雙眼，如果斑暈碎了，就割斷他們的喉嚨。

「當同組之人死到剩下最後一個時，我們就自行了斷。」珊蜜拉說。對某些人而言，自殺在神學上極具爭議，但這種做法並非沒有先例。當你知道自己即將發瘋，很可能會傷害或殺害無辜時，自殺真的是罪嗎？「你是稜鏡法王，可以制定特殊條例。」

「後世之人將會相信我們引用特殊條例是必要手段。」泰龍．金姆皺眉說道。他向來抱持非常明確的神學觀點。

馬羅斯．奧羅斯上前一步。「稜鏡法王閣下，我們已經讓情況最糟、無法上場作戰的人先行解放了。我們該怎樣才能造福人群？依照傳統解放，還是拯救全城的人？」

這沒什麼好考慮的，當然。加文情緒激動。「我想這樣的犧牲能為歐霍蘭增添榮耀。當你們肩負起此一重擔時，我會為你們……個別祈福。你們無私的奉獻……讓我深感卑微。非常感謝各位。」

這是他的肺腑之言。

在決定讓解放班上陣戰死，而不是死在他的匕首之下後，加文依然個別接見他們。他傾聽他們的懺悔與對死亡的疑慮，然後爲他們祈福。這和他本來要做的事一模一樣——只是不用殺人。但是對加文而言，感覺截然不同。通常他會因爲自己得殺死他們而難受到無法專心聽他們說話。他很想專心，假裝專心。他知道他們有權要他全心傾聽。

但今天，他辦到了。他們其實並不是眞的在說給他聽，而是在跟歐霍蘭交談。加文只是讓他們在對空房間講話時更加輕鬆自在的媒介。他們此刻要進行的是一種奉獻。一種犧牲的行爲。

在其他人看來，這和每年的解放儀式或許差不了多少，都是馭光法師慷慨赴死。但在不必承擔殺害他們的重擔的情況下，加文首度看清了一個事實。這些人都是英雄。

如果加文沒有假扮他親哥哥，矇騙全世界和歐霍蘭本人，或許每年的解放儀式都能如此神聖。解放儀式本當是値得慶祝的事，但加文懼怕它。向來如此。

此刻，當他爲每位馭光法師禱告時，他幾乎相信歐霍蘭有在聽。

珊蜜拉．沙耶是最後一個。加文忍不住注意到她的美貌經得起時間檢驗。她的皮膚，即使年過四十，依然完美無瑕。有些笑紋，但是清晰鮮明。身材苗條。阿塔西人的橄欖色皮膚凸顯出那雙動人的藍眼。無可挑剔的服裝。

「我和你兄弟有過一段情，你知道。」她說。

加文僵住了。他知道自己——達山——沒有和珊蜜拉．沙耶有過一段情，這只代表一件事：她發現了。「有時候男人喜歡假裝和舊情人的一切都沒有發生過，」加文立刻說。「特別是當那段情是個大錯誤時。」

她笑。「這些年來我經常在想，你眞的裝得像到沒被發現過，還是所有能夠揭穿你的人都別有用心而不去揭穿你？」她凝視著他，但他一言不發。「你知道，伊薇看著你的牆，說道：『我不記得加文是超色譜人。他應該沒辦法製作出如此完美的黃盧克辛。』你知道之後她又說了什麼嗎？她說一定是歐霍蘭在庇佑你，說這就是你在執行祂旨意的證據，所有人都點頭認同。你相信這種事嗎？」

加文感到毛骨悚然。

「加文會建造一座只能撐一個月的城牆，然後自吹自擂說它永恆不墜。你建造了一座永恆不墜的城牆，卻說它或許能撐上幾年。你就是沒有辦法忍受次級品，是不是，達山？」過去二十五年都在汲取藍色的人，會很高興看出其中的規律——達山是完美主義者，儘管他能利用缺陷來強化加文的面具，但個性卻不允許他這麼做。

「不是。」他輕聲說道。

「我爲你哥哥而戰。我願爲他死。」珊蜜拉說。

「我們都幹過不少那種事。」加文說。

「當年我深深覺得遭你背叛，在我們那段關係之後，你竟然連看都不看我一眼。當你和卡莉絲解除婚約時，我心裡燃起一絲希望。當我終於弄清楚是怎麼回事時，還是不敢肯定。加文告訴我們你曾做過什麼事，如果你贏了會做什麼事。但你統統沒做。是你哥哥一直在騙我們，還是你變了？你應該是個怪物才對，達山。」

「我是怪物。」

「還是這麼能言善道。油腔滑調的鼻涕小弟。我是認眞的。」她冷冷地看著他很長一段時間。看著他還沒拔出來的解放匕首。「你有多瞭解自己？」

他想著過去這些年他已經成就的目標，以及他的終極目標。「哲學家說一個人自身要嘛就是神，不然就是怪物。」加文說。「我不是神。」

她又凝視他一段時間，那雙目光銳利的藍眼睛，沒有透露任何思緒。她微笑。「那好吧。或許現在正是需要怪物的時候。」她跪在他腳邊，他為她祈福。

# 第八十二章

在基普的想像中，衝鋒向來是非常英勇的舉動。但是，不管他想像中的衝鋒是什麼樣子，總之不是現在這樣。他受傷的左手拉著自己的褲子，右手拿著火槍。火槍超重！他心跳急促，所有人都跑得比他快。

他無法注意眼前景象以外的狀況。一個大聲命令士兵稱他爲神，或是加倫．德勒羅軍士長的人，跑在最前面，督促士兵衝鋒。基普的視線都讓其他士兵的背影塡滿，除了奔跑帶來的痛楚，他唯一能感受到的，就是間歇傳來的破風聲。他一開始不知道那是什麼聲音，後來才發現那是火槍彈丸呼嘯而過的聲音，之後他就沒辦法注意其他事了。

當他面前的士兵跳入溝渠、還沒從另外一端爬起來之前，他短暫地看見了古城牆。還記得一週前自己曾對這座城牆嗤之以鼻，現在它看起來卻異常壯觀。牆側攀附著如同藤壺般的破爛房舍，加拉杜王的手下已經蜂擁而上，試圖將低矮的房子跟簡陋的遮棚當作攻城梯。但即使在基普視線清楚的短短一瞬間，他還是看見了一間爬滿士兵的破爛房舍突然倒塌，壓倒那些士兵，揚起大片塵土。跑著跑著，一塊濕濕黏黏的東西濺到基普臉上。他轉身，隱約看見一個男人在他身邊摔落──接著，腳下的地面突然不翼而飛。

他重重摔入乾枯的灌溉渠道裡，臉貼地面滑行，接著連翻帶滾，體內的空氣統統摔光。他放聲哀嗚，試圖恢復正常呼吸，但很快發現不只有他摔成這樣。灌溉渠道裡擠滿了縮在掩體後方的人。

加倫．德勒羅軍士長出現在渠道上方。「起來，你們這群可悲的老鼠！他們的砲可以直接擊中這條溝，可惡的笨蛋。起來！只要還沒死，現在就給我起來，不然我親手宰了你們！」

一時之間，沒人移動。

「你才不會。」一個人說。

軍士長拔出手槍，射中他的肚子。「接下來是誰？」他叫道。他以另一把槍的槍口指向扛著藍綠色大袋子的人。

「我是信差！」那個人叫道。

「你現在是士兵了。」德勒羅軍士長吼道。他可能沒發現，也可能完全不把像雨一樣在他腳邊激起陣陣塵土的火槍彈丸放在心上。「給我動作！」

信差丟掉信差袋，抓起基普的火槍，跟其他人一起向前跑。基普和其他屍體一起躺在地上。恢復正常呼吸後，他摸摸臉頰。肉塊，灰紅色的……他不願意多想。重點在於他自由了——至少在下一名軍官跑來徵召摔到這條溝裡的懦夫之前。

他沒有多少時間。如果基普想太多，或等太久，就沒辦法移動，但現在就必須移動。軍士長說得沒錯，這條溝不在火砲射程之外，繼續待在這裡會被炸死。

他想要弄清楚戰場上的狀況，擬定一個好計畫。他不知道自己研判戰情的能力有多強，甚至不知道該往哪個方向跑。

他抓起信差的袋子，甩在肩膀上。他看見後方有一輛馬車的殘骸。

*我們跑過那裡嗎？*基普根本沒注意。拉車的牛要不是死了，就是躺在血泊裡慘叫。基普朝著馬車跑過去。

他閃入馬車的陰影裡，發現已經有兩個人躲在那邊。他們瞪大眼睛，神情驚恐地看著他。「移動！」他叫道。

基普爬上馬車殘骸，觀察平原上的情況。一開始，放眼望去只見得到死屍。或許有好幾百具。大部分屍體身上都沒看到血，所以看起來像是一堆人七橫八豎地躺著睡覺。以部隊整體規模而言，這些損失算不了什麼，基普心想，但他還是沒想到會看到這麼多死屍。那些人都死了。他本來也可能是其中之一——他還是有可能加入他們。

他偏開目光，試圖找點有用的東西。加拉杜王的士兵已經爬上城牆的某幾個地點。牆上有三、四個地方出現打鬥，攻守兩方都有人被丟下城牆，互相毆打，有些用火槍和手槍交火的地方冒出黑煙。

基普左邊有一座小山丘，不在城牆上火槍的射程範圍內，數百名騎兵和馭光法師圍在山丘旁。山丘正前方，馭光法師們正汲色製作一道橫跨灌溉渠道的橋。基普這時才看出本來的橋已經在加利斯頓撤軍時遭到摧毀。這樣做能延緩加拉杜王部隊的推進速度，不過，要不是他們停下來討論應對方式、沒有直接叫騎兵硬衝的話，或許還不至於拖延這麼久。

在山丘頂端，基普看見了幾名旗手，還有一個看起來很像加拉杜王的傢伙。他在大吼大叫，對全色譜之王比手畫腳。基普肯定那是全色譜之王，因爲他在昏暗的晨光中閃閃發亮。

直到發現自己在奔跑，基普才瞭解自己已經做出決定。他拿起落在地上一個已縮成胎兒姿勢呻吟的女人身旁的火槍，然後繼續奔跑。復仇的機會近在眼前。

來到山丘下時，上方的人開始行動，迅速散開，號角響起，下達命令。幾秒過後，基普看見馬匹開始移動。加拉杜王朝向城牆進攻——親自領軍，直奔母親門。他是深信自己的手下會在他抵達時開啓城門，還是說他純粹是個白痴？

來到半山丘時，基普看見一個熟悉的身影。他停步。

卡莉絲．懷特．歐克正朝著一名奔向加拉杜王的騎兵揮手招呼。騎兵放慢速度，她以極爲優雅的姿勢跨上馬鞍，坐在騎兵身後。騎兵轉身問她問題，隨即摔下馬背。基普只見刀光一閃，匕首立刻又插回刀鞘，卡莉絲側踢馬腹，加速追趕加拉杜王。她打算戴著眼罩孤身刺殺他。就算眞的殺得了他，卡莉絲也死定了。

我發誓要來救她。我也發誓要殺了他。

基普騎術超爛，但更不可能不騎馬就追上他們。他看見有馬拴在丘頂，於是朝牠們跑去。

「……穿越情人門。你得要游泳。混入難民之中。他會——」

基普繞過一個帳篷，剛好看見年輕馭光法師辛穆跳上馬鞍，正在接受全色譜之王的指示。基普的心都快跳出來了。他們離他不到二十步。

「你需要馬？」有人在基普身邊問道。

基普嚇得差點跳起來。他神情愚蠢地朝馬夫眨眼。

「外面的情況很糟，呃？」馬夫說。

「軍情！」他突然想起他扛了一個信差袋。「帶給國王的軍情！沒錯，馬！我要匹馬。」

「我猜也是。」馬夫說完，便去挑選夠壯的馬。

基普回頭看向全色譜之王和辛穆。他沒聽見他們後來說的話，不過看到全色譜之王把一個盒子交給馬背上的馭光法師。

那個盒子。基普不敢相信。

那是他的盒子。相同大小、相同形狀。那是他媽媽的遺物，他媽媽唯一給過他的東西。現在落在辛穆手中。

辛穆向全色譜之王鞠躬。基普在年輕馭光法師調轉馬頭，向東急馳時縮回帳篷後方。全色譜之王走向丘頂。馬夫牽了匹馬給基普，幫他上馬，然後在馬鞍側袋塞了一把火槍。

基普左右觀望，內心交戰。全色譜之王消失在山丘上，回到他的隨從之間。他是此戰的關鍵人物。基普知道。他應該殺了對方。歐霍蘭呀，機會轉眼即逝。但是南方的卡莉絲正衝向她的死亡，而東方那個狡猾的辛穆又帶著他媽媽唯一留下的紀念遠去。殺了全色譜之王，阻止這場戰爭；殺了辛穆，奪回匕首；或是解救卡莉絲，刺殺加拉杜王。基普不可能把他們一網打盡。

基普曾對活人和死人發下誓言。他咬緊牙關，心知自己會做出錯誤的決定──但還是做出了決定。讓無辜之人活下來，總比讓罪人死去強。加文深愛卡莉絲，他有權獲得幸福的人生。基普追趕卡莉絲而去。

# 第八十三章

卡莉絲從未參與全面戰役，但曾和加文的將軍奔狼一起觀戰過幾次。如果生在其他年代，奔狼或許是個受人尊敬的領袖。可惜他遇上科凡·達納維斯，結果被這個大鬍子天才以三分之一的兵力擊敗。無論如何，他都是個慈祥的年長紳士，而且非常喜愛卡莉絲，願意向她解釋遠方戰線裡發生了什麼事。當然，他常常忙到沒時間詳細解釋，不過有些時候解釋這些也有助思考。因此，此刻的卡莉絲才有辦法在衝下山坡、直奔戰陣的途中，以超乎本身經驗的洞察力綜觀戰局。

倚靠著城牆兩側而建的房舍——卡莉絲很肯定它們遲早會毀在這項特色下——暫時而言對戰況還算有幫助。它們有點類似落石堆，寬度足以阻擋敵軍使用攻城梯，而對直接利用房舍爬上城牆的人而言又太不穩定。只要有足夠時間，加拉杜王的手下就會弄清楚哪些地點夠堅固，可以承擔多少重量，但在那之前，坍塌的建築會害死士兵，並拖延敵軍攻城的速度。

卡莉絲馳向城牆的同時，城牆頂開始出現大量馭光法師。城牆不高，不過夠寬，足以讓守軍以極快的速度在牆頂移動，而他們看到加拉杜王的騎兵朝這個位置逼近。

紅法師和次紅法師在城牆上分組合作，一個往牆下的攻方淋灑濃稠的紅盧克辛，另一個加以點燃。加拉杜王將一群馭光法師調來前線，藍法師和綠法師盡量在半空中攔截紅盧克辛，然後拋回城牆。紅法師朝城牆上的守軍投擲盧克辛，不過加拉杜王的馭光法師團沒辦法每次都點燃紅盧克辛。雙方的火槍手都努力攻擊馭光法師。

守軍一時占了上風，但是攻城軍的人數實在是太多了，卡莉絲看不出他們能撐得多久。再說，加拉杜王為什麼在這個時候把騎兵調來這裡？直接進攻城牆會讓他們的機動性無用武之地，還會成為城牆上藍法師可以輕易擊中的目標。他們會突然探出頭來，發射幾柄藍飛刀，然後又躲回去。

卡莉絲只需要硬擠過人群——這在騎馬的時候並不困難——偷一把火槍，盡可能在不被打死的情況下接近加拉杜王，然後一槍打爆他的腦袋。在戰況激烈、一片混亂、血肉橫飛、狀態不明的戰場上，很有可能不會有人注意到擊斃加拉杜王的子彈來自他身後。

卡莉絲聽見身後傳來一聲吶喊，聽起來和其他慘叫聲不太一樣。她轉過頭去，身體依然壓低在疾速飛奔的馬背上。一打鏡人士兵騎著巨型戰馬朝她直奔而來。她心跳加速。

這表示趁亂偷襲的策略已行不通。

她再度拉扯眼罩。她眼角的皮膚裂開，但還是沒辦法扯下那副可惡的東西。如果能夠汲色，她或許還有機會。她奮力壓下突如其來的一股紅色怒氣。

還差八十步，她看見一排火槍手在裝填彈藥。她掃視人群，看看有沒有人使用燧發槍——火繩槍在這種狀況下派不上用場。接著，她放慢速度，趁一名軍官完成裝填、把火槍靠上肩窩時伸手奪槍。她一把就把槍搶了過來。

鐵拳指揮官經常責備她練習這些花式騎術，因為他們都知道這些花招除了唬唬新兵之外，根本毫無用處。將火槍插回馬鞍槍套時，她的腦中浮現壯漢對她搖頭認錯的畫面。身上的禮服讓她處於半裸狀態，而且處處限制她的行動。她本來沒打算這麼做——卡莉絲雙腳踢開馬鐙，一手向後緊握鞍橋，把韁繩塞在馬與鞍環之間，然後在馬慢跑前進時跳下馬背。她落地後隨即躍起，轉向後方，扯爛衣袖。她通常是在比較好的鞍橋上練習這個動作，不過練習用的馬比這匹來得高大。她跳回馬鞍時差點跳過頭。耗費了一點工夫，但還是反身回到馬背上。她拔出火槍，平舉在前，盡可能以膝蓋吸收馬兒奔跑時產生的震動，試圖計算扣下扳機和彈丸擊發之間的延遲。她瞄準後方四十步外的領頭鏡人士兵，扣下扳機。

她瞄準精準、計算正確，可惜火槍沒有擊發。她再度扣起擊鎚，檢查機關。沒有燧石。掉了，大概是在剛剛耍花招的時候掉的。可惡！

卡莉絲拋下火槍，反轉雙手，側頭看向肩膀後方，確定自己會落在平地上，然後下馬。反向下馬及再度上馬比正向的要難多了，但她的所有動作都非常完美，雙腳落地，隨即在被馬兒奔跑的動能帶向前方時躍起。可惜正當她躍回馬背時，馬的半顆腦袋被一發火槍彈丸打爆，整個馬身摔向地面。如果她手握馬韁，也會被甩到地上。但她變成人肉砲彈，躍起的力道和馬兒突然摔倒的衝勢，讓她像貓一樣身形急轉。她騰空而起，頭上腳下，而且背部朝下。

她只有時間閃過一個念頭：著地時立刻翻滾。

但是當她著地時，根本沒有時間做任何反應。不管她落在什麼上，那玩意兒都分作好幾層，而且出奇地軟——軟到無法阻止她的頭和四肢四下甩動。終於落地之後，她足足有好幾秒動彈不得。

有人罵髒話。她看見兩隻腳。她躺在一個男人身上，對方正努力從她身下爬出。她一定是撞在半打士兵的背上——把他們統統撞倒。有一個人的腳扭成很可怕的角度，另一個人轉頭看她，鼻子不停噴血、破口大罵。

一陣大爆炸蓋過了他罵的髒話。爆炸距離他們約莫六十步遠，戰場上的一切彷彿都靜止不動，接著一切都來得太快，快到無法全部消化。

卡莉絲跳起身——然後差點又摔了回去。她頭昏眼花到得竭盡所能避免摔倒。她迅速檢視自己，手腳上有些擦傷，禮服破破爛爛，但是沒有嚴重傷勢。她摸摸雙眼。眼罩還是沒破，當然。還沾上了血，讓她更不容易看清楚。眞是太好了。

現在她處於戰爭之中，整個世界都變得狹窄。她看見許多宛如畫像般的景象，卻看不清整體局勢。卡莉絲看見一名馭光法師站在母親門上。伊森．藍？他在這裡做什麼？他站在原地，皮膚全藍，雙手舉起，以極快的速度射出匕首──雙手同時以這種速度施法需要驚人的意志力。儘管早晨的陽光被大霧遮掩，他一個人仍可抵一打火槍手──三打。他只要一轉身，就會有人倒地。他轉向鏡人士兵，卡莉絲眼看那些藍匕首被鏡甲彈向四面八方，射中鏡人身邊的所有人，不過有時候匕首會擊中鏡甲的脆弱處，或是剛好垂直插入平面，進而貫穿目標。

一具無頭屍體站在卡莉絲面前，斷頸處在心臟最後一下跳動時噴出最後一道鮮血。

火槍擊發與她耳中鮮血鼓動的聲音融爲一體，形成生命與死亡交織的脈動。

鏡人士兵衝向牆上的一個大洞，約莫七步寬。那就是剛剛發生爆炸的地方。

一名紅法師──加拉杜王的自由法師──瘋了。他咯咯大笑，朝四周所有人身上灑紅黏液。被灑的人都發出驚恐的叫聲。有人哀求他住手。

有人大聲慘叫，從粉碎的城牆邊緣跌落。

城牆頂端一側，一名男子的紅銅頭髮在陽光下閃閃發光。卡莉絲目不轉睛地看著他。加文！他湊在另一人身旁，下達命令。科凡．達納維斯。所以那傢伙眞的是個將軍。而且他在這裡？加文拍拍對方的肩膀，兩人分開。

卡莉絲轉過身去，想起剛剛在追她的鏡人兵，或許已有點太遲。

領頭的距離她只剩二十步，驅馬穿越戰線，拔劍在手，大聲命令底下的士兵閃開。他孤身一人，手下都被突然從側面冒出來的士兵擋在後方，但他距離太近了。卡莉絲手無寸鐵，站立不穩。

距離十步時，對方似乎在馬鞍上跳了一下。卡莉絲能看見他的身體正面，確定他沒被城牆上的火槍擊中，儘管如此，他還是摔下了馬鞍。

有人從後方殺了那個人。怎麼回事？卡莉絲看向男人身後。

基普。

基普？這個年輕人緊接著鏡人兵，跟隨他們在部隊間衝開的路徑衝刺而來。但他手中並沒有火槍。

他手中拿著一顆大綠球，比他的頭還大。他的皮膚是綠色的，眼中充滿狂放的野性──他看起來像是隨時都會跌下馬鞍。

基普似乎一點也不在乎自己的馬正直接衝向其他騎兵。他將綠球舉到身後，擺出丟球的姿勢──典型初學者的錯誤，他們總是認爲球有重量，需要用力。基普揮出手臂，就聽見啪的一聲，綠球竄向鏡人騎兵。

綠球擊中一名鏡人兵的鏡盔側面。鏡甲輕易地彈開盧克辛，但還是得承受被擊中的力道。普通胸甲或許能擋下子彈，但穿胸甲的人還是會被震斷幾根肋骨。鏡人的頭倒向一邊，整個人飛離馬鞍，而那顆綠球反彈後又擊中了另一名鏡人兵的肩膀，不過沒有把他打下馬背，接著綠球彈向第三名鏡人兵的戰馬，擊中馬頭側面，戰馬立刻倒地。

綠球的後座力把基普震下馬鞍，幾乎抵消了所有向前的衝勢。他的馬在最後關頭轉向，盡可能地避開其他馬匹，但那些馬都被落地的騎士和上空的綠球嚇壞了，其中一匹戰馬直接閃到牠的新路線上。兩匹馬以極快的速度撞在一起，壓碎了身處兩匹馬中間的鏡人兵的腳。

兩匹馬都倒下了，但是卡莉絲比較擔心基普，他落地後就失去了蹤影。士兵依然向條河般衝過鏡人騎兵面前，沒有人知道，或在乎這場打鬥的目的爲何。他們只想遠離這座致命城牆的陰影、盡快入城。

卡莉絲從地上撿起一支劍，擠入人群。三名騎兵調轉馬頭，趕往後方的一個地點。她不可能及時趕到。

一名騎兵正要拔槍射殺她時，他的腦袋突然炸成一道黃光和紅霧。這次卡莉絲能肯定攻擊絕非發自城牆。一定是從對面方向來的——山丘上？什麼東西可以造成這種效果？會爆炸的火槍彈丸？

距離依然太遠。她看見兩名鏡人兵拔出火槍，槍口朝下。

兩根綠矛——粗到幾乎堪稱綠柱——從騎兵槍口指向的地面疾竄而出，將兩人穿體而過。第一根綠矛正中胸口。在鏡甲的頑強抵抗下綻放綠光，接著炸開——綠矛持續竄出，將鏡人插入空中。另一人的運氣也沒有好到哪裡去，綠矛刺中胸甲頂端，濺開些許綠盧克辛，化作一道綠光，接著綠矛上升，刺中他的下巴、貫穿腦袋，一如小孩拔下蒲公英花絮般，從殘破的頭顱上頂開頭盔。

兩名鏡人兵都被帶離地面好幾步的高度，然後才在綠盧克辛從中折斷、消失無形後跌回地面。

基普跳起身，看起來完全不像死人。

卡莉絲片刻之後趕到。他好奇地打量她。她說：「基普，是我。你認得我嗎？我是卡莉絲。」儘管剛剛展現了強大的力量，他依然是新手馭光法師，而法色所帶來的心理和情緒影響總是對新手最嚴重。綠魔法的狂野情緒可以讓馭光法師變得異常危險。

他突然舉起一手，她微微退縮。「基普，是我，卡莉絲。」她說，心裡十分清楚戰鬥還沒結束，儘管城牆上的槍聲已經逐漸消失。

「不要動。」他說，神情專注地凝視她的臉。他伸出一根手指，彷彿要插入她的眼睛般。她可以感受到指尖傳來一陣高溫。什麼？基普還是次紅法師？

他碰到眼罩時發出一陣嘶聲，而他必定突破了熔點，因爲眼罩分解殆盡。接著他熔掉另一邊眼罩。

就這樣，卡莉絲又能汲色了。

喔，眞是太好了。

「妳怎麼說？」基普問。

他在講什麼？「謝謝你？」卡莉絲問。

「我說我們去殺個國王。」基普狂野地笑道。在受法色影響時，綠法師往往不太在乎生活常識。

卡莉絲轉頭去看，只見拉斯克．加拉杜剛剛抵達他們在城牆上炸出的缺口，半數鏡人兵都已經進城。這是攻擊的完美時機——好吧，唯一的缺點就是她和基普都身處加拉杜王大軍所在的這一側。

卡莉絲自四周血泊裡取用紅魔法，感受著紅色憤怒帶來的慰藉。她力量強大。「我們去殺個國王。」她說。

# 第八十四章

我沒有重要到這種程度。麗芙在全色譜之王回到丘頂她被綁住的地方時想道。身處這個制高點，她看見一個熟悉的身影從馬夫手中接過一匹大馬，然後上馬。基普。如果他回頭，一定會看見她。

一時間，麗芙不確定自己是否希望他看到自己。她很肯定如果看到的話，他會怎麼做。他會直衝而來，不管成功營救她的機會有多低。那就是基普，他向來就是如此，往後也會如此。他並非總是很聰明，但向來極度忠誠。

她刻意低頭。這裡等待基普的只有死亡。確實，他在馬背上還沒坐穩的時候有轉向這裡一下。接著他側踢馬腹，差點在馬發足狂奔時摔下馬背。

這個畫面讓麗芙差點笑了出來，但全色譜之王高大的身影抹除了所有笑意。隨著他逐步逼近，她發現他本人沒有遠看時那麼高大。他的白袍和掛在肩膀大藍角上的白披風，讓他看來彷彿比一般人還要高大，但他甚至沒有加文．蓋爾高。不過他會發光，彷彿血管裡流的不是血，而是黃盧克辛。他的頭髮透過黃盧克辛固定成尖尖的皇冠形狀，閃閃發光，好像戴著太陽皇冠一樣，皇冠下的雙眼彷彿是不斷變動的色彩集合。而他正盯著她看。

我沒有重要到這種程度，她再度這麼想。她的臉頰抽動，依然在淌血。火藥馬車的爆炸把她炸昏，碎片在身上劃出十幾道傷口。她不知道他們怎麼會在那麼多的屍體裡找出她，也不知道他們為什麼要捉拿她。

「妳怎麼會跑來這裡，阿麗維安娜．達納維斯？」

「基本上是走來的。」她說。達納維斯，這就是原因。他們知道她父親在指揮敵軍。而她蠢到讓自己落入他們手中。幹得好，麗芙。

全色譜之王的隨從包圍他們——斑暈粉碎的各色馭光法師、士兵、信差，還有幾個加拉杜王的高階軍官，他們在眾多馭光法師附近顯得很不自在，更別說還有全色譜之王。全色譜之王拿起一把和他一樣高的奇怪火槍。他提起槍，槍架卡入槍管定位，然後舉到身前，瞄向山丘下的戰場。

「那扇綠門正中央。」他說。

「左邊第三棟房子？」一名觀察兵問。

麗芙不懂火槍，但她知道三百步外絕不可能射那麼準。倒不是說你會想讓別人從三百步外對你開槍試試，不過一百步外的目標，想要擊中都得靠運氣。不論如何，全色譜之王深吸了口氣，順著槍管看穿霧氣，開火。

火槍發出轟然巨響。

「向上三掌，向左一掌。」觀察兵說。

全色譜之王將槍交給一名隨從，對方開始再次裝填。他轉向麗芙。「我要妳加入我的陣營，麗芙。昨晚我看到妳在聽我演說。妳瞭解我的想法。我看得出來。」

歐霍蘭呀，她有看到他在看她，不過以爲只是出於想像。昨晚有上千人在聽他演說。他怎麼會認得她？

「妳愛你的父親，是不是，麗芙？」

「超過一切。」她說。他怎麼知道她的姓名，更別說她的小名？

「他幾歲了？」

「四十左右？」他說。

「那就很老了，對馭光法師而言。如果不是馭光法師，他還可以再活四十年，但是身爲效忠克朗梅利亞的馭光法師，他已經是條老狗，不是嗎？大部分男性馭光法師都活不到四十歲。妳父親必定嚴守紀律，非常強悍。」

「比你想像的還強。」麗芙說。她感到強烈的情緒來襲。這個混蛋是誰，竟然這樣談論她父親？她絕不讓任何人說她父親壞話。他是個大人物，就算犯錯也一樣。

隨從將火槍交還給全色譜之王。他舉起槍，以槍架分攤槍身的重量，說道：「藍法師，警衛室右邊。」

麗芙驚恐地看著，全色譜之王靜靜等待。那個藍法師躲在一座城垛之後，探頭出來朝下方的敵軍拋擲藍飛刀，然後又躲回去。他再度起身，全色譜之王說：「心臟。」火槍開火。

一陣閃光和鮮血過後，馭光法師消失在他們的視線中。

「肩膀，你的左側。」隨從說。「向左一掌，向上三指。」

全色譜之王很禮貌地說了聲謝謝，將火槍交還給該名隨從。「如果時候到了，妳會告訴他們嗎？」他問麗芙。

「告訴他們？關於我父親？」麗芙遲疑。「我會做該做的事。」

「妳該做的事。他們讓這種事變成妳該做的事還眞是有趣，不是嗎？萬一妳沒辦法及時趕回克朗梅利亞呢？妳會親手弒父嗎？萬一他叫妳住手呢？萬一他哀求妳呢？」

「我父親不是這種懦夫。」

「妳在逃避問題。」全色譜之王的雙眼形成橘色漩渦。麗芙向來不喜歡橘色，橘色總是令她焦躁不安。而當她一段時間沒有說話之後，他說：「我完全瞭解。當我建立我自己的克朗梅利亞時，一開始也盲目遵循他們的做法，不管本身是什麼情況。我一個學生的斑暈粉碎了，於是我親手殺了她。她不是第一個死在馭光法師無知之下的人，也不會是最後一個，但她是結束的開始。殺死她的同時，我就知道我做錯了。我沒辦法不去想它。」

「馭光法師會發瘋。就像你一樣。他們會攻擊朋友。他們會殺害心愛之人。」

「喔，一點也沒錯。有時候。有些人無法控制力量。有些人看起來是好人，直到送他一個奴隸，要不了多久，他們就會變成暴君，毆打、強暴他們的奴隸。力量是種考驗，麗芙。所有力量都是考驗。我們不叫粉碎斑暈，我們稱之爲打破蛋殼，而妳永遠不會知道那顆蛋會孵出什麼樣的鳥。有些天生畸形，必須剷除。那是悲劇，不是謀殺。妳認爲妳父親有辦法應付更多力量嗎？偉大的科凡．達納維斯？一個嚴守紀律、年過四十、天賦異稟的馭光法師？」

「事情沒有那麼簡單。」麗芙說。

「萬一就是這麼簡單呢？萬一這是克朗梅利亞爲了永久掌權而刻意營造出來的謊言呢？藉由恐嚇總督，宣稱只有他們能訓練出生在各轄地裡的馭光法師——需要代價，向來都要——也只有他們能夠阻止發狂的馭光法師，也就是所有馭光法師。這樣做讓他們永遠不會失去利用價值，永遠站在權力頂端，而藉由分配馭光法師前往各總督轄地，他們成了一切的中心。告訴我，麗芙，當妳評判克朗梅利亞所帶來的好處時，妳認爲那是個充滿愛、和平，與光明的地方嗎？就像任何人想像中的歐霍蘭聖城一樣？」

「不。」麗芙坦承道。除了頑固的反抗心態之外，她甚至不知道自己爲什麼要幫克朗梅利亞辯解。克朗梅利亞代表她所痛恨的一切，能污染所有與它扯上關係的事物，包括她自己在內。她在那裡有欠債，無法欺騙自己說跟隨基普跑來提利亞，不是爲了逃離阿格萊雅·克拉索斯和魯斯加的債務。

「事實在於，麗芙，妳知道我說得沒錯。妳只是不敢承認自己一直是錯的。我瞭解，我們都會這樣。有許多善良男女在對抗我們，好人！但他們遭欺瞞矇騙。放棄謊言會傷人，但是活在謊言中傷人更深。看看我在做什麼。我在解放一座本來就屬於我們的城市，這是我們的權利。加利斯頓像個妓女般讓每個國家輪流虐待。這樣不對。這種情況必須結束，既然沒有其他人打算這麼做，就讓我們來。這塊土地難道不該獲得自由嗎？這些人應該要爲了兩兄弟在這裡打仗而付出代價嗎——那兩個傢伙都不在這裡出生，也不在乎這塊土地？他們應該要付出代價多久？」

「他們不應該。」麗芙說。

「因爲那並非公義。」

他再度自隨從手中接過長管火槍。「紅法師，警衛室頂。頭。」

麗芙眼睜睜地看著。在濃煙和魔光籠罩下，很難看清母親門前的戰況。但她看見加拉杜王的騎兵抵達城門，塡充他們的火槍，朝城牆上的守軍開火，不過似乎在等待著某個事件，爲事件尚未發生而感到挫敗。全色譜之王的火槍開火，片刻過後，城門塔樓頂端發出一道閃光。麗芙很慶幸她沒有看清所有情況。

「正中目標，全色譜之王。」隨從宣告。「精準無比。」

「走開，別煩我們。」丘頂立刻清空，只剩下全色譜之王指示留下的隨從。全色譜之王轉向麗芙，臉上的笑容不再。「我不喜歡殺馭光法師。我討厭做這種事。」他說。「我現在做的事都是必要之惡。我要妳加入我，阿麗維安娜。」

「爲什麼？爲什麼要我？我只能勉強算是雙色譜法師，能力不強，影響力也不大。」

他輕哼了一聲。「妳準備好接受這個問題的答案了嗎？妳決定要當個大人了嗎，阿麗維安娜？妳要聽殘酷的眞相？因爲過去十六年來，我只知道這一種眞相。」

「我準備好了。」她說。

「我要妳加入，因爲妳是個馭光法師，所有馭光法師對我而言都非常寶貴。也因爲妳是提利亞人，戰勝之後，這個國家需要有人振奮士氣，而我不是提利亞人。還有，因爲妳是科凡・達納維斯的女兒。」

「我就知道！」她啐道。

「聽著，妳這笨蛋！給我聽好，不然妳就沒資格扮演我爲妳安排好的角色。」

這話令她閉嘴。

「身爲科凡・達納維斯的女兒，我期望妳有遺傳到他一半的智慧，這樣妳就會是個頂尖的戰友。我需要聰明的領袖，但我不會騙妳，我希望妳加入我們的陣營，有助於我們從克朗梅利亞手中解放妳父親。我認爲他爲稜鏡法王效力的唯一理由，就是他們以妳要脅。果眞如此，科凡或許就會投身我們陣營，而擁有這種聲望的將領，可以防止更多戰爭。妳父親就是有能力散布這種程度的恐懼，很多人根本不敢與他爲敵。在稜鏡法王戰爭期間，他的敵人會用望遠鏡確認是哪個將軍在指揮戰局。如果看到妳父親，他們就會撤退，擇日再戰。妳父親就是這麼厲害，而在有機會讓他爲我效力時，我絕對不會忽視這個可能。如果妳認爲我是在利用妳，妳想得沒錯，我會利用妳。妳很重要，克朗梅利亞也會利用妳；他們已經開始利用了。成熟點，看清事實。我只是實話實說。而我的坦白提供妳一個選擇，這比他們提供的要好多了。」他的雙眼浮現出紅色和橘色，看起來像是火焰。

他說得沒錯。這是事實。而如果這是事實，那會不會他所說的一切都是事實？

「加拉杜王殺光我家鄉的人。」

「沒錯。他甚至帶了些我的馭光法師去，逼他們幫助他。」

麗芙以爲他會否認，會找藉口。

「而你還想要我效忠他？」

全色譜之王壓低聲音。「國王不會永生不死。特別是莽撞的國王。」

一陣劇烈的爆炸撼動了警衛室左方城牆。這陣爆炸猛烈到讓許多人騰空而起，還把一些守軍晃下城牆，但在濃煙逐漸消失時，麗芙看出炸藥肯定是由城牆內部引爆——城內的損害慘烈多了，好幾排房屋毀滅殆盡。煙消雲散之後，城牆上出現了一個缺口，騎兵間傳來一陣歡呼。

「妳看，加利斯頓的人民都在裡應外合。他們都想被解放。」

但麗芙幾乎沒聽見他說什麼。她在戰場的煙霧中看見令她窒息的景象，基普。不光只是基普，他和卡莉絲一起騎馬衝向缺口。一瞬間，麗芙不瞭解這是怎麼回事。基普和卡莉絲都投效敵軍了？他們打算解放加利斯頓？接著，目光順著他們前進的路徑，發現他們直奔加拉杜王。

加拉杜王，基普因爲他消滅他們家鄉和殺害他媽媽而深惡痛絕之人。

而他們身後有半打鏡人兵緊追不捨。

「我對你而言多有價值？」麗芙問。

「我已經告訴妳了。」

「那我就是你的了，只要你答應我一個條件。」

他雙眼中的紅色消退，取而代之的是橘色和藍色。

「救我朋友。他和她。那些鏡人兵追的那兩個。」她指向他們。

全色譜之王立刻指示隨從，後者帶著他的長火槍上前。「妳要我殺害數名友軍，只爲了增加一個盟友？」全色譜之王說。「妳拿人命討價還價，就像——」

「就像成人一樣。」麗芙立刻接話。

「很老練的成人。但收買忠誠不是我的作風，我會盡力救妳的朋友，當作是我的禮物，不管妳如何決定。」他瞄準火槍，開火。一名迎向卡莉絲的鏡人兵死在閃光和鮮血之中。全色譜之王把火槍交給隨從裝填彈藥。

「不用考慮那個，麗芙，但現在就告訴我，妳打算效忠誰？我，還是克朗梅利亞？」

效忠一方。自始至終都只效忠一方。

根本沒有好的選擇，根本沒有好人。試圖做對的事讓麗芙去查探她最好的贊助人。克朗梅利亞甚至腐化了人與人之間的愛。她認識的人都說全色譜之王是個怪物，但她認識的人全都被克朗梅利亞腐化。或許全色譜之王並不完美，加文也不是。整件事裡唯一無辜的就是提利亞人，他們有權獲得解放。如果麗芙要作戰，她不打算爲壓迫提利亞的人作戰。效忠一方？達納維斯家的人得選擇效忠哪一方？那就選吧。

麗芙深吸了口氣，以正式的提利亞禮儀行屈膝禮。「全色譜之王，」她說，聲音平穩，直視他的雙眼。「我向你效忠。我該怎麼做？」

# 第八十五章

「叛徒！」基普聽見一個女人說。他抬頭看向卡莉絲。她正朝著一具鏡人兵屍體吐口水。神情傲慢、飛揚跋扈。

卡莉絲抓起一把火槍和火藥角，開始再次裝塡，彷彿是個普通士兵。當基普看見附近士兵的表情時，他終於懂了。他們剛剛目睹她和基普對抗鏡人兵，不過沒人知道誰在爲哪一方作戰，他們該不該插手。看起來這些士兵的軍官都已死光——並不意外，因爲城牆上的守軍會優先攻擊軍官。這或許是基普和卡莉絲還活著的唯一理由。

「好了，馭光法師？」她在裝塡完畢時說道。她裝塡彈藥的速度就和她做任何事的速度一樣快。她的皮膚呈現血色，雙眼已經擺脫了防止她汲色的眼罩。等等，那是他幹的嗎？他渾身顫抖、精疲力竭。不過她的計畫奏效了。附近的士兵已決定回去戰鬥，不和這名潑婦扯上關係。

她在和他講話。

*沒錯，天才，你剛剛才施法弄出了兩根巨矛，插死兩名鏡人兵。*

這個想法讓基普看向他剛剛殺害的人。這是個錯誤。其中一具屍體胸口有個拳頭大小的冒泡血洞，另一人的腦袋粉碎，白骨和鮮血混雜在一張怎麼看都不像人臉的臉上。

「基普，通常對你這種新手而言，這麼做並不明智，但是我要你繼續汲取綠魔法。我需要你和我一起。」卡莉絲低聲說道。

他愣愣地看著地上那顆血肉模糊的腦袋。朝城門推進的士兵直接踐踏那些腦漿和碎骨，給兩個馭光法師保留的空間比死在基普手上的士兵還大。

「基普！」她用力甩了他一巴掌。「晚點再哭。現在當個男子漢。」她那雙綠眼睛裡的紅鑽石閃閃發光。她咒罵了一聲，四下打量，找尋某樣東西；接著幾絲綠盧克辛自她眼中穿越皮膚上的紅海，來到她的指尖，她在掌心裡製造出一樣小東西。

眼鏡。完全由綠盧克辛組成的眼鏡。她把眼鏡放到他臉上，調整片刻，彌封盧克辛，然後後退。

「現在沒色！」她命令道。

基普像團海綿。他彷彿在熱天出門，雙眼緊閉，沉浸在高溫之下。觸目所及，到處都是有顏色的表面，被太陽照亮的房舍和商店，這些東西全都提供魔法給他。他吸收魔力，感受強大的力量。自由自在。手掌上灼傷帶來的陣痛已逐漸消失。

他加入衝向城牆缺口的士兵人潮。城牆頂的守軍已經不再開槍，晴朗的早晨即將來臨，明亮、清爽，緩緩驅趕晨霧，氣溫很快就會升高。

之前他站著不動時，路過的士兵見他是個馭光法師，彷彿把他當作大石頭般地從兩旁繞道，現在他加入人潮，立刻和其他人一樣被推來擠去。越接近城牆缺口，人潮就越集中，試圖與同單位人馬待在一起的士兵越來越擠。在空間越來越狹小、越來越受限時，基普開始反抗。他不確定這股焦躁不安有多少來自本身，多少是受到盧克辛影響，但他知道自己的反應並不只是出於本身的意願。

在與戰馬和全副武裝的士兵匯流時——儘管只有少部分加拉杜王的士兵有穿盔甲或制服，不過這些士兵都打算搶先進城——基普失去了加拉杜王的蹤跡。卡莉絲來到他前方的隊伍，利用苗條的身材和肌肉穿梭人群、持續前進。很快地，基普就連她也看不見了。在迎向城牆的擁擠人潮裡，他必須竭盡所能才能維持站立。

「你！」有人叫道。

基普抬頭。一名騎兵在十步之外瞪視著他。基普不知道那傢伙是誰。

「你！」該名軍官重複道。「你不是我們的人！」

一開始，基普看不出對方是誰。他以爲對方是他炸翻營火後和辛穆一起押解他的士兵之一，但這也只是猜測。不幸的是，猜得對不對根本不重要。重要的是對方認得他。

軍官抓向火槍，試圖將它拔出鞍袋，但是兩邊都有戰馬逼近，導致槍管卡住。

「間諜！叛徒！」軍官大叫，指向基普。「他沒戴法色袖套！他不是我們的人！殺人犯！間諜！那個綠法師是間諜！」

基普被推向城牆碎塊堆成的小坡。他身處高處，所有人都看得見他。

軍官終於拔出火槍，奮力踢馬，衝向基普。基普轉頭看向對方，不相信他會朝己方部隊的人群開火，於是他舉起雙手開始汲色，打算隨便弄點東西。他的腳滑下碎石堆，擠入川流不息的人潮，有些人往旁邊擠開，有些人伸手抓他，導致他站立不穩。他分成好幾個階段跌倒——人潮實在是太擁擠，沒辦法一次摔到地上，不過一旦開始摔倒，也沒辦法停下來。

城牆缺口把他們吐入加利斯頓。基普落地打滾。

有人踩中他灼傷的左手。他大叫。不少人踢中他的身側，有人被他絆倒、有人踩到他肚子、有人踢到他腦側。他滾下碎石堆，想辦法掙扎起身，卻被火槍托狠狠擊中。他背部著地，頭昏眼花，左手劇痛，雙眼難以聚焦。他無法多想，再度縮成一團，就像赫雷女士刺殺他時一樣——再一次，他跟四腳朝天的烏龜一樣地束手無策。

那感覺就像是世界都知道基普必定會踏上懦夫之道，於是謀劃讓他淪落到這地步。

接著，四面八方都有人圍上來，一直踢他、一直踢他。有些人試圖用火槍托打他，不過人實在太多，他只感覺到幾柄槍托在腳上擦過。從前他會翻身朝下，把頭埋在手臂下，縮成球狀，直到朗再度證明自己的優越感，厭倦毆打他的遊戲，讓他離開爲止。在這裡如果這樣做，他就死定了。

你以爲我會躺下來給人鞭打嗎？

對呀，基普。那是你的生存之道。

你以爲我會躺著等死嗎？

面對現實，基普，你不是什麼高強的戰士，就算在攸關性命的時刻也不是。你何不縮成球狀，放棄掙扎？

部分的他期待卡莉絲來救自己。她是名戰士、是勇士、是馭光法師。她動作迅速、處世果斷，不管是汲色或用刀，都很靈巧致命。

群眾就像野獸，怒氣沖天、擠成一團、大吼大叫，是完全喪失獨立思考能力的群體。基普討厭這頭野獸，他在某人試圖踩他時側頭閃躲。他看見瞪視的面孔、咆哮的嘴型，因仇恨而扭曲的神情。

部分的他期待鐵拳會救自己。那傢伙已經憑空出現救過他兩次。鐵拳高大、強壯、凶猛。他和鋼鐵一樣安靜堅強，是個守護者。

部分的他期待麗芙救自己。有何不可？赫雷女士刺殺他時，她也是在最後關頭出面拯救他。

部分的他期待加文救自己。如果連自己的私生子都救不了，稜鏡法王是幹什麼吃的？加文人在這裡，就在附近，一定離他不遠，一定知道城牆淪陷了，此刻必定正盡快趕來。

有人踢中基普的臀，令他全身劇痛難耐。他身體傾斜，臉上又中了一拳。他的頭撞上碎石。鼻孔鮮血直流，染紅他的嘴巴和下巴。

沒人會來救他。就像他八歲時被他媽媽鎖在櫥櫃裡，因爲他抱怨或講太多話，或是——他甚至不記得自己做錯了什麼，只記得她臉上那股厭惡的神色。她鄙視他。她丟給他一碗湯，鎖上櫃門，然後出門去找毒品，把他拋在腦後。因爲他毫無價值。

一天之後，老鼠來了。他被一隻在舔他脖子上乾掉湯汁的老鼠嚇醒。牠的小爪子刺入他的胸口，身體重得可怕。他大叫，跳起身，不停地拍打。他一直叫、一直叫，但沒人聽見。那隻老鼠跑了，但是沒過多久，在黑暗中，更多老鼠出現。牠們落在他頭髮上，咬他的腳趾、爬上他的腳。牠們無所不在。數十隻。據他所知，搞不好有數百隻。他叫到聲音沙啞，一直揮拳到手破血流、在堆滿櫥櫃的舊箱子上扭傷腳踝。沒人來救他。

第三天早上，他媽媽找到了他，縮成球狀、頭埋在雙臂之間，哽咽、脫水，頭上、肩膀、背上、腳上到處都是血淋淋的傷痕，完全沒有試圖趕跑像斗篷一樣爬滿他全身的老鼠。他附近有十幾隻死老鼠，但是活老鼠更多。她拿水給他喝，眼中充滿抽完海斯菸的呆滯神情，吝嗇地用僅存的檸檬烈酒幫他清理傷口，然後又出門去找更多海斯菸。過程中一句話都沒說。之後看見她時，她似乎已完全把那件事忘光。當時他的肩膀、背、屁股上都還有老鼠咬的傷疤。

*沒人會來救你，基普。又中了一腳。你向來令人失望。又是一腳。你失敗透頂。一腳。你什麼都不會。一腳。*

「夠了！夠了！」有人叫道。軍官終於帶著火槍推開眾人。「後退！」他大叫。

他舉起火槍，對準基普的頭。

*我能怎麼做？弄點小綠球嗎？好。*

基普汲色做出一顆小綠球，拋入槍管裂縫，以意志力讓球待在裡面。

軍官扣下扳機。片刻過後，火槍在他手中膛炸。槍管的裂縫爆開，燃燒的黑火藥噴到軍官臉上，點燃他的鬍子。他大叫，向後跌倒。

「殺了他！」某人叫道。

基普看見四面八方的人紛紛拔出武器，在陽光照耀下閃閃發光。他開始大笑，因爲他總算有點擅長的事了。

他很擅長受罰。他是隻烏龜，或許是頭熊。一頭龜熊。歐霍蘭呀，他是個笨蛋。他再度大笑，以手掌和肩膀拍擊地面。他身上噴出綠盧克辛，就像在瑞克頓見過的那個綠狂法師般包覆全身。

在基普眼前，一把劍凌空而來，砍入手臂上的綠盧克辛。劍痕深達兩指，不過盧克辛更厚。劍勢受阻，如同砍入樹中的斧頭般抖動。基普翻過身，從所有反光表面上吸收更多綠色，也不知道自己是怎麼辦到的，一直吸收、一直吸收，從歐霍蘭無盡的魔力中擷取綠光。

綠光在他體內灌注同樣的狂野情緒。狂野遭鎖、包圍、受困。覆蓋全身的盧克辛越來越厚。基普屈膝，站起身放聲吼叫。

他發狂了。他發狂了，而且覺得痛快。他舉起綠手臂，擊中瞪大雙眼的持劍男人。基普暫停片刻，綠護甲上冒出尖釘。他四下衝撞，把人群當作櫥櫃裡的老鼠般壓爛。

鮮血如同紅色繩索般四處飛濺。基普已經不能算人了，是頭野獸，不願被關入籠裡的野獸。他是條瘋狗，隱約覺得自己應該無法身穿如此沉重的護甲輕易移動。他很強壯，但沒有強壯到這個地步。

除了自己身邊的小圈圈，他完全不知道這場仗打得怎樣了——而就連附近的景象也模糊不清——左右都有人在迅速移動，他要在人們舉起刀劍和火槍攻擊之前解決他們。非理性的怒氣驅使他狂劈猛砍。他腦中只有一個想法：*沒人可以阻止我*。

片刻過後，也可能是數小時之後，基普失去了時間觀念——他在所有人眼中看見恐懼。人潮不斷地自城牆缺口中擁入，被後方的大量人群擠往前方，全部朝向基普而來，但他的存在卻阻礙了人潮擁入的速度，大家一看到他就立刻開始往後擠，還有人向兩旁逃命，試圖避開他的狂怒。

他們的懦弱進一步點燃了怒火。就像老鼠會在黑暗中咬人、卻在陽光下逃竄一樣，這些傢伙都是懦夫。他毆打他們，擊碎頭顱，扯出內臟。他衝向讓人無路可逃的缺口，刺穿他們，向四面八方灑血。

一個想法自其腦中突圍而出。在嘶吼、慘叫、恐懼、晨霧、火槍發射和兵器交擊的混亂之中，有人大聲叫著：「基普！基普！加拉杜王！這邊！」

基普看不見這話是誰在叫的。他伸展四肢，發現自己變高了，盧克辛在腳下積聚，讓他足足變高好幾個手掌。他轉向城內，看見卡莉絲，她的皮膚紅綠摻雜，手持長劍，劍尖指向更深入城內的方向。

加拉杜王在那裡召集鏡人兵，再次集結進入缺口時走散的部隊。他大聲下令。似乎正為某件事大發雷霆。他沒看見基普。

發現自己在做什麼之前，基普已經展開衝刺，聚精會神、意志堅定、毫不寬容。他只剩下一個想法：加拉杜王必須為他的作為付出代價。他非死不可。

# 第八十六章

聽見爆炸聲時，加文立刻知道是怎麼回事。他原先在碼頭利用第一道晨光汲色建造船隻，協助難民撤離，他們正在趕往城牆的途中。如果人民願意講理，撤離行動是可行的。加文告訴城內的長老，貴族可以攜帶三個箱子，武器匠和藥劑師也能帶三個箱子，有錢的商人可帶兩個，其他人則只能攜帶隨身行李。

這是很簡單的分配原則，雖然做這種決定並不容易。逃難的提利亞人會需要藥材，而他們不想留下任何武器給加拉杜王的部隊，進一步擴張侵略行動。儘管加文不想提供富人優於窮人的待遇，但富人還是得把財產帶出加利斯頓。如果那些財產留在城裡，將會成為加拉杜王的財產，用於進一步的殺戮。如果人民遵守秩序、依照規定行事，他們有足夠的空間讓所有想撤離的人撤離。

只不過，當然，所有人都作弊。所有人。貴族攜帶了六個箱子，富人帶了五個，其他人則謊稱自己是武器匠或藥劑師。

加文讓本地公會領袖負責碼頭的事務，跑去汲色製造平底船，結果發現公會領袖讓他自己公會的成員攜帶更多行李。加文花了五秒鐘在碼頭邊建了一座絞刑台，然後在十秒內絞死了那傢伙。他在第一個負責人死去之前，把事情交給另一個人負責。

「盡可能公平迅速地做決定。」加文對眉頭深鎖的第二名負責人——麻臉桶匠說。「我以我所有的權威支持你，就算犯錯也沒關係。但只要收受一筆賄賂，我就會花時間讓你死得比這位更慘。」說完，他就離開了。沒時間管這個。

爆炸發生時，他人在城牆底下。這場爆炸正是他一直擔心的事，就是他一開始堅持建造明水牆的原因。在有這麼多住家和商店直接依靠城牆而建的情況下，要防守外來攻擊很難，想防守來自內部的攻擊更是不可能。任何商店主人都能弄桶黑火藥，往城牆底下挖掘地道，然後把火藥埋進去。他們可以完全不為人知，不受干擾地工作——可以這麼做，也確實這麼做了。

加文用腳跟側踢馬腹，帶著一群黑衛士策馬狂奔。但不是衝向缺口。城牆出現缺口很麻煩，當然，但是缺口會吸引守軍趕去，而且也未必大到能讓大軍通過。缺口或許會淪為伏擊點、殺戮區。最好的做法是利用城牆缺口引發的騷動，去開啟其他城門。

加文派遣信差趕往巫婆門和情人門，自己奔向母親門。他在城牆頂遇到科凡．達納維斯將軍及他的隨從。毫無疑問，科凡打算親自率兵防守缺口。

科凡停步說道：「他們沒有派出馭光法師和狂法師。我不知道原因。但如果接下來二十分鐘內有任何城門失守，我們就沒辦法撐到正午。」這就是科凡，只提供絕對必要的訊息。

「如果城門失守，」加文說。「正午前一個小時趕到碼頭。」

科凡點頭。不要死守。加文拍拍科凡肩膀。將軍隨即離去。

站在城門頂上，加文看著城牆外萬頭攢動的景象。這時城牆上幾乎已經沒人在對入侵者開槍，但是推進的大軍就像一頭盲目的野獸，伸出黑色的利爪抓向城牆。

短短幾小時內，城牆外側已有許多房舍被摧毀殆盡，不過剩下的房舍都已經被敵軍摸透。有半打地方冒出少量敵軍，綿延不絕地爬上城牆，與僅存的少數守軍作戰。

更遠處，加拉杜王的手下在架設迫擊砲。太遲了，真的。轟炸城市對他們而言根本沒有意義，而且現在轟炸的話，害死的自己人未必比守軍少。無論如何，他們都已經開始裝填迫擊砲。加文看出來有很多人試圖避免作戰，但又想宣稱他們有參戰。那些白痴會發射幾輪砲彈，日後宣稱是靠他們扭轉戰局。

很高興看到加拉杜王也有軍紀問題。

不過國王在哪裡？

站在城門最高的位置，回頭看向城內，加文在霧中發現了他。加拉杜王親自領軍進攻加利斯頓。白痴！沒錯，加文也曾不只一次這麼做，但他的能力不是旁人可以比擬的。加文親上戰場的意義，不光只是振奮士氣。加拉杜王在領軍進攻，周圍只有約莫一百名鏡人兵護衛。加文看見他時，同時也看見國王正怒氣沖沖、比手畫腳、朝著一個信差大吼大叫。

他要他的馭光法師。

為什麼馭光法師沒有隨行？

加文來到母親之矛的正面，凝望五百步外的山丘。丘頂有旗幟和人群。他汲色製作兩片凸鏡，調整距離對焦，然後打量低沉霧氣上的景象。一名五彩繽紛的男子舉起一把火槍，直接指向他。這傢伙瘋了。沒有火槍能夠射到這麼遠——

火槍擊發。從冒出的黑煙來看，槍內填充了大量火藥。當然，加文無法在戰場喧囂中聽見槍響。有一發迫擊砲剛好發射。加文繼續打量那個男人。他固定兩片凸鏡，保持焦距穩定。一個多色譜狂法師。從他在自己身上加持的各式色彩來看，是多色譜，或全色譜法師——至少假裝是。有趣。對方也在打量他。

全色譜之王身邊不光只有將軍和僕役，還有數十名馭光法師。他們顯然不打算出陣迎敵。

有人把火槍交還給全色譜之王。全色譜之王接過火槍，迅速瞄準，然後發射。片刻過後，有東西擊中母親之矛上，加文頭頂約莫兩步外的地方，爆炸，炸開了一大塊石塊。盧克辛子彈？五百步外？當加文還在思考這件事時，黑衛士已經把他拖到母親之矛後方。

全色譜之王想要加拉杜王死。如此簡單、如此大膽。他八成在明水牆外時就慫恿加拉杜王，看他敢不敢擔任普羅馬可斯，讓年輕國王衝鋒陷陣，希望他會因此遇害。

如果你的敵人想做一件事，不要讓他達到目的。

加文汲色做了一片盧克辛板，在上面浮現：「擄獲加拉杜，不可殺害。不惜一切。」他用藍和液態黃盧克辛包覆命令，射向科凡前進的路徑。

但加文的直覺告訴他，對方的主力部隊會趁守軍專注於此的時候，在其他地方發起攻擊。「去巫婆門，」他對黑衛士說。「用跑的！」

# 第八十七章

卡莉絲從腹部流血、躺在地上的人手中奪走第二支劍。她不知道對方是哪一個陣營的人，她不在乎。整座城市都是火藥、穢物、汗水，還有會永遠滲入皮甲的臭味。她一邊奔跑，一邊在劍上覆蓋一層薄薄的綠盧克辛，彌封，然後在外面又加一層紅盧克辛，彌封。

這一整個區域是由交錯綜橫的巷道組成。房舍彷彿是為了激怒鄰居般、雜亂無章地蓋在地上，完全看不出多遠的直線距離。好消息是，加拉杜王不可能在這種地方聚集多少兵馬。

壞消息是——喔，狗屎！卡莉絲轉過一個街角，差點迎面撞上三名迷路的鏡人兵，他們查看不同的巷道，一副快要為了該往哪兒走而吵起來的模樣。卡莉絲在他們來得及反應前撲了上去。她撞在最矮的鏡人兵身上，趕上他站立不穩的瞬間，一方面阻擋自己的衝勢，一方面將對方撞飛。她轉身，左手的劍畫出一道紅弧光。

第二名鏡人兵提劍防守，但動作太慢，力道不足。她架開他的劍，一劍砍入頸甲上的脖子。砍得不是很深，不過以這個部位而言，夠了。紅盧克辛灑落在他的護甲外，而當她拔出長劍時，鮮血濺灑在他的護甲內部。他一時沒有倒下，但在卡莉絲眼中，他已經死了。

撞飛第一個、砍死第二個鏡人兵之後，卡莉絲失去了第三個鏡人兵的蹤跡。她迅速迴轉、矮身，雙劍擋格、左下右上、反手持劍。要是沒有及時矮身，對方這一劍肯定會擊潰右手的防禦。結果她被自己的劍刃擊中肩膀，難以判斷有沒有砍傷——什麼樣的笨蛋會不穿護甲就上戰場？

她起身揮劍，但是鏡人兵擋下了她的攻擊。接著他瞪大雙眼。一道紅光席捲而來，他的劍砍出火花，點燃了她的劍——不過不光只是她的劍——雙劍交擊時，他的劍也刮下了一些紅盧克辛，而那陣火花也點燃了他的劍。她本來是打算晚點再點燃長劍的，不過這時同樣也能派上用場。

卡莉絲揮動右手中的火焰劍，畫出一道弧光，同時以左手之劍貫穿鏡人兵的臉。

如果要穿重盔甲的話，打鬥時就不要掀開面罩。

她踢開他的屍體，扯出一堆斷牙和鮮血，再度轉身，看見被她撞倒的鏡人兵正爬向自己的劍。她在他撲過去時踏中他的手掌，然後一劍刺穿他的鏡甲。要刺穿鏡甲需要強力的正面攻擊，不過她已經和黑衛士練習過上百次。黑衛士訓練時會假設殺手占有各種優勢，包括身穿鏡甲。

她再度拔出長劍，用一名敵人的斗篷擦掉劍上的火焰，然後再次覆蓋一層紅盧克辛。只要一個不留神，她就可能引火自焚。她從一名死者身上取下一張結實的弓和半筒箭。

現在她在哪裡？基普又在哪裡？

卡莉絲自認抄了捷徑。她知道城南有座市場，而她以為自己依稀記得市場的位置。她指引基普去追加拉杜王，期待他會製造騷動，讓她有機會繞到國王身後刺殺他。

或許這個決定很糟糕。歐霍蘭呀，她丟下基普一個人。一個新手馭光法師。

並不是說她原先有辦法能幫助他。在克朗梅利亞，基普現在的情況叫作化身綠魔像。從前他們把這種情況當作戰爭魔法來教。不過現在已不這麼做了。

化身綠魔像有三個問題。首先，沒辦法彌封綠盧克辛。如果這麼做，就會動彈不得。有些馭光法師透過製作大型彌封護甲，僅在關節處使用開放式綠盧克辛。基普現在的做法，難度更高，他同時維持所有魔法。這樣做需要高度專注力，而且護甲的硬度會隨他的意志力變化。如果有人害他分心，他就會立刻失去護甲。其次，使用這麼多綠盧克辛，很快就會讓馭光法師精疲力竭。在偽稜鏡法王戰爭期間，卡莉絲聽說有綠法師才化身綠魔像三到四次，就導致斑暈粉碎。第三，你一定要壯得像頭牛一樣。那套護具——盔甲、魔像，不管是什麼——有重量。雖然因爲他們的意志承擔了部分重量，對馭光法師而言會比較輕一點，但還是得帶著大量盧克辛移動。這表示在腳上包覆開放式的盧克辛，確實能讓經驗豐富的馭光法師擁有強大的彈跳力，而且一旦他們展開行動，幾乎沒有人能阻止他們。

這一切都表示基普很可能會害死他自己，而卡莉絲丟下他一個人。可惡。什麼樣的女人會丟下小孩不管？

卡莉絲在陰影中重複確認太陽的位置。太陽尚未高升，這些巷道裡充滿陰影和晨霧。她抬起頭，被眼前的景象震懾，屋頂如同遠山自雲海中探出頭來般地自晨霧中升起。接著，她看見撤退訊號，那是加文或黑衛士會使用的顏色，而她很肯定他現在使用這種顏色的訊號就是要撤退的意思。但撤退到哪裡？

碼頭。他們知道加利斯頓已守不住，只是在盡可能讓加拉杜王付出慘重的代價。卡莉絲沒有多少時間可確保那便是終極代價。

她奔入一間空屋裡——她很肯定這裡的所有房屋都是空屋。在推開雞食、狗食的殘渣，還有一頭瘦巴巴的活牛——很多人會把牲畜帶入屋內過夜，一來比較安全，二來也能爲屋內增添暖意——她找到樓梯，爬上被匆忙清空的房間，看見通往屋頂的樓梯。

加利斯頓方正低矮的房舍，統統都是這種平屋頂，非常適合漫長炎熱的夏夜裡在上面乘涼，這是平民百姓唯一能夠享受瑟魯利恩海海風的機會。房舍緊緊相鄰，不過一點也不整齊。並非所有房舍都有三層樓高，而三層樓高的那些，每層高度還都不一樣。

儘管如此，當卡莉絲來到屋頂時，眼前的美景還是令她讚嘆。粉白的屋頂，小小的正方形或長方形在陽光下閃閃發光，晨霧從所有屋緣冉冉升起，教堂和幾棟大宅如同破雲而出的高山，洞石宮殿主宰著一切。南方，她看見了明水牆，像是城市外圍的黃金帶。稍近處有黑煙從城牆冒起，城門處爆出閃光。

她不理會那些景象。找到打算趕往的市場。在晨霧籠罩下，她無法肯定之前的猜測是否正確。

妳已經賭上基普的性命，還是去看看結果如何吧。

卡莉絲暗罵自己愚蠢，汲色做綠武器套，將兩支武器插在背上，調整武器套片刻，架好弓和箭筒，咒罵破爛的緊身衣袖、結實的肩膀，然後扯下衣袖。她深吸了口氣，衝向屋頂邊緣，一躍而起。

這裡的房舍蓋得很近，如此跳躍十分輕鬆。有些房子之間甚至有放木板，好讓鄰居互相造訪。只要不過馬路，她就能夠輕易前進。她以最快的速度前進。只要再過個馬路，經過一個街區就到市場了。來到馬路前，她轉動眼珠，四下打量。

那裡！對面有棟房子的屋頂特別矮。卡莉絲轉而向左，奮力躍起，跳過三、四十個鏡人兵的頭頂。她落在矮屋頂上，翻身，在得再度躍起之前正好起身加固雙腳——為了躍向較高的屋頂。她伸長一腳碰到隔壁屋頂，用力一挺，試圖不影響前進的衝力下提升高度。

她的身體上升，但前進的力道不足，正面撞上屋頂粉白的泥灰，然後開始往後滑，手腳亂晃，試圖找尋施力點。

結果，她用手指扣住髒兮兮的牆壁裂縫。她向側面擺動，在泥灰掉落的瞬間手滑了一秒。她將手勾回屋頂，這一回抓得很穩，然後又向反方向盪回去。她的腳勾到屋緣，禮服開衩開得更高。她迅速爬上屋頂，深怕有更多泥灰被她扯落。

沒時間慶幸自己還活著。卡莉絲檢查弓和劍，低頭看了一眼下方二十步外不平坦的地面——萬一摔下去，至少會斷一條腿。她再度發足狂奔。

她抵達能俯瞰市場的屋頂，停下腳步。加拉杜王即將帶著數百名鏡人兵和少數馭光法師趕到——基普如同火燒屁股般地緊追而來。真的火燒屁股。

情況即將一發不可收拾。

卡莉絲微笑。

# 第八十八章

基普燒起來了。有人在他身上潑灑紅盧克辛，然後點火。

這並沒有阻止他。他只是把包覆自己的綠盧克辛弄得更厚，不讓紅盧克辛燒穿。黏稠的紅盧克辛黏在綠盧克辛上。他沒辦法抹掉臉上那些紅盧克辛，它們毫不妥協地黏在定位。但他可以移動綠盧克辛，於是他把紅盧克辛推向外側，遠離雙眼，清空視線。他利用同樣的手法將黏稠紅盧克辛轉移到雙手、肩膀，還有身側，在自己身體外緣形成噴火的輪廓。這一切只花了短短幾秒。他想到了這種做法，盧克辛便自動執行他的意念。更精確地說，他以意志力加諸在現實之上，然後事情就發生了。

他體內的野性強烈到讓他想要衝出城市，一走了之。但他不容許自己這麼做。他駕馭野性。野性爲他所用，幫助他摧毀手握鞭柄與鏈條的人，試圖控制他的人——加拉杜王。

他不確定自己是否走對路，但是他追逐加拉杜王士兵的蹤跡。基普宛如燈塔，在晨霧中炙烈焚燒。但火光導致視線模糊。那感覺就像是手持火把——如果將火把舉在頭上，或許能看清黑暗中的景象，但如果拿在自己與黑暗之間，就什麼都看不見。基普就是火把。看不清楚，但他不在乎。他看見士兵如潮水般遠離他，有些人一看到他就立刻抱頭逃竄，不過其他人似乎正往特定的目的地前進。一個會面地、集合點。加拉杜王就在那裡。

基普轉過一個轉角，面前有半打士兵背對著他。他們沒看見他，而他又止不住衝勢。他在一陣慘叫、烤肉味、咒罵、鮮血，以及爲了不要在踩上屍塊時跌倒的混亂中衝過這群人。他大弧度揮動雙臂，朝人群灑出火焰、血液和利刃。

結果，前方眞的是一大群人。基普抵達目的地，這裡擠了數百名士兵，他隱約看見廣場對面傳來鏡人盔甲的閃光。接著，他融入人群，投入戰場的擁抱。這裡沒有晨霧，無法計算敵方人數、無法解讀敵人在吼叫些什麼，以及那些可能會對他有所幫助的命令。基普只能聽見發自自己喉嚨裡的吶喊、心臟跳動的聲響、魔法鼓動的力量。他只感受得到肌肉上的灼燒、手上的刀刃砍入敵人胸口時受到的阻礙，還有將敵人一刀兩斷的解放。

世界朝著基普擠壓而來，難以看清周遭景象，幾乎無法轉動綠盔甲內的脖子。這種感覺令他發狂。他需要自由、不能受困。他是頭野獸。他擊潰一排排奮力抵抗的士兵，猛揮的手臂毫無窒礙地斬斷長矛。他出拳打爛敵人的腦袋，扯下身後的士兵，在手中折斷背脊。

接著，突然之間，部隊在他面前分開，只有一個人沒能及時逃跑。基普看見兩排各十名火槍手。第一排槍手下跪，第二排站立，所有火槍都指向他。有人張口吶喊，大聲下令。基普看著自己和火槍手中間的男人。他也聽見了命令，瞭解將會發生什麼事。基普在他臉上看見驚慌的神情。

火槍手展開一輪攻擊。火焰和黑煙如同狂撲猛叫的獅子般竄出他們的槍口。基普看見士兵護住要害，不過還是被打成蜂窩。

彈丸如同拳頭般打在他的身上，許多彈丸同時擊中他，少數稍微遲些，像是在主要攻擊之後又補上幾拳。他整個人離地而起。

人群中傳來一陣歡呼。基普感到天旋地轉，身上的綠盧克辛開始軟化。

*不！我很擅長受罰。那是我的天賦，與生具來的才能。*

一個火槍手跑到基普身前，舉起喇叭槍指著他的頭。有東西掠過對方腦袋——箭？——但是沒射中。基普一把抓起喇叭槍口，拉到自己面前，抵著額頭，將綠盧克辛灌入槍管。男人扣下扳機，喇叭槍爆炸。

基普以非人的力量跳起身。他踏在慘叫的火槍手身上，檢查自己的狀況。他看見火槍的鉛彈丸扁平地鑲在自己的綠護甲裡，好像擊中樹木一樣。子彈射入護甲，但是卡在裡面。基普哈哈大笑，聽起來十分瘋狂。他可以防彈！

基普無視火槍手的存在，四下尋找加拉杜王的蹤跡。數名火槍手逃離現場，剩下的則手忙腳亂地拿起通槍條和火藥角，再次裝填彈藥，試圖展開下一波攻勢。這些人都不構成威脅。他們無法抵擋他，但是遮蔽了他的視線，於是他釋放更多綠盧克辛，以增加自己的高度。簡單的做法。

他看到了。加拉杜王騎在馬背上，四周圍滿鏡人兵，朝身邊的馭光法師大吼大叫，同時伸手指向基普。馭光法師的皮膚呈亮藍色，但在她凝聚法力時，某樣東西疾速掠過空中。女馭光法師兩手軟垂，藍盧克辛疾洩而出、灑落地面。她摔下馬鞍。

加拉杜王命令下到一半突然住口，左顧右盼。位於他另一邊的馭光法師，一名紅法師，也摔下馬鞍。這一次基普──還有所有鏡人兵──全都順著箭勢尋回發箭之處，一座屋頂。卡莉絲，身材纖瘦、肌肉結實、渾身是血、身穿破爛的禮服，再度拉弓搭箭。一名鏡人兵將加拉杜王扯下馬背。卡莉絲的第三支箭射穿鏡人腿甲，將他的小腿釘在馬上。戰馬立刻發狂，四下衝撞，撞倒半打士兵，踐踏他們，然後自己絆倒，壓住背上的騎士。

基普不理會這陣騷動。他已經看到了目標。他感覺力量開始衰退，必須立刻行動。不會再有第二次機會了。他衝向前去，在人們爭相走避之下慢慢加速。

*我瘋了。*

基普大笑。如果這算瘋狂的話，那就發瘋吧。他在第一排鏡人兵的目光尚未從卡莉絲身上移開前撞上他們。有些鏡人兵轉身、有些騎在馬上、有些已經下馬、有些還在拔槍或是再次裝塡彈藥，準備射擊屋頂上的殺手。基普撞翻了一匹馬，打倒士兵，擋開軟弱的攻擊。

他揮動巨大的盧克辛拳頭，打爛一名鏡人的頭盔，不過這一擊同時也磨下了半隻綠手掌。他發現身上其他部位的尖釘和利刃，在和鏡甲接觸的時候折斷或受阻。他左右揮拳，卻發現護甲在痛扁敵人的過程中逐漸崩潰。他每一下攻擊都會失去部分綠甲。

受攻擊的鏡人兵再度爬起，在前線後排再次集結。基普攻破前線，發現自己面對著數十把手槍，全部朝他擊發。儘管採取防禦姿勢，子彈還是再度將他擊退。他感到皮膚上傳來火熱的灼痕——盧克辛已經比之前薄了。有些子彈肯定貫穿了護甲。

我不能失敗，現在不能，這個節骨眼上不能。可惡，國王在哪裡？

基普攻向最接近的鏡人兵，向他射出一顆綠盧克辛球。綠球擊中鏡人兵的胸口，一分爲二，兩道盧克辛分朝左右濺開，沒有造成任何傷勢，彷彿基普輕輕揮拳打中對方胸口，要不是不小心在盧克辛球裡添加了一顆火槍彈丸，對方根本不痛不癢。

其他鏡人兵丟下火槍，動作一致地拔出鋒利的明鏡長劍。基普看著自己的胸口，鑲滿卡在綠盧克辛上壓扁的火槍彈丸，其中有些彈丸上染有他的鮮血。他擷取更多盧克辛修補護甲，看見小彈丸有如瀑布下的小船般旋轉不休。

盧克辛傷不到他們？鉛怎麼樣？

基普從胸口吸取一顆鉛彈到掌心裡。他伸出手掌，以強大的意志力射出一顆包覆鉛彈的小綠球。

一名鏡人兵的胸甲上冒出一個帶有綠色輪廓的小洞，鏡甲沿著小洞外緣冒出蜘蛛網般的裂痕；接著，鮮紅的血液染紅綠盧克辛，鏡人兵向後倒下。

那感覺就像歐霍蘭在基普體內灌注全新的生命。他精疲力竭、傷痕累累、興高采烈、自由自在。他又開始笑了。完全的瘋狂，完全無人能擋。鉛彈穿越他的護甲，竄入雙掌掌心，他像把火槍般地發射鉛彈。綠護甲的重量本來會對行動造成阻礙，現在卻在猛烈發射鉛彈時抵消了本應震得他向後飛出的後座力。

他伸出右手、左手、右手、左手。往四面八方射擊。每顆子彈都奪走一條人命。基普的準頭超差，但如此接近時，他根本不用瞄準。他指向某人胸口，可能會射中脖子、肚子，或是後排的別人。但不管射中那裡，都有人死，整排、整排的士兵在他面前消失。他射光了胸口所有彈丸，又在背後和手臂上找到更多，而且隨時還有新的彈藥進入體內。他在鏡人兵的隊伍殺出一條血路。他看不見加拉杜王，不過猜想往反抗最激烈的地方前進就沒錯。好事向來都不簡單。

透過重重士兵和混亂景象，基普看見了一道反光。皇家護甲。加拉杜。

他在加拉杜王爬上市場廣場後方的一道平台時突破敵陣。國王手下試圖把他引入那邊的某條狹窄巷道。基普奮力躍起，發現他的綠盧克辛腳把他彈到比想像中更遠的位置。他落在加拉杜王和巷道之間，壓倒了兩名國王的手下，包括最後的馭光法師。地上躺了很多馭光法師的屍體，但基普並不在乎他們是怎麼死的。他眼中只有加拉杜王。他伸出一掌，朝剩下的鏡人兵發射一打火槍彈丸。

加拉杜王被平台上的屍體絆倒。轉眼間，基普已經撲到他身上。他踢向基普，基普捶下大拳，如同折斷木柴般地打斷國王的腳。國王慘叫。基普抓住他的頭，兩顆盧克辛大拳夾住腦袋兩側，把他提離地面。火槍聲立刻停止。基普太接近國王了，沒人敢開槍。

「你殺了我媽！」基普對著國王的臉大叫。

國王雙眼聚焦在基普位於綠護甲內的臉龐。「是你？」他問。「琳娜的小鬼？她根本不值得你幫她報仇，你心裡清楚得很。」

「基普！」有人在叫，但基普幾乎沒聽見。國王試圖拔出腰帶上的碧奇瓦，但痛到拔不出來。

「下地獄去吧！」基普叫道。「給我下地獄去！」他高舉起國王，竭盡所有力量與意志擠壓雙掌。

「基普！住手！全色譜之王就是要我們殺了他──」

什麼話都無法穿透那股瘋狂、那股憤怒。基普甚至不確定他是爲了屠鎮，還是爲了幫母親報仇。

他愛她。他恨她。

加拉杜王大叫，基普也大叫，兩人的叫聲掩蓋了科凡．達納維斯的叫聲。基普雙掌交擊，國王的

腦袋如同葡萄般粉碎，像是西瓜高空墜落，汁液灑向四面八方。

「基普！不！他們就是要你這樣做！」科凡．達納維斯的聲音在基普拋下國王軟綿綿的屍體時，

穿透了他的鐵頭顱。

抬起頭來，一臉震驚，基普看見科凡．達納維斯，率領約莫百名騎兵進入廣場。入侵者士氣渙

散、群龍無首，一看到這麼多敵軍湧現，立刻四下逃竄。

基普聽見身後有人倒地，轉身看見一名鏡人兵胸口插著一支箭。有人救了他，又一次。他甚至沒

察覺對方偷襲。他頭昏眼花，覺得自己好像在縮小。他再度依靠自己的雙腳站立，腳下的綠盧克辛統

統消失。他東倒西歪，感覺有人扶穩他。他轉身，卡莉絲已經跳下屋頂，正從國王的屍體上取下碧奇

瓦。卡莉絲？他是來救她的，不是嗎？

結果還眞不錯。

他看著加拉杜王的屍體，心裡只有一片空虛。當他抬頭時，科凡．達納維斯站在面前，破口大

罵。基普從沒聽過達納維斯大師罵髒話。

「你知道你剛剛做了什麼嗎？」科凡問。

「下地獄去。」基普說，空虛、冰冷、了無生氣。「他屠殺全鎮的人，死不足惜。」

科凡住口，以全新的敬意打量著基普。他一言不發了好一陣子，接著說道：「上馬。我們得離開加利斯頓。立刻。」

「但我殺了他。我們不是贏了嗎？」基普問。他腦袋沉重，思緒模糊。陽光刺痛他的眼睛。他這時候只想要張毯子跟陰暗的房間。他們勝利了，不是嗎？「我們爲什麼要走？」

「看看那個。」卡莉絲走近說道。她已經上馬。她指向城牆。

全色譜之王站在距離約莫四百步外的母親門頂，透過某種巧妙的魔法，讓所有人清楚聽見他說的話。「他們殺了加拉杜王！爲國王報仇！趕走外國人！」

城門開啓，擁入數百名馭光法師——數百名——還有數十名狂法師。他們身後還有數千名士兵。

「那就是原因。」卡莉絲說。

# 第八十九章

加文的直覺錯了。

抵達巫婆門後，他就像個試圖用手指和腳趾阻止船身漏水的人。他能做的就這麼多了。他和黑衛士獨力防守巫婆門，在沒有其他援軍的情況下對抗數千名士兵，至今已經苦撐了十分鐘。目前爲止，他還可以藉由黑衛士在他面前建構的防彈護盾支撐。

他們並不是在攻擊他。他所到之處，面對他的部隊都開始撤退。如果這座城只有一道城門，事情會容易許多。但是這裡有三座城門和四分之三座殘破城牆，他們根本毫無希望。沒人與他正面衝突，只是派人繞到側面等候。如果他長時間鎮守在其中一座城門，部隊就會從別的門入城。到了這個地步，其他城門肯定都已經淪陷。

他的敵人很狡詐，不打算浪費手下攻擊加文。時間會把勝利送到自己手中，於是他養精蓄銳。沒有必要急著獲勝。調派部隊繞過加文，從加文所在之處以外的地方進攻。到時候，加文要嘛就是徒勞無功，追逐敵人的腳步疲於奔命，不然就是與主力部隊分開——如果這樣，全色譜之王就會不惜一切追殺他。或是活捉他。

加文體內勇猛善戰的部分怒不可抑。在戰爭期間，他會直取對方要害。想要在他面前消失？他會直接去找國王，殺了他，然後讓對方失去所有籌碼。做這種事會讓他身處極度危險的處境，但他毫不在乎。這就是好運總是降臨在年輕人身上的原因。他輕哼了一聲。如果他現在死了，難民絕對無法離港超過兩里格。

加文咒罵了一聲，施放撤退信號，高高竄入天際。

「碼頭那邊有消息嗎？」他問。

「沒有，大人。」

加文原本就不期待有信差能找到他，但如果有的話還是很好。「我們走。」

一名紅黑衛士在城門缺口處鋪下厚厚一層紅盧克辛，等加文轉身開跑之後立刻放火。他們稍早之前失去了馬匹，一直沒有去找替代座騎。沒有在槍林彈雨和魔法攻擊下受過訓練的馬，往往會對騎士造成危險。騎馬也會讓你成爲火槍手和馭光法師的目標。這座城沒有多大，於是他們決定用跑的。

在空城中奔跑的感覺很奇特。幾乎所有人都跑掉了，但城內還沒出現荒廢的氣息和厚厚的灰塵。此刻的加利斯頓，是那種人們煮飯煮到一半匆忙逃命之後的空洞，食物的香味尚未消散。事實上，沒人放火焚燒整座城，已經算他們幸運了。空蕩蕩的巷道、空蕩蕩的房舍。小小的盆栽被人留在窗緣，卻尚未枯萎。

*死亡也會找上你的，小花。*

跑到一座橋上時，他們遭遇伏擊。兩打馭光法師和數名狂法師從屋頂現身，開始汲色。毫不遲疑，毫無預警。當然。他們包圍加文，截斷最明顯的通道。平面的屋頂讓他們取得攻擊優勢，而橋上的開放空間成爲完美的殺戮場。

但是，黑衛士就是黑衛士。所有人都很清楚自己的任務，也知道有人陣亡時該如何改變任務。他們受過這種訓練，這就是職責所在。綠盧克辛、藍盧克辛、更多綠盧克辛組成三層厚厚的護盾圍住加文。他很清楚每道護盾落地的位置，也知道每道護盾的缺口何在，讓他可以參與作戰。

他伸手到護盾外，指向所有看得到的攻擊者，朝他們發射超紫絲線，黏在所有馭光法師身上，留下懸晃擺動的超紫繩索。兩名黑衛士是超紫／藍雙色譜法師。他們的第一個反應是用護盾保護加文，第二個反應是保護自己，接著第三個反應——如果有時間——就是這個。他們看得見加文的超紫絲線，一邊順著閃亮的路徑鋪設藍盧克辛，一邊從彈帶拔下手榴彈。他們拋出手榴彈，精準地沿著超紫絲線的弧形路徑前進。一顆、兩顆、三顆、四顆、五顆、六顆。他們甚至撐高盧克辛弧線，讓手榴彈順著自然的拋擲彈道前進。

但是伏擊方也已展開攻擊。三名黑衛士在第一波火彈攻擊中倒下。爲了搶先守護加文，他們沒辦法及時施展自己的護盾。四面八方噴出大量紅盧克辛，試圖覆蓋整座橋，然後一把火燒掉。藍色和綠色黑衛士拋出護盾改變紅盧克辛的路徑，黃黑衛士則朝所有看得見的敵人拋擲光爆手榴彈。

加文向前看，發現對方沒有堵死過橋的路。這種安排只有一個理由，他們要加文和黑衛士朝那個方向投入更可怕的陷阱。

魔法彈在他的護盾上爆出閃光，嗖嗖作響，手榴彈爆炸的威力撼動屋頂，而他們身後有兩名狂法師發射如同冰柱般從天而降的藍色巨刃。黑衛士聚集在加文身旁，利用他們的護盾——萬一護盾失效，就用身體——守護他。

「移動！過橋！」指揮官說。她很年輕。歐霍蘭呀，他們已經損失慘重到得讓這麼年輕的女人指揮了？

一切都是基於黑衛士的訓練。保護、嚴防、決定、行動。沒有遲疑。

「不！」加文叫道。他指向橋身側面，汲色從中央做出一條綠色走道，直通三十步下方的地面。

「閃光！」一名黑衛士叫道。她是黃法師，在上空十步的位置引爆了一顆閃光彈。加文和黑衛士遮住顏面，感受著閃光彈爆炸時撼動護盾的威力。

接著，他們跑過新的綠橋，後方舊橋則在失去護盾抵擋紅盧克辛之下陷入火海。

在他們回到地面時，一名藍狂法師落在面前的街道上，打定主意要把他們趕回第二個伏擊點。一打黑衛士舉起雙手，怪物身上布滿盧克辛子彈，被轟向路邊。

一名黑衛士倒地，但加文沒看見攻擊他的人。「不！不！不！」男人叫道。他的夥伴離開隊伍。倒地的黑衛士翻身仰躺，他的夥伴，一個年近四十的女人，加文認爲她名叫拉雅，站在他面前。

「我很抱歉。」倒地的黑衛士說。「太多了。太多了。」

拉雅拉開倒地衛士的眼瞼，檢視他的斑暈。她低聲唸誦，親吻他的手指，然後觸摸他的雙眼、嘴唇和心臟。接著她割斷他的喉嚨。其他黑衛士沒有等候他們。

他們跑過一條巷子，眼前出現數十名背對他們的火槍手，全都排好隊伍，舉起火槍，指向原先埋伏的人要把加文趕往的方向。這些人全神貫注地等待獵物現身，沒發現加文從後方接近。路過的時候，拉雅對著他們釋放紅盧克辛。很多紅盧克辛。點燃它們時，火勢猛烈到連遠在半條街外的加文都能看見陰影——這表示火焰有那麼一瞬間燒到比屋頂還高。慘叫聲隨之而來，許多人被活活燒死。

還要再渡過一條河。這一次，加文帶領黑衛士來到一塊空曠的地區，自行製作綠橋過河。沒必要冒險遭遇另一場伏擊。

他們抵達碼頭，看到數百名士兵，手持裝塡完畢的火槍，面向外側。還有人正在上船，堆積如山的行李被推向一邊，留在碼頭上當作路障。有一整排船隻已經出海，船隊的盡頭消失在遠方的海面上，穿越守護港灣的守護者雙腳。整個碼頭裡的所有船隻都派上用場，大部分都已經出海，兩艘由藍綠盧克辛和木材建造而成的巨型平板船正在離港，剩下的一艘盧克辛平板船上的人數迅速增加，肯定擠不下等著上船的人。

這裡的士兵大多是本地人——魯斯加士兵上哪兒去了？顯然是上了之前的船。有人會爲此付出代價，但現在還不是時候。留下的士兵堅定果決，在看見加文出現時，神情振奮。這些都是打算犧牲生命爲家人爭取活命機會的人，他們都願意付出那種代價。

「誰在負責？」加文問。

「我，長官。稜鏡法王閣下。長官。」一名滿頭鬈髮、膚色蒼白、長得很像老鼠、看來嚇得半死的魯斯加人迎上前來。如果是在其他情況下，加文看到這種不搭調的小男人，肯定會哈哈大笑。「港口裡的船幾乎都已經裝載完畢。願意作戰的人也都聚集在這裡。如果不再有從城裡趕來的人，我們還需要三百人的空間。」

「有看到達納維斯將軍和鐵拳指揮官嗎？」加文問。

「沒有，長官。稜鏡法王閣下。長官。」

「叫長官就好了。」加文說。「讓繼續汲色不會粉碎斑暈的黑衛士過來幫忙，我們要趁等待的空檔再做一艘平底船。」

「等待，長官？」一名黑衛士問。

「達納維斯將軍會趕來。我們再做一艘平底船，然後就走，他會在那之前抵達。」

號角響起。臉色蒼白的魯斯加人叫道：「敵軍來襲！準備！」

「你們能撐著讓我們再做一艘船嗎？」加文問。

魯斯加人依然矮小，依然像老鼠，但他表情不屈不撓，全身所有的滑稽感蕩然無存。「我們會撐住的，長官。戰至最後一人。」

# 第九十章

卡莉絲挑了一匹看起來還有點力氣和戰意的鏡人兵座騎。牠的護具是鏡甲，在晨間的陽光下閃閃發光。騎這匹馬就跟在背上畫標靶沒什麼兩樣。好吧，倒不是說她本人就沒有那麼顯眼。

他們沒有多少時間。全色譜之王的狂法師必須通過巷道迷宮和滿地瓦礫，才能拉近他們之間四百步的距離。這樣可以拖慢他們的速度，但拖不了多久。不過，有些事非做不可。卡莉絲咬緊牙關，去搜加拉杜王血肉模糊的屍體。

他肯定已經死了。她感到一股奇特的空虛感。她想要他死，他也該死，現在他就這麼死了，而他的死亡很有可能沒有任何意義。她在他身旁地上看見她的碧奇瓦。狗娘養的。她撿起碧奇瓦，又在附近找了一下，沒看見她的阿塔干劍。

沒時間了。科凡．達納維斯的手下已經快要搜完死人身上的火藥、子彈，或是替代用的武器。基普看來就和卡莉絲預期中一樣糟糕。科凡說：「這叫作暈光，基普，可能會對你造成任何效果。讓你覺得像小狗一樣虛弱，或像海惡魔一樣強壯。我見過最保守的男人撕裂身上的衣服，因爲他們無法忍受任何東西接觸皮膚。我也見過害羞的女人……好吧，別提了。」

「嘿，那只發生過一次。」卡莉絲一邊抗議，一邊上馬。如果能力所及，最好不要讓過度施法的馭光法師沉溺在自己的世界裡。

科凡大笑。「我想我不會在任何情況下用害羞來形容妳，卡莉絲．懷特．歐克。」他看向她的腳。「特別是今天。」

卡莉絲順著科凡的目光。糟了，裙子上的開衩基本上已經到腰，而坐在馬背上顯得更加暴露。好吧，她又能怎麼辦？去換衣服？

「時間到！」科凡對手下叫道。「往碼頭前進。跟好，不然就死路一條。」一名軍官上前想提問，不過職責讓他把問題吞回肚子裡去。

他們把基普留給卡莉絲。她在戰場上不喜歡縛手縛腳，但是不能拋棄他，不能再拋棄一次。有些事情比她的自由更加重要。她驅馬側走，來到平台旁。「過來，基普。」她的語氣比想像中嚴厲。

基普在顯然頭昏眼花的情況下爬上馬背，兩人策馬狂奔。

一開始，卡莉絲以爲他們能輕鬆撤退。接著他們來到一座橋，橋的另一邊堵了幾輛馬車和推車。對方肯定才剛放火燒車，不然科凡他們大老遠就該看見濃煙。

隊伍前方的人馬緊急停步，後面的人和他們撞成一團，現場一片混亂。科凡騎在隊伍前面，試圖幫助摔倒的馭光法師起身，讓他們清理燃燒的路障。在正常情況下，只要一、兩分鐘就能解決。

卡莉絲在接近隊伍後方的位置緊急停馬，大聲命令附近的士兵防禦後方。「裝填火槍，準備點火！」她及時轉身，看見追逐而來的狂法師。

卡莉絲從未見過這種景象。她知道綠狂法師會改變關節，讓雙腳取得強大的彈跳力，但不只有綠法師在他們身後的屋頂上跳躍。

一名黃狂法師，四肢發光，直奔平坦屋頂的邊緣，雙手凝聚盧克辛。她跳出屋頂，雙手向下，朝地面噴出一道黃盧克辛，利用後座力提升高度，抵達對面屋頂。彷佛她在半空中玩跳蛙遊戲一樣。

一陣綠光，距離極近。

卡莉絲向上拋出一顆綠球，阻攔從天而降的綠狂法師。她的攻擊擊歪了綠狂法師的預定路徑，沒有落在已嚇壞的士兵之間，而是撞上一棟建築側面。附近的士兵比狂法師更先回神，卡莉絲聽見一陣火槍開火的聲音。

可惡！老兵就知道要用刀劍去了結它，拿寶貴的彈藥去對付行動力較高的敵人。

另外一名綠狂法師從天而降，卡莉絲沒打到它。它撞亂了後排隊伍，士兵們東倒西歪。其他士兵被驚嚇過度，舉槍就開，但大部分子彈都錯過狂法師，擊中他們自己的朋友。

解決第二名狂法師時，其他各種顏色的狂法師都已聚集而來。全色譜之王的部隊轉過街角，距離不到三百步外，它們在慢跑中逐漸增加速度，即將展開衝鋒。半打全色譜之王的紅法師和次紅法師都有騎馬。他們接近到兩百步內，朝科凡受困的部隊投擲大型火焰彈。

一名藍狂法師，渾身充滿閃亮的尖角和利刃，穿越左方的屋頂而來。一名次紅狂法師跳過右邊的屋頂，赤身裸體，全身著火。

一個高大的馭光法師掠空落在卡莉絲正前方的街道上，背對科凡的人馬。他昂然而立，雙手攤開，彷彿手持繩索，準備拖動很重的東西。他的雙臂在藍狂法師和次紅狂法師展開攻擊時突然揚起。

兩名狂法師都在脖子附近的隱形超紫盧克辛繩索突然扯緊時向後彈起。藍狂法師的身體筆直落下，手中所有的盧克辛都在失去專注的同時化為果醬，重重摔落在後衛士兵面前。

次紅狂法師因為脖子上沒有藍護甲守護，幾乎沒有改變跳躍方向。它的身體落在下一道屋頂上，然後墜落，而它燃燒的頭顱直接滾入河裡。

拯救他們的馭光法師往後看了一眼，確定狂法師都死了。卡莉絲驚訝到忘了呼吸。那是尤瑟夫．泰普，傳說中的紫熊，偽稜鏡法王戰爭時期的英雄。就在卡莉絲認出他的同時，看見本來朝向後衛射來的火焰彈突然憑空轉向，在安全的距離外爆炸。

另外一名她沒注意到的綠狂法師落地，身上插滿藍盧克辛飛刀。卡莉絲看見艾勒雷夫·可辛，皮膚綻放藍光，步出一條小巷。

「我們殿後。走！」一名女子叫道。

卡莉絲轉頭看見至少有一打馭光法師站在最後的屋頂上——感覺就像卡莉絲來到了一座英雄殿堂。剛剛大叫的女人是珊蜜拉·沙耶。迪迪落葉站在她身旁，身上包覆著純粹由綠盧克辛組成的藤蔓。火手站在那棟屋子的角落，雙手不斷噴出火球。他右邊站著塔拉和塔莉姊妹。泰隆·金姆渾身是血，左手全廢，但還是走出去站在尤瑟夫·泰普身旁。還有其他卡莉絲小時候見過的人物，或是曾為達山作戰，或聽人鉅細靡遺地描述過的傳奇人物。

「可惡！妳和那個男孩是唯一能夠解救加文的人。帶他一起離開這裡！」珊蜜拉·沙耶叫道，雙眼閃閃發光。

科凡的手下在清除路障之後立刻蜂擁而上。卡莉絲感到基普在身後扭動，全色譜之王的部隊就像一陣洶湧的狂潮。卡莉絲催馬狂奔，偶爾回頭打量背後的魔法衝突。

這樣就夠了。所有科凡的手下都已經過橋，從那裡開始就可以直衝碼頭。卡莉絲和最後一批人馬抵達碼頭。隊伍前方的科凡朝向加文移動。加文在工作，看起來是在製作平底船。有人知會加文，卡莉絲看見他對科凡展露微笑。

那一瞬間，卡莉絲明白了。她覺得像是被人當頭棒喝。她喉嚨緊縮，零碎的拼圖組成眞相。過去十六年內的上千片拼圖，加上過去幾天的最後幾片拼圖——那個笑容，以及今天早上在城牆上輕拍科凡的肩膀。如果卡莉絲沒在黑衛士待上十年，她就不會看出這一點。但是加文和科凡仇視彼此。這本來是可以解釋的，他們都是專家，當然。他們有理由攜手合作，沒錯。但是直覺流暢的命令和毫不遲疑的服從，只能奠基在多年的信任之下。這兩個人怎麼可能信任彼此？

而且，戰後那傢伙還變得比戰前更好？

加文說過：「那封字條裡寫得不是眞的。我發誓不是眞的。」加文爲什麼要反覆強調一個肯定會被揭穿的謊言？

因爲那並非謊言。

喔，狗屎。

# 第九十一章

基普在卡莉絲下馬時回過神來，他左顧右盼，瞇起眼睛，腦袋劇痛。前一刻，他還緊抱著那個女人，擔心抱她時手臂碰到她的乳房，會讓她以為他在亂摸，反而不把震耳槍聲和閃亮魔光放在心上。從任何理智的角度來看，他都是個白痴。

接著，突然之間，他們抵達碼頭。基普有點跟不上變動的腳步，一開始防守碼頭的部隊敵視科凡，接著又歡迎他，接著科凡下達命令，然後就消失在人潮裡，與不同的人交談。基普一方面覺得頭昏眼花，一方面又覺得自己壯得像熊。卡莉絲出聲咒罵，但他不懂她在罵些什麼。她拉拉他依然環抱她腰間的手臂。他放開她，在她滑下馬鞍時差點跌倒。

「我待會兒就回來找你。」卡莉絲輕拍他的手臂說道。突然之間，她的臉在他眼中聚焦。彷彿他看穿了她、彷彿他瞭解了她。她看起來……很脆弱。

脆弱？卡莉絲·懷特·歐克？如果是其他情況，基普會覺得這個想法非常好笑。現在他看得太清楚了。她雙眼緊繃。部分原因是在擔心基普，但拍他手臂的感覺卻像是「你待會兒就會沒事了」的那種輕拍。她並沒有在擔心基普。有其他事讓她緊張。

卡莉絲轉身，基普看見她刻意抬頭挺胸。她的肩膀上揚——她在深深吸氣，接著大步走向碼頭，一如往常般自信，行走於士兵、馭光法師、水手和嚇壞了的市民之間。儘管四周一片忙亂，人人都緊張兮兮，遠方還不斷傳來戰鬥的聲音，人們還是在這個混合戰爭與美麗的女人面前讓道：結實的肌肉與陰柔的女性氣質，背上的盧克辛劍還在冒煙，裸露的肩膀和乳溝上沾滿煤灰，手持一把鋒利的碧奇瓦，赤腳、黑髮飄逸、無所畏懼。

她停在一個正在汲色製作大平底船的銅髮馭光法師身後。說話。馭光法師的頭像是架在轉軸上般急速轉動。那不是一般馭光法師。那是稜鏡法王。

加文立刻緊緊擁抱卡莉絲。鬆了一大口氣。

卡莉絲身體僵硬，雙手依然垂在身側，基普看不出來是因爲震驚還是厭惡。慢慢地，她手臂和肩膀上的僵硬一點一滴融化。她移動手臂，伸到加文背上，回應他的擁抱。

接著，加文看見基普。大吃一驚。他放開卡莉絲，說了句話。

卡莉絲當場甩了加文一巴掌。

加文揚起雙手。我說了什麼？

但是卡莉絲二話不說，氣沖沖地走開。

加文看看她，看看基普，最後看回尚未完工的平底船。他放下雙手。基普發誓在這麼遠的距離都能聽見他的咒罵聲。他很想縮成一團，感覺就像看著父母吵架，他只想離開現場。

他轉身看向加利斯頓。他的視線依然處於一次聚焦在一件東西上的狀態，只能看清細節，無法綜觀全貌。暈光症。他知道面前有一支部隊，但他只能看見一個男人在檢查他的火繩槍；一個小鬍子被燒掉一半的男人在轉動他的火槍通槍條；一個人拔出他的刺刀，當成搔癢爪伸去抓背，彷彿一點也不害怕般地和同伴說笑，但他緊繃無神的雙眼顯示不是這麼回事；有個男人不停地說話，但是根本沒人在聽。

基普望向空蕩蕩的碼頭。整座港灣已經一艘船都不剩。就連最小型的漁船都已離港。在和他們近乎平行的碼頭上，有個皮膚黝黑的壯漢被一群鏡人兵追趕包圍。壯漢的架勢顯示他還不打算放棄，但是鏡人兵的火槍由四面八方瞄準他。

鐵拳。

「是我瘋了，還是那是鐵拳指揮官？」基普問。

「長官？」站在基普的馬旁的男人問。

「走開！」基普大叫。「走開！」附近的士兵咒罵了幾聲，讓道給他。

「基普！你在做什麼？」科凡・達納維斯叫道。從他那個角度看不見鐵拳。

基普幾乎沒聽見他的叫聲。他側踢馬腹，緊握馬韁。馬兒發足狂奔，遠離數百名緊張的士兵。基普在馬背上甩來甩去，好像一袋被打爛成果汁跟種籽的石榴。馬沿著碼頭邊緣狂奔，朝正確的方向前進——但是沒有減速。基普用力拉扯韁繩，但馬兒緊咬牙關，怎麼樣也不肯鬆口。

鏡人兵看見基普衝來，立刻大叫。少數鏡人兵及時開槍。基普發誓有顆火槍彈丸伸出火熱的舌頭舔了他的耳朵。

*我是我這輩子見過最愚蠢的人。*馬兒依舊不減速，衝向鐵拳和俘擄他的人，基普踢脫馬鐙，跳下馬鞍，撲向鏡人兵。不管之前用綠盧克辛覆蓋全身的那招是怎麼回事，總之他這次都沒再施展。他沒撲中鏡人兵，重重地摔在地上，一翻再翻，燒裂的手掌狠狠撞上某樣東西。他感覺像是有火沿著他手掌上所有的關節延燒。他撞到了頭，背部貼地滑行，衣服糾成一團，然後試圖起身。

他面對城內。那個方向空無一人。他轉身面對鐵拳指揮官，雙腳互絆，跌倒。他以左手撐地。淚水不由自主地奪眶而出。他很痛。

「不！」鐵拳大叫。

基普單膝跪倒，僅僅靠著劇痛的左手支撐。他很想就此躺下，讓眼前的士兵認定他不是威脅，哀求他們不要傷害他。

我這輩子躺著的時間比妓女還長。我躺夠了。

一名士兵在槍上架好刺刀，朝基普逼近。基普奮力起身——放開左手。那股灼痛感直達整條手臂。基普用血肉模糊的左手指向鏡人兵，逼出手中的那股灼熱，以完好的右手撐地。火焰脫掌而出，吞噬鏡人兵。他放聲慘叫，鏡甲完全沒用。

基普跌跌撞撞地站起身，朝鏡人兵噴出更多火焰。接著，他終於瞭解科凡說暈光之後一整個月都不要汲色是什麼意思。他腹部翻滾；他吐了。

他無法繼續站立。暈眩和噁心的感覺突然來襲，彷彿腳被人齊膝斬斷。他的腹部痙攣到令他捧腹彎腰，蜷成胎位姿勢，也因爲還在吐，他的褲子已一蹋糊塗。

再一次，衝鋒陷陣的白騎士基普什麼也沒辦成。

他死了。他知道自己肯定已經死了。敵軍朝他擁來，他殺了至少一人。現在他們應該已經把他殺了。

「釋放體內的盧克辛。這樣做會讓你噁心，但情況會好轉，我保證。立刻，小鬼！我沒辦法一邊抱你，一邊汲色！」

「鐵拳？」

基普睜開雙眼，看見四周躺滿死人，鐵拳站在他身前，拳頭上冒出鮮血淋漓的藍盧克辛尖釘。鐵拳渾身布滿傷口、血塊，還有火藥灼痕。他眼前緊貼著藍色眼鏡，耳架緊緊綑綁在後腦上。頭上的高特拉掉了，半邊頭髮燒焦。這傢伙在搶奪了一門火砲後是怎麼脫身的？加拉杜王的所有部隊肯定傾巢而出對付他。

不管怎樣，他現在都在這裡了。傷痕累累、筋疲力竭，但傷勢還沒有嚴重到無法再救基普一次。

「立刻！」鐵拳命令道。「我也在暈光。我知道我在要求什麼！」

基普釋放剩下的盧克辛，再度嘔吐，內臟劇烈翻滾，幾乎噴出他的喉嚨。

但是接下來，彷彿奇蹟出現，他覺得好多了，幾乎有辦法站起來。鐵拳抓起他肩膀上的衣服，把他扯起身來。

「笨孩子，我做這一切都是爲了救你，而你差點讓我前功盡棄。你到底在想什麼？」

基普完全無力回應。

他看著另外那座碼頭上的敵軍。

歐霍蘭的睪丸呀。

一場全面戰役正在兩百步外上演。約莫一百名士兵和馭光法師在數千名士兵和數十名馭光法師之前堅守碼頭，要不是因爲空間狹窄，加文的部隊早就被敵軍淹沒，前線已經變成刺刀與長劍的大混戰，雙方都有人在投擲與格擋長矛、鋤頭、鐮刀、長柄橘子剪，還有法術。前線後方，加文和幾名馭光法師還在製作最後的平底船，沒辦法加入戰團。

入侵者的大軍以穩定的速度逼退加文手下，整體力量勢不可擋。在基普看來，一切都已經太遲。而他依然感到噁心、暈眩，依然覺得一輩子都不曾如此強壯，一方面超想躺下，另一方面又有一種不發足狂奔就會起火燃燒的感覺。

「跟我來。」鐵拳說。「盡量跟緊一點。這玩意兒不能漂浮太久。」

鐵拳沒有進一步解釋——漂浮？什麼在漂？——直接跑出碼頭邊緣，一手噴灑藍盧克辛。

基普緊跟而上，衝過光滑的盧克辛表面，以左手緊拉褲管，祈禱自己不會摔倒。藍色通道從碼頭邊形成向下的陡坡，然後在接觸海面時轉平，如同非常不穩的小船般漂浮在海面上。

「繼續跑！」鐵拳說。前方，守軍在巨大的盧克辛平底船落水時防線崩潰，僅存的守軍且戰且走。有些人轉身試圖跳上平底船，結果被身後的敵人砍死。其他人放棄上船的念頭，死守陣地。

然而，全色譜之王的部隊人數眾多、壓抑許久，在少了一百名士兵抵抗的情況下，直接衝下碼頭，後方的人持續不斷地推擠前方的人，導致守軍和全色譜之王的前線人馬直接從碼頭邊緣落水。數十名，或許有上百名男女掉入港灣。

*我們不可能趕到的，根本無路可走！*

但是鐵拳把藍色通道轉而向外。看在歐霍蘭的份上，他們要直接跑上平底船？

基普跑不到。他頭太暈了。路太遠了。

「跑快點，基普！可惡！跑快點！」鐵拳叫道。

右方濺起水花。基普看向那裡，什麼都沒看見，只讓自己沿著藍色通道的右緣奔跑，差點墜海。

他轉回來。通道兩旁濺起更多水花。

*他們在射擊我們！*

肺部起伏，天旋地轉，基普看見前方平底船和碼頭之間綻放出魔光。加文站在船尾，拋出大量火焰、飛鏢、光雷——名副其實的色譜魔法掩護火力。他的附近騰出一片空間，所有人都盡量遠離，臉上充滿震驚、敬畏的神情，恐懼任何能施展如此大量法術之人。加文在與碼頭上所有的馭光法師作戰——孤身一人，而且漸占上風。

*那是我父親，不能讓他失望。我已經搞砸了一切，一定要上那艘可惡的船。*

「我撐不住了。」鐵拳叫道，聲音十分緊繃。「通道必須變窄，基普，不然我們撐不到上船！」

花。

「動手！」基普叫。

藍色通道突然縮到只剩三個手掌寬。基普踏上通道時，它已經開始往水裡沉沒，他的腳濺起水花。

但是他們只要再跑三十步。通道開始上揚，離開水面，通往平底船緣，遠離魔法大戰。

基普抬頭看向加文，發現有人走入稜鏡法王身旁的無人空間。儘管那個男孩身穿平民服裝，基普還是立刻就認出他。辛穆！辛穆混在難民裡面上了船，而他手裡拿著一個盒子。基普的盒子，母親留給他的最後遺物，她這輩子唯一給過他的東西。

加文依然在施展魔法、防禦魔法。人們如果不是在看他，就是擠在船邊看鐵拳和基普。鐵拳在看腳下的通道，專注施法。只有基普看見辛穆從盒子裡拔出明晃晃的匕首。

基普下一步沒有踩中狹窄的盧克辛通道。他重重落入海裡，笨手笨腳的基普，愚蠢的基普。他濺起的大量水花，會吸引更多目光，爲辛穆製造機會。

全色譜之王派辛穆來刺殺加文。基普有看到——而他決定跑去其他地方。他有一打機會能做正確的事，但全都做錯決定。就連五分鐘前也一樣，如果沒去救鐵拳，現在他就會在平底船上，可以阻止辛穆。

基普不肯再失敗。他拒絕。他雙手向下，在海水中睜開雙眼，開始吸收光線。海水刺痛雙眼。他不在乎。他像是加文的飛掠艇引擎的管口一樣地吸收光線。然後噴向下方。

他衝出海面。藉由歐霍蘭的手，或是他這輩子所有楣運終於開始反轉的緣故，他衝向正確的方向，飛到平底船甲板上，撞倒半打擠在欄杆後方找他的人，然後雙腳著地，身體嚴重傾斜，得盡力奔跑才不至於摔倒。

他在辛穆來到稜鏡法王身邊時衝入空地。辛穆在基普撞上他的前一刻，將白匕首插入稜鏡法王背上。基普的頭撞到辛穆的鼻子，衝勢將兩人一起衝到甲板的另一側落海。

他們濺起大片水花。基普在兩人沉入海面之前吸了一大口氣，然後立刻開始拉扯辛穆，毆打他、搶奪他一手中的匕首和另一手中的刀鞘。辛穆沒有吸氣，他放開手上的東西，揮動四肢掙扎，試圖以激烈的動作掙脫基普。基普在海面下揮刀攻擊對方，沒有砍中。

基普浮出水面，大口吸氣。辛穆出現在五步外，鼻子鮮血直流，染紅了海水。

基普聽見辛穆身後傳來叫聲。鯊魚來了，在辛穆和碼頭之間的海面激起一陣白泡沫。

「基普！抓住繩子！抓住繩子！」有人叫道。一圈繩索落在他身邊的海面。

辛穆神情怨毒地瞪了基普一眼，然後開始往岸上游去。他泳技甚佳。速度比基普快。追他會是很愚蠢的行爲。而且他還在流血。

「基普！」

基普感受到暈光的第一陣顫抖。喔，狗屎。

但他之前弄丟過匕首一次。那是最寶貴的東西。他絕對不能再弄丟。他在海浪間沉浮，試圖忽視大量朝著碼頭破浪而來的三角魚鰭，將匕首插入刀鞘，塞入褲子裡，然後才抓住繩索。

幸好繩索末端有綁繩圈。基普將繩圈套在頭上，隨即開始嘔吐。他肚子裡空無一物，於是在被平底船拖行的時候不停地乾嘔，直到甲板上的人把他拉離海面。

「釋放體內的盧克辛，基普。」有人對他說。

「不行，不行。」他知道情況會很糟糕，沒辦法承受更多痛苦，甚至無法睜開眼睛。

「拜託，基普，就當是爲了我。」加文輕聲說道。

基普釋放出體內最後的盧克辛。他最後的印象就是頭痛欲裂，強烈的光線驅退黑暗，緊跟而來的卻是更多黑暗。

# 第九十二章

囚犯高燒不退。他在胸口劃下的傷痕，以及塞在傷口中的骯髒毛髮，已經引發效果。死亡，或是自由。時候到了。

他試圖起身，但是辦不到。他發抖得太厲害了。或許是等太久了。他想要——需要——等到發燒發到最高點，藉以提高自己的機會。如果計算錯誤，他就會死，徹底解決所有達山的問題。

那樣就太悲慘了。

他掙扎起身，拿起放在附近的髒毛碗，再次檢查有沒有缺陷。他看不出來。他覺得很想哭，高燒讓他處於情緒混亂的狀態。

「很抱歉，達山。我讓你失望了。」他大聲說道。毫無意義。莫名其妙就說出口。他體內那個沉浸在藍色環境中多年的部分，覺得這種情況很有趣。不算太意外，但還是很奇怪。他為什麼會因為體內的血液比正常情況還熱就感到情緒激動？奇怪，但是無關緊要。

他拉開胸口的傷口，扯出那塊髒兮兮的染血織物，丟向一旁。他沒有一次全部扯光。有些織物還卡在傷口裡。他伸出骯髒的指甲，摳出剩下的織物。他痛得大聲喘息。

愚蠢。他用指甲去摳？在清理傷口的時候？他應該要汲色製作鑷子的。他的腦筋不靈光了。他眨眼，身體搖搖欲墜。不，不能失敗。低賤的人可能會失敗。他不會。在嘗試過自己的計畫之前不會。

加文來到過去十六年來用自己的雙手挖出的淺碗前。

好吧，有人在努力了十六年之後依然一無所獲。

他哈哈大笑。

牆裡的死人神色擔憂。*保持冷靜，達山。加文。隨便。不管你是誰，今天你都是個囚犯，而今天你有可能重獲自由。或是變成死人，這也算是一種解脫，不是嗎？*

達山將他仔細編織的毛碗放在多年挖掘的石碗裡。完美貼合，本當如此。他是按照石碗形狀編的，編碗的過程中還反覆檢查了上千次。坐在凹陷的石碗前，達山解開了纏腰布，不雅地移動身體，將纏腰布放到一旁。

「如果卡莉絲現在能看到我們就好了，呃？」死人說。「她怎麼可能會選他而不選你？」

達山瞄向死人，坐在明亮的藍牆中，嘲笑著他以古怪的姿勢坐在一個毛碗和淺坑之前。「你沒資格貶低我。」達山對死人說。「我所做的都是必要之事。如果我必須因而墮落，那就墮落。」他輕舔乾燥的嘴唇。他已很久沒有喝水。他必須處於脫水狀態。他的舌頭感覺很腫。

死人回了他一句，但是達山沒有理他。一時之間，他忘了接下來該做什麼。他需要製造水。他想要躺下。歐霍蘭呀，他好疲憊。如果能夠休息，他就會有力氣……

*打自己！下一步就是要打自己。只要再痛一下，你就自由了，達山。再痛一下。你是蓋爾家的人。你不能像這樣受困。你是稜鏡法王。你遭人陷害。你要讓世人看見你親手報仇。*

坐著別動——沒有理由移動，他如果移動就沒機會出去——他打量身上所有看得見的表面。然後，他開始拍打自己。所有看得見的部位。用力打。

「你覺得這是理性的行為嗎？」死人問。「或許沉浸藍光十六年對你而言還不夠。」

加文——達山，可惡——不理他。他拍打自己的手臂、肚子、胸前除了傷口外的其他部位——在如此接近勝利的時刻，他可不想痛昏過去——還有他的腳。他拍打所有看得見的身體部位，直到全身麻痺、痛覺遲鈍，以及最重要的——變紅。

加文只是凡人。儘管他是超色譜人，但就連他也會犯些小錯。達山就是在賭這個。加文就是為此而不讓任何有顏色的東西進入此地。如果他把藍光弄得完美無瑕，完全只容許一種色階進入，那麼任何物品都只會反射藍光。就算囚犯有戴紅、綠，或黃色眼鏡，加文都不用擔心。但是，每當達山往他的碗裡撒尿時，都會短暫看見綠色閃光，顯示這裡存在光譜溢出的現象。

現在一切就取決於他能以多快速度取用多少顏色。

他在高燒和幾乎把自己打到皮開肉綻所引發的劇烈顫抖下尿尿。不是直接尿入淺碗。不是直接尿入毛碗。如果尿太大力，他擔心會尿穿自己煞費苦心塗抹在毛碗內側的油脂。於是他尿在自己的手上，讓溫暖的液體輕輕流入毛碗裡。

*你讓我成為野獸，兄弟。*

但如果達山是野獸，肯定是隻狐狸。

脫水讓他的尿看起來像是他的身體所能製造出的最黃尿液，而油膩膩的毛碗把尿接住了。達山心跳加劇——他很想哭——因為十六年來他第一次看見黃色的東西。黃色！光譜溢出！*看在歐霍蘭的份上，實在太美了。*

他汲取法力。只汲取一點，感覺像是透過布袋吸水，而毛碗也在緩緩滲尿。他製作了一顆黃球，還不及他的拇指大，落入他的左掌掌心。

黃球立刻開始還原為光線——不過是黃光。第一次，達山看見不是藍色的囚室。他看見自己的身體呈現不是藍色的色澤。而位於光譜中央的黃光，非遠在另一端的藍光，讓紅色變得更加明顯。而且它還往光譜兩端產生溢色效果。

達山全身都因爲剛剛拍打自己而呈現紅色。

在小黃球光芒四射、消失殆盡的同時，達山竭盡所能地汲色。這樣非足夠不可。右手上的皮膚再度回到囚室的藍光下，看起來顏色黯淡，但他知道那是紅色的。

現在輪到他讓自己發燒了。

達山從自己的身體擷取體溫。這樣做效率甚差。以前從來沒有成功過。他在顫抖，他燒得太厲害，完全無法思考。肯定……肯定……

他吸收自己的體溫，試圖想像它如同沙漠裡的熱浪般陣陣來襲。他只需要一絲火苗、一點火花。這已經是他所能吸收熱量的極限了。達山像個老頭般地撐起自己。魔法有重量，而從他計畫要拋擲的量來看，他一定要撐穩才行。他跪在地上，對死人露齒而笑。

死人回應他的笑容，彷彿早就在期待這一刻。彷彿他已經等候多年。

達山雙手交會。他以右掌朝死人的臉噴出一道紅盧克辛。他的左掌將所有凝聚的熱度同時爆發——製造出一點火花。

火花點燃了。紅盧克辛炙烈燃燒，突然間，藍色囚室瀰漫在紅光和高溫之中。達山凝聚出越來越多的紅盧克辛，朝死人施展強力攻擊，也就是囚室牆壁最脆弱的一點。

儘管已做好準備，爆炸的威力還是將他震倒在地。他以過度的意志力拋擲火球，虛弱的身體幾乎無力承受。

他不認爲自己有喪失意識，但是睜開雙眼時，世界依然是藍色的。失敗了。親愛的歐霍蘭，不。

達山翻過身來，期待看見死人嘲弄的目光。但是死人消失了，原先的位置多了一個大洞。牆上的不規則狀大洞，洞緣還在悶燒，呈現紅盧克辛逐漸黯淡的光芒。一個洞，還有其後的通道。

他無法阻止自己。達山開始哭泣。自由。他站不起來，他太虛弱了，但他知道自己必須出去。他必須在加文發現之前盡可能地遠離此地。於是他開始爬。

穿出藍盧克辛牢房之後，他屏息以待，這裡肯定會有陷阱或是警報。但是什麼都沒有。他深吸了口氣，新鮮、清爽的空氣帶著力量填滿肺部，然後開始爬向自由。

# 第九十三章

基普在一個藍色小房間中醒來。所有平面都是藍色的，就連他睡的小床也是，雖然上面鋪了幾張毯子。從微微搖晃的感覺判斷，他此刻身處一艘藍色平底船上。

他的背痛得要命。事實上，他的身體幾乎無處不痛。左手包著很多繃帶，感覺手上塗了厚厚一層藥膏。他的肩膀和手臂都布滿瘀青，兩條腿好像被人拿木板狂毆過，頭部陣陣刺痛，至於身體其他想得到的部位，也全都十分痠痛。他扭動小腳趾。沒錯，也很痠痛。

而且他很餓。難以置信。

你在難民船上，基普。這裡沒有食物。

他想要繼續沉睡。這是最好的處理方式。等他醒來後就會好過多了。而且那時他們或許已經抓到一些魚或什麼的。他翻過身去，後背的下半部還是在痛。怎麼——他轉身，結果發現自己躺在某樣東西上。

他伸手到腰帶下，手指掠過某樣東西。他突然睜大眼睛。那支匕首，他的傳家寶。如果不是痛得這麼厲害，他或許會哈哈大笑。很顯然地，別人把他包在毯子中抬來這裡，然後就離開了。沒人注意到他的匕首。在由數千難民、士兵以及上百艘船所組成的艦隊上，加上海盜和其他需要擔心的麻煩，基普顯然不是加文優先考量的問題。好吧，我在期待什麼？他們又沒辦法把我剝光、換上乾衣服——這裡根本沒有乾衣服。

基普翻離匕首，坐起身來。他呻吟了一聲。他真的渾身痠痛，而且很餓。但那暫時不是重點。

一條人影路過門口，基普連忙把匕首藏在腳邊。

加文探頭進來。「你醒了！」他說。「覺得怎樣？」

「好像有隻大象坐在我身上。」基普說。

加文微笑，進屋，坐在基普的床旁。「我聽說你試圖接手鐵拳的工作，他氣炸了。救我的人應該是他才對，你知道。」

加文神情嚴肅。「不，基普。沒人在氣你。他不會承認，但是他很以你為傲。」

「他在生氣？」基普問，語氣擔憂。

「真的？」

「我也一樣。」

「我以為我太遲了。」加文以他為傲？他難以接受這個想法。他母親向來以他為恥，而稜鏡法王竟然以他為傲？基普迅速眨眼，轉過頭去。「你真的沒事？」基普問。

加文微笑。「再好不過了。」他說。「喔，你……你認識那個男孩嗎？那個殺手？」

基普覺得喉嚨裡哽了一個硬塊。「他是夷平瑞克頓的馭光法師之一，叫作辛穆。當時他試圖殺我。他被鯊魚吃掉了嗎？」基普記得他大量失血，還游向那些鯊魚。

「我不知道。」加文說。「我的觀念是，如果沒有親眼看到敵人死亡，那就假設他們還活著。」他微笑，笑容有些冷酷，顯然是想到某件事。「但是，」他說著，搖頭撇開那個想法。「我猜那也解釋了這個。」他拿出裝基普匕首的花梨木盒。

加文把盒子交給基普。「空的。」他說。「但我覺得它看起來很像你媽給你的那個盒子。要嘛就是辛穆從加拉杜王那裡偷走它，不然這就是種很常見的造型。看起來這是用來放匕首的，不過我想匕首已經沉入海底。我很抱歉。」

基普很想坦承眞相，但那把匕首是他的。加文或許會拿走，基普還沒機會眞的仔細端詳它。

「總而言之，」加文說。「你好好休息。我還有事要忙。我會派人送點食物過來，我們晚點再聊。好嗎？」他起身，在門口停步。「謝謝你，基普。你救了我一命，兒子。幹得好。我以你爲傲。」

兒子，兒子！他這麼說的時候，語氣中流露出驕傲。基普讓稜鏡法王驕傲，那感覺像是光線照過山丘，照亮他靈魂深處某些從未見過的地方。

他喉嚨裡的硬塊越來越大，眼中湧出淚水。加文轉身要走。「等等！爸爸，等等！」

基普僵住了，門口的加文也一樣。上次叫他爸爸的時候，基普是在耍混蛋，而那次的後果並不怎麼樣。

接著，情況變得更糟，因爲基普突然發現加文口中的「兒子」比較類似「年輕人」的意思。基普希望自己可以跳回海裡餵鯊魚。「我很抱歉，」他說。「我並不是——」

「不！」加文揮手打斷他。「不管你之前做過什麼，今天你都證明了自己是蓋爾家族的一分子，基普。」

基普輕舔舌頭。「卡莉絲……我看見她打你。那是因爲我嗎？」

加文輕笑。「基普，女人是你永遠解不開的謎。」

基普停了停。「這是『是』的意思？」

「卡莉絲打我是因爲我該打。」

這種說法並沒有說明什麼。

「再睡一會兒……兒子。」加文說。他停頓片刻，彷彿在咀嚼這個稱呼的意味。「我們不必再提『姪子』那套鬼話了。全世界都會知道你是我兒子。我不在乎後果。」他露出輕率的笑容，然後離開。

基普沒有睡。他背靠在一面藍牆上，拿出匕首。刀刃是種耀眼的奇特白色金屬，從刀尖到刀柄有一道漩渦狀的黑線條。除了刀柄上七顆清澈完美的鑽石外，匕首上沒有任何裝飾。好吧，六顆鑽石，還有一顆大概是藍寶石。基普不懂寶石，只知道其中六顆如同玻璃般清澈，但卻折射出耀眼的光芒。第七顆的大小和清澈度都和其他六顆一樣，只是綻放出明亮的藍光。基普收刀入鞘。

*我媽從哪兒弄來這種東西？她爲什麼沒有拿去當掉換海斯菸？*

基普打開花梨木盒，收起匕首，然後用包滿繃帶的左手拿起它，不小心上下顛倒地掉在他的大腿上。他把盒子翻過來，發現絲質襯裡鬆脫了，沒有固定在盒子上，而是固定在盒子內部的木框裡。他拉動木框，把它從盒子裡拿出來。木框下有塊夾層，用來放置跟刀鞘同樣顏色的帶子，以便把刀鞘綁在不同尺寸的腰帶上。這不算什麼祕密夾層，不過顯然辛穆沒有發現，加拉杜王也沒有，因爲裡面還有一張字條。

基普內心惶恐，看向房門，確定沒人路過，然後閱讀他母親強而有力的字跡：「基普，去克朗梅利亞殺掉那個強暴我、奪走我一切的男人。不要聽信他的謊言。承諾不會讓我失望。如果你愛過我，如果你想在這個世界上做任何好事，用這把匕首殺了你父親。殺了加文．蓋爾。」

基普全身僵硬，動彈不得。有人對他說謊，背叛了他。基普感到內心深處的憤怒不停地擾動。一定是他媽媽在騙他。毒蟲。妓女。騙徒。基普的母親會爲了海斯菸說謊，她會爲了海斯菸把基普丟在櫥櫃裡。加文對他很嚴厲，但從未騙過他。加文永遠不會騙他。永遠不會。他是基普的家人，基普這輩子的第一個家人。

但是他媽媽一直保存著這把匕首，連盒子都沒動。這兩樣東西隨便賣掉一樣，都可以換取大量的海斯菸。每當毒癮犯的時候，她都一定很想這麼做。如果這把匕首對她而言比海斯菸更重要，她有什麼理由說謊？

基普渾身顫抖，感覺像是被扯離他的避風港。他不知道眞相，但會查出來的。他發誓。

他折起字條，在背面發現之前沒有看見的潦草字跡，看起來寫得比之前匆忙凌亂，但肯定出自他媽媽手筆：「我愛你，基普。我一直愛你。」她從未說過這句話。一次都沒有。他一輩子都沒聽過。

他拋開那張字條，彷彿那是條毒蛇。他把臉塞在毯子裡，不讓人聽見他的聲音。他放聲痛哭。

# 第九十四章

達山爬過黑暗。這裡是死亡之地，但生命就在不遠處。地板很鋒利，冷酷無情地割傷他的雙手和膝蓋。他在離開藍囚室之前盡可能地吸收紅盧克辛，要不是因爲發燒，他本來也可以維持一道火焰，可惜他的思緒依然遲鈍、愚蠢。唯一能做的就是保持憤怒，而一開始紅盧克辛還有助於他這麼做。

我一定要報仇，他心想，但是這個想法毫無熱情。他唯一感覺到的就是手掌和膝蓋上傳來的痛楚，以及爬行。他拒絕停止前進。這條通道蜿蜒崎嶇，但絕不可能沒有盡頭。要不了多久，他就會睡著，然後要嘛就死去，不然就以更強壯的狀態醒來。強壯到足以恢復元氣，除掉加文。他無力地笑了笑，繼續爬。

這些可惡的岩石還眞利。他兄弟究竟做了什麼？在純粹的地獄石裡開鑿他的囚室嗎？狗娘養的，加文眞的就是這麼做。爲了摧毀達山而花費了一大筆錢。那個可恨的混蛋。但是達山可不是這麼容易阻止的。他繼續爬。他不會輕易放棄追求自由。

儘管如此，以黑曜石的稀有程度來看，鋪設一整條黑曜石地道，需要超過蓋爾家族一整年的收入。加文爲什麼要這麼做？依照這東西的魔法特性，在完全漆黑的環境，以及直接接觸的情況下——比方說透過血液或開放式的傷口——它可以吸走馭光法師體內的盧克辛。難怪紅盧克辛沒有激起達山體內的恨意。紅盧克辛都被吸光了。

一個想法困擾著達山。崎嶇蜿蜒的通道，或許這就是問題所在。通道之所以有這麼多轉折，就是爲了不讓藍色囚室裡的藍光照入通道。這樣通道才會完全漆黑。黑曜石才會發揮功效。

*詛咒加文墜入永恆黑夜。他不可能阻止我。我不在乎體無完膚，一定要離開這裡。*

內心深處有一部分要求達山停下來思考。就是藍色、理性的那一部分。但是他不能停。如果不繼續前進，他永遠都不會抵達任何地方。他病得太厲害，發燒得太嚴重了，如果停下來，或許他永遠都無法繼續前進。加文想要癱瘓他。

不。不不不。達山繼續前進。這裡的地板感覺不太一樣。不是黑曜石。他已經通過黑曜石了。他繼續爬行。他敢發誓前方有光。*親愛的歐霍蘭呀，有——*

地板突然下沉，暗門開啓。達山摔了下去，不斷滾動，停不下來，通過一道在他身後關閉的輸送道。他翻過身來，沐浴在綠光中。

綠光？

一整個圓形石室，四周都是樹木般的綠牆。上方有個運送水、食物和空氣的洞，地下還有一個供他排泄的洞。達山絕望地在皮膚上尋找紅盧克辛。沒了。全部消失，被黑曜石地道吸得一乾二淨。

達山開始發出愚蠢、絕望、瘋狂的笑聲。在藍色囚室後等待著他的，是一座綠色囚室。笑到後來，他開始哭。不只一座囚室，不只兩座囚室。他現在知道了，毫不懷疑。一共有七座囚室。一種法色一座，而十六年來，他只逃出第一座。

他又哭又笑。一面明亮的綠牆上，死人和他一起笑。嘲笑他。

# 第九十五章

「就戰敗而言，情況還不算太差。」科凡．達納維斯說著，走進加文的船艙。

加文坐起身，眨開眼中的睡意。跟基普聊完之後的「小睡一下」，讓他覺得有點昏昏沉沉。這一週裡他汲了太多色，會疲倦也是情有可原。他說：「我們損失了一座城市、四分之三的黑衛士、數百甚至上千名士兵。我的親生兒子——我才剛相認的兒子——公開殺害了一個貨眞價實的總督，這會導致其他總督擔心我又打算統治世界。我們還要把數千名難民安置在天知道什麼地方；加利斯頓淪入異教徒軍團手中，而我幫他們建造了牢不可破的城牆，此後將會守護我的敵人。喔，還有你女兒投身敵營。如果這樣還不算慘敗，我不確定什麼才算。」

「還是有可能更糟。」科凡說。

加文揉了揉被卡莉絲打過的臉頰。*確實更糟*，科凡，他很想說。見到卡莉絲時，他高興到毫不考慮地擁抱了她。光是這個行爲就活該被打。但是她也抱了他一會兒，或許只是因爲安全了，終於遠離加拉杜王的軍隊而鬆了口氣，但他希望她不只是爲了這個抱他。

然後，她低聲說道：「我知道你的大祕密了，你這個混蛋。你爲什麼沒膽子親口告訴我？」

大祕密？他的心臟在胸口裡結冰。哪個大祕密？

她放開他，凝視他的雙眼。他無法面對她的目光，於是偏過頭去——然後看見基普。基普，他原以爲八成已經死了的基普。他像個白痴般地說道：「基普？」

他這麼說，並不是指基普就是他的大祕密，她當然知道基普的事。但他的腦子沒有在正常運作。

她的親密舉動、作戰、過度汲色，還有祕密突然被揭發的感覺，導致他思緒紊亂。

她甩了他一巴掌。他活該。

加文對科凡說：「情況總是可能更糟。天氣還好嗎？」他坐起身。如果要讓這些船度過一場風暴，他就有很多事情要忙。

「先等一等。」科凡說。「你出去時的態度很重要。」

加文停步。科凡以前這樣跟他說話過，但是戰後就沒有了。「什麼意思？」

「我的意思是這個全色譜之王並不在乎加利斯頓。加利斯頓對他而言，唯一的意義就是戰勝我們的機會，同時陷害你殺害一名總督，好讓他煽動人民反抗你。他的目標是要摧毀克朗梅利亞，想要驅逐歐霍蘭信仰，建立新的宗教。而我們甚至還不知道那是什麼宗教。」

「那就讓我們把『慘敗』換成『徹底慘敗』，嗯？」加文知道自己在耍幼稚，但科凡是他身邊唯一可以抱怨的對象。朋友回到身邊的感覺眞好。

「我們要準備作戰，」科凡說。「規模遠超過一座小城市的大戰。」

「你認爲有人會加入他？」

「趨之若鶩。」科凡說：「我女兒就加入他了，而她可不是笨蛋。所以，我們得相信他極具魅力，而且已經知道他足智多謀到足以擊敗我們，取得他想要的一切。這表示我們必須審視自己掌握的資源，然後開始備戰。」

「很遺憾她加入他，科凡。她似乎是個很理智的女孩。我應該多注意她的——」

「她是個理智的女孩，我並不擔心。她會回來的。」科凡說。他說得有點激動，本當如此。他也是在努力說服自己。加文知道最好暫時別追問這件事。

「那我們現在掌握多少資源？」加文問。

「你和我。卡莉絲回來了，基普回來了，鐵拳回來了，本來我們可能會失去他們三個的。我們有三萬個平民相信加文．蓋爾就是他們的靈魂核心，肯爲你犧牲、效忠，崇敬你，也有動機爲你而戰。我認爲這算是建軍的第一步。你是稜鏡法王。異教國王怎麼能夠和你抗衡？」

加文大笑，因爲他們兩人都很清楚異教國王有上千種方法可以和他抗衡。科凡的想法也有一點可怕，他看穿事物的方式。加文必須小心，有些事情就連最好的朋友都不能說，偉大的目標最好是用誤導的方式成就。

加文沉思片刻，說道：「你知道，我有列出一張死前想要完成的事情清單，而那張清單上最好的一件事就是解放加利斯頓。戰後我放任各國對加利斯頓做的事實在……我不知道那算不算我做過的最糟的事，因爲我做過很多很糟的事，但是我任由加利斯頓的情況持續下去。整整十六年。不管掌握多少權力，我都沒辦法讓光譜議會停止這麼做。」

「我認識一個擅長在無法取勝情況下改變規則的男人。當所有人都說他已經輸了的時候，他還是不肯放棄。」科凡說：「所以……加利斯頓是一堆搖搖欲墜的建築和無法防禦的城牆。」

「於是我建造新城牆，我改變規則。我試過了，科凡！我輸了！」加文扮了個鬼臉，微露笑意。「喔，然後你就會說『你輸掉了一堆搖搖欲墜的建築』。然後我就說『沒錯！我們剛剛已經講過了』。然後你會指出當我決定要解放加利斯頓時，我大概不是在擔心那些建築，而是在擔心城內的人民。」

「然後我會指出你打算解放的人都在這裡。接著你會承認我很睿智。」

加文大笑。有些時候，他覺得兩人根本不曾分開過。「好吧，我們知道剛剛有一項假設是絕對不會發生的。」

科凡微笑。不過他說得沒錯。「那麼，」他說。「到外面去，微笑，拍拍士兵的背，表現出像個胸懷遠大目標的皇帝——將會完成那個目標的普羅馬可斯。你解放了這些人。你要保護他們，替他們找新家。你會幫他們報仇，而他們將會幫助你。」

「有時候我覺得你才該是領導人，不是我。」加文說。

「我也這麼覺得。」科凡說。他微笑。「歐霍蘭的安排都很神祕。有時候，神祕得要命。」

「謝謝。」加文說。然後他們一起大笑。這種感覺很好。飢餓靈魂的食物。

「對了，你的背怎麼樣？我發誓有看到那個小混蛋刺中你。基普因爲阻止他而被視爲英雄，你知道。」

「他及時趕到，我猜。」加文說。不過基普撲倒他之前，對方拳頭必定擊中了他的腎，因爲他當時感到劇痛。他拉開上衣給科凡看。腎臟附近的衣服被割開了，但皮膚沒事。「千鈞一髮。」他說。

科凡吹口哨。「歐霍蘭必定在看顧你，我的朋友。」

加文嘟噥了一聲。就他頭痛的情況來講，他希望歐霍蘭能夠溫柔一點。「好了，該是去扮演皇帝的時候了。」他說。他們一起走到客艙門口——是誰在平底船上建造客艙的？

加文停步。「科凡，我一直在想一件事。」

「什麼事？」

「你在那個小鎮待了那麼多年。你和基普都待在同一個地方，感覺也未免太巧了點。」

「不是巧合。」科凡嚴肅地說。

「你找出他的下落。你在照顧他、守護他。」加文不用科凡確認這點。他知道。「但沒有和他太過親近。」

「我盡量保持距離。他是個好孩子，但他畢竟還是他。」科凡說。他的意思是他是你哥的孩子。科凡低頭看著自己的手，壓低音量，就算有人在門外偷聽，也聽不出他在說些什麼。「我知道有天你或許會要我去殺他，我不想讓自己下不了手。」

兩人都沉默了很長一段時間。

達納維斯家族的座右銘是效忠一方。科凡不相信歐霍蘭，不相信克朗梅利亞，或任何信念。他相信加文。有時候讓人如此信任的感覺有點恐怖。一時之間，加文考慮告訴科凡自己的第七項，也就是最後一項目標。信任他。但是不。這樣比較安全。他要等時機成熟時再告訴他。

「奇怪的世界。」科凡終於說。

「奇怪的時代。」加文說，看向灰色的天際。廢話。

科凡嘟噥一聲。「至少出來透氣感覺不錯。」他說著，走了出去。

有時候加文喜歡不動聲色地嘲諷自己。

加文聳肩，開始去拍人肩膀，檢視傷患，詢問補給與航線事宜，基本上就是出來給人看，讓人知道他在乎，而且還在管事。卡莉絲從頭到尾都在看他，但一句話都沒和他說——這是另一個有待處理的問題。

他前去察看基普的情況。男孩蜷成一團，兀自沉睡，這樣也好。加文還在釐清傳言。根據人們的說法，基普汲取過綠、藍、紅，或許還有黃色。他才十五歲。加文本來期望藉由掉包測驗石來爲兩人爭取一點時間；基普的人生在現在這種情況下就已經夠崎嶇了。現在一切都太遲了。既聰明、又勇敢，還是多色譜法師，那個男孩已經證明了他是蓋爾家的一員——加文得要加倍努力，才能不讓他得知眞相。

他有很多工作要做。

其中包括面對他父親，告訴他說他妻子死了，而他的私生孫子殺了個總督，還得想辦法拒絕透過娶某個總督的女兒來修補當前的狀況——而加文絕對說不過他爸。

他走到平底船邊，想要汲色做出小船，駛向另一艘平底船。他環顧四周，找尋藍色的東西汲色。沒有找到。他抬頭。天上沒雲。他身處在海面上晴朗天空下的平底船上。但是事情有點不太對勁。

他試圖汲取藍魔法。他是稜鏡法王，可以將白光分成任何顏色的光。

但是什麼也沒發生。

加文感到一陣恐慌。他在指尖檢視法色，先是拇指到食指，先下後上。次紅、紅、橘、黃、綠、藍——沒有藍。他瞪著自己豎起的中指，彷彿這是它的錯。沒有藍光。他無法汲取藍魔法。他甚至看不見藍色。已經開始了。不是第七年。而是現在。他從沒聽說過稜鏡法王如何得知結尾即將開始。現在他知道了。他開始失去法色。他沒有五年時間，現在就已經開始。加文快死了。

《馭光者1　黑稜鏡》完

# 致謝

兩年前，我帶著典型的喜悅與恐懼，將《夜天使三部曲》呈現在世人面前。自十三歲起，我就立志要當小說家。那是我成功的機會，接受大眾批評的機會。有很多因素會導致新書發行失敗，而為了拖延非得出門找個眞正工作的期限，我的新書上市一定要比大部分作者更成功。但是每天都有夢想燒成灰燼。悲劇隨時都會發生。

不過奇蹟也一樣。

所以，我首先要感謝的就是願意給某個寫忍者小說、沒沒無聞作者機會的各位讀者。特別要感謝看完我的書之後還拿給朋友說「拿去看看。不，眞的，拿去看看」的讀者。還要帶點心和原粒咖啡豆巧克力去特別特別感謝在書店裡工作、推薦我的小說的朋友，從阿布奎格到伯斯城。你們全都改變了我的人生。能夠寫作維生是莫大的殊榮，謝謝大家。

克莉絲蒂，妳通情達理，擇善固執。要不是妳，我不可能活在夢想裡，也不會想要活在夢想裡。謝謝妳在那個瘋狂又不切實際的機會降臨時讓我把握，儘管它只有一吋寬，卻有一里深。

唐，謝謝你不光只是爭取契約，也知道什麼時候該拒絕對方。謝謝你讓我和一群願意用心幫我做書的人一起工作。卡麥隆，謝謝你想盡辦法把我的書賣給全世界所有不小心上當的人。

黛薇，謝謝妳用那可怕的索倫之眼——不，不是對準我！——而是偷偷規範我的行為。謝謝妳和提姆、艾利克斯、傑克和珍妮佛，我曾保證這本書會是我最短的一本，結果卻變成最長的，讓所有人都頭痛不已。你們沒有逼我生產供應鏈裡的下一個產品，而是給了我很大的自主權。非常感謝你們如此信任我，還有爲了讓我成功所做的一切。你們無畏無懼、聰明絕頂，與你們合作是我的榮幸。

感謝所有Hachette出版集團的同仁，從無給職的無名實習生（撐住！），到讓電腦持續運作的老兄，到琴娜（我眞的欠妳好幾頓美味晚餐，是不是？），到有很好的理由痛恨我的製作部朋友。不過，我把對我的恨意統統轉交給我的編輯黛薇。（她超喜歡主動投稿！這是她家電話：xxxxxxxx，還有她的私人郵件信箱：xxx@xxxx。）

海瑟和安德魯，謝謝你們費心管理論壇。你們讓我和粉絲有所聯繫——然後還有時間寫作。謝謝你們謝謝你們謝謝你們。

恐怕我已經獎勵過這些年來容忍我眾多電子郵件通知的朋友和家人（你能用多少字來描述『還是沒賣出半本書』？），因爲過去兩年裡，我都忙到沒時間寄郵件給大家。如果我已在之前的致謝詞裡提過你們，那我還要再謝一次。

科蒂．L，妳的熱情遠勝咖啡。蕭恩和黛安．M，感謝你們明智的建議和友誼。史考特和卡莉安娜．B，感謝兩位在我們每賣出一個國外版權時，就陪我跑去紅羅賓慶祝。（義大利，爽啊！）雅各．K博士，感謝你那些超棒的即席授課、溫和的翻譯校訂，還有「普羅馬可斯」。感謝強．L，因爲你說過：「如果不用這種『類型比喻』，而是讓英雄『反過來的類型比喻』，不是很酷嗎？」這句話在我心中揮之不去，強。後來我發現許多其他作者不這麼做的好理由——但我還是這麼做了。感謝聖永，透過幾則推特貼文改變了這整本書。感謝奈特．D，超棒的腦力激盪，還有蘿拉．J．D，妳讓我搞清楚兩樣我可能永遠無法眞正瞭解的事物：女人，還有維持絕佳的身材。這本書裡如有謬誤，都是上述這些人的錯。

感謝搖滾歌星能量飲料。你從我身上奪走的時光八成都不是什麼好日子。

最後，感謝各位擁有強大好奇心的讀者，在這個年代裡還會閱讀致謝詞，而且還不是在找尋自己的名字。是怎樣，這本書還不夠長？走啦，離開這裡，去和別人說：「你一定要看看這本書！不，眞的。拜託，裡面有張地——圖。」

# 馭光者

## 名詞解說

| | |
|---|---|
| alcaldesa | 鎮長（女性）／提利亞用語，類似村長或酋長。 |
| Anat | 安納特／狂怒之神，與次紅相關。見附錄「關於古神」。 |
| ataghan | 阿塔干劍／一種劍身纖細，尖端微彎，大部分劍刃只有單面開鋒的劍。 |
| atasifusta | 阿塔西夫斯塔／全世界最粗的樹，據信在僞稜鏡法王戰爭後滅絕。其樹脂的特性類似濃縮的紅盧克辛，只要慢慢吸收，樹又夠大，就能點燃數百年不滅的火焰。樹木本身呈象牙白色，幾棵尚未發育完全的小樹就能讓一個家庭保暖好幾個月。 |
| Atirat | 阿提瑞特／淫慾之神，與綠法色相關。見附錄「關於古神」。 |
| Aved Barayah | 阿維德・巴拉亞／傳奇船艦。名字原意「噴火號」。 |
| aventail | 鎖甲護面／通常是鎖甲所製，附在頭盔上，覆蓋頸部、肩膀和胸口上半部。 |
| balance | 均衡魔法／稜鏡法王最主要的工作。當稜鏡法王在克朗梅利亞塔頂汲色時，他能單憑一己之力感應全世界魔法失衡的狀態，然後施展足夠的法術（也就是均衡魔法的意思）平衡法色，阻止失衡狀態繼續惡化進而毀滅世界。盧西唐尼爾斯降世之前，世界經常會出現魔法失衡的情況，引發大火、饑荒、戰爭，導致數千人甚至百萬人死亡。超紫可以均衡次紅、藍色均衡紅色、綠色均衡橘色。黃色似乎天生就是一種平衡的存在。 |
| beams | 亮光／見「在克朗梅利亞接受訓練的法師」。 |
| Belphegor | 貝爾菲格／懶惰之神，與黃法色相關。見附錄「關於古神」。 |
| bich'hwa | 碧奇瓦／又名「毒蠍」，一把有著環形刀柄、波浪刀刃的匕首。有時候以獸爪製成。 |
| Bichrome | 雙色譜法師／能夠施展兩種法色的法師。 |
| Big Jasper (Island) | 大傑斯伯（島）／克朗梅利亞對面的大傑斯伯城座落的島嶼，七總督轄地的使館都在這裡。 |
| Blackguard, the | 黑衛士／白法王的護衛。盧西唐尼爾斯同時還賦予黑衛 |

| | |
|---|---|
| | 士防止稜鏡法王濫用權力和保護稜鏡法王安危的任務。 |
| Blood Plains, the | 血平原／古時候對於魯斯加和血林的統稱，自從維西恩之罪引發血戰爭之後世人就如此稱呼它們。 |
| Blue-Eyed Demons, the | 藍眼惡魔傭兵團／很有名的強盜團。加文·蓋爾在僞稜鏡法王戰爭過後除掉了該團首領。 |
| blunderbuss | 喇叭槍／較短的火槍，槍口呈鐘形，可以裝塡霰彈。只有短距離射擊才有效，比方說對抗暴民。 |
| brightwater | 明水／液態黃盧克辛。 |
| Brightwater Wall | 明水牆／建造明水牆堪稱史詩級的功績。這面城牆是由阿黑亞德·明水設計，蓋爾稜鏡法王在加利斯頓於短短數日內建造完成；目的是抵擋全色譜之王部隊的攻擊。 |
| caleen | 卡林／女性奴隸的暱稱，類似「女孩」，但不分年紀。 |
| Cannon Island | 火砲島／位於大傑斯伯島和小傑斯伯島之間，以最少兵力駐守的小島。 |
| Cerulean Sea, the | 瑟魯利恩海／七總督轄地中央的大海。 |
| cherry glims | 櫻桃燭光／二年級紅法色學生的匿稱。 |
| chirurgeon | 外科醫生／縫合傷口，研究人體解剖的人。 |
| Chosen, Orholam's | 神選之人／稜鏡法王的另一個稱呼。 |
| Chromeria, the | 克朗梅利亞／七總督轄地的統治政權；同時也是訓練馭光法師的學校。 |
| Chromeria trained | 在克朗梅利亞接受訓練的馭光法師／曾經或此刻正在瑟魯利恩海小傑斯伯島的克朗梅利亞魔法學校學習魔法的人。克朗梅利亞的訓練系統不限制學生年紀，而是以能力和知識來作爲晉級標準。所以汲色效率極高的十三歲馭光法師可以成爲閃光——三年級學生，而才剛開始學習汲色的十八歲馭光法師就只是微光。 |
| · darks | 暗光／事實上，這些是「申請入學者」，還未在克朗梅利亞參加能力測驗或獲准入學的未來馭光法師。 |
| · dims | 微光／克朗梅利亞一年級（最低階）學生。 |
| · glims | 燭光／二年級學生。 |
| · gleams | 閃光／有一定汲色能力的三年級學生。 |
| · beams | 亮光／四年級學生。 |
| Colors, the | 法色法王／光譜議會的七名成員。最初每一個法色法王都代表一種法色，可以汲取那種法色，而每個總督轄地都有一名代表派駐在光譜議會。自光譜議會成立，由於各總督皆想盡辦法玩弄權術，導致議會制度逐漸腐敗。 |

| | |
|---|---|
| | 儘管依例都會指派爲與其能力相對應的法色法王，但如今總督的代表，無法汲取綠色但仍成爲綠盧克法王。同樣地，有些總督轄地可能會失去派遣代表的權力，其他轄地則可以同時在議會裡派駐兩到三名代表，依照當時政治形勢而定。法色法王任期爲終生。 |
| color wright | 狂法師／粉碎斑暈的馭光法師。他們常會用盧克辛重塑自己的身體，拒絕履行馭光法師和社會的協議。 |
| *Counselor to Kings*, the | 國王顧問／手稿，以對付異議份子的殘酷手段聞名。 |
| Cracked Lands, the | 裂地／阿塔西西端土地龜裂的區域。只有最不怕苦、最有經驗的商人才會取道此處。 |
| Crossroads, the | 十字路口／一間咖啡館、飯店、酒館，大小傑斯伯最高級的旅舍，據說旅舍樓下還有一間同樣高級的妓院。位於百合莖橋附近，前身是提利亞大使館，位於使館區中央，專供所有使節、間諜及商人與各地政府協商之用。 |
| culverin | 重砲／火砲，砲彈沉重、砲管很長，適合遠距離砲擊。 |
| Dagnu | 達格努／暴食之神，與紅法色相關。見附錄「關於古神」。 |
| danar | 丹納／七總督轄地的貨幣。在傑斯伯島上的昂貴旅舍，一丹納可以買杯咖啡。一般工人一天的工資約一丹納，技能不足的工人一天只能賺取半丹納。這種硬幣中央有方孔，通常用方形棒子插成硬幣條。即使斷成兩半仍具有貨幣價值。 |
| tin danar | 錫丹納／價值八個丹納幣。一條錫丹納通常有二十五枚硬幣，也就是兩百丹納。 |
| silver quintar | 銀昆塔／價值二十丹納，比錫丹納稍寬，但厚度只有一半。一條銀昆塔通常有五十枚硬幣，也就是一千丹納。 |
| den | 丹／十分之一丹納。 |
| darks | 暗光／見「在克朗梅利亞接受訓練的馭光法師」。 |
| dims | 微光／見「在克朗梅利亞接受訓練的馭光法師」。 |
| drafter | 馭光法師／能夠把光轉化爲物理型態（盧克辛）的人。 |
| drafte-tailor | 馭光法師裁縫／蓋爾兄弟小時候短時間消失的職業。這些裁縫能以強大意志創造出夠軟的盧克辛縫製衣服，然後加以彌封。 |
| Embassies District | 使館區／大傑斯伯內最接近百合莖橋的區域，也是最接近克朗梅利亞的區域。這個區域內也有市集、咖啡館、旅舍和妓院。 |
| eye caps | 眼罩／特殊眼鏡。這法色眼鏡直接覆蓋在眼眶外、黏在 |

| | |
|---|---|
| | 皮膚上。和其他眼鏡一樣，讓馭光法師透過自己的法色視物，以便汲色。 |
| False Prism, the | 僞稜鏡法王／達山．蓋爾的別稱，因爲他哥哥已經由歐霍蘭挑選爲正式稜鏡法王後，他依然自封爲稜鏡法王。 |
| Flase Prism's War | 僞稜鏡法王戰爭／加文和達山．蓋爾之戰的通俗說法。 |
| Fealty to One | 效忠一方／達納維斯家族座右銘。 |
| Ferrilux | 費利盧克／驕傲之神，超紫相關。見附錄「關於古神」。 |
| firecrystal | 火水晶／持久的次紅盧克辛，不過一與空氣接觸就撐不了多久。 |
| flashbomb | 閃光彈／黃法師製作的武器。殺傷力不強，只會以黃盧克辛蒸發時綻放出的強光影響受害者視覺。 |
| Free, the | 自由法師／拒絕接受克朗梅利亞協議而加入全色譜法王的部隊，選擇粉碎斑暈成爲狂法師。又稱不羈法師。 |
| Freed, the | 被解放的馭光法師／接受克朗梅利亞協議，選擇在粉碎斑暈、陷入瘋狂前於解放儀式中死去的馭光法師（由於與「自由法師」太相近了，向來都是異教徒和克朗梅利亞用語戰爭的常客，因爲異教徒想要掌握這個長久以來霸占他們認爲意義十分變態的字）。 |
| Freeing | 解放儀式／解放所有即將粉碎斑暈、陷入瘋狂的馭光法師，每年太陽節都由稜鏡法王本人親自舉行的儀式。 |
| gada | 卡達／踢和傳皮球的球賽。 |
| Garriston | 加利斯頓／提利亞前第一商業大城，位於昂伯河在瑟魯利恩海的出海口。加文．蓋爾稜鏡法王建造明水牆守護該城，但失敗，城市落入全色譜之王克歐伊斯．懷特．歐克的掌握。 |
| gemshorn | 八孔直笛／用野豬牙做成的樂器，利用指孔吹奏出不同音調。 |
| ghotra | 高特拉／帕里亞頭巾，許多帕里亞人用這種頭巾來表達他們對歐霍蘭的崇敬。大多數人只在白天戴，不過有些人晚上也戴。 |
| giist | 吉斯特／藍狂法師的口語說法。 |
| Glass Lily, the | 玻璃百合／小傑斯伯別稱，或全克朗梅利亞建築之總稱。 |
| gleams | 閃光／見「在克朗梅利亞接受訓練的馭光法師」。 |
| glims | 燭光／見「在克朗梅利亞接受訓練的馭光法師」。 |
| Great Desert, the | 大沙漠／提利亞荒地別稱。 |
| great hall of the Chromeria, the | 克朗梅利亞大殿堂／位於稜鏡法王塔地底，每週一天，這裡會成爲舉行儀式的場地，其他塔的鏡子都會轉 |

向，把光線導入大殿堂。這裡有白大理石柱，及全世界最大的彩繪玻璃。通常這裡面都擠滿了辦事員、使節，以及其他來克朗梅利亞辦事的人。

great hall of the Travertine Palace, the 洞石宮殿大殿／這座大殿的奇觀在於八根星形巨柱，全都是由已經絕種的阿塔西夫斯塔木所製。據說那是某位阿塔西國王的禮物。這種樹是全世界最粗的樹，樹脂能夠持續燃燒，即使被砍下五百年後仍不滅。

Great River, the 大河／魯斯加和血林間的河流，兩國許多戰役的戰場。

great yard, the 大庭院／克朗梅利亞諸塔中央的庭院。

Green Bridge 綠橋／瑞克頓上游不到一里格處，加文．蓋爾在前往裂石山與弟弟作戰時只花了幾秒鐘就搭建而成的橋。

green flash 綠光／日落時少見的閃光；沒人可以肯定代表什麼。有人相信具有神學上的特殊意義。白法王稱之為歐霍蘭眨眼。

Green Forest, the 綠森林／血林和魯斯加兩國數百年和平相處的年代，後來被維西恩之罪終止。

Green Haven 綠避風港／血林首都。

grenado 爆破彈／裝滿黑火藥的大瓶子，頂端塞著一塊木頭，用布條和一點黑火藥充當引信。

Guardian, the 守護者像／聳立在加利斯頓海灣入口處的巨像。她一手持矛，一手持火把。黃法師持續以黃盧克辛點亮火把，讓它慢慢瓦解成光，形成類似燈塔的作用。參考「女神像」。

Guile Palace 蓋爾宮殿／蓋爾家族在大傑斯伯城的宮殿。安德洛斯．蓋爾在加文擔任稜鏡法王期間鮮少回家，寧願待在克朗梅利亞的住所。蓋爾宮殿是少數幾間不用配合千星鏡控制高度的建築。

Hag, the 老巫婆像／組成加利斯頓西門的巨像。她頭戴皇冠，倚著法杖；皇冠和法杖都是高塔，可供弓箭手射擊入侵者用。可參考「女神像」。

Hag's Crowm, the 老巫婆的皇冠／加利斯頓西門的一座塔。

Hag's Staff, the 老巫婆的法杖／加利斯頓西門的一座塔。

Harbirnger 預兆劍／科凡．達納維斯在兄長死後繼承的劍。

haze 海斯菸／改變心智的藥物。通常使用菸斗抽，會產生噁心甜味。

hellstone 地獄石／黑曜石的迷信講法，這種石頭比鑽石或紅寶石還要稀有，很少人知道世上現存的黑曜石是從哪裡創造或是挖出來的。黑曜石是唯一能夠透過接觸血液直接吸

| | |
|---|---|
| | 走馭光法師體內盧克辛的石頭。 |
| Idoss | 伊度斯／阿塔西城市，由城母議會和一名行政官統治。 |
| Jasper Islands/the Jaspers | 大、小傑斯伯島/大、小傑斯伯城／位於瑟魯利恩海、克朗梅利亞所在的島嶼。 |
| Jasperites | 傑斯伯人／大傑斯伯城內的居民。 |
| javelinas | 野豬／動物，適合狩獵。巨野豬很少見。這兩種野豬都有獠牙和蹄，也都是夜行動物。 |
| Karsos Mountains, the | 卡索斯山脈／沿著瑟魯利恩海聳立的提利亞山脈。 |
| Kelfing | 凱爾芬／提利亞前首都，位於克雷特湖畔。 |
| Ladies, the | 女神像／四座組成加利斯頓城門的雕像，嵌入城牆，以罕見帕里亞大理石所造，由近乎隱形的黃盧克辛彌封。據說它們代表了女神安納特的各種形象。盧西唐尼爾斯沒有摧毀它們，因爲他相信它們同時代表了部分眞理。女神像包括老巫婆像、情人像、母親像和守護者像。 |
| league | 里格／距離單位，六千〇七十六步。 |
| lightsickness | 暈光／汲色過度的副作用。只有稜鏡法王不會暈光。 |
| lightwell | 光井／克朗梅利亞高塔於傍晚或背光處，利用鏡子將光線導入塔內的通道。 |
| Lily's Stem, the | 百合莖橋／大、小傑斯伯間的盧克辛橋。是由藍和黃盧克辛組成，所以視覺上是綠色的。橋身位於高水位標記之下，能夠承受猛烈的海浪和風暴。 |
| Little Jsper | 小傑斯伯／克朗梅利亞所在的小島。 |
| Little Jasper Bay | 小傑斯伯灣／小傑斯伯島旁的海灣，以海牆維持海水平靜。 |
| longbow | 長弓／（就速度、距離和力道而言）能有效率地射箭的武器。製作和使用這種武器的人都必須非常強壯。克雷特湖的紫杉森林提供最適合用來製作長弓的木材。 |
| Lord Prism | 稜鏡法王閣下／稜鏡法王的稱謂。 |
| Lover, the | 情人像／組成加利斯頓東城門的神像。外表大約三十來歲，仰躺弓起背部，著地的雙腳橫跨大河，膝蓋在一邊河岸形成高塔，對岸高塔則是撩動頭髮的手肘。身穿薄紗。稜鏡法王戰爭前，她拱起的身體下能降下閘門擋住河道，閘門的鋼鐵的紋路延續她身上的薄紗。日落時，她會散發出銅般的光澤，城門入口位於頭髮中的城門。 |
| luxiat | 盧克教士／歐霍蘭的教士。盧克教士身穿黑袍，表示他極度需要歐霍蘭的光芒照耀；所以一般人都稱盧克教士爲黑袍教士。 |
| luxin | 盧克辛／馭光法師從光中創造出來的物質。見附錄。 |

| | |
|---|---|
| luxlord | 盧克法王／光譜議會中的法色法王。 |
| Luxlord's Ball, the | 盧克法王舞會／一年一度在稜鏡法王塔頂舉行的舞會。 |
| magister | 魔法老師／克朗梅利亞中教導魔法與宗教的老師。 |
| mag torch | 鎂火炬／通常是讓馭光法師夜間汲色用的，這種火炬可以綻放所有法色的火光。有色的鎂火炬十分昂貴，不過若製作得宜即可讓使用者取得最精確的法色，讓她可以在不戴眼鏡的情況下直接汲色。 |
| matériel | 物資／裝備和補給的軍事用語。 |
| Midsummer | 盛夏／太陽節的別稱，一年中白晝最長的一天。 |
| Mirrormen | 鏡人團／加拉杜爾王部隊中身穿鏡甲、防禦盧克辛的士兵。鏡子會在盧克辛接觸到它們時分崩離析。 |
| Molokh | 摩洛卡／貪婪之神，與橘法色相關。見附錄「關於古神」。 |
| monochromes | 單色譜法師／只能汲取一種法色法術的法師。 |
| Mot | 莫特／嫉妒之神，與藍法色相關。見附錄「關於古神」。 |
| Mother, the | 母親像／守護加利斯頓南門的神像。被塑造成懷孕許久的少女形象，一手持匕首，一手拿長矛。 |
| mund | 俗人／無法汲色的人。羞辱的講法。 |
| murder hole | 殺人洞／走道天花板上的洞，讓士兵開槍、跳下，丟或投擲武器、盧克辛、燃油之類的東西。常見於城堡和城牆建築。 |
| Narrows, the | 娜若斯／瑟魯利恩海上介於阿伯恩和魯斯加主大陸間的海峽。阿伯恩人藉由向試圖取道絲路或想要從帕里亞前往魯斯加者收取高額過路費以控制娜若斯海峽的貿易。 |
| near-polychrome | 近多色譜法師／可以施展三種法色，但是第三種不夠穩定，算不上眞正多色譜法師的馭光法師。 |
| non-drafter | 非法師／不能汲色的人。 |
| norm | 普通人／不能汲色的人的另一種稱呼。有羞辱意味。 |
| old world | 古世界／盧西唐尼爾斯統一七總督轄地，廢除崇拜異教古神信仰前的世界。 |
| Order of the Broken Eye, the | 碎眼殺手團／知名的殺手公會。擅長暗殺馭光法師，曾經至少三度遭人剷除。一般認爲他們每次重生都與之前的組織毫無瓜葛。 |
| Pact, the | 聖約／自從盧西唐尼爾斯以來，聖約就一直規範著七總督轄地。重點在於馭光法師同意服務人民，換取身分地位和財富，在即將粉碎斑暈或粉碎斑暈後選擇死亡。 |
| parry-stick | 格擋棒／用來架開攻擊的防禦性武器。有時候棒子中有會附一支拳刃，在架開攻擊後轉守爲攻。 |
| pilum | 標槍／沉重的投擲矛，矛柄會在刺穿盾牌後彎曲，避免 |

| | |
|---|---|
| | 敵人重複使用標槍的同時，大幅拖累盾牌的重量。現已很少人在使用這種武器，多半作爲儀式用途。 |
| polychrome | 多色譜法師／能汲取超過兩種法色的馭光法師。 |
| portmaster | 船務官／負責收取關稅、安排船隻出入港事宜的官員。 |
| Prism, the | 稜鏡法王／一個世代只有一位稜鏡法王。能感應世上各法色的均衡狀態、均衡魔法，並在自己體內進行分光。除了均衡世界魔法和防止狂法師與大規模災難發生外，大多擔任儀式、宗教性角色，而非政治性的角色。 |
| Prism Tower, the | 稜鏡法王塔／克朗梅利亞的中央塔。稜鏡法王、白法王及超紫法師（人數不夠，住不滿一座塔）居住其中。大殿堂位於該塔地底，塔頂則有顆供稜鏡法王均衡世界法色的大水晶。一年一度的盧克法王舞會也在這裡舉行。 |
| promachos | 普羅馬可斯／戰時賦予稜鏡法王的頭銜。讓稜鏡法王得以集權統治，不過只有在光譜議會通過下才能取得該頭銜。除了其他權力，普羅馬可斯還有權指揮部隊、掌握財物、將平民晉升爲貴族。古意爲「身先士卒之人」。 |
| psantria | 山崔亞／弦樂器。 |
| pyrejelly | 紅黏液／紅盧克辛，一經點火就會引燃被黏住的物品。 |
| Rathcaeson | 拉斯凱森／神祕城市，加文．蓋爾利用描繪這座城市的古老畫像設計明水牆上的圖案。 |
| ratweed | 鼠草／有毒植物，葉子常被當作興奮劑來抽。易上癮。 |
| Red Cliff Uprising, the | 紅懸崖起義／僞稜鏡法王戰爭後發生在阿塔西的反叛。沒有皇室家族（遭滅族）支持，很快就被平定。 |
| Rekton | 瑞克頓／昂伯河畔的提利亞小鎮，近裂石山之役戰場。在僞稜鏡法王戰爭前曾是重要商業站。 |
| Rozanos Bridge | 羅山諾斯橋／位於魯斯加和血林間，橫跨大河的橋，被神聖總督拉度斯燒燬。 |
| Ru | 盧城／阿塔西首都，曾經以城堡聞名，如今以大金字塔著稱。 |
| Sapphire Bay | 藍寶石灣／小傑斯伯旁的海灣。 |
| satrp/satraoah | 總督／女總督／七總督轄地統治者的頭銜。 |

Skill, Will, Source, and Still/Movement

技巧、意志、色彩源、平靜的心／動作／汲色四大要素

| | |
|---|---|
| Skill | 技巧／汲色四要素中最不受重視的一環，透過不斷練習取得。包含熟悉盧克辛的特性和力量、能精確看見和施展同一波長的法色等。 |
| Will | 意志／馭光法師藉由強行灌注意志汲色，而只要意志力夠強，甚至能強化有缺陷的汲色。 |

Source　色彩源／視馭光法師能夠施展的法色不同，需要該法色的光線或能反射該法色的物品，才能汲色。只有稜鏡法王能在體內分白光，汲取任何法色。

Still　平靜的心／一種反諷。汲色需要動作，技巧越高超的馭光法師需要的動作越細微。

spectrum　光譜／一段範圍的光波（盧克辛光譜之詳細解說，請參閱附錄）；或克朗梅利亞政府的統治議會（參閱法色法王）。

spyglass　望遠鏡／小型望遠鏡，利用透明凸鏡來觀察遠方物體。

star-keepers　星鏡維護員／又名塔樓猴，個頭嬌小的奴隸（通常是小孩），負責操縱控制大傑斯伯星鏡的繩索，將光線反射到城內各處供馭光法師使用。儘管待遇不錯，不過他們兩人一組，每天都從黎明工作到黃昏，除了和夥伴輪流休息外，通常沒有任何休息時間。

subchromats　次色譜人／色盲的馭光法師，通常是男人。只要無法分辨的顏色不是他的法色，次色譜人可絲毫不受影響地正常汲色。紅綠色盲次色譜人依然可以是強大的藍法師或黃法師。見附錄。

Sun Day　太陽節／對歐霍蘭信徒或異教徒都是聖日，一年中白晝最長的日子。對七總督轄地而言，太陽節是稜鏡法王解放即將粉碎光暈的馭光法師的日子。

Sun Day's Eve　太陽節前夕／在一年中白晝最長之日和解放儀式前的慶祝活動。

Sundered Rock　裂石山／提利亞的雙胞山，相對而立，形狀相像，彷彿曾是一塊巨岩，後來被從中分開。

Sundered Rock, Battle of　裂石山之役／加文和達山在昂伯河畔小鎮附近進行的最終決戰。

superchromats　超色譜人／對光極度敏感的人。他們彌封的盧克辛很少失敗。女性馭光法師中的超色譜人遠比男性多。

tainted　腐化之人／粉碎光暈的馭光法師，又稱狂法師。

Throne Conspiraciesm the　荊棘陰謀／偽稜鏡法王戰爭後的一連串陰謀。

Thousands Stars, the　千星鏡／大傑斯伯島上讓陽光在白天盡可能照射到任何需要光線處的鏡子。

Threshing, the　打穀機測驗／克朗梅利亞學生的學前測驗。

Threshing Chamber, the　打穀機室／申請進入克朗梅利亞學習魔法的學生進行汲色能力測驗的房間。

Travertine Palacem the　洞石宮殿／古世界奇觀之一。既是宮殿又是堡壘，由

| | |
|---|---|
| | 切割過的石灰岩（鮮綠色）和白大理石建造而成。以球根狀馬蹄鐵拱門、牆壁上的幾何圖案、帕里亞符文和地板上的棋盤圖案所著稱。牆壁上刻有平行的線條，營造出編織而成，而非雕刻而成的感覺。這座宮殿乃是大半提利亞都還是帕里亞領土的年代的遺跡。 |
| Umber River, the | 昂伯河／提利亞的生命之河。這條河的河水讓各式各樣植物都能如此炎熱的氣候下生長；河道上的水閘在僞稜鏡法王戰爭前是全國的貿易管道。常被強盜控制。 |
| Unchained, the | 不羈法師／全色譜之王的信徒，選擇破除聖約，在斑暈粉碎後繼續生活下去的馭光法師。 |
| Unification, the | 諸神統一／盧西唐尼爾斯和卡莉絲·影盲者在加文·蓋爾統治前四百年建立起七總督轄地的過程。 |
| urum | 烏羅姆／一種三叉餐具。 |
| vechevoral | 維克瓦羅／鐮刀狀刀器，刀柄長如斧柄，刀身呈新月形，開鋒的是朝內的碗口刃面。 |
| Verdant Plains | 維丹平原／魯斯加絕大部分的領土。維丹平原是綠法師的最愛。 |
| Vician's Sim | 維西恩之罪／結束魯斯加和血林同盟關係的事件。 |
| warrior-drafter | 戰鬥馭光法師／主爲各總督轄地或克朗梅利亞作戰的馭光法師。 |
| water markets | 水市場／提利亞村鎮中心或城市裡有連接到昂伯河的圓形湖泊，在提利亞村鎮裡十分常見。水市場會常態性疏通，維持一定深度，讓船隻可以載著貨物順暢來去市鎮中心。最大的水市場位於加利斯頓。 |
| zigarro | 斯加羅菸／捲起來的菸草，方便拿來抽。有時候會以鼠草將鬆散的菸草捲起來。 |

# 馭光者

## 附錄

### 關於單色譜、雙色譜、多色譜馭光法師

馭光法師大多是單色譜馭光法師：只能汲取一種法色。能夠汲取兩種法色，並有足夠技巧製造兩種穩定盧克辛的馭光法師叫作雙色譜馭光法師。任何可以製作三種以上法色固態盧克辛的馭光法師都叫作多色譜馭光法師。多色譜馭光法師能夠汲取的法色越多，能力就越強，就會越受歡迎。全光譜多色譜馭光法師是可以汲取光譜中所有法色的多色譜馭光法師。稜鏡法王向來是全光譜多色譜馭光法師。
然而能夠汲取多少種法色，並非馭光法師價值與技巧的唯一評判標準。有些馭光法師汲色速度很快，有些效率很高，有些意志比其他人堅定，有些比較擅長製作耐用的盧克辛，有些比較聰明或在如何使用盧克辛與使用時機上展現較多創意。

### 非連續雙色譜/多色譜法師

在連續色譜中，次紅鄰接紅色、紅色鄰接橘色、橘色鄰接黃色、黃色鄰接綠色、綠色鄰接藍色、藍色鄰接超紫。大部分雙色譜和多色譜馭光法師只是比單色譜馭光法師能夠取用色譜上更大範圍的法色。也就是說，雙色譜馭光法師能汲取兩個鄰接法色的機會較大（藍色和超紫、紅色和次紅、黃色和綠色，以此類推），然而，少數馭光法師是非連續雙色譜馭光法師。顧名思義，這些馭光法師汲取的法色彼此並不相鄰。尤瑟夫．泰普就是著名的例子：他會汲取紅色和藍色。卡莉絲．懷特．歐克又是一個例子，汲取綠色和紅色。沒人知道非連續雙色譜馭光法師存在的理由與原因。只知道這種馭光法師十分罕見。

### 次色譜人和超色譜人

次色譜人是無法分辨至少兩種顏色的人，一般人會將之稱爲色盲。次色譜現象並不一定會摧毀一個馭光法師。比方說，無法分辨紅色和綠色對藍法師而言並不會造成多大的困擾。
超色譜人是比一般人更擅長分辨細微色彩差異的人。對任何法色而言，超色譜人汲色都會更加穩定，不過獲益最多的還是黃法師。只有超色譜黃法師才有可能製作出固態黃盧克辛。

□

## 關於盧克辛

——包含物理特徵、形而上學、對個性造成的影響，還有口語說法。

光是魔法的基礎。能施展魔法的人叫作馭光法師。馭光法師能把一種法色的光轉變成實際物質。每種法色都有各自的特性，但是使用盧克辛的方式無窮無盡，端看馭光法師的想像力和技巧而定。
七總督轄地的魔法運作方式基本上與蠟燭燃燒的現象相反。蠟燭燃燒時，實體物質（蠟）轉變爲光。色譜魔法會把光轉變成實體物質，也就是盧克辛。每種顏色的盧克辛都有不同特性。只要以恰當的方式汲色（容許一定程度差異），就能產生穩定的盧克辛，能夠持續數天甚至數年，依法色而定。
大多數馭光法師（魔法使用者）只能使用一種法色。馭光法師必須身處看得見該法色的環境下才能汲色（就是說綠法師可以看著草地汲色，但如果身處四面都是白牆的房間裡，那就無法汲色）。通常馭光法師都會隨身攜帶法色眼鏡，以利在缺乏所屬法色的環境下汲色。

### 物理特徵

盧克辛有重量。如果馭光法師在頭上製作盧克辛乾草車，那麼那輛車出現後的第一件事就是把汲色者壓扁。最重到最輕的盧克辛分別是：紅色、橘色、黃色、綠色、藍色、次紅、超紫、次紅[註]。僅供參考，液態黃盧克辛只比同體積的水輕一點。
（註：次紅很難精準測量重量，因爲它一暴露在空氣中立刻就會化成火。上面的排列順序是在把次紅盧克辛放入密閉容器中測量，然後減去容器本身重量得出的結果。在眞實世界裡，次紅水晶在起火燃燒前往往會向上飄）。

盧克辛的觸感。
次紅盧克辛：基於其易燃性，次紅的觸感最難描述，不過一般人都把它形容爲類似熱風。
紅盧克辛：有點黏、很黏、超黏，依照汲色方式而定；可以很黏，也可以很稀。
橘盧克辛：滑、很滑、像肥皂、油膩膩。
黃盧克辛：通常處於液態，類似不停冒泡的水，觸感冰涼，大概比海水還要稠一點點。處於固態時滑溜溜的、形狀固定、表面平順、非常堅硬。
綠盧克辛：不一定——依馭光法師的技巧和汲色目的而定，綠盧克辛摸起來可以從單純具有皮革的紋路，到像樹幹一樣粗糙都有可能。可彎曲、具有彈性，通常會拿來與樹枝比較。
藍盧克辛：觸感光滑，不過汲色技巧不好的話，摸起來會有紋理，也可能很容易脫落，類似白堊，不過有結晶。
超紫盧克辛：像蜘蛛網，輕薄到完全看不見。

盧克辛有味道。盧克辛最基本的味道就是樹脂味。底下提到的味道都是大略描述，因爲每種法色的盧克辛聞起來就是那種顏色本身的味道。想像你要怎麼描述橘子的味道。你會說就是柑橘類，然後有點刺鼻，但這樣的描述並不精確。橘子聞起來就是橘子的味道。不過底下描述的味道大致接近。
次紅：木炭、煙、燒焦的味道。
紅：茶葉、菸草、乾巴巴的味道。
橘：杏仁。
黃：桉樹和薄荷味。
綠：清新的杉樹、樹脂味。
藍：礦物、白堊、幾乎沒味道。
超紫：有一點類似丁香。
黑【註】：無味/也可能有腐肉的味道。
白【註】：蜂蜜、紫丁香。
（註：根據傳說，這些都是神話故事裡提到的味道。）

**形而上學**

任何汲色的行爲都會讓馭光法師感覺很好。年輕馭光法師和首度汲色的馭光法師特別容易有興奮和所向無敵的感覺。一般而言，這種感覺會隨時間遞減，不過一段時間沒有汲色的馭光法師往往會再次拾回那種感覺。對大部分馭光法師而言，汲色的效果和喝一杯咖啡很像。奇怪的是，有些馭光法師似乎會對汲色過敏。一直以來人們都不斷在討論究竟該把汲色對個性的影響歸類在形而上學或是物理特性上。
不管它們該被歸在哪種分類下，也不管它們應該屬於魔法老師還是盧克斯教士應該研究的課題，總之這些影響效果存在是無庸置疑的。

**盧克辛對個性造成的影響**

盧西唐尼爾斯降世前的黑暗時代裡，人們相信熱情的人會變成紅法師，精於算計的女人會變成黃法師或藍法師。事實上，情況正好相反。
每個馭光法師，就像每個女人一樣，都有自己與生具來的個性。汲取的法色會影響他朝向以下描述的行爲改變。個性衝動的馭光法師在汲取紅魔法後，經過同樣一段時間過，會較天生冷靜而有條理的人更大幅度地偏向「紅色」特質。
馭光法師所汲取的法色會隨著時間影響他的個性。然而這個事實並不會讓他成爲法色的囚犯，或是不能對受到法色影響時的行爲負責。不斷出軌的綠法師始終都是不忠的淫徒。在盛怒下謀殺敵人的次紅法師依然是殺人犯。當然，天性易怒又是紅法師的女人更容易受到法色影響，但世界上還是有很多心機深沉的紅法師和浮躁易怒的藍法師。
法色和女人不同。當心你套用各法色馭光法師刻板印象的時機。這是說，刻板印象有時候很有用：一群綠法師多半會比一群藍法師更加狂野粗暴。

基於這些是用於一般情況下的刻板印象，每種法色都有各自的美德和缺陷（早期盧克斯教士認知中的美德，並不是不會受到某種以特定方式做惡的誘惑，而是征服自己心中想去犯那種罪的慾望。於是，暴食會和節欲放在一起，貪婪會與慈悲放在一起，以此類推）。

*次紅法師*：次紅代表徹底的激情，所有馭光法師中最純粹的情緒，最容易發怒或哭泣的一群人。次紅法師喜好音樂，通常容易衝動，不像其他馭光法師那麼恐懼黑暗，常常會失眠。情緒化、注意力不集中、難以預料、前後矛盾、深情、包容。次紅男馭光法師往往不能生育。
相關缺陷：狂怒。
相關美德：耐性。

*紅法師*：紅法師脾氣暴躁、精力充沛、喜好破壞。他們同時也很溫柔、激勵人心、性急、誇大、自我膨脹、生性樂觀、力量強大。
相關缺陷：暴食。
相關美德：節制。

*橘法師*：橘法師通常都是藝術家，擅長了解其他人的情緒和動機。有些橘法師利用這一點反抗或超越他人期待。敏感、擅於操弄人心、有氣質與魅力、同理心強。
相關缺陷：貪婪。
相關美德：慈悲。

*黃法師*：黃法師往往思緒清晰，情緒和理智處於完美平衡的狀態。開心、睿智、聰穎、平衡、警戒、冷漠、觀察敏銳、偶爾坦白過頭、絕佳的騙徒。思想家，而非實踐家。
相關缺陷：懶惰。
相關美德：勤奮。

*綠法師*：綠法師狂野、自由、善變通、適應力強、擅於培養、友善。他們不會藐視威權，因為他們根本不承認威權。
相關缺陷：淫慾
相關美德：自制

*藍法師*：藍法師都很守規矩、好奇、理性、冷靜、冷酷、公正、聰明、喜好音樂。他們看重結構、規則、階級。藍法師通常都是數學家和作曲家。理想、意識型態、正確思想對藍法師而言往往比人還要重要。
相關缺陷：嫉妒
相關美德：仁慈

超紫法師：超紫法師通常能抱持客觀的觀點；冷眼看待一切，喜歡冷嘲熱諷、文字遊戲，而且往往很冷酷、把人當做需要解開的謎題或有待破解的密碼。超紫法師無法忍受非理性的行爲。
相關缺陷：驕傲。
相關美德：謙遜。

**傳說中的法色**
奇色（發音爲Key）：假設上層光譜中相對於帕來色的法色（在故事裡往往是用「如同帕來色低於次紅色般，奇色遠遠位於超紫之上」來形容）。又名「顯像色」。傳說它的主要用法同帕來色——看穿物品，不過相信奇色存在者認爲它看穿物品的力量遠勝帕來，能看穿血肉、骨骼，甚至金屬。傳說故事中唯一的共通點似乎就是奇法師的生命週期比任何法師都短：五到十四年，幾乎沒有例外。如果奇色當眞存在，就會成爲歐霍蘭創造光的目的是爲了宇宙或自己，而不光只是供人類使用的證據，導致神學家改變當前認定的人類本位學說。
黑色：毀滅、空虛、無，不存在也無法塡補的空間。傳說黑曜石就是黑盧克辛死後遺留下來的骸骨。
帕來色：又稱蜘蛛絲，除了帕來法師，沒人看得見。帕來色位於大多數次紅法師在可見光譜中擷取次紅光以下很遠的位置。帕來色會被歸類爲傳說法色是因爲人類肉眼的晶體沒辦法扭曲到能夠看見這種法色的形狀。這個傳說中的法色會被聯想到黑暗法師、夜晚編織者和刺客的原因在於這個光譜（再一次，傳說中的光譜）就連在晚上也看得到。用途不明，但猜想與謀殺有關。下毒？
白色：歐霍蘭的原意。白盧克辛是用以創造的物質，所有盧克辛和生命都源自於此。用世俗的形容來描述白盧克辛（就像黑盧克辛被貶低爲黑曜石一樣）。就是發光的象牙、或純白的蛋白石，可以在全光譜中綻放光芒。

**口語說法**
克朗梅利亞要求學生用正式名稱稱呼所有法色，但似乎無法阻止學生幫法色取綽號。在某些案例裡，這些不正式的稱呼已經成爲技術名詞——紅黏液是比較黏稠，燃燒時間較久，能把屍體燒成灰燼的盧克辛。不過另外一些案例中，這些稱呼演變成與原始定義完全相反的意思——明水本來是用來稱呼液態黃盧克辛的，但明水牆卻是一面由固態黃盧克辛建造而成的城牆。

還有幾個比較口語的說法：
次紅：火水晶
紅：紅黏液、燃膠
橘：諾蘭凍
黃：明水

綠：神木
藍：霜玻璃、玻璃
超紫：天弦、靈魂弦、蜘蛛絲
黑：地獄石、虛無石、夜纖維、煤渣石、哈登
白：眞明、星血、上彩、盧西頓

□

## 關於古神

次紅：安納特，狂怒女神。據說崇拜她的信徒會舉行獻祭嬰兒的儀式。人稱荒野女神、火焰女神。她的信仰中心位於提利亞、帕里亞南端和伊利塔南部。
紅：達格努，暴食之神。信仰他的地區是東阿塔西。
橘：摩洛卡，貪婪之神。從前住在西阿塔西的人崇拜他。
黃：貝爾菲格，懶惰之神。盧西唐尼爾斯降世前，主要信仰區位於北阿塔西和南血林。
綠：阿提瑞特，淫慾女神。她的信仰中心主要在西魯斯加和大部分血林。
藍：莫特，嫉妒之神。他的信仰中心在東魯斯加、帕里亞東北及阿伯恩尼亞。
超紫：費利盧克斯，驕傲之神。他的信仰中心是南帕里亞和北伊利塔。

□

## 關於科技與武器

七總督轄地處於知識大躍進的年代。稜鏡法王戰爭之後的和平歲月及其後抑制海盜的行動使得各總督轄地間的貨物與觀念得以自由流通。所有轄地都能取得便宜、高品質的鐵和鋼，進而打造出高品質的武器、耐用的車輪，以及所有介於兩者之間的物品。儘管，像阿塔西的碧奇瓦與帕里亞的格擋棒之類的傳統武器還有在持續製造，現在也很少用獸角或硬木去做。工匠常常會用盧克辛強化武器，不過大部分盧克辛長時間曝曬在陽光下都會瓦解，由於能夠製作固態黃盧克辛的黃法師十分稀少，世俗部隊大多仍使用金屬武器。
科技最大的躍進在於火器方面的改進。通常，火槍都是由不同鐵匠打造而出。這表示所有士兵都得有能力維修自己的火器，而零件也必須分別製造。壞掉的擊鎚和藥鍋不能直接換新，要拆開來、重新打造成適當形狀。拉斯有數百名鐵匠學徒試圖以製作盡可能相同的零件大量製造武器來改善這個問題，但做出來的火繩槍往往品質不佳，爲了構造一致、方便維修而犧牲精準度和耐用度。伊利塔的鐵匠採取不同的作法，打造出全世界最頂級的客製火槍。最近，他們開始嘗試一種名爲燧發機構的

槍枝。這種槍不利用導火線去點燃藥鍋裡的火藥以推動槍枝槍膛，而是利用燧石摩擦磨片，直接將火星打入槍膛。這種方式表示火槍或手槍隨時都可以發射，士兵不用先點燃導火線。燧發槍未廣泛使用的原因在於不擊發的機率太高——如果燧石沒有正確摩擦到燧石磨片，或是火星沒有彈到定位，就不會擊發。

截至目前爲止，結合盧克辛與火器的嘗試都不算成功。製作完美無瑕的黃盧克辛彈丸是可行的，但是能製作固態黃盧克辛的馭光法師數量過少形成製作瓶頸。藍盧克辛彈丸常常會被黑火藥爆炸的力道打碎。用黃盧克辛丸與紅盧克辛混合填充的爆破彈（砲彈擊中目標時，撞碎的黃盧克辛會點燃紅盧克辛）曾在努夸巴試爆，但因厚到不會在火槍中爆炸、同時薄到擊中目標時會破碎的黃盧克辛厚度實在太難拿捏，導致數名鐵匠在重製彈丸時慘遭炸死，結果就是這種技術無法廣泛使用。

七總督轄地各地肯定都有進行其他相關實驗，一旦品質良好、零件統一、精準度高的火器問世，戰爭的型態就會永遠改變。當前的情況是，訓練精良的弓箭手射程更遠、射速更快，而且更精準。

# The Lightbringer

# 馭光者

## [2] 盲眼刀 The Blinding Knife

加文·蓋爾本來以爲自己還有五年，但時間比他以爲的要少。
可能只剩下一年。
除了要處理難民與私生子的問題、面對可能發現他黑暗祕密的前未婚妻，外面還有一支狂法師大軍，他究竟該如何解決這麼多的難題……

—— 2018年夏·即將出版

**Fever**

## 伊洛娜．安德魯斯（Ilona Andrews）

魔法咬人
魔法烈焰
魔法衝擊
魔法傳承
魔法獵殺
魔法狂潮
魔法風暴（陸續出版）

## 彼得．布雷特（Peter V. Brett）

魔印人
魔印人2　沙漠之矛（上+下）
魔印人3　白晝戰爭（上+下）
魔印人4　頭骨王座（上+下）
信使的遺產：魔印人短篇集（陸續出版）

## 克莉絲汀．卡修（Kristin Cashore）

殺人恩典／火兒／碧塔藍

## 大衛．蓋梅爾（David Gemmell）

大衛．蓋梅爾之傳奇

## 賽門．葛林（Simon R. Green）

夜城系列（全12冊）
秘史系列
守護者之心（秘史1）
惡魔恆長久（秘史2）
作祟情報員（秘史3）
錯亂永生者（秘史4）
天堂眼（秘史5）
卓德不死（秘史6）
地獄夜總會（秘史7）
第十三號囚房（秘史8）（陸續出版）

## 凱文．赫恩（Kevin Hearne）

鋼鐵德魯伊1　追獵
鋼鐵德魯伊2　魔咒

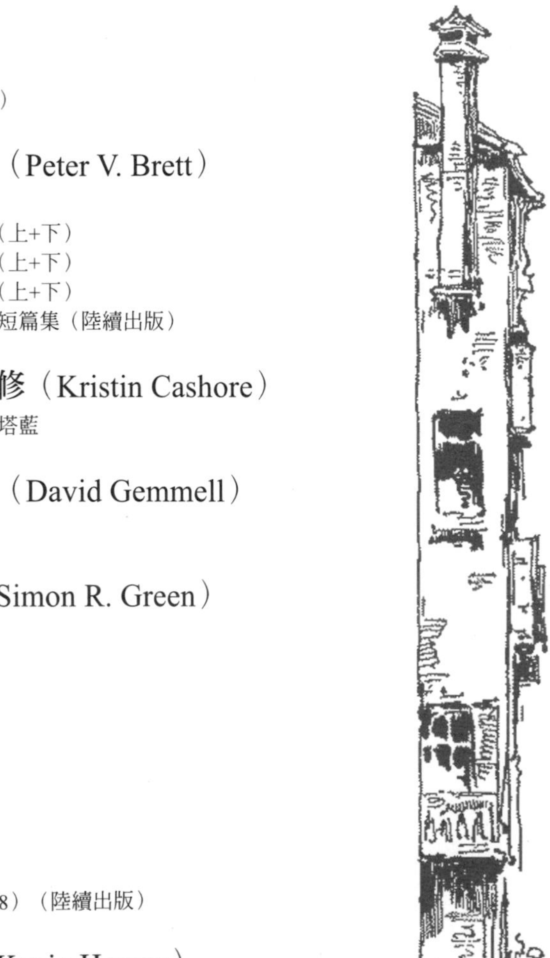

Fever

鋼鐵德魯伊3　神鎚
鋼鐵德魯伊4　圈套
鋼鐵德魯伊5　陷阱
鋼鐵德魯伊6　獵殺
鋼鐵德魯伊7　破滅
鋼鐵德魯伊8　穿刺
鋼鐵德魯伊短篇集　蓋亞之盾（陸續出版）

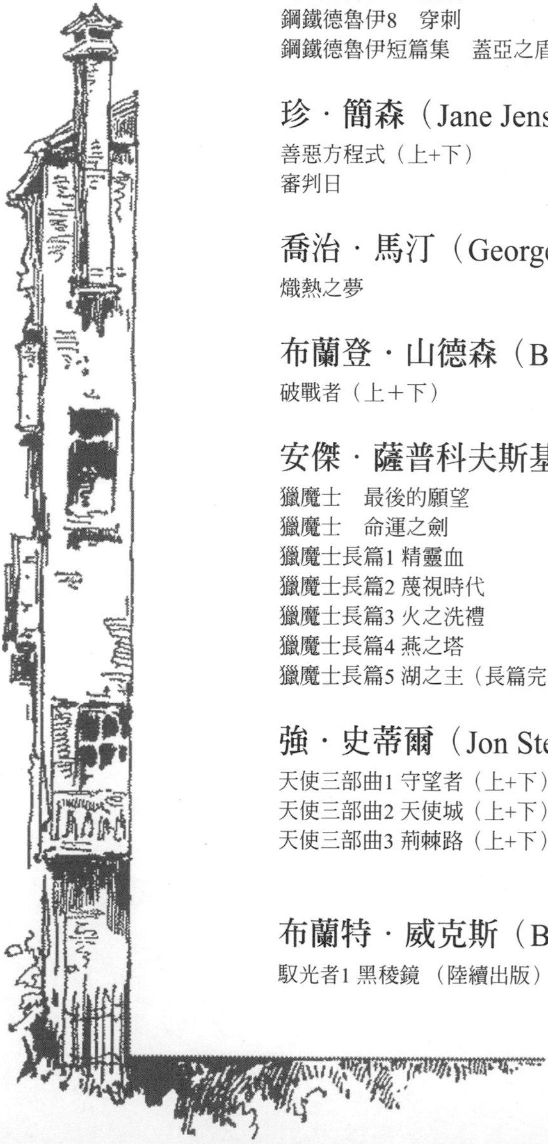

## 珍・簡森（Jane Jensen）

善惡方程式（上+下）
審判日

## 喬治・馬汀（George R. R. Martin）

熾熱之夢

## 布蘭登・山德森（Brandon Sanderson)

破戰者（上＋下）

## 安傑・薩普科夫斯基(Andrzej Sapkowski)

獵魔士　最後的願望
獵魔士　命運之劍
獵魔士長篇1 精靈血
獵魔士長篇2 蔑視時代
獵魔士長篇3 火之洗禮
獵魔士長篇4 燕之塔
獵魔士長篇5 湖之主（長篇完）（陸續出版）

## 強・史蒂爾（Jon Steele)

天使三部曲1 守望者（上+下）
天使三部曲2 天使城（上+下）
天使三部曲3 荊棘路（上+下）（完）

## 布蘭特・威克斯（Brent Weeks）

馭光者1 黑稜鏡 （陸續出版）

黑稜鏡／布蘭特·威克斯（Brent Weeks）；
戚建邦　譯——初版．——台北市：蓋亞文化，2018.02
冊；公分.——（Fever；FR063）
譯自：The Black Prism
ISBN 978-986-319-321-0
874.57　　106024538

Fever FR063

# 馭光者〔1〕黑稜鏡 The Black Prism

作者／布蘭特·威克斯（Brent Weeks）
譯者／戚建邦
封面設計／克里斯　地圖插畫／黃靄琳
出版／蓋亞文化有限公司
地址◎台北市103承德路二段75巷35號1樓
電話◎（02）25585438　傳眞◎（02）25585439
網址◎http://gaeabooks.pixnet.net/blog
電子信箱◎gaea@gaeabooks.com.tw
投稿信箱◎editor@gaeabooks.com.tw
郵撥帳號◎19769541　戶名：蓋亞文化有限公司
法律顧問／宇達經貿法律事務所
總經銷／聯合發行股份有限公司
地址◎新北市新店區寶橋路二三五巷六弄六號二樓
電話◎（02）29178022　傳眞◎（02）29156275
港澳地區／一代匯集
電話◎（852）27838102　傳眞◎（852）23960050
地址◎九龍旺角塘尾道64號龍駒企業大廈10樓B&D室
初版二刷／2020年12月
特價／新台幣 499 元

Printed in Taiwan

GAEA
ISBN／978-986-319-321-0